读客当代文学文库

当代文学看读客，名家名作都在这

生死疲劳

莫言 著

浙江文艺出版社
Zhejiang Literature & Art Publishing House

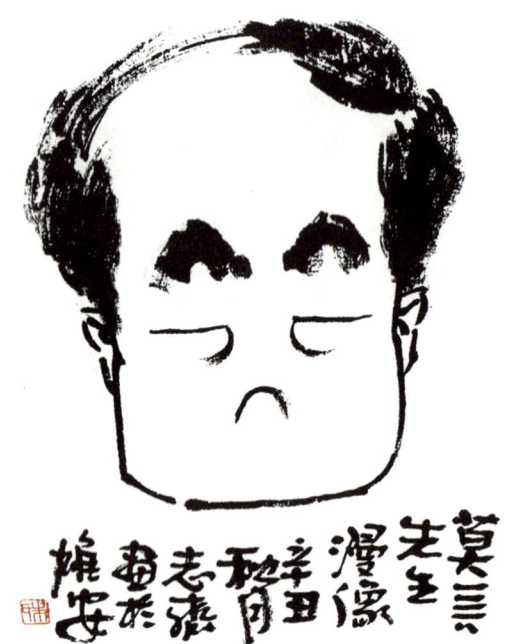

莫言先生漫像
辛丑秋月志齐画于雄安

黄眼洪泰岳，蓝脸西门闹，都有人物原型，并非我生造。人畜其实同理，轮回何须六道？恩仇永难报。世事车轮转，运动高低潮。

　　驴折腾，牛犟劲，猪欢叫，狗在广场集会，猴子学戴帽。人民公社解体，旧债一笔勾销，是非谁知晓？佛眼低垂处，生死皆疲劳。

打油词简述本书故事
辛丑秋　莫言

《生死疲劳》主要人物关系图

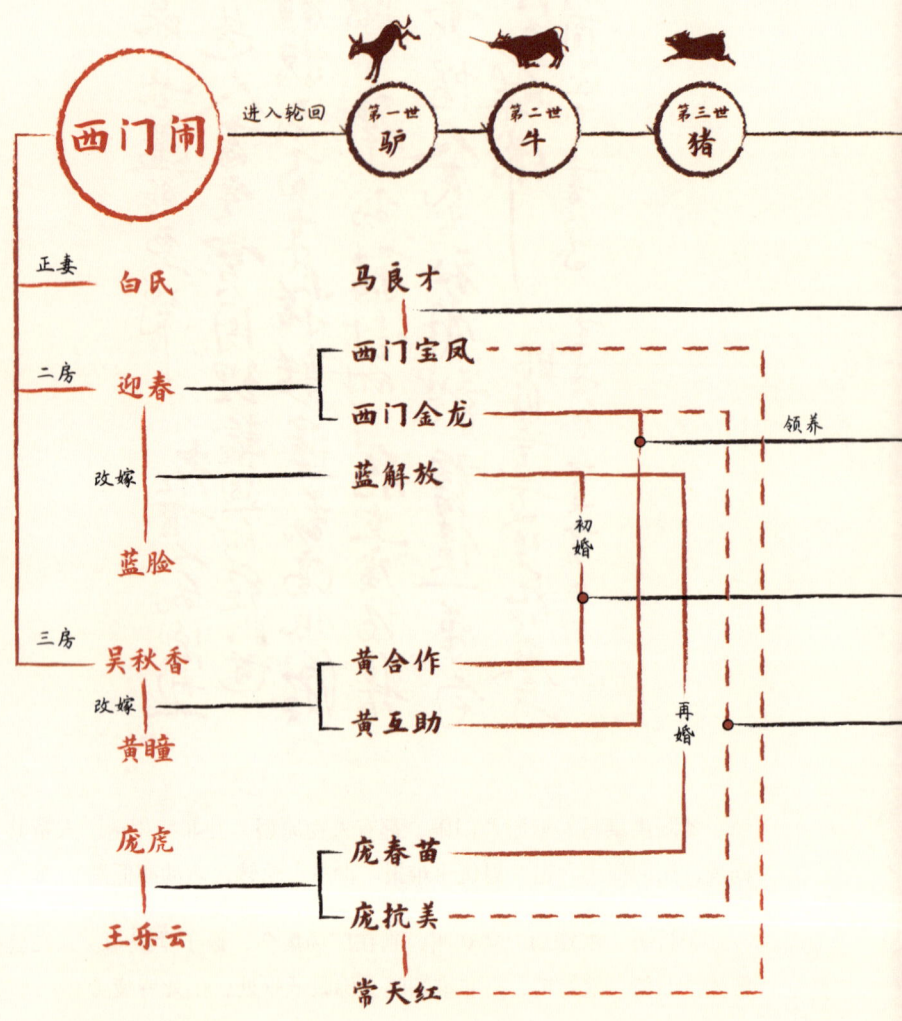

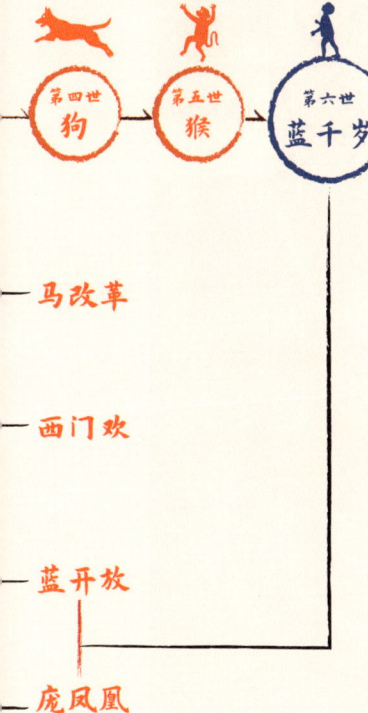

主要人物表

- **西门闹** 西门屯地主。冤死后,西门闹先后转世成驴、牛、猪、狗、猴、大头婴儿蓝千岁。

- **蓝脸** 原西门家长工。西门金龙、西门宝凤的养父,始终坚持单干。

- **迎春** 西门闹的二房。后改嫁蓝脸,生下蓝解放,随儿子金龙入合作社。

- **吴秋香** 西门闹的三房。后改嫁黄瞳,生下黄互助、黄合作。

- **西门金龙** 西门闹与迎春之子。历任西门屯大队革命委员会主任、养猪场场长、团支部书记、党支部书记、旅游开发区董事长。

- **蓝解放** 蓝脸与迎春之子。历任县供销社政工科长、县供销社党委副书记、县供销社主任兼党委书记、主管文教卫生的副县长。

- **黄互助** 吴秋香与黄瞳长女。西门金龙之妻,与西门金龙领养一子西门欢。

- **黄合作** 吴秋香与黄瞳次女。蓝解放之妻,与蓝解放育有一子蓝开放。

- **庞抗美** 庞虎与王乐云长女。常天红之妻,西门金龙的情人,与其育有一女庞凤凰。

就在这堂皇的时刻,在区长还没开口演说之前,主人牵着我,或者说蓝脸牵着他的毛驴,从人畜群中挤出去,在众目睽睽之下,走出了大门。

——《生死疲劳》第30页

我知道这是幻想,爹如果要骑牛奔月,不可能抛下我。我必须在地面上,也必能在地面上找到他们。

——《生死疲劳》第131页

我忘记了要隐藏自己的特长,竟然在众目睽睽之下,一个纵身跳,仿佛地球人登陆月球,弹跳力剧增。……我就这样趴在树上,如同漂浮在波涛汹涌的海水上。

——《生死疲劳》第243页

广场中央,天花喷泉周围,数百条狗,团团而坐,见我到来,一起起立,齐声欢呼。……我蹲在大理石基座上,调理呼吸。远远地看过来,我大概像一尊威严的狗雕像。

——《生死疲劳》第435页

其实，我们没有理由说它凶恶，也没有理由说它滑稽，穿上衣服的猴子，不都是这样吗？

——《生死疲劳》第549页

虽有沉痛，更见童心
——《生死疲劳》再版序

莫言

我曾说过此书从动笔到初稿完成只用了四十三天，但此书中的主要人物之原型却在我脑海中活跃了四十三年。我始终记得童年时在小学操场前边的道路上，初次见到邻村这对著名的单干户夫妇与一头瘸腿毛驴推拉着一辆吱呀作响的木轮车从我们面前经过的情景。当时，在我们这些顽童的心目中，这二人一驴是一个奇怪的组合。他们的存在似乎是为了形象化地向我们说明什么是保守、落后与顽固不化。当时我们编快板嘲笑过他们，对他们吐过唾沫，没有人唆使，是发自内心地鄙视。

许多年之后，当我拿起笔学习写作，当我知道典型人物对于文学的意义之后，他们的形象便一次次地浮现在我的眼前。但我迟迟没有写，因为我怕糟蹋了他们，更主要的是我没想明白这样一个农民形象所具有的价值与意义。是的，他没有违法，所以他存在着；是的，他过得并不比加入了集体的人好，甚至更差，但是他没放弃他的坚持。我反复思考的是，到底是一种什么样的力量，支撑着他在众叛亲离之后依然忍受着被大众嘲笑、唾骂的巨大压力而不屈服。

随着农村改革的成功与深入，我对这个极其另类的农民的评价与认识，有了新的角度。这个农民依恋土地、热爱土地与土地血肉相连的关系和之死靡它的感情，成为我理解他并解释他的一条路径。因此可以说，这本书描述了农民与土地的关系与情感，并塑造了一个具有个性的农民典型。我为我童年时期对着他的背影吐过的唾沫感到羞愧，因此，这本书里，有我的反思与忏悔。

我也曾多次说过，我是在承德参观一座庙宇时，受到一幅关于六道轮回的壁画启发而产生灵感，完成了这部小说的叙事结构。这虽然不是什么神灵相助，却是一次难得的机缘。

接下来，不但是以蓝脸为代表的人物栩栩如生地走到了我的面前，那些驴、牛、猪、狗、猴也以更加生动活泼的姿态活跃起来。如果我有绘画能力，我会准确地描绘出它们的形象。与小说中的人物一样，这些小说中的动物也都有原型。驴是我牵过的，牛是我放过的，猪是我喂过的，狗是我养过的，只有猴子略微陌生一点，但也是在杂耍班子里与耍猴人那儿仔细观察过的。

这部小说其实是一个大头儿的滔滔不绝的叙述，他是一个讲故事的人，他与小说中那个莫言以及作家本人构成了三位一体的叙事者，从而使这个漫长而曲折的故事具备了既立足于现实，又超脱于现实的境界，从而把动物与人融为一体，把历史与现实融为一体，把虚幻与写实融为一体，把庄严与戏谑融为一体，把童话与史诗融为一体。这本书毫无疑问是成人读物，但这本书里确凿地包含着好几部可以独立成书的儿童小说。将来有了时间，我也许可以从中切削出几部，供孩子们阅读。

我从来都把语言当成自己的终极追求，我多次说过文学家与小说家不是同一个等级的称谓。我认为文学家是用作品对自己的母语的丰富和发展做出了贡献的人，他们在不破坏基本语法的前提下，创造了新的句式与富有表现力的词汇。读者应该能从本书中看到我在语言上的努力，但我自己知道，我不是文学家，我只是一个抱有成为文学家梦想的讲故事的人。

2021 年 10 月 25 日

目 录

第一部　驴折腾

第一章	受酷刑喊冤阎罗殿　　遭欺瞒转世白蹄驴	003
第二章	西门闹行善救蓝脸　　白迎春多情抚驴孤	010
第三章	洪泰岳动怒斥倔户　　西门驴闯祸啃树皮	019
第四章	锣鼓喧天群众入社　　四蹄踏雪毛驴挂掌	029
第五章	掘财宝白氏受审　　闹厅堂公驴跳墙	036
第六章	柔情缱绻成佳偶　　智勇双全斗恶狼	048
第七章	花花畏难背誓约　　闹闹发威咬猎户	053
第八章	西门驴痛失一卵　　庞英雄光临大院	062
第九章	西门驴梦中遇白氏　　众民兵奉命擒蓝脸	074
第十章	受宠爱光荣驮县长　　遇不测悲惨折前蹄	082
第十一章	英雄相助装义蹄　　饥民残杀分驴尸	092

第二部　牛犟劲

| 第十二章 | 大头儿说破轮回事　　西门牛落户蓝脸家 | 099 |
| 第十三章 | 劝入社说客盈门　　闹单干贵人相助 | 106 |

第十四章	西门牛怒顶吴秋香　洪泰岳喜夸蓝金龙	113
第十五章	河滩牧牛兄弟打斗　尘缘未断左右为难	119
第十六章	妙龄女思春芳心动　西门牛耕田显威风	128
第十七章	雁落人亡牛疯狂　狂言妄语即文章	142
第十八章	巧手整衣互助示爱　大雪封村金龙称王	163
第十九章	金龙排戏迎新年　蓝脸宁死守旧志	175
第二十章	蓝解放叛爹入社　西门牛杀身成仁	187

第三部　猪撒欢

第二十一章	再鸣冤重登阎罗殿　又受瞒降生母猪窝	203
第二十二章	猪十六独占母猪乳　白杏儿荣任饲养员	210
第二十三章	猪十六乔迁安乐窝　刁小三误食酒馒头	217
第二十四章	庆喜讯社员燃篝火　偷学问猪王听美文	230
第二十五章	现场会高官发宏论　杏树梢奇猪炫异能	239
第二十六章	刁小三因妒拆猪舍　蓝金龙巧计度严冬	259
第二十七章	醋海翻腾兄弟发疯　油嘴滑舌莫言遭忌	270
第二十八章	合作违心嫁解放　互助遂意配金龙	286

第二十九章	猪十六大战刁小三　草帽歌伴奏忠字舞	306
第三十章	神发救治小三活命　丹毒袭击群猪死亡	313
第三十一章	附骥尾莫言巴结常团长　抒愤懑蓝脸痛哭毛主席	324
第三十二章	老许宝贪心丧命　猪十六追月成王	333
第三十三章	猪十六思旧探故里　洪泰岳大醉闹酒场	344
第三十四章	洪泰岳使性失男体　破耳朵乘乱夺王位	367
第三十五章	火焰喷射破耳朵丧命　飞身上船猪十六复仇	378
第三十六章	浮想联翩忆往事　奋不顾身救儿童	386

第四部　狗精神

第三十七章	老冤魂轮回为狗　小娇儿随母进城	391
第三十八章	金龙狂言说壮志　合作无语记旧仇	396
第三十九章	蓝开放喜看新居　狗小四怀念老屋	404
第四十章	庞春苗挥洒珍珠泪　蓝解放初吻樱桃唇	408
第四十一章	蓝解放虚情戏发妻　狗小四保镖送学童	416
第四十二章	蓝解放做爱办公室　黄合作簸豆东厢房	426
第四十三章	黄合作烙饼泄愤怒　狗小四饮酒抒惆怅	430

第四十四章	金龙欲建旅游村　解放寄情望远镜	439
第四十五章	狗小四循味追春苗　黄合作咬指写血书	445
第四十六章	黄合作发誓惊愚夫　洪泰岳聚众闹县府	450
第四十七章	逗英雄宠儿击名表　挽残局弃妇还故乡	459
第四十八章	惹众怒三堂会审　说私情兄弟反目	472
第四十九章	冒暴雨合作清厕所　受毒打解放做抉择	481
第五十章	蓝开放污泥糊老爸　庞凤凰油漆泼小姨	492
第五十一章	西门欢县城称霸　蓝开放切指试发	505
第五十二章	解放春苗假戏唱真　泰岳金龙同归于尽	516
第五十三章	人将死恩仇并泯　狗虽亡难脱轮回	529

第五部　结局与开端

一	太阳颜色	543
二	做爱姿势	546
三	广场猴戏	549
四	切肤之痛	553
五	世纪婴儿	565

驢

第一部　驴折腾

与其做一个窝窝囊囊的人，
何如做一头人见人爱的驴？

第一章

受酷刑喊冤阎罗殿
遭欺瞒转世白蹄驴

我的故事，从一九五〇年一月一日讲起。在此之前两年多的时间里，我在阴曹地府里受尽了人间难以想象的酷刑。每次提审，我都会鸣冤叫屈。我的声音悲壮凄凉，传播到阎罗大殿的每个角落，激发出重重叠叠的回声。我身受酷刑而绝不改悔，挣得了一个硬汉子的名声。我知道许多鬼卒对我暗中钦佩，我也知道阎王老子对我不胜厌烦。为了让我认罪服输，他们使出了地狱酷刑中最歹毒的一招，将我扔到沸腾的油锅里，翻来覆去，像炸鸡一样炸了半个时辰，痛苦之状，难以言表。鬼卒还用叉子把我叉起来，高高举着，一步步走上通往大殿的台阶。两边的鬼卒嘬口吹哨，如同成群的吸血蝙蝠鸣叫。我的身体滴油淅沥，落在台阶上，冒出一簇簇黄烟……鬼卒小心翼翼地将我安放在阎罗殿前的青石板上，跪下向阎王报告：

"大王，炸好了。"

我知道自己已经焦煳酥脆，只要轻轻一击，就会成为碎片。我听到从高高的大堂上，从那高高大堂上的辉煌烛光里，传下来阎王爷几近调侃的问话：

"西门闹，你还闹吗？"

实话对你说，在那一瞬间，我确实动摇了。我焦干地趴在油汪里，身上发出肌肉爆裂的噼啪声。我知道自己忍受痛苦的能力已经到达极限,如果不屈服,不知道这些贪官污吏还会用什么样的酷刑折磨我。但如果我就此屈服,前边那些酷刑,岂不是白白忍受了吗?我挣扎着仰起头——头颅似乎随时会从脖子处折断——往烛光里观望,看到阎王和他身边的判官们,脸上都汪着一层油滑的笑容。一股怒气,陡然从我心中升起。豁出去了,我想,宁愿在他们的石磨里被研成粉末,宁愿在他们的铁臼里被捣成肉酱,我也要喊叫:

"冤枉!"

我喷吐着腥膻的油星子喊叫:冤枉!想我西门闹,在人世间三十年,热爱劳动,勤俭持家,修桥补路,乐善好施。高密东北乡的每座庙里,都有我捐钱重塑的神像;高密东北乡的每个穷人,都吃过我施舍的善粮。我家粮囤里的每粒粮食上,都沾着我的汗水;我家钱柜里的每个铜板上,都浸透了我的心血。我是靠劳动致富,用智慧发家。我自信平生没有干过亏心事。可是——我尖厉地嘶叫着——像我这样一个善良的人,一个正直的人,一个大好人,竟被他们五花大绑着,推到桥头上,枪毙了!……他们用一杆装填了半葫芦火药、半碗铁豌豆的土枪,在距离我只有半尺的地方开火,轰隆一声巨响,将我的半个脑袋,打成了一摊血泥,涂抹在桥面上和桥下那一片冬瓜般大小的灰白卵石上……我不服,我冤枉,我请求你们放我回去,让我去当面问问那些人,我到底犯了什么罪?

在我连珠炮般的话语中,我看到阎王那张油汪汪的大脸不断地扭曲着。阎王身边那些判官,目光躲躲闪闪,不敢与我对视。我知道他们全都清楚我的冤枉,他们从一开始就知道我是个冤鬼,只是出于某些我不知道的原因,他们才装聋作哑。我继续喊叫着,话语重复,一圈圈轮回。阎王与身边的判官低声交谈几句,然后一拍惊堂木,说:

"好了,西门闹,知道你是冤枉的。世界上许多人该死,但却不死;许多人不该死,偏偏死了。这是本殿也无法改变的现实。现在本殿法外开恩,放你生还。"

突然降临的大喜事,像一扇沉重的磨盘,几乎粉碎了我的身体。

阎王扔下一块朱红色的三角形令牌，用颇不耐烦的腔调说：

"牛头马面，送他回去吧！"

阎王拂袖退堂，众判官跟随其后。烛火在他们的宽袍大袖激起来的气流中摇曳。两个身穿皂衣、腰扎着橘红色宽带的鬼卒从两边厢走到我近前。一个弯腰捡起令牌插在腰带里，一个扯住我一条胳膊，试图将我拉起来。我听到胳膊上发出酥脆的声响，似乎筋骨在断裂。我发出一声尖叫。掖了令牌的那位鬼卒，揉了那个扯我胳膊的鬼卒一把，用一个经验丰富的老者教训少不更事的毛头小子的口吻说：

"妈的，你的脑子里灌水了吗？你的眼睛被秃鹫啄瞎了吗？你难道看不见他的身体已经像一根天津卫十八街的大麻花一样酥焦了吗？"

在他的教训声中，那个年轻的鬼卒翻着白眼，茫然不知所措。掖令牌的鬼卒道：

"还愣着干什么？去取驴血来啊！"

那个鬼卒拍了一下脑袋，脸上出现恍然大悟般的表情。他转身跑下大堂，顷刻间便提来一只血污斑斑的木桶。木桶看上去十分沉重，因为那鬼卒的身体弯曲，脚步趔趄，仿佛随时都会跌翻在地。

他将木桶沉重地蹾在我的身边，使我的身体都受了震动。我嗅到了一股令人作呕的腥气；一股热烘烘的腥气，仿佛还带着驴的体温。一头被杀死的驴的身体在我脑海里一闪现便消逝了。持令牌的鬼卒从桶里抓起一只用猪的鬃毛捆扎成的刷子，蘸着黏稠的、暗红的血，往我头顶上一刷。我不由得怪叫一声，因为这混杂着痛楚、麻木，犹如万针刺戟般的奇异感受。我听到自己的皮肉发出噼噼啪啪的细微声响，感受着血水滋润焦煳的皮肉，联想到那久旱的土地突然遭遇甘霖。在那一时刻，我心乱如麻，百感交集。那鬼卒如一位技艺高超、动作麻利的油漆匠，一刷子紧接着一刷子，将驴血涂遍了我的全身。到最后，他提起木桶，将其中剩余的，劈头浇下来。我感到生命在体内重新又汹涌澎湃了。我感到力量和勇气又回到了身上。没用他们扶持,我便站了起来。

尽管两位鬼卒名叫"牛头"和"马面",但他们并不像我们在有关阴曹地府的图画中看到的那样真的在人的身躯上生长着牛的头颅和马的脑袋。他们的身体结构与人无异,所不同的只是他们的肤色像是用神奇的汁液染过,闪烁着耀眼的蓝色光芒。我在人世间很少见过这种高贵的蓝色,没有这样颜色的布匹,也没有这样颜色的树叶,但确有这样颜色的花朵,那是一种在高密东北乡沼泽地开放的小花,上午开放,下午就会凋谢。

在两位身材修长的蓝脸鬼卒挟持下,我们穿越了似乎永远都看不到尽头的幽暗隧道。隧道两壁上,每隔十几丈就有一对像珊瑚一样奇形怪状的灯架伸出,灯架上悬挂着碟形的豆油灯盏,燃烧豆油的香气时浓时淡,使我的头脑也时而清醒时而迷糊。借着灯光,我看到隧道的穹隆上悬挂着许多巨大的蝙蝠,它们亮晶晶的眼睛在幽暗中闪烁,不时有腥臭的颗粒状粪便,降落在我的头上。

终于走出隧道,然后登上高台。一个白发苍苍的老婆婆,伸出白胖细腻与她的年龄很不相称的手,从一只肮脏的铁锅里,用乌黑的木勺子,舀了一勺洋溢着馊臭气味的黑色液体,倒在一只涂满红釉的大碗里。鬼卒端起碗递到我面前,脸上浮现着显然是不怀好意的微笑,对我说:

"喝了吧,喝了这碗汤,你就会把所有的痛苦烦恼和仇恨忘记。"

我挥手打翻了碗,对鬼卒说:

"不,我要把一切痛苦烦恼和仇恨牢记在心,否则我重返人间就失去了任何意义。"

我昂然下了高台,木板钉成的台阶在脚下颤抖。我听到鬼卒喊叫着我的名字,从高台上跑下来。

接下来我们就行走在高密东北乡的土地上了。这里的一山一水、一草一木我都非常熟悉。让我感到陌生的是那些钉在土地上的白色木桩,木桩上用墨汁写着我熟悉的和我不熟悉的名字,连我家那些肥沃的土地上,也竖立着许多这样的木桩。后来我才知道,我在阴间里鸣冤叫屈时,人世间进行了土地改革,大户的土地,都被分配给了无地的贫民,我的土地,自然也不例外。均分土地,历朝都有先例,但均分土地前也用不着把我枪毙啊!

鬼卒仿佛怕我逃跑似的,一边一位摽着我,他们冰凉的手或者说是爪子紧紧地抓着我的胳膊。阳光灿烂,空气清新,鸟在天上叫,兔在地上跑,沟渠与河道的背阴处,积雪反射出刺目的光芒。我瞥着两个鬼卒的蓝脸,恍然觉得他们很像是舞台上浓妆艳抹的角色,只是人间的颜料,永远也画不出他们这般高贵而纯粹的蓝脸。

我们沿着河边的道路,越过了十几个村庄,在路上与许多人擦肩而过。我认出了好几个熟识的邻村朋友,但我每欲开口与他们打招呼时,鬼卒就会及时而准确地扼住我的咽喉,使我发不出半点声息。对此我表示了强烈的不满。我用脚踢他们的腿,他们一声不吭,仿佛他们的腿上没有神经。我用头碰他们的脸,他们的脸宛如橡皮。他们扼住我喉咙的手,只有在没有人的时候才会放松。有一辆胶皮轮子的马车拖着尘烟从我们身边飞驰而过,马身上的汗味让我倍感亲切。我看到身披白色光板子羊皮袄的车把式马文斗抱着鞭子坐在车辕杆上,长杆烟袋和烟荷包拴在一起,斜插在脖子后边的衣领里。烟荷包摇摇晃晃,像个酒店的招儿。车是我家的车,马是我家的马,但赶车的人却不是我家的长工。我想冲上去问个究竟,但鬼卒就像两棵缠住我的藤蔓一样难以挣脱。我感到赶车的马文斗一定能看到我的形象,一定能听到我极力挣扎时发出的声音,一定能嗅到我身上那股子人间难寻的怪味儿,但他却赶着马车飞快地从我面前跑过去,仿佛要逃避灾难。后来我们还与一支踩高跷的队伍相遇,他们扮演着唐僧取经的故事,扮孙猴子、猪八戒的都是村子里的熟人。从他们打着的横幅标语和他们的言谈话语中,我知道了那天是一九五〇年的元旦。

在即将到达我们村头上那座小石桥时,我感到一阵阵的烦躁不安。一会儿我就看到了桥下那些因沾满我的血肉而改变了颜色的卵石。卵石上粘着一缕缕布条和肮脏的毛发，散发着浓重的血腥。在破败的桥洞里，聚集着三条野狗。两条卧着，一条站着。两条黑色，一条黄色。都是毛色光滑、舌头鲜红、牙齿洁白、目光炯炯有神。

莫言在他的小说《苦胆记》里写过这座小石桥，写过这些吃死人吃疯了的狗。他还写了一个孝顺的儿子，从刚被枪毙的人身上挖出苦胆，拿回家去给母亲治疗眼睛。用熊胆治病的事很多，但用人胆治病的事从没听说，这又是那小子胆大妄为的编造。他小说里描写的那些事，基本上都是胡诌，千万不要信以为真。

在从小桥到我的家门这一段路上，我的脑海里浮现着当初枪毙我的情景：我被细麻绳反剪着双臂，脖颈上插着亡命的标牌。那是腊月里的二十三日，离春节只有七天。寒风凛冽，彤云密布。冰霰如同白色的米粒，一把把地撒到我的脖子里。我的妻子白氏，在我身后的不远处号哭，但却听不到我的二姨太迎春和我的三姨太秋香的声音。迎春怀着孩子，即将临盆，不来送我情有可原，但秋香没怀孩子，年纪又轻，不来送我，让我心寒。我在桥上站定后，猛地回过头，看着距离我只有几尺远的民兵队长黄瞳和跟随着他的十几个民兵。我说：老少爷们儿，咱们一个村住着，远日无仇，近日无怨，兄弟有什么对不住你们的地方，尽管说出来，用不着这样吧？黄瞳盯了我一眼，立刻把目光转了。他的金黄的瞳仁那么亮，宛若两颗金星星。黄瞳啊黄瞳，你爹娘给你起这个名字，可真起得妥当啊！黄瞳说：你少啰唆吧，这是政策！我继续辩白：老少爷们儿，你们应该让我死个明白啊，我到底犯了哪条律令？黄瞳说：你到阎王爷那里去问个明白吧。他突然举起了那支土枪，枪筒子距离我的额头只有半尺远，然后我就感到头飞了，然后我就看到了火光，听到了仿佛从很远处传来的爆响，嗅到了飘浮在半空中的硝烟的香气……

我家的大门虚掩着，从门缝里能看到院子里人影绰绰，难道她们知道我要回来吗？我对鬼差说：

"二位兄弟，一路辛苦！"

我看到鬼差蓝脸上的狡猾笑容，还没来得及思考这笑容的含义，他们就抓着我的胳膊猛力往前一送。我的眼前一片昏黄，就像沉没在水里一样，耳边突然响起了一个人欢快的喊叫声：

"生下来了！"

我睁开眼睛，看到自己浑身沾着黏液，躺在一头母驴的腚后。天哪！想不到读过私塾、识字解文、堂堂的乡绅西门闹，竟成了一匹四蹄雪白、嘴巴粉嫩的小驴子。

第二章

西门闹行善救蓝脸
白迎春多情抚驴孤

站在母驴后边那个满脸喜气的男人，是我的长工蓝脸。记忆中他还是个瘦弱的青年，想不到在我死后这短暂的两年里，竟出落成一个身材魁梧的壮汉。

他是我从关帝庙前雪地里捡回来的孩子。那时他身披破麻袋，脚上没有鞋，身体僵硬，满脸青紫，头发纠结成团。那时候我的爹刚去世，我的娘还健在。我刚刚从爹的手里接过了那口樟木箱上的黄铜钥匙。樟木箱里收藏着我们家那八十亩良田的地契和我们家全部的金银细软。那时我刚刚二十四岁，新娶了白马镇首富白连元家的二小姐为妻。二小姐乳名杏儿，大名没有，嫁到我家，就是西门白氏。白氏是大户人家的女儿，知书达理，身体娇弱，双乳犹如两个甜梨，下体也颇有韵致，炕上的活儿也可我心意，美中不足的是嫁过来数年尚未生育。

那时候我可谓少年得志。连年丰收，佃户交租踊跃，粮仓里大囤满小囤流。六畜兴旺，家养的黑骡马竟然下了双驹。这可是奇迹，传说中有，现实中少见。来我家看双驹的乡民络绎不绝，恭维的话不绝于耳。家里准备了茉莉花茶和绿炮台烟卷招待乡亲。村里的半大小子黄瞳偷了一包烟卷，被人拧着耳朵拖到我面前。这小子黄头发黄面皮，黄眼珠子滴溜溜转，似乎满肚子坏心眼儿。我挥手放了他，还送他一包茶叶，让他带回家给他爹喝。他爹黄天发是忠厚老实人，做一手好豆腐，是我的佃户，种着我五亩靠河的肥田，想不到他竟生养出这么一个混混儿子。后来黄天发送来一挑子能用秤钩子挂起来的老豆腐，赔情的话说了两箩筐，我又让太太送他二尺青直贡呢，让他回家做双新鞋过年。黄瞳啊黄瞳，就冲着我跟你爹多少年的交情，你也不该用土枪崩了我啊。我自然知道你是听人之命，但你完全可以对准我的胸膛开枪，给我留下个囫囵尸身啊！你这忘恩负义的杂种啊！

我西门闹堂堂正正、豁达大度、人人敬仰。接手家业时虽逢乱世，既要应付游击队，又要应付黄皮子，但我的家业还是在几年内翻番增值，良田新置一百亩，大牲口由四匹变成八匹，新拴了一辆胶皮轱辘大车，长工由两人变成四人，丫环由一个变成两个，还新添了两个置办饭食的老妈子。就是在这样的情景之下，我从关帝庙前，把冻得只有一口游气的蓝脸抱了回来。那天我是早起捡粪，说来你不会相信，我虽是高密东北乡第一的大富户，但一直保持着劳动的习惯。三月扶犁，四月播种，五月割麦，六月栽瓜，七月锄豆，八月杀麻，九月掐谷，十月翻地，寒冬腊月里我也不恋热炕头，天麻麻亮就撅着个粪筐子去捡狗屎。乡间流传着我因起得太早错把石头当狗屎捡回来的笑话，那是他们胡说，我鼻子灵敏，大老远就能嗅到狗屎的气味。一个地主，如果对狗屎没有感情，算不上个好地主。

那天下了很大的雪，房屋、树木、街道都被遮盖，白茫茫一片。狗都躲起来了，没有狗屎可捡。但我还是踏雪出户。空气清凉，小风遒劲，黎明时分，有诸多神秘奇异现象，不早起何能看到？我从前街转到后街，登上土围子绕屯一周，看到东边天际由白变红，看到朝霞如火，看到一轮红日升起，广大的天下，雪映红光，宛如传说中的琉璃世界。我在关帝庙前发现了这个小子，雪掩盖了他半截身体。起初我以为他已经死了，考虑着捐几个善钱买一副薄皮棺材将他掩埋，免得被野狗吃掉。在此之前一年，曾有一个赤裸的男人冻死在土地庙前，那人遍体赤红，鸡巴像枪一样挺立着，围观者嬉笑不止。这件事被你那个怪诞朋友莫言写到他的小说《人死屌不死》里了。这个人死屁不死的"路倒",是我出钱掩埋,掩埋在村西老墓田里。这样的善事,影响巨大,胜过树碑立传。我放下粪筐,把他挪动了一下,用手摸摸胸口,还有一丝热气,知道还没死,就脱下棉袍,将他包裹起来。沿着大街,迎着太阳,手托着这冻僵的孩子往家里走。此时天地间霞光万道,大街两侧的人家都开门扫雪,诸多的乡亲,看到了我西门闹的善举。就冲着这一点,你们也不该用土枪崩了我啊!就冲着这一点,阎王爷啊,你也不该让我转世为一头毛驴啊!常说救人一命,胜造七级浮屠,我西门闹千真万确地是救了一条命。我西门闹何止救过一条命?大灾荒那年春天我平价粜出二十石高粱,免除了所有佃户的租子,使多少人得以活命。可我却落了个何等凄惨的下场,天和地,人和神,还有公道吗?还有良心吗?我不服,我想不明白啊!

我把那小子抱回家,放在长工屋的热炕头上。我本想点火烤他,但富有生活经验的长工头老张说,东家,万万烤不得。那冻透了的白菜萝卜,只能缓缓解冻,放到火边,立刻就会化成一摊烂泥。老张说得有理。就让这小子在炕上慢慢缓着,让家人熬了一碗姜糖水,用筷子撬开他的牙齿灌进去。姜汤一进肚,他就哼哼起来。我把这小子救活,让老张用剃头刀子刮去了他那一头乱毛,连同那些虱子。给他洗了澡,换上干净衣裳,领着这小子去见我娘。这小子乖巧,跪在地上就叫奶奶,把我娘喜得不行,念一声"阿弥陀佛",说这是哪座庙里的小和尚啊!问他年龄,摇头不知;问他家乡,他说记不清楚;问他家里还有什么人,更是把头摇得如货郎鼓似的。就这样,收留了这小子,算是认了个干儿子。这小子聪明猴儿,顺着竿儿往上爬;见了我就叫干爹,见到白氏就喊干娘。但不管你是不是干儿子,都得给我下力气干活。连我这个当东家的也得下力气干活。不劳动者不得食,这是后来的说法,但意思古来就有。这小子无名无姓,左脸上有巴掌大的一块蓝痣,我随口说,你小子就叫蓝脸吧,姓蓝名脸。这小子说,干爹,我要跟着你姓,姓西门,名蓝脸,西门蓝脸。我说这可不行,西门,不是随便可以姓的,好好干吧,干上二十年再说。这小子先是跟着长工干点零活，放马，放驴——阎王爷啊，你怎么黑心把我变成一头驴啊——后来就渐渐地顶大活了。别看他瘦弱，但手脚麻利，有眼力，会使巧劲儿，倒也弥补了体力的不足。现在，我注视着他宽阔的肩膀和粗壮的胳膊，知道他已经是个顶天立地的男人。

"哈哈，生下来了！"他大声喊叫着，俯下身来，伸出两只大手，将我扶持起来。我感到无比的羞耻和愤怒，努力吼叫着：

"我不是驴！我是人！我是西门闹！"

但我的喉咙像依然被那两个蓝脸鬼卒扞住似的，虽竭尽全力，可发不出声音。我绝望，我恐惧，我恼怒，我口吐白沫，我眼睛泌出黏稠的泪珠。他的手一滑，我就跌倒在地上，跌倒在那些黏稠的羊水和蚕皮样的胎衣里。

"快点，拿条毛巾出来！"随着蓝脸的喊叫，挺着大肚子的女人，从屋子里走出来。我猛然间看到了她的那张生了蝴蝶斑的、略有些浮肿的脸，和那张脸上两只忧伤的大眼睛。呜噢——呜噢——这是我西门闹的女人啊，我的二姨太迎春，她原是我太太白氏陪嫁过来的丫头，原姓不详，随主姓白。民国三十五年春天被我收了房。这丫头大眼直鼻，额头宽广，长嘴方颔，一脸福相，更兼那两只奶头上翘的乳房和那宽阔的骨盆，一看就知道是个生孩子的健将。我太太久不生养，内心惭愧，就将这迎春驱赶到我的被窝里。她那几句话通俗易懂又语重心长，她说：当家的，你把她收了吧！肥水不流外人田！

果然是块肥田。我与她合房的当夜，就使她怀了孕，不但是怀了孕，而且是双胞胎。第二年初春她就为我生了龙凤胎，男名西门金龙，女名西门宝凤，据接生姥姥说，还从来没有经历过这样善于生养的女人，她宽阔的骨盆，富有弹性的产道，就像从麻袋里往外倒西瓜一样，轻松地就把那两个肥大的婴儿产了下来。几乎所有的女人在初产时都要呼天抢地，悲惨号叫，但我的迎春生养时，产房里竟然无声无息。据接生姥姥说，在生产的过程中，迎春的脸上始终挂着神秘的微笑，宛如做着有趣的游戏，弄得接生婆心里十分紧张，生怕从她的产道里钻出妖精。

金龙和宝凤的出生,是西门家的天大之喜。怕惊扰婴儿和产妇,我让长工头老张和小长工蓝脸,买了十挂八百头的鞭炮,挑到村南的围子墙上燃放。鞭炮声声,一阵阵传来,使我大喜若狂。我这人有个怪癖,每逢喜事手就发痒,非努力劳动不能解除。在鞭炮声中,我揎拳捋袖,跳到牲口圈里,将积攒了一个冬天的几十车子粪撤了出来。村里一个惯于装神弄鬼的风水先生马智伯跑到牲口圈边,神秘地对我说:门市——这是我的字——门市贤弟,家里有产妇,不能打墙动土,更不能出粪淘井,冲撞了太岁,主着婴儿不利。

马智伯的话让我心头一凛,但开弓没有回头箭,任何事,只要开了头就要干到底,不能半途而废,出了一半的圈,不能再回填。我说,古人曰:人有十年旺,神鬼不敢傍。我西门闹心正不怕邪,行端不怕鬼,即便是碰上太岁又有何妨。也是被马智伯的臭嘴言中,我从粪中铲出一个葫芦状的怪物。这物似凝胶,如肉冻,似透明又混沌,既脆弱又柔韧,我把它铲到圈边上打量着,难道这就是传说中的太岁吗?我看到马智伯脸色灰白,山羊胡须哆哆嗦嗦,双手抱在胸前,对着怪物连连作揖,一边作揖,一边倒退,退到墙边,转身逃跑。我冷笑一声,说:如果太岁就是这副模样,那也就不值得敬畏了。太岁,太岁,如果我连喊三声你还不能遁遁,那就不要怪我不客气了。太岁,太岁,太岁!我闭着眼连吼三声,睁开眼看到那物还是原样,局促在圈边,与马粪相伴,完全是个死物,于是我挥起铁锨,一下子将它劈成两半。我看到那物的里边,也是那样似胶似冻的物质,宛如桃树疤痕里流淌出来的树脂。我将它铲起来,用力撇到了墙外,与马粪驴屎混合在一起,但愿这东西有肥力,能使七月的玉米长出象牙般的大棒子,能使八月的谷子抽出狗尾般的大穗子。

莫言那小子在他的小说《太岁》中写道:

……在一个透明的广口大瓶子里,倒上水,放上红茶和红糖，放在温暖的锅灶后边，十天之后，瓶子里长出一个葫芦状的怪物。村子里的人听说后，都跑来观看。马智伯的儿子马聪明紧张地说："不得了了，这是太岁！当年地主西门闹挖出的太岁就是这样子。"我是现代青年，相信科学，不相信鬼神。我把马聪明轰走，将这玩意儿从瓶子里倒出来，切开，剁碎，放在锅里炒，异香散发，令人馋涎欲滴。吃到嘴里，犹如肉冻粉皮，味道好极了，营养好极了……吃了一个太岁后，我的身体，在三个月内增高了十厘米……

这小子，真是能忽悠啊。

鞭炮声驱散了西门闹不能生育的谣言，许多人都置办礼物，准备在九日之后前来贺喜。但旧谣言刚破，新流言产生，西门闹出圈肥冲撞了太岁的事，一夜间传遍了高密东北乡十八个村镇。不但流传，而且添油加醋，说那太岁，是个七窍灵通的大肉蛋，在圈边滚来滚去，被我一锨劈开，一道白光冲天而去。冲撞了太岁，百日内必有血光之灾。我知道树大招风，财多遭嫉，许多人在暗中期待着西门闹倒霉。我心略有忐忑，但定力不失，如果上帝要惩罚我，何必还送我金龙宝凤两个宁馨儿。

....

迎春见到我，脸上也显出喜气。她困难地弯下腰，在那一瞬间我看清了她腹中的婴儿，是个男婴，左脸上也有一块蓝痣，毫无疑问是蓝脸的种子，巨大的耻辱，毒蛇信子一样的怒火，在我心中燃起。我要杀人，我要骂人，我要将蓝脸剁成肉泥。蓝脸，你这个忘恩负义的畜生，你这个丧尽天良的混账王八羔子！你口口声声叫我干爹，后来你干脆就叫我爹，如果我是你爹，那迎春就是你的姨娘，你将姨娘收做老婆，让她怀上你的孩子。你败坏人伦，该遭五雷轰顶！到了地狱，该当剥皮楦草，到畜生道里去轮回！可上天无道，地狱无理，到畜生道里轮回的偏偏是我一辈子没做坏事的西门闹。还有你，小迎春,小贱人,在我怀里你说过多少甜言蜜语?发过多少山盟海誓?可我的尸骨未寒,你就与长工睡在了一起。你这样的淫妇,还有脸活在世间吗?你应该立即去死,我赐你一丈白绫,呸,你不配用白绫,只配用捆过猪的血绳子,到老鼠拉过屎、蝙蝠撒过尿的梁头上去吊死!你只配吞下四两砒霜把自己毒死!你只配跳到村外那眼淹死过野狗的井里去淹死!在人世间应该让你骑木驴游街示众!在阴曹地府应该把你扔到专门惩罚淫妇的毒蛇坑里让毒蛇把你咬死!然后将你打入畜生道里去轮回,虽万世也不得超脱!啊噢——啊噢——但被打到畜生道里的却是我正人君子西门闹,而不是我的二姨太太。

她艰难地蹲在我的身边,用一条蓝格子的羊肚子毛巾,仔细地擦拭着我身上的黏液。干燥的毛巾拭到湿漉漉的皮毛上,使我感到十分舒适。她的动作轻柔,仿佛擦拭着她亲生的婴儿。可爱的小驹子,亲亲的小东西,你长得可真是好看,瞧这大眼睛,蓝汪汪的,瞧这小耳朵,毛茸茸的……她的嘴说到哪里,手中的毛巾就擦拭到哪里。我看到了她那颗依然善良的心,感受到了她发自内心的爱。我被感动了,心中邪恶的毒火渐渐熄灭,在世为人时的记忆变得遥远而模糊起来。我身上干爽了。我不哆嗦了。我的骨头硬了,腿上有了力气。一股力量,一个愿望,催促着我用力。哎哟,还是个驴儿子呢,她用毛巾擦拭了一下我的生殖器。我感到一阵羞耻,往昔为人时与她的性戏蓦然间又变得清晰无比。我是谁的儿子?我是母驴的儿子,我看到站在那里浑身颤抖的母驴,我的母亲?一头母驴?恼怒和烦躁催促着我,我站了起来。我撑着四条腿站了起来,仿佛一条短促的高腿板凳。

"站起来了,站起来了!"蓝脸抚着掌,兴奋地说。他伸手将蹲在地上的迎春拉了起来。他的眼睛里有很多温柔,看样子他对迎春还很有情意。我猛然想起当年的一些往事,似乎有人对我暗示过,说要我提防着家养的小长工乱了内室。也许他们早就有了暧昧之事?

我站在元旦上午的阳光里,为了不跌倒,不断地倒着蹄子。我迈开了为驴的第一步,开始了一个陌生的、充满了苦难和耻辱的旅途。

我又走了一步，身体摇摇晃晃，肚皮绷得很紧。我看到了很大的太阳，很蓝的天，很白的鸽子在天上飞翔。我看到蓝脸扶着迎春走回屋子。我看到一男一女两个小孩，身上穿着簇新的棉袄，脚上穿着虎头鞋子，头上戴着兔皮帽，从大门外跑进来。他们的小短腿跨越高高的门槛时很是吃力。他们只有三四岁的光景。他们管蓝脸叫爹，管迎春叫娘，啊噢——啊噢——我知道他们原本是我的儿女，男孩叫西门金龙，女孩叫西门宝凤。我的孩子啊，爹好生思念你们啊！爹还指望着你们成龙成凤光宗耀祖呢，可你们竟然成了别人的儿女，而你们的爹，成了一头驴子。我心悲怆，头昏眼花，四肢抖颤，跌翻在地。我不要当驴，我要讨还我的人身，做我的西门闹，与他们算账。在我跌倒的同时，生我的那头母驴也轰然倒地，犹如一堵腐朽的墙壁。

生我的母驴死了，它四肢僵硬，如同木棍，大睁着双眼，死不瞑目，好像有满腹的冤屈。我对它的死丝毫不感到悲痛，我只是借它的身躯而诞生，全是阎王爷的诡计，抑或是阴差阳错。我没吃它一口奶，见到它两腿之间那肿胀的乳房我就感到恶心。我是喝着高粱面稀粥长大成驴，稀粥是迎春亲手熬，她对我有养育之恩。她用一柄木勺子舀着稀粥喂我，当我长大成驴时那木勺子已经被我咬得不成模样。喂我稀粥时，我看到她乳房鼓胀，那里边蓄积着浅蓝的乳汁。我知道她的乳汁的味道，我吃过她的乳汁。她的乳汁很好，她的奶好，她的奶发孩子，两个孩子都吃不完，有的女人的奶有毒，好孩子也会被她毒死。她一边喂着我一边说：可怜的小驹驹，刚生下来就死了娘。我看到她说这些话时眼睛水汪汪的，盈着泪水，她是真心疼我。她的孩子，金龙和宝凤，好奇地问她：娘，小驴的娘怎么会死呢？她说，寿限到了，被阎王爷叫走了。她的孩子说：娘，你可不要被阎王爷叫走，你要是被阎王爷叫走，我们就跟小驴驹一样没有娘了，解放也就没娘了。她说：娘永远不走，阎王爷欠着咱家的债呢，他不敢来咱家。

屋子里传出了蓝解放的啼哭声。

你知道谁是蓝解放吗？故事的讲述者——年龄虽小但目光老辣，

体不满三尺但语言犹如滔滔江河的大头儿蓝千岁突然问我。

我自然知道，我就是蓝解放，蓝脸是我的爹，迎春是我的娘。这么说，你曾经是我们家的一头驴？

是的，我曾经是你们家的一头驴。我生于一九五〇年一月一日上午，而你蓝解放，生于一九五〇年一月一日傍晚，我们都是新时代的产儿。

第三章

洪泰岳动怒斥佃户
西门驴闯祸啃树皮

尽管我不甘为驴，但无法摆脱驴的躯体。西门闹冤屈的灵魂，像炽热的岩浆，在驴的躯壳内奔突；驴的习性和爱好，也难以压抑地蓬勃生长；我在驴和人之间摇摆，驴的意识和人的记忆混杂在一起，时时想分裂，但分裂的意图导致的总是更亲密的融合。刚为了人的记忆而痛苦，又为了驴的生活而欢乐。啊噢——啊噢——蓝脸的儿子蓝解放，你明白我的意思吗？我的意思是说，譬如我看到你的爹蓝脸和你的娘迎春在炕上颠鸾倒凤时，我，西门闹，眼见着自己的长工和自己的二姨太搞在一起，痛苦地用脑袋碰撞驴棚的栅门，痛苦地用牙齿啃咬草料笸箩的边缘，但笸箩里新炒的黑豆搅拌着铡碎的谷草进入我的口腔，使我不由自主地咀嚼和吞咽，在咀嚼中，在吞咽中又使我体验到了一种纯驴的欢乐。

似乎只是一眨眼的工夫，我就长成了一匹半大驴，结束了在西门家大宅院里自由奔跑的岁月。缰绳拴在我头上，我被拴在槽头上。与此同时，已经改姓为蓝的金龙和宝凤各长高两寸，与我同年同月同日生的蓝解放，你，也学会了走路。你在院里像一只小鸭子似的摇来摆去。住在东厢房里的另一户人家，在这段时间里的一个狂风暴雨日，生了一对双胞胎女婴。可见西门闹家这块宅基地地力未衰，依然盛产双胎。这两个女孩，长名互助，幼名合作。她们姓黄，是黄瞳的种子。她们是黄瞳与西门闹的三姨太秋香合伙生养的女儿。我的主人、你的爹，土改后分到了西门闹家的西厢房，这里原本就是二姨太迎春的住房。黄瞳分到了东厢房，东厢房的主人三姨太秋香，仿佛是房子的附赠，成了黄瞳的妻子。西门家堂皇的五间正房，现在是西门屯的村公所，每天都有人来此开会、办公。

那天我在院子里啃那棵大杏树，粗糙的树皮磨得我娇嫩的嘴唇火烧火燎，但我不愿放弃，我想知道树皮遮盖着什么东西。村长兼村支部书记洪泰岳，大声咋呼着，用一块尖利的石片向我投掷。石片正中我腿，铿然有声，十分刺激，这就是痛吗？一种热辣辣的感觉，血流如注，啊噢——啊噢——痛死我了，我是个可怜的驴孤儿。我看到腿上的血，不由得浑身哆嗦。我的腿瘸了，一瘸一拐地逃离院子东侧的杏树，逃到院子西侧。我家的门前，迎着朝阳，靠着南墙，有一个用木棍和苇席搭起来的棚子。那是我的窝，为我挡风遮雨，是我受到惊吓后就躲藏进去的地方。但这时我进不去窝棚，我的主人，正在里边，清理我夜里排泄的粪便。他看到了我腿上流着血一瘸一拐跑过来的情景。我猜想他也看到了洪泰岳飞石击中我腿的情形。石片在空中飞行，锋利的边缘切割着无色的空气，如同划破上等的绸缎，发出令驴心悸的声音。我看到主人站在棚口，庞大的身体像一座铁塔，阳光如同瀑布，在他身上流淌，蓝色的半边脸，另半边脸是红色，红与蓝以鼻为界，好像敌占区与解放区。今天这比喻已经十分陈旧，但那时却十分新鲜。我的主人痛苦地喊叫着："我的驴子啊——！"我的主人恼怒地吼叫着："老洪，你凭什么打伤我的驴？！"我的主人越过我的身体，用豹子般的敏捷动作，拦住了洪泰岳。

洪泰岳是西门屯的最高领导人，由于他过去的光荣历史，在一般干部将武器上缴的时候，他还随身佩戴着一支匣子枪。那赭红的牛皮枪套，牛皮哄哄地挂在他的屁股上，反射着阳光，散发着革命的气味，警告着所有的坏人：不要轻举妄动，不要贼心不死，不要试图反抗！他戴着一顶瓦灰色的长檐军帽，上身穿一件白布对襟小褂，腰里扎着一条四指宽的牛皮腰带，外边披着一件灰布夹袄，下穿肥大的灰裤，脚蹬千层底青华达呢面布鞋，没有扎绑腿，使他有几分像一个战时的武工队员。而战争年代，我不是驴而是西门闹的年代，我是西门屯首富的年代，我开明绅士西门闹的年代，我一妻两妾、良田二百亩、骡马成群的年代，你洪泰岳，洪泰岳你，是个什么东西！你那时是标准的下三烂，社会的渣滓，敲着牛胯骨讨饭的乞丐。你那件讨饭的道具，是公牛的胯骨制成，颜色微黄，打磨得异常光滑，边缘上串着九个铜环，轻轻一抖，便发出哗哗啷啷的声响。你攥着牛胯骨的把柄，在我们西门屯逢五排十的集市上，粉墨了脸，赤裸着背，脖子上悬挂着一个布兜，挺着圆滚滚的肚子，赤足，光头，瞪着乌溜溜精光四射的大眼，站在迎宾楼饭庄前边那一片用白石铺了地面的空场上，卖唱，炫技。能把一柄牛胯骨打出那么多套花样的全世界没有第二人。哗啷啷，哗啷啷，哗哗啷啷，哗啷，哗哗，啷啷，哗啷哗啷哗哗啷……牛胯骨在你手里上下翻飞，一片白光闪烁，成为整个集市的焦点。引人注目，闲人围拢，很快形成一个场子，打牛胯骨的叫花子洪泰岳顿喉高唱，虽是公鸭嗓，但抑扬顿挫，有板有眼，韵味十足：

　　太阳一出照西墙，
　　东墙西边有阴凉。
　　锅灶里烧火炕头上热，
　　仰着睡觉烫脊梁。
　　稀粥烫嘴吹吹喝，
　　行善总比为恶强。
　　俺说这话您若不信，
　　回家去问你的娘……

　　就是这样一个宝货，身份一公开，竟然是高密东北乡资格最老的地下党员，他曾经为八路军送过情报，铁杆汉奸吴三桂也死在他的手上。就是他在我坦白交出财宝后,一抹脸,目光如刺,面色似铁,庄严宣布:"西门闹,第一次土改时,你的小恩小惠、假仁假义蒙蔽了群众,使你得以蒙混过关,这次,你是煮熟的螃蟹难横行了,你是瓮中之鳖难逃脱了,你搜刮民财,剥削有方,抢男霸女,鱼肉乡里,罪大恶极,不杀不足以平民愤,不搬掉你这块挡道的黑石头,不砍倒你这棵大树,高密东北乡的土改就无法继续,西门屯穷苦的老少爷们儿就不可能彻底翻身。现经区政府批准并报县政府备案,着即将恶霸地主西门闹押赴村外小石桥正法!"轰隆一声巨响,电光闪烁,西门闹的脑浆涂抹在桥底冬瓜般的乱石上,散发着腥气,污染了一大片空气。想到此处,我心酸楚,我百口莫辩,因为他们不允许我争辩,斗地主,砸狗头,砍高草,拔大毛,欲加之罪,何患无辞。我们会让你死得心服口服的,洪泰岳这样说过,但他们没给我申辩的机会,洪泰岳你出口无信,食言而肥。

他叉腰站在大门内,与蓝脸面对面,浑身上下透着威严。尽管我刚刚回忆了他敲牛胯骨时在我面前点头哈腰的形象,但人走时运马走膘,兔子落运遭老鹰,作为一头受伤的驴,我对这个人心存畏惧。我的主人,与洪泰岳对视着,中间距离约有八尺。我的主人出身贫苦,根红苗正,但他与我西门闹干爹干儿地称呼过,关系暧昧,尽管他后来提高了觉悟,在斗争我的过程中充当急先锋,挽回了贫雇农的好名声,并分得了房屋、土地和老婆,但他和西门家的特殊关系,总让当权者心存疑虑。

两个男人目光相持良久,最先说话的是我的主人:

"你凭什么打伤我的驴子?"

"如果你再敢让它啃树皮,我就把它枪毙!"洪泰岳拍拍屁股上的牛皮枪套,斩钉截铁地说。

"它是头畜生,用不着你下这样的黑手!"

"我看,那些饮水不思源、翻身就忘本的人,还不如一头畜生!"洪泰岳盯着蓝脸说。

"此话怎么讲?"

"蓝脸你给我好生听着,一字一句都听仔细,"洪泰岳往前跨出一步,伸出一根手指,如同枪筒,对着我主人的胸脯,说,"土改胜利后,我就劝你不要和迎春结婚,虽然迎春也是苦出身,委身西门闹也是被逼无奈,虽然寡妇改嫁是人民政府大力提倡的好事,但你作为赤贫阶级,应该娶像村西头苏寡妇那样的女人,她家房无一间,地无一垄,丈夫病死后,便以乞讨为生,她虽然满脸麻子,但她是无产阶级,是我们自己人,她能让你保持气节,革命到底,但你不听我的劝告,非要和迎春结婚,考虑到婚姻自由,我不能违背政府法令,便依了你。不出我之所料,仅仅三年,你的革命意志已经彻底消退,你自私,落后,发家致富,想过上你的东家西门闹那种糜烂生活,你是一个蜕化变质的典型,如不觉悟,迟早会堕落成人民的敌人!"

我的主人怔怔地望着洪泰岳,半晌不动,犹如僵死,终于缓过气来,有气无力地问:

"老洪,既然苏寡妇身上有那么多好处,你为什么不与她结婚?"

洪泰岳被这句听上去软弱无力的话噎得张口结舌,半晌没回上话,状甚狼狈,终于回话,显然文不对题,但是义正词严:

"你不要跟我调皮,蓝脸,我代表党,代表政府,代表西门屯的穷爷们儿,给你最后一个机会,再挽救你一次,希望你悬崖勒马,希望你迷途知返,回到我们的阵营里,我们会原谅你的软弱,原谅你心甘情愿地给西门闹当奴才那段不光彩的历史,也不会因为你跟迎春结了婚而改变你雇农的阶级成分,雇农啊,一块镶着金边的牌子,你不要让这块牌子生锈,不要让它沾染上灰尘,我正式地告诉你,希望你立即加入合作社,牵着你这头调皮捣蛋的驴驹子,推着土改时分给你的独轮车,载着分你的那盘磨,扛着你的锨镢铙钩,领着你的老婆孩子,自然也包括西门金龙和西门宝凤那两个地主崽子,加入合作社,不要再单干,不要闹独立,常言道:'螃蟹过河随大溜''识时务者为俊杰',不要顽固不化,不要充当挡路的石头,不要充硬汉子,比你本事大的人成千上万，都被我们修理得服服帖帖。我洪泰岳，可以允许一只猫在我的裤裆里睡觉，但绝不允许你在我眼皮子底下单干！我的话，你听明白了没有？"

洪泰岳一条好嗓子，是当年打牛胯骨卖膏药时锻炼出来的，这样的好嗓子，这样的好口才，不当官才是咄咄怪事。我有几分入迷地听着他的话，看着他训斥蓝脸时那居高临下的姿态，尽管他的身材比蓝脸矮了半头，但我觉得他比蓝脸要高许多。我听到他提到了西门金龙和西门宝凤，心中惊恐无比，隐藏在驴体内的西门闹对自己遗留在这动荡不安的人世的两块亲骨肉放心不下，为他们的命运担忧，蓝脸既可以充当他们的保护伞，也可以成为给他们带来苦命的大灾星。这时，我的女主人迎春——我尽量地忘记她曾与我同床共枕为我生儿育女的往事吧——从西厢房出来，她出来前一定对着那半块镶嵌在墙壁上的破镜片整理过容貌。她上穿阴丹士林蓝偏襟褂子，下穿黑时布扫腿裤子，腰系一块蓝布白花围裙，头上罩着一方蓝布白花帕子，与围裙同样布料，很是利索很是和谐。阳光照着她憔悴的脸，那额，那眼，那嘴，那鼻，勾起我绵绵不绝的记忆，真是一个好女人啊，恨不得含在嘴里亲热着的好宝贝啊，蓝脸你这王八蛋真是有眼力啊，你如果娶了屯西那个满脸麻子的苏寡妇，即便是当了玉皇大帝，又有什么意思！她走过来，对着洪泰岳深深地鞠了一躬，说：

"洪大哥，你大人不见小人的怪，不要和这个直杠子人一般见识。"

我看到洪泰岳满脸僵硬的线条顿时和缓起来，他借坡下驴地说：

"迎春，你们家的历史情况，你心中有数，你们俩可以破罐子破摔，但你们的孩子，还要奔远大的前程，你要替他们着想，过上十年八年回头看，蓝脸，你就会明白，我老洪今天所讲，都是为你好，为你的老婆孩子好，我的话都是金玉良言！"

"洪大哥，我明白您的好意，"她拉着蓝脸的胳膊，拽拽，说，"快给洪大哥赔个不是吧，入合作社的事，我们回家商量。"

"没有什么好商量的，"蓝脸说，"亲兄弟都要分家，一群杂姓人,混在一起,一个锅里摸勺子,哪里去找好?"

"你可真是石头蛋子腌咸菜,油盐不进啊,"洪泰岳恼怒地说,"好你蓝脸,你能,你就一个人在外边,等着看吧,看看是我们集体的力量大,还是你蓝脸的力量大。现在是我动员你入社,我苦口婆心地求你;总会有一天,你蓝脸要跪在地上求我,而且,那一天并不遥远!"

"我不入社!我也永远不会跪在地上求你,"蓝脸耷拉着眼皮说,"政府章程是'入社自愿,退社自由',你不能强迫我!"

"你是一块臭狗屎!"洪泰岳怒吼一声。

"洪大哥,您千万……"

"不要大哥长大哥短的,"洪泰岳轻蔑地、仿佛带着几分厌恶地对迎春说,"我是书记,我是村长,我还兼任着乡里的公安员!"

"书记,村长,公安员,"迎春怯声道,"我们回家就商量……"然后她揉着蓝脸,哭咧咧地说:"你这个死顽固,你这个石头脑子,你给我回家……"

"我不回家,我话还没说完呢,"蓝脸执拗地说,"村长,你打伤了我的驴驹,要赔我药费!"

"我赔你一颗子弹!"洪泰岳一拍枪套,大笑不止,"蓝脸啊蓝脸,你可真行啊!"然后猛提嗓门,"这棵杏树,分到了谁的名下?"

"分到了我的名下!"一直站在东厢房门口看热闹的民兵队长黄瞳,应着,跑到洪泰岳面前,说,"支书,村长,公安员,土地改革时,这棵树分到我的名下,但这棵树,自分到我的名下后,就没结过一颗杏子,我准备立刻杀了它!这棵树,与西门闹一样,与我们贫雇农是有仇的。"

"你这是放屁!"洪泰岳冷冷地说,"你这是信口胡说,想讨我的好就要实事求是,杏树不结果实,是你不善管理,与西门闹无关。这棵树,虽然分在你的名下,但迟早也是集体的财产,走集体化的道路,消灭私有制度,根绝剥削现象,是天下大势,因此,你要看好这棵树，如果再让驴啃了它的皮，我就剥了你的皮！"

黄瞳在洪泰岳面前点头连连，脸上全是虚笑，两只细眯的眼睛射出金光，咧着嘴，龇着黄牙，露出紫色的牙龈。这时，他的老婆秋香，西门闹曾经的三姨太太，用扁担挑着两个箩筐，箩筐里放着两个婴儿，黄互助、黄合作。秋香梳着飞机头，头发上抹着闷香的桂花油，脸上涂了一层粉，穿着绲花边的衣衫，绿缎子鞋上绣着紫红的花。她真是胆大包天，竟然穿戴着给我当姨太太时的衣衫，涂脂抹粉，眼波流动，一身媚骨，一身浪肉，哪里像个劳动妇女？我对这个女人，有清醒的认识，她心地不善，嘴怪心坏，只可当作炕上的玩物，不可与她贴心。我知道她心气很高，如果不是我镇压着她，白氏和迎春都要死在她的手里。在砸我狗头之前，这个娘们，看清了形势，反戈一击，说我强奸了她，霸占了她，说她每天都要遭受白氏的虐待，她甚至当着众多男人的面，在清算大会上，掀开衣襟，让人们看她胸膛上的疤痕。这都是被地主婆白氏用烧红的烟袋锅子烫的啊，这都是让西门闹这个恶霸用锥子扎的，她声情并茂地哭喊着，果然是学过戏的女人，知道用什么方子征服人心。收留了这个女人，是我西门闹一片好心，那时她只是个脑后梳着两条小辫的十几岁女孩，跟着她瞎眼的爹，沿街卖唱，不幸爹死街头，她卖身葬父，成了我家的丫环。你这个忘恩负义的女人，如果不是我西门闹出手相救，你要么冻死街头，要么落入妓院当了婊子。这婊子，哭着诉着，把假的说得比真的还真，土台子下那些老娘们一片抽泣，抬起袄袖子擦泪，袄袖子明晃晃的。口号喊起来，怒火煽起来了，我的死期到了。我知道死在这个婊子手里了。她哭着喊着，不时用那两只细长的眼睛偷偷地看我。如果不是有两个身强力壮的民兵反剪着我的胳膊，我会不管三七二十一，冲上去，给她一个耳光，给她两个耳光，给她三个耳光。我坦白，因为她在家庭里搬弄是非，我确曾抽过她三个耳光，她跪在我的脚前，抱着我的腿，泪眼婆娑地望着我，那眼神之媚，之可怜，之多情，让我的心陡地软了，让我的屌猛地硬了，这样的女人，即便是搬弄口舌，即便是好吃懒做，又有何妨，于是三巴掌之后就是如醉如痴的缠绵,这个风情万种的女人啊,是治我的一帖灵药。老爷,老爷,我的亲哥,你打死我吧,你弄死我吧,你把我斩成八段,我的魂也缠着你……她猛地从怀里摸出了一把剪刀,对着我的头刺过来,几个民兵把她拦住,把她拖下台去。直到那时,我还认为,她是为了保全自己而演戏,我不能相信一个与我如胶似漆地睡过觉的女人,会真对我恨之入骨……

她挑着互助、合作,看样子想去赶集。她对着洪泰岳撒娇,小脸儿黑黑,仿佛一朵黑牡丹。洪泰岳道:

"黄瞳,你要管住她,你要改造她,让她改掉那些地主少奶奶的习性,你要让她下地劳动,不要让她四乡赶集!"

"听到了没有?!"黄瞳拦挡在秋香面前,说,"书记说你呢。"

"说我,我怎么啦?赶集都不让,那为什么不把集市取消?嫌老娘迷人,那你就去弄瓶镪水,给老娘点上一脸麻子!"秋香的小嘴,叽叽地说着,弄得洪泰岳好不尴尬。

"臭娘们,我看你是皮肉发痒了,欠揍!"黄瞳怒冲冲地说。

"你敢打我?你敢动我一指头,我就拼你个血胸膛!"

黄瞳以极麻利的动作抽了秋香一个耳光。片刻之间,众人呆若木鸡。我等待着秋香撒泼撒痴,满地打滚,寻死觅活,这都是她的惯用伎俩。但我的期待落了空,秋香没反,只是扔下扁担,捂着脸哭起来。互助和合作受了惊吓,一齐在箩筐里哭。那两颗小头,金灿灿,毛茸茸,远看活像两个猴头。

挑起了战争的洪泰岳转脸又成了和事佬,劝和了黄瞳夫妇,他目不斜视地走进原西门家的正房,门旁的砖墙上,挂着木牌,牌上写着"西门屯村委会"的潦草字样。

我的主人抱着我的头,用他粗糙的大手,摩挲着我的耳朵,主人的老婆迎春,用盐水清洗了我前腿上的伤口,然后用一块白布包扎起来。在这样的既感伤又温馨的时刻,我不是什么西门闹,我就是一头驴,一头很快就要长大、与主人同甘共苦的驴。就像莫言那厮在他的新编吕剧《黑驴记》中的一段唱词:

身为黑驴魂是人
往事渐远如浮云
六道中众生轮回无量苦
皆因为欲念难断痴妄心
何不忘却身前事
做一头快乐的驴子度晨昏

第四章

锣鼓喧天群众入社
四蹄踏雪毛驴挂掌

一九五四年十月一日，既是国庆日，又是高密东北乡第一家农业合作社成立的日子。那天，也是莫言那小子出生的日子。

一大早，莫言的爹就急急忙忙地跑到我家，见到我家主人，什么话也不说，用夹袄袖子擦眼泪。我家男女主人正在吃饭，见此情景，慌忙扔下饭碗，问：他大叔，出了什么事？莫言的爹呜呜咽咽地哭着说：生了，生了一个儿子——是他大婶生了一个儿子吗？我家女主人问道。——是，莫言他爹说。——那你哭什么？我家男主人道，你应该高兴才是。莫言的爹把眼一瞪，说：谁说俺不高兴？不高兴俺哭什么？我家男主人笑着说：对对对，高兴才哭，不高兴哭什么！拿酒来，我家男主人对女主人说，让我们哥俩喝两盅。今日不喝了，莫言的爹说，俺先来报个喜信，过几天咱们再喝。迎春大嫂子，莫言的爹对着我家女主人深深地鞠了一躬，说，俺能有儿子，全靠了你那块鹿胎膏。俺孩他娘说，等出了月子，她抱着儿子来给您磕头。俺孩他娘还说，您福分大，俺这儿子要送给您做干儿子。俺孩他娘说，只要您不答应，就让俺给您下跪。我家女主人笑着说：你们两口子，真是活宝。行了，我答应了，免得你下跪。——所以，莫言不仅仅是你的朋友，他还是你的干兄弟呢。

你干兄弟莫言的爹刚走，西门家院子里——应该是村公所院子里就忙活起来了。先是洪泰岳和黄瞳联手在大门上张贴了对联,接着来了一拨吹鼓手,蹲在院子里等待着。吹鼓手们的模样,让我感到似曾相识。西门闹的记忆纷至沓来,幸亏主人端来的草料中止了我的回忆。透过半敞开的席棚,我得以一边吃草料一边观察院子里的情景。半上午时刻,一个半大孩子举着一面红纸糊成的小旗,飞跑着进来,大声喊叫着:

"来了,来了,村长让奏乐!"

吹鼓手们手忙脚乱地跳起来,铿铿锵锵地敲了三通锣鼓,又呜呜哇哇地吹奏起迎宾的乐曲。我看到黄瞳侧着身体,在跑动中不时回头,嘴里叫唤着:

"闪开,闪开,区长来了。"

在合作社社长洪泰岳的引领下,陈区长与他的几位挎枪的警卫走进大门。区长眼窝深陷,身体精瘦,一套旧军装晃晃荡荡。区长进门后,那些加入了合作社的农民,牵着披红挂彩的牲口,扛着农具,涌进了院子。一时间,我家院子里六畜兴旺,人头攒动,一派热闹景象。区长站在杏树下一个方凳上,频频地对着众人招手,招一下手就欢声一片,牲畜们受到感染,马嘶驴叫牛吼,犹如锦上添花,火上浇油。就在这堂皇的时刻,在区长还没开口演说之前,主人牵着我,或者说蓝脸牵着他的毛驴,从人畜群中挤出去,在众目睽睽之下,走出了大门。

我们出了大门径直朝南走,路过荷湾旁边小学校的操场时,看到村子里所有的坏分子,在两个持着红缨枪的民兵监督下,正在搬石运土,加高加大操场北边那个唱过大戏、开过大会、也让我西门闹站在上边挨过批斗的土台子。只要沉浸在西门闹的记忆里,这些人我全都认识。看,那个怀抱着大石头、罗圈着腿吃力挪动的瘦老头,是担任过三个月伪保长的余五福。看,那个担着两箩筐黄土的车轴汉子,就是在还乡团反攻倒算时拐了一支大枪投敌的张大壮,他在我家当了五年车把式,他的媳妇白素素,是我老婆白氏的侄女,是我老婆保媒做成了这段婚姻。他们在批斗我时,硬说白素素是先被我睡了初夜然后再嫁给张大壮,这是放屁造谣,让那白素素作证,她撩起衣襟遮着脸,一味痛哭,一言不发,把假事哭成了真事,把西门闹哭上了黄泉路。看,那个扛着一根新鲜槐木的瘦瓜子脸、扫帚眉毛的青年,是屯里的富农伍元,我的亲密朋友。他善拉京胡,能吹唢呐,农闲时节,喜欢跟着响器班子串街走巷,不图挣钱,图个欢乐。看,那个端着一把磨秃了的铁锹、站在台子上,磨磨蹭蹭,偷懒耍滑、下巴上长着几根老鼠胡须的家伙,就是兴盛烧酒锅的掌柜田贵,一个家里囤着十石麦子却让老婆孩子吃糠咽菜的守财奴。看,看,看……那个拐着一双小脚、提着半筐土、歪着身体、三步一歇、五步一停的女人,就是我西门闹的正妻白氏。看,村子里的治安保卫主任杨七嘴里叼着烟卷,手里提着藤条,站在白氏的面前,严厉地说:西门白氏,你这是打毛子工吗?我妻白氏惊恐得几乎摔倒,沉重的土筐落地,正砸在一只小脚上。一声尖叫,我妻白氏,然后低声痛哭,抽抽噎噎,仿佛一个小姑娘。杨七举起藤条,猛地抽下去——我猛地挣脱了蓝脸手中的缰绳,朝着杨七冲去——藤条从距离白氏鼻尖一寸处劈下,"嗖"的一声响,白氏毫发无伤,杨七这一手,练到了火候。这个偷鸡摸狗的杂种,吃喝嫖赌抽,五毒俱全,糟光了他爹创下的家业,把他娘气得悬梁自尽,但他却成了赤贫农,革命的先锋。我本想给杨七一拳头——其实我没法给他一拳,我只能给他一蹄子,我只能咬他一口,用驴的大嘴驴的大牙,杨七你这个上唇上留着小胡子、嘴巴里叼着烟卷、手里提着藤条的杂种,我西门驴迟早要狠狠地咬你一口。

  主人及时地抓抢起被我挣脱的缰绳,使杨七那颗梆子头免遭一劫。我本能地撅起屁股,扬起两条后腿。我感到两只蹄子蹬在了一个柔软的地方,那就是杨七的肚腹。自从成驴之后,我的眼睛获得了比西门闹的眼睛广阔许多的视野,我的眼睛还能看到我屁股后面的东西。我看到杨七这个狗杂种一腚蹾在了地上,小脸蜡黄,好久没缓上气,缓上气就叫了一声亲娘。杂种,你的亲娘被你气得上了吊,你还叫她干甚!

我的主人扔下缰绳,慌忙把杨七扶起来。杨七拾起藤条,弓着腰,举起藤条,对着我的脑袋抽下。主人一把就抓住了他的手腕子,使那藤条无法落下。打驴也要看主人,杨七。操你妈蓝脸,你这个西门闹的干儿子,混进阶级队伍的坏人,老子连你一起打!杨七叫嚣着,我的主人抓着他的腕子不放松,暗中使上了力气,使那天天搞"破鞋"掏虚了身子的杨七连声哎哟着,手里的藤条也落在地上。主人往后推了杨七一把,说:算你运气好,我的驴还没钉蹄铁。

主人牵我走出南门,围子墙上有许多枯黄的狗尾巴草在微风中摇摆。今天是合作社成立的日子,也是我西门驴的成年礼。主人对我说,驴啊,我今天带你去挂掌,挂了掌你就等于穿上了鞋,石头硌不痛你的脚,尖物刺不进你的蹄。挂掌后你就是大驴了,你就应该帮我干活了。为主人干活,这大概是每头驴的命运吧?我昂起头,昂噢——昂噢——地叫起来,这是我成为公驴之后,第一次叫出了声音,我的嗓门粗大而洪亮,使主人的脸上出现惊喜的表情。

上蹄铁的师傅,兼营着铁匠铺子。他脸膛黝黑,鼻子通红,眉毛光秃,眉骨棱岸,睫毛没有,眼睑红肿,额头上有三道深刻的抬头纹,纹里蓄积着煤灰。他的徒弟,从脸上那些被汗水冲出来的道道里我知道他皮肤很白。少年汗流浃背,我担心他身上的水分很快就会流光。老铁匠浑身干燥,好像他身上的水分,已被多年的炉火烘烤干了。少年左手拉着风箱催火,右手操着铁钳翻动着焰火中的铁活。一旦铁活烧透,流光溢彩地从炉中提出,师徒联手,大锤狠砸,小锤轻点,叮叮当当,铿铿锵锵,火花迸溅,声震四壁,让我西门驴之心,为之迷狂。

我想白脸少年那般英俊潇洒的一个孩子,本色行当应该是在戏台上与那些小姐们打情骂俏、谈情说爱、柔情似水、佳期如梦,让他打铁,实在是阴差阳错。我想不到这个貌似潘安的英俊少年,体内竟然蕴藏着如此巨大的力量,十八磅的软柄大锤,非力大如牛的铁匠高手难以操控啊，可在少年的手里竟是那般轻松自如，仿佛是他身体的外延。在这样的锻打下，砧子上的铁犹如一块烂泥，随便他们师徒二人塑造成什么形状。他们将一块枕头般大小的钢铁，锻打成一柄铡刀，这是庄户人家最大的铁家什。我的主人，趁着铁匠师徒小憩之时，上前进言：金师傅，劳烦大驾，给咱家的驴子挂副蹄铁。老铁匠抽着烟，烟雾从他的鼻孔、耳朵里一股股冒出。小铁匠端着粗瓷大碗，咕嘟咕嘟灌水。他灌下去的水仿佛立即变成汗冒出来，我嗅到了一股奇异的香气，这就是那个心地纯洁、热爱劳动的美貌少年的体香。好一匹"雪里站"，老铁匠打量了我一眼，感叹道。我站在铁匠棚的外边，临着通往县城去的那条宽阔的街道，侧着头，第一次看到了自己的四只白蹄子。与西门闹有关的记忆汹涌而至，四蹄踏雪，可是千里龙驹啊，但老铁匠的话，如劈头浇我一桶冷水：只可惜是头驴，如果是匹马——马也不灵了，少年放下大碗道，国营农场那边，新进了两台"东方红"拖拉机，每台一百马力，顶一百匹马。双人合抱的大杨树，用钢丝绳拦腰拴住，挂在"东方红"上，它一加油门，突突地就把大杨树连根拔出，树根拖拉着，足有半条街那么长！——就你知道得多！老铁匠嗔怪着，随即又对蓝脸说：老蓝，虽然是头驴，有这样的品貌，也是难能可贵，没准儿哪员大将跨够了骏马，突然想骑驴，那你蓝脸就交了驴运气了。少年铁匠冷笑一声，接着便哈哈大笑，接着突然止住了笑声，好像他的笑和他脸上如同电闪一般突然出现又猝然消逝的表情，完全是他自己的事，与任何人没有关系。老铁匠显然被徒弟的怪笑震撼，他的眼神有点茫然，似乎在盯着徒弟，但他的眼睛没有焦点。后来他说，金边，还有蹄铁吗？金边成竹在胸地说：有许多，但都是马掌。那就放到炉里，烧烧打打，将它变成驴掌。他们用了抽一袋烟的工夫，就将一副马蹄铁改造成了驴蹄铁。小铁匠将　把厚重的方凳放在我的腿后，老铁匠搬起我的腿，用锋利的扁铲，修剪了我的趾甲。修完我的四蹄，老铁匠退后几步，打量着我，感慨万端地说：真是一头好驴子，我这辈子从来没见过这么漂亮的驴！——再漂亮也比不上康拜因，国营农场从苏联进口了一台康拜因，红的,一下子能割十垄麦,前头把麦穗吞进去,后头就把麦粒吐出来,哗哗地流麦粒,五分钟一麻袋!少年金边心驰神往地说。老铁匠长叹一声,道:金边,看来我这里是留不住你了。但即便是你明天要走,今天也要把驴掌挂上。金边靠在我身边,左臂揽住我一条腿,右手握着钉锤,嘴里叼着五个铁钉,左手将蹄铁按定在我蹄上,每钉两锤一别,干净利索,一只掌挂上。四只掌挂完,只用了十几分钟。然后,扔下手中的家什,进了棚里。老铁匠对我主人说:蓝脸,拉着它遛两圈,看看瘸不瘸。主人牵着我,在街上走了一圈,从供销合作社走到屠宰组,屠宰组正在宰一头黑猪,白刀子进去,红刀子出来,很是刺激,杀猪的人穿一件碧绿的褂子,大红大绿,对比鲜明。从屠宰组走到区政府,与陈区长和他的警卫员们迎面相逢,我知道西门屯农业生产合作社的庆典已经结束。区长的自行车坏了,扛在一个警卫员的肩上。陈区长一眼看到我,好久没把目光移开。我知道是我的英俊威武吸引了区长的目光。我知道我是驴中的伟岸丈夫,大概是阎王觉得对不住西门闹,特地把驴的最佳蹄腿、最佳头目都赋予了我吧?真是一头好驴,四蹄踏雪!我听到区长说。可以把它弄到畜牧工作站当种驴,我听到那个扛着自行车的警卫员说。你是西门屯的蓝脸吗?陈区长问我的主人。是,我主人应道。我主人在我屁股上拍了一掌,急欲回避。陈区长拦住他,抬手摸摸我的背,我随即蹦了一个高。我主人说,这驴脾气不好。——脾气不好,要慢慢调教,千万别性急,性急,使夹生了,就无法调教了。区长用行家里手的口吻对我的主人说,参加革命前,我当过驴贩子,见过的驴成千上万,对驴的脾性了如指掌。区长哈哈大笑起来,我的主人也跟着傻笑。区长说:蓝脸,你的情况,我听洪泰岳说了,我批评了他,我说蓝脸就是一头犟驴,要顺着毛摩挲,性急不得,性急了他就会尥蹶子、咬人。蓝脸,你可以暂时不入社,你和合作社竞赛吧,我知道你分了八亩地,到明年秋天,看看你每亩地平均打多少粮食,再看看合作社每亩地打多少粮食,如果你的亩产比合作社高,那你就继续单干,如果合作社的亩产比你高,那时咱们再作商议。——区长,这话可是您亲口说的!

我的主人兴奋地说。是我亲口说的，他们都可做证明，区长指指他的警卫员和围观的人。我的主人牵着我回到铁匠铺前，对老铁匠说，不瘸，步步踏实，妥帖着力，想不到小金师傅小小年纪，竟干出这么出色的活儿。老铁匠苦笑着摇摇头，仿佛心事重重。这时，我看到，小铁匠金边，背着一个小铺盖卷——一床灰被子外边裹了一张狗皮——从棚子里走出来，说：师傅，我走了。老铁匠悲凉地说：走吧，奔你的锦绣前程去吧！

第五章

**掘财宝白氏受审
闹厅堂公驴跳墙**

我因新挂了铁掌、听了那么多赞语而高兴;主人因为听了区长一席话而欢喜。主人和驴——蓝脸和我,在金色的秋天原野上撒欢奔跑,这是我当驴之后最幸福的日子。是的,与其做一个窝窝囊囊的人,何如做一头人见人爱的驴?正如你干兄弟莫言的剧本《黑驴记》所写:

　　新挂铁掌四蹄轻,一路奔跑快如风。忘却前生窝囊事,西门驴欢喜又轻松。昂起头仰天叫,啊噢——啊噢——啊噢——

临近村头时,蓝脸从路边采撷了一些柔韧的草蔓和黄色的野菊,编织了一个椭圆形的花环,套在我的两耳根部。我们与村西石匠韩山家那头母驴和石匠的女儿韩花花相遇。母驴的背上驮着两个偏篓,一边篓里盛着一个头戴兔儿帽的婴孩,另一边篓里盛着一只白色的小猪。蓝脸与花花交谈,我与母驴对视。人有人的语言,我们驴也有自己的信息。我们的信息是由气味和体态以及原始的直觉构成。通过简短的交谈,我的主人知道已嫁远村的花花是回娘家为母亲过六十岁生日。偏篓里的娃娃,是花花的儿子;偏篓里的小猪,是娘家赠送的礼物。那年头,人们赠送礼物,喜欢活物,譬如小猪,譬如小羊,譬如小鸡，政府发放奖品，有时也用马驹、牛犊、长毛兔。我看得出主人与花花的关系非同一般，我想起在西门闹的时代，蓝脸放牛，花花放羊，两人在草地上玩过驴打滚的游戏。其实我没有太多的心思去管他们的闲事，作为一头雄壮的公驴，我最关心的，还是眼前这头驮着婴儿和猪娃的母驴。它的年龄比我大，看样子在五岁与七岁之间。从它眼睛上方那个深陷的窝窝里大概可以判断出它的年龄，当然，它也完全可以甚至更容易地把我的年龄判断出来。你不要以为我是西门闹转世我就是天下最聪明的驴子——有一段时间我曾产生过这样的错觉——也许它是某位大人物投胎驴腹呢。我初生时毛色为灰，越长越黑，我不黑也不足以使我的四只蹄子耀眼夺目。它是一头灰驴，身体还算苗条，眉目相当清秀，牙齿非常整洁，它把嘴巴凑上来与我亲近时，我嗅到了它唇齿间豆饼与麸皮的香气。我嗅到了它动情的气味，同时感受到了它内心烧灼、渴望我爬跨的心思。于是我就产生了爬跨它的强烈欲望。主人问：

"你们那里也闹合作社吗？"

"都是一个县长领导，哪能不闹？"花花悠悠地回答着。

我转到了母驴的背后，也可能是它主动把腚掉给我。动情气息更加浓烈，我嗅了一下，感到如有烈酒入喉，不由自主地抬头仰脸，龇出牙齿，鼻孔闭锁，不让臊味外溢，这姿态非常美丽，让母驴心醉神迷。与此同时，那根黑棒槌，也英勇地伸出来，直挺挺地敲打着肚皮。这样的机会千载难逢，稍纵即逝，就在我举起前蹄、意欲爬跨时，我看到了驮篓中那个睡得十分香甜的婴儿，当然还有那只吱吱乱叫的猪仔。如果我径直爬跨上去，那我的刚挂上铁掌的前蹄，很可能会使偏篓里的两条性命报销。如果那样，我西门驴只怕要永沉地狱，连畜生也难做了。在这一犹豫间，主人拖住缰绳一扯，我的前蹄降落在母驴的身后。花花惊叫起来，慌忙拉着母驴往前走了一段距离。

"我爹还特意交代过，说这头母驴正在闹栏，让我防着点，我竟把这事儿给忘了，"花花说，"我爹让我防着点西门闹家的那头叫驴，看，西门闹死了多少年了，我爹还觉得你是他家的长工，把你的驴也说成是西门闹家的驴。"

"他没把这头驴说成是西门闹投胎转世就不错了。"我的主人笑着说。

主人的话让我大吃一惊：难道他已经洞察了我的秘密？如果他知道这头毛驴竟是他的东家投胎转世，对这头驴来说，是幸还是不幸？红日即将西沉，花花与我的主人告别，她说：

"蓝大哥，改日再谈吧，俺要走了，离家还有十五里呢。"

"驴今晚也回不来了？"我的主人关切地问。

花花微微一笑，降低了嗓门，神秘地说：

"俺家这头驴灵性，喂饱了草料，喝足了水，把缰绳摘了，它自己就跑回来了。每次都是这样。"

"为什么要把缰绳摘了？"主人问。

"怕被坏人给牵了去啊，有缰绳牵扯着，它跑不快，"花花说，"万一遇到狼，有缰绳也不方便。"

"噢，"主人摸摸下巴，说，"要不我送你一程？"

"不用。"花花说，"今晚屯里演戏，您快回去看戏吧。"花花赶驴前行，走出几步，回头道："蓝大哥，俺爹说，你不要那么驴犟劲，还是跟着大伙儿一块走稳妥。"

主人摇摇头，没说什么，盯了我一眼，说：

"走吧，伙计，连你也想好事了，你差一点就给我闯下大祸！我是让兽医劁了你好呢，还是不劁你好呢？"

我一听这话，心惊胆战，蛋囊紧缩，一阵巨大的恐惧袭来。主人，千万不要劁我啊，我想这样吼叫，但话出喉咙，就变成了一阵"啊噢——啊噢——"的长鸣。

进了村，行走在大街上，我的蹄铁与路面的石头相碰，发出节奏分明的清脆声响。尽管我心有旁骛，脑海里晃动着那头母驴秀丽的眉眼、娇嫩的粉唇，鼻畔氤氲着它那泡多情尿的气味，使我时时想发疯，但前世为人的经历，毕竟使我不同凡驴。人世间的变故，对我有着很大的吸引。我看到许多人，急匆匆地往一个地方跑。通过他们奔跑中发出的话语，我知道，在西门家的院子里，也就是现在的村公所、合作社办公室的院子里，自然也是我主人蓝脸和黄瞳的院子里，正在展览着一个彩釉瓷缸，缸里全是金银财宝。这个缸是下午在修筑戏台子的工地上，挖土时发现的。我马上联想到，在那样的时刻，面对着从缸里溢出的珠光宝气，人们那种含混而暧昧的眼神。西门闹的记忆如潮涌起，冲淡了西门驴对母驴的眷恋。我不记得曾经在那个地方埋藏过金银细软，我家埋藏在牲口圈底的一千大洋，连同封在夹壁墙里的大宗财宝，在土改复查时，已经被贫农团的人起走了啊。为此，我的老婆白氏，可是吃尽苦头。

　　……起初，黄瞳、杨七他们，把白氏、迎春和秋香，关在一个屋子里审讯，坐镇指挥的是洪泰岳。我被关在另屋里，看不到审讯的场面，但能听到声音。说！西门闹把金银细软藏在什么地方？说！我听到藤条和棍子敲打桌面时发出的啪啪声响。我听到秋香这个骚货哭着喊：村长，队长，大叔大哥们，我是苦出身，在西门家吃糠咽菜，他们从不把我当人，我是被西门闹强奸的，强奸我时，白氏按着我的腿，迎春按着我的胳膊，让西门闹那头驴日了我啊！——你放屁！——是迎春的喊叫——厮打声，被拉扯开的声音——她说的都是假话！是白氏在申述——我在他们家猪狗不如，大叔，大哥，大兄弟们，我是受苦人，我是你们这个阶级里的，我是你们的阶级姐妹，是你们把我从苦海里救了出来，我对你们感恩戴德，我恨不得把西门闹的脑子挖出来给你们吃了，我敢把西门闹的心肝摘下来给你们下酒啊……你们想想，他们埋藏财宝，怎么能让我知道，阶级的亲人们哪，你们塚磨塚磨这个情理吧，秋香哭喊着……迎春没有哭闹，翻来覆去只是那几句话：我平日里只管干活，抚养孩子，别的事情一概不知道。是的，她们俩不知道埋藏金银财宝的地点，只有我和白氏知道。妾就是妾，靠不住，靠得住的还是正妻。白氏一声不吭，逼急了就说：家里空支着一个大架子，好像金满柜银满箱，其实早就入不敷出了，有点流水钱，他也不会给我——我猜想她说到这里时，一定是用她的空洞洞的大眼，怨恨地盯着迎春和秋香。我知道她恨秋香，迎春毕竟是她从娘家带来的贴身丫头，打断骨头连着筋，将迎春收房，本是她的主意，是为了传宗接代，而迎春也争气，转过年来就生了龙凤胎。但收纳秋香，却是我的轻狂。日子过顺了，得意忘形，公狗得意翘尾巴，人得意翘鸡巴。当然也怨这个小妖精，每天都用眼神撩我，用奶头蹭我，我西门闹不是圣人，顶不住这诱惑。为此白氏还恶狠狠地咒我：掌柜的，你迟早要败在这个妖精手里。所以呀，秋香说白氏按着她的腿让我强奸她纯属胡编乱造，白氏打过她，这是真的，但白氏也打过迎春啊。后来他们把迎春和秋香放了，我被关在西厢房里，透过窗棂，看到这两个女人出正房时的情形：秋香虽蓬头垢面但眉眼间暗藏着喜气，眼珠子溜溜地乱转。迎春焦急万分，直扑东厢房，那里传出金龙和宝凤嘶哑的哭声。我的儿子啊，我的女儿啊，我心哀鸣，不知道何处做错，伤了天理，竟遭如此磨难，不但祸及自身，而且殃及妻子儿女。又一想，被斗争被清算被扫地出门被砸了狗头的地主村村皆有，屯屯不虚，普天之下，千百万数，难道这些人都做了恶事遭此报应不成？这是一个劫数，天旋地转，日月运行，在劫难逃，我西门闹脑袋还在颈上活着，就是祖上的荫庇了，世道如此，能保全性命，就是万幸，何敢妄求。但我十分担忧白氏，万一她顶不住了，把藏宝地点吐露出来，这非但不能减我的罪，而是给我发了一帖催命符。白氏，我的发妻，你心思深沉，有大主意，在这关键的时刻，可不能犯糊涂啊！站岗的民兵，就是蓝脸，他将背靠在窗户上，遮挡住了我的视线。我只能听，听着正房里，展开了又一轮审讯。这一轮，可是动了真格的了。喊叫声震耳欲聋，藤条，板子，鞭子，抽打着桌子啪啪响，抽打着我妻白氏噗噗响，我妻白氏，尖声嘶叫，令我心如刀绞，胆战心惊。说，金银财宝在哪里藏着？！——没有金银财宝……白氏啊白氏，你可真够顽固的，看来，不给她点厉害的尝尝，她是不会松口的。听起来好像是洪泰岳的声音，但也不是太像。接下来片刻，静寂无声，然后便是白氏的号叫，这次的号叫，让我毛骨悚然。我猜不出是何种酷刑，能让一个女人发出如此可怕的声音。说不说？不说再来！——我说……我说……我心中犹如一块石头落地，好，说了吧，横竖是一死。如其让她为保全我而受罪，还不如我去死。——说，藏在哪里？！——藏在，藏在村东土地庙里，藏在村北关帝庙里，藏在荷花湾里，藏在母牛的肚子里……我真的不知道，真的没有金银财宝，第一次土改时，我们就把所有的东西交出去了啊！——大胆白氏，竟敢戏弄我们！——你们放了我吧，我真的什么都不知道啊……把她拉出去！我听到威严的命令在正房里下达，下达命令的人，也许就坐在我平常所坐的那把红木太师椅子上，椅子旁边，是八仙桌，桌上摆着文房四宝，桌后的墙上，挂着一幅五子献寿图。图的后边，就是夹壁墙，墙里藏着五十两重的银元宝四十个，一两重的金锞子二十个，还有白氏的所有首饰。我看到两个民兵，把白氏拖了出来。她披头散发，衣服碎成条条缕缕，浑身湿透，滴沥下来的，不知是血还是汗。一看发妻成了这等模样，我西门闹万念俱灰，白氏啊白氏，你的牙关够紧，你对我的忠诚足赤，有你这样的夫人，我西门闹也算没在这人世间白闹腾一场。跟着出来两个持枪的民兵，我猛然意识到他们这是去枪毙白氏的。我双手被反绑在背后，姿势是"苏秦背剑"，只好用脑袋撞击窗棂，同时我大喊：枪下留人！

我对洪泰岳说：你这个敲牛胯骨的杂种，真正的下三烂，在我心里，你连我裤裆里的一根屌毛都不如，但老子时运不济，落在了你们这帮穷棒子手里，天意不可违，老子服软了，老子是你们的孙子了。

洪泰岳笑着说：能认识到这一点就很好，我洪泰岳，的确是下三烂，如果不是共产党，我只怕要把那块牛胯骨敲到死。但现在，你倒运了，我们穷哥们儿时来运转，浮到上水头来了。我们清算你们，其实是把我们自己的财产拿回来。大道理我已经对你重复了千百遍，不是你西门闹养活长工和佃户，而是佃户和长工养活你西门闹和你们全家。你们藏匿财宝，罪不可恕，但如果能悉数交出，我们自会宽大处理。

我说：埋藏财宝之事，是我一个人干的，女人们一概不知，因为我知道女人不可靠，一拍桌子一瞪眼，她们就会泄露所有的机密。我可以把所有的财宝起出来，数目惊人，能为你们购买一门大炮，但你必须保证，释放白氏，不要为难迎春和秋香，她们什么都不知道。

洪说：这你放心，我们会按政策办事。

那么好，给我松绑。

几个民兵疑惑地看看我，又看看洪泰岳。

洪泰岳笑着说：他们怕你破罐子破摔，作困兽斗呢。

我笑了。洪泰岳亲手帮我松开绳子，并抽出一支卷烟给我。我用麻木的手接了烟，坐在我的太师椅子上，心中无限悲凉。然后我一抬手，扯下那张五子献寿图，对民兵们说，用枪托子捣开吧。

从夹壁里起出来的财宝，让在场的人们目瞪口呆，从他们的眼神，我看透了他们的内心。他们没有一个不想吞没这笔大财，他们甚至马上梦想了许多可能：如果把这房子分到我的名下而我又偶然发现了这个藏宝之地……

趁着他们入迷地盯着财宝时，我探手从太师椅下摸出了一支左轮手枪，我对着青砖地面开了一枪，子弹弹起，嵌在墙壁上。民兵们纷纷扑地卧倒，只有洪泰岳站着，这个杂种，果然有些骨气。我说：洪泰岳你听着，刚才这一枪，如果我瞄着你的头，那么现在，你已经像一条死狗一样趴在地上。但是我没有瞄你，也没有瞄你们任何人，我与你们每一个人，都没有具体的冤仇。如果你们不来斗争我，也会有别人来斗争我，这是时代，是有钱人的厄运势，所以，我不伤你们一根毫毛。

你说得非常对，洪泰岳说，你是个识大体、懂大局的人，我作为个人，非常敬佩你，甚至想跟你交杯换盏，结拜兄弟，但作为革命阶级一分子，我又必须与你不共戴天，必须消灭你，这不是个人的仇恨，这是阶级的仇恨。你现在，可以代表着你们这个即将被彻底消灭的阶级，开枪打死我，使我成为革命阶级的烈士；接下来，我们的政府就会枪毙你，使你成为你们反革命地主阶级的烈士。

我笑了，笑得很响。我是哈哈大笑，笑出了许多眼泪。然后我说：洪泰岳，我娘信佛，我一辈子不杀生，这是为母尽孝，她说如果我在她死后杀生，会让她在阴间受苦。所以，你要成烈士，请去找别人。我自己呢，活是活够了，我想死，但我死与你说的什么阶级无关，我只是靠着聪明靠着勤奋也靠着运气积攒了万贯家财，从来没想到去加入什么阶级。我死了也不是什么烈士。我只是感到这样活下去实在是窝囊憋气，许多事想不明白，让我的心很不舒坦，所以还是死了好。我把手枪抵在自己的脑门上，说：牲口圈里，还埋着一个缸，缸里有一千块大洋，很抱歉你们要先把圈里那些粪挖出来，才能起出那口缸，你们要先沾一身臭气，然后才能见到大洋。

没有关系，洪泰岳说，为了得到一千大洋，莫说挖出一圈粪，就是让我们跳到大粪里去打几个滚都可以。但我劝你，不要死，也许我们会给你留一条活路，让你看到我们穷棒子彻底翻身，让你看到我们扬眉吐气，让你看到我们当家做主，建设一个公平的社会。

对不起，我说，我不愿意活了。我西门闹习惯了别人在我面前点头哈腰，不愿意在别人面前点头哈腰，下辈子有缘再见，伙计们！我勾了一下扳机，枪没响，臭火。当我把枪从额头上移开试图发现问题时，洪泰岳一个猛虎扑食上来，夺取了我的枪，民兵们随着上来，重新用绳子捆绑了我。

伙计，你缺少知识，洪泰岳举着左轮手枪说，其实你何必将枪口移开？左轮手枪最大的优点就是不怕臭火，你只要再勾一下扳机，下一颗子弹就被击发，如果这颗子弹不是臭火，你也像条狗一样趴在地上啃青砖了。他得意地大笑着，命令民兵们组织人，赶快去挖圈。然后他又对我说，西门闹，我相信你没有骗我们，一个想开枪自杀的人，没有必要再说谎了……

主人牵着我，费劲地挤进大门。因为这时候，民兵们遵照着村干部的命令，正在从大院里往外驱赶人群。胆小的人，屁股被枪托子捣着，急欲跑出大院；胆大的人，又急欲挤到里边去看个究竟。主人牵着我，一头雄伟的公驴，在这样的时刻进门，难度可想而知。村里曾经试图把我们蓝、黄二家从大院里搬出去，使西门家大院成为村公所的一统天下，但一是村里找不到闲屋，二是我的主人和那黄瞳，都不是好剃的头颅，要他们搬出大院，短期内比登天还难。因此我西门驴，每天可以与村子里的干部们，甚至和下来视察的区、县干部们，在一个门口进出。

闹嚷了一阵，许多人还是在院子里拥挤着，民兵们也嫌累，索性退到一边抽烟。我站在棚子里，看到夕阳把那棵大杏树的枝条涂抹得金光灿灿。树下站着两个持枪守卫的民兵，民兵脚前的东西被人群遮挡，但我知道，盛着财宝的那口缸就在那里，人们一拨一拨地往里拥挤，为的就是那口缸里的财宝。我对天发誓这口缸里的财宝与我西门闹无关。这时，我胆战心惊地看到，西门闹的正妻白氏，在一个持枪民兵和治保主任的押解下，从大门口进来了。

我妻白氏，头发乱如麻线团，浑身黄土，仿佛刚从坟里钻出来的。她夯煞着胳膊，一步三摇，只有这样才能保持着身体平衡艰难行路。看到她，院子里吵嚷不休的人群，顿时鸦雀无声。众人收束身体，自动地让开了那条通往正房去的甬路。我家的大院门口，原先正对着一堵镶嵌着斗大"福"字的影壁墙，土改复查时，被几个财迷心窍的民兵连夜拆毁，他们两人，不约而同地梦到：影壁墙里有几百根金条。结果他们只拆出了一把生锈的剪刀。

我妻白氏，被甬路上一块凸出的卵石绊了一下，身体前扑，趴在地上。杨七不失时机地踢了她一脚，同时大骂：

"滚起来，装什么死？！"

我感到有一股纯蓝火苗，在头脑里轰轰地燃烧起来，焦虑和愤怒，使我不断弹打蹄子。院里的百姓都面色沉重，气氛突然无比悲凉。西门闹的妻子嘤嘤地哭着，撅起屁股，双手扶地，欲往起爬，那副姿态，像只受伤的青蛙。

杨七又抬脚欲踢，被站立在台阶上的洪泰岳喝住：

"杨七，你干什么？解放这么久了，你还张口骂人，抬手打人，你这是给共产党的脸上抹黑！"

杨七满脸尴尬，搓着双手，嘴里支支吾吾。

洪泰岳走下台阶，停在白氏面前，弯腰把她架了起来。她双腿一软，就要下跪，哭哭啼啼地说：

"村长，饶了俺吧，俺真的啥也不知道，村长，您开恩饶俺这条狗命吧……"

"西门白氏，你不要这样。"洪泰岳用力端着她，才没使她跪在地上。他脸上的表情很随和，但随即又变成严厉。他严厉地对着院子里的看客，说："都散开，围在这里干什么？有什么好看的？！散开！"

众人低着头，慢慢散去。

洪泰岳对一个梳着披毛的胖大妇人招招手，说：

"杨桂香，过来，扶着她！"

杨桂香当过妇救会长，现在是妇女主任，是杨七的堂姐。她喜气洋洋地上来，扶住了白氏，往正屋里走。

"白氏，你好好想想，这缸财物，是不是西门闹埋下的？！你再好好想想，还有什么财宝埋在哪里？不要怕，你说出来，没有你的罪过，一切罪过都是西门闹的。"

严厉的拷问声，从正屋里传出，冲进我高耸的驴耳，此时，西门闹与驴混为一体，我就是西门闹，西门闹就是驴，我，西门驴。

"村长，俺真的不知道，那个地方，不是俺家的地，俺掌柜的要埋藏财宝，也不会埋藏在那个地方……"

"啪！"是巴掌拍桌子的声音。

"不说就把她吊起来！"

"把她的指头夹起来！"

我妻哀号，连声告饶。

"白氏，你好好想想，西门闹已经死了，金银财宝埋在地下也没有用，起出来，可以为我们合作社增添力量。不要怕，现在解放了，讲政策了，不会打你，更不会给你上刑。你只要说出来，我保证给你记一大功。"是洪泰岳的声音。

我心悲伤，我心如炽，仿佛有烙铁烫我屁股，仿佛有刀子戳我的肉。太阳已经落下去了，月亮已经升起来了，银灰色的、凉森森的月光洒在地上，洒在树上，洒在民兵的枪上，洒在那口釉彩闪烁的缸上。这不是我西门家的缸，西门家有财宝也不会埋在那个地方，那里曾经死过人，落过炸弹，荷湾畔冤魂成群，我怎么可能到那里去埋宝？屯里的富户不止我一家，为什么就一口咬定是我家的？

我无法再忍受了，我听不得白氏的哭声，她的哭声让我痛苦让我内疚，我后悔生前对她不好，自从得了迎春和秋香，我就没上过一次她的炕，让她一个三十岁的女人夜夜空房，她诵经念佛，敲着我母亲敲过的木鱼，梆、梆、梆、梆、梆、梆……我猛扬头，缰绳拴在立柱上。我扬起后蹄，把一个破筐头踢飞。我摇啊，晃啊，喉咙里发出灼热的嘶鸣。我感到缰绳松开了。我自由了，我冲开虚掩着的木栅栏门，冲到院子里。我听到正站在墙根撒尿的金龙大声喊叫：

"爹，娘，咱家的驴跑了！"

我在院子里撒了几个欢，小试蹄腿，蹄下咔咔响，火星迸溅。我看到自己浑圆的屁股上月光闪烁。我看到蓝脸跑出来，几个民兵也从正房里跑出来。房门洞开，射出半院子明亮的烛光。我直奔杏树而去，对那口釉彩缸尥起双蹄，哗啦一声响，彩缸破碎，几块碎片飞得比树梢还高，降落在房瓦上，发出清脆的声响。黄瞳从正房里跑出来。秋香从东厢房里跑出来。民兵拉动枪栓。我不怕，我知道他们会开枪杀人，但他们不会开枪杀驴。驴是畜生，不懂人事，如果杀一头驴，那开枪者也成为畜生。黄瞳用脚踩住了我的缰绳，我一扬脖子，把他拽倒。缰绳抡起来，像条鞭子，抽在了秋香的脸上。在她的哀号中我感到了欢喜。你这个黑心肝的小婊子，我要跨了你。我从她头上一跃而过。众人围逼上来。我一横心，冲进了正房。是我西门闹回来了！要坐我的太师椅，要捧我的水烟袋，要端我的小酒壶，喝四两二锅头，再吃一只小烧鸡。我突然感到这正房变得如此憋窄，一动弹腿便听到哗啷啷的响声。屋里的坛坛罐罐都成了碎片，桌椅板凳四脚朝天或是侧歪在地。我看到被我逼到墙根的杨桂香那张扁平金黄的大脸，她的尖叫使我的眼睛感到刺痛。我看到瘫坐在青砖地上的贤妻白氏，心中纷乱，忘记了自己已经是驴的嘴脸驴的身体。我想抱起她，却突然发现她在我两腿之间昏迷了。我想亲她一口，却猛然发现她头上流出了血。人驴不能相爱，贤妻，再见吧。就在我昂然欲蹿出堂屋时，一条黑影，从门后闪出，抱住了我的脖子，坚硬的爪子，抓住了我的耳朵和辔头。我感到耳根剧痛，不由得低下头去。但随即便看清，像吸血蝙蝠一样伏在我头颈上的，是村长洪泰岳，我的冤家对头。我西门闹为人时没斗过你，难道我成了驴，还要败在你的手下不成？想到此，怒火升起，我强忍疼痛，昂起头，冲出去。我感到门框像刮去了我身上一个寄生瘤一样，把洪泰岳留在了门里。

我长鸣一声，冲到院子里，有几个人手脚笨拙地关上了大门。我的心广大无边，再也不能受这小院的局限，我在院子里奔跑着，所有的人都躲避不迭。我听到那个杨桂香在喊叫：

"白氏的头被驴咬破了，村长的胳膊断了！"

"开枪，击毙它！"我听到有人在喊。我听到了民兵拉枪栓的声音，我看到了迎着我冲上来的蓝脸和迎春。我奔跑着，用最大的速度，积蓄着最大的力量，对着高墙上那道被夏天的暴雨冲出来的豁口，纵身一跃，四蹄腾空，身体拉长，飞出了院墙。

蓝脸家那头驴会飞的传说，至今还被西门屯里那些老人们提起。当然，在莫言那厮的小说里，更被描写得神乎其神。

第六章

柔情缱绻成佳偶
智勇双全斗恶狼

我直奔南方,用轻松优美的姿势,飞越了颓圮的围墙。我的前蹄陷在壕沟的淤泥里,几乎折断了腿。我惊恐,挣扎,越挣扎陷得越深。我冷静下来,将后腿低落到实处,卧下身体,侧歪着,打了一个滚,将前蹄拔出来,然后攀上壕沟。正如莫言所说:山羊能上树,驴子善攀登。

我沿着土路往西南方向奔驰。

你应该记得,我对你讲过,韩石匠家的母驴,驮送着花花的儿子和猪娃,送韩花花还家。此时,它应该被摘除了缰绳,在回程的路上了吧?分手时已经约定,今夜就是我们的佳期。人是一言既出,驷马难追;驴是一诺千金,不见不散。

我追寻着它留在空气里的情感信息,沿着傍晚时分它走过的道路奔跑。蹄声嘚嘚,传出去很远,仿佛是我追着自己的蹄声奔跑,仿佛是蹄声追着我奔跑。深秋时分,芦苇苍黄,白露为霜,流萤在枯草中飞行,碧绿的磷火,在前方,贴着地皮,闪烁跳跃。不时有腐臭的气味随风而来,我知道那是一具陈年的尸首,皮肉虽已烂尽,但骨头还在散发臭气。韩花花的婆家在郑公屯,屯中首富郑忠良,是西门闹的忘年交。想当年,酒酣耳热之时,郑忠良拍着西门闹的肩膀说:老弟,积财积仇,散财积福,及时行乐,花天酒地,财尽福至,莫要执迷啊!……

西门闹，去你妈个西门闹，不要来扰我好事，我现在是一匹欲火中烧的公驴，一扯上西门闹，哪怕是沉浸在他的记忆里，也必涉及血肉模糊、腐烂发臭的历史场面。从西门屯到郑公屯这片旷野里，有一条河流横贯其中，河堤两边，有十几道蜿蜒如龙的沙梁，沙梁上生满红柳，丛丛簇簇，一眼望不到边际。这里曾经发生过一场规模很大的战役，飞机、坦克都出动了，沙梁上布满尸首。郑公屯里，满大街都是担架，伤兵的呻吟，配合着乌鸦的鸣叫，令人不寒而栗。好了，我也不能谈战争，战争把驴子当成运输工具，驴子驮着机枪和子弹，冒着枪火前进。战争期间，俊朗健美如我之黑驴，必难逃脱被征为军驴的命运。

和平万岁！在和平的岁月里，一头公驴可以与自己心爱的母驴幽会。地点选在小河边，浅浅的流水，反射着星月之光，犹如银蛇透迤。还有秋虫低吟，晚风清凉。我跳下土路，走过沙滩，站在河中，河水淹没了我的四蹄。水汽刺鼻，我感到喉咙干渴，动了喝水的欲望。喝了一些甘洌的河水，不敢喝得太多，因为接下来还要奔跑，水喝多了，胃里会咣咣作响。我到了河的对岸，沿着一条曲折的小路，在红柳丛中出没，翻过一道沙梁。站在高坡上，它的气味，突然涌来，是那样浓郁，那样强烈。我的心脏狂跳，撞击着肋骨，热血澎湃，亢奋到极点，无法长叫，只能短促地嘶鸣。我的爱驴，我的宝贝，我的最珍贵的，最亲近的，我的亲亲的驴哟！我恨不得抱着你，用四条腿紧紧地夹住你，亲你的耳朵，亲你的眼窝，亲你的睫毛，亲你的粉红的鼻梁和花瓣般的嘴唇，我的至亲至宝，哈气怕化了你，跨着怕碎了你，我的小蹄子驴啊，你已经近在咫尺。我的小蹄子驴啊，你不知道我有多么爱你。

我直奔那气味而去，在沙梁的半腰上，看到了一幅让我稍感胆怯的景象。我的母驴，在那些红柳棵子中奔突着，旋转着，不时地扬蹄，嘶鸣发威，一分钟都不敢消停，在它的身前或身后，身左与身右，有两只苍白的大狼。它们不慌不忙，不紧不慢，时而前后呼应，时而左右配合，试试探探地、半真半假地发动着一次次进攻。它们阴险毒辣，耐心地耗着我的母驴的体力和精神,直到它累倒在地,它们就会扑上去,咬断它的喉咙,先喝干它的血,然后豁开它的膛,吃掉它的心肝。一头驴,在夜晚的沙梁上,遇到两头配合默契的狼,那就死定了。我的驴啊,如果你不遇到我,你今夜难逃厄运,爱情救了你的命。难道这世间,还有什么别的情景能让一头公驴更加不畏生死、奋勇上前的吗?没有了,不会再有了。我西门驴,嘶鸣着,斜刺里冲了下去,直奔尾随在我爱驴身后的那匹狼。我的蹄腿带着沙土,腾起一团团烟尘,带着居高临下的气势,别说是一匹狼,就是一只老虎,也要避我锋芒。那头老狼猝不及防,被我的胸脯顶撞了一下,翻了两个筋斗,闪到了一边。我折回身,对我的驴说:亲爱的,别怕,我来了!我的驴紧紧地靠着我,我感到它的胸膛剧烈起伏着,我听到了它的喘息之声,我感到它的皮肤上全是汗水。我啃啃母驴的脖子,安慰它,鼓励它,不要怕,不要急,我来了,不怕狼,让我的铁掌,敲碎狼的脑壳。

两匹狼,眼睛碧绿,肩并着肩,与我们僵持着。对我的仿佛从天而降,它们显然十分烦恼,如果不是我,它们此刻正在饱餐驴肉了。我知道它们不会善罢甘休,这两匹从丘陵地区流窜来的狼,不会放过这个机会。它们把我的驴驱赶到沙梁、柳丛,为的就是要利用沙土陷驴蹄的优势。要想战胜二狼,必须尽快脱离沙梁,我让它头前慢走,我倒退行走。一步步往沙梁攀升,二狼先是无奈地尾随我动,然后便兵分两路,绕到我们前面去发动突然袭击。我告诉我的驴,亲爱的,看到了吗?沙梁下边,就是那条小河,河滩上布满卵石,地面坚硬,河水清澈,仅能淹到我们蹄腕处。我们只要一鼓作气,冲到小河里,在河水中,这两头狼就优势尽失,我们一定能够战胜它们。亲爱的,鼓起勇气,奔跑下山,我们身体庞然,惯性巨大,我们的后蹄会扬起沙尘,迷住老狼的眼睛,只要狂奔,绝对安全。我的驴听从了我,与我并肩冲下。借着惯性,我们跳跃了一个又一个柳丛,柔软的枝条滑过我们的肚皮,我们宛如随波逐流,我们自身也如两簇巨大的浪花,奔涌而下。我眼睛的余光,看到那两匹狼在我们身后连滚带爬的狼狈样子。等我们站定在河水里平定了呼吸之后，两匹狼身上蒙着厚厚的沙尘来到河边。我让我的母驴喝水。亲爱的润润喉咙吧，慢点喝，别呛着，不要多喝，别受了凉。我的母驴啃着我的屁股，眼睛里盈满泪水。它说：好弟弟，我爱你，如果不是你来解救，我已经葬身狼腹。好姐姐，亲亲的驴姐，我救你，也是救我自己，自从我托生为驴后，一直心中郁闷，见到你后，才知道，哪怕是卑贱如驴，但只要有了爱情，生活也会幸福无比。我的前世是人，那人一妻两妾，只有性无有爱，我曾经错以为他非常幸福，现在才知道他十分可怜。一个被爱情之火烧烤着的驴，比所有的人都幸福啊。一个将自己的爱侣从狼口中解救出来的公驴，既在爱侣前展示了自己的勇力和智慧，又满足了雄性的虚荣心。姐啊，是你让我成为一头光荣的驴，是你让我成了地球上最幸福的动物。我们互相啃着痒，我们互相磨蹭着皮肤，柔情缱绻，情话连绵，感情在厮磨中愈来愈深，几乎使我忘记了蹲在河边的狼。

这是两只饥饿的狼，我们身上鲜美的肌肉让它们馋涎欲滴。它们不肯罢休。尽管我恨不得立刻与我的爱侣交配，但我知道那样无异于自掘坟墓。那两匹狼显然也在等待这样的时机。它们先是站在河边的卵石上，伸出舌头，像狗一样地舔水，然后便像狗一样坐着，仰起头，对着半块凄凉冷月，发出尖厉的嗥叫。

有好几次我失去了理智，举起前蹄，爬跨我的母驴，但我身体未落，狼便蹿了上来。我匆忙中止，狼即退回水边去。看起来它们有足够的耐心。我想我必须主动发起进攻，我需要母驴的配合。我们俩向水边的狼冲去，它们一跳就闪开，并慢慢地往沙梁方向退却。我们不会中它们的奸计。我们涉过河流，向西门屯方向奔驰。两匹狼冲进河水，河水淹到它们的肚皮，使它们行动迟缓。我对母驴说，亲爱的，冲，让我们结束这两个野兽的生命。我们按着预先商量好的办法，飞快地跳入河水中，用我们的蹄子，去践踏狼的身体，我们故意激起水花，迷了它们的眼睛。狼在水里挣扎着，水使它们身体沉重。我猛地扬起前蹄，对准一头狼砸去，那狼匆忙躲闪，我的身体陡转，一双前蹄，砸在另一只狼的腰上。它的腰立即塌了，我将它按在水中，让它在水中窒息，一串串的气泡咕咕地冒上来。另一只狼，直立起来扑向我爱驴的脖子，危险，我松开蹄下的狼，炝起一只后蹄，敲在那狼的头上。我感到铁蹄砸碎了那狼的头骨，它一下子就瘫在河水中，身体平躺着，尾巴扑棱着，还没死停当。那只灌得半死的狼挣扎着爬上沙滩，长毛贴皮，瘦骨毕现，状甚丑陋。我的爱驴冲上去，拦住它的去路，一蹄连一蹄地敲击它，使它在沙滩上团身翻滚，又滚回到河里。我举起一只前蹄，对准它的头一擂。两只狼眼，碧绿一闪，然后便慢慢地熄灭了。怕它们不死，我们轮番踏着它们，一直把它们踩进卵石的缝隙里。泥沙和狼血，弄脏了半河水。

我们并肩往河的上游走去，一直走到河水清清、嗅不到半点血腥味的地方，然后站住。它侧目望着我，啃着我，声音呢喃，情意绵绵，身体转动，给我最合适的位置，亲爱的，我要你，跨上来吧。我，一头纯粹的、纯洁的公驴，体形健美，基因优良，注定了后代的优势，这样的优势，与我驴的童贞，一起给你，只能给你，我最亲的花花驴。我像山一样立起来，用两只前蹄抱住它的腰，然后，身体往前一耸，一阵巨大的欢喜奔涌而来，流遍了我的身体，也流遍它的身体。我的天哪！

第七章

花花畏难背誓约
闹闹发威咬猎户

我们一夜交配了六次，这从驴的生理上说，几乎是不可能的。我没有说谎，向玉皇大帝保证，指着河水中的月亮起誓，是真的，因为我不是一般的公驴，韩家的母驴也不是一般的母驴。她的前世是一个殉情而死的女人，积压了几十年的情欲，一旦发动，便难以休止。红日初升时，我们终于累了。一种空空洞洞、澄澈透明的累。我们的灵魂仿佛被这场惊心动魄的爱情升华了，变得美好无比。我们用嘴互相梳理了凌乱的鬃毛和沾满了泥沙的尾巴，它的眼睛里流露出无限的温柔之情。人类妄自尊大，自以为最解风情，其实母驴才是最会煽情的动物，我所指的当然是我的母驴，韩驴，韩花花之驴。我们站在河中喝了一些清水，然后便走到河滩上吃那些虽然已经发黄但汁液还未完全脱尽的野芦苇和那些包孕着紫红汁液的浆果。不时有小鸟被我们惊起，偶尔也会从草丛中蹿出一条肥胖的蛇。它们该寻找蛰伏之地了，顾不上和我们纠缠。我们交流了彼此的所有信息后，便有了各自的昵称。她呼我闹闹，我称她花花。

闹闹，啊噢；花花，嗯哼；我们永远在一起，天公地母也休想把我们分离，啊噢好不好？嗯哼非常好！让我们做野驴吧，在这十几道蜿蜒的沙梁之间，在这郁郁葱葱的沙柳之中，在这清澈的忘忧河畔，饿了我们啃青草，渴了我们饮河水，我们相拥而睡，经常交配，互相关心，互相爱护，我对你发誓我再也不会理睬别的母驴，你也对我发誓再也不会让别的公驴跨你。嗯哼，亲爱的闹闹，我发誓。啊噢，亲亲的花花，我也发誓。你不但不能再去理母驴，连母马也不要理，闹闹，花花咬着我说，人类无耻，经常让公驴与母马交配，生出一种奇怪的动物，名叫骡子。你放心花花，即便他们蒙上我的眼睛，我也不会去跨母马，你也要发誓，不让公马配你，公马配母驴，生出的也叫骡子。放心小闹闹，即便他们把我绑在架子上，我的尾巴也会紧紧地夹在双腿之间，我的只属于你……

情浓处，我们的脖子交缠在一起，犹如两只嬉水的天鹅。真是说不尽的缠绵，道不尽的柔情。我们并肩站在河边一潭静水前，看到了倒映在水面上的我们的形象。我们的眼睛放光，嘴唇肿胀，爱使我们美丽，我们是天造地设的一对驴。

正当我们忘情于山水之间时，后边响起了一阵嘈杂声。猛抬头，看到大约有二十个人，呈扇面状，对着我们包抄过来。

啊噢，花花，快跑！嗯哼，闹闹，不要害怕，你仔细看，都是熟人。

花花的态度让我的心凉了半截。我何尝不知道来者都是熟人呢？我的眼很尖，早就看清了，那一群人里，有我的主人蓝脸，有我的女主人迎春，还有与蓝脸友善的村人方天保、方天佑兄弟——方家兄弟是莫言小说《方天画戟》中的主要人物，在这部小说中他们成了武林高手——蓝脸腰间束着被我挣脱的缰绳，手持一根长竿，竿端拴着绳套。迎春手里提着一盏灯笼，糊灯笼的红纸已被烧毁，露着乌黑的铁框。方家兄弟，一个手持长绳，一个拖着棍棒。另外的人，有驼背的韩石匠，有韩石匠的同父异母的弟弟韩群，还有几个面目熟悉但一时叫不出名字的人。他们都是神色疲惫，浑身灰土，显然是奔波整夜。

花花，跑！闹闹，我跑不动了。你咬住我的尾巴，我拖着你跑。闹闹，我们又能跑到哪里去呢？迟早还是会被他们捉回来，花花低眉顺眼地说，再说，他们会去找枪，我们跑得再快，也快不过枪子儿。

啊噢，啊噢，啊噢，我失望地大叫着，花花，你忘了我们方才发下的誓言了吗？你答应跟我在一起永远不分开，你答应要跟我在一起做野驴，自由自在，无拘无束，忘情于山水之间。花花垂着头，大眼睛里突然溢出了泪水。她说，嗯哼，闹闹，你是公驴，拔屌之后，浑身轻松，了无牵挂，但是我却怀上了你的驴驹，你们西门家院里出来的，不论是人还是驴，都是一箭双雕的强梁，我的肚子里，十有八九怀上了双驹。我的肚子很快就要大了，我需要营养，我想吃炒熟的黑豆，新磨出来的麸皮，研碎的高粱，铡得碎细并用竹筛筛过三遍、既无石子、鸡毛等杂物又无沙土的谷草。现在已经是十月，天气慢慢寒冷起来，天寒地冻，大雪飘飘，河里结冰，枯草被大雪覆盖，我拖着怀孕的身子，吃什么？嗯哼，喝什么？嗯哼？我生了驴驹之后，你让我睡在哪里？嗯哼，就算我横下一条心，跟你流窜在这沙梁之中，那我们的驴驹，如何能承受这风雪寒冷？嗯哼，如果我们的驴驹冻死在雪地，身体僵硬，犹如木棍和石头，作为它们的爹，你难道一点都不心疼？公驴可以无情地抛弃驴驹，闹闹，母驴做不到。别的母驴也许能做到，但花花做不到。女人为了信仰，可以舍弃她们的儿女，但母驴做不到。嗯哼，闹闹，你能理解一头怀孕母驴的心情吗？

在花花连珠枪弹般的话语中，我，公驴闹闹，几乎没有反驳的余地。我软弱无力地问：啊噢——啊噢——花花，你敢保证你怀孕了吗？

废话，花花瞪我一眼，怒冲冲地说：闹闹啊闹闹，一夜六次，次次如灌如注，别说是一头正值发情高潮的母驴，就是一头木驴，一头石驴，一棵枯树，也会怀上你的驴驹！

啊噢——啊噢——我垂头丧气地低鸣着，看到花花顺从地迎着她的主人走去。

我热泪盈眶，但眼泪很快被无名的怒火烧干，我要跑，我要跳，我不愿意忍看这义正词严的背叛，我不能继续忍气吞声地在西门家大院里作为一头驴度过一生。啊噢，啊噢，我朝着明亮的河水冲去，我的目标是高高的沙梁，是沙梁上那些团团簇簇如同烟雾般的沙柳，红色的枝条柔韧无比，里边栖息着红毛狐狸，花面的獾与羽毛朴素的沙鸡。别了,花花,享你的荣华富贵去吧,我不眷恋温暖的驴棚,我追求野性的自由。但我还没跑到对面的河滩,就发现沙柳丛中埋伏着几个人。他们头上顶着柳条编织成的伪装帽,身上披着与枯草同色的蓑衣,他们手中,都端着那种曾把西门闹的脑袋打得粉碎的土枪。巨大的恐惧使我折回头来,沿着河滩向东奔腾,正对着初升的太阳。我浑身的皮毛如深红的火焰,我是一团奔跑的火,一头光芒四射的驴。我并不怕死,面对着凶恶的狼我毫无畏惧,但我对那些黑洞洞的土枪实在是恐惧,我怕的不是土枪,而是这种土枪制造出来的那种脑浆迸裂的惨状。我的主人大概早就猜到了我的奔跑线路,他斜刺里过河,连鞋袜都顾不上脱去。河水被他笨重的腿脚搅动得水花飞溅。主人迎面而来,我侧身转向,就在这个瞬间,主人手中的长竿飞来,竿上的绳套套在我的脖子上。我不服输,我不甘心就这样被他制服。我竭力往前,昂头挺胸。绳套勒进我的脖子,使我呼吸困难。我看到主人双手攥着长竿,身体后仰着,与地面角度很小。他的两只脚后跟蹬地,在我的拖曳下前进。他的脚后跟犹如犁铧,在河滩上留下了两道深深的沟。

　　终于筋疲力尽,更由于脖子上的绳套令我窒息,我只好停止奔跑。众人乱纷纷围拢上来,但似乎都对我有所忌惮,虚张声势不敢靠前。于是我想到我作为一匹善于咬人的驴已经臭名远扬。在生活平静的屯子里,驴咬伤人,自然是大新闻,顷刻间就会传遍全村。但他们和她们,谁又能猜到这事情的原委呢?谁又能想到白氏头上的窟窿,只不过是她丈夫的转世灵驴一时迷性,忘却驴身,恍为人体,亲吻她留下的痕迹呢?

　　大胆的迎春举着一束绿草慢慢地向我靠近,口中发出一些絮絮叨叨的话语:

　　"小黑,不要怕,不要怕,不打你,跟我家去……"

　　她靠近了我,左胳膊揽住了我的脖颈,右手把那束绿草塞进了我的嘴巴。她抚摸着我,用她的胸膛挡住我的眼睛,我感受到了她温暖柔软的乳房，西门闹的记忆猛然袭来，热泪从我的眼睛涌出来。她在我耳边款款细语，热烘烘的气味，热烘烘的女人，我感到头晕眼花，腿脚抖颤，跪在了沙滩上。我听到她说：

"小黑驴，小黑驴，知道你长大了，想媳妇了，男大当婚，女大当嫁，小黑驴也要当爸爸了，不怪你，正当的，婚也结了，种也下上了，乖乖地回家吧……"

他们匆匆忙忙地修好了辔头，把缰绳拴好，还在辔头上，加上了一根冰冷的散发着铁锈气的链子。他们把这根铁链子塞进我的嘴里，用力一扯，将我的下唇勒起来，疼痛难忍啊，我张大鼻孔，猛喘粗气。迎春打脱了那只紧勒铁嚼子的手，说：

"松开，你难道没看到它已经受伤了吗？"

人们试图让我站起来，我也想站起来。牛羊猪狗可以卧着，驴只有要死了才可以卧着。我挣扎着要站起来，但身躯沉重难以站立。难道我这头刚满三岁的驴就这样死去吗？尽管为驴不是好事，但这样死去实在窝囊。在我的面前有一条宽广的道路，道路上又分出许多小径，每一条都通向风景，我好奇而神往，不能死，站起来。在蓝脸的指挥下，方家兄弟把那根棍子从我腹下穿过。蓝脸转到后边掀着我的尾巴，迎春抱着我的脖子，方家兄弟抬着棍子，齐发一声喊："起！"借着这股劲儿，我站立起来。四腿抖颤，头颅沉重。全力支撑，绝不能再倒下，我站定了。

他们围着我转，看着我后腿与前胸上血糊糊的伤口惊讶又困惑。难道与一头母驴交配竟要受这么大的伤害？与此同时，我也听到，韩家那拨人也为他们家母驴身上的伤而议论纷纷。

难道这两头驴不是交配而是互相厮咬了一夜吗，方家兄弟中的老大问老二，老二摇头，不置可否。

帮韩家找驴的一个人，在河的下游不远处，手指着河道，高声喊叫：

"快来看，那是什么东西！"

狼的尸体，一只在缓慢翻滚，一只被一块巨大的卵石挡住。

众人跑过去，瞩目观看。我知道他们看到了水面上漂浮的狼毛，看到了卵石上沾着的血迹——狼血与驴血，嗅到了空气中尚未散尽的腥臭，想象着那场激烈的大战，以河滩上凌乱密集的狼爪印和驴蹄印为证，以我与花花身上的斑斑血迹与骇人的伤口为证。

两个人脱掉鞋袜，挽起裤腿，下到河水中，扯着尾巴，把两头水淋淋的死狼拖到了河滩上。我感到所有的人都对我肃然起敬了。我知道花花也享受着这样的光荣。迎春抱着我的头，摸着我的脸，一滴滴泪珠，落在我的耳朵上。

蓝脸得意地对众人说："妈的，谁再敢说我的驴不好，我就跟谁拼命！都说驴胆子小，见了狼就吓瘫了，可我的驴，踢死了两匹恶狼。"

"也不光是你们家的驴踢死的，"韩石匠愤愤不平地说，"俺家的驴也有功劳。"

蓝脸笑着说："对对对，你家的驴也有功劳，你家的驴，是我家的驴媳妇吧？"

"受了这么重伤，这婚，大概没结成吧？"有人半开玩笑地说。

方天保弯腰看了我的生殖器，又跑到韩家母驴的腚后，掀起尾巴瞅瞅，肯定地说：

"结成了，我敢担保，老韩家就等着养小驴驹吧。"

"老韩，你送两升黑豆到我家，给我家黑驴补补身子。"蓝脸一本正经地说。

"呸！做梦！"老韩道。

那几个埋伏在红柳丛中的人提着土枪跑上来。他们脚步轻捷，动作诡秘，一看就知道不是地道的庄稼人。当头的那个，五短身材，目光犀利。到了狼前，弯下腰，用枪筒子戳戳一匹狼的头颅，又戳戳另一匹狼的肚子，惊讶又不无遗憾地说：

"就是这两个东西，害得我们好苦！"

另一个持枪的人，对着众人，大声嚷叫着：

"这下好了,我们可以去交差了。"

"你们,大概没见过这两匹野物吧?这可不是野狗,这是两匹大灰狼,平原地区比较少见,是从内蒙古草原那边流窜过来的。这两匹狼一路作案,见多识广,狡猾诡诈,行为狠毒,流窜到本地一个多月,就毁了十几匹大牲口,有马,有牛,还有一匹骆驼,下一步,它们就该吃人了。县里知道了这事,怕引起百姓惊慌,秘密组织了打狼队,分成六个小组,日夜巡逻、埋伏,这下好了。"又一个持枪的人,不无自负地对蓝脸等人说。他用脚踢着死狼,骂道:"畜生,想不到你们也有今天!"

那个领头的打狼人,对准狼头,开了一枪。一道火光,把狼吞没。火光闪过是白烟,从枪口溢出。狼的脑袋粉碎,像西门闹的脑袋一样,白白红红地涂抹在卵石上。

另一个打狼人,心领神会地微笑着,端起枪,瞄准另一匹狼的肚子开了一枪。狼腹上被轰开一个拳头大的洞口,许多肮脏的东西溅出来。

他们的行为,让蓝脸等人目瞪口呆,继而面面相觑。良久,硝烟散尽,水流声清脆悦耳,一群麻雀,少说也有三百只,从远方飞来,起起伏伏,如一团褐云,然后齐刷刷地降落在一丛红柳上,柳枝为之弯曲如弓,仿佛累累的果实。麻雀齐声噪叫,一片沙梁因之有了活气。一缕游丝般的声音,从迎春口里吐出:

"你们要干什么?为什么要打两匹死狼?"

"他妈的,你们想抢功劳吗?"蓝脸怒吼着,"狼是我家的驴踢死的,不是你们打死的。"

为首的打猎人,从衣袋里摸出两张崭新的钞票,一张插在我的鬃头上,往旁边走几步,把另一张钞票,插在花花的鬃头上。

"你想用钱堵住我们的嘴吗?"蓝脸气呼呼地说,"这是不可能的。"

"拿走你的钱,"韩铁匠坚定地说,"狼是我们的驴踢死的,我们要把它拖回去。"

打猎人冷笑着,说:

"二位兄弟,睁只眼闭只眼,大家都方便。你们即便说破嘴唇,也没人相信你们的驴能踢死狼。而且,明摆着的证据是,一匹狼的天灵盖被土枪打碎,一匹狼的肚子被土枪射穿。"

"我们的驴身上有被狼厮咬的伤,血迹斑斑。"蓝脸大叫着。

"你们的驴身上确实伤痕累累血迹斑斑,谁也不会不相信这是被狼咬的,那么,"猎头冷笑着,说,"这正好证明了这样一个场面:在两头驴被两匹狼厮咬得血迹斑斑的危险时刻,打狼队第六小组的三个队员及时赶到。他们不顾危险冲上前去,与狼展开了生死搏斗,组长乔飞鹏,猛扑到公狼面前,对准狼头开了一枪,枪响后,半个狼头被打飞。队员柳勇,对准另外一匹狼开了一枪。不好,竟是哑火,因为我们整夜在柳丛中埋伏,使火药受了潮湿。那头恶狼,咧开几乎延伸到两耳的大嘴,龇出雪白的牙齿,发出令人毛骨悚然的狞笑,对着柳勇扑来。柳勇就地一滚,躲过了恶狼的第一扑,但他的脚后跟被一块石头磕绊,使他仰天跌倒在沙滩上,恶狼腾起身体,拖着苍黄的尾巴,犹如一股黄烟,直对柳勇扑去。在这危急时刻,说时迟,那时快,捕狼队中年纪最小的队员吕小坡,瞄准狼头开了一枪——因为狼是运动目标,击中的正是狼腹——狼从空中跌落,在地上翻滚,肠子流出来,拖出好长,其状凄惨,虽是凶残野兽,也让我们心中不忍。这时,重新装填了枪药的柳勇,对着满地翻滚的狼补了一枪。因为距离较远,弹药出膛呈扫帚状,狼中弹多处,伸伸腿,终于死停了。"

在捕狼小组长乔飞鹏的语言指点下,队员柳勇退出三五步远,托起土枪,对准那匹被洞穿腹部的狼开了枪。几十颗铁砂子,均匀地打在狼身上,在狼的皮毛上留下了一片焦煳的洞眼。

"怎么样啊?"乔飞鹏得意地笑着,问,"你们觉得,是我的故事让人信服呢还是你们的故事令人信服?"乔往枪筒里装着药说,"你们尽管人多,但也不要动抢狼的念头。打猎的行里有个不成文的规定,当一匹猎物因为大家同时开枪而发生争执时,那猎物体内留有谁家的弹头，猎物就归谁家所有。还有一条规定，那就是，如有人抢夺别人的猎物，猎人可以对掠夺者开枪，以维护自身尊严。"

"他妈的，你是个强盗。"蓝脸说，"你夜里会做噩梦的，强取豪夺，你会遭报应的。"

猎头乔飞鹏笑着说："轮回报应，那是骗老太太的鬼话，我不信这个。不过，咱们毕竟有几分缘分，如果你们愿意用你们的驴帮我们把狼驮到县城去交差，县长会送给你们一份厚礼，我也会再送你们每人一瓶好酒。"

我没容他再啰唆下去，张大嘴，龇出板牙，对着他那颗扁平的脑袋。他匆忙躲闪，反应够快，头脱了，但肩膀还在我嘴下，强盗，让你知道驴的厉害。你们只知道生有利爪和利齿的猫科和犬科动物才会杀生食肉，而我们奇蹄目的驴子只配吃草吞糠，你们是形式主义、教条主义、本本主义、经验主义，今天，我要让你知道一条真理：驴子急了也咬人！

我咬住猎头的肩膀，猛地昂起头，左右甩动，我感到一团酸臭黏腻的东西，已然留在了我的嘴里，而那诡计多端、巧舌如簧的家伙，肩膀残缺、流血，萎在地上，昏厥过去。

他当然可以对县长说，肩膀上的皮肉，是在与野狼搏斗的过程中，被野狼咬掉的。他也可以说，在野狼咬住他的肩膀时，他一口咬住了狼的脑门，至于怎样在狼的身体上做手脚，那就随他们的便吧。

主人们见事不好，赶着我们匆匆离开，将狼尸与捕狼人留在沙滩上。

第八章

**西门驴痛失一卵
庞英雄光临大院**

一九五五年一月二十四日,是农历乙未年正月初一。莫言那小子后来把这天当作自己的生日。进入八十年代后,官员们为了多当几年官或是为了当更大的官,都把年龄往小里改,都把学历往高里填,没想到啥官也不是的莫言也跟着凑热闹。这是个好天气,一大早就有鸽群在空中盘旋,悠扬的鸽哨,响过去又响回来。我的主人,停下手中的活儿仰望鸽群,半边蓝脸,煞是好看。

过去的一年,蓝家的八亩地,收获粮食两千八百斤,平均亩产三百五十斤,除此之外,还在沟畔地角收获大南瓜二十八个、上等苎麻二十斤。尽管合作社对外宣传亩产四百斤,但蓝脸根本不相信。我听到他多次对迎春说:"就他们那样的庄稼亩产能收四百斤?骗鬼去吧。"女主人笑着,但笑容难掩担忧,她劝说:"掌柜的,别跟人家叫板,人家是成群结队,咱是独家单干,好虎难抵一群狼啊。""怕什么?"蓝脸瞪着眼说,"有陈区长给咱撑腰呢!"

主人头戴一顶棕色绒帽,穿着三表新的棉衣,腰里扎着青布搭腰,手持一柄木梳,梳理着我身上的毛。主人的梳理让我身体很舒服,主人的赞扬让我心里很舒服。主人说:

"老黑,好伙计,去年你也出了大力,能打这么多粮食,一半功劳是你的。今年,咱爷们儿再加把劲,把那个鸡巴合作社彻底打败!"

阳光越来越灿烂，我身上渐渐暖起来。鸽子还在天上盘旋，地下铺着一层红白纸屑，那是粉身碎骨的爆竹。昨夜，屯子里电光雷鸣，响声连片，此起彼伏，硝烟弥漫，犹如战争爆发。煮饺子的气味弥漫到院子里，还有年糕、糖果的气味掺杂其中。女主人将一碗饺子放在凉水中过了一遍，倒在槽子里与谷草搅拌在一起。摸摸我的脑袋，她说：

"小黑，过年了，吃饺子吧。"

我承认，作为一头驴，能吃上主人家过年的饺子，是很高的礼遇。主人几乎把我当成了人，当成了他家庭中的一员。自从我大战二狼后，获得了主人的加倍爱护，也赢得了一头驴在高密东北乡这周遭百里、十八处村屯所能赢得的最高声誉。尽管那三个该死的捕狼队员霸去了两匹死狼，但人们都知道事情的真相。尽管没人否认韩家的驴也参加了战斗，但人们都知道我是斗狼的主力，韩驴只是个配角，而且还是我救了它的性命。尽管我早就到了被劁的年龄，我的主人也曾经恐吓过我，但斗死双狼后，主人再也不提这话儿。去年秋天，我跟在主人背后下地，那个背着褡裢、手摇铜铃、以劁驴阉牛骟马为业的兽郎中许宝，尾随在我身后，两只眼睛，贼溜溜地往我后腿间瞅。我早就嗅到了他身上那股残忍的腥臭，我早就知道他不怀好意，这个拿驴卵牛蛋下酒的坏种，注定了不得好死。我警惕着，我准备着，只要他靠近到合适的距离，我就会飞起后蹄，对他的裆间下家伙。我要让这个罪恶累累的坏种，落个鸡飞蛋打的下场。也许他会转到我的面前来，那我就啃破他的头。咬人，是我的长项。这家伙很狡猾，躲躲闪闪，始终在安全距离外，不给我机会。街道两边的闲人，看着倔强蓝脸牵着他那匹大名鼎鼎的驴在前头走，而后头跟随着一个劁驴的坏种，都期待着好戏开演。人们七嘴八舌地说：

"蓝脸，要给毛驴去势吗？"

"许宝，又瞅上下酒菜了？"

"蓝脸，万不能劁，这头驴能踢死狼，全仗着那一窝卵，一个卵一个胆，这驴卵多，简直是一窝土豆。"

一群正要上学的小学生，蹦蹦跳跳地尾随着许宝，唱着现编的快板：

  许宝许宝，见蛋就咬！
  咬不着蛋，满头大汗。
  许宝许宝，是根驴屌。
  吊儿郎当，不走正道……

许宝立定，瞪着那些顽童，从褡裢中摸出一把亮晶晶的小刀子，气势汹汹地说：

"小杂种们，都给我闭嘴！哪个敢再编派许大爷就骟了他的蛋子！"

顽童们聚在一起，对着许宝傻笑。许宝往前走几步，他们就往后退几步。许宝对着他们冲来，他们就一哄而散。许宝追上来打我卵蛋的主意，顽童又聚拢成群，跟在后边，边走边唱：

"许宝许宝，见蛋就咬……"

许宝顾不上去理睬那些缠磨他的顽童，他绕着圈儿，跑到蓝脸前方，倒退着走，与蓝脸搭话：

"蓝脸，老哥们儿，我知道这驴咬伤了好多人，驴伤了人，既要赔药费又要赔好话，索性劁了，一刀割落，三天康复，我保它成为一头服服帖帖的顺毛驴！"

蓝脸不理许宝，我心阵阵冲动。蓝脸知道我的脾性，紧紧地抓住我的嚼铁，不给我往前冲的余地。

街上的浮土被许宝的脚后跟踢起，这杂种，倒着走得快捷，大概是经常用这样方式行路。他一张干巴小脸，两只三角眼，眼下垂着两个肉泡，门牙间开了一条宽缝，说话间不时有水泡泡从缝里飞出。

"蓝脸，"他说，"我劝你，还是劁了吧，劁了好，劁了好。劁了你就省心多了。给别人劁，我收五元钱，给你劁，分文不取。"

蓝脸住脚，冷冷地说：

"许宝，先回家去把你爹铡了。"

"你这人，怎么这样说话？"许宝拔高嗓门道。

"嫌我说话难听？那你就听听我的毛驴怎么说吧。"蓝脸笑着道，他松开我的缰绳，对我说，"老黑，上！"

我恼怒地嘶鸣着，像爬跨花花驴那样扬起前蹄，往许宝那颗干瘪的头脑上砸去。街边看热闹的人发出惊呼，那拨顽童也停止了喧哗。我期待着蹄子搧在许宝脑袋上那种感觉和那种声音，但期待落空，本应该能看到的那张因惊吓而变形的小脸没有看到，本应该能听到的狗转节子般的惊叫也没有听到，恍惚中似有一条油滑的影子钻到了我的肚皮下，阴凉的不祥之感在脑子里一闪现，欲想躲避，为时已晚——胯下一丝冰冷的感觉闪过，随即是锋利的剧痛。我感到若有所失，知道中了暗算，急转身，看到后腿内侧有血流下，看到在路边，许宝用只手托着一个沾着血迹的灰白卵子，满面笑容，对着看客炫耀，路边响起一片喝彩声。

"许宝你这个杂种啊，你把我的驴毁了……"我的主人悲痛地呼喊着，欲撇下我，上前与许宝拼命。但许宝把卵子塞进褡裢，手中又亮出那把亮亮的小刀子，我的主人，就萎软了。

"蓝脸，你不能怨我，"许宝举手指点着看客，道，"大家有目共睹，连这些小朋友也都看到，是你蓝脸纵驴伤人在前，我许宝正当防卫在后。如果不是老许我机警，此时，我这颗头，已经被驴蹄子敲成血葫芦了。老蓝，你不能怨我。"

"可是，你毁了我的驴……"

"老子本来想毁了你的驴，老子也完全具有毁了你驴的本事，但老子顾念乡亲感情，手下留了情，"许宝说，"实话告诉你，你的驴有三个卵子，我只取了它一个，这样，它的野性会收敛一些，但仍然不失为一头血气方刚的公驴。你他妈的，还不感谢我，更待何时？"

蓝脸俯身侧脸，观察了我双腿间的情景，知道许宝此言不谬，心平气和了许多，但感谢是不可能的，毕竟，这个魔鬼一般的家伙，在未商量的情况下，以迅雷不及掩耳之势摘去一颗驴卵。

"许宝，丑话跟你说在前头，"蓝脸道，"要是我的驴有个三长两短，咱们的事就没完没了。"

"除非你用砒霜拌料喂它，否则我保你驴命百岁！今天，最好不要让它下地干活，拉它回家，喂它点精料，饮它点盐水，两天就会收口。"

蓝脸口里不服，但还是遵从了许宝的建议，拉我回家。我的痛苦，略有缓解，但还很强烈，我用仇恨的目光，盯着这个将吃我一卵的杂种，心里盘算着报仇的方式，但说心里话，经过这番风雷电闪般的变故，我对这个双腿罗圈、其貌不扬的小男人，平添了许多敬畏。人世间竟有这般怪物，以取卵子为职业，而且取得出神入化，其下手之狠、出手之准、动作之快，非亲历绝不敢相信也！啊噢——啊噢——我的那个卵啊，今晚你就会伴着烧酒进入许宝肠胃，明天就会进茅坑，我的卵、卵。

走到距他们几十步处，听到许宝在后边喊：

"蓝脸，知道方才那一手叫作什么名堂吗？"

"我日你祖宗，许宝！"蓝脸回头大骂。

众人的笑声传来，笑声中许宝大喊，得意洋洋的声嗓：

"好好听着，蓝脸，还有那头驴，也好好听着，方才那一手叫作'叶底偷桃'！"

"许宝许宝，叶底偷桃！蓝脸蓝脸，丢人现眼……"那群出口成章的天才顽童，跟在我们后边也喊叫着，一直把我们送进西门家大院……

院子里人气渐旺，东西厢房里的五个孩子，穿戴着光鲜衣帽，在院子里合群蹦跳。蓝金龙和蓝宝凤已到了上学的年龄，但还没有上学。金龙神情忧郁，一副心事重重的样子，宝凤天真无邪，是个美人坯子。他们是西门闹留下的种子，与我西门驴没有直接关系，与我西门驴有直接关系的，是韩花花驴所下的那两个驴驹，只可惜，它们不满半岁，就跟着它们的娘死去。花花之死，是西门驴一大伤心事。花花是吃了有毒草料而死，两头驴驹，我亲生的孩子，是吃了花花的毒奶而死。驴产双驹，全屯喜庆；三驴同亡，百家心痛。韩石匠哭成个泪人儿，但肯定有个人在暗中笑，笑者就是下毒者。此事惊动了区里，专派了有经验的公安员柳长发前来破案，那人比较笨拙，只会把村里的人一拨拨叫到村公所，用那套似乎从留声机里播放出来的话语盘问，结果自然是不了了之。后来莫言那厮在他的《黑驴记》中，把给韩家驴下毒的罪名扣在黄瞳头上，尽管他编造得严丝合缝，但小说家言，绝不可信。

　　接下来我对你说，与我西门驴同年同月同日生的那个蓝解放，也就是你，你知道他是你就行，为了方便我还是说他——他已经五岁有余，随着年龄的增长，脸上那块痣越来越蓝。这孩子相貌虽丑，但性格开朗，活泼好动，手脚不闲置，尤其是那张嘴，几乎一秒钟也不会闲着。他穿着与同母异父的兄弟蓝金龙同样的衣服，因为个头不及金龙高，衣服嫌大，下卷裤腿，上挽袖子，看上去有一股匪气。但我深知这是个心性善良的好孩子，但几乎不讨所有人喜欢，我猜想，大概与他的多言和脸上的蓝痣有关。

　　说完蓝解放，接下来说说黄家的两位千金：黄互助与黄合作。这两个女孩，穿着同样的花棉袄，扎着同样的蝴蝶结，生着同样白净的皮肤和同样妩媚的细长眼睛。黄、蓝两家，说亲不亲、说疏不疏的一种复杂关系，大人们在一起，总是别扭尴尬，迎春和秋香，毕竟都曾经是西门闹的枕边人，彼此既是冤家又是姐妹。现在分别嫁人，鬼使神差地又都住在各自住过的房子，但房子的主人换了，时代也换了。与大人的复杂关系相比，孩子们的关系清纯简单。蓝金龙性格阴沉，很难搂近，蓝解放与黄家双娇处得极为亲密。那两个女孩子，一口一个解放哥哥地叫着，蓝解放本是个馋鬼，竟然能省出两块糖果，给她们吃。

　　"娘啊娘，解放把糖给互助、合作吃了。"蓝宝凤悄悄地对母亲说。

　　"既然是分给他的，他愿意给谁吃就给谁吃吧！"迎春拍拍女儿的头，无奈地说。

孩子们的故事，还没有开始，他们之间的戏，十几年后将达到高潮，现在，还轮不到他们唱主角呢。

现在，有一个重要人物登场。他姓庞名虎，面如重枣，目若朗星。头戴一顶棉军帽，身穿一件扎着绗线的棉袄，胸前挂着两枚勋章，衣袋里插着一支钢笔，手腕上套着一块银光闪闪的手表。他手持双拐，右腿完好，左腿从膝盖处没了。一条黄色的裤腿，在断腿处隆重地系了一个疙瘩。虽然只有一只脚，但那脚上却穿着一只崭新的翻毛皮鞋。他一进大门，所有的人，包括孩子，包括我这头驴，都肃然起敬，在那个年代，这样的人，只能是从朝鲜战场上回来的志愿军英雄。

英雄对着蓝脸走来。木拐棒戳着铺地的方砖，发出"笃笃"的声响，那条腿落地沉重，仿佛步步生根，另外半条腿上的裤子，悠来荡去。他立在主人面前，问道：

"我如果猜得不错，你就是蓝脸。"

蓝脸的脸部肌肉抽搐了一下，等于回答了英雄的问题。

"志愿军叔叔好，志愿军叔叔万岁！"多嘴饶舌的蓝解放跑上前来，无限敬仰地说，"您一定是个英雄，您立过功劳，您找我爹有什么事？我爹不爱说话，有什么问题，尽管问我，我是我爹的发言人。"

"解放，闭嘴！"蓝脸道，"大人说话，小孩子不许插嘴。"

"没关系，"英雄宽厚地笑着，"你是蓝脸的儿子，名叫解放对吗？"

"你会算卦吗？"解放惊讶地问。

"我不会算卦，但是我会相面。"英雄狡猾地说。但他马上恢复了脸上的庄重表情，用胳膊夹住木拐，伸出一只手，伸到蓝脸面前，说："伙计，认识认识，我是庞虎，是区里新来的供销合作社主任，那个在生产资料门市部卖农具的王乐云是我的妻子。"

蓝脸愣了片刻，伸出手与英雄相握，但从他的困惑的眼神里，英雄知道他还迷在雾里。于是，英雄对着外边喊：

"喂，你们也进来吧！"

一个身体浑圆的小个子女人，抱着一个清秀的女孩子，从大门走进来。女人穿着蓝色制服，鼻梁上架着一副白边眼镜，一看就知道不是个吃庄户饭的人。那孩子眼睛很大，两个腮帮子红通通的，像深秋的苹果。这孩子满脸都是笑意，是一副标准的幸福婴儿模样。

"啊呀，原来是这个同志！"蓝脸欣喜地叫着，同时回头对西厢房里喊，"他娘，快来，来贵客了。"

我自然也认出了她。去年初冬的一件往事被清楚地回忆起来。那天蓝脸牵着我去县城驮盐，回来的路上，遇到了这个王乐云。她托着沉重的大肚子，坐在路边呻吟。她穿着一件蓝制服，因为肚子太大，制服下边的三个扣子敞开着。她戴着一副白边眼镜，面皮白净，一看就知道是个吃公家饭的。她看到我们，如同看到救星，艰难地说：大哥，行行好，救救我吧……——你是哪里的？这是怎么啦？——我叫王乐云，是区供销合作社的，我要去开会，本来还不到日子，可是……可是……——我们看到了歪倒在路边枯草中的自行车，知道了女人面临的险境。蓝脸急得转圈，搓着手说：我能帮你什么呢？我该怎样帮你？——驮我去县医院，快。——主人卸下我背上那两袋盐，脱下身上的棉袄，用绳子揽在我的背上，然后，搬起女人，放在我背上。同志，你坐稳了。女人手抓着我的鬃毛，低声呻唤着。主人一手扯着缰绳，一手揽着那女人，对我说：老黑，快跑。我奋蹄，我很兴奋，我已经驮过许多东西，盐、棉花、庄稼、布匹，还从来没驮过女人。我撒了一个欢，女人的身体摇晃着歪在我主人的肩上。稳住步子，老黑！主人命令着。我明白，老黑明白。我快步疾走，同时努力保持着身体的平稳，宛如行云流水，这就是驴子的长处。马只有飞奔，腰背才会平稳，驴善疾走，跑起来反而颠簸。我感到这事儿很庄严很神圣，当然也很刺激，这时候我的意识介于人驴之间，我感到有温暖的液体浸透棉袄并濡湿了我的脊背，也感到从那女人头发梢滴下来的汗水落在我的脖子上。我们离开县城原本只有十几里路，而且我们走的是一条近路,路两侧荒草没膝,一只野兔子仓皇冲撞在我的腿上。好,就这样到了县城,进了人民医院。那年代医护人员的服务态度真好。主人站在医院大门口大声吼叫:快来人哪,救命啊!我也不失时机地嘶鸣起来。立刻就有一群身披白大褂的男女从屋子里跑出来,将那女人抬进屋去。那女人一下驴,我就听到从她的裤裆里传出了哇哇的叫声。回来的路上,主人闷闷不乐,瞅着那件被弄脏的棉衣他嘟嘟囔囔。我知道主人迷信思想很重,错以为产妇的东西肮脏晦气。到达与女人相遇的地方,主人皱着眉头,青蓝着脸说:老黑,这算什么事?一件新棉袄,就这样报了废,回家怎么跟内当家的交代?——啊噢——啊噢,我有点幸灾乐祸地大叫着,主人的狼狈相让我很开心。你这驴,还笑!主人解开绳子,用右手的三根指头,把那件棉袄从我背上揭下来。棉袄上——嗨,不说了,主人歪着头,屏住呼吸,捏着因为湿透而变沉重、仿佛一张烂狗皮的棉衣,抡起来,猛力往外一撒,犹如一只大怪鸟,飞到路边的荒草地里去了。绳子上也沾了血迹。因为还要捆扎盐包,不能扔,只好把绳子放在路上,用脚来回地搓着,路上的黄土改变了绳子的颜色。主人只穿着一件纽扣不全的小褂,胸膛冻得青紫,加上那张蓝脸,其相貌颇似阎罗殿里那些判官。主人从路边捧了几捧土,扬撒在我的背上,又撕来干草搓擦了。搓擦着说:老黑,咱爷们儿这是积德行善,对吗?——啊噢,啊噢,我回应着主人。主人将盐包捆在我背上,看着路边那辆自行车,说:老黑,按说这车子,应该归咱们所有,咱们赔上了棉袄,赔上了工夫,但如果咱们贪了这点财,前边积的德就没了对不对?——啊噢,啊噢——好吧,咱爷们儿就好事做到底,送人送到家。主人推着车子,赶着我——其实我也不用他赶——重返县城,到了医院门口。主人大声喊叫:哎,那个生孩子的女人听着——你的车子,放在门口了——啊噢,啊噢——又有几个人跑出来。快走,老黑,主人用缰绳抽打着我的屁股说,快跑,老黑……

迎春双手沾着白面,从厢房里跑出来。她的眼睛放着光,直盯着王乐云怀中那个美丽女孩子，伸出手，嘴里喃喃着：

"好孩子……好孩子……胖得真喜煞个人啊……"

王乐云将孩子递到她手里，她接过来，抱在怀里，低下头，在那孩子脸上嗅着，亲着，一连声地说：

"真香……真香啊……"

孩子不习惯她的亲热，哇哇地哭起来。蓝脸呵斥道：

"还不快把孩子还给同志，瞧你那样，大母狼似的，什么孩子也被你给吓哭了。"

"没关系的，没关系的。"王乐云接回孩子，拍着，哄着，孩子哭声弱了，不哭了。

迎春搓着手上的面，歉疚地说：

"真是对不起……您看看我这样子，把孩子的衣裳都沾了……"

"我们都是庄稼人出身，"庞虎说，"没那么多讲究。我们今天，是特意谢恩来了。如果没有你老兄帮忙，后果不堪设想！"

"把我送到医院还不算，又跑了第二趟，把车子送回去，"王乐云感慨地说，"医生护士都说呢，打着灯笼也难找蓝大哥这样的好人。"

"主要是驴好，它走得快，走得稳……"蓝脸不好意思地说。

"对对对，驴也好，"庞虎笑着说，"你这头驴，可是大名鼎鼎啊，名驴！名驴！"

啊噢——啊噢——

"嘿，它能听懂人话呢。"王乐云道。

"老蓝，我如果送你财物，就是把你看小了，也把咱们的友情给糟蹋了，"庞虎从口袋里摸出一个打火机，啪嗒一声打着火，说，"这是缴获美国鬼子的，送给你做个纪念，"又从口袋里摸出一个黄澄澄的铜铃铛，说，"这是我让人从旧货市场上专门弄来的，送给驴。"

英雄庞虎靠近我的身体，将那铃铛，拴在我的脖子上，然后拍拍我的脑袋，说：

"你也是英雄，授一等勋章！"

我晃动了一下脑袋，感动得想放声大哭，啊噢——啊噢——铜铃发出一串清脆的响声。

王乐云拿出一包糖，分给蓝家的孩子们，连黄家的互助、合作也有份。"上学了吗？"庞虎问金龙。解放快嘴，抢着回答："没上。""要上学，必须上学，新社会，新国家，年轻一代，红色接班人，没有文化是万万不行的。""我们家没有入社，是单干户，爹不让我们上学。""什么？还单干？像你这样有觉悟的人还单干？这是真的还是假的？老蓝，这是真的吗？"

"是真的！"一个响亮的声音，在大门口那儿回答。我们看到，洪泰岳，村长、党支部书记兼合作社社长，依然穿着那身衣服，只是更瘦了，也更精干了，瘦骨伶仃，大踏步走过来，对着英雄庞虎伸出手，说："庞主任，王同志，新年好！"

"新年好，新年好！"众多的人涌进大院，互相祝贺新年，不再说那些老话了，满嘴新词儿，时代大变，于此略见一斑。

"庞主任，我们集合，是商量办高级合作社的问题，把周围几个自然村的初级社，合并成一个大社，您是英雄，给我们作个报告。"洪泰岳说。

"我没准备，"庞虎说，"我是来感谢老蓝同志的，他救了我家两条命。"

"不用准备，您随便讲，就把您自己的英雄事迹给我们说说就行，大家欢迎。"老洪带头鼓掌，引起掌声一片。

"好，我讲讲，随便讲讲。"庞虎被簇拥到大杏树下，有人塞到他身后一把椅子，他闪开了，不坐，站着，起高声，"西门屯的同志们，春节好！今年春节好，明年的春节更好，因为在共产党和毛泽东同志的领导下，翻身农民走上了合作化的道路。这是一条金光大道，越走越宽广！"

"可是有人，竟然还顽固地走单干的道路，要跟我们的合作社竞赛，失败了还不认输！"洪泰岳打断英雄庞虎的话，插嘴道，"蓝脸，我说的就是你！"

众人的目光，聚焦在我的主人身上。他垂着头，玩弄着英雄赠送的打火机。咔嚓——火苗——咔嚓——火苗——咔嚓——火苗。女主人脸上挂不住，搡了一下他，他一瞪眼，说："回屋去！"

"蓝脸是个有觉悟的同志，"庞虎高声说，"他带着驴，勇斗群狼；又带着驴，救我妻子。他不入社，是一时没想明白，大家不要强迫命令，我相信，蓝脸同志一定会加入合作社与我们一起奔金光大道的。"

"蓝脸，这次成立高级社，你要是还不加入，我就给你下跪了！"洪泰岳说。

我的主人，解开我的缰绳，牵着我走向大门。英雄所赠铜铃，在我颈上，叮叮当当地响着。

"蓝脸，你到底入还是不入？"洪泰岳喊。

主人在大门外立住脚，回头，对着院内，瓮声瓮气地说：

"你下跪我也不入！"

第九章

**西门驴梦中遇白氏
众民兵奉命擒蓝脸**

伙计,我要讲述一九五八年了。莫言那小子在他的小说中多次讲述一九五八年,但都是胡言乱语,可信度很低。我讲的,都是亲身经历,具有史料价值。那时,西门大院里连你在内的五个孩子,都是高密东北乡共产主义小学二年级的学生。咱不说大炼钢铁、遍地土高炉,这事没什么意思。咱也不说集体食堂吃大锅饭全县农民大流动,这事你们都经历过用不着我来啰唆。咱也不说撤区、撤乡、村改为大队,一夜之间全县实现人民公社化,这事你们都清楚,我说着也没劲。作为一头驴,一个单干户饲养的驴,在一九五八年这个特殊的年份里,有一些颇为传奇的经历,这是我想说的,也是你想听的吧?我们尽量地不谈政治,但假如我还是涉及了政治,那就请你原谅。

那是五月里的一个月光皎洁之夜,一阵阵暖风,从田野吹来,风里全是好气味:成熟小麦的气味,水边芦苇的气味,沙梁上红柳的气味,被砍倒的大树的气味……这些气味让我高兴,但不足以让我逃离你们这个顽固不化的单干着的家庭。实话对你说,吸引我的、让我不顾一切地咬断缰绳逃脱的气味,是从母驴的身上散发出来的。这是一头健壮的成年公驴的正常的生理反应,我没有什么不好意思的。自从被许宝那杂种割去一卵后,我总以为自己已经丧失了这方面的能力,胯间虽还有两个卵,但这两个卵似乎是无用的摆设。但那晚上它们突然从休眠中醒来，它们发热、发胀，使腹下那根棒槌像铁一样坚硬，一次次地伸出来降温。人世间那些红火热闹的事对我没有了吸引力，我脑海里浮现着一头母驴的形象：身材匀称，四肢修长，目光清澈，皮毛光滑。我要与她相会，交配，这是最重要的，其余都是狗屁。

西门大院的大门已经被摘去，据说是拉到炼钢的工地上劈成了木柴。因此我一旦咬断缰绳就等于获得了自由。其实，几年前我就已经越墙而出，所以即便有门挡着，我也会飞出去，何况无门。

我在大街上，追随着那令我神魂颠倒的气味狂奔。街上的风景很多，我无暇顾及，那都是些与政治有关的东西。我冲出村庄，奔向国营农场的方向，那里火光闪闪，把半边天都映红了，那是高密东北乡最大的土高炉，后来也证明，只有这个土高炉炼出了一些真正的钢铁，因为国营农场里人才济济，有几个在这里劳动改造的右派就是留学海外归来的钢铁工程师。

钢铁工程师站在炉边，一本正经地指挥着那些临时抽调来炼钢的农民，火光熊熊，映红了他们的脸庞。十几座土高炉，沿着那条宽大的运粮河一字儿摆开，河西是西门屯的土地，河东是国营农场的地盘。高密东北乡的两条河流，都注入了这条大河，三条河的交汇处，有沼泽、芦苇和沙洲，还有方圆几十里的红柳丛林。村里的人，本不与农场的人打交道，但那时天下一统，大兵团作战。那条最宽的道路上，有牛车，有马车，有人力车，都载着据说是铁矿石的一种褐色的石头；有驴驮子，有骡驮子，都驮着一种名叫铁矿石的褐色石头；有老头，有老太太，有儿童，都背着一种名叫铁矿石的褐色石头。车水马龙人如蚁群，都沿着这条路，向国营农场土高炉群会合。后来的人，说大炼钢铁炼出了一堆废渣是不对的，高密县的领导精明，充分利用了那几个右派工程师，炼出了真正的钢铁。在集体化的洪流里，人民公社的人，暂时把单干户蓝脸忘记，竟让他逍遥法外好几个月，当合作社里的粮食来不及收割烂在地里时，他却从从容容把自家八亩地里的粮食全部收回，并从无主的荒地里割了数千斤芦苇，准备在

075

冬闲时编织苇席牟利。既然他们忘记了单干户，那单干户的驴自然也被忘记。所以，连瘦得只剩下骨头架子的骆驼也被赶出来驮矿石时，我这头健壮的公驴，竟可以逍遥自在地去追寻浪漫煽情的气味。

我奔跑，超越了许多人和畜，其中也包括几十匹驴，但发出气息召唤我的那头母驴却不见踪影，那原本强烈而集中的气味也越来越淡薄，时隐时现，仿佛目标离我越来越远，除了相信鼻子，我更相信自己的直觉，我不可能背道而驰，我追寻着的母驴应该是驮矿石母驴或是拉车母驴中的一匹，除此之外，在这样的时代，在严密的组织和铁一样的命令下，难道还有第二匹逍遥驴躲在某个地方发情？洪泰岳在人民公社成立前，几乎是吼叫着骂我的主人：我日你祖宗蓝脸，你是全高密县唯一的单干户，你是个黑典型，等忙过了这阵，看我怎样收拾你！我的主人摆出一副死猪不怕开水烫的架势，蔫唧唧地说：我等着。

我跑过运粮河上那座十几年前被飞机炸断的、最近刚刚修复的大桥，绕着那些灼热的火炉子跑了一圈，没有发现母驴。那些困倦得犹如醉汉一样的炼钢人，因为我的出现而兴奋起来。他们手持着长长的铁钩子和钢锹围上来，想把我擒获，但这是不可能的。这些人已经晃晃悠悠，无论如何发力也达不到能追上我的速度，即便追上我，手中也没有能把我擒获的力气。他们大呼小叫，完全是虚张声势。火光放大了我的威仪，使我的皮毛犹如黑色的绸缎闪闪发光，我相信在这些人的眼睛里，在这些人一辈子的记忆中，从来没有看见过，再也没有看见过像我这样仪表堂堂的驴。啊噢——我对着那些试图包围我的人冲去，他们四分五裂，有的跌翻在地，有的倒拖铁锹奔跑，犹如仓皇逃命的败兵。只有一个大胆的、头戴柳条帽的小个子，用铁钩子捅着了我的屁股。啊噢——这狗娘养的，铁钩子灼热，随即嗅到焦煳气味，这小子给我留下了一个难以磨灭的烙印。我尥了几个蹶子，冲出火光，遁入黑暗，踩着泥泞的滩地，钻进芦苇丛中。

新鲜的芦苇和清凉的水汽使我的情绪渐渐稳定下来，屁股上的疼痛有所减轻，但依然很剧烈，其程度远远超过被狼咬出的伤口。我踩着松软的淤泥走到河边，喝了几口水，水中有一股蛤蟆尿的腥气，水里有些疙瘩状的东西，我知道喝下了蝌蚪。这有点恶心，但没有办法。也许蝌蚪具有止痛的疗效，那就全当我喝了药。正当我六神无主、不知何去何从之时，那股已经迷失的气味又出现了，像一根在风中飘扬的红丝线。我生怕丢失它，跟着它走，我相信它会把我引导到母驴身边。远离了炼钢炉的火光，月光就明亮起来，河道中有许多蛤蟆在鸣叫，间或还有一阵阵的欢呼声、敲锣打鼓声从遥远的地方传来，我知道，那是狂热的人们在虚构出来的胜利中大发癔症。

就这样，我追寻着气味的红线走了许久，已经将热火朝天的国营农场高炉群远远地抛在了后边。穿越了一座寂静无声的荒凉村庄后，我走上了一条狭窄的田间小路。左边是一片麦田，右边是一片白杨树林。麦子熟透了，虽在凉森森的月光下，但还是散发着焦干的气息，偶有小兽在田中奔跑，便有麦穗断裂或麦粒脱落的窸窣声响起。杨树叶子片片发亮，犹如满树银币。其实我根本无心观看月下美景，我只是顺便对你提起。突然——

那煽情的气味浓郁如酒，如蜜，如刚从炒锅里端出来的麸皮，那假想中的红线，变成了粗大的红绳。我奔波半夜，历尽千辛万苦终于找到了我的爱情，就如顺着藤蔓终于摸到了一颗西瓜。我往前猛跑了几步，马上又改换成小心翼翼的步伐。在小路的中央，在月光下，盘腿坐着一个身穿白衣的妇女，没有母驴的踪影。但发情母驴浓郁的气味，是确凿存在着的啊，难道这里藏着阴谋与陷阱？难道女人也能发出这种让公驴发疯的气味？我带着满腹的疑惑，慢慢地往妇人身前靠拢，离她越近，与西门闹相关的记忆便越活跃，仿佛几点火星，燃成了连片的大火，驴的意识变得灰暗，人的情感占据上风。即便不看她的脸，我已经知道了她是谁，除了西门白氏，还没有一个女人，身上能散出一股苦杏仁的气味。我的妻啊，你这不幸的女人！

为什么我把她称为不幸的女人？因为在我的三个女人中，她的命运最为悲惨,迎春和秋香都嫁了翻身穷人,改变了自己的成分,唯有她,戴着地主分子的帽子,住在西门家祖坟的看坟屋子里,接受着她的身体不能承担的劳动改造。那看坟屋子,土墙草顶,低矮狭窄,年久失修,透风漏雨,随时都可能倒塌,一旦倒塌,也就成了埋葬她的坟茔。那些坏分子们,也都参加了人民公社,在社里边,受着贫下中农的管制,接受劳动改造。按照常理,现在,她应该跟那些坏分子们一起,在运矿石的队伍里,或是砸矿石的工地上,身受着杨七等人的监督,蓬头垢面,破衣烂衫,如同死鬼,但为什么她竟穿着洁白的衣衫散发着香气坐在这个风景如画的地方?

"掌柜的,我知道你来了,我知道你会来的,我知道经过了这些年的风风雨雨,见过了背叛和无耻,你就会想到我的忠诚。"她仿佛自言自语,又像是对我倾诉衷肠,声调幽婉而凄凉,"掌柜的,我知道你已经变成了一头驴,但即便你成了驴,你也是我的掌柜的,你也是我的靠山。掌柜的,只有你成了驴后,我才感到你跟我心心相印。你还记得你生下来那年的第一个清明节与我相遇的情形吗?你跟着迎春去田野里剜野菜,跑过我栖身的看坟屋子,被我一眼看见。我正在偷偷地为公婆的坟茔和你的坟茔添新土,你径直地跑到我的身边,用粉嘟嘟的小嘴唇叼我的衣角。我一回头,看到了你,一头多么可爱的小驴驹啊。我摸摸你的鼻梁,摸摸你的耳朵,你伸出舌头舔我的手,我突然感到心中又酸又热,悲凉混合着温暖,眼泪夺眶而去。我蒙眬的泪眼,看着你水汪汪的眼睛,我看到倒映在你眼里的我,我看到了你眼睛里流露出来的那种熟识的神情。掌柜的啊,我知道你是冤枉的,我捧起新土,扬到你的坟顶上。我趴在你的坟上,脸贴着黄土,暗暗抽泣。这时,你用小蹄子轻轻地敲着我的屁股,我一回头,又看到那种神情从你眼里流露出,掌柜的,我坚信你已经转生为驴降生人世,我的掌柜的,最亲的人,阎王爷咋就这么不公道,让你投胎为驴呢?又一想,也许这是你自己的选择,你放心不下我,甘愿为驴与我相伴,阎王爷让你到达官贵人家去投生你不去,为了我你甘愿落草为驴啊,我的掌柜的啊……我悲从中来，无法抑制，不由得放大了悲声。正在此时，远处传来军号铜鼓镲钹声。迎春在我身后悄声说：别哭了，人来了。迎春还没有把良心丧尽，她挎着的筐子里，用野菜遮盖着一叠纸钱，我猜到她是偷偷地给你烧纸钱来了。我强把哭声止住，看到你跟着迎春匆匆隐入黑松林，你三步一回头，五步一踌躇，掌柜的，我知道你对我一片深情啊……队伍逼近了，鼓乐声铿铿锵锵，红旗血红，花圈雪白，是小学校的师生为他们的烈士扫墓，细雨霏霏，燕子低飞。烈士墓那边桃花如霞，歌声如潮，而我的掌柜的，你的坟前，妻子不敢放声啼哭……掌柜的，那晚上你大闹村公所，咬了我一口。别人以为你是闹栏发狂，只有我知道你是为我不平。咱家的财宝早已挖出，哪还有财宝在荷湾那边埋？掌柜的，你咬我那一口，我把它当成你送给我的吻，虽然狠了点，但唯有狠才让我刻骨铭心。感谢你的吻，掌柜的，你的吻救了我，他们一看我头破血流，生怕闹出人命，就放我回家了。我的家，就在你坟前的破屋子里。我躺在那铺土坯潮湿的小炕上，盼着早死，死后我也要变成一头驴，与你做一对驴夫妻……"

杏儿，白杏儿，我的妻，我的亲人啊……我喊叫着，但话语出口，仍然是驴鸣。驴的咽喉，使我发不出人声。我恨驴的躯体，我挣扎着，要用人声与你对话，但事实无情，无论我用心说出多少深情的话语，发出的依然是"啊噢——啊噢——"，我只好用嘴去吻你，用蹄子去抚摸你，让我的眼泪滴到你的脸上，驴的泪珠，颗颗胖大，犹如最大的雨滴。我用泪水为你洗脸，你平躺在路上，仰望着我，你眼里也噙着泪，嘴里念叨不止：掌柜的啊，掌柜的……我用牙撕开你的白衣，用嘴唇纠缠着你，陡然间想起了新婚情景，白杏儿羞羞答答，娇喘微微，果然是大户人家教育出来的千金小姐，能绣并蒂莲，能诵千家诗……

一群人呐喊着进了西门家大院，把我从梦境中惊醒，使我的好事不成，使我难圆鸳盟，使我从半人半驴回复成彻头彻尾的驴。这些人横眉立目,气焰嚣张,冲进西厢房,把蓝脸拖出来,往脖颈子里插了一面纸糊的小白旗。主人试图反抗,但那些人不费吹灰之力就把他制服。主人还想啰唆,那些人说:我们是奉命而来。上边说了,你非要单干,那就只好让你单干,但大炼钢铁、兴修水利是国家大事,每个公民都有义务参加。修水库时把你忘了,这次你不能再投机了。两个人押着蓝脸往外走,一个人把我从驴棚里牵出来。这人富有经验,看来是个惯常与牲口打交道的,他贴着我的脖颈,右手紧紧地握着勒进我嘴里的嚼铁,只要我稍有反抗的表示,他手上就会加劲儿,嚼铁就会煞进我的嘴角,使我呼吸困难,疼痛难忍。

女主人从厢房里跑出来,试图把我夺回,她说:

"你们让我男人去干活可以,我也可以去砸矿石,去炼钢铁,但你们不能拉俺的驴。"

那些人,气势汹汹地、不耐烦地说:

"女公民,把我们当成什么了?当成黄皮子拉驴队啦?我们是人民公社的基干民兵,是听从着上级的指示、按政策办事。你们家的驴是暂时征用,用完了还会还给你们。"

"我替驴去!"迎春说。

"对不起,上级没这样指示我们,我们不敢私自做主。"

蓝脸从那两人的手中挣脱出来,说:

"你们用不着这样对待我。修水库,炼钢铁,是国家的活儿,我理当去干,毫无怨言,缺了的工,我一定补上,但我有个要求,你们要允许我跟我的驴在一起。"

"这个吗,我们说了也不算,你有什么要求,跟我们的上级去提吧。"

我被那人用高度警惕的方式牵着,蓝脸被那两人用押解逃兵的方式挟着,出了屯,直奔过去的区政府、现在的人民公社所在地,那个红鼻头的铁匠和他的徒弟给我挂上第一副铁掌的地方。我们路过西门家祖坟的时候,看到一群中学生,在几个老师的带领下,正在那里扒坟拆砖，一个身穿白色孝衣的女人，从看坟的小屋子里飞出来，向着那些人扑去。她伏在一个学生的身上，似乎是扼住了他的脖子，但随即就有一块砖头拍在她后脑勺上。她的脸雪白，像涂抹了一层石灰，她的声音尖厉刺耳，令我大受刺激。比铁水还亮的火焰，在我的心里燃烧，我听到人的声音从我喉咙里喷出：

"住手，我是西门闹！不许扒我的祖坟！不许打我的妻子！"

我猛地竖起前蹄，忍着嘴唇破裂的剧痛，把身边那人提起来，甩到路边的淤泥里。作为一头驴，我可以漠视眼前的情景，但作为一个人，我不能容忍别人挖我的祖坟，打我的妻子。我冲进人群，咬破了一个高个子教师的头，把一个弯腰撬墓的学生踢倒在地。学生们四散奔逃，老师们俯身在地。我看一眼在地上打滚的西门白氏，看了一眼黑洞洞的墓穴，转身朝那片黑森森的松林奔去。

第十章

受宠爱光荣驮县长
遇不测悲惨折前蹄

在高密东北乡的地盘上疯跑了两天之后，心中的怒火渐渐消退，饥饿使我不得不啃食野草和树皮。这些粗糙的食物使我体会到做一匹野驴的艰难。对香喷喷的草料的思念，又使我渐渐回到一头平庸的家驴。我开始向村庄靠拢，向有人气的地方靠拢。

中午时分，在陶家官庄村头，一棵粗大的银杏树下，我看到一辆正在休息的马车。豆饼拌谷草的浓烈香气扑鼻而至。那两头拉车的骡子，站在一个放在三角支架上的草料笸箩旁，正吃得香甜。

我对骡子，这非马非驴的杂种，一向心怀鄙视，恨不得把它们全部咬死，但今天，我不想跟它们打架，我只想挤到笸箩边上，分享几口真正的草料，补一补因疯跑而消耗太多的身体。

我悄悄地往前走，蹑蹄屏息，尽量地不使项下的铜铃发出声响。瘸腿英雄挂在我脖子上的铜铃，增添了我的威风，也给我带来了麻烦：我一路飞奔，铃声串串，像个英雄驴，但同时也使我永远逃脱不了人们的跟踪。

铜铃还是发出了声响。两头个头比我魁伟的黑骡子猛地扬起头来。它们一眼就看穿了我的企图。它们用前蹄刨地和喷响鼻对我发出威胁，警告我不要侵入它们的领地。但美食就在眼前，怎能善罢甘休！我观察了一下形势：那头年长的黑骡，身体在辕里，基本上无法对我发起攻击,那头拉长套的年轻黑骡,受身上挽具和长套的羁绊,也不能对我发起有效的攻击,只要我躲避了它们的嘴,就可以抢到食物。

黑骡们暴躁地嘶鸣着,对我发出威胁。你们这两个杂种,不要如此猖狂,有饭大家吃,休要吃独食。现在是共产主义时代,我的就是你的,你的就是我的,还分什么彼此。我瞅了个空子,扑到笸箩前,张口大嚼。它们咬我,嚼铁哗啷啷响。杂种们,要讲咬,我比你们内行。我咽下一口草料,张口便咬住了辕骡的耳朵,猛地一顿,一块耳朵掉下来。然后又在拉长套那个小杂种的脖子上啃了一口,弄了我一嘴鬃毛。顿时乱了套。我叼着笸箩的边沿,疾速倒退几步。拉长套的骡子冲上前来,我掉腚掀臀,给了它两蹄子。一蹄落空,一蹄打在它的鼻梁上。这家伙负痛头触地面,然后闭着眼转圈,套绳凌乱,缠在它的腿上。我抓紧时间吃草料。好景不长,腰里扎着一条蓝包袱、手里提着长鞭的车夫,从村头的一个院子里跑出来,嘴里大声吆喝着。我抓紧时间吃料。他挥舞着鞭子冲上来,鞭影如蛇,发出啪啪的脆响。这人身形矫健,双腿内八字,一看就知道是个赶车的好把式,打的一手好鞭,不可轻视。我不怕棍子,棍子要想打着我那是不容易。但鞭子变幻不定,难以躲闪,一等的好鞭手,能一鞭打倒一匹烈马,这是我亲眼所见,心有余悸。不好,鞭影飞过来了。我不得不逃开了。逃出危险地带,看着那笸箩。车把式追上来,我逃。他不追了,我站住,眼睛还盯着那笸箩。车把式看到了他那两头受了伤的骡子,破口大骂。

车把式说他手中如果有枪,就会一枪崩了我。他这样说我就乐了。啊噢——啊噢——我的意思是说,如果你手中没有鞭子,我就会冲上去咬破你的头。他显然是明白了我的意思,他显然知道我就是那匹咬伤多人的恶驴。他始终不敢放下手中的鞭子,也不敢对我太过紧逼。他的目光四处睃巡着,显然是在寻找援手。我知道他是既怕我又想擒获我。

远远地有人围上来了。我一嗅气味就知道他们是那些几天前一直在追捕我的民兵。尽管我只吃了个小半饱,但这样的好草料一口顶十口,增添了我的气力,鼓舞了我的斗志。我不会被你们围住的,你们这些两条腿的笨物。

这时,从远处那条土路上,一个草绿色的方形怪物,颠颠簸簸,但是速度极快地驶来,屁股后还拖着一溜黄尘。现在我当然知道那是一辆苏制吉普车,现在别说我认识苏制吉普,连"奥迪""奔驰""宝马""丰田"全都认识,我连美国的航天飞机、俄罗斯的航空母舰都认识,但那时我是一头驴,一头一九五八年的驴。这个下边有四个胶皮轮子的怪物,奔跑的速度,在平坦的道路上显然比我快,但到了崎岖的路上它就不是我的对手了。莫言早就说过:山羊能上树,驴子善爬山。

为了讲述的方便,就权当那时候我就认识苏制吉普车吧。我感到有点恐怖,也感到几分好奇。在这样的犹豫状态中,追捕我的民兵们呈扇面包围上来,而迎面而来的苏式吉普,挡住了我前面的道路。在距离我几十米的地方,吉普车熄了火,先后有三个人,从车上跳下来。当头的一个,是我的老熟人,他就是当年的区长现在的县长。几年不见,这人的形体没有大的变化,连身上的衣服,似乎也还是几年前所穿的那套。

我对陈县长没有恶感,几年前他对我的高度赞扬还在发挥作用,温暖着我的心。他的驴贩子经历,也让我感到亲切。总之,这是一个对驴有感情的县长,我信任他,等待着他的到来。

县长挥手对身边人示意,让他们停止前进,又扬手示意我身后那些急于擒获我或是打死我立功邀赏的民兵,让他们停止动作。只有县长一人,举起一只手,嘴里吹着温柔悦耳的口哨,对着我慢慢走来。近了,离我三五米远了。我看到他的手里托着一块焦黄的豆饼,散发着扑鼻的香气。我听到他吹着一首十分耳熟的小曲,让我感到心中充满淡淡的忧伤。我紧张的心情放松了,身上绷紧的肌肉也变得松弛。我产生了依靠在这个人身边接受他抚摸的愿望。他终于靠在了我的身边,右手抱住了我的脖颈,左手把那块豆饼塞到了我的嘴里。然后他腾出左手摸着我的鼻梁，嘴里念叨着：

"雪里站，雪里站，你是头好驴，只可惜被那些不懂驴的家伙给使夹生了。现在好了，你跟我走，我会好好调教你，让你成为一匹杰出的、温顺又勇敢、人见人爱的驴子！"

县长斥退了那些民兵，又吩咐苏制吉普车回县城。虽然没有鞍鞯，他还是骑到了我的背上。他上驴的动作非常熟练，骑跨的也正是我最能承重的部位。果然是个好骑手，是个懂驴的人。他拍了一下我的脖子，说：

"伙计，走！"

从此我就成了陈县长的坐骑，驮着这个虽然瘦弱但精力极端旺盛的共产党人，奔波在高密县广大的土地上。在此之前，我的活动范围没出高密东北乡，跟了县长后，我的足迹北到渤海的沙滩，南到五莲山的铁矿场，西至波涛滚滚的母猪河，东边到达能嗅到黄海腥咸气味的红石滩。

这是我驴生涯中最风光的一段时间。在这段时间里，我忘了西门闹，忘了与西门闹有关的人和事，也忘了与我情感深厚的蓝脸。后来想起来，我之所以那样得意，大概与我潜意识里的"官本位"有关，驴，也敬畏当官的。陈乃一县之长，对我挚爱之深，令我没齿难忘。他亲自为我拌料，亲自为我梳毛，他在我脖子上套了一个缨络，缨络上结着五朵红绒球，铜铃上也拴了红丝绒簇成的穗头。

县长骑我下乡视察，每到一地，人们都给予我最高的礼遇。他们拌最好的草料喂我，用清冽的泉水饮我，用骨制的梳子梳我，在铺了白色细沙的平展地面上让我打滚解乏。人们都知道，侍候好了县长的驴，就会让县长格外高兴。拍了我的驴屁，就等于拍了县长的马屁。县长是个好人，他弃车骑驴，一是为了节省汽油，二是因为要经常去山区视察矿石开采场，不骑毛驴就只有步行。当然，我知道，这事情最深层的原因，还在于县长在多年的驴贩子生涯中，培养起了对毛驴的深深的爱。有的男人见了漂亮的女人就眼睛发亮，县长见了漂亮的毛驴就连搓双手。我是头四蹄踏雪、智力不逊人类的毛驴，赢得县长的好感那是十分正常的。

自从当了县长的坐骑，缰绳基本上失去了意义。一头咬伤多人、臭名昭著的倔驴，竟然被县长短期内调教成一匹俯首帖耳、聪明伶俐的顺毛驴，这算一个奇迹。县长的秘书小范曾经拍过一张县长骑着我视察铁矿场的照片，配了一篇小文章投往省报，竟被省报在显著位置发表。

我在为县长所骑的日子里，曾与蓝脸见过一面。那是在一条狭窄的山路上相逢。蓝脸挑着两筐矿石，从山上下来；县长骑着我，从山下上去。蓝脸见了我就丢了扁担，筐子倾倒，矿石滚下山去。县长发怒，训道：

"怎么搞的？矿石是宝，一块不能丢，下去捡上来。"

我知道蓝脸根本听不进县长的话，他双眼放光，直扑上来，抱着我的脖子，连声道：

"老黑，老黑，我终于找到你了……"

县长也认出了蓝脸，知道遇上了我的旧主。他回头看了一眼骑着一匹瘦马一直跟着我们东跑西颠的范秘书，示意他来解决这个问题。秘书心领神会，跳下瘦马，将蓝脸拉到一边，道：

"你想干什么？这是县长的驴。"

"这是我的驴，我的老黑，它从一出生就没了娘，是我老婆用小米汤把它养活。它是我们家的命根子。"蓝脸道。

秘书道："就算确是你家的驴，但如果不是县长相救，它早被民兵们打死吃了驴肉。现在，它承担着重要的工作，驮着县长下乡，为国家节约了一辆吉普车，县长离不开它，你的驴能发挥这样重要的作用，你应该高兴才是。"

"我不管。"蓝脸执拗地说，"我只知道这是俺的驴，俺要拉回去。"

"蓝脸，老朋友，"县长说，"现在是非常时期，这匹驴走山路如履平地，对我帮助很大，你的驴，就算我们暂时征用，等大炼钢铁告一段落，就把它还给你。征用期间，政府会酌情给你一些补贴。"

蓝脸还想啰唆，一个公社干部上来，将他一把拖到路边，声色俱厉地说：

"你他妈的简直是狗坐轿子不识抬举，县长能骑你家的驴，是你家三辈子的造化。"

县长抬手制止了公社干部的粗鲁行为，说：

"蓝脸，就这样吧，你很有个性，我很佩服你，但同时为你感到惋惜，作为本县县长，我希望你尽快牵着驴入社，不要与历史潮流对抗。"

公社干部把蓝脸推到路边，为县长其实是为我让开了道路。我看到蓝脸望着我的眼神，心中感到了一丝愧疚。我在想：这样做算不算背叛主人，另攀高枝？县长似乎猜到了我的心思，用巴掌拍拍我的头，安慰道：

"雪里站，快走，你驮着本县，远比跟着蓝脸贡献大，蓝脸迟早也会加入人民公社，而一入社，你也就成了集体财产，县长为了工作骑一头人民公社的驴子，这不是正大光明吗？"

正所谓乐极生悲，物极必反。就在我与主人相遇五天后的傍晚，我驮着县长从卧牛山采矿场回来，一匹横穿山路的野兔子在我面前跳起，吓了我一跳，不慎将右前蹄陷入一条石缝。我侧歪在地，县长也一头栽了下来。县长的头碰在路边石棱上，血流如注，当场昏厥。秘书招呼着人，把县长抬下山去。几个农民，试图把我弄出来，但我的蹄子深深地陷在石缝里，绝无弄出来的可能。他们强行推我，拉我，我听到"咔吧"一声响，从石缝中传出，一阵剧痛，猛地把我击昏了。等我清醒过来，发现我的右蹄，连同短骸骨，都留在了石缝里，从断腿处涌出来的血，染红了好大一片路面。我心中一片悲凉，我知道，作为一头驴，我已经毫无用处，不但县长不会再要我，即使我的主人，也不会收养一匹彻底丧失了劳动能力的驴，等待我的将是屠宰铺里那把长刀。他们会用长刀割断我的喉咙，放完我的血，剥掉我的皮，然后将我分割成一条条的肉，变成美味食品，进入人们的肚肠……与其让他们屠杀，不如我自己了断。我侧目看看路外侧陡峭的山坡和山下雾腾腾的村庄，啊噢一声，用力往外滚去——这时，蓝脸的一声哭叫，留住了我。

主人是从山下跑来的。他满身汗湿，膝盖处血迹斑斑，显然是在路上摔了跤。他一见我的惨状，便放声大哭：

"我的老黑啊，我的老黑……"

主人抱着我的脖子，几个前来帮忙的农民，有的掀着我的尾巴，有的搬着我的后腿，我挣扎着站了起来，但当我的断腿一着地，便剧痛难挨。汗水像小溪一样从我身上流下，我像一堵朽墙，又一次跌翻在地。

一个农民用同情的腔调议论着：

"废了。不中用了。不过也不用愁，这驴很胖，卖到屠宰组，会得一笔大钱。"

"放你娘的屁！"蓝脸大怒，骂那农民，"如果你的爹伤了腿，也会卖到屠宰组里去吗？"

周围的人都愣了片刻，那说话的农民恼怒地说：

"你这屌人，怎么这样说话？这头毛驴，难道是你的爹吗？"

那农民揎拳捋袖，欲与蓝脸动手打架，被同伙的人拉住劝说：

"算了，算了，不要惹这个疯子了，他可是全县唯一的单干户，在县长和专员那里都挂了号的。"

众人散去，只余我与主人。山月弯弯，挂在天边，此情此景，倍感凄惨。主人骂着县长，骂着那些农民，脱下褂子，撕成布片，包扎缠裹在我的伤腿上。啊噢——啊噢——痛死我啦……主人抱着我的头，泪珠一串串地落在我的耳朵上。"老黑啊，老黑……让我说你什么好呢？你怎么能相信官家人的话呢？一出事儿他们只顾抢救官儿，把你扔在这里……如果他们派来石匠，把石缝凿开，你的腿也许还有救……"主人说到这里，猛醒般地，放下我的头，跑到那石缝里，伸手进去，试图把我的蹄子抠出来。我的主人一边哭着，一边骂着，累得哼哼哧哧喘粗气，终于把我的蹄子抠了出来。捧着我的蹄子，我的主人放声大哭。看着蹄子上被山路磨得银光锃亮的蹄铁，我也泪如泉涌。

主人鼓励着我，帮着我终于站起来。由于包裹了厚厚的布片，我的断腿勉强可以着地，但我的身体悲哀地失去了平衡。健步如飞的西门驴没有了，只有一匹一步一点头、一步一侧歪的瘸驴。我好几次都想一头栽到山下去，结束这凄惨的生命，但主人的爱挽留了我。

从卧牛山采矿场到高密东北乡的西门屯，路程有一百二十里。如果我腿蹄健全，这点路何足挂齿。但我缺失一蹄，举步艰难，一路血肉模糊，哀鸣不止。疼痛使我的皮肤不可抑制地颤抖，宛如微风吹过水面形成的细波纹。

走入高密东北乡地盘，我的断腿开始散发臭气，成群结队的苍蝇追随着我，发出震耳欲聋的轰鸣。主人从树上扯下枝条，捆扎成束，用以驱打苍蝇。我的尾巴已经无力挥动，腹泻使我的后半身肮脏无比。主人挥一下树枝把子就能打死数十只苍蝇，但随即就会有更多的苍蝇扑上来。我的主人把裤子也脱下来撕破，为我包扎了伤腿。他只穿着一条仅能遮羞的裤头，脚上却穿着两只厚底的、鞋面上缝着厚厚的破皮子的沉重大鞋，形状古怪而滑稽。

我们一路上风餐露宿，我吃枯草，主人则从路边的红薯地里捡腐烂的红薯充饥。我们不走大道走小径，见到人群就躲避，仿佛两个从战场上逃脱的伤兵。那天走进皇甫屯时，正逢屯里的大食堂开饭，浓郁的香气袭来，我听到主人的肚子发出咕噜噜的响声。主人看看我，眼里流出泪。他用肮脏的胳膊沾沾眼，眼珠子通红，突然起了高声：

"他妈的，老黑，我们怕什么？我们躲什么？我们做过什么见不得人的事了吗？我们光明正大，我们什么都不怕，老黑你负的是工伤，理应由公家照顾，我照顾老黑，就是为公家出夫！走，我们进村！"

主人牵着我，像引领着一个苍蝇的军团，走进了正在开饭的大食堂。露天开饭，羊肉包子。一笼屉一笼屉的包子从厨房里抬出来，放在桌子上，顷刻便被抢得精光。抢到包子的人，有的用树棍插着，歪着头啃，有的放在手里来回倒着，嘴里发出吸吸溜溜的声音。

我们的闯入，让所有人注目。我们太狼狈、太丑陋、太肮脏了。我们身上散发着臭气，我们饥饿劳累，我们让他们吃惊，也许还有恶心，我们败坏了他们的胃口。主人挥动着枝条在我身上抽打，受惊的苍蝇飞舞起来，星散开去，降落到热气腾腾的包子上，降落到公共食堂的炊具上，人们都厌恶地发出了嘘声。

一个身穿白色工作服，看样子像食堂管理员的胖大妇人颠着身跑上来，距我们几步远就捂住鼻子，瓮声瓮气地说：

"你们是干啥的？快走，快走！"

有一人，认出了我的主人，远远地嚷着：

"是西门屯的蓝脸吧？果然是你这家伙？你怎么成了这副模样……"

主人向那人投去一眼，没吱声，牵着我往院子中央走。那里的人们纷纷躲避。

"他可是高密县唯一的单干户，连昌潍专区都挂了号的！"那人继续喊，"他的毛驴是神驴，会飞，咬死过两匹恶狼，咬伤过十几个人的，可惜，腿怎么残了？"

胖大妇女追上来，嚷道：

"快离开这里，我们不接待单干户！"

主人停住脚，声音凄楚而激烈地喊叫着：

"你这个肥母猪，老子是单干户，宁愿饿死，也用不着你接待。但老子这头驴，却是县长的坐骑，它是驮着县长下山时在石缝里扭断了腿，算不算工伤？如果算工伤，你们就有义务接待。"

我的主人第一次用激烈的话骂人，他蓝脸泛青，瘦骨嶙峋，仿佛一只拔光了羽毛的公鸡，全身散着臭气，一耸一耸地往前逼近。那胖大妇人被逼得连连后退，竟掩着脸，呜呜地哭着，逃跑了。

有一位身穿旧制服，留着分头，干部模样的人剔着牙走上来，上上下下地打量着我和我的主人，然后说：

"你有什么要求？"

"我要你们喂饱我的驴，我要你们烧一锅热水为我的驴洗澡，我要你们请一位医生给我的驴包扎伤口。"

干部对着大厨房喊叫，有十几个人应声而出。干部说：

"按他要求的快去准备。"

他们用热水冲洗了我的身体。他们让医生用碘酒为我的伤口消毒，涂上了药膏，并包上了厚厚的纱布。他们为我弄来了大麦和苜蓿。

我吃饲料时，那些人端来一盆尚有热气的包子，放在我的主人面前。一个伙夫模样的人悄声说：

"老哥，吃吧，别犟劲了。吃了这顿就不要管下顿，过了今天，就不要管明天，这驴日的岁月，没有几天折腾头了，早折腾完了，早吹灯拔蜡。怎么，你真的不吃？"

主人佝偻着身体，坐在两块撂放在一起的破砖头上，目光盯着我那条虚虚地支在地上的伤腿，似乎没有听到伙夫的密语。我听到主人饥肠辘辘，我知道又白又胖的包子，对他产生了巨大的诱惑。有好几次我看到他那只又黑又脏的手就要向包子伸去，但最终他还是克制住了自己。

第十一章

英雄相助装义蹄
饥民残杀分驴尸

我的伤腿结了疤，性命无虞，但丧失了劳动能力，成了废驴。这期间，公社屠宰组的人几次上门，想出价买我，用我的肉，改善干部们的生活，都被我的主人骂走。

莫言在《黑驴记》中写道：

> 女主人迎春不知从什么地方捡回一只破皮鞋，回家刷洗干净，在鞋里边塞上了棉絮，鞋帮上缝上带子，绑在残驴腿上，使它的身体大致能够保持平衡。于是，在一九五九年春天的乡间道路上，出现了一道奇特的风景：单干户蓝脸推着一辆装满粪肥的木轮车，赤着臂膊，满面飙气；拉车的驴穿着一只破皮鞋，低垂着头，走起来一瘸一拐。木轮车缓慢行进，车轴发出嘎啦嘎啦的刺耳声响。蓝脸弓着腰，把全身的力气贯注到车把上，残驴也做出悲壮的努力，要为主人省些力气。起初，人们侧目观看这对古怪的劳动搭档，许多人掩口窃笑，但到了后来，就笑不出来了。刚开始有许多小学生跟在车后观看，有的顽皮孩子还向残驴投掷石块，但他们的行为受到了家长的严厉呵斥。

春天的地像发酵的面团，车轮一下子陷到轮毂，我的蹄子也陷进地里。我们必须把粪肥运到土地的中央。努力！为了让主人省点劲儿，我使出了全身的力气。但只走了十几步，女主人套在我脚上的皮鞋就留在土里了。断腿像棍子一样直往土里插，疼痛难忍，汗流如注，不是累的，是痛的。啊噢——啊噢——杀了我吧，主人，我已经无用了。我眼睛的余光看到了主人那半边瓦蓝的脸和凸出的眼球，为了主人的恩情，为了回击那些冷笑，为了给那些小杂种树立一个榜样，我就是爬，也要帮主人把车子拉到地中央。我因身体失衡而前仆，膝盖着地，啊，膝盖着地竟比断肢着地舒服，更能使上力气，那就让我跪着拉吧！我跪着，用最快的动作，最大的力气，前进。我感到挽具勒紧了我的喉咙，呼吸困难。我知道这劳动的姿态十分丑陋，会让人们耻笑，那就让他们笑去吧，只要能把车拉到主人要去的地方，就是胜利，就是光荣！

将车上的粪倾倒在地后，主人扑上来，抱住了我的脑袋。我听到主人声音哽咽，语不成声：

"老黑啊……你真是一头好驴……"

主人掏出烟袋锅，装上烟，打着火，点燃，自己吸了一口，然后把烟袋锅插到我嘴里。

"吸一口吧，老黑，吸口解解疲乏。"主人说。

我跟随主人多年，沾染上了烟瘾。我把烟锅吸得吱吱响，两道浓烟，从我的鼻孔里喷出来。

这年的冬天，主人受供销社主任庞虎腿上新装义肢的启发，决心要为我制作一个义蹄。凭借着几年前那段友谊，主人和女主人找到庞虎的妻子王乐云，说明了心情，在王乐云的帮助下，主人和女主人把庞虎的义肢里里外外研究个透彻。庞虎的义肢是到上海一家专为革命残疾军人服务的工厂定做的，我一头驴，不可能享受到这样的待遇。即使是那家工厂愿意为一头毛驴制作假蹄子，我的主人也承担不了昂贵的造价。于是，主人和女主人决定自己动手为我制作一只假蹄子。

他们费了整整三个月工夫，做了毁，毁了再做，最后，做出了一只从外观上足可乱真的假蹄子，绑在了我的断肢上。

他们拉着我在院子里走了几圈，感觉比绑一只破皮鞋好很多。我的步伐虽然僵硬，但瘸的程度大大减轻。主人牵着我，走在大街上，昂头挺胸，洋洋得意，仿佛示威。我也尽量地往好里走，努力为我的主人长脸。屯里的孩子跟在我们身后看热闹。我看到了路边那些人的目光，听到了他们的议论。他们对我的主人很是佩服。我们与面黄肌瘦的洪泰岳迎面相逢。洪泰岳冷笑着说：

"蓝脸，你这是向人民公社示威吗？"

"不敢，"我的主人说，"我跟人民公社是井水不犯河水。"

"可你走在人民公社的大街上。"洪泰岳低手指指地，抬手指指天，冷冷地说，"可你还呼吸着人民公社的空气，还照着人民公社的阳光。"

"没有人民公社之前，这条大街就有，没有人民公社之前，就有空气和阳光。"我的主人说，"这些，是老天爷送给每个人、每个动物的，你们人民公社无权独占！"我的主人深深地吸了一口气，在街上跺跺脚，仰脸被太阳晒着，说，"好空气，好阳光，真好！"他拍拍我的肩膀，说，"老黑，你大口喘气，死劲踏地，让阳光照着。"

"蓝脸，不怕你嘴硬，有你服软的时候！"洪泰岳道。

"老洪，有本事你把路竖起来，把太阳遮起来，把我的鼻孔堵住。"我家主人说。

"咱们走着瞧！"洪泰岳悻悻地说。

我本来想穿着这只新蹄子，为主人再卖几年力气，但随之而来的大饥馑，使人变成了凶残的野兽。他们吃光了树皮、草根后，便一群饿狼般地冲进了西门家的大院子。主人起初还手持棍棒护卫着我，但人们眼睛里那种可怕的碧绿的光芒吓破了他的胆。他扔下棍棒逃跑了。面对着这群饥民，我浑身战栗，知道小命休矣，驴的一生即将画上句号。十年前投生此地为驴的情景历历在目。我闭上了眼睛，听到有人在院子里大喊：

"抢啊，抢啊，把单干户的粮食抢走！杀啊，杀啊，把单干户的瘸驴杀死！"

我听到了女主人和孩子们的悲号声，听到了争抢过程中饥民之间的打斗声。我感到脑门正中受到了突然一击，灵魂出窍，悬在空中，看着人们刀砍斧剁，把一头驴的尸体肢解成无数碎块。

第二部　牛犟劲

人们，不要对他人施暴，对牛也不要；
不要强迫别人干他不愿意干的事情，对牛也不要。

第十二章

大头儿说破轮回事
西门牛落户蓝脸家

"如果我猜得不错,"我直视着大头儿蓝千岁野气刺人的目光,试试探探地说,"你作为一头驴,被饥民用铁锤砸破脑壳,倒地而死。你的身体,被饥民瓜分而食。这些情景,都是我亲眼目睹。我猜想,你的冤魂不散,在西门家大院上空逗留片刻,便直奔阴曹地府,几经周折,再次投胎。这一次,你转生为一头牛。"

"猜得很准,"他用略带着忧伤的腔调说,"我对你讲述了我为驴的一生,就等于把后来的事情告诉了你大半。当牛的几年里,我与你几乎是形影不离,发生在我身上的事,你基本上一清二楚,就用不着我多说了吧?"

我看看那颗与他的年龄、身体相比大得不成比例的脑袋,看看他那张滔滔不绝地讲话的大嘴,看看他脸上那些若隐若现的多种动物的表情:驴的潇洒与放荡、牛的憨直与倔强、猪的贪婪与暴烈、狗的忠诚与谄媚、猴的机警与调皮——看看上述这些因素综合而成的那种沧桑而悲凉的表情,有关那头牛的回忆纷至沓来,犹如浪潮追逐着往沙滩上奔涌;犹如飞蛾,一群群扑向火焰;犹如铁屑,飞快地粘向磁铁;犹如气味,丝丝缕缕地钻进鼻孔;犹如颜色,在上等的宣纸上洇开;犹如我对那个生着一张世界上最美丽的脸的女人的思念,不可断绝啊,永难断绝……

父亲带我去赶集买牛。时间是一九六四年十月一日。天空晴朗，阳光明媚，许多鸟在天上叫，许多蚂蚱在路边把柔软的肚子插到坚硬的路面上产卵。我沿途捉蚂蚱，用草棍串起，准备回家烧烧吃。

集市上很热闹。困难的日子熬过去了。秋天又是个大丰收，人们的脸上喜气洋洋。父亲拉着我的手，直奔牲口市。父亲是大蓝脸，我是小蓝脸。看到我们父子，许多人感叹：这爷儿俩，带着记号，生怕被别人认了去呢。

牲口市上，有骡子，有马，有驴。只有两头驴。一匹是灰毛的，母驴，耷拉着耳朵，垂头丧气，目光昏暗，眼角上夹着黄眵，不用扒嘴看牙口，就知道是匹老驴。另一匹黑驴，公的，骟过了，个头很大，有点像骡子，生着一张令人厌恶的白脸，白脸驴，绝户驴，像戏剧舞台上的奸臣，透着阴险与毒辣，谁敢要？趁早送到屠宰组去杀掉。"天上的龙肉，地上的驴肉"，公社干部们酷爱吃驴肉，新来的书记，最好这一口，他就是给陈县长当过秘书的那个人，姓范名铜，外号"饭桶"，食量惊人。

陈县长对驴有深厚感情，范书记对驴肉情有独钟。看到这两头又丑又老的驴，父亲脸色沉重，眼睛里噙着泪水。我知道他又想到了我们家那头黑驴，那匹"雪里站"，那匹上过报纸、做出了全世界的驴都没有做出的杰出事迹的驴。不但他思念，我也思念。想起在小学读书那几年，这匹驴，带给我们蓝家的三个孩子多少自豪啊！不但我们自豪，连黄互助和黄合作这对双胞胎姐妹也沾光，虽然父亲与黄瞳、母亲与秋香关系冷淡，见面几乎连招呼都不打，但我总感到与黄家姐妹有一种特殊的亲近关系，说真心话，对她们，比对我同母异父的姐姐蓝宝凤还要亲。

卖驴的人似乎认识父亲，两个人，都对着父亲点头，脸上挂着意味深长的微笑。仿佛是要逃避，也可能是天意，父亲拉着我离开驴市走进牛市。我们不可能购买一头驴了，因为世界上所有的驴与我家曾经有过的那头驴都无法比较。

驴市冷清，牛市繁荣。形形色色、大大小小的牛。爹啊，怎么会有这么多牛？我还以为三年困难把牛都杀光了呢，怎么一眨巴眼似的仿佛从地缝里冒出了这么多牛。有鲁南牛，有秦川牛，有蒙古牛，有豫西牛，还有杂交牛。我们进了牛市，几乎没有旁顾，就直奔一头刚刚拴上笼头不久的小犍。这头小犍，约摸有一岁年龄，毛色如栗，皮滑如缎，双眼明亮，透着机灵与顽皮，四蹄矫健，显示着速度和力量。它虽然年幼，但身躯已具有一头大牛的轮廓，仿佛一个嘴唇上生出黑茸毛的少年。它的妈，是一头身材修长、尾巴拖地、双角前罩的蒙古母牛。这种牛步幅大，性子急，耐严寒，耐粗放，有野外生存能力，可以拉犁耕地，也可以驾辕拉车。牛的主人是个黄面孔的中年人，嘴唇瘦薄，遮不住牙齿，掉了一粒纽扣的黑制服口袋里，插着一支钢笔，看样子像一个生产队的会计或是保管。在牛主人的身后，立着一个头发蓬乱的斜眼睛男孩，与我的年龄相仿，看样子与我一样，也是一位失学少年。我们俩互相打量着，感觉到似曾相识。

"买牛吗？"男孩主动跟我打招呼，然后神秘地对我说，"这头小牛是个杂种，爹是原产瑞士的西门塔尔牛，妈是蒙古牛，是去农场交配的，人工授精。那头西门塔尔种牛，体重八百公斤，像座小山。你们要买就买这头小牛，千万别买这头母牛。"

"淘气，你给我闭嘴！"黄脸男人厉声训斥男孩，"再多说话就把你的嘴巴缝起来。"

男孩吐吐舌头，笑着，躲到男人背后，悄悄地指着那头母牛弯曲的尾巴，显然是要提醒我注意。

父亲弯下腰，对着那头小公牛伸出一只手，仿佛是一个风度翩翩的绅士，在灯光辉煌的舞场上，对着一个珠光宝气的女士邀舞。也是多年之后，我在许多外国电影中，看到这种场面，便会想起，父亲对牛伸出的手。父亲的眼睛明亮，闪烁着让我感动的光彩，我想只有历尽劫难又不期而遇的亲人的眼睛里，才可能出现这样的光彩。令人感到惊奇的是，那头小公牛，竟然摇动着尾巴，走到父亲面前，伸出浅蓝色的舌头，舔了一下父亲的手，紧接着又舔了一下。父亲抚摸着小公牛的脖子，说：

"我要买这头小牛。"

"要买就买两头，我不能让它们母子分离。"卖牛男人用不容商量的决绝口气说。

"我只有一百元钱，我就要这头小牛！"父亲从夹袄深处摸出那沓钱，递到卖牛男人面前，固执地说。

"五百元，两头一起牵走。"卖牛男人道，"我一句话绝不重复两遍，要就要，不要请闪开，别耽误了我卖牛。"

"我只有一百元，"父亲执拗地将钱放在卖牛男子脚前，说，"我就要这头小牛。"

"收起你的钱！"卖牛男子吼着。

此时，父亲蹲在那头小牛面前，脸上洋溢着感伤的激情，抚摸着小牛，牛主人的话，显然没入他的耳。

"大叔，卖给他吧……"男孩说。

"你少废话！"卖牛男人将母牛的缰绳递给男孩，说，"牵好！"然后走到小公牛身侧，弯腰把父亲推开，将小牛揉到母牛身边，道："还从来没见过你这种人，难道要抢吗？"

父亲一屁股坐在地上，目光痴迷，中了邪般地说：

"我不管，反正我要这头牛。"

现在，我当然明白了父亲为什么要那样执拗地买那头小公牛，当时我无法想到这头小公牛是从西门闹——驴—转世而来，我只认为父亲因为执迷不悟闹单干遭受巨大压力，精神有些恍惚。现在，我相信牛与父亲之间，有一种心灵感应。

最终，我们买到了这头小公牛，这是命中注定、冥冥中早有安排的。正当父亲与那卖牛男人纠缠不清时，西门屯大队党支部书记洪泰岳带着大队长黄瞳等人也出现在集市上。他们看中了这头母牛，当然也看中了这头小公牛。洪泰岳熟练地扒开母牛的嘴巴，道：

"老齐口了,该进屠宰组的货色。"

卖牛人撇撇嘴,说:"老哥,你可以不买我的牛,但你不能昧着良心说话。这样的牙,你竟敢说是老齐口?告诉你,我们大队要不是急钱用,说啥也不会卖,这牛,回去就可配种,明年春天就能生小牛。"

洪泰岳伸出缩在肥大衣袖中的手,想按集市上牛经纪的方式与卖牛人讨价还价,但那人摆摆手,说:

"不用这一套,明说,这牛与小牛捆绑在一起卖,两头五百元,少一个子儿就免开尊口。"

父亲抱住小公牛的脖子,怒冲冲地说:

"这头小牛我要了,一百元。"

"蓝脸,"洪泰岳嘲弄地说,"你不必费这个劲了,回去带着老婆孩子入社吧,如果你喜欢牛,就安排你当专职饲养员。"洪泰岳看一眼大队长黄瞳,问,"你说呢,黄瞳?"

"老蓝,你的犟劲儿我们都领教了,我们都服了你了,你入社吧,为了老婆孩子,也为了我们西门屯大队的名声,"黄瞳道,"每次去公社开会,都会有人问:哎,你们屯那个单干户还单干着吗?"

父亲根本不理睬他们,人民公社饥饿的社员们打死我家的黑驴分而食之,又把我家的余粮哄抢干净,这恶劣的行径,尽管可以理解,但给父亲心中造成的创伤却永难修复。父亲多次说,他与那头驴,不是一般的主人与家畜的关系,而是心心相印,如同兄弟。父亲尽管不可能知道黑驴是他的东家西门闹脱胎投生,但他肯定感受到了这头驴与他的缘分。洪泰岳们的话都是老生常谈,父亲连回答的兴趣都没有,他只是抱着牛头,说:

"这头小牛我要了。"

"你就是那个单干户吗?"卖牛人惊讶地问着,"老哥,可真有你的,"他打量着父亲的脸和我的脸,恍然大悟地说,"蓝脸,果然是蓝脸,好,一百元,小牛归你了!"卖牛人从地上把钱捡起来,点数一下,揣进怀里,对洪泰岳说,"你们是一屯的,那就让你们跟着这蓝脸兄弟沾点光吧，这头母牛，三百八十元，便宜你们二十元，拉走吧。"

父亲从腰间解下一根绳子，套在小牛脖子上。洪泰岳等人也给蒙古母牛换了新缰绳，将旧缰绳还给主人。卖牲口不卖缰绳，这是规矩。洪泰岳问父亲：

"蓝脸，跟我们一起走吗？要不你的小牛会恋它妈，你牵不回去的。"

父亲摇摇头，牵着小牛就走。小牛竟然顺从地跟着我父亲前行，尽管蒙古母牛发出哀鸣，尽管小牛也回头对着它妈叫了几声，但它没有挣扎。当时我想，也许这小牛已经够大，对它妈的依恋程度已经很弱，现在我知道，你，西门牛，原本是驴，是人，与我父亲的缘分未尽，自然一见倾心，一见如故，一见就不想再分开。

我正要追随父亲而去，那个卖牛的男孩，跑过来对我低声地说：

"我告诉你，那头母牛是个'热鳖子'。"

所谓"热鳖子"，是指那种夏天里一劳动就口吐白沫、哮喘不止的牛。我当时弄不明白何为"热鳖子"，但从男孩的严肃神情上，我知道这种牛不是好牛。我至今也闹不明白那男孩为什么要把这些话告诉我，我也不知道我与他似曾相识的感觉从何而来。

在回家的路上，父亲一直沉默着。我几次想跟他说点什么，但看看他那副沉浸在某种神秘思维中的表情，就把这愿望压制下去。不管怎么说，父亲买到了这头牛，而且也是我十分喜爱的牛，这就是大好的事，父亲高兴，我也高兴。

临近村子时，父亲停下脚步，点燃了一锅旱烟，抽着，打量着你，突然笑出了声音。

父亲的笑，本来就非常稀少，这样的笑，更是罕见。我有几分紧张，生怕他中了邪魔。我问：

"爹，你笑什么？"

"解放，"父亲不看我，直盯着牛的眼，问我，"你看看这小犊的眼睛，像谁？"

我真的吃了一惊,意识到父亲的精神出了问题。但我还是遵嘱去看小公牛的眼睛。这是两只清澈如水的牛眼,黑蓝黑蓝的,在漆黑的瞳孔里,我看到了自己的倒影。小公牛仿佛也在看我。它正在倒嚼,浅蓝色的嘴巴不紧不慢地咀嚼着,不时有一团草,像只老鼠似的,沿着它的咽喉,滚进它的肚腹,随即又有一个新的草团涌上来供它咀嚼。

"爹,您是什么意思?"我纳闷地问。

"你看不出吗?"父亲说,"它的眼睛,跟咱们家那头黑驴的眼睛是一模一样的啊!"

在父亲的提示下,我回忆着那匹黑驴留给我的印象,只是模糊地记着一匹油光光的驴,经常咧着大嘴、龇着白牙、仰着脖子长鸣,但它的眼睛是个啥样,无论如何也回忆不起来了。

父亲没有过多地和我纠缠这个问题,但他对我讲了几个与轮回有关的故事。他说一个人做梦,梦到死去的爹对他说:儿啊,我投胎为牛,明天就要降生。第二天,家中的母牛果然生了一头小公牛。这人对这头小公牛格外照顾,一直以"爹"呼之,既不给它穿鼻环,也不给它拴缰绳,每逢下地,这人就说:爹,走吧?牛就跟着他下地。干活累了,这人说:爹,歇会儿吧!牛就歇了。父亲说到这里就停了,我感到很不满足,就追问:后来呢?父亲犹豫了片刻,道:这种事儿不好对小孩子说,但还是说了吧。这头牛,在那儿耍脐子——后来我明白所谓"耍脐子"就是自淫——正好被这家的女人看到,女人就说:爹啊,您怎么干这种事?真不害臊!于是,这头牛就一头撞到石墙上,自尽了。嗐!爹长叹一声。

第十三章

**劝入社说客盈门
闹单干贵人相助**

"千岁啊,我可不敢再让你呼我'爷爷'了。"我胆怯地拍拍他的肩膀,说,"尽管现在我是个五十多岁的老男人,而你只是个年仅五岁的儿童,但退回去四十年,也就是一九六五年,那个动荡不安的春天,我们的关系,却是一个十五岁的少年与一头小公牛的关系。"他郑重地点点头,说:"往事历历在目。"于是,从他的眼睛里,我看到了那头小牛调皮、天真、桀骜不驯的神情……

你肯定没有忘记,在那个春天里,我们的家庭所承受的巨大压力。消灭最后一个单干户,似乎成了我们西门屯大队,也是我们银河人民公社的一件大事。洪泰岳动员了村子里德高望重的老人——毛顺山大伯、曲水源老叔、秦步庭四爷;能言善辩的女人——杨桂香大姑、苏二嫚三婶、常素花大嫂、吴秋香大婶;心灵嘴巧的学童——莫言、李金柱、牛顺娃。上边列举这十人,只是我能回忆起来的,其实还有许多人,他们一拨拨地涌到我家,仿佛前来为女儿说媒或是替儿子求婚,仿佛前来卖弄学问又仿佛前来施展口才。男人们围着我爹,女人们围着我娘,学童们追着我哥我姐当然也没饶过我。男人们的旱烟把我家墙壁上的壁虎都熏晕了,女人们的屁股把我家炕席都磨穿了,学童们把我们的衣裳都扯破了。入社吧,请入社。觉悟吧,别痴迷。不为自己,也为孩子。我想你,那些天,牛眼所见,牛耳所闻,也都与入社有关。当我爹在牛栏里为你清理粪便时，那些老人，就像忠诚的老兵一样，把守着牛栏门口，说：

"蓝脸，贤侄，入了吧，你不入社，人不高兴，连牛也不高兴。"

——我有什么不高兴的？我高兴着呢，他们哪里知道我就是西门闹，我就是西门驴，一个被枪毙的地主，一个被骟割了的毛驴，怎么可能愿意跟这些仇人搅和在一起？我为什么对你爹表示出那样的依恋，就因为我知道跟着你爹可以单干。

女人们盘腿打坐在我家炕上，像一群厚颜无耻、远道而来的瓜蔓亲戚。她们口角上挂着泡沫，像那些路边小店里的录音机，一遍遍地重复着惹我厌烦的话。我恼怒地吼叫着：

"杨大奶子苏大腔，你们快从我家滚走吧，我烦死你们啊！"

她们一点也不生气，嬉皮笑脸地说：

"只要你们答应了入社，我们立马就走，如果不答应，就让我们的腔，在你们家炕上扎根，让我们的身体，在你们家抽芽、长叶、开花、结果，让我们长成大树，把你们家的房顶撑开！"

女人当中，最让我讨厌的还是吴秋香，她也许依仗着与我母亲曾经共侍一夫的特殊关系，对我母亲毫不客气：

"迎春，你跟我不一样，我是被西门闹强奸的丫环，你是他宠爱的小老婆，你还给他生过两个孩子，没给你戴上地主分子帽子，接受劳动改造，已经是万幸了。这全仗着我看在你对我还不错的份儿上，在黄瞳面前为你求了情！你可要知道灰热还是火热！"

那些以莫言为首的顽童，原本就嘴皮子发痒，精力过剩，此事得到村里的支持，又得到学校的鼓励，可算捞到一个尽兴闹腾的机会。他们兴奋，像喝醉了的猿猴一样上蹿下跳。他们有的爬到树上，有的骑着我家墙头，举着铁皮喇叭筒子，把我家当成一个反动堡垒，发起攻心战役：

单干是座独木桥，走一步来摇三摇，摇到桥下淹没了。

人民公社通天道，社会主义是金桥，拔掉穷根栽富苗。

蓝脸老顽固，单干走绝路。一粒老鼠屎，坏了一缸醋。

金龙宝凤蓝解放，手摸胸口想一想。跟着你爹老顽固，落后保守难进步。

这些顺口溜，都是莫言编的，他从小就有这特长。我非常愤怒，恨莫言那小子，你还是我娘的干儿子、我的干兄弟呢！每年的大年夜里，我娘还让我送一碗饺子给你小子吃呢！什么干儿子、干兄弟，屁！你一点亲情也不讲，我也对你不客气。我躲在墙角，摸出弹弓，瞄准骑在树杈上、眯缝着眼睛、举着铁皮喇叭对着我们家喊叫的莫言那个光溜溜的葫芦头，发射了一粒弹丸。莫言一声惨叫，掉到树下去了。但过了不到抽一袋烟的工夫，这小子又爬到树上，额头上鼓着一个血包，继续对我们家喊话：

蓝解放，小顽固，跟着你爹走斜路。

胆敢行凶把我打，把你抓进公安局！

我举起弹弓，瞄准他的头。他扔掉喇叭筒子，出溜到树下去了。

金龙宝凤顶不住了，与爹商量。

"爹啊，咱们还是入了吧。"金龙哥说，"学校里不把我们当人看。"

"我们前头走，后边就有人指着我们说，看，那就是单干户的儿女。"宝凤姐说。

金龙接着说："爹，看那生产队的人，在一起干活，嘻嘻哈哈，打打闹闹，很是愉快，哪像你与娘孤孤单单的，纵然多打几百斤粮食，又有什么意思？要穷大家一起穷，要富大家一起富。"

爹不吭气。娘向来不敢逆爹的意思，这次也大着胆子说：

"他爹，孩子们说得有理，咱们还是入了吧。"

爹抽了一袋烟，抬起头，说："他们要是不这样逼我，我也许真就入了，但他们用这样的方法，像熬大鹰一样熬我，嗨，我还真不入了。"爹看看金龙和宝凤，说："你们两个，眼见着就要初中毕业了。按说我应该供给着你们继续上学，上高中，上大学，出国留洋，但我供不起了。前几年积攒了一点家底，也被他们给抢光了。即便我还能供得起你们，他们也不会让你们往高里读了，并不仅仅因为我是单干户，你们明白我的意思吗？"

金龙哥点点头，爽朗地说：

"爹，我们明白，我们尽管没过一天地主少爷、小姐的生活，我们尽管连西门闹是个白的还是个黑的都不知道，但我们是他的种，我们身上流着他的血，他就像个魔影一样死死地纠缠着我们。我们是毛泽东时代的青年，出身不能选择，但道路可以选择。我们不想跟着你单干，我们要入社，你们不入，我和宝凤一起入。"

"爹，谢谢您十七年的养育之恩，"宝凤对着爹鞠了一躬，说，"原谅我们的不孝吧。我们有那样一个亲爹，如果再不追求进步，这辈子就更无出头之日了。"

"好，说得好啊，"爹说，"我反复掂量了，不能让你们跟着我往黑道上走，你们，"爹指点着我们，说，"你们都去入社，我一个人单干。我早就发过誓要单干到底，不能自己掌自己的嘴。"

"他爹，"娘含着眼泪说，"要入还是一家子齐入了吧，你一个人在外边单干，这算怎么一回事？"

"我说过了，要想让我入社，除非毛泽东亲自下令。但毛泽东的命令是'入社自愿，退社自由'，他们凭什么强逼我？他们的官职，难道比毛泽东还大吗？我就是不服这口气，我就要用我的行动，试验一下毛泽东说话算数不算数。"

"爹，"金龙哥用嘲讽的口吻说，"您就不要一口一个毛泽东了，毛泽东这名字，不是我们这些人叫的，要叫毛主席！"

"你说得对，"爹说，"应该叫毛主席。我虽然单干，也是毛主席的子民。我的土地、房屋，都是毛主席领导下的共产党分给我的。前天洪泰岳托人带话给我，说再不入社，就要对我采取强制措施。牛不喝水强按头？不行，我要上访，去县里，去省里，去北京。"父亲对母亲叮嘱道，"我走之后，你带着孩子们去入社。咱家有八亩地，五口人，人均一亩六分，你们带走六亩四，剩下的归我。有一盘耧，是土改时分的，你们也带着去入社，但这头小公牛，给我留下。这三间厢房，显然是没法分了，孩子们都大了，这几间小屋盛不下了，入了社，你们就可以跟大队里申请宅基地盖房子，等你们盖好了房子，就搬出去，我死守着这里，房子不倒，我不离开，房子倒了，我在废墟上支个窝棚，依然不离开。"

"爹，何必呢？"金龙哥说，"你一个人，与社会潮流对抗，这不是扒着眼照镜子自找难看吗？我虽然年轻，爹，但是我也感觉到了，阶级斗争要起来了。像我们这种根不红苗不正的人，跟着潮流走也许还能躲过劫难，逆着潮流走，正是拿着鸡蛋往石头上碰啊！"

"所以我让你们入社，我是雇农，我怕什么？我已经四十岁了，一辈子没出过彩，想不到单干，竟使我成了个人物。哈哈，哈哈哈哈。"爹笑着，眼泪流到了蓝色的脸上。"他娘，"爹说，"给我烙点干粮，我要上访去。"

娘哭着说："他爹，我跟了你这么多年，不能离开你，让孩子们入社，我跟你单干。"

爹说："不行，你的根基不好，入了社有保护，跟着我单干，他们就有理由把你的根刨出来，这给我也添麻烦。"

"爹，"我大声喊叫着，"我跟你单干！"

"胡说！"爹说，"小孩子家，懂什么！"

"我懂。我什么都懂。我也讨厌洪泰岳、黄瞳那些人。我尤其讨厌那吴秋香，她算什么东西？眯缝着母狗眼，嘴一抻一咧，像个鸡屁眼子，她有什么资格到我们家里来冒充进步分子？"母亲瞪我一眼："小孩子家嘴巴别那么损！"我接着说："我跟你单干，你送粪我给你赶着牛拉车。我们的木轮车动静大，嘎吱嘎吱，不同凡响，好听。我们闹独立，个人英雄主义，爹，我很佩服你，我跟你单干。学，我也不上了，我天生不是上学的材料，一上课就犯困。爹，你是半边蓝脸，我是蓝脸半边，两个蓝脸，怎能分开？我的蓝脸，屡遭嘲笑。索性让他们笑个够，笑死他们。两个蓝脸闹单干，全县唯一，全省唯一，好生神气！爹，你必须答应我！"

爹答应了我。本来我想跟着爹一起上访，但爹让我留下来照顾小公牛。娘从墙洞里挖出几件首饰交给爹。可见土改还是不彻底，娘还是隐藏了浮财。爹变卖了首饰做路费，先去了县城，找到毁了我家黑驴的陈县长，要求单干的权利。陈县长劝说了半天，爹不服，据理力争。县长说，从政策上讲，你当然可以单干，但我希望你不要单干了。爹说，县长，看在那头黑驴的份儿上，你给我开个护身符，说蓝脸有权单干。我把这护身符贴在墙上，就没人敢整我了。黑驴啊……真是头好驴，县长伤感地说，我欠着你驴情呢，蓝脸，但这护身符我不能给开。我给你写封信，介绍一下你的情况，你到省委农村工作部去吧。爹拿着县长的信，到了省委农村工作部，部长接待了爹。部长也劝爹入社，爹说，我不入，我要单干的权利。什么时候毛主席下令不许单干时我就入，毛主席没下令，我就不入。农村工作部长被爹的执拗打动，在县长那封信上批了几行字：尽管我们希望全体农民都加入人民公社，走集体化的道路，但个别农民坚持不入，也属正当权利，基层组织不得用强迫命令、更不能用非法手段逼他入社。

这封信简直就是圣旨，被父亲装在玻璃镜框里，悬挂在墙上。从省里回来后，父亲心情很好。母亲带着金龙、宝凤入社，原来就被集体的土地包围着的八亩地只剩下三亩二分，狭长的一条，犹如汪洋大海中的一道堤坝。为了更具有独立性，爹把三间厢房用土坯分隔开来，另开了一个方便之门。新盘了一个锅灶和土炕，我跟着爹住。除了这间厢房，院子里紧靠着南墙的牛棚，也归我们二位蓝脸所有。我们有三亩二分地，有小公牛一头，有木轮车一辆，有一幅木犁、一把锄头、一张铁锹、两把镰刀、一把小镢头、一柄二齿钩子,还有一口铁锅、四个饭碗、两个瓷盘、一个尿罐、一把菜刀、一把锅铲,还有一盏煤油灯,还有一块可以敲石取火的火镰。

尽管我们还缺少一些用具,但我们会慢慢置全的。爹拍着我的头说:

"儿子,你到底为什么要跟我单干呢?"

我不假思索地回答:"好玩!"

第十四章

西门牛怒顶吴秋香
洪泰岳喜夸蓝金龙

一九六五年四月至一九六五年五月，我爹去省城上访，金龙、宝凤带着我娘加入了人民公社。入社那天，西门家大院里举行了隆重的仪式。洪泰岳站在正房台阶上讲了话；我娘与金龙、宝凤胸前戴着纸扎的大红花，连我家那盘磙上也拴了一块红布。我哥金龙发表了慷慨激昂的讲话，表示了坚决走社会主义道路的决心。我这哥，惯常闷着头不吭声，但没想到讲起大话来竟是"博山的瓷盆——成套成套的"。我对他产生了很大的反感。我躲在牛棚里，抱着你的脖子，生怕你被他们强行拉了去。爹临走前，反复地叮嘱我：儿子，看好咱的牛，牛在，咱就不发愁，牛在咱就能单干到底。我对爹保证。我对爹的保证你都听到了，记起来了吧？我说，爹，你早去早回，有我在就有牛在。爹摸着你头上刚刚冒出来的角，说，牛啊，听他的。离麦收还有一个半月，饲草不够你吃，就让他牵你到荒草滩上去啃草，对付到麦子黄熟、青草长出，咱们就不愁了。我看到戴着红花的娘眼泪汪汪，不时地往棚子这边看。娘其实也不愿意走这一步，但又必须走这一步。金龙哥虽然只有十七岁，但已经主意很大，他的话分量很重，娘对他有几分惧。我感觉到，娘对爹的感情，远没有对西门闹的感情深。嫁给我爹她是不得已。娘对我的感情，也没有对金龙和宝凤深。两个男人的种，不一样。但我毕竟也是她的儿子，不牵挂也牵挂。莫言带着一群小学生在牛棚外喊口号：

  老顽固，小顽固，组成一个单干户。
  牵着一头蚂蚱牛，推着一辆木轱辘。
  最终还要来入社，晚入不如趁早入……

  在这样的情况里，我感到有几分胆怯，但更多的是兴奋。我感到眼前的一切就像一场戏，而我扮演着的是反面角色第二号。虽是反面角色，但也比那些正面的群众角色重要。我觉得我应该出场了。为了我爹的个性，为了我爹的尊严，也为了证明我的勇敢，当然也为了你这头牛的光荣，我必须登台亮相。在众目睽睽之下，我牵着你走出棚子。我原以为你会怯场，但没想到你丝毫不惧。你的缰绳其实只是一根细绳，虚虚地拴着脖子，你一挣就可脱，你如果不愿意随我走，我对你毫无办法。你顺从而愉快地跟随在我的身后，出现在院子里。我们吸引了众人的目光。我故意地挺胸昂头，使自己像条好汉。我看不到自己的模样，但从人们的笑声里，我知道自己很滑稽，像个小丑。你不合时宜地撒了一个欢，吼叫了一声，声音绵软，毕竟还是未成年的牛。然后你就直对着正房门口那些屯子里的头脑人物冲去。

  谁在那里？洪泰岳在那里，黄瞳在那里，杨七在那里，还有黄瞳的老婆吴秋香在那里，她已经取代杨桂香当了妇女主任。我拽着缰绳，不想让你往那里去。我只是想拉着你出来亮亮相，让他们看一看，单干户的小公牛，多么英俊多么漂亮，用不了多久，这头牛就会成长为西门屯最漂亮的牛。但你突然发了邪劲，你只用了三分劲，就把我拖拉得像一只连蹦带跳的小猢狲。你用了五分力，便把那根缰绳挣断。我手里攥着半截绳头，眼睁睁地看着你直奔那些头脑人物而去。我以为你要去顶洪泰岳，抑或是去顶黄瞳，但没想到你径直地扑向吴秋香。当时我不理解你为什么要顶吴秋香，现在我当然明白了。她穿着一件酱紫的褂子，一条深蓝的裤子，头发油光光，油头上别着一只化学卡子,蝴蝶形状,很是妖艳。众人被这突然的变故弄得目瞪口呆,等反应过来时,你已经将秋香拱翻在地。你拱翻了她还不罢休,又连续地拱她,她哀号着,翻滚着,爬起来,想逃又逃不动,笨拙如鸭,屁股肥大,摇摇摆摆,你一头顶在她的腰上,她发出一声蛤蟆叫,身体前倾,跌倒在黄瞳眼前。黄瞳转身就跑,你追。我哥金龙一个箭步上来,蹁腿跨到你背上——他的腿竟然那么长——他搂着你的脖子,身体紧贴着你的脊梁,仿佛一只黑豹子。你尥蹄子,蹦高,摇头晃脖子,都无法把他摆脱。你东一头西一头乱闯,人们乱成一团,呜天嗷地。他的手揪着你的耳朵,抠着你的鼻孔,把你制服。其他的人一窝蜂拥上来,将你按在地上,七嘴八舌地嚷叫着:

"给它扎上镊鼻!赶快阉了它。"

我用手中的半截缰绳抽打着他们,高声叫骂着:

"放开我的牛,你们这些土匪,放开我的牛!"

我的哥金龙——呸!他算什么哥!——还骑跨在你身上。他面孔灰白,双眼发直,手指头抠在你的鼻孔里。我用半截缰绳抽着他的背,怒骂着:

"你这个叛徒!松开手啊你松开手!"

我的姐宝凤拦着我不让我抽打她的哥,她脸涨得通红,嘴巴里发出呜呜的哭声,但立场十分暧昧。我的娘在那里木着,嘴角哆嗦着喊:

"我的儿啊……都松手吧,这是造的什么孽啊……"

洪泰岳大声喊叫着:

"快去找根绳子来!"

黄瞳的大女儿互助飞快地跑回家,拖出一根麻绳子,扔在牛前,转身跳开。她的妹妹合作,跪在那棵大杏树下,揉着秋香的胸脯,哭咧咧地说着:

"娘啊娘,你不要紧吧……"

洪泰岳亲自动手,将小公牛的两条前腿横缠竖绑了十几道,然后架着金龙的胳膊,把他从牛背上拖下来。我的哥双腿罗圈着,瑟瑟地

115

抖,小脸干黄,双手保持着僵硬的状态。人们迅速地闪开,只余下我和小公牛。我的牛啊,我英勇的单干牛,被我们单干户家的叛徒给整死了啊!我拍打着牛的屁股,为牛唱着挽歌。西门金龙,你整死了我的牛,我跟你不共戴天!我大声吼叫着,我不假思索地把"蓝金龙"喊成了"西门金龙",这一招十分毒辣。这一是表示我蓝解放与他划清了界限,二是提醒人们,不要忘记了他的出身,他是地主的种子,他身上流淌着恶霸地主西门闹的血,你们跟他有杀父之仇!

我看到西门金龙的脸突然变得像一张破旧的白纸那样,他的身体也如当头挨了一棒似的摇晃起来。与此同时,僵卧在地上的小公牛猛地挣扎起来。我那时自然不知道你是西门闹转生,我当然更不知道面对着迎春、秋香、金龙、宝凤这些人时你心中的感受有多么复杂。千头万绪是吗?金龙打了你就等于儿子打了老子是不是?我骂了金龙就等于骂了你儿子是不是?你的心情怎一个乱字了得?乱乱乱,一片乱,心乱如麻,只有你自己能说清。

——我也说不清!

你爬起来,头分明有些眩晕,腿显然有些酸麻。你还要撒野,但随即就被前腿上的绳索羁绊,步伐踉跄,几乎跌倒,终于站定。你两眼发红,显然是怒火中烧;呼吸急促,分明是闷气难平。你的浅蓝色的鼻孔里流淌着暗红的血,你的耳朵也流血,血色鲜红。你耳朵上的那个豁子,大概是被金龙咬掉的吧,仓促中我没找到那块耳轮的下落,大概是被金龙咽到肚子里去了。周文王被逼吃了亲生儿子的肉,吐出几个肉团子,变成兔子,奔跑而去。金龙吞下你的耳轮,等于儿子吃了爹的肉,但他永远不会吐出来,只会变成大便拉出来,拉出来又会变成什么东西呢?

你站在院子当中,准确地说是我们两个站在院子当中,说不清是胜利者还是失败者,因此也就说不上我们是蒙受着耻辱还是享受着光荣。洪泰岳拍打着金龙的肩膀说:

"好样的,小伙子,入社第一天就立了大功!你机智勇敢,临危不惧,我们人民公社就需要你这样的好后生!"

我看到金龙的小脸上有了红晕,洪泰岳的表扬,显然使他很激动。我的娘走到他身边,摸摸他的胳膊,捏捏他的肩膀,满脸的神情表示着两个字:关切。金龙不领这个情,躲开娘,身体往洪泰岳那边靠拢。

我用手擦着你鼻子上的血,对着人群大骂:

"你们这些土匪,赔我的牛!"

洪泰岳严肃地说:"解放,你爹不在,我就把话对你说。你的牛,撞伤了吴秋香,她的医疗费,你们要承担。等你爹回来,你立即跟他说,要他给牛扎上镊鼻,如果再让它顶伤了社员,那我们就把它处死。"

我说:"你吓唬谁呢?我是吃着粮食长大的,不是被人吓唬着长大的。国家有政策,当我不知道?牛是大牲畜,是生产资料,杀牛犯法,你们无权杀死它!"

"解放!"母亲严厉地呵斥我,"小孩子家,怎么敢跟你大伯这样说话?"

"哈哈,哈哈,"洪泰岳大笑几声,对众人道,"你们听听,他的口气多大啊?他竟然还知道牛是生产资料!我告诉你,人民公社的牛是生产资料,单干户的牛,是反动的生产资料。不错,人民公社的牛即便顶了人我们也不敢打死它,但单干户的牛顶了人,我立马就判处它的死刑!"

洪泰岳做了一个非常果断的姿势,仿佛他的手里持着一把无形的利刃,只一挥手就能使我的牛身首分离。我毕竟年轻,爹不在,心中发虚,嘴巴笨了,气势没了。眼前出现恐怖图景:洪泰岳举起一把蓝色的刀,将我的牛斩首。但从我的牛的腔子里,随即又冒出一个头,屡斩屡冒,洪泰岳掷刀逃走,我哈哈大笑……

"这个小子,大概是疯了!"众人交头接耳,议论着我不合时宜的笑声。

117

"他娘的，什么爹就有什么儿子！"我听到黄瞳无可奈何地说。

我听到缓过气来的吴秋香痛骂黄瞳：

"你还好意思张开你那张臭口！你这个缩头乌龟，你这个孬种，看到牛顶我，你不救我，反而往前推我，要不是金龙，我今天非死在这个小牛魔王角下不可……"

众人的目光，再一次投射到我哥脸上。呸，他算什么哥！但他毕竟与我一母所生，重山兄弟的关系难以摆脱。在众多注视我哥的目光中，吴秋香的目光有些异样。吴秋香的大女儿黄互助的目光脉脉含情。现在我自然明白，我哥那时的身架子，已经初具了西门闹的轮廓，秋香从他身上看到了她的第一个男人，她说自己是丫环被奸，苦大而仇深，但事实的真相，并非如此。西门闹这样的男人，是降服女人的魔星，我知道在秋香的心目中，她的第二个男人黄瞳，只不过是一堆黄色的狗屎。而黄互助对我哥的脉脉含情，则是爱情初萌的表现。

你瞧瞧，蓝千岁——我不太敢呼您为蓝千岁——您用一根西门闹的鸡巴，把这个简单的世界戳得多么复杂！

第十五章

河滩牧牛兄弟打斗
尘缘未断左右为难

就像那头驴因为大闹了村公所而引起了村民的普遍关注一样,你这个西门塔尔牛与蒙古牛交配而生的杂种,也因为在接受我母亲与金龙、宝凤入社的大会上大闹一场而出名。与你同时出名的是我的重山哥哥西门金龙,人们亲眼目睹了他制服你时表现出的英雄身手和临危不惧的男子汉风度。据后来与我成为夫妻的黄合作说,她的姐姐互助,就是在他跨上牛背的那一瞬间爱上了他。

爹去省城上访未归,家中饲草吃光,遵照爹临走时的嘱咐,我每天都将你牵到运粮河滩上放牧。你做驴时,在那块地方野游多日,对那里的地形当不陌生。那年春来晚,虽已是四月,但河中坚冰尚未融尽,河滩上枯草瑟瑟,常有大雁栖息其中,经常可以惊起肥胖的野兔,不经意间就会看到皮毛灿烂的狐狸,像火焰般在芦苇丛中闪现。

与我家一样,生产大队里的饲草也告罄,集体饲养的那二十四头牛、四头驴、两匹马,也被赶到那里野放。放牧的人,一个是饲养员胡宾,一个是西门金龙。此时,我的重山姐姐西门宝凤,已被派到县卫生局办的接生培训班学习接生技术,她将成为村子里第一个有文化的接生员。我的哥哥姐姐,一入社就受到了重用。你也许要问,宝凤去学习接生,可以说是受到了重用,但金龙被派放牛,怎能算重用?放牛当然算不上重用,但金龙除了放牛,还兼任了记工员的工作。每

119

天晚上，在大队的记工房里，他在油灯下，一笔不苟地把每个社员白天的劳动情况登录在册，手握笔杆子，不是重用是什么？哥哥姐姐受重用，母亲的脸上喜色盈盈。她看到我一人牵着牛出走，就发出长长的叹息。毕竟，我也是她亲生的儿子。

好，不说废话，说胡宾。胡宾个头矮小，撇着外县口音，每一句话结尾处，都夸张地往上扬起来。他原是公社邮电所所长，因与一现役军人的未婚妻通奸被罚劳役，刑满释放后到西门屯落户。他的妻子白莲，原是邮电所设在村子里的一个电话接转台的接线员。白莲粉团大脸，唇红齿白，嗓音清脆，与诸多公社干部关系亲密。她家窗外，竖着一根杉木杆子，杆上有十八条电线，从窗户钻进她家。一个类似于梳妆台的玩意儿，与那些电线相连。我上小学时，在教室里就能听到她拖着长腔，像唱歌一样地喊着：喂，要哪里？要郑公屯，请稍等——郑公屯来了——我们一班无聊的孩子，经常趴在她家窗前，从窗纸的破洞往里张望，看到她头戴着耳机，一手揽着孩子喂奶，一手把那些弹性很好的销子，插入那机器上的洞眼或者从那些洞眼里拔出。这情形神秘而奇妙，我们天天看，看不厌。村里的干部把我们轰走，我们又会聚拢来。我们在这里不但看到了白莲工作的状况，我们还看到了许多小孩子不宜看到的情景。我们看到公社的驻村干部，与白莲打情骂俏、动手动脚；我们看到白莲用唱歌一样的高调怒骂胡宾。我们也知道白莲的几个孩子，为什么一个一模样。后来白莲家的窗户镶上了玻璃，里边拉上帘子，我们看不到了，就在外边听里边的动静。又后来他们在窗户外边埋上了电线，通上了电流，莫言那小子被电线吸在窗台上，吱吱叫唤，尿了一裤裆，我用手去拉他，把我也吸上了。我也吱吱叫，但我没尿裤子。吃了这次亏后，我们再也不敢去听动静了。

胡宾戴着一顶护耳栽绒帽，戴着一副矿工们使用的风镜，内穿破旧制服，外披一件油腻腻的军大衣，大衣口袋里装着一只怀表，一本电码表。让他放牛，真是委屈了他。但谁让他鸡巴不老实呢？他让我哥哥去把跑散的牛拢到一起,他坐在向阳的河堤边,翻着电码表,口中念念有词,念着念着,眼中便流出泪水,然后便呜呜地哭,然后便大声吼叫:

"屈死我了啊!屈死我了!就那么一会儿,连三分钟都不到,就把前程断送了啊!"

大队里的牛都摘了缰绳,散漫在河滩上,虽然一个个瘦得脊梁如刀,满身死毛,但初获自由,眼睛放光,看样子心情愉快。为了防止你与它们合在一起,我拉着你的缰绳不敢松手。我把你牵到那些干枯的水糁草边,想让你啃吃这些营养大、味道好的草,但你执意不啃,你拖拉着我往河边跑,那里去年的芦苇根根直立,梢上挑着灰白的叶片,仿佛锋利的刀刃,大队里的牛在那里边时隐时现。我的气力与你相比,微小得不值一提,所以尽管有缰绳,其实我无法改变你的路线,你想到哪里,就可以把我拖拉到哪里。此时的你,形体已基本上是头大牛,你的额头上,已经冒出了两根青色的角,形状如笋,光滑似玉。你的眼睛里已经不纯然是孩童般的单纯,增添了不少油滑与阴沉。我被你拖拉到芦苇地里,与大队的牛渐渐逼近。芦苇摇动,大队的牛在撕着芦苇梢上的枯叶,仰着头吃,咔咔嚓嚓,如嚼铁片,这不像牛的进食方式倒像长颈鹿的方式啊。我看到了那头尾巴弯曲的蒙古母牛,你的妈妈。你们的眼神对上了;蒙古母牛叫了一声,你没有回应,只瞅着它,仿佛很陌生又仿佛怀有敌意。我的哥哥手持着一支皮鞭,啪啪地抽打着那些芦苇,好像在发泄着心中压抑的烦恼。自从他入社之后我就没有跟他说过话,我当然不可能主动跟他说话,他即便主动跟我说话我也决定不理他。我看着他胸前那支钢笔在阳光里闪烁,心中泛起难以言表的情绪。跟着爹单干,我缺乏深思熟虑,有时冲动的成分,就像一场戏缺一个角色,表演的冲动使我自告奋勇。表演需要舞台更需要观众,但现在既无舞台也无观众。我感到寂寞,偷眼看哥,哥不看我,背对着我,一鞭一鞭抽打,芦苇应声而折,仿佛他手中所持的不是鞭子而是马刀。河里的冰开始融化,冰面坑坑洼洼，露出了蓝色的水面，反射着扎眼的光线。河对面就是国营农场的地盘，一大片红瓦洋房，与村子里土墙草顶的农舍形成鲜明对照，显示出财大气粗的国家气派。不时有震耳欲聋的轰鸣声从那边传来。我知道春耕即将开始，那是农场的机修队在检修机器。我还看到了当年大炼钢铁时那些土高炉废墟，宛如一座座无人祭扫的荒坟。哥停止抽打芦苇，僵着身体，冷冰冰地说：

"你不要助纣为虐！"

"你不要得意忘形！"我以牙还牙地说。

"从今天开始，我每天要揍你一次，直到你牵着牛入社为止！"他依然背对着我说。

"揍我？"看着他那比我壮硕许多的身体，我有点色厉内荏地说，"你揍一下试试看，哼，你要敢揍我一下，我就让你死无葬身之地！"

他回转身，面对着我，微笑着说：

"好吧，我看看你用什么方式让我'死无葬身之地'！"

他伸出鞭杆，轻巧地将我头上的棉帽挑起来，小心翼翼地放在一蓬干草上，说：

"别弄脏了帽子让娘不高兴。"

然后他就在我头上擂了一鞭杆子。

这一鞭杆子，擂在我头上，要说痛吧其实也没有多痛，在学校时，我的头经常撞到门框上也经常被同学们抛掷的砖头瓦片击中，那些打击之痛远胜过这一鞭杆子，但都没有像这一打击使我愤怒。我感到头脑里轰鸣不止，与运粮河东岸的拖拉机轰鸣声混成一片，眼前金星星闪烁跳跃。我顾不上多想，扔开牛缰绳，对着他扑上去。他一闪身躲开我，顺便在我屁股上踢了一脚。我一个踉跄，趴在芦苇上，芦苇根部有一张蛇皮，几乎被我吃到嘴里。蛇皮又名蛇蜕，有药用功能，有一年西门金龙腿上生了一个茶碗大的毒疮，痛得哭天号地，娘打听了一个偏方：用蛇皮炒鸡蛋吃。娘让我到芦苇地里找蛇皮。我找不到，回去报告。娘骂我无用。爹带着我去找。我们在芦苇深处找到了一条足有两米长的蛇皮。蛇皮非常新鲜，那条刚刚蜕皮的大蛇就在不远处，对着我们吐着那黑色的分叉长舌。娘用这条蛇皮炒了七个鸡蛋，满满一盘，颜色金黄，散发着扑鼻的香气，令我馋涎欲滴。我强忍着不往那里看，但眼睛自己要往那里斜。那时你是个多么仁义的小哥哥啊，你说：弟弟，来，我们一起吃。我说：不，我不吃，这是给你治病的，我不吃。我看到你的泪珠子啪嗒啪嗒滴到碗里……可如今你竟然打我……我用嘴唇叼起那条蛇皮，把自己想象成一条剧毒的蛇，向着他再次扑过去。

这一次他没能躲闪开我。我搂住了他的腰，脑袋顶住他的下巴，试图将他拱倒。他将一条腿狡猾地插在我双腿之间，双手抓住我的肩膀，单腿蹦跳着，总不倒。在不经意间我看到了你，西门塔尔牛与蒙古牛交配出的杂种，站在一边，静静地站着，目光是那么忧郁和无奈，当时我对你很不满。我与咬掉你一块耳朵、抠破了你的鼻子的仇人决斗，你为什么不帮我？你只要对准他的脊梁轻轻一顶，就能将他顶倒。如果你稍一用力，就能使他飞起来，他落在地上，我压在他身上，他就输了。可是你不动。现在我当然明白了你为什么不动，因为他是你亲生的儿子，而我又是你亲密的朋友，我对你那么友善，为你梳毛，为你赶虻子，为你流眼泪，你是左右为难，难以抉择，我想你最希望的是我们俩停止决斗，分开，握手言和，像过去一样亲如兄弟。有好几次他的腿被芦苇所绊，几乎跌倒，但他跳几下就恢复了平衡。我的力气即将耗尽，气喘如牛，胸膛憋闷。仓皇中突觉两耳剧痛，原来他的双手从我肩膀上移开揪住了我的双耳。这时我又听到胡宾那太监般的声嗓在旁边响起：

"好啊！好啊！打！打！打！"

然后是胡宾拍巴掌的声音。我被疼痛所困又被胡宾分神，当然也有你不助我而带来的失望，左腿被他的腿一缠，一屁股跌倒，他的身体随即压上来。他用膝盖压住我的肚子，钝痛难忍，我感到似乎是尿了裤子啦。他的双手扯着我的耳朵,将我的头牢牢地按在地上。我看到了湛蓝的天空、洁白的云朵和刺目的太阳,然后便看到了西门金龙那张棱角分明的瘦长脸,那薄而坚韧的双唇,唇上黑油油的胡须,高耸的鼻梁,两只闪烁着阴森森光线的眼睛。这家伙肯定不是个纯黄种人,这家伙也许与那头牛一样是个混血的后代,我从他的脸,便可以想象出那个我未曾谋面但经常被人传说着的西门闹的样子。我想怒骂,但我的耳朵被扯导致我腮上皮肤紧绷使我张嘴困难。我嘴里发出了一些连我自己也听不清楚的话语。他扯起我的头又把我的头重重地按在地上,然后一字一顿地说:

"你入社不入?!"

"不……我不入……"我的话连同唾沫一同往上喷。

"从今天起,我每天揍你一次,一直到你答应入社为止,而且,我会一次揍得比一次厉害!"

"我回去就告诉娘!"

"就是娘让我揍你!"

"要入,也得等着爹回来再入!"我妥协地说。

"不行,必须在你爹回来之前入,不但你入,还要牵着这头牛!"

"我爹待你不薄,你不要忘恩负义!"

"我把你们拉入人民公社,正是报恩的表现。"

在我与西门金龙争辩时,胡宾绕着我们转圈。他非常兴奋,抓耳挠腮,搓手拍掌,嘴巴里嘈嘈不休。这个头顶一撮绿帽子的家伙,心地邪恶,自命不凡,对所有的人都充满仇恨,但又不敢反抗,我们兄弟打架,他幸灾乐祸,别人的灾难和痛苦,成了缓解他心中痛苦的良药。这时,你发威了。

西门塔尔牛与蒙古牛的后代,低着头,对准胡宾的屁股一拱,身材瘦小的胡宾就像一件破棉袄一样飞起来。在距离地面两米高处平行着飞,然后被地球引力吸引,倾斜着落在芦苇丛中。落到芦苇丛中他惨叫一声,声音拖得长长的,长而弯曲,像那头蒙古母牛的尾巴。胡宾爬起来，在芦苇丛中胡碰乱撞。芦苇摇动，一片窸窣声响。我的牛又扑了上去，胡宾又飞起来。

西门金龙松开手，跳起来，捡起鞭子，去抽打我的牛。我爬起来，从后边抱住他的腰，将他的脚搬离地面，将他按在地上。不许你打我的牛！你这个良心被狗吃了的叛徒！你这个六亲不认、恩将仇报的地主羔子！地主羔子猛一撅屁股，将我撅到一边，爬起来，回头先给了我一鞭，然后去解救胡宾。胡宾连滚带爬地从芦苇丛中逃出来，口里呜哇怪叫着，像一只被打瘸腿的狗，其状狼狈，其貌滑稽。恶人终得恶报，公道自在心中。当时，我感到美中不足的是你应该先惩罚西门金龙后惩罚胡宾，现在我知道你是正确的，虎毒不食亲儿啊，此情可谅。你的儿子西门金龙手持皮鞭追上去。胡宾在前边跑，说跑并不准确。他那件标志着他的光荣历史的破旧军大衣的扣子都在飞行中崩掉了，忽忽闪闪，像死鸟的破翅子。头上那顶帽子掉了，被牛蹄子踩进泥土里。救命啊……救命……其实他根本就喊不出这样的声音了，但我明白他发出的声音里包含着让人来救他命的意思。我的牛，勇敢的、通人性的牛，在后边穷追不舍。牛奔跑时低着头，双眼反射着火红色的光，光芒四射，射穿历史时光，出现在我的眼前。牛蹄子把地上的白色碱土扬起来，如同弹片，打在芦苇上，打到我与西门金龙的身上，远的竟然到达河面，落在融化得汩汩滴滴的水面上，发出扑哧扑哧的声响。我突然嗅到了清冽的河水的气味，还有正在迅速地融化着的冰的气味，还有解冻后的泥土的气味以及热烘烘的牛尿的臊气。母牛尿的臊气，有发情的气味，春天就这样来了，万物复苏了，交配的季节即将开始了。蛰伏了一个漫长冬天的蛇、青蛙、蛤蟆和许许多多的虫子也苏醒了，各种各样的野草野菜也被惊动了，醒过来了，地下的袅袅白气往上升腾，春天来了。就这样牛追着胡宾、西门金龙追着牛、我追着西门金龙，我们迎来了一九六五年的春天。

胡宾一个狗抢屎的动作栽倒在地上。牛用硕大的头一下一下地顶着他，让我联想到铁匠锻打铁器的情景。牛顶一下，胡宾惨叫一声，

125

声音渐弱。他的身体仿佛变薄了,变长了,变宽了,像一堆牛屎摊在了地上。西门金龙追上去,挥动鞭子,猛抽你的屁股。鞭梢啪啪响,一鞭一道血痕。但你不回头,不反抗,我当时企盼着你猛回头,一下子把西门金龙抛上半空,让他直接跌落到河中央,将酥脆的冰砸裂,让他沉入冰窟窿,灌他个半死,冻他个半死,半死加半死就是一死,但最好不要让他死,他死了我娘会难过,我知道他在我娘心中的位置远比我重要。我折了几根芦苇,在他抽打你的屁股时我抽打他的头颈。他被我抽烦了,回头给了我一鞭——哎哟,我的娘啊——这一鞭凶狠毒辣,使我的破棉袄应声裂开,鞭梢扫着我的腮帮子,随即渗出血迹。这时,你也掉转了身体。

我期待着你给他一头。但你没有。他可是紧张了,连连后退着。你低沉地吼叫一声。那眼神,是那样的悲凉。你那声吼叫其实是一个父亲在呼唤儿子。儿子自然听不懂。你一步步往前逼,你其实是想上前抚摸儿子,但儿子不懂。儿子以为你要向他发起攻击,他猛地挥起鞭子抽你。这一鞭打得既凶又准,鞭梢打进了你的眼。你前腿一软跪在地上,就这样跪着,眼睛里的泪水,一串串地往下滴,滴滴答答,淅淅沥沥。我惊叫一声:

"西门金龙,你这个土匪,你把我的牛打瞎了啊!"

他对准你的头又是一鞭,这一鞭打得更重,你的颊上皮开肉绽,鲜血也是一串串地滴落。牛啊!我扑上去,护住你的头。我的眼泪滴到你新生的角上。我用我单薄的身体保护着你,西门金龙,你抽吧,你把我的破棉袄抽打破碎如纸片一样纷纷扬扬吧,你把我的皮肉抽碎如泥土飞溅到周围的枯草上吧,但你不能打我的牛啦!我感到你的头在我怀里哆嗦,我抓了一把碱土抹到你的伤口上,我从棉袄里揪出一团棉絮擦着你的眼泪。我特别担心你的眼睛会瞎掉,但正如俗谚所说,"打不瘸的狗腿,戳不瞎的牛眼",你的眼睛没瞎。

接下来的一个月内,我们重复着差不多同样的程序:西门金龙劝我趁着爹没回家牵牛入社。我不同意,他就打我。他一打我,我的牛就去顶胡宾。胡宾一着急，就往我哥身后躲。我哥与牛一对面，便形成僵持局面，几分钟后，大家便各自往后退缩，于是一日无事。这事刚开始时你死我活，到后来变成游戏。让我感到扬眉吐气的是，胡宾对我的牛畏之如虎，他那张刻薄歹毒的嘴，再也不敢那样张狂。我的牛只要听到他啰唆，便低头长哞，眼睛充血，做奋蹄追击状。胡宾吓得只有躲到我哥身后的份儿。我这重山哥哥西门金龙，再也没有打过我的牛，他也许感觉到了什么？你们毕竟是亲生父子，心中应有灵犀吧？他对我的打也变成了礼仪性的，因为从那场打斗之后，我的腰里就多了一柄刺刀，我的头上就多了一顶钢盔，这两样宝贝，是大炼钢铁那年我从废铁堆里偷来的，一直藏在牛棚里，现在派上了用场。

第十六章

妙龄女思春芳心动
西门牛耕田显威风

西门牛啊，一九六六年春耕时节是我们的幸福岁月。那时候，爹从省城请回的"护身符"还发挥着作用。那时候你已经长成了一头大牛，我家那个矮小狭窄的牛棚已经委屈了你的身体。那时候生产大队里那几头小公牛已经被阉。那时候尽管有许多人提醒我爹给你扎上镊鼻以便于使役，但我爹置之不理。我同意爹的决定，我也坚信我们之间的关系早已超越了农民与役畜的关系，我们不仅仅是心心相印的朋友，我们还是携手并肩、同心协力、坚持单干、反抗集体化的战友。

我与爹那三亩二分地，被人民公社的土地包围着。这里临近运粮河，土质为河潮二性土，土层深厚，土质肥沃，便于耕作。有这样三亩二分好地，有这样一头健壮的公牛，儿子，咱爷儿俩就放开肚皮吃吧，爹说。爹从省城回来后，添了一个失眠的症候，经常是我睡醒一大觉后，还看到爹和衣坐在炕上，脊梁靠着墙壁，吧嗒吧嗒地吸烟。浓重的烟油子味儿，熏得我有些恶心。我问：

"爹，您怎么还不睡？"

"这就睡，"爹说，"你好好睡吧，我去给牛加点草。"

我起来撒尿——你应该知道我有尿炕的毛病，你做驴、做牛时肯定都看到过院子里晾晒着我尿湿的被褥。吴秋香只要一看到我娘把褥子抱出来晾晒，就大声咋呼着叫她的女儿：互助呀，合作呀，快出来看哪，西屋里解放又在褥子上画世界地图啦。于是那两个黄毛丫头就跑到褥子前，用木棍指点着褥子上的尿痕：这是亚洲，这是非洲，这是拉丁美洲，这是大西洋，这是印度洋……巨大的耻辱使我恨不得钻入地中永不出来，也使我恨不得一把火把那褥子烧掉。如果这情景被洪泰岳看见，他就会对我说：解放爷们儿，你这褥子，可以蒙在头上去端鬼子的炮楼，子弹打不透，炸弹皮子崩上也要拐弯！——往日的耻辱不可再提，幸运的是，自从跟着爹闹了单干之后，尿炕的毛病竟然不治自愈，这也是我拥护单干反对集体的重要原因。——月光如水，照耀得我们这间小屋一片银辉，连蹲在锅台上捡食饭渣的老鼠也变成了银耗子。隔壁传来我娘的叹息声，我知道娘也经常失眠，她还是放心不下我，希望爹带着我尽快入社，一家人和和睦睦地过日子，但我爹这顽固不化的人，如何能听她的？！这么好的月光，驱散了我的睡意，我很想看看黑夜里牛在棚中的情景，它是彻夜不眠呢还是像人一样睡觉？它睡觉时是卧着呢还是站着？是睁着眼睛呢还是闭着眼睛？我披上棉衣，悄没声地溜到院子里。我赤着脚，地面凉森森的，但并不冷。院子里月光更浓，那颗大杏树银光闪闪，地上有一片暗淡的树影。我看到爹用筛子筛草，他的身影比白天显得高大许多，一道月光照着筛子和爹那两只把住筛子的大手。唰啦唰啦的声音传出来。好像是筛子悬在半空自动摇摆，而爹的双手则是筛子上的附件。筛子里的草倒进石槽，随即响起牛舌卷草的嚓啦声。我看到了牛明亮的双眼，闻到了热乎乎的牛味。我听到爹说：老黑，老黑，明儿个咱就要开犁了。你好好吃，吃饱了有力气。明天，咱干个漂亮的，让那些赶社的人看看，蓝脸是天下最棒的农民，蓝脸的牛也是天下最棒的牛！牛晃动了一下硕大的头颅，似乎回应了我爹的话。我爹又说，他们让我给你扎上镊鼻，放屁！我的牛，就像我的儿子一样，通人性，我对你好，不把你当牛，当人，人，还有给人扎镊鼻的吗？还有人让我阉了你，更是放屁！我对他们说，回家去把你们的儿子阉了吧！老黑你说我说的对不对？我在你之前养过一头驴，老黑，那可真是一头天下第

129

一的好驴，好活，通人性，性子暴烈，如果不是大炼钢铁毁了它，它现在肯定还活着。不过话又说回来，那头驴不走，也就没有你，我在集市上一眼就看中了你。老黑，我总觉得你是那头黑驴投胎转世，咱们两个有缘分哪！

我爹的脸在阴影中，我看不到。我只能看到他那两只把住石槽边沿的大手，我只能看到那两只像蓝色的宝石一样的牛眼睛。牛，刚买到我家时是栗色，但后来它的毛色越变越深，已经接近黑色，所以我爹把它称为老黑。我打了一个喷嚏，惊动了我爹。爹慌慌张张地跑出来，仿佛从牛棚里溜出来的一个贼。

"是你呀，儿子，你怎么站在这里？快回屋睡觉去！"

"爹，你为什么不睡？"

爹抬头看看天上的星斗，说：

"好吧，我也睡。"

我在迷蒙中，感觉到爹又悄悄地爬起来。我心生狐疑，等爹出了屋子后，我也爬了起来。一进院子就感到月光比方才更加明亮，似乎是一些丝绸般的物体在空中飘动着，洁白、光滑、凉爽，似乎可以一把把地撕扯下来披在身上或是团弄团弄塞到嘴巴里。我往牛棚里看，此时的牛棚变得高大敞亮，没有一点点暗影，地上的牛粪也如同洁白的馒头。但爹和牛都不在牛棚里，这让我大感惊奇。我明明是尾随着爹出了门，眼瞅着他进了牛棚，怎么转眼之间就没了踪影？不但爹没了踪影，连牛也没了踪影。难道他们化成了月光？我走到大门口，看到大门洞开，心中豁然开朗，原来是爹与牛出去了。他们深夜里出去干什么呢？

大街上静悄悄的，树、墙、泥土都是银色，连墙上那些黑色的大字标语也成了耀眼的白色：揪出党内走资本主义道路的当权派，把"四清"运动进行到底！这大字标语是西门金龙所写，他确实是个天才，从来没见他写大字，但他提着盛满墨汁的水桶，拿着饱蘸墨水、用麻丝扎成的大笔，直接就往墙上写。字体饱满，横平竖直，勾画有力，每个字都有怀孕的母羊那么大，引起观者的连声赞叹。我这哥，已经是屯子里最有文化、最受器重的青年，连四清工作队里那些大学生工作队员也对他颇为欣赏，并与他成了朋友。我哥已经加入了共产主义青年团，听说他还递交了入党申请书，正在积极表现，向党靠拢，争取加入共产党。四清工作队里有一个才华横溢的队员常天红，是省艺术学院声乐系的学生，他教会了我哥西洋的美声唱法。在那年冬天的许多日子里，这两个青年，用比毛驴叫唤还要悠长的声音，演唱革命歌曲，成为每次社员大会前的保留节目。那个小常，经常在我家院子里出没。他生着一头自然鬈曲的头发，小脸雪白，大眼明亮，嘴巴宽阔，胡茬子靛青，喉结突出，身材高大，与屯里的青年大不相同。我听到许多心怀嫉妒的年轻小伙子给他起了一个外号叫"大叫驴"，我哥跟着他学唱，得了一个外号叫"二叫驴"。这两头"叫驴"性情相投，亲如兄弟，好得恨不得穿一条裤子。

屯子里的"四清"运动，把所有的干部都折腾了一遍，民兵连长兼大队长黄瞳因为挪用了一笔公款被停职，村支书洪泰岳因为在村苗圃里煮食了大队饲养场的一头黑山羊被停职，但他们的职务很快就被恢复，只有大队保管员因为偷生产队的马料被真正撤职。运动就是演戏，运动就有热闹看，运动就锣鼓喧天，彩旗飞舞，标语上墙，社员白天劳动，晚上开大会。我这个小单干户，其实也是个爱凑热闹的。那些日子里，我真想入社。我想入社后跟在两个"叫驴"腚后，满世界乱窜。这两头"叫驴"的极有文化的行为吸引了年轻姑娘的目光，爱情慢慢滋生。我冷眼旁观，知道我的重山姐姐西门宝凤死死地爱上了小常，而黄互助与黄合作这一对双胞胎姐妹，大概是同时爱上了我哥。没有人爱我。她们也许还把我当成不懂人事的小孩，但她们哪里知道，我的爱，已经十分浓烈。我偷偷地爱上了黄瞳的大女儿黄互助。

好吧，我言归正传，说我上了大街，依然没有发现我爹与黑牛的踪影，难道他们飞上了月球？我仿佛看到爹骑在牛背上，牛四蹄踏着云朵，尾巴像一只巨大的船桨一样摇摆着，冉冉升起。我知道这是幻想,爹如果要骑牛奔月,不可能抛下我。我必须在地面上,也必能在地面上找到他们。我站住,集中精力,张大鼻孔,搜索气味,果然被我嗅到了,他们并没有远去,他们在东南方向,在颓败的围子墙附近,那里原是片死孩子茔,是屯子里专扔夭折婴儿的地方,后来被拉土垫高,成了大队的打谷场。打谷场平坦如砥,周围有一圈半人高的土墙,墙边有许多碌碡和石磙子,有成群结队的小孩在那里追逐嬉戏,他们都光着屁股,只穿一件红色的肚兜兜。我知道这些都是死孩子的精灵,他们每逢月圆之夜就会跑出来游戏。真是可爱,这些精灵小孩,排着队伍,从碌碡上跳到石磙子上,又从石磙子跳到碌碡上。他们的领导,是一个扎着一根翘天小辫子的男孩,嘴里叼着一个亮晶晶的铁哨子,节奏分明地吹着,那些小孩子的一蹦一跳都和着哨音,煞是整齐,真真好看。我看得入神,几乎想加入到他们的队伍里去。他们跳够了碌碡石磙,便爬上墙头,并排坐着,小腿耷拉着,用脚后跟敲打着土墙唱歌:

蓝脸大,蓝脸小,蓝脸好不好?——好!
蓝脸好,蓝脸好,蓝脸家的粮食吃不了,跟着他单干好
不好?——好!

这群小红孩的歌唱让我很受感动,我从口袋里摸出一把炒黑豆,分给他们吃。他们伸出小手。小手上生着细细的黄毛。我在每个小手里放上五颗黑豆。他们都是明眸皓齿,长相喜人。于是就响起一墙头咯嘣咯嘣嚼豆子的声音,月光中也弥漫开焦豆的香气。我看到爹与牛正在打谷场上操练,周遭墙上又来了数不清的小红孩,我按按口袋,担心他们都来要黑豆吃怎么办。爹穿着紧身的衣裳,两个肩膀上缀着两片荷叶般的绿布,头上戴着一顶铁皮喇叭般的高帽子,右脸上涂满红油彩,与左脸上的蓝痣交相辉映。爹在操场当中,大声吆喝着,那些话我听不明白,仿佛一大串咒语,但四周墙头上那些小红孩儿肯定听明白了,他们拍巴

掌,用脚后跟敲墙,吹着尖厉的口哨,有的还从肚兜里摸出小喇叭,呜嘟嘟地吹着,有的还从墙外提上来小鼓,放在双腿之间,咚咚地敲着。与此同时,我家的牛,两只角上挂着红绸,头顶上簇着一朵红绸大花,好像一个新郎,喜气洋洋地,沿着打谷场边缘奔跑。它全身油光闪闪,双目亮如水晶,四蹄如同四个灯笼,跑得优雅流畅。它跑到之处,墙上的小红孩们便发了疯般地鼓噪呐喊。就这样一圈一圈又一圈,欢呼声如浪潮此起彼伏。大约跑了十几圈。牛进入场地中央,与我爹会合。我爹从口袋里摸出一块豆饼塞进牛口,这是奖赏。然后我爹摸摸牛额头,拍拍牛的屁股,说:请看奇迹。然后用比那能唱西洋歌曲的"大叫驴"还要高亢嘹亮的嗓门喊着:

"请看奇迹!"

大头儿蓝千岁用疑惑的目光看着我。我知道他对我的讲述产生了怀疑。事隔多年,你也忘记了,也许,我当时看到的,是一个虚幻的梦境,但即便是梦境,也与你相关,或者说,没有你就没有这样的梦。

我爹高声喊罢,用鞭子抽了一下光溜溜的地面,仿佛抽打在玻璃上一样,发出清脆的响声。牛猛地抬起前腿,整个身体也竖了起来,只用两条后腿支地。做这样一个爬跨动作并不难,所有的公牛在爬跨母牛时都能做,难得的是它的前腿和身体就这样悬在了空中,只用两条后腿支撑着庞大的身体,一步步地往前走。它的步态尽管十分笨拙,但已经让观者目瞪口呆。我从来没想过一头肉身沉重的大牛,竟然可以直立行走,不是走三步五步,也不是走十步八步,而是绕着打谷场走了整整一圈。它的尾巴拖在地上,两条前腿蜷曲在胸前,像两只发育不全的胳膊。它的肚皮完全袒露,两条后腿间那两个木瓜般的睾丸摇摇摆摆,仿佛它的直立行走就是为了展示这玩意儿。墙头上那些喜欢闹哄的小红孩都沉默了,喇叭忘了吹,鼓忘了打,一个个张着嘴,小脸蛋上都是痴呆呆的表情。直至它走圆一圈,放下身,四蹄着了地,小红孩们才恢复理智,一片欢呼,一片掌声,鼓声、喇叭声、口哨声混杂在一起。

接下来的表现更为出奇,牛,低下头,用平阔的脑门着地,然后用力将后腿跷起。这造型可以与人的倒立类比,但比人的倒立难度要大许多倍。这头牛足有八百斤重,单用脖颈的力量,把全身的重量支撑,几乎不可能。但我家的牛完成了这个高难动作。——请允许我再次描绘那两个木瓜般的睾丸,它们贴在肚皮上,显得那样孤立无援而多余……

第二天上午,你第一次参加劳动——犁地。我们使用的是一张木犁,犁铧明亮如镜,是那些安徽翻砂匠铸造的产品。生产大队已经把木犁淘汰,使用丰收牌铁犁。我们坚持传统,不用那些散发着刺鼻油漆味的工业产品。我爹说既然单干,就要与公家拉开距离。丰收牌铁犁是公家产品,我们不用。我们穿土布,我们用自制工具,我们使用豆油灯盏,我们用火石火镰打火。那天生产大队出动了九犋牲口犁地,仿佛要跟我们比赛。河东岸,国营农场的拖拉机也出动犁地。两台东方红牌拖拉机,周身涂着红漆,远看像两个红色的妖魔。它们喷吐着蓝烟,发出震耳的轰鸣。生产大队的九犋铁犁,每犋用两头牛拉,雁阵般排开。扶犁的人都是富有经验的老把式,一个个绷着面孔,仿佛不是来犁田,而是要参加一个庄严的仪式。

洪泰岳穿着一身簇新的黑制服来到地头,他已经苍老了许多,头发花白,腮上的肌肉松垮垮地耷拉着,两只嘴角下垂。我哥金龙跟在他的身后,左手捏着纸板夹子,右手攥着钢笔,看样子像个记者。我实在想象不出他能记录什么,难道他要把洪泰岳所讲的每一句话都记录下来吗?洪泰岳只不过是一个小小村庄的党支部书记,尽管有过一段革命历史,但那年代的农村基层干部都是如此,洪泰岳不应该有那么大的谱,何况,这家伙吃了集体一只山羊,"四清"中险些落马,可见觉悟并不高。

爹不紧不慢地、有条不紊地把木犁调整好,又把牛身上的套锁检查了一遍。我无事可做,我来是看热闹的,我脑子里萦绕不去的是头天夜里我爹与牛在打谷场上表演的特技。看到牛雄壮的身体,更感到昨夜的表演难度之高。我没有拿此事问爹，我宁愿那是实实在在发生过的事，而不是我的梦境。

洪泰岳叉着腰训话，从金门、马祖讲到朝鲜战争，从土地改革讲到阶级斗争，然后他说，春耕生产就是向帝国主义、资本主义和走资本主义的单干户发起的第一个战役。他发挥了敲牛胯骨时练出的长项，讲话中尽管谬误百出，但嗓门巨大，言语连贯，把那些扶着犁把子的农民震唬得呆若木鸡。那些牛也呆若木牛。我看到了我家牛的娘——那头蒙古母牛——它那弯曲的、既长又粗的尾巴是它的标志。它的目光似乎不时地往我们这边斜，我知道它在看它的儿子。嗨，说到此处，我感到很替你脸红。去年春天，在河滩上放牧时，趁着我与金龙打架的时候，你竟爬跨到了蒙古母牛的背上，这是乱伦啊，这是大逆不道啊。作为牛，当然不算什么，可你不是一般的牛，你的前世曾是一个人啊。当然，也许，这蒙古母牛的前世，也许是你的一个情人，但你毕竟是它生出来的——这生死轮回的奥秘，我越想越糊涂。

"你把这事儿，速速给我忘却！"大头儿极不耐烦地说。

好，我忘却了。我回忆起我哥金龙单膝跪在地上，将纸夹子放在另一个支起的膝盖上奋笔疾书的情景。随着洪泰岳一声令下：开犁！扶犁的社员们都将搭在肩膀上的长长的牛鞭挥舞起来，并同时喊出了"哈咧咧咧——"这漫长的、牛能听懂的命令。生产大队的铁犁队逶迤前行，泥土像波浪一样从犁铧上翻开。我焦急地看着爹，低声说：爹啊，咱们也开犁吧。爹微微一笑，对牛说：

"小黑啊，咱也干！"

爹没有鞭，只是轻轻地说了一句，我们的牛，就猛地往前冲去。犁铧与土地产生的阻力扽了它一下。爹说：

"缓着劲，慢慢来。"

我们的牛很着急，它迈开大步，浑身的肌腱都在发力，木犁颤抖着，大片大片的泥土，闪烁着明亮的截面，翻到一边去。爹不时地摇提着木犁的把手，以此减少阻力。爹是长工出身，犁地技术高明，但

135

奇怪的是我们的牛，它可是第一次干活啊，它的动作尽管还有些莽撞，它的呼吸尽管还没调理顺畅，但它走得笔直，根本不需我爹指挥。尽管我家是一头牛拉一犁，生产队是两头牛拉一犁，但我们的犁很快就超越了生产大队的头犁。我很骄傲，压抑不住地兴奋。我跑前跑后，恍惚觉得我家的牛与犁是一条鼓满风帆的船，而翻开的泥土就是波浪。我看到生产大队的那些扶犁社员都往我们这边看，洪泰岳和我哥径直对我们走来。他们站在一侧，用仇视的目光看着我们。等我们犁到地头又转回来时，洪泰岳站在前边，大声喊：

"蓝脸，停住！"

我家的牛大步前行，目光炯炯犹如炭火，洪泰岳机警地跳到墒沟一边，他自然知道我家牛的脾气。他只好跟在犁后对我爹说：

"蓝脸，我警告你，犁到你的地边、地头时，不许你践踏公家的地。"

我爹不卑不亢地说：

"只要你们的牛不踩我的地，我的牛就不会踩你们的地。"

我知洪泰岳是故意刁难，我们这三亩二分地，是插在生产大队土地中的一根楔子，我们的地长一百米，宽只有二十一米，犁到地头地边，调转牲口时，难免踩到公家的田，但公家如要犁到地边，也难免踩到我们的地。因此我爹有恃无恐。但洪泰岳说：

"我们宁愿丢几分地不犁，也不会踩到你这三亩二分地上！"

生产大队土地宽广，洪泰岳可以说这个大话。但我们呢？我们只有这点土地，我们一点也舍不得丢啊。我爹胸有成竹地说：

"我的地一分一厘也不丢，但也绝不会在公家的地里留下一个牛脚印！"

"这可是你亲口说的！"洪泰岳道。

"是我亲口说的。"我爹道。

"金龙，你跟着他们，"洪泰岳道，"只要他的牛蹄踩到公家的地里——"他说，"蓝脸，你的牛蹄如果踩到公家地里怎么处置啊？"

"把我的牛腿铲断！"我爹斩钉截铁地说。

爹的话让我大吃一惊，我家的地与公家的地之间并无明显分界，只是每隔五十米竖立了一块石桩，即便是人走，也难保一步不偏，何况是牛拉着犁走。

因为我爹采用的是劈耕——从地中央开犁——方式，短时间内还没有踩到公田的可能，洪泰岳就对我哥说：

"金龙，你先回屯，把黑板报出了，下午再来监视他们。"

我们回家吃午饭时，那块挂在西门家院墙上的黑板前，已经围着一群人观看。黑板两米宽三米长，是屯子里的舆论阵地。我哥才华横溢，只用了几个小时，就把它涂抹得琳琅满目。他用红、黄、绿三色粉笔，在周边画上了拖拉机、向日葵、绿色的植物，还画上了扶着铁犁、眉开眼笑的社员与同样眉开眼笑的集体牛。在黑板报的右下角，他用蓝、白两色粉笔画了一头瘦牛和一大一小两个瘦人。我知道他画的是我、我爹与我家的牛。中间的文章，大标题是：人欢牛叫闹春耕。字是花边仿宋体。正文是楷体。文章的末尾，说：与人民公社和国营农场的热火朝天、生龙活虎的春耕场面形成鲜明对照的是本屯顽固不化的单干户蓝脸一家，他们是独牛拉木犁，牛垂头，人丧气，形单影只，人如拔毛公鸡，牛如丧家之犬，凄凄惶惶，正在走向穷途末路。

我说："爹呀，你看看，他把我们糟蹋成什么样子啦！"

爹扛着木犁，牵着牛，脸上挂着冰一样晶亮和清凉的微笑。

"随他说，"爹说，"这孩子，真是心灵手巧，画什么像什么。"

人们的目光齐刷刷地落到我们身上。于是都发出了会意的笑声。事实胜于雄辩，我们的牛雄壮如山，我们的蓝脸璀璨，我们心情愉快，工作顺利，得意着呢。

金龙远远地站着，关注着他的杰作和看他的杰作的人。黄家的互助倚在门框上，嘴巴咬着辫梢，远远地看着金龙，那眼神专注而痴迷，可见爱得已经不轻。我的重山姐姐宝凤背着一个绘有红十字的皮革药包从大街西边走来，她学会了新法接生又学会了打针开药，成了屯子里的专职卫生员。黄家的合作骑着自行车从大街东头歪歪扭扭地驰来，看样子她是刚刚学会骑车，不能有效操控，她看到倚在矮墙边上的金龙，嘴里喊着：不好——不好，车轮却直对着金龙撞去。金龙腿一分，将车轮夹住，同时顺手抓住了车把，那黄合作，就几乎伏在他的怀里了。

我看到黄互助一扭头，大辫子一甩，赤红着脸，扭动着屁股，往家中跑去。我心中一阵酸麻，对黄互助充满同情对黄合作充满恨。黄合作剃了一个像男青年一样的小分头。这是公社中学里兴起来的时髦发型，给她们剃头的那位男老师，姓马名良才，打得一手好乒乓球，吹得一嘴好口琴，惯常穿一身洗得发了白的蓝制服，头发粗壮，眼睛漆黑，脸上有少许粉刺，身上总是散发着一股子清新的肥皂味儿。他看上了我姐宝凤，经常提着一杆气枪到我们屯子里来打鸟，只要他托起枪来，便会有鸟儿坠地。我们屯里的麻雀，一见到他的身影就没了命地往天上蹿。大队的卫生室就在原西门家正房的东边一间，也就是说，这个满身肥皂味儿的小伙子，只要出现在大队卫生室里，就难逃我家人的视线，逃过了我家人的视线，也逃不过黄家人的视线。这小伙子跟我姐套近乎。我姐姐皱着眉头，忍着厌恶，有一句无一句地与他搭讪着。我知道我姐爱着"大叫驴"，但"大叫驴"随着"四清"工作队撤走，像一条钻进了密林的黄鼠狼一样消逝得无影无踪。我娘知道这门亲事断无成功的可能，唉声叹气之余，就语重心长地开导我姐：

"宝凤啊，你的心事，娘心里清楚，但这怎么可能？人家是省城里的人，是大学生，才貌双全，前途无量，人家怎么可能看得上你？听娘的话，打消这个念头吧，起心不要太高，小马老师是公办教师，吃国库粮的，人物标致，识字解文，吹拉弹唱，还是个神枪手，我看也是百里挑一，他既然对你有意，你还犹豫什么？赶快答应下来，你看看黄家姐妹那直勾勾的眼神，到了口边的肥肉，你不吃，别人可就抢去吃了……"

娘的话说得合情合理，我觉得马良才与我姐也是很般配的一对。

他虽然不能像"大叫驴"那样引吭高歌，但他把一只口琴吹奏得犹如百鸟鸣啭，他用一杆气枪把屯子里的鸟打得望影而逃，这些都是"大叫驴"不具备的优点。但我的这重山姐姐脾气倔强，肯定是继承了她亲爹的脾性，她任凭娘把嘴唇说破，回答的总是一句话：

"娘，婚姻的事，我自己做主！"

下午我们还去犁地，金龙扛着一把铁锹，一步不落地跟在我们身后。那铁锹刃子锋利，闪着寒光，用它铲牛蹄，一下子就会铲断。我对他这种六亲不认的行为极为反感，不时地拿话刺他。我说他是洪泰岳的一条走狗，是忘恩负义的畜生。他置若罔闻，只要我挡了他的道，他就会极不耐烦地铲起土，对着我劈头盖脸地扬起来。我也想抓土扬他，但总是被爹厉声呵斥。爹仿佛脑后有眼，看得见我的一举一动。每当我抓起土坷垃，爹就吼叫：

"解放，你想干什么？"

"我要教训这个畜生！"我恨恨地说。

爹骂我："闭嘴，否则我打烂你的屁股。他是你哥，他执行的是公务，你不要妨碍他。"

生产大队的牲口，犁了两圈后便气喘吁吁，尤其那头蒙古母牛喘得最为厉害，隔着老远就能听到它胸腔里发出的那颇似性倒错的母鸡学习打鸣的声音，我想起了几年前，那卖牛的少年对我说的悄悄话，他说这蒙古牛是个"热鳖子"，干不了重活，夏天根本就没有劳动能力，现在我才知道他言之不谬。蒙古牛不但喘息不止，而且口吐白沫，样子十分骇人。后来它一头栽倒，翻着白眼，仿佛死牛。生产大队的牛都停了下来，扶犁的人一齐上前，议论纷纷。"热鳖子"的说法从一个老农口中冒出，有人说应该去请兽医，有人冷笑，说兽医也没招数治这牛。

犁到地头后，我爹把牛停住，对我哥说：

"金龙，你不必跟着了，我说过不会在公田里留下一个牛脚印，你跟着吃这累干啥？"

金龙鼻子哧呼了一声，对我爹的话不屑一顾。我爹又说：

"我的牛不踩公家的地，按说，公家的牛和人也不能踩我家的地，可是你一直在我家地里走，此刻你就站在我家的地上！"

金龙一怔，然后便像受了惊吓的袋鼠一般，蹦跳着从我家地里出来，站在了紧靠着河堤的道路上。

我恶毒地喊叫着："应该把你那两只蹄子铲掉！"

金龙满脸赤红，一时语塞。

爹说："金龙，咱们父子一场，互相担待着一点，好不好？你追求进步，我不能阻拦，不但不阻拦，而且大力支持。你亲爹虽然是地主，但他是我的恩人，批他斗他，那是形势所迫，做给人家看的，我对他的感情始终在心里藏着。我对你，一直当成亲生儿子看待，但你要奔自己的前程，我不能阻挡。我只是希望你心里有点热乎气儿，不要让自己的心冷成一块铁。"

"我确实踩了你们的地，"金龙冷酷地说，"你们可以把我的脚铲掉！"他把铁锹猛地往前一投，锹头扎进土地，直立在我们中间，接着说："你们不铲，那是你们的问题，但如果你们的牛，包括你们，一旦踩了公家的地，不管有意还是无意，我绝不客气！"

我看着他那张脸，和那两只似乎往外喷吐着绿色火焰的眼睛，突然感到脊背发凉，皮肤上爆出了一层鸡皮疙瘩。我这个重山哥哥，的确是个非同一般的人物，我知道他说得到做得到，只要我们的脚、蹄越界，他会毫不容情地铲过来。这样的人生在和平年代有点可惜，如果他早生几十年，无论他参加了什么队伍，都会成为英雄，如果他当了土匪，势必是个杀人魔王，但眼下是和平年代，他的狠，他的果敢，他的铁面无私，似乎没有太多的用武之地。

爹似乎也吃惊匪浅，爹只看了他一眼就把目光慌忙跳开了。爹盯着那柄扎在地里的铁锹说：

"金龙，我说多了，都是屁话，你别往心里去。为了让你放心，也为了我胸口这一丝志气，我要先犁地边，让你看看，如果该铲，就

140

让你及早铲了，免得误了您的工夫。"

爹走到牛身边，摸摸它的耳朵，拍拍它的额头，用低沉的声音说：

"牛啊！牛……唉，不说了，你可要看准那界石，笔直地走，半步也不能歪啊！"

爹调好木犁，对准地界，轻轻地吆喝了一声，牛便往前走去。哥端着铁锹，双眼瞪得溜圆，盯着牛的四蹄。牛对于身后潜在的危险似乎毫无察觉，它行进的速度没有放慢，身体舒展，脊背平稳，稳得完全可以放上一只盛满水的碗。爹扶着犁把，双脚踩着新翻开的犁沟，走成一条直线。这活儿其实全靠牛，牛的双眼生在两侧，它如何保持方向的正直，我不得而知。我只看到，翻开的犁沟，把我们的地与公家的地鲜明地分割开，那几块界石，正正地立在犁沟的中央。犁到界石时，牛放慢速度，给我爹一个提起犁铧的机会。它的蹄印，都踩在我家田地的尽边，犁了一圈，没有一蹄越界，让金龙得不到下手的机会。我爹长长地出了一口气，对金龙说：

"现在，您可以放心地回去了吧？"

金龙走了。临走之前他用恋恋不舍的目光看了一眼牛端正明亮的四蹄，我知道他对没有机会把牛蹄子铲下来感到十分遗憾。锋利的锹刃在他的背后闪烁着银光，让我终生难忘。

第十七章

雁落人亡牛疯狂
狂言妄语即文章

接下来的事儿,是我继续叙说呢还是由你来说?我征询着大头儿的意见。他眯缝着眼睛,似乎在看我,但我知道他的心思根本不在我的脸上。他从我的烟盒里抽出一支烟,放在鼻下嗅着,噘着嘴,不言语,仿佛在思考什么重大问题。我说,你小小年纪,可不能染上这恶习。如果你五岁就学会吸烟,到你五十岁的时候,那还不得吸火药?他没理我的话茬儿,头歪着,耳轮微微颤抖,似乎在谛听什么。我说,我就不说了吧,都是我们亲身经历过的事情,没啥好说的了。他说,不,你既然开了头,就得结尾。我说不知道从何处说起了。他翻翻白眼,道:

"集市,拣热闹的说。"

我在集市上观看过许多场游斗,每次都兴致勃勃,心中充满快乐。

在集市上,看到了那位与我爹有交情的陈县长被游街示众,他头皮刮得乌青——后来他在回忆录里写,刮成光头是为了防止那些红卫兵们揪他的头发——腰上套着一具用纸壳糊成的驴,在锣鼓声中,他节拍分明地奔跑着,舞蹈着,脸上挂着白痴般的笑容。他这样子,与正月里扮耍的民间艺人十分相似。因为他曾在大炼钢铁期间骑着我家的黑驴到处视察,当时就有人给他起了一个"驴县长"的绰号。"文化大革命"一起,红卫兵们为了增加游斗走资派的娱乐性和可视性,吸引更多的观众，就把民间艺人家的纸驴给他骑上了。许多老干部写回忆录，回忆到"文化大革命"时，总是写得血泪斑斑，把"文革"期间的中国描绘成了比希特勒的集中营还要恐怖的人间地狱，但我们这位县长却用幽默而又生动的笔调，写了他"文革"初期的遭遇。他说他骑着纸驴，在全县的十八个集市被游斗，把身体锻炼得无比结实，原来的高血压、失眠等毛病全都不治而愈。他说他一听到锣鼓点就兴奋，腿脚就颤抖，就像那头黑驴见到母驴就弹蹄喷鼻。结合着他的回忆录，回忆当年他套着纸驴舞蹈的情景，我就明白了他脸上为什么有那痴痴的笑容。他说他只要一踏着锣鼓点，搬弄着纸壳驴舞蹈起来，就感到自己渐渐地变成了一头驴，变成了全县唯一的单干户蓝脸家的那匹黑驴，于是他的心思就飘飘荡荡，悠悠忽忽，似乎生活在现实，又恍惚进入了美妙的幻景。他感到自己的双脚分叉成了四蹄，屁股后生出了尾巴，胸脯之上与纸毛驴的头颈融为一体，就像希腊神话中那些半人半马的神，于是他也就体会到了做一匹驴的快乐和痛苦。"文革"期间的集市，并没有多少商品交易，集市上熙熙攘攘的人群，大都是来看热闹的。已经是初冬时节，人们多半穿上了棉袄，也有一些年轻人为了俏丽穿着单衣。人们的胳膊上都套着一个红色的袖标。穿着黄色或是蓝色的军便装单衣的年轻人，胳膊上套上红色袖标显得格外神气，是增色添彩，但那些穿着黑色的、油垢发亮的破棉袄的老人，胳膊上套上红袖标就显得不伦不类。一个卖鸡的老太太，倒提着一只鸡，站在供销社门口，胳膊上也戴着一个红袖标。有人问她：大娘，您也入了红卫兵？她噘噘嘴，说：闹红嘛，哪能不入？——您老是哪一派的？是"井冈山"的，还是"金猴奋起"的？——去你娘的，别对我说这些没用的，要买鸡就买，不买滚你娘的蛋！

　　宣传车开过来了，是辆从朝鲜战场上淘汰下来的苏制嘎斯51型大卡车，久经风吹雨打日晒，原先草绿色的油漆已经暗淡，车头顶盖焊上一个铁架子，铁架子上捆扎着四个大功率的高音喇叭，车后厢里固定着一台汽油发电机，车厢两边站着两排穿着仿制军装的红卫兵，都是一只手把着车厢边缘，一只手攥着《毛主席语录》。他们的脸通红，也许是冻的，也许是被革命的激情所燃烧。其中一个女的，眼睛有些斜视，嘴角上翘，充满笑意。大喇叭发出震天动地的声响，使一个年轻的农妇受惊流产，使一头猪受惊头撞土墙而昏厥，还使许多只正在草窝里产卵的母鸡惊飞起来，还使许多狗狂吠不止，累哑了喉咙。先是放《东方红》，然后停止。听到了发电机的轰鸣和喇叭里发出的尖厉声响，然后便有一个清脆的女声响起。这时我攀上了一棵老树，看到了在车厢正中，摆放着一张桌子，两把椅子，桌上放着一台机器和一个用红布包裹着的麦克风，椅子上端正坐着一个头扎小辫的姑娘，还有一个留着分头的青年。姑娘我不认识，那男青年是到我们村搞过"四清"运动的"大叫驴"小常！后来我才知道，小常已经分配到县剧团，并造反当了"金猴奋起"的司令员。我在树上大声喊叫着：小常！小常！大叫驴！但我的声音被喇叭里的高音湮没了。

那个姑娘对着麦克风喊叫，喇叭把她的声音扩大得震耳欲聋，整个高密东北乡都听到了这样的话：走资派陈光第，这个混进党内的驴贩子，反对大跃进，反对三面红旗，与高密东北乡顽固地走资本主义道路的单干户蓝脸结拜兄弟，充当单干户的保护伞。陈光第不但思想反动，而且道德败坏，多次与一头母驴通奸，致使那头母驴怀孕，生下了一个人头驴身的怪胎！

好啊！人群中爆发了一阵欢呼。车上的红卫兵在"大叫驴"的率领下喊起了口号：打倒驴头县长陈光第！——打倒驴头县长陈光第！！——打倒奸驴犯陈光第！——打倒奸驴犯陈光第！！"大叫驴"的嗓门，经过高音喇叭的放大，成了声音的灾难，一群正在高空中飞翔的大雁，像石头一样噼里啪啦地掉下来。大雁肉味清香，营养丰富，是难得的佳肴，在人民普遍营养不良的年代，天上掉下大雁，看似福从天降，实是祸事降临。集上的人疯了，拥拥挤挤，尖声嘶叫着，比一群饿疯了的狗还可怕。最先抢到大雁的人，心中大概会狂喜，但他手中的大雁随即被无数只手扯住。雁毛脱落，绒毛飞起，犹如撕破了鸭绒枕头。雁翅被撕裂了,雁腿落到一个人手里,雁头连着一段脖子被一个人撕去,并被高高举到头顶,滴沥着鲜血。许多人按着前边人的肩膀和头顶,像猎犬一样往上蹿跳着。有的人被踩倒了,有的人被挤扁了,有的人的肚子被踩破了,有的人尖声哭叫着,娘啊,娘啊……哎哟,救命啊……集市上的人浓缩成几十个黑压压的团体,翻滚不止,叫苦连天,与喇叭的啸叫混杂在一起,哎哟我的头啊……这场混乱,变成了混战,变成了武斗。事后统计,被踩死的人有十七名,被挤伤的人不计其数。

有的死者被亲属们抬走,有的拖到屠宰组门前等待认领,有的伤者被亲属们送到医院或是送回家中,有的自己往路边爬,有的一瘸一拐地往自己要去的地方走,有的趴在地上大声哭泣。这是高密东北乡在"文化大革命"中第一次死人,后来虽有真正的、计划周密的武斗,砖头瓦片满天飞,刀枪棍棒一齐舞,但伤亡人数都没有这次多。

我在大树上,非常安全。我在大树上,居高临下,目睹了事件的全部过程,看清楚了每一个细节。我看到那些大雁是如何坠落下来又怎样被人们野蛮分解。我看到在这个事件过程中那些贪婪的、疯狂的、惊愕的、痛苦的、狰狞的表情,我听到了那些嘈杂的、凄厉的、狂喜的声音,我嗅到了那些血腥的、酸臭的气味,我感受到了寒冷的气流和灼热的气浪,我联想到了传说中的战争。尽管"文革"后编写的县志把雁从天落解释为大雁得了禽流感,但我始终不渝地认为大雁是被高音喇叭强烈而尖锐的声音震下来的。

骚乱平息之后,游街继续进行。经历了这场突发事件的人们,行为拘谨了一些,原先万头攒动的集市上闪开了一条灰白的道路,道路上有一摊摊的血迹和踩得稀烂的雁尸。风过处,腥气洋溢,雁羽翻滚。那个卖鸡的老妇人,用红袖标擦拭着鼻涕眼泪在街上蹒跚、哭叫:我的鸡啊,我的鸡……你们这些遭枪子儿的强盗,还我的鸡啊……

嘎斯51型大卡车停在牲口市和木头市交界处,那些红卫兵多数下了车,神情倦怠地坐在一堆散发着松脂香气的木头上。公社食堂里那个脸上有麻子的炊事员宋师傅,挑着两桶绿豆汤前来慰问县城里来的红卫兵小将,桶里冒着热气,绿豆汤的香味儿四溢。

宋麻子把一碗汤捧到汽车前,高举过头顶,请车上的司令"大叫驴"和那个担任播音员的女红卫兵喝。司令不理睬他,对着话筒,怒气冲冲地喊:把牛鬼蛇神押上来!

于是,以驴县长陈光第为首的牛鬼蛇神们,就从公社大院里欢天喜地地冲出来。正如前边所述,驴县长的身体与纸壳驴融为一体,刚出场时,他的头还是一个人的头,但舞动片刻,变化发生,就像后来我在电影与电视里看到的那些特技镜头一样,他的耳朵渐渐长大,耸起,如同热带植物肥大的叶片从茎秆上钻出,如同巨大的灰蛾从蛹里钻出身体,绸缎般闪烁着灰色的高贵光泽,附着一层细长的茸毛,用手摸上去手感肯定极好。然后脸部拉长,双眼变大,并向两边偏转,鼻梁变宽,并且变白,附着白而短的绒毛,用手摸上去手感肯定极好。嘴巴下垂,分成上下两片,嘴唇变得肥厚,用手摸上去手感肯定极好。两排雪白的大牙本来是被驴唇遮掩着的,但是他一看到那些戴着红袖标的女红卫兵就把上嘴唇用力翻卷起来,龇出了两排大白牙。我家养过公驴,我十分清楚驴的习性。我知道驴一旦卷起上嘴唇就要发骚,然后就要把原本隐藏着的硕大的鸡巴伸出来展示。但幸亏陈县长人性尚存,变驴变得还不彻底,所以他尽管卷唇龇牙但鸡巴还比较含蓄。紧跟在他身后的是原公社书记范铜,对,就是那个给陈县长当过秘书、酷爱吃驴肉的人,因为他最爱吃驴的鸡巴,红卫兵们就给他用高密东北乡盛产的大白萝卜刻了一根,其实也没动多少刀功,萝卜头上用刀子稍旋了几下,用墨汁涂黑了即可。人民群众的想象力十分丰富,没人不知道这根染黑了的萝卜象征何物。这姓范的愁眉苦脸,因身体肥胖而行动迟缓,步伐凌乱而不合锣鼓点儿,让牛鬼蛇神队伍混乱,手持藤条的红卫兵抽打他的屁股,抽一下他就跳一下,同时哭号一声。便改抽他的头,他慌忙用手中的仿驴屌去招架,仿驴屌被抽断，显出萝卜真相，白而脆，汁液丰富。群众哈哈大笑。红卫兵也忍俊不禁，把范铜拎出来交给两个女红卫兵，逼着他当场把这根断成两截的"驴屌"吃掉。范铜说墨汁有毒不能吃。女红卫兵小脸通红，仿佛受到了极大的侮辱。你这个流氓，你这个臭流氓！不用拳打，只用脚踢。变换着姿势踢。范铜遍地打滚，哀号不止，喊叫：小将，小将，别踢了，我吃，我吃……抓起萝卜，狠命咬了一口。快吃！又咬了一口，腮帮子撑得老高，无法咀嚼。着急着下咽，噎得翻白眼。在驴县长的带领下，十几个牛鬼蛇神各出奇招，让观众大饱眼福。敲锣打鼓拍钹的，是专业的水平，原本是县剧团的武场，能敲打出几十套花样，乡村野戏班子那些人，跟他们无法相比。我们西门屯的锣鼓班子跟他们相比，简直就是敲着破铜烂铁吓唬麻雀的顽童。

  西门屯的游街队伍从集市的东头来了。背着鼓的是孙龙，敲鼓的是孙虎，打锣的是孙豹，拍钹的是孙彪。孙家四兄弟是贫农的后代，锣、鼓、钹、镲这些能发出巨响的家伙，理应掌握在他们手中。在他们前边，是村里的牛鬼蛇神走资派。洪泰岳躲过了"四清"但没躲过"文革"。他头上戴着一顶纸糊的高帽子，背上糊着一张大字报。仿宋字体，刚劲有力，一看就知道是西门金龙的笔迹。洪泰岳手里还举着一块边缘上缀着铜环的牛胯骨，让我联想到他的光荣历史。他头上那顶纸帽子与他的头颅尺寸不符，东倒西歪，必须及时扶正。如果他不能将头上的高帽子及时扶正，就有一个浓眉高鼻的青年用膝盖顶他的屁股。这青年就是我的重山哥哥西门金龙。他公开的名字还是叫蓝金龙。他聪明透顶，不愿改姓，因为一改姓他的出身就会变成为恶霸地主，就会变成人下之人，我爹虽是单干户，但雇农的成分不变，雇农，这顶金帽子，在那个年代里，闪闪发亮，千金难买。

  我哥穿着一件真正的军装上衣，是从他的好友"大叫驴"小常那里弄来的。我哥上穿真正的军装，下穿蓝条绒裤子，脚蹬白塑料底黑咔叽布面紧口鞋，腰上扎着一条三指宽的铜扣牛皮腰带，这样的腰带总是扎在英武的八路军或新四军军官的腰上。现在却扎在我哥的腰上。他高高地挽着袖子，红卫兵袖标松松地套在上臂。村民们的红袖标是用红布缝成，袖标上的字是用纸板镂空黄漆漏刷。我哥的袖标是上等的红绸子，袖标上的字是用金黄色的丝线刺绣。这样的袖标全县只有十只，是县工艺品厂那位技艺高超的女技师连夜赶制的。她只绣了九只半袖标就吐血而死。血染袖标，十分悲壮。我哥所戴，就是那只绣了一个"红"字、沾着血的。剩下的两个字，是我的姐姐西门宝凤补绣而成。我哥是去县"金猴奋起"红卫兵司令部拜访他的朋友"大叫驴"时得到这件宝物的。两只"叫驴"久别重逢，兴奋无比，握手拥抱，行革命时期的致敬礼，然后诉说别后情景及县里与村里的革命形势。尽管我没在场，但我知道"大叫驴"肯定会问起我姐的情况，他的脑子里，肯定还留存着我姐的形象。

我哥是去县里取经的。"文化大革命"兴起，屯子里人都蠢蠢欲动，但不知道这命是如何革法。我哥聪明，能够抓住问题的根本。"大叫驴"只告诉他一句话：像当年斗争恶霸地主一样斗争共产党的干部！当然，那些已经被共产党斗倒了的地主富农反革命，也不能让他们有好日子过。

我哥心领神会，身上的血仿佛沸腾了。临别时，"大叫驴"将这个未完成的红袖标和一束金黄丝线赠给我哥，说你妹妹心灵手巧，让她帮你绣完吧。我哥从挎包里摸出我姐带给"大叫驴"的礼物：一双用五彩丝线精心刺绣的鞋垫。我们这里的姑娘，送给谁鞋垫，就意味着愿意以身相许。鞋垫上绣着鸳鸯戏水。红线绿线，千针万线，精美图案，情意绵绵。两个"叫驴"，面皮都有些发红。"大叫驴"收下鞋垫，说：请转告蓝宝凤同志，鸳鸯呀、蝴蝶呀，都是地主资产阶级情调，无产阶级的审美观，是青松、红日、大海、高山、火炬、镰刀、斧头，如果要绣，就绣这些东西。我哥庄严地点头承诺，一定把司令的话转告我姐。司令将身上的军装褂子脱下来，郑重地说：这是我的一位在部队当指导员的同学送给我的，看看，四个兜儿，货真价实的军官服，县五金公司那个小子，推来一辆全新的"大金鹿"牌自行车,我都没舍得换给他!

我哥回村后就成立了"金猴奋起"红卫兵西门屯支队,军旗一竖,群起响应。村子里的年轻人,平日里就对我哥敬佩得不行,现在总算找到了拥戴的机会。他们占据了大队部,卖了一头骡子两头牛,换回了一千五百元人民币。他们买来红布,赶制袖标、红旗、红缨枪,还买来高音喇叭播放机,剩下的钱买了十桶红漆,把大队部的门窗连同墙壁,刷成了一片红,连院子里那棵杏树也刷成了红树。我爹对此表示反对,被孙虎在脸上刷了一刷子,使我爹的脸半边红半边蓝。我爹嘟嘟着骂,金龙冷眼旁观,置之不理。我爹不知进退,上前问金龙:小爷,是不是又要改朝换代了?金龙双手扠腰,胸脯高挺,斩钉截铁般地说:是的,是要改朝换代了!我爹又问:您是说,毛泽东不当主席了?金龙语塞,片刻,大怒:把他的那半边蓝脸也刷红!孙家的龙、虎、豹、彪,一拥而上,两个别着我爹的胳膊,一个揪着我爹的头发,一个抡起漆刷子,把我爹的整个脸上,涂上了厚厚一层红漆。我爹破口大骂,那红漆就流进他的嘴里,把牙也染红了。我爹的样子,实在可怕,那两只眼睛,变成了两个黑洞,睫毛上的漆,随时都会浸到眼珠上。我娘从屋子里跑出来,哭叫着:金龙啊,金龙,他是你爹啊,你怎么能这样对他?金龙冷冷地说:全国一片红,不留一处死角。"文化大革命",就是要革这些走资派、地主、富农、反革命的命,单干户,也不留,如果他还不放弃单干,坚持走资本主义道路,我们就把他放到红漆桶里泡起来!我爹抹一把脸,又抹一把脸,他抹脸是感觉到红漆要流进眼睛里了,他抹脸是怕红漆流进眼睛里,但可怜他一抹脸反倒把更多的红漆抹到眼睛里去了啊!油漆杀眼,疼得我爹蹦高,哇哇怪叫。蹦累了,遍地打滚,身上沾满了鸡屎。我娘和吴秋香养的鸡,都被这满院子的红色与这个红脸人吓得神经错乱,不敢进窝归宿,飞到墙头上,飞到杏树上,飞到屋脊上,鸡爪子上沾了红漆,走到哪里就在哪里留下红色的爪痕。我娘哀哭不止,大声唤我:解放啊,我的儿,快去找你姐回来,救救你爹的眼……我端着一杆从红卫兵手中夺来的红缨枪，憋了一腔怒火，准备在金龙的身上扎出几个透明的窟窿，看看从这个六亲不认的家伙身上，到底会流出什么样的液体，我猜想，他的血，应该是黑的。母亲的哀求和爹的惨状，使我不得不暂且放下洞穿西门金龙的念头，救我爹的眼是头等大事。我拖着红缨枪，跑上大街。看到我姐了吗？我问一个白发老太婆，老太婆搓着流泪的眼，连连摇头，似乎听不懂我的话。我问一个秃顶的老头儿：见到我姐了吗？他佝偻着腰，傻傻地笑着，指指自己的耳朵，噢，他是聋子，听不到任何声音。看见我姐了吗？我扯住了一位推车人的肩膀，那人的车子歪倒，篓子里的卵石摩擦着、光滑着、清脆地响着滚在大街上。他苦笑着摇摇头，没有发脾气，按说他是可以发脾气的，但是他没有发，他是屯里的富农伍元，吹得好洞箫，呜呜咽咽，有高士雅韵，很古的一个人，如你所说，他曾是恶霸地主西门闹的好友。我往前飞跑，伍元在我身后往篓子里捡卵石。卵石是往西门大院送的，遵从的是"金猴奋起"红卫兵西门屯支队司令西门金龙的命令。我与迎面跑来的黄互助撞了个满怀，屯里的姑娘大都剃成了很男性化的小分头，露着青青的头皮和白白的脖颈，唯有她还顽固地留着一根大辫子，辫梢还扎着红头绳，封建、保守、死性，可以与我爹的坚持单干不动摇相媲美，但没过多久，她的大辫子就派上了用场，演革命样板戏《红灯记》里的李铁梅，她简直不用化装，李铁梅就是这样一条大辫子啊。连县剧团里演李铁梅的演员都要接续上一条假辫子，但我们的李铁梅却是真辫子，每根头发都连着头皮。后来我才知道，黄互助宁死不剪头发，是因为她的头发上有毛细血管，一剪就往外渗血丝儿，她的头发根根粗壮，抓上去肉乎乎的，这样的头发，世所罕见。撞了个满怀后我问她：互助，看到我姐姐了吗？她张开嘴又闭上，欲言又止的样子，很冷淡，很蔑视，很不是个意思。我顾不上她的表情，拔高嗓门：我问你看到我姐了吗？她问，她明知故问：谁是你姐姐？妈了个巴子的黄互助，你难道不知道谁是我姐姐？如果你连谁是我姐姐都不知道那你连谁是你娘也不知道了。

我姐姐，蓝宝凤，卫生员，赤脚医生。你问的是她？互助小嘴一歪，极端鄙视的口吻，明明醋溜溜但却装正经地说：她呀，在小学校里，与马良才麻缠呢，快去看看吧，两条狗，一公一母，一个更比一个浪，这会儿，差不多配上了！她的话让我大吃一惊，想不到古古典典的互助，竟然说出这样粗野的话。——都是被"文化大革命"闹的！大头儿蓝千岁冷冷地说。他的手指又无端地流出血来，我急忙把早就备好的灵药递给他，他把手指蘸上一些药，血立即就止住了——她涨红的脸，圆鼓鼓的胸脯子，使我马上明白了，她虽然未必暗恋马良才，但看到马良才黏糊我姐她心中也不自在。我说，我暂且不理你，改天收拾你，你这个浪货，恋着我哥——不，他已经不是我哥了，他早就不是我哥了，他是西门闹留下的坏种。那你的姐也是西门闹留下的坏种，她说。我被她一语噎住，如同吞下了一块热黏糕。她跟他不一样，我说，她善良，她温柔，她的心是好的，血是红的，还有人味，她是我姐姐。她很快就会没有人味的，她身上有狗腥气，她是西门闹与一条母狗交配出来的狗杂种，每逢阴雨天气就散发狗腥味。互助咬牙切齿地说。我掉转红缨枪想捅了她，革命时期，民办枪毙，夹山人民公社已经把杀人的权力下放到村了，麻湾村一天一夜就杀了三十三人，老的八十八岁，小的十三岁，有的用棍棒打死，有的用铡刀铡成两截。我举起红缨枪，对准她的胸膛，她挺起胸膛，往前送：戳吧，你有种就戳死我吧！我早就活够了，我活得够够的了。说着，眼泪就从她好看的眼睛里滚了出来。这有点莫名其妙，这有点难以捉摸，这个互助，从小跟我一起长大，小时候我们都光着屁股在沙土堆上玩耍，她突然对我双腿间的小鸡鸡发生了兴趣，回去哭着跟她娘吴秋香要小鸡鸡，为什么解放有我没有，吴秋香站在杏树下大骂：解放你这个小流氓，再敢欺负互助，小心我把你那鸡巴给你剪了去！往事历历在目，但一转眼这互助就变得比河里的鳖湾还要深不可测。我转身逃跑，女人的泪，我受不了。女人一哭我的鼻子就酸了。女人一哭我就晕了。这软弱的脾性害了我一辈子。我说：西门金龙把红漆倒在我爹眼里了,我要去找俺姐救俺爹的眼……活该,你们一家,狗咬狗吧……她恶狠狠的话,在很远处响着。我可算摆脱了这个互助,我有几分恨她,有几分怕她,有几分恋她,尽管我知道她不喜欢我,但她毕竟告诉了我我姐姐在何处。

小学校在村子西头,靠着围子墙,单独的一个大院子,院墙是用坟砖砌的,有许多死人的魂附在墙上,夜里就出来游荡。墙外有大片黑松林,黑松林里有夜猫子,叫声凄厉,令人胆寒。这片树林子,没被砍掉当了炼钢铁的燃料真是奇迹。完全是因为这林子中有一棵古柏,砍一斧,哗哗地流出血来。树流血,谁见过?就像互助的头发,一剪就冒血。看起来凡是能够保存下来的东西,都有几分不寻常。

我果然在小学校的办公室里找到了我姐姐。我姐姐并没有与马良才谈恋爱,而是为他包扎伤口。马良才的头不知被什么人打破了,我姐姐把他的头用绷带横缠竖绑,只留着一只眼睛看路,两个鼻孔出气,一只嘴巴说话、喝水、吃东西。他的样子很像我们在电影里看到的被共产党的士兵打残了的国民党士兵。她的样子很像一个护士,面部没有表情,仿佛用冰凉光滑的大理石雕成。窗户上的玻璃全部被打破,碎玻璃全部被孩子们抢光,他们把碎玻璃献给母亲,供她们刮削土豆皮时使用。比较大块的碎玻璃镶嵌在自家的木格子窗户上,可以从里往外望人,还可以透进阳光。深秋的傍晚的风,从黑松林里刮进来,挟带着松针和松油的气味,将办公室里的纸片从桌子上吹落到地上。我姐姐从那只赭红色的牛皮药包里拿出一只小瓶,倒出一些药片,从地上捡一张白纸包了,对他说:每次两片,每天三次,饭后服。他苦笑一声说:不必浪费了,没有饭前饭后了,我不会再吃饭了,我要绝食,向法西斯暴行抗议。我家三代贫农,根红苗正,他们凭什么打我?我姐姐用充满同情的目光看他一眼,低声说:马老师,您别激动,激动对您的伤口不好……他猛地伸出两只手,抓住了我姐姐的手,语无伦次地说:宝凤,宝凤,你跟我好吧,我们两个好吧……多少年了,我吃饭想着你,睡觉想着你,走路想着你,六神无主，失魂落魄，好多次撞到墙上、树上，别人还以为我在思考学问，其实我是在想你……这么多的痴情话语，从被绷带包围着的嘴里溢出来，很显荒诞，那只眼睛，奇特地亮，犹如被水浸湿的煤炭。我姐姐用力往外挣脱着双手，脑袋往外仰着，左右摇摆着，躲避着那张绷带中的嘴。依了我吧……依了我吧……马良才狂乱地叨念着。这个家伙简直是丧心病狂。我大声喊叫着：姐姐！然后一脚踹开了那虚掩着的门，挺着红缨枪冲了进去。马良才慌忙抽开我姐姐的手，摇摇晃晃地倒退着，碰翻了一个脸盆架，使半盆污水在方砖地上流淌。杀！我大叫一声，将红缨枪戳在墙上。马良才一屁股坐在一堆烂报纸上，看样子是吓昏了。我拔出红缨枪，对蓝宝凤说：姐姐，爹的眼睛，被金龙指使人刷上了红漆，现在正痛得满地打滚，娘让我找你，我跑遍了全屯，终于找到你了，你赶快回去想办法，救救爹的眼睛……宝凤背起药包子，瞥了坐在墙角上抽搐的马良才一眼，跟着我就跑。她跑得很快，一会儿就超越了我。药包子被颠动，敲打着她的屁股，发出哗啷哗啷的声响。星星出来了，在西边的天际，是那颗灿烂的金星，伴随着一弯眉月。

  我爹满院子打滚，几个人都按不住。他用手使劲地揉搓眼睛，发出惨叫，令人毛骨悚然。我哥那些小喽啰们都悄悄地溜了，只有孙家那四个忠实走狗还在那里，护卫着我哥。我娘和黄瞳每人拽住我爹的一条胳膊，不让他搓眼。我爹胳膊上的力气大得惊人，像两条遍体黏液的大鲇鱼，不时地挣脱出来。我娘气喘吁吁地骂着：金龙啊，你这个丧了良心的畜生，他虽然不是你的亲爹，可你也是他拉扯大的啊，你怎么能下这样的黑手……

  我姐冲进院子，如同救星从九天降落。我娘说：他爹，你老实吧，宝凤来了。宝凤，救救你爹，别让他的眼瞎了，你爹只是个倔脾气，不是坏人，待你们兄妹不薄啊……天虽然还没完全黑透，但院子里那些红和爹脸上那些红都变成墨绿。院子里一股浓烈的油漆气味。姐喘着粗气说：快拿水来！娘跑回家，端出一瓢水。姐说：这哪里够！要水，越多越好！姐接过水瓢，瞄准爹的脸，说：爹，你闭眼！爹其实一直紧闭着眼，想睁也睁不开了。姐将那瓢水泼到爹的脸上。水！水！水！姐姐大声吼叫着，声音嘶哑，犹如母狼。温存的姐姐，竟能发出这样的声嗓，让我吃惊匪浅。娘从屋子里提着一桶水出来，脚步趔趔趄趄。黄瞳的老婆秋香，这个唯恐天下不乱、希望所有的人都得怪症候的女人，竟然也从自家提出来一桶水。院子里更黑了。黑影里我姐发令：用水泼他的脸！一瓢瓢的水，泼到我爹的脸上，发出响亮的声音。拿灯来！我姐命令，我娘跑回屋子，端着一盏小煤油灯，用手护着火苗，走得小心，火苗跳动颤动，一股小风吹过，灭了。我娘一脚踩空，趴在地上。小煤油灯一定被扔出去好远，我嗅到从那个墙角处散漫开的煤油气味。我听到西门金龙低声命令他的喽啰：去，把气灯点起来。

除了太阳之外，汽灯是那个时代里我们西门屯最明亮的光源。孙彪只有十七岁，但却是屯子里侍弄气灯的专家，别人用半个小时才能把气灯点亮，他十分钟就能。别人经常把石棉灯网弄破，他弄不破。他经常眼瞅着那白得耀眼的灯网发呆，耳听着气灯发出的咝咝声响，他的脸上洋溢着如痴如醉的神情。院子里一团漆黑，正房里却渐渐明亮起来，好像里面起了火。众人正诧异着，就见那孙彪，用一根棍子挑着气灯，像挑着太阳，走出西门屯的红卫兵司令部。院子里的红墙、红树，都跟着焕发出光彩，红得耀眼，红得如火。我一眼就看遍了满院子的人。倚在自家门口，像一个封建的大家闺秀一样玩弄着辫子梢的黄互助。站在杏树下目光滴溜溜乱转的黄合作，她的小分头长长了一些，她从牙齿缝隙不时吐出一个个小泡泡。吴秋香在院子里来回奔忙着，似乎有满肚子话要对人说，但没人与她搭腔。西门金龙双手抚腰，站在院子当中，目光严肃而深沉，两道眉毛紧蹙着，似乎在考虑重大问题。孙家三兄弟成扇面状护卫在西门金龙身后，像三条忠实的走狗。黄瞳手持葫芦瓢，舀水泼在我爹脸上。水，有的反弹回来，溅落到光里，有的顺着我爹的脸淌下去。我爹已经坐在地上，两条腿平伸着,两只手按着大腿,脸仰着,承接着水泼。他很安静,不暴跳了,不噪叫了,大概是我姐姐的到来安定了他的心神。我娘在地上爬动着,嘴里低声唠叨着:我的灯呢?我的灯呢……我娘浑身泥水,状甚凄惨,在气灯强光照耀下,她的头发,呈现一片银白。我娘还不到五十岁,可已经如此苍老,我的心中,不由得一阵酸楚。我爹脸上的红漆似乎薄了些,但依然是满堂红,水珠从那上面滚落,如同从荷叶上滚落。院子外边聚集了很多前来看热闹的人,大门外黑压压一片。我姐冷静地站着,宛若一个女将军。把灯挑过来,我姐说。孙彪小步紧挪,挑灯过来。孙家老二名虎者,可能是领了我哥的旨意,从司令部里,搬出一张方凳飞跑过来,安放在我爹身侧两米处,让那孙彪将气灯坐上。我姐打开药包,拿出棉花和镊子,用镊子夹着棉花,放水里浸湿后,先擦我爹眼睛周围,然后擦我爹的眼皮,虽小心翼翼,但动作极麻利。然后我姐用一个大号针管,吸了清水,让我爹睁开眼睛。但我爹的眼睛睁不开了。谁来给他扒开眼睛?我姐问。我娘急着爬上来,拖泥带水。姐说:解放,你来帮爹扒开眼睛。我不由得往后倒退了几步,爹的红漆脸,太恐怖了。快点!姐说。我将红缨枪插在地上,踩着水和泥,像一只在雪地里行走的鸡,跷腿蹑脚,靠了前。我看看姐,姐正手持针管等待着呢。我试探着去扒爹的眼,爹发出一声哀号,声音如刀如刺,吓得我猛一跳,就到了圈子外。姐怒:你怎么啦?难道忍心让爹瞎了吗?那个倚在自家门口的黄互助轻捷地走了过来。她穿着红格子外套花衬衫,衬衫的领子翻出来与外套的领子重叠在一起。大辫子在脊梁上翻滚着。许多年过去了,这一幕还记忆犹新。从她家门口到我家牛棚外边,大约有三十步远近。这三十步,在仅次于太阳的气灯照耀下,走得真可谓俏丽多姿,地上的影子是丽人靓影。大家都呆呆地看着她,尤其是我,更呆透了,因为刚才她还用那样恶毒的语言咒骂我姐,一转眼间她又自告奋勇充当我姐的助手。她喊了一声:我来!就像一只红胸脯的小鸟一样飞了过来。她全然不顾地上的泥与水,不怕脏了她那双精心制作的白布底鞋子。互助心灵手巧是有名的。我姐绣出的花鞋垫好看，互助绣的花鞋垫更好看。院子里那棵杏树开花时，她站在树下，眼看着杏花，手指翻飞，就把树上的杏花移到鞋垫上去了。鞋垫上的杏花比树上的杏花更美更娇艳。她的鞋垫子，一摞摞的，都在枕头下压着，不知要送给谁。送给"大叫驴"？送给马良才？送给金龙？还是送给我？

在贼亮的气灯光下，她的眼睛亮晶晶，她的牙齿亮晶晶，毫无疑问，她是个美人，是个屁股上翘、胸脯前挺的美人，我只顾跟着我爹闹单干，竟然忽略了身边的美人。就在这短暂的时间里，她从家门口到我家牛棚这短暂的路途上我就死心塌地地爱上了她。她在我爹身后，弯下腰，伸出纤纤玉手，扒开了我爹的眼睛。我爹哀叫着，我听到他的眼皮被扒开时发出的细微声响，噼啪噼啪，仿佛小鱼儿在水底吐水泡。我看到爹的眼睛好像一个伤口，有血水从里面涌出来。我姐瞄准了我爹的眼睛，推动注射器，一股清水，亮得如同银子，射了进去。慢慢地射进去，我姐把握着力度，太缓冲力不够，太疾则可能把我爹的眼球洞穿。水进了我爹的眼睛就变成了血，沿着眼睑慢慢流下来。我爹痛苦地哼哼着。用同样的准确，同样的快捷，我姐与互助，这两个似乎势不两立的女人，默契地配合着，冲洗了我爹的另一只眼睛。然后又轮番冲洗，左眼，右眼，左眼，右眼。最后，我姐往爹的眼睛里滴了眼药水，用绷带蒙上。我姐对我说：解放，把爹弄回家去吧。我跑到爹身后，双手抄在他的腋下，用力往上提，使他站立，仿佛从地下拔出了一个拖泥带水的大萝卜。

这时，我们听到，从我家牛棚里传出来一种奇怪的声音，像哭，像笑，又像叹息。这是牛发出的声音。你当时，到底是哭，是笑，还是叹息？——说下去，大头儿蓝千岁冷冷地说，休要问我——大家都吃了一惊，齐把目光往那里望，牛棚里一片光明，牛眼如两盏放射着蓝光的小灯笼，牛身上光芒四射，仿佛刷了一层金色的漆。我爹挣扎着要往牛棚里去，我爹喊叫着：牛啊！我的牛啊！我只有你一个亲人了啊！爹的话绝望至极，让我们听着心寒，虽然金龙叛逆，我和姐姐、娘还是心疼着你啊,你怎么能说出只有牛是你的亲人呢?而且,说穿了,这头牛,身体是牛,但他的心,他的灵魂,却是西门闹的,他面对着院子里这群人,他的儿子、女儿、二老婆、三老婆以及他的长工和长工的儿子我,那才是恩爱情仇千种的感受万般的情绪搅成了一锅糊涂粥。

——事情也许没这么复杂,大头儿蓝千岁道,也许我当时是被一口草卡住了喉咙,才发出了那样古怪的声音。但简单的事情,被你这颠三倒四、横生枝蔓、黑瞎子掰棒子的叙述,给弄成了一锅糊涂粥。

那时的世界,本来就是一锅糊涂粥,要想讲得清清楚楚,比较困难。不过,还是让我拾起前头的话茬儿:西门屯的游街队伍,从集市的东头过来了。锣鼓喧天,红旗招展。被金龙和他的红卫兵押着游街示众的,除了原支部书记洪泰岳之外,还有大队长黄瞳。除了伪保长余五福、富农伍元、叛徒张大壮、地主婆西门白氏这些老牌的坏人之外,还有我的爹蓝脸。洪泰岳咬牙瞪眼。张大壮愁容满面。伍元眼泪涟涟。白氏蓬头垢面。我爹脸上的油漆还没洗净,双眼通红,不断地淌着眼泪。我爹流眼泪并不是他内心软弱的表现,是因为油漆伤害了他的角膜。我爹脖子上挂着一块纸牌子,上面是我哥亲笔写上的大字:又臭又硬的单干户。我爹肩上扛着一张木犁,是土地改革时分给他的财产。我爹腰里扎着一根麻绳子,绳子连接着一根缰绳,缰绳连接着一头牛。一头由恶霸地主西门闹几经转世而成的公牛,也就是你。如果你愿意,你可以打断我的话,接着我的话茬儿,由你来讲述接下来发生的事情。我讲,是人眼中的世界;你说,是牛眼所见乾坤。也许由你讲会更精彩。你不讲,那我就接着讲。你是一头魁伟的公牛,双角如铁,肩膀宽阔,肌腱发达,双目炯炯,凶光外溢。你的角上挂着两只破鞋,这是孙家的那个善于侍弄气灯的小子胡乱挂上的,只是为了丑化你,并不象征着你一头牛也搞破鞋。金龙这浑蛋原本想让我也游街示众,但我挺着红缨枪要和他拼命。我说谁敢让我游街我就捅了谁。金龙虽愣,但碰上我这样的亡命徒,他也避让三分。

我想爹只要跟我一样硬起来,把大铡刀摘下来,横在牛棚门口,谁上来就劈谁,我哥也就软了。但我爹竟然软了,顺从地让他们把纸牌子挂到脖子上。我想只要那头牛发了牛脾气,谁也无法把破鞋挂在它角上并拉它游街,但牛也顺从了。

在集市的中央,也就是供销社饭店前那片空场上,县里的"金猴奋起"红卫兵总司令"大叫驴"小常和西门屯里的"金猴奋起"红卫兵支队司令"二叫驴"金龙会师,二人握手,致革命敬礼,眼睛里都放射红光,心中都荡漾着革命豪情,他们也许联想到中国工农红军在井冈山会师,要把红旗插遍亚非拉,把世界上受苦受难的无产阶级从水深火热中解放出来。两支红卫兵队伍会师,县里的和村里的。两批走资派会师,驴县长陈光第、驴屇书记范铜、打牛胯骨的阶级异己分子兼走资派洪泰岳、洪泰岳的狗腿子并娶了地主小老婆的黄瞳。他们也偷偷地观望,用眼神传达反动思想。低头低头再低头,红卫兵把他们的头按下去按下去,按到不能再低,屁股翘起不能再高,再一用力,扑通跪在地上,揪着头发抓着脖领子再拎起来。我爹死不低头,碍于他跟西门金龙的特殊关系,红卫兵们手下也就留了情。先是"大叫驴"演讲,站在一张从饭店里临时抬来的方桌上。"大叫驴"左手掐着腰,右手在空中挥舞,做着变化多端的动作,时而像马刀劈下,时而如尖刀前刺,时而如拳打猛虎,时而如掌开巨石。动作配合着话语,腔调抑扬顿挫,嘴角溢出白沫,语言杀气腾腾、空空洞洞,犹如一只只被吹足了气、涂上了红颜色、形状如冬瓜、顶端一乳头的避孕套,在空中飞舞,碰撞,发出嘭嘭的声响,然后一只只爆裂,发出啪啪的声响。在高密东北乡的历史上,曾有一个漂亮的女护士将避孕套吹爆结果眼睛被崩伤,成为一大趣闻。"大叫驴"是天才的演说家,他演讲时极力模仿列宁、毛泽东。尤其是伸出右臂,成45°角,头微向后仰,下巴略翘,目光望向高远处,嘴巴里喊出"向阶级敌人发起进攻进攻再进攻"时,简直就是列宁复生,列宁从《列宁在一九一八》里来到了高密东北乡,群众静默片刻,仿佛被钳子捏住了咽喉,然后便一片欢呼,几个有文化的小青年乱喊"乌拉",没有文化的喊"万岁",万岁和乌拉虽然都不是献给"大叫驴"的,但"大叫驴"犹如一只被吹胀的避孕套飘飘然而不知其所以然。也有人在暗中低骂:这杂种,还真不可等闲视之!说话的人是一个读过私塾的老者,认识无数的字,经常在理发馆里,自负地对那些前来理发的人说:有不认识的字只管问我,如果我答不出,你理发的钱我出。几个中学的教师,从字典上找几个生僻字考他,还真难不住他。有一个教师,生造一个字,画一个圈,圈里点一个点,问他,这是什么字,他冷笑道,想难住我吗?难不住的,此字念"嘭",是将一块石头,扔到井里,发出的声音。中学教师道:差矣,此字是我生造的。他说:所有的字,刚开始时,都是生造的。教师语塞,他脸上出现洋洋得意之表情。"大叫驴"演讲完毕,"二叫驴"跳上桌接着演讲,但他的演讲,是对"大叫驴"的拙劣模仿。

现在我该说你,西门牛,在这个难忘的集日上的表现了。

起初,你很温驯,跟随在我爹身后,亦步亦趋,但你的光辉形象与你的温驯表现总让人、尤其是我感到别扭。你是一头血气方刚的牛,在过去的岁月里,曾有过不凡的表现,如果当时我就知道你的体内暗藏着西门闹的狂傲的灵魂和一头名驴的辉煌记忆,我更会对你的表现感到失望。你应该反抗,应该大闹集市,应该成为这场狂欢节的主角,就像西班牙斗牛节上那些牛一样。但你没有,你低头,角挂破鞋,这侮辱性的标志,不紧不慢地反刍,肠胃中发出咕咕噜噜的声响。就这样,从凌晨到中午,从清冷到温暖,阳光暖烘烘的,直到供销社饭店里洋溢出水煎包的香气。一个身披破棉袄、跛一足、眇一目的少年拖着一条威武的黄犬从集市上经过。这是一个著名的打狗少年,家庭出身赤贫,是个孤儿,政府免费送他上学,但他对学校深恶痛绝,自毁锦绣前程,宁死不读书,向往自由自在的生活,自己不上进,党也没办法。他打狗卖狗肉,过得有滋有味,在那样的时代,私自屠宰是非法的,不论杀猪,还是屠狗,都是国家的专权专利,但政府对这个打狗少年网开一面，对这样的人，无论什么样的政府，都很宽容。少年是狗族的天敌，他的身体并不高大，腿脚不利索，眼力也欠佳，狗要消灭他并不难，但所有的狗，不论是绵善如羊者还是凶暴如狮虎者，见了他，都夹紧尾巴，身体团结，满眼恐怖之光，喉发求饶之声，嗷哮——嗷哮——逆来顺受地、毫不反抗让他把绳索套到颈上，吊在树杈上勒死，然后拖走，拖回到他那建立在石桥洞里的居所兼作坊，生煺活剥，就着清悠悠的河水掏洗干净，大剁小切，七块八段，扔到锅里，架上劈柴，火焰熊熊，白水翻腾，浓烟从桥洞下冒出，沿着河飘散，肉香弥漫一条河……一阵邪风刮起来，红旗猎猎作响，一根旗杆被折断，那面旗帜，打着旋儿，在空中飞舞，降落在牛头上，于是你发了狂，这正是我企盼的，也是集市上诸多看热闹的人企盼的，这场闹剧，必须有个大热闹收场。

你先是猛烈地摇头晃脑，欲把遮盖住你脑袋的红旗甩开，我有把红旗蒙在头上看太阳的经验，一片血红，如同海洋，太阳如同沉浸在血海之中，恍然觉得世界末日到了。我不是牛，无法猜测红旗蒙头时你的感受，但从你那剧烈的动作上，我可以断定你感到了大恐怖。你的两只铁角前罩，正是斗牛的角，如果每只角上绑上两把尖刀，又正是冲锋陷阵、所向披靡的角。连续摇头摆尾几十次，红旗未从角上脱落，你急了，盲目地跑动起来，你的缰绳连接着我爹的腰，你体重将近五百公斤，一身不肥不瘦的膘，年方四岁，正是青春年华，力大无穷，我爹在你的拖拽下，如同猫尾巴上拴着一只耗子。牛拖着我爹冲进人群，一片鬼哭狼嚎。这时无论我哥的演讲多么精彩也没人理睬了。说到底人们是来看热闹的，谁管你革命还是反革命。有人喊叫：扯下它头上的红旗！但是又有谁胆敢上前去扯下你头上的红旗，又有谁愿意扯下你头上的红旗！扯下你头上的红旗，好戏就要收场。人们躲闪着，喊叫着，不由自主地拥挤着，老婆哭孩子叫，哎哟娘，踩碎我的鸡蛋了！踩死小孩了！碰破我的瓦盆了，你们这些浑蛋。方才天上掉大雁时人们是从四处往中间聚拢，现在闹牛人们是在牛前向前奔跑,向两边躲闪,挤压成团,挤到墙壁上,成了薄饼,挤到卖肉的架子上,与珍贵的猪肉一起卧倒,嘴啃着生肉。牛角钻到一个人的肋骨间,牛蹄子踩死了一只小猪。卖肉的人,公社屠宰组那位如皇亲国戚一般蛮横的朱九戒,抡起劈肉的刀,对准牛头猛劈下去,当啷一声巨响,刀刃正中牛角,刀被震飞,半截牛角落在地上。红旗借着这机会,从牛头上滑落。这一下似乎把牛砍愣了,它停住脚步,大声喘息,肚腹剧烈起伏,口吐白沫,两眼沁血,断角处涌出透明汁液,汁液里有缕缕血丝,此汁液是牛中精华,名为"牛角精",据说具有强大的壮阳功能,胜过海南岛的椰子树芯十倍。红卫兵揭露旧省委的当权派中的一个极腐败分子,双鬓斑白时讨了一个二十岁的少妻,阳不举,从民间打听到偏方,便是这牛角精。手下的狗腿子们,强行要各县及省属农场进贡未去势的未交配过的健壮青年公牛,运进一个秘密场所,割角抽精,敲骨咂髓,供这高官食用,果然白发转乌,皱纹平复,阴茎与日俱增,直如一挺歪把子机关枪,横操千女如卷席。

该说说我爹了,我爹伤未愈,视物本来就一片红模糊,突遭此变故,一时竟不知天南地北身在何处,只能先是趔趄奔跑,后来干脆团身抱头,如同绣球,在牛下翻滚。好在他穿着棉衣,耐得磕碰,没受什么大伤害。牛角被砍,牛停脚立住,我爹借机站起来,迅速将腰间麻绳子解开,脱离了与牛的牵连。但我爹随即就看到地上的半根牛角和牛头上的惨状,大叫一声,几乎昏晕过去。因为我爹已经说过,此牛是他唯一的亲人。亲人受此伤害,他心中如何不急,如何不痛,如何不气?他看到了杀猪人朱九戒那张红光油光亮光光的肥脸,全中国人民肚子里缺油水的年代里,只有这些当官的和杀猪的吃得如此油光满面,如此趾高气扬,如此洋洋得意,如此享受着幸福生活,我爹单干,本来从不关心人民公社里的事,但这个人民公社的杀猪人,竟然一刀劈断我家的牛角,我爹大叫一声:我的牛啊——昏晕过去。我知道,我爹如果不是及时地昏晕过去,他要做的第一件事就是捡起那把沉重的厚背砍刀,奋力向杀猪人那颗胖大的头颅劈去,接下来的后果将不堪设想。我爹晕得好。我爹虽然晕了,但牛苏醒了。牛角被砍断,其疼痛可以想象。牛哞吼一声,低着头,猛力往前,朝着那胖大的屠户冲去。在那一瞬间,吸引了我目光的,是牛肚皮上的脐口,那里有一束长约二十厘米的毛儿,宛如一支狼毫巨笔,摇摆抖动,起承转合,仿佛在书写着梅花篆字。当我的目光离开这支神笔时,我看到,牛歪着头,把那只未被斩断的铁角,斜着刺入了朱九戒肥大的肚子。牛头不停地拱动着,牛角没到根部,然后它猛一甩头,如一座肉山委地,朱九戒肚子上那个窟窿里,咕嘟咕嘟地涌出了一团团米黄色的脂肪。

当众人逃散后,我的爹苏醒过来。我爹苏醒过来的第一件事就是捡起那柄大砍刀,护卫着独角牛,不言语,但那决绝的姿态,鲜明地向围拢上来的红卫兵们表示:誓与牛共存亡。红卫兵看着朱九戒那满肚子脂肪,回忆起这人倚仗着权势横行霸道的恶劣行径,心中其实都高兴得不行。

于是,我爹得以牵着牛,提着刀,如同一条劫了法场的好汉,一步步走回家。此时,灿烂的阳光跑了,灰色的云团来了,一片片雪花,在小北风里飞舞着,降落到高密东北乡的大地上。

第十八章

巧手整衣互助示爱
大雪封村金龙称王

在那个三日一场小雪、五日一场大雪的漫长冬季里，我们西门屯通往公社与县城的电话线被大雪压断，那时县里的有线广播使用的是电话线路，电话不通，广播也就成了哑巴。道路被雪封住，报纸更没人来送。西门屯成了与世隔绝之地。

你应该记得那年冬天的大雪。我爹每天早晨，都要牵着你到屯外去遛弯。如果碰上晴天，太阳冒红时，覆盖着冰雪的大地一片辉煌。我爹右手牵着缰绳，左手提着那把从杀猪人那里抢来的大砍刀。你们的嘴巴和鼻孔里喷吐着粉红色的热气，你嘴边的毛上、我爹的胡子和眉毛上，都结着霜花。你们迎着太阳向原野走去，地上的雪，被你们践踏，发出咯咯吱吱的响声。

我的重山兄弟西门金龙，凭着一股革命热情，充分发挥了他的想象力，领导孙家四兄弟——"四大金刚"——和一大群闲得无聊的毛头小子——虾兵蟹将——当然也有许多爱看热闹的成年人，独立自主地把"文化大革命"进行到了第二年春归大地之时。

他们在那棵大杏树上用木板搭了一个平台。杏树的枝杈上拴上数千根红布条，犹如满树繁花。每天晚上，孙家老四名彪者就爬上平台，鼓着腮帮子吹号集合群众。那是一只很美的小铜号，号把上拴着红色缨络。孙彪初得了这支号时，天天鼓着腮帮子练吹，声音如同牛叫。到了春节前夕，他已经吹得很好。号声婉转抒情，多是民间流行的曲调。这是一个天才少年，学什么成什么。我哥指挥人在平台上架设了一门红锈斑斑的土炮，还在大院的围墙上挖出了数十个射击孔，射击孔旁边堆着卵石。虽然没有火器，但每天都会有手持红缨枪的少年站在枪眼旁边严阵以待。每隔几个小时，金龙就会爬上平台，用一架自制的望远镜向四处张望，俨然是一个观察敌情的高级将领。天气严寒，他的手指冻得犹如刚从冰水中洗出来的胡萝卜；腮帮子通红，恰似两个深秋的苹果。为了保持风度，他只穿着那件军装上衣和那条单裤，高高地挽着袖子，只是头上多了一顶土黄色的假军帽。他的耳朵上起了冻疮，流脓淌血；鼻子通红，不停地流鼻涕。他的身体状况不佳，但精神极佳；两只眼睛，始终放射着灼热的光彩。

我娘看他冻成了这样，连夜给他缝了棉袄，为了保有司令的风度，棉袄是让互助帮忙裁剪成军服样式。衣领上还用白丝线勾上了花边。但我哥拒绝穿棉衣。他严肃地说：娘，你不要婆婆妈妈的了，敌人随时都会进攻，我的战士们都在趴冰卧雪，我能自己先穿上棉衣吗？我娘往四周一看，发现我哥的"四大金刚"和那些铁杆喽啰们，也都穿着用染黄土布制成的假军装，一个个流着清鼻涕，鼻头冻得如山楂果儿。但那些小脸上，都是神圣庄严的表情。

每天上午，我哥都会站在平台上，手拿着铁皮卷成的喇叭筒子，对着台下的喽啰，对着前来看热闹的村民，对着被冰雪覆盖的村庄，拖着从"大叫驴"那里学来的伟人腔调，发表演说，号召革命小将们，贫下中农们，擦亮眼睛，提高警惕，坚守阵地，坚持到最后一分钟，等待到明年春暖花开时，与常总司令率领的主力部队会师。他的演说，不时被剧烈的咳嗽打断，他的胸腔里发出鸡鸣般的声音，咽喉里嚓啦啦地响，我们知道那是痰涌了上来，但司令站在平台上往下吐痰显然大煞风景，于是我哥就令人恶心地把涌上来的痰强咽下去。我哥的演讲，除了被他自己的咳嗽打断之外，还不时地被台下的口号声打断。领头喊口号的是孙家老二名虎者，他嗓门洪亮，略有文化，知道应该在哪些地方喊口号才能最得力地营造出热火朝天的革命气氛。

有一天，大雪飘飘，犹如半空中撕开了一万只鹅毛枕头。我哥爬上平台，举起喇叭，刚要喊叫，突然摇晃起来，铁皮喇叭脱手，掉在平台上，弹落在雪地，紧接着，我哥一头就栽了下来，发出沉闷的一声巨响。众人愣了片刻，然后齐声尖叫，围上去，七嘴八舌地问候：司令怎么啦，司令怎么啦……我娘哭喊着从屋子里扑出来，天气寒冷，我娘披着一件破旧的羊皮袄，身体庞大，看上去如同一个粮食囤子。

这件皮衣，是"文革"前夕我们屯那个当过治保主任的杨七，从内蒙古贩来的那批破皮衣中的一件。皮衣上沾着牛粪和羊奶干渍，散发着扑鼻的膻气。杨七贩卖皮衣，涉嫌投机倒把，被洪泰岳派民兵押送到公社派出所管教，皮衣被锁进大队仓库，等候公社前来处理。"文革"爆发，杨七开释回家，跟着金龙造反，成为批斗洪泰岳时最英勇的斗士。杨七极力巴结我哥，妄想担当西门屯红卫兵支队的副司令，遭到我哥的拒绝，我哥斩钉截铁地说：西门屯红卫兵支队实行一元化领导，不设副职。我哥内心里瞧不起杨七。杨七獐头鼠目，眼珠子骨碌碌乱转，满肚子坏水，属于流氓无产者一类，破坏性极大，只能利用，但不能重用。这是我哥躲在他的司令部里与他的亲信密谈时说的话，是我亲耳听到的。杨七谋职不成，情绪低落，勾结着锁匠韩六撬开大队仓库，把他那批皮袄搬了出来，摆在大街上拍卖。风高雪猛，房檐下的冰挂犹如锯齿獠牙，正是穿皮衣的天气。屯里的人聚集街头，翻弄着那些肮脏的皮衣，羊毛脱落，耗子屎滚出，腥臊烂臭，污染了冰雪和空气。杨七巧舌如簧，把一件件烂皮袄说成皇上穿过的轻裘。他捡起一件黑山羊皮的短袄，拍打着油腻的光板子，发出啪啪声响：听一听，看一看，摸一摸，穿一穿。一听如同铜锣声，二看如同绫罗缎，三看毛色赛黑漆，穿到身上冒大汗。这样的皮袄披上身，爬冰卧雪不觉寒！这样一件八成新的黑山羊皮袄，只要十元钱，跟白捡有什么区别？张大叔，穿上试试，哎哟我的个亲娘舅，这皮袄，简直是那蒙古裁缝比量着您的身体做的，添一寸则长，减一寸则短。

怎么着，热不热？不热？您摸摸脑门子，汗珠子都冒出来了，还说不热！八块？八块不行，不是看在老街坊的面子上，十五块我也不卖！就八块钱？大叔，让我说您句什么好呢？去年秋天我还抽了您两锅子旱烟，欠着您的人情呢！欠情不还，寝食不安。得了吧，九块钱，赔本大甩卖，九块钱，您穿走，回家先找条毛巾把头上的汗擦擦，别伤了风感了冒。就八块？八块五！我让让，您长长，谁让您大我一辈呢？换了别人，我一个大耳刮子把他扇到河里去！就八块，嗨，碰上您这样的古角色，天王老子也没脾气，天王老子都没脾气，我杨七有啥脾气？算我输给您一玻璃管子鲜血，我是O型血，跟白求恩大夫一个血型，八块就八块吧，张老汉，这次你可欠下我的情了。点数着那几张黏糊糊的钞票：五块、六块、七块、八块，好，皮袄是您的了。快穿回家给老婶子看看吧。我担保您在家里坐半个时辰，您家房顶上那厚厚的雪就化了，远看您家，房顶上热气腾腾，您家院子里，雪水淌成了小河，您家房檐上那些冰凌子，噼里啪啦地就掉下来了。这件皮袄，小绵羊羔皮，瞧，外边还挂着缎子表儿，这可是内蒙古最漂亮的那个姑娘贴肉穿过的小皮袄，把鼻子靠近嗅嗅，什么味？一股大闺女味儿！蓝解放，回家去把你那个单干户老爹的钱包摸来，把这件皮袄买回家，送给你那个重山姐姐宝凤，她要穿上这样一件小羔皮，背着药箱子出诊，想想看，那是什么派头？漫天的飞雪，在距离她头顶三尺处就化了！这样的羔皮，简直就是一个小火炉子，把鸡蛋包在里边，用不了一袋烟工夫就熟了。十二块钱，蓝解放，看在你姐给我老婆接过生的份儿上，这件小羔皮，半价卖给你，换了别人，没有二十五块钱，连一根毛也拔不走。怎么？不想买？哈哈，蓝解放，我一直把你当小孩，其实你也是大小伙子了，看看，嘴唇上冒出胡子来了，下边呢？男孩十七八，屌毛胡子一起扎。男孩十七八，鸡巴如牛角！我知道你对黄家那对姊妹花有意思，但新社会新国家，一夫一妻是国法，互助合作你只能选一，不可能同时娶俩。如果是西门闹的年代当然可以，西门闹一夫三妻，外边还有相好的。脸红什么？噢，牵扯到你娘了,没事没事,你娘也是受害者。你娘养大你不容易,我看,你就把这件小羊羔皮袄买回去孝敬你娘吧。你娘是个善良人,想当年身为西门家的姨太太,叫花子上门都是她亲自打发,出手大方,一次两个白面饽饽。这事儿上点年纪的人都知道。如果是买给你娘,我再落落价,十块钱,小点声,别让他们听到,十块钱,跑着回家拿钱,我给你留住这件。小老弟,要是换上金龙那个杂种来买,我一百也不卖。什么支队司令,这是关着大门起国号,自己封自己!老子稀罕他那个破副司令?老子自封为天下兵马大元帅,横扫千军如卷席!

人群外一声呐喊:红卫兵来了!

我哥金龙在前雄赳赳,"四大金刚"两旁护卫气昂昂,后边簇拥着一群红卫兵闹嚷嚷。我哥腰间多了一件兵器,从小学校体育教师那里征来的发令枪,镀镍的枪身银光闪闪,枪身的形状像个狗鸡巴。"四大金刚"也都扎着皮带,用生产大队里那头刚刚饿死的鲁西牛的皮制成,生牛皮,半干不湿,带着牛毛,散着腥气。"四大金刚"的牛皮腰带上悬挂着四支盒子枪,是我们村戏班子演戏用过的,是巧手木匠杜鲁班用榆木雕刻而成,外面刷了黑漆,形象十分逼真,如果落到土匪手里,完全可以用来劫道。孙龙腰间悬挂那支,后部被掏空,安装了一根弹簧,一根撞针,装上黄色火药制成的火帽,可以发出比真枪还要清脆的响声。我哥那支枪,使用火药纸,一勾扳机,连发两响。在"四大金刚"背后,那些喽啰们,都扛着红缨枪,枪头子都用砂轮打磨得锃亮,锋利无比,扎到树里,费很大的劲才能拔出来。我哥率领队伍,快速推进。大雪洁白,红缨艳丽,形成一幅美丽图画。队伍距离杨七的烂皮货拍卖场所约有五十米时,我哥从腰间拔出发令枪,对空击发,啪!啪!两股白烟在空中飘散。我哥下令:冲啊,同志们!一群红卫兵就端着红缨枪,口喊杀杀杀,响声震云霄,路上的雪被踩成泥浆,发出扑哧扑哧的声响,转眼间就冲到眼前。我哥做了一个手势,红卫兵就把杨七和十几个想买皮袄的人包围在核心。

金龙狠狠地瞪了我一眼,我也狠狠地瞪了他一眼。我其实内心寂宽,很想加入他的红卫兵。他们神秘而庄严的行动,激动着我的心。尤其是"四大金刚"那四支驳壳枪,尽管是假的,但十分神气,令我心痒。我求姐姐帮我向金龙转达我想加入红卫兵的愿望。他对我姐说:单干户是革命的对象,没资格加入红卫兵;只要他牵着牛加入人民公社,我马上吸收他,并委任他为小队长。他的话声音很大,不用姐姐转达我也听得清清楚楚。但入社尤其是牵着牛入社,不是我一个人说了算的事。因为自从那天集市上出事之后,爹就没说过一句话。他的眼睛直直地,脸上的表情痴呆蛮横,提着把大砍刀,仿佛随时都要跟人拼命。牛被砍去半只角,也变得痴痴呆呆,阴沉着眼睛,斜着看人,肚腹起伏,低沉鸣叫,仿佛随时都会用那根独角将人开膛破肚。爹和牛所居牛棚,成了大院里一个无人敢进去的角落。我哥领着红卫兵在院里天天折腾,敲锣打鼓,试验土炮,斗坏人喊口号,我爹和牛,似乎都充耳不闻。但我知道,只要有人胆敢侵入牛棚,必将引出一场血案。在这种状况下,要我拉牛入社,爹答应了牛也不会答应。我跑到大街上看杨七拍卖皮袄,实在是闲得无聊。

我哥抬起胳膊,用发令枪指着杨七的胸脯,打着哆嗦命令:把投机倒把分子抓起来!"四大金刚"奋勇上前,用驳壳枪从四个角度抵着杨七的脑袋,齐声喊:举起手来!杨七冷笑着说:爷们儿,弄了几块榆木疙瘩来吓唬谁呢?有本事你们就搂火,老子甘愿壮烈牺牲殉河山!孙龙勾了一下扳机,一声巨响,一股黄烟腾起,驳壳枪把子被震断,孙龙的虎口被震出了血,空气中弥漫着硝磺气味。杨七突受惊吓,小脸干黄,半响,才打着牙巴鼓,看着胸前棉衣上被火药燎出的窟窿,说:爷们儿,你们还动了真格的了!我哥说:革命不是请客吃饭,是暴力。杨七道:我也是红卫兵。我哥说我们是毛主席的红卫兵,你是杂牌红卫兵。杨七还要争辩,我哥让孙家四兄弟把他押回司令部批斗,然后又命令红卫兵,将杨七摆在路边草垛上的皮袄全部没收。

批斗杨七的大会连夜举行,院子里点上了一堆劈柴,劈柴是强迫村里的坏人把自家的桌椅板凳劈碎送来。有许多珍贵的紫檀、花梨木家具就这样毁掉了。院子里每天晚上都点着篝火斗人，把房顶上的雪全都烤化了。地上流淌着乌黑的泥浆。我哥知道村里能征集的劈柴有限，突然心生一计，喜上眉梢。他曾经听屯子里闯过关东的虎疤脸冯驹说，松柏含油脂，鲜木头也能点燃。于是我哥就派红卫兵押着屯里的坏人去小学校后面砍松树。一棵棵的松树，被屯子里那两匹瘦马拉着，拖到司令部外的大街上。

斗杨七，批判他搞资本主义，批判他辱骂革命小将，批判他妄图成立反动组织，拳打脚踢一顿，轰出大院。那批皮袄，被我哥分发给值夜班的红卫兵。自从革命潮起，我哥就一直和衣睡在原大队办公室，即现在的司令部里。"四大金刚"和十几个亲信喽啰一直陪着他。他们在办公室里打了一个地铺，地铺上铺了麦秸草和两张苇席。有了这几十件皮袄，他们夜里就舒坦多了。

让我们接着前面扔下的话头说：我娘披着一件大皮袄，犹如一个粮食囤子移动出来。那件羊皮袄是我哥发给我姐穿的，因为我姐首先是红卫兵们的医生，然后才是屯里的医生。我姐孝顺，把这件皮袄给我娘御寒。我娘扑到我哥跟前，跪下，托着我哥的脖子哭叫：我的儿啊，你这是怎么啦？我哥满脸青紫，嘴唇干裂，耳朵上流脓淌血，仿佛是个烈士。你姐呢？你姐呢？我姐去给陈大福老婆接生去了。我娘哭号着：解放，好儿子，快去叫你姐姐回来⋯⋯我看看金龙，看看那些群龙无首的红卫兵，心中涌起了一阵酸楚。毕竟我与他是一母所生，他耀武扬威，我有几分妒，但更多的是感到敬佩，我知道他是个天才，他死了，是我不情愿的。我飞跑出院子，在大街上，往正西方向，疾蹿两百米，然后往北拐进一条胡同，急跑一百米，临近河堤，第一个院子，三间草屋，一圈土墙，就是陈大福家的院落。

陈大福家那条瘦骨伶仃的小公狗对着我狂吠，我捡起一块砖头，猛地砸了过去。砖头砸中狗的腿，狗哭叫着，三条腿跳回家。陈大福拖着一根大棒虎虎地出来：谁打我的狗？——我打你的狗！我横眉竖眼地说。一见是我，这个黑铁塔般的汉子顿时软了，五官塌了架子，挤出一

169

个暧昧模糊的笑容。他为什么怕我？因为他有把柄抓在我的手里。他和黄瞳的老婆吴秋香在河边的柳树丛中弄事被我看见过，吴秋香满脸通红弯着腰跑了，连河边的洗衣盆和棒槌都不要了，一件花格子衣服顺着河水往下漂。陈大福系好裤带，威胁我：你要是敢说，我就砸死你！我说：只怕没等到你砸死我，黄瞳就先把你砸死了。他马上软了，好言抚慰我，说要把他老婆的娘家侄女说给我做老婆。我脑子里立马就浮现出了个黄头发、小耳朵、唇上沾着黄鼻涕的女孩形象。我说，呸，我才不稀罕你老婆那黄毛侄女，我宁愿打一辈子光棍也不会讨那样的丑老婆！嗨，小子，眼眶还挺高，但我非把这个丑丫头说给你不可！我说你找块石头把我砸死吧。他说，爷们儿，咱俩订个君子协定，你看到的事，不要对任何人说，我老婆的侄女，也不说给你当老婆。如果你违反了，我马上就让我老婆带着她侄女跑到你家炕头上坐着，我让那丑丫头说你已经强奸了她，看你怎么办！我一想，要是那又丑又傻的丫头坐在了我家炕头上，口口声声地说我强奸了她，这事儿还真有点麻烦了。虽然俗言道"身正不怕影子斜，干屎抹不到墙皮上"，但这种事，又如何辨别清楚。于是我就与陈大福订下了君子协议。时间长了，从陈大福对待我的态度上，我悟到他其实更怕我，所以我敢用砖头砸瘸他家的狗腿，所以我才敢对他那样蛮横地说话。我说：我姐姐呢？我要找我姐姐！——爷们儿，他说，你姐姐正在给我老婆接生呢。我看着院子里那五个阶梯般的鼻涕丫头，嘲他道：你老婆真能，像母狗一样，一窝一窝地下。他龇着牙说：爷们儿，别这样说话，这样说话伤人心，你现在还小，等你长大了就知道了。我说：我没空与你磨牙了，我要找我姐姐。我对着他家的窗户大喊：姐姐，姐姐，娘让我来叫，金龙快要死了！这时屋子里传出响亮的婴啼，陈大福火烧屁股般蹿到窗前，大声问：什么什么？屋子里传出一个女人微弱的声音：带丫把的。陈大福双手捂着脸，在窗前的雪地里转起圈来，一边转一边哭：呜——呜——老天爷，你这次开了眼了，我陈大福有了接续香火的了——我姐姐风风火火地跑出来，着急问我怎么回事。我说，金龙要死了，从平台上一头栽下来，就伸了腿了。

我姐分拨开众人，蹲在金龙身旁，先伸出手指试试他的鼻孔，又摸摸他的手，然后摸摸他的额头，站起来，威严地说：快把他抬到屋里去！"四大金刚"把我哥抬起来，往办公室走。我姐说，抬回家，放到热炕上！他们立即改变方向，把我哥抬到了我娘的热炕头上。我姐斜着眼看黄家互助和合作。她们的眼里都饱含着泪水，她们的腮上都起了冻疮。她们的面皮都很白，紫红的冻疮，像熟透的樱桃一样鲜艳。

我姐解开我哥腰间那条白天黑夜都不解的牛皮带，把皮带连同皮带上的发令枪扔向墙角，有一只出来看热闹的小耗子被砸个正着，尖叫一声，鼻孔流血而死。我姐把我哥的裤子往下褪，露出了半个青紫的屁股，成群的虱子熙熙攘攘。我姐皱着眉头，用镊子敲开安瓿，将药水吸进针管，然后，胡乱地戳到我哥屁股上。我姐给我哥连打了两针，又给我哥挂上吊瓶。我姐技术好，扎静脉一针见血。这时，吴秋香端着一盆姜汤进来，要给我哥往嘴里灌。我娘用目光征询我姐的意见，我姐不置可否地点点头。吴秋香就给我哥灌姜汤。用一只汤匙子往嘴里灌。她的嘴随着我哥的嘴巴开合而翕动，这是一种典型的母亲表情，我见过很多给小孩子喂食时的母亲，当孩子张开大口时，她的嘴巴也下意识地跟着张开，小孩子嘴巴咀嚼时，她的嘴也跟着咀嚼。这是真情流露，无法伪装，于是我就知道，吴秋香已经把我哥当成她的孩子了。我知道吴秋香对我哥我姐的感情比较复杂，我们两家人也是那种鸡毛拌韭菜乱七八糟的关系，能让吴秋香的嘴巴跟着我哥嘴巴翕动的，不是因为我们两家的特殊关系，而是因为，她已经看出了她那两个女儿的心思，她也看到了我哥在这场革命中表现出的才华，她已经打定主意把两个女儿中的一个嫁给我哥，让我哥做她的乘龙快婿。想到此我心中一阵麻辣烫，早已不把我哥的死活放在心上。对吴秋香我一直没有好感，但自从发现她弯着腰从柳丛里溜跑之后，反而对她有了几分亲近之情，因为从那件事之后她每次与我见面，脸上都会突然地红一红，眼睛躲避着我的目光。我注意到她腰肢灵活，耳朵很白，耳垂上有颗红痣。她的笑声低沉，有磁性。有一天晚上，我在牛棚里帮我爹喂牛，她悄悄地溜进来，塞给我两个热乎乎的鸡蛋，然后把我的头搂到她的胸脯上揉搓着，低声说：好儿子，你什么都没看到，是不是？——牛在黑暗中用角撞柱子，牛眼如炬。她受了惊，把我推到一边，转身溜走了。我追寻着星光下她油滑的背影，心里涌起难言的感受。

我坦白，吴秋香把我的头搂在她怀里揉搓时，我的小鸡巴硬了，我感到这是大罪，精神一直被此事折磨。我对黄互助的大辫子颇为痴迷，由迷恋她的辫子到迷恋她的人。我想入非非，希望吴秋香把留分头的合作嫁给金龙，把大辫子的互助嫁给我。但她很可能会把大辫子互助嫁给我哥。尽管互助比合作早出生不过十分钟，但早出来一分钟也是姐，要嫁自然是先嫁姐。我爱着吴秋香的女儿黄互助，但吴秋香在牛棚里抱过我，用她的奶子揉我的脸，使我的鸡巴硬起来，我们俩已经不清不白，她绝不可能把女儿嫁给我——我感到痛苦、忧虑、罪疚，再加上跟着胡宾放牛时，从这个老流氓嘴里听到过的许多错误的性知识，什么"十滴汗一滴血，十滴血一滴精"啦，什么"男孩一旦射过精，个头就再也不会长"啦，乌七八糟念头纠缠着我，我感到前途灰暗，看看金龙高大的身材，看看自己瘦小的身躯，看看互助丰满高挑的身躯，我绝望，连死的心都有了。当时我想，我要是一头没有思想的公牛有多么好啊，当然，现在我知道了，公牛，也是有思想的，不但有思想，而且思想还极为复杂：你不但考虑人世的事，还要考虑阴间的事；不但考虑今世的事，还要考虑前世和来生。

我哥大病初愈，面色灰白，支撑着出来领导革命。趁他昏迷不醒的那几日，我娘把他身上的衣裳剥下来放在开水里煮了，虱子被煮死了，但那件"的确良"美丽军装却变得皱皱巴巴，仿佛被牛咀嚼后又吐了出来。那顶伪军帽，褪色起皱，恰似一头阉牛的卵囊。我哥一见他的军装和军帽成了这模样就急了。他暴跳如雷，两股黑色的血从鼻孔里喷出来。娘，你还不如杀了我利索，我哥看着他的军装军帽说。娘十分歉疚，面红耳赤，有口难辩。我哥发过脾气，悲从中来，泪如泉涌，爬到炕上，用被子蒙着头，不吃饭不喝水，叫不答，唤不应，连续两天两夜。娘从屋里走到屋外，又从屋外走到屋里，嘴巴上急出了一串串燎泡，嘴里翻来覆去地念叨着：嗨，老糊涂了！嗨，老糊涂了！姐姐看不过去了，一把掀了被子，显出了一个形容枯槁、胡子扎煞、眼窝深陷的哥。哥，我姐气不忿儿地说：不就是一件破军装吗？难道为了这么一件衣裳让娘为你上吊？哥坐起来，目光呆滞，长叹一声，未曾开言泪两行，说：妹妹，你哪里知道这件衣服对于我的意义！俗言道"人凭衣衫，马靠雕鞍"，我能发号施令，压服坏人，靠的就是这件军装。姐说，事已如此，不可挽回，难道你趴在炕上装死，就能让那件军装复原？哥想了想：好吧，我起来，我要吃饭。娘听说我哥要吃饭，忙得团团转，擀面条，炒鸡蛋，香气满了院子。

我哥狼吞虎咽时，黄互助羞羞答答地进了门。我娘兴奋地说：闺女，虽说是一家院里住着，你可是有十年没进大娘的家门了。娘上上下下地端详着互助，眼神里透出亲热。互助不看我哥，也不看我姐，也不看我娘，双眼盯着那件揉成一团的军装，说：大娘，我知道你把金龙哥的军装洗坏了，我学过裁缝，懂一点布料的知识，你们敢不敢"死马当成活马医"，把这军装交给我，让我试试，看能不能把它整好。——闺女，我娘一把抓住互助的手，眼里放着光说，好闺女亲闺女，你要是能把你金龙哥的军装复了原，大娘我给你三跪九叩首！

互助只拿走了那件军装，那只伪军帽，被她一脚踢到墙角上的老鼠洞边。互助走了，希望来了。我娘想去看看互助用何妙法复原我哥的军装，但走到杏树就没有勇气再往前走，因为那黄瞳，在他家门口，用一把十字镐，噼里啪啦地劈一个老榆树根盘。木片横飞，犹如弹片。更可怕的是黄瞳那张小脸上那副不阴不阳的表情。他是屯里的二号走资派，"文革"初起时被我哥修理过，现在已经靠边站，肚子里肯定窝着火，恨不得把我哥烧烤了。但我知道这厮心里也是矛盾重重，他在社会上混了几十年，惯于察言观色，不会看不出他那两个宝贝闺女对我哥的情意。我娘让我姐去探听消息，我姐嗤之以鼻。我不太清楚我姐和黄家二女的关系，从黄互助骂我姐那些咬牙切齿的话里可以听出她们之间怨仇很深。娘让我去看一看，说小孩子脸皮厚。娘还把我当成小孩子，真是我的悲哀。我心里确也想知道黄互助用何法修复我哥的衣服，便避避影影地往黄家靠拢，但一看到黄瞳劈树根时那股邪劲，我的腿先自软了。

　　第二天上午，黄互助夹着一个小包袱到了我家。我哥兴奋地从炕上蹦下来，我娘嘴唇乱哆嗦但说不出话来。互助面色沉静，但得意的神情从嘴角眉梢上溢出。她将包袱放在炕上，揭开，显出叠得板板整整的军装和平放在军装上的一顶新军帽。那军帽虽然也是用染黄的白布仿制而成，但做工精细，几乎可以乱真。尤其显眼的是，她用红绒线在军帽的前脸上，绣上一颗五角红星。她将军帽递给我哥，接着抖开军装，虽然还能看出一些皱痕，但基本上恢复了原状。她低眉垂眼，粉红着脸，抱歉地说：大娘煮的时间太长了，只能恢复成这样了。天哪，这伟大的谦虚犹如重锤，猛击我娘和我哥的心脏。我娘的眼泪咕咕嘟嘟地冒了出来。我哥情不自禁地抓住了互助的手。她让他抓了一会儿，便慢慢地挣脱了，侧着身子坐在炕沿上。我娘掀开柜子，拿出了一块冰糖，用斧头砸碎，让互助吃。互助不吃，我娘就硬往人家嘴里塞。她含着冰糖，对着墙壁说，你穿戴上看看，有没有不合适的，可以改。我哥脱掉棉袄，穿上军装，戴上军帽，扎上牛皮腰带，挂上发令枪，司令员又虎虎有生气，似乎比先前更显气派。她像一个裁缝，更像一个妻子，在我哥身前身后转着，拖拖衣角，扯扯领子，又转到面前双手正正帽子，有些遗憾地说：帽子紧了一点，但只有这块布料了，将就着吧，明年开了春，到县里扯了几尺细布，再给你缝一顶。

　　我知道我彻底没戏了。

第十九章

金龙排戏迎新年
蓝脸宁死守旧志

自从与黄互助好上之后,我哥身上的野性大大收敛。革命改造社会,女人改变男人。在大约一个月的时间里,他没有组织那种拳打脚踢的批斗会,却组织了十几次革命现代京剧演唱会。黄互助一改羞羞答答的做派,变得大胆泼辣,热情奔放。想不到她竟然有一条那样好的嗓子,想不到她竟然能演唱那么多的样板戏片段。她唱阿庆嫂的唱段,我哥就唱郭建光的唱段。她唱李铁梅的唱段,我哥就唱李玉和的唱段。他们两人真是珠联璧合,一对金童玉女。——我不得不承认,我对黄互助的幻想,是癞蛤蟆对天鹅肉的幻想。许多年后,莫言那小子对我祖露心声,说他也对黄互助有幻想。大癞蛤蟆想吃天鹅肉,想不到小癞蛤蟆也想吃天鹅肉。——一时间,西门家大院里,胡琴与笛子合奏,男腔与女调共鸣。革命的指挥中心,蜕变成一个文艺俱乐部。天天批斗打人,一片鬼哭狼嚎,初始还觉刺激,日久便觉心烦。我哥突然变换革命形式,令人耳目一新,众人的脸上,都洋溢着喜气。

会拉胡琴的富农伍元,被吸收进乐队。有过丰富的歌唱经验的洪泰岳,也被吸收进来。他敲打着那块光荣的牛胯骨,充当了乐队的指挥。那些在街上义务清除积雪的坏人,也都一边铲雪一边跟着大院里传出的音乐哼哼。

新年前夕,我哥与互助顶风冒雪进了一趟县城。他们鸡叫二遍就动身,第二天傍晚才回来。去时他们徒步,回来时却乘坐着一台洛阳造"东方红"牌链轨拖拉机。拖拉机马力巨大,本来是用来牵引犁铧犁地或是牵引收割机割麦的,现在却成了县城红卫兵的交通工具。有了这样的交通工具,再大的风雪、再泥泞的道路也难以阻挡。拖拉机没有走那座摇摇欲坠的石桥,而是从结冰的河道里驶过,翻过河堤,进入屯子,沿着屯中央的大道,飞快地驶向我们大院。它无牵无挂,挂着高挡,加足油门,跑得飞快,强大的链轨压得雪泥四溅;车后留下两道深深的沟壑。车头上的烟囱里,一圈圈的青烟,强劲地冲上去,犹如一扇扇飞起的铜钹,旋转、碰撞,铿铿锵锵,激起一串串回声,吓得麻雀和乌鸦尖声惊叫,飞到不知哪里去。众人眼见着我哥和互助从拖拉机驾驶室跳下来。然后又有一个面孔瘦削、神情忧郁的青年人跳下来。此人留着短促的平头,鼻梁上架着一副黑边眼镜,腮上的肌肉不时抽搐,耳朵冻得通红,身着一套洗得发了白的蓝制服棉衣,胸前佩戴着一枚硕大的毛主席像章,松松垮垮的,不是在大臂上而是在小臂上套着一个红袖标。一看这架势,就知此人是一个见过大场面的老牌红卫兵。

我哥让孙彪赶紧吹号集合群众。吹紧急集合号。其实也用不着吹号了,屯里的人,能走的都来了。围着拖拉机,眼睛不够用,嘴巴忙着,议论这力大无穷的庞然大物。有懂行的人指点着说:这家伙,焊上个顶盖、装上门大炮就是坦克!天已擦黑,西边有晚霞,彤云一片,明天还将有雪。我哥紧急发令,点气灯点篝火,将有大喜事发布。下完命令我哥又赶紧与那老红卫兵说话。黄互助跑回家,让她娘烧了两碗荷包蛋。邀请那人和始终坐在车里的驾驶员进屋吃蛋。摆手谢绝。让他们进办公室取暖也不去。不知深浅的吴秋香带领着黄合作,端着热气腾腾的荷包蛋出来了。娇声拿情,像电影里的坏女人。老红卫兵拒绝,脸上有厌恶之情。金龙低声呵斥她们:快端回去,像什么样子!

气灯出了问题,往外喷黄火,冒黑烟。篝火燃起来,火光熊熊,新鲜的松树枝干，滋滋地冒着油，散发着扑鼻的香气。我哥爬上平台，在抖动的火光中，情绪激昂，神采飞扬，宛如一只活捉了锦鸡的豹子。我哥说，我们在县城受到了县革命委员会副主任常天红同志的亲切接见，向他汇报了我们屯的革命形势。常副主任对我们的革命工作很满意。我哥说，常副主任委派县革委会政工组副组长罗京涛同志前来指导我们屯的革命工作并宣布我们西门屯革命委员会成员名单。同志们啊，我哥大喊，连我们银河公社都没成立革命委员会，我们屯的倒先成立了。这是常副主任伟大的创举，是我们屯的莫大光荣，下边请罗组长上台讲话，并宣布名单。

我哥跳下，想扶持那罗副组长上台。罗副组长拒绝上台，站在距篝火约有五米远的地方，半边脸灿烂半边脸阴暗，从衣兜里掏出一张折叠成方块的白纸，抖开，用低沉嘶哑的声音念道：

兹任命蓝金龙为高密县银河公社西门屯大队革命委员会主任，黄瞳、马良才为副主任……

一团浓烟被风吹到罗副组长面前，他躲闪着那烟，连任命的日期都没念，就将那纸递给我哥，说声再见，胡乱地与我哥握握手，转身就走。我哥被罗副组长的行动搞得有些愣，一时无话可说，就那么咧着嘴，跟随着，看着那人跳上拖拉机，钻进驾驶室。拖拉机随即发出轰鸣，就地转圈掉头，向来路驰去。在它身后，留下一个大坑。我们目送着拖拉机，看到车前那两盏电眼，射出两道强烈的白光，把我们的大街，照成一条明亮的胡同；车后的两盏小灯，宛如两只通红的狐狸眼睛……

革命委员会成立后第三天的傍晚，安装在杏树上的大喇叭咔啦啦地响了一阵，突然放出了震耳欲聋的《东方红》旋律。音乐完毕后，一个撇腔拿调的女声广播本县新闻。新闻的第一条就是热烈庆祝本县第一个村级革命委员会——银河公社西门屯大队革命委员会成立。她说西门屯大队革委会领导班子，由蓝金龙、黄瞳和马良才同志组成，体现了"三结合"的革命原则。群众仰脸倾听，一个个默不作声，但从心里佩服我哥，年纪轻轻，就当了主任，不但自己当了主任，还拉扯着即将成为老岳父的黄瞳和一直与他姐姐黏黏糊糊的马良才当了副主任。

又过了一天，一个身穿绿色制服的小伙子，背着一大捆报纸、信件，气喘吁吁地进了我们的院子。这是一个新来的邮递员，满脸稚气，眼睛里闪烁着好奇的神采。他放下报纸、信件，又从邮袋里摸出一个方方正正、贴着挂号签条的小木盒子，递到我哥手里。然后他掏出本子和笔，让我哥签收。我哥手捧木盒，看看落款，对身边的互助说：是常副主任寄来的。我知道这常副主任就是"大叫驴"小常，这小子造反有功，当了县革委会的副主任，主管宣传和文艺，他的这些事，是我哥对我姐唠叨时被我听到的。我注意到了我姐听我哥谈论小常时脸上显出的复杂表情。我知道我姐对小常情深意切，但小常的飞黄腾达为她的恋爱设置了障碍，一个多才多艺的艺术学院学生和一个美貌的农村姑娘恋爱，也许还有可能，但一个二十多岁就当了县级领导干部的人，和农村姑娘结婚的可能性几乎是零，无论她貌如西施还是色比婵娟。我哥当然也知道我姐的心事，我听到他劝我姐：你就实事求是一点吧，马良才起初保皇，后来逍遥，但他为什么当了副主任？你难道不明白常副主任的良苦用心吗？我姐执拗地问：是他安排了马良才当副主任？我哥点头默认。他的意思是让我嫁给马良才？我哥道：这不是明摆着的事吗？我姐说：他亲口对你说让我嫁给马良才吗？我哥道：这还用他说吗？大人物的意思，难道还要明说？暗示一下，你自己领会！我姐说：不，我要去找他，他说让我嫁给马良才，我回来就嫁！谈到此处，我姐的眼睛里已经盈满了泪水。

我哥用一把锈剪刀撬开了那个木盒子，揭开一层旧报纸，两层白色封窗纸，一层黄色皱纹纸，露出一层红绸布，揭开红布，显出了一个如同茶碗口大的瓷制毛主席大像章。手捧像章，我哥眼泪汪汪，不知是被像章上毛主席的慈祥笑容感动，还是被小常的深情厚谊感动。我哥捧着像章，让在场的人们瞻仰。气氛很神圣很庄严。轮番瞻仰完毕，我的准嫂子黄互助小心翼翼地将像章别在我哥的胸脯上，像章分量沉重，把我哥的军装褂子坠得下垂。

春节前夕，我哥他们排演了全部的《红灯记》，铁梅自然是互助，如前所述，她的大辫子正好派上了用场，李玉和原是我哥，因我哥嗓子倒了仓，唱出来仿佛猫叫，只好把这个主角让给马良才。凭良心而论，马良才比我哥更像李玉和。我哥当然不愿扮演鸠山，更不愿扮演王连举，只好扮演了那个跳车送密电码的交通员，出场一次就壮烈牺牲。为革命牺牲，倒也合我哥的脾胃。其他的角色，被那些年轻人一抢而光。在那个冬天里，屯子里的人对演戏发生了浓烈兴趣。每晚排练，在革委会办公室里，气灯白亮，屋子里人挤人，连梁头上都坐着人。许多看热闹的，趴在窗户上，趴在门缝上，往里瞅，刚瞅几眼就被后面的人扯到一边去。合作也争了一个角色，演铁梅家的邻居桂莲姐。莫言天天黏在金龙屁股后边，哼唧着要角色。我哥吼他：滚蛋，别来捣乱。莫言巴眨着小眼说：司令，给个角吧，我有表演天才。说着就在雪地上拿大顶，翻跟斗。我哥说实在没有角色了。莫言说：加个角儿嘛。我哥想了想，说：那就当小特务吧。李奶奶是主角之一，有大量的台词大段的唱腔，没文化的姑娘难当重任，算来算去，只有我姐可担当，但我姐态度冷淡，一口回绝。

屯子有个男子，生天花落了满脸疤痕，姓张名有才，嗓子极其洪亮，自告奋勇扮演李奶奶，被我哥一口回绝。但他的嗓子实在好，热情又极其高，富有文艺才能的马良才副主任与我哥商量：主任，群众的革命积极性只能保护不能打击，我看就让他演田大妈吧。于是就让他演田大妈。田大妈有四句唱词：穷不帮穷谁帮穷，两个苦瓜一根藤，帮助姑娘脱风险，逃出虎口奔前程。他一开口，几乎把房盖掀了，窗户上的白纸被震，发出嗡嗡的响声。

李奶奶的人选没着落，看看年关将近，正月里就要演出，常副主任打来电话，说很可能会来指导排练，扶植我们屯成为普及革命样板戏的典型。我哥既兴奋又焦急，嘴上起了疮，嗓子更哑了。我哥又动员我姐，说了常副主任要来指导的事，我姐眼泪涌出，哽咽着说：我演。

从"文革"初起，我这个小单干户，就感到备受冷落。屯子里那些瘸的瞎的，都参加了红卫兵，但我不是。他们闹革命闹得热火朝天，我只能热眼旁观。那年我十六岁，正是上天入地、翻江倒海的年龄，被生生地打入另册，自卑、耻辱、焦虑、嫉妒、渴望、梦想，多少种感觉汇聚心头。我曾鼓足勇气，厚着脸皮，向与我有深仇大恨的西门金龙求情，为了加入革命洪流，我低下了高贵的头。他一口就回绝了我。现在，戏班的诱惑让我再一次低下高贵的头。

金龙从大门西侧那个用玉米秸子做屏障的临时公共厕所出来，双手扣着裤扣，脸上沐浴着红太阳的光辉。白雪覆盖的房顶，炊烟袅袅上升。墙头上羽毛华丽的大公鸡和羽毛朴素的老母鸡，夹着尾巴跑过的狗，场面朴实又庄严，正是说话的好时机。我急忙迎上去，挡住他的去路。他吃了一惊，厉声道：你想干什么？我张口结舌，耳朵发烧，哼唧了半天，从牙缝里艰难地挤出一个"哥"字——打我跟着爹单干后这还是第一次这样称呼他——我支支吾吾地说：哥……我想加入你的红卫兵……我想演那个叛徒王连举……我知道这个角色没人愿演，人们宁愿演鬼子，也不愿演叛徒。他眉毛上扬，把我从头看到脚，又从脚看到头，用极蔑视的口吻说：你没有资格！——为什么？我急了，说，为什么连吕秃子和程小头都可以演鬼子兵，为什么连莫言都可以演小特务，我反倒没有资格？——吕秃子是雇农子弟；程小头的爹被还乡团活埋了；莫言家虽是中农，但他奶奶掩护过八路军伤病员。你是单干户！知道不？哥说，单干户比地主富农还要反动，地主富农都老老实实地接受改造，单干户却公然地与人民公社对抗。与人民公社对抗就是与社会主义对抗，与社会主义对抗就是与共产党对抗，与共产党对抗就是与毛主席对抗，与毛主席对抗就是死路一条！墙上的雄鸡撕肝裂胆地长啼一声，吓得我几乎尿了裤子。哥四下里看看，见远近无人，压低了声音对我说：平南县也有一家单干户，运动初起时，被贫下中农吊在树上活活打死，家庭财产全部充公。你和爹，如果不是我变相保护，早就命丧黄泉了。你把这事悄悄跟爹说，让他那榆木脑袋开开缝，抓紧时间，牵牛入社，融入集体大家庭，让爹把罪行全部推到刘少奇头上，受蒙蔽无罪，反戈一击有功。如再执迷不悟，顽抗到底，那就是螳臂当车，自取灭亡。告诉爹，让他游街示众，那是最温柔的行动，下一步，等群众觉悟了，我也就无能为力了。如果革命群众要把你们俩吊死，我也只能大义灭亲。看到大杏树上那两根粗枝了吗？离地约有三米，吊人再合适不过。这些话我早就想对你说，一直找不到机会，现在我对你说了，请你转告爹，入了社天宽地阔，皆大欢喜，人欢喜牛也欢喜，不入社寸步难行，天怒人怨。说句难听的，你如果继续跟着爹单干，只怕连个老婆也找不到，那些瘸腿瞎眼的，也不愿嫁给一个单干户。

哥一席长谈，让我胆战心惊，用当时流行的话说，是深深地触及了我的灵魂。我望望杏树上那两根向东南方向伸展开的粗枝，脑海里立即浮现出我与爹——两个蓝脸——被吊在上边的凄惨景象。我们的身体被拉得很长，在寒风中悠来荡去，脱了水，失去了大部分重量，犹如两根干瘪的大丝瓜……

我到牛棚去找爹。这里是他的避难所，也是他的安乐窝。从那次在高密东北乡历史上留下了浓重一笔的集市游斗后，我爹几乎成了哑巴、呆瓜。爹才四十多岁，已经满头白发。爹的头发本来就硬，变白后更硬，一根根直竖着，像刺猬的毛。牛站在槽后，低着头，缺了半只角，威风大减。一缕阳光，照耀着牛头，使它的眼，像两块忧伤的水晶，深深的紫色，润得让人心痛。我家那头性情猛烈的公牛，变成了另外一头牛。我知道公牛去势后性情会大变，我知道公鸡被拔光翎毛后性情会大变，没想到砍断一只角后，公牛的性情也会大变。牛看到我进棚，瞅我一眼，目光便低了，似乎它已经看穿了我的心事。爹坐在牛槽旁边的一个草墩子上，背靠着一条装满谷草的麻袋包，双手抄在棉袄袖筒里，正在闭目养神，一缕阳光，也恰好照在他的脸上和头上。白头发有些发红，发间有一些麦草棍儿，仿佛他刚从麦草堆里钻出来。他的脸，红漆基本褪尽，只有边角上残留着一些星星点点。那半边蓝脸，又显现出来，颜色更加深重，如同靛青。我摸摸自己脸上的蓝痣，感觉如同摸着一块粗糙的皮革。这是我丑陋的标志。幼时人们称呼我"小蓝脸"时，我不以为耻，反以为荣；渐渐长大之后，如果谁再敢称我"蓝脸"，我就会与谁拼命。我曾听人说，正是因为我们的蓝脸，我们才单干，而且还有人说我们爷儿俩，白天躲着不见人，到了晚上，才出来耕作。我们确实有过几次借着明月光下地劳动的经历，但那与我们脸上的蓝痣无关。这些人把我们单干，归结为因为我们的生理缺陷导致的精神变态，这是放屁。我们单干，完全是出自一种信念，一种保持独立性的信念。金龙的一席话动摇了我的信念，其实从一开始我就不是那么坚定，我跟爹单干是图热闹。现在，更大的、更高级的热闹在召唤我。当然，哥所说的平南县单干户的悲惨下场也让我胆寒，那两根杏树枝……还有，更让我忧虑的，是哥所说的女人的事，完全正确，哪怕是一个瘸腿瞎眼的女人，也不会嫁给单干户。何况我还是一个蓝脸的单干户。我甚至有点后悔跟着爹单干了。我甚至有点恨爹闹单干了。我厌恶地盯着爹的蓝脸，确凿地恨爹不该把他的蓝脸遗传给我。爹，你这样的人，根本就不应该结婚，结了婚也不应该生子！

"爹，"我大声喊，"爹！"

爹缓缓地睁开眼睛，直瞪着我。

"爹，我要入社！"

爹显然早就知道了我的来意，因为他的脸上根本看不出表情变化。他从怀里摸出烟具，装了一锅烟，叼在嘴里，用火石和火镰打出火星，溅到高粱秆芯儿做成的火媒上，吹旺，点着烟，吧嗒吧嗒，猛吸几口，两股白烟，从他的鼻孔里，直直地喷出来。

"我要入社，我们牵着牛，一起入社吧……爹，我受够了……"

爹猛然睁大眼睛，一字一顿地说：

"你这个叛徒！要入，你自己入去，我不入，牛也不入！"

"为什么,爹?"我委屈又懊恼地说,"天下大势,已经到了这种地步,平南县那家单干户,在运动初期就被革命群众吊在树上打死了。我哥说他拉你游街是变相保护你。我哥说,下一步,斗臭了地、富、反、坏、走资派,就要斗争单干户。爹,金龙说了,大杏树上那两根粗树杈,就是替咱们爷儿俩预备的啊,爹!"

爹将烟袋锅子放在鞋底上磕磕,站起来,抓起筛子为牛筛草。我看着他微驼的背,和那段赭红色的粗壮脖颈,油然忆起很小的时候,骑着他的脖子,去集市上买柿子吃的情景。我心中一阵酸楚,动情地说:

"爹,社会变了,陈县长被打倒了,给咱们开'护身符'的那个部长肯定也被打倒了。咱们再坚持单干,已经毫无意义。趁着金龙当了主任,咱赶紧入社,既给他脸上增了光,咱自己也光彩……"

爹闷着头筛草,根本不理我的茬儿。我渐渐地恼上来,说:

"爹,怪不得人家说你是茅坑里的石头又臭又硬。对不起您了,爹,我不能陪着你一条死路走到黑,你不为我着想,我要自己救自己。我大了,要闯社会,娶老婆,走光明大道,你好自为之吧。"

爹将筛子里的草倒进牛槽,摸摸牛那只断角,转过脸,看着我,他脸上很平静,和缓地对我说:"解放,你是我的亲儿,爹当然希望你好。眼前这形势,爹也看透了。金龙这小子,胸膛里那颗心,比石头还硬;血管里的血,比蝎子尾巴还毒;为了他的'革命',他什么都能干出来。"爹仰起头,在光线中眯着眼,困惑地说,"老掌柜的心地良善,怎么能生出这么一个歹毒的儿子呢?"爹眼里有了泪,说,"咱们有三亩二分地,分给你一亩六分,你带着去入社。这辕木犁,是土改时分给我们家的'胜利果实',你也扛走,那一间屋子,归你。你把能带走的都带走,入社后,愿意跟你娘他们合伙就去合伙,不合伙你就单挑门户。爹什么都不要,只要这头牛,还有这个牛棚……"

"爹,为什么,到底为什么?"我带着哭腔喊,"你一人单干下去,到底有什么意义?"

爹平静地说:"是没有什么意义了,我就是想图个清静,想自己做自己的主,不愿意被别人管着!"

我找到金龙,对他说:

"哥,我跟爹商量好了,入社。"

他兴奋地将双手攥成拳头,在胸前碰了一下,说:

"好,太好了,又是一个'文化大革命'的伟大成果!全县唯一的单干户,终于走上了社会主义道路。这是特大喜讯,我们要向县革委会报喜!"

"但是爹不加入,"我说,"我一个人,带着一亩六分地,扛着那锞木犁,还有一盘耧。"

"怎么搞的?"金龙的脸阴沉下来,冷冷地说,"他到底想干什么呢?"

"爹说,他没想干什么,他就是一个人清静惯了,不愿意听别人支派。"

"简直是个老浑蛋!"哥将拳头猛地擂到那张破旧的八仙桌子上,差点没震翻桌上的墨水瓶。

黄互助安慰道:"金龙,你不要着急。"

"我怎能不急?"金龙低声道,"我原准备春节前向常副主任、向县革委会献上两份厚礼,一份是我们屯子排成了《红灯记》,一份是我们消灭了全县唯一,也许是全省、全国唯一的单干户,洪泰岳没做到的,我做到了,这样,我上上下下都树立了威信。可是,你入他不入,等于还是留下一个单干户!不行,走,我跟他说!"

金龙气冲冲地走进牛棚,这也是他多年没踏足之地。

"爹,"金龙说,"尽管你不配我叫爹,但我还是叫你一句爹。"

爹摆摆手说:"别叫,千万别叫,我担当不起。"

"蓝脸,"金龙说,"我只说一句话,为了解放,也为了你自己,你们俩一起入社。我现在说了算,入社之后,绝不让你干一天重活,如果轻活也不想干,那您就歇着,您也这么大年纪了,该享点清福了。"

"我没有那福气。"爹冷淡地说。

"你爬上平台往四下里望望，"金龙说，"您望望高密县，望望山东省，望望除了台湾之外的全国二十九个省、市、自治区，全国山河一片红了，只有咱西门屯有一个黑点，这个黑点就是你！"

"我真他娘的光荣，全中国的一个黑点！"爹说。

"我们要抹掉你这个黑点！"金龙说。

爹从牛槽下摸出一条沾着牛粪的麻绳子，扔在金龙面前，说：

"你不是要把我吊到杏树上吗？请吧！"

金龙猛地往后一跳，仿佛那不是一条绳子而是一条毒蛇。他龇牙咧嘴，双手攥成拳头又松开，双手插到裤兜里又拔出来。他从上衣兜里摸出一支烟——当了主任后他开始抽烟——用一个金黄色的打火机点燃。他蹙着眉头，显然是在思考。他思考一会儿，将烟头扔在地上，用脚踩碎。他对我说：

"你出去，解放！"

我看看地上的绳子，看看金龙瘦高的身体和爹粗壮的身体，盘算着这两个人动起手来谁胜谁负的问题以及一旦他们打起来我是袖手旁观还是出拳相助以及如果出拳相助我应该助谁的问题。

"有什么话你就说，有什么本事你就使出来！"爹说，"解放不要走，就在这里看着、听着。"

"那也好，"金龙说，"你以为我不敢把你吊到杏树上吗？"

"你敢，"爹说，"你什么都敢。"

"你不要打断我的话，"金龙说，"我是看在娘的面子上，放你一马。你不入社，我们也不强求，从来就没有无产阶级向资产阶级求情的事。"金龙说，"明天，我们就召开大会，欢迎蓝解放入社，土地要带上，木犁带上，耧带上，牛也要带上。我们要给解放披红戴花，给牛披红戴花。那个时候，这牛棚里，只剩下你一个人。外边敲锣打鼓，鞭炮齐鸣，面对着空了的牛棚，你心里会很难受。你是众叛亲离，老婆与你分居，亲生儿子也离你而去，唯一不会背叛你的牛也被强行拉走，你活着还有什么意思？如果我是你，"金龙踢了一脚那条绳子，看一眼牛棚上的横梁说，"我要是你就把绳子搭到梁上，自己把自己吊死！"

金龙抽身而走。

"你这个歹毒的杂种啊——"爹跳了一下，骂一句，便颓然地萎在牛槽前的草堆里。

我心中涌起无限的酸楚，金龙的歹毒让我感到惊心动魄。我突然感到爹非常可怜，而我的背弃又是那么可耻，简直是为虎作伥，助纣为虐。我扑到爹身前，抓着他的手，哭着说：

"爹，我不入社了，我宁愿打光棍也跟你在一起，单干到底……"

爹抱着我的头，呜咽了几声，然后便把我推开。爹擦擦眼睛，把腰杆子挺直，说："解放，你已经是个男子汉了，说出口的话就不要收回。你去入社吧，犁扛走，耧扛走，牛——"爹望了一眼牛，牛也正望着爹——"你也拉走！"

"爹，"我惊叫着，"你真要按他指的那条路走？"

"放心吧，儿子，"爹忽地从谷草中站起来，说，"谁指的路，爹都不走，爹走自己的路。"

"爹，您可千万不要上吊……"

"怎么会呢？"爹说，"金龙还是有几分良心的，他完全可以组织人把我弄死，像平南人弄死他们的单干户一样，但他心软了。他希望我自己死。我一死，这个全县、全省、全中国的黑点就自行抹掉了！但是我偏不死，他们要弄死我我没法子抗拒，但想要我自己死，那是痴心妄想！我要好好活着，给全中国留下这个黑点！"

第二十章

蓝解放叛爹入社
西门牛杀身成仁

我带着一亩六分地、一张犁、一架耧、一头牛,加入了人民公社。当我把你从牛棚里牵出来时,院子里鞭炮齐鸣、锣鼓喧天。一群头戴着灰色仿军帽的半大孩子,在硝烟和纸屑中抢夺那些截了信子的鞭炮。莫言误把没截信的鞭炮抢在手里,一声响亮,虎口震裂,龇牙咧嘴,活该活该。我幼时被鞭炮炸破手指,爹用面糊为我治疗的情景蓦然涌上心头。我回头望了一眼爹,心中颇为不忍。爹坐在那堆铡碎的谷草里,眼前摆着那根弯曲的绳子。我忧心忡忡地说:

"爹,您千万要想开啊……"

爹对着我,厌烦地挥了两下手。我走进阳光中,把爹留在黑暗里。互助将一朵纸扎的大红花挂在我的胸前,微笑着看了我一眼。她的脸上散发着"葵花"牌雪花膏的香气。合作把一朵同样大的纸花挂在半截牛角上。牛摆了一下头,纸花被甩落在地。合作夸张地尖叫一声:

"牛要抵人啦!"

她转身就跑,扑进我哥的怀里。我哥冷着脸将她推开,径直走到牛前,拍拍它的脑门,樟摸那根完好的角,又摸摸那根半截的角。

"牛啊,你走上光明大道了,"我哥说,"欢迎你!"

我看到牛眼里光芒一闪,似乎是火焰,但其实是泪花。我爹的牛,犹如被拔光了胡须的老虎,威风尽失,温顺如猫了。

我如愿以偿地加入了我哥的红卫兵组织,并在《红灯记》中扮演了王连举。每当李玉和义正词严地斥责我"你这个叛徒"时,我马上就会联想到爹对我的斥责。我越来越感到,我的入社,是对爹的背叛。我非常担心爹一时想不开寻了短见,但爹没有悬梁也没有跳河,他从那间屋子里搬出,睡在了牛棚里。他在牛棚的角落里垒了一个土灶,用一个钢盔权充铁锅。在后来的漫长岁月里,没有牛拉犁耕田,他就用镢头刨地。一个人无法使用那辆独轮车往地里运粪,他就用扁担箩筐搬运。没有耧播种,他就用小镢刨出沟,用葫芦头做成播种器点播。从一九六七年至一九八一年,我爹那一亩六分地,像一枚眼中钉,如一根肉中刺,插在人民公社广阔的土地中央。我爹的存在,既荒诞,又庄严;既令人可怜,又让人尊重。在七十年代的一段时间里,重新当了支部书记的洪泰岳还动过几次消灭最后一个单干户的念头,但每次都被我爹顶回来。我爹每次都把那根绳子扔到他的面前,说:

"把我吊到大杏树上吧!"

金龙原以为依靠着我的入社和成功地排演了一台革命样板戏,就可以使西门屯成为全县的典型,而一旦西门屯成了全县的典型,他这个带头人就可以飞黄腾达。但事情并没有像他设想的那样发展。先是他与我姐日夜企盼着的小常并没有乘坐着拖拉机前来指导排戏,不久后又传来小常因为乱搞男女关系被撤职的消息。小常一倒,我哥的靠山就倒了。

清明过后,东风渐起,阳光和暖,阳气上升,向阳处的积雪融化殆尽,道路翻浆,遍地泥泞。河边的柳树开始泛绿,院子里那棵大杏树上,也显出了花的微弱信息。在这些日子里,我哥焦躁不安,如同一只关进笼中的豹子,在院子里上蹿下跳。杏树上那个木板高台,是他停留最多的地方。他站在那上边,依靠着黑色的树杈,一支接一支地吸烟。因为过量吸烟得了喉炎,便不停地咳嗽,清理喉咙,并毫无教养地往树下吐痰,犹如一摊摊鸟屎从天而降。我哥的目光,迷茫而空洞;我哥的神情,寂寞而惆怅;我哥的处境,孤独而可怜。

随着天气的逐渐转暖,我哥的处境愈加艰难,他还想继续排演他的革命大戏,但群众已经不听指挥。几个出身赤贫的老农,对着待在杏树上抽烟的我哥说:

"金龙司令,您是不是该安排一下农活了?人误地一时,地误人一年。工人闹革命,国家发工资;农民要活命,只能靠种地啊!"

说话间,就见我爹挑着两箩筐牛粪,从大门口走出去。新鲜的粪味儿,在初春的天气里让农民们精神振奋。

"种地也要种革命的地,不能只顾埋头生产、不看革命路线!"我哥将嘴角的烟头吐掉,从杏树上一跃而下,落地时没有站牢,狠狠地跌了一跤。老农们上前将他扶起来,他龇牙咧嘴,推开那些老人的手,说:"我马上去公社革委会接受指示,你们都静候着,不要轻举妄动。"

我哥换上了一双高筒雨靴,准备蹚着泥浆路去公社。行前,他站在大院墙外那个临时厕所里小解,与正在那里的杨七不期而遇。因为那批羊皮袄的事,杨七与我哥结下了仇,但表面上,杨七还是笑嘻嘻的。

"西门司令官,这是去哪里?看您这打扮,不像红卫兵,倒像日本宪兵。"杨七笑嘻嘻地问我哥。

我哥捏着生殖器,抖着,鼻孔里哧哼了一声,表示他对杨七的极端蔑视。杨七依旧笑嘻嘻地说:

"小子,你的靠山倒了,我看,你也蹦不了几天了。知趣点,把位子让出来吧,让给懂生产的人;唱戏,唱不出窝窝头来。"

我哥冷笑一声,道:"我这个主任,是县革委会直接任命的,要撤我,也得县革委会撤,公社革委会都没有这个权力!"

也是合当有事,正当我哥气势汹汹地对杨七说话时,他胸前那枚巨大的陶瓷像章,挂钩脱落,掉进茅坑当中。我哥怔了。杨七愣了。等我哥清醒过来慌忙想跳下茅坑捞像章时,杨七也清醒了。他一把揪住我哥胸前的衣服,大声嚷叫着:

"抓反革命啊!抓现行反革命啊!"

…………

我哥与村里那些地、富、反、坏和走资派洪泰岳等人一起，成了劳动管制对象。

我入社后，被安排在大队饲养棚喂牲口。原来的饲养员方六大爷和刑满释放分子胡宾，成了我的师傅。饲养棚里集中饲养着全大队的牲畜，有黑色的瞎马一匹，原是军马，瞎眼后退役，屁股上的烙印可以证明它的军马身份。有灰骡子一头，性情暴躁，喜欢咬人，与它打交道，必须时刻提防。这一马一骡，专门拉屯里那辆胶皮轱辘大车。剩下的全是牛，共有二十八头。我家的牛因为初来乍到，没有槽位，只好在马槽与牛槽之间，临时为它支起半片汽油桶权充槽子。

当了饲养员，我把铺盖从家里搬到饲养棚那铺大炕上。我终于离开了这个让我爱恨交加的大院子。我搬到饲养棚去睡，也是为爹腾地方。自从我宣布入社之后，爹就一个人睡在牛棚里。牛棚虽好，毕竟是牛棚，房屋再破，毕竟是房屋。我对爹说，您搬回屋里去睡吧。我还说，您放心，我会照顾好那头牛。

饲养棚里有大量的碎草，那铺炕，被烧得像烙饼的鳌子一样滚烫。方六大爷的五个儿子，跟着他在大炕上睡。方家贫寒，没有被子，五个儿子，赤条条五根肉棍，满炕打滚儿。天明的时候，我的被窝里，竟然钻进了两个光腚孩子。

炕太热，烫得皮肉生痛，我翻来覆去，状如烙饼。月亮从破窗户照进来，照着满炕的光腚小子，他们也打滚，但他们在打滚中鼾声如雷。方六大爷的鼾声古怪，犹如一台鸡毛磨秃的风箱，发出干涩枯燥的声音。胡宾睡在大炕尽头，他紧紧地卷着一个被筒儿，防止方家小子们侵入。这人古怪，连睡觉时都戴着风镜，月亮照在他脸上时，贼光闪闪，犹如毒蛇。

半夜时，马和骡子不停地弹蹄子，喷响鼻，骡子项下的铜铃发出清脆的声响。方六大爷的鼾声停止，一个滚爬起来，顺便拍了拍我的脑袋，大声说：

"起来，喂牲口！"

这是第三次添加草料，马不得夜草不肥，牛不得夜草不壮。我跟随着方六大爷披衣下炕，看着他点亮灯盏，跟着他进入牲口棚深处。骡子和马兴奋地摇头晃脑，卧在栏里的牛，也一个个地站起来。

方六大爷为我示范。其实根本用不着他为我示范。我多少次见过我爹给我家的驴和牛添加夜草的情景。我抓起筛子，先为骡马筛出谷草，倒入槽中，骡马拱动着草，并不吃，它们等待着料和水。方六大爷看着我筛草的熟练动作，没有吭声，但我知道他很满意。他从料缸里，舀了一铁瓢泡好的豆饼倒进食槽。尖嘴骡子抢吃豆饼，方六大爷用料叉猛打它的嘴巴，它负痛昂头。抓紧时间搅拌，谷草的香气与豆饼的香气混合在一起。骡马大口地吞吃草料，发出嚓啦嚓啦的响声。骡子的眼睛在油灯照耀下，蓝幽幽的。但骡子的眼睛远不如牛眼深邃。我家的牛，它很孤独，就像一个从外校转来的小学生。牛们都往这边歪着头，等待着新草。我家的牛所处的位置很好，它第一个得到新草。那夜喂的是铡碎的豆秆混合着铡短的红薯蔓儿，这是一等的牛草，营养丰富，气味芳香，而且，豆秆上偶尔还会有未脱尽的豆粒。我哥领导着社员们革命时，饲养棚的工作照样进行。由此可见方六大爷是个老实农民，他从来没在西门家大院里出现过，胡宾却像个眼镜蛇一样，经常在大院周围转来转去。大院的墙上，经常出现揭露我哥老底的大字报。大字报上的字很有功力，我哥一看就知道是胡宾的手笔。我用簸箕将饲草分发到各个牛槽之中，牛们埋头吃草，声音连成一片。我在我家的牛前逗留片刻，趁着方六大爷不注意，又添半簸箕草到它的槽里。我摸摸它的脑门，摸摸它的鼻子，它伸出多刺的舌头舔舔我的手。它是全屯二十八头牛中唯一还没扎鼻环的，不知道它能否逃过这一劫。

你没逃过这一劫，在大杏树含苞待放的日子里，春耕开始了。方六大爷领着我和胡宾一大早就把牛拉到院子里，用扫帚扫去了它们身上的泥巴和死毛，好像要向人们展示漫长冬天里的劳动成果。

虽然是杨七揭发了我哥的罪行，使我哥的主任被撸，并被戴上了现行反革命的帽子,但主任的纱帽并没有落在他的头上。公社革委会任命黄瞳为我们屯的革命委员会主任。黄瞳当了多年的生产大队队长,领导生产是行家里手。他站在打谷场边,如同一位调兵遣将的大帅,给社员们派活儿。家庭成分好的社员,都被派去干一些轻松活儿,那些坏人,都派去使牛耕地。我哥与伪保长金五福、叛徒张大壮、富农伍元、烧酒锅掌柜田贵、走资派洪泰岳等人站在一起。我哥满脸怒气。洪泰岳面带嘲讽的笑意。那些已经被改造了多年的坏人们,一个个神情漠然。开春耕田,是他们的老活儿,谁使用哪犋犁,谁使用哪两头牛都有定规。他们从仓库里扛出犁,拿出套索,便各自去牵自己的牛。牛也认识他们。方六大爷叮嘱他们:牛歇了一冬,筋骨疲了,第一天,悠着点,顺上套就行。方六大爷帮洪泰岳搭配好了牲口,一头渤海黑阉牛,配上一头鲁西高辕牛。洪泰岳熟练地喝牛上套,虽说当了多年的书记,毕竟是农民出身,动作倒也在行。我哥,学了别人的样儿,把犁子摆正,套索顺好,赌气地噘着嘴,对方六大爷说:

"我用哪两头牛?"

方六大爷打量着我哥,仿佛是自言自语,但其实是说给我哥听的,年轻人,锤炼锤炼也好。他从拴牛柱上牵来那头蒙古蛇尾母牛,这头牛,与我哥其实很熟,几年前那个初春,我们在河滩上放牧时,它的瞳孔里经常映出我哥的倒影。母牛很顺从地站在我哥身边,它正在反刍,一大团回嚼过的草,顺着它的咽喉,咕噜一声就滚了下去。我哥将套索搭在母牛肩上,母牛积极地配合着他。方六大爷往拴牛柱这边扫了一眼,目光落在我家那头牛身上。他好像第一次发现了这头牛的好处似的,两眼放光,嘴巴发出"啧啧"的响声,说:

"解放,把你家这头牛拉过来,让它和它妈配套。"

"其实,它完全可以拉独犁,"方六大爷在它身边转着圈说,"看看看,头宽,额平,嘴大,眼明,前肩高一掌,犁地啪啪响,前腿直如箭,力量大无限,后腿弯似弓,行走快如风。只可惜缺了半只角,要不真是挑不出丁点儿毛病。金龙,这牛归你使了,这是你爹的命根子,你爱惜着点。"

金龙接过牛绳,发布命令,想让牛依令进退,到达将套索上肩的最佳位置,但牛低垂着头,只管慢吞吞地回嚼。金龙扯紧缰绳,想迫它前进,但牛纹丝不动。因为我家的牛没扎鼻环,任金龙怎么扯拉,牛头犹如磐石。正是因为牛的犟劲,导致了一场扎鼻酷刑。西门牛啊,你本来是可以避免这酷刑的,如果你像在我爹手下那样精通人性、听从使唤,你很可能成高密东北乡古往今来第一个没扎鼻环的牛。但你不听指挥,几个人也拖不动你。方六大爷道:

"牛不扎鼻环如何使唤?难道蓝脸有一套驱牛魔咒不成?"

西门牛啊,我的朋友,他们将你的四条腿用绳子拴住,在绳子中间插上一根木棍,绞动木棍,绳子收紧,你的身体团缩,终于站立不稳,跌翻在地。据方六大爷说,给一般的牛扎鼻环,根本不用这般力气,他们怕你,他们都知道你的英猛历史,生怕你一旦野性发作而不可收拾。你跌翻在地后,方六大爷让人把一根铁条烧得通红,用钳子夹着递过来。好几个精壮汉子按着你的头,把你头上那根独角都按到地里。方六大爷用手指扒开你的鼻孔,找到了你鼻梁间隔处最薄的地方,然后让人把烧红的铁条捅进去。猛地捅进去,搅动着扩大那洞口,一股焦黄的烟冒出来,一股烧煳了皮肉的气味漫出来,你发出哞哧哞哧的沉闷声响,按着你头颅的男人们使出了吃奶的力气,丝毫不敢放松。用烧红的铁条捅你鼻孔的人是谁?正是我哥金龙。那时,我不知道你是西门闹转世,所以我根本无法理解你当时的心情。用烧红的铁条将你的鼻梁捅上一个窟窿,并将一个"凸"字形的铜鼻环穿在你鼻梁上的人,竟是你的亲生儿子,你当时的心中,到底有何感想呢?

扎好了鼻环后,他们把你拖到了田野里。春天的大地万物复苏,处处洋溢着生命的气息。西门牛啊,我的朋友,你在这美好的季节里,表演了一场悲壮的戏剧,你的倔强,你忍受肉体痛苦的能力,你宁死不屈的精神,在当时令人们啧啧称奇,你的故事,至今还在西门屯民众口中流传。我们这些人，当时就感到你不可思议，直到今天，他们依然感到你是一个传奇，即便是知道了你的奇特身世的我，也感到你的行为超出了我的理解能力，你完全可以奋起抗争啊，用你伟岸的身躯，用你蕴藏在那全身的筋骨肌肉中的力量，像你在西门大院大闹入社典礼那次那样，像你在河滩地里怒顶胡宾那次那样，像你在集市上大闹批斗会那样，把妄图役使你的人，那些人民公社的社员，一个个顶起来，使他们轻飘飘地飞起，沉重地落下，在春天暄腾腾的土地里，砸出一个又一个深坑。使那些凶狠残忍的人，骨头断裂，内脏震动，嘴巴里发出青蛙一样的叫声，就算金龙是你的儿子，但那也是你为驴为牛之前的往事，六道轮回之中，多少人吃了父亲，多少人又奸了自己的母亲，你何必那么认真？又何况，金龙是那样的变态，那样的凶狠，他把自己政治上的失意，被监督劳动的怨恨，全部变本加厉地发泄到了你的身上，就算他不知道你曾经是他的亲生父亲，不知者不怪罪，但对待一头牛，也不能那样的凶狠啊！西门牛啊，我不忍心对你描述他施加到你身上的暴行，你已经在牛世之后又轮回了四次，阴阳界里穿梭往来，许多细节也许都已经忘记，但那日的情景我牢记不忘，假如那日的整个过程是一株枝繁叶茂的大树，我不但记得住这株树的主要枝杈，连每一根细枝，连每一片树叶都没有忘记。西门牛，你听我说，我必须说，因为这是发生过的事情，发生过的事情就是历史，复述历史给遗忘了细节的当事者听，是我的责任。

那天你一到地头，就卧在了地上。耕地的人都是屯里的老把式，都是亲见过你独自一个拉着犁子健步如飞、使犁铧翻开的泥土犹如波浪的人。见你竟然卧地罢工，都感到好奇，又感到疑惑。这头牛，这是怎么啦？那天我爹也在地里劳动，我爹没了牛，就用一柄大镢头，刨着他那狭长的一亩六分地。我爹弯着腰，专心致志，目不斜视，一镢头接着一镢头。有人说："这牛，恋旧呢，还想跟着蓝脸单干呢！"

金龙撤后几步，将搭在肩头的使牛大鞭扯下，抡圆，猛地抽到牛背上。你的背上随即鼓起了一道白色的鞭痕。你是正当盛年的牛，皮结实柔韧，富有弹性，抗打，如果换一头年老体弱的老牛或是骨骼未发育好的小牛，金龙这一鞭，保准会使它皮开肉绽。

金龙其实算个能人，只要他想干的事情，就会比别人干得漂亮。能把长达四米的使牛大鞭打好的人，屯子里也就是几个人，但金龙一上手就很内行。鞭子抽在你身上，沉闷的响声传向四野。我想我爹肯定听到了金龙鞭打你的声音，但他弯腰低头，刨地不止。我知道我爹对你的感情很深，你受这样的鞭挞，他心中一定难过，但他只顾刨地，没有冲上来护卫你。我爹啊，也是在忍受鞭挞啊。

金龙连抽了你二十鞭，累得气喘吁吁，额头冒汗，但你卧在地上，下巴触着地面，紧闭着双眼，流着滚滚的热泪，眼泪使你脸上的皮毛变得颜色很深。你不动一动，一声不吭，皮肤上那些搐动的波纹说明你还活着，如果没有这证明，说你是条死牛保准没有人怀疑。我哥骂骂咧咧地走到你面前，在你的腮帮子上踢了你一脚，说：

"你给我起来！你给我起来！"

但你紧闭着眼睛，一动不动。金龙狂暴地吼叫着，两脚轮番踢着你的头，你的脸，你的嘴巴，你的肚腹，远远地看起来，他好像一个手舞足蹈的神汉在跳大神。你任凭他踢，纹丝不动。在他疯狂地踢你的过程中，那头站在你身侧的蒙古蛇尾母牛，也就是你的妈，浑身打着哆嗦，弯曲的尾巴僵硬，犹如冻僵了的大蛇。我的爹在他的地里，用劲更加迅速地刨着深厚的大地。

另外的那些使牛汉子，犁完了一圈转了回来。见金龙的牛还在原地打卧，都感到奇怪，逐一围拢上来。心地良善的富农伍元说：

"这牛，是不是得了什么病？"

一贯伪装进步的田贵说："浑身是膘，油光水滑，去年还给蓝脸拉独犁，今年卧地装死，这牛，是反对人民公社呢！"

洪泰岳瞄一眼埋头刨地的我爹，冷冷地说："真是有什么样的主人，就有什么样的牛！物肖其主啊！"

"打，不信打不起来它！"叛徒张大壮提议，众人响应。

于是，七八个使牛汉子，站成一个圆圈，都将长鞭下肩，鞭子长长地顺在身后，鞭杆紧握在手中。正要开打，那条蒙古母牛如同一堵朽墙，扑地便倒。但它倒地之后随即就四条腿紧着蹬踢，马上又站起来。它浑身颤抖，目光畏缩，弯曲的尾巴紧紧地夹在双腿间。众人笑了，有人说：

"看，还没开打，把这一头吓瘫了。"

我哥金龙，解下蒙古母牛，牵到一边。那母牛如获大赦，站在一边，还是抖，但目光宁静多了。

西门牛啊，你还是那么静卧着，仿佛一道沙梁。使牛汉子们拉开架式，一个接着一个，比赛似的，炫技般的，挥动长鞭，打在你身上。一鞭接着一鞭，一声追着一声。牛身上，鞭痕纵横交叉，终于渗出血迹。鞭梢沾了血，打出来的声音更加清脆，打下去的力道更加凶狠，你的脊梁、肚腹，犹如剁肉的案板，血肉模糊。

从他们打你时，我的眼泪就开始流淌，我哭喊着，哀求着，想扑上去救你，想伏在你的背上，分担你的痛苦，但我的双臂，被云集在此看热闹的人紧紧拽住，他们忍受着我脚踢、牙啃的痛苦，不放松我，他们要看这流血的悲剧。我不明白，这些善良乡亲，这些叔叔大爷，这些大哥大嫂，这些小孩子们，为什么都变得这样心如铁石……

他们终于打累了，揉着酸麻的手脖子，上前察看。死了吗？没死。你紧紧地闭着眼睛，腮上有被鞭梢撕裂的血口子，血染红了土地。你大声喘息，嘴巴扎在泥土里。你的肚腹剧烈颤抖，仿佛临产的母牛。

从来没见过这样倔强的牛，那些打你的人，发自内心地感叹着。他们脸上的表情都有些不自然，都有些羞愧之意。如果他们打的是一头猛烈反抗的牛，他们会心安理得，但他们打的是一头逆来顺受的牛，这就使他们心中生出疑惑，许多古老的道德准则，许多神鬼的传说，在他们心里翻动起来。这还是头牛吗？这也许是一个神，也许是一个佛，它这样忍受痛苦，是不是要点化身陷迷途的人，让他们觉悟？人们，不要对他人施暴，对牛也不要；不要强迫别人干他不愿意干的事情，对牛也不要。

那些打牛的人，似乎都动了恻隐之情，劝说金龙罢休，但金龙不罢休，他性格中与牛相同的那一面，犹如毒辣的火焰熊熊燃烧，烧红了他的眼睛，使他的五官都变化了位置。他嘴巴歪斜着，喷吐出臭气，身体打着战，脚步轻飘飘，犹如一个醉汉。他不是醉汉，但他丧失了理智，邪恶的魔鬼控制了他。就像牛要用宁死也不站起来证明自己的意志、捍卫自己的尊严一样，我哥金龙，要不惜一切代价，动用一切手段把牛弄起来以证明自己的意志，捍卫他的尊严。这真是不是冤家不聚头，真是倔的碰上了更倔的。我哥他，把蒙古蛇尾母牛牵到西门牛前边，把连接着西门牛新扎铜鼻环的缰绳拴在了蒙古母牛套索后边的横棍上。老天爷哪，我哥是要用一牛之力，牵拉西门牛的鼻子啊。谁都知道，牛鼻子是牛身上最脆弱的地方，牛之所以能够被人役使，就是因为鼻子上被钻了孔拴了环。无论多么蛮横的牛，一旦被控制了鼻子，顷刻间就会变得服服帖帖。西门牛，你赶快起来吧，你已经忍受了一般牛无法忍受的痛苦，现在起来，也不会辱没你的英名啊，但是你不起来，我知道你不会起来的，如果你起来了，你就不是西门牛了。

我哥对着那头浑身颤抖的蒙古蛇尾母牛的屁股猛擂了一拳，那母牛，腰杆子扭动着往前蹿去。绳套被抻紧，那鼻环自然被抻紧，你的鼻子，呜呼，西门牛啊！金龙，你这个伤天害理的魔鬼，放了我的牛吧！我挣扎着，但那些抓住我的人仿佛成了冰凉的石头人。西门牛的鼻子被拉得长长的，犹如一块灰白的胶皮。我的滋润的、犹如淡紫色苜蓿花瓣的西门牛之鼻啊，眼见着就要被撕裂了。蒙古蛇尾母牛啊，你退缩啊，你反抗啊，你难道不知道卧在地上的西门牛是你亲生的儿子吗？你不要助金龙作恶啊，你抗暴吧，将你的生着两只锋利罩角的头歪一下，就可以顶在金龙的胸脯上，就可以中止这场暴行啊！但是那蒙古蛇尾母牛，这个无心肝的畜生，在金龙的打击下，使出全身的力气往前冲。西门牛的头被迫昂起来，但它的身体依然不动，我看到它的两条前腿似乎要屈起了，但那是我的错觉，你没有要站起来的意思。你的鼻孔里发出婴儿啼哭般的声音，这声音令我心肝欲裂，呜呼，西门牛。然后，西门牛的鼻子，伴随着一声脆响，从中间豁开。昂起的牛头，沉重地砸在地上。蒙古蛇尾母牛前腿扑地跌倒，但它随即就爬了起来。

西门金龙，你就此罢休吧。但是他不罢休。他已经彻底疯了。他像一匹受了伤的狼一样哀号着，跑到沟边，扛来了几捆玉米秸秆，架在了牛的屁股后边，这个恶徒，他想烧牛吗？是的，他想烧牛。他点着了火，白烟升起，散发出一股清香，这是燃烧玉米秸秆特有的香气。人们都屏住了呼吸，都瞪大了眼睛，但没人上前制止这暴烈的行为。呜呼，西门牛。呜呼，宁愿被烧死也不站起来为人民公社拉犁的西门牛。我看到，我爹扔掉了镢头，趴在地上，双手深深地插进泥土，脸也扎在了泥土里，浑身抖着，犹如疟疾发作。我知道我爹与牛忍受着同样的酷刑。

牛的皮肉被烧焦了，臭气发散，令人作呕，但没人呕。西门牛，你的嘴巴拱到土里，你的脊梁骨如同一条头被钉住的蛇，拧着，发出啪啪的声响。套在牛身上的套绳被烧断，这是集体财产，不能损坏，一个人跑上去，把槐木制成的锁头从牛肩上解下来扔到一旁，跳着脚踩灭了绳索上的火。火焰渐渐熄灭，白烟还在缭绕，臭气弥漫四野，连天空中的鸟儿都逃避到远处。呜呼，西门牛，你的后半截，已经被烧得惨不忍睹了。

"我要烧死你……"金龙嗷叫着，又往玉米秸垛那边跑去，依然没人拦截他，人们存心要金龙把孽做大，连觉悟很高、一向教导人们要爱护集体财产的洪泰岳也冷眼旁观，其实，入了社的西门牛也是集体财产啊，牛是大家畜，是重要的生产资料啊，屠杀耕牛是严重的罪行啊，人们，为什么忍着这罪行发生而不制止呢？

金龙又拖着几捆玉米秸秆跌跌撞撞跑过来，我这重山哥哥，已经半疯了。金龙，金龙，如果你知道牛是你爹转世你作何感想呢？西门牛，西门牛，亲生儿子用这样残暴的方式对待你你作何感想？嗨，茫茫人世，积累了多少恩怨情仇。但就在这时候，令人震惊的事情发生了，西门牛，你抖抖颤颤地站立起来，你肩上没有套索、鼻孔里没有铜环、脖子上没有绳索，你作为一头完全摆脱了人类奴役羁绊的自由之牛站立起来。你艰难地往前走，四肢软弱，支撑不住身体，你的身体摇摇晃晃，你的被撕裂的鼻子滴着蓝色的血、黑色的血，汇集到你的肚皮上，像凝滞的焦油一样滴到地上。总之你体无完肤，一条体无完肤的牛能够站起来行走是个奇迹。是一种伟大的信念支撑着你，是精神在行走，是理念在行走。看热闹的群众都睁大了眼睛，张大了嘴巴，没有声音，云雀的一串尖叫，在云端里，是那样的凄楚、悲凉。牛，一步步地向我爹走去。牛走出了人民公社的土地，走进全中国唯一的单干户蓝脸那一亩六分地里，然后，像一堵墙壁，沉重地倒下了。

西门牛死在我爹的土地上，它的表现，令在"文化大革命"的浪潮中晕头转向的人们清醒了许多。西门牛啊，你的事迹，成了传奇，成了神话。你死之后，曾有几个人，想把你的肉吃掉，但当他们拿着刀子赶来时，看到我爹双眼流出的血泪和他满嘴的泥土，便悄悄地溜走了。

我爹把你埋在了他的土地中央，堆起一个巨大的坟头，这就是如今成为高密东北乡一景的"义牛之冢"。

作为一头牛，你很可能流芳百世。

第三部　猪撒欢

世间的万物就是这样，
小坏小怪遭人厌恨，
大坏大怪被人敬仰。

第二十一章

再鸣冤重登阎罗殿
又受瞒降生母猪窝

摆脱了牛的皮囊,我不屈的灵魂,在蓝脸那一亩六分地的上空盘旋。做牛的一世,又是如此悲壮。为驴之后,阎王曾当堂宣判我转世为人,可我竟从那头蛇尾母牛的产道里钻出来。我急于去面见阎王,斥责他耍弄了我;但我又久久地在蓝脸上空盘旋,不忍离去。我看着那头牛血肉模糊的身体,看着趴在牛头上痛哭哀号的蓝脸那颗头颅,看着我那身材高大的儿子西门金龙那张表情痴呆的脸,看着我的妾迎春所生的那个小蓝脸,看着小蓝脸的朋友莫言那张沾满了鼻涕和眼泪的脏脸,还有那许许多多的似曾相识的面孔。随着灵魂脱离牛体,牛的记忆逐渐丧失,西门闹的记忆重新明晰,我是一个本不该死却被枪杀了的好人啊,连阎王也不得不承认我是被枪杀了的好人,但这错误难以挽回。阎王冷淡地问我:

"是的,错了,你自己说,想怎么办?我没有权力让你作为西门闹重生,你已轮回两遭,应该清楚,西门闹的时代早已结束,西门闹的子女都已长大成人,西门闹的尸骨已经腐烂成泥,西门闹的案卷,早已焚化成灰,陈年旧账,早已一笔勾销。你为什么不能忘记这些不愉快的往事,去享受幸福的生活呢?"

"大王殿下,"我跪在阎罗大殿冰冷的大理石地面上,痛苦地说,"殿下,我也想忘记过去,但我忘不了。那些沉痛的记忆像附骨之痕，如顽固病毒，死死地缠绕着我，使我当了驴，犹念西门闹之仇；做了牛，难忘西门闹之冤。这些陈年的记忆，折磨得我好苦啊，殿下。"

"难道那比蒙汗药还要峻烈千倍的孟婆忘魂汤，竟然对你没有作用吗？"阎王不解地问，"你是不是没喝那汤就冲下了望乡台？"

"殿下，实话实说，为驴时我确实没喝那老婆子的汤，但为牛时，那两个鬼差捏着我的鼻子硬给我灌了一碗，怕我呕吐，他们还用破布堵住了我的嘴巴。"

"这倒奇了，"阎王对身边的判官说，"难道孟婆子也敢造假？"

判官们摇头否定阎王的猜测。

"西门闹，你要知道，我对你已经忍无可忍，如果每个鬼魂都像你这样难缠，那我这阎王殿就彻底乱了套。念你前世为人时多有善举，为驴为牛时又吃了不少苦头，本殿这次法外开恩，安排你到一个遥远的国度去投胎，那里社会安定，人民富足，山明水秀，四季如春。你的父亲现年三十六岁，是那个国家里最年轻的市长。你的母亲，是一个温柔美丽的歌唱演员，获得过多次国际性大奖。你将成为这两个人的独生儿子，一出生就是掌上明珠。你的父亲官运亨通，四十八岁时就会当上省长。你的母亲，中年之后会弃艺从商，成为一家著名化妆品公司的老板。你爹的车是奥迪，你娘的车是宝马，你的车是奔驰。你这一辈子享不尽的荣华富贵，交不完的桃花红运，足可以抵消你前几次轮回所受的那点痛苦和委屈。"阎王用手指敲敲案桌，略加停顿，眼睛仰望着大殿黑黝黝的穹窿，意味深长地说："这样安排，你总该满意了吧？"

但是，阎王老子又一次耍弄了我。

这次投生，一出大厅他们就用黑布蒙上了我的眼睛。在望乡台上，挟带着地狱腥臭的阴风，吹得我周身凉彻。那个老婆子哑着嗓子痛骂我在阎王那里告了她的刁状。她用一柄梆硬的乌木勺子，响亮地敲打着我的脑壳，然后扯着我的耳朵，一勺一勺地往我嘴里灌汤。那种汤味道古怪，似乎是用蝙蝠的粪便和胡椒熬成。"灌死你这头笨猪，竟敢说我的汤里掺假！灌死你，灌死你的记忆，灌死你的前生前世，让你只记得泔水和粪便的味道！"在这刁婆子折磨我时，押送我的鬼差始终牢牢地抓住我的胳膊，并发出幸灾乐祸的冷笑。

跌跌撞撞地走下这高台后，我被鬼差们挟持着，脚不点地地奔跑，速度极快，仿佛凌空飞行。我脚踩着软绵绵的东西，仿佛踩着云絮。我几次想开口问讯，但刚一张嘴，就有一只毛茸茸的爪子将一丸腥臭难闻的东西塞进口中。我突然嗅到了一股酸溜溜的气味，仿佛是陈年的酒糟，抑或是发酵的豆饼，这正是西门屯大队饲养棚里的气味啊，天啊，当牛时的记忆犹存，难道我还是一头牛，前边发生的一切都是梦境？好像要摆脱梦魇一样我拼命挣扎着，嘴巴里发出吱吱的声音。我被自己的声音吓了一跳，定睛一看，发现在身体周围，蠕动着十几个肉团子。肉团子里有黑，有白，有黄，有黑白相间成花。在肉团子前面，横卧着一头白色的母猪。我听到一个极其熟悉的女子声音在惊喜地喊叫：

"第十六个！老天爷，我们的老母猪一胎生了十六只小猪！"

我用力眨巴眼睛，将眼睛里的黏液排除，这时，虽然我还没看到自己的形象，但我知道自己已经投胎为猪，在我面前那些颤抖着、蠕动着、吱吱乱叫的小家伙，都是我的哥哥姐姐，看到了它们的形象，我也就知道了自己的形象。我的心中充满怒火，恨老奸巨猾的阎王又一次耍弄了我。我憎恨猪，这肮脏的畜生。我宁愿再次为驴、为牛，也不愿意做一只在粪便上打滚的猪。我决心绝食饿死，好尽快地赶赴阴曹地府找阎王算账。

那是个炎热的日子，根据猪圈墙边那几株叶片肥大、尚未开花的向日葵，我判断这应是农历六月里的一天。猪圈里有成群的苍蝇飞舞，猪圈上空有成群的蜻蜓盘旋。我感到自己的四肢很快坚硬起来，眼睛的视力也迅速提高。我看清了那两个为母猪接生的人：一个是黄瞳的大女儿互助，一个是我的儿子西门金龙。一看到儿子那张熟悉的脸，我就感到周身的皮肤紧绷、脑壳子膨胀生痛，仿佛有一个硕大的人体、仿佛有一个狂野的灵魂被禁锢在这小小的猪体里。憋屈啊憋屈，痛苦啊痛苦，让我释放，让我伸展，让我把这肮脏的、可憎的猪的躯壳撑破、胀开，恢复我堂堂男儿西门闹的形状，但这一切显然是不可能的。我虽极力挣扎但还是被黄互助一只手就托了起来。她用手指拨弄着我的耳朵说：

"金龙，这只小猪好像在抽风。"

"抽它娘的，反正老母猪也没那么多奶头，死几个正好。"金龙带着几分恨意说。

"不，一个也不能死。"黄互助把我放在地上，用一块柔软的红布，揩擦着我的身体。她动作轻柔，我很舒服。我不由自主地发出哼哼声，这可恶的猪的声音。

"生了吗？生了多少只？"一个人的高声大嗓在猪圈外响起，这熟悉的声音让我绝望地闭上了眼睛。我不但听出了洪泰岳的声音，而且从他的声音里知道他已经官复了原职。阎王啊阎王，你花言巧语，说让我投胎异国的官宦之家做贵公子，却把我扔在西门屯的猪圈里当猪娃子！这是百分之百的欺骗，阴谋，无耻，奸诈！我用力一打挺，从黄互助手里挣脱，跌落在地上。我听到自己发出一声尖叫，然后就昏了过去。

等我醒过来时，发现自己正卧在一堆肥大的葫芦叶片上，在我的上方，一棵杏树繁茂的枝叶遮挡了强烈的阳光。我嗅到了碘酒的气味，看到了在我周围散乱着一些亮晶晶的安瓿。我感到耳朵上、屁股上都有痛处，我知道他们适才抢救过我。他们不让我死。我脑子里突然出现了一个俏丽的面容，给我打针的肯定是她，果然是她，我的女儿西门宝凤。她学的本是人医，却经常为畜生治病。她穿着浅蓝色方格半袖衬衫，面色苍白，目光忧悒，一副心事重重的样子，这是她的一贯表情。她伸出凉森森的手指，摸摸我的耳朵，对旁边的人说：

"没有什么问题，可以把它放进圈里去吃奶了。"

这时，洪泰岳凑了上来，用粗糙的大手摸着我光滑如绸缎的皮毛，说：

"宝凤，你不要以为让你给猪治病是屈了你的才！"

"书记，我没有这样想，"宝凤收拾着药箱子，不卑不亢地说，"在我的心里，畜生和人没什么区别。"

"能有这种认识就好，"洪泰岳道，"毛主席号召大养其猪，养猪就是政治，把猪养好，就是向毛主席表忠心。金龙，互助，你们听明白了吗？"

黄互助诺诺连声，金龙肩膀斜靠在柿子树干上，歪着脑袋抽那种九分钱一包的劣质香烟。

"金龙，我问你呢！"洪泰岳不快地说。

"我不是在侧耳聆听吗？"金龙歪着头说，"难道您还要我把毛主席有关养猪的最高指示一条一条地背给您听吗？"

"金龙，"洪泰岳抚摸着我的背脊说，"我知道你心里一直有气，但你要知道，太平屯那个李仁顺，用印有毛主席宝像的报纸包了一条咸鱼，就判了八年，现在还在沙滩农场劳改，你的事，比他严重得多！"

"我是无意的，跟他的性质不一样！"

"如果你是有意的，就该枪毙你！"洪泰岳恼怒地说，"知道我为什么保你？"洪泰岳看一眼黄互助，说，"是互助，还有你娘，跪在我面前为你求情！当然，最主要的，我对你有个基本判断，你虽然血统不好，但从小是在红旗下长大，'文革'前就是我们的培养对象，你是初中生，有文化，我们干革命需要有文化的人。你不要觉得让你养猪是屈了你的材料，在当前这种形势下，养猪是最光荣、最艰巨的岗位，把你安排在这里，是党对你的考验，是毛主席的革命路线对你的考验！"

金龙扔掉烟头，站直了身体，垂着头，听着洪泰岳的训斥。

"你们的运气很好——无产阶级不讲运气，我们讲形势，"洪泰岳托着我的肚皮，把我高高举起，说，"我们屯的母猪一胎生了十六只猪娃，这在全县、全省都少见。县里正在寻找大养其猪的典型，"洪泰岳降低了调门，神秘地说，"典型，明白吗？典型的意义，明白吗？大寨修梯田成为典型，大庆钻石油成为典型，下丁家种果树是典型，徐家寨组织老太太跳舞成为典型，我们西门屯养猪为什么不能成为典型？你蓝金龙前几年排演样板戏，强拉着解放和你爹的牛入社，不也是想当典型吗？"

金龙抬起头，眼睛闪烁着兴奋的光彩，我知道这儿子的秉性，知道他那天才的头脑一旦运转起来就会怪招迭出，创造出在今天看起来荒唐可笑但在那个时代里却能赢得一片喝彩的事迹。

"我已经老了，"洪泰岳道，"这次重新站起来，只求能把屯里的事情干好，不辜负革命群众和上级的信任，但你们不一样，你们年轻，前途无量。好好干，干出成绩来是你们的，出了问题我兜着。"洪泰岳指指那些正在杏树林里掘坑筑墙的社员们说，"我们要在一个月内，兴建二百间花园式猪圈，实现一人五猪的目标，猪多肥多，肥多粮多，手中有粮，心里不慌，深挖洞，广积粮，不称霸，支援世界革命，每一头猪，都是射向帝修反的一颗炮弹。所以，我们的老母猪一胎生了十六只猪娃，实际上是生了十六颗射向帝修反的炮弹，我们的这几头老母猪，实际上是向帝修反发起总攻的几艘航空母舰！现在，你们该明白我把你们这些年轻人放在这岗位的重要意义了吧？"

我耳朵听着洪泰岳的豪言壮语，眼睛却一直盯着金龙。几经转世之后，我与他的父子关系，逐渐淡化成一种记忆，如同谱牒上模糊的字迹。洪泰岳的话如同峻猛的兴奋剂，刺激着金龙的大脑，使他心跳血热，使他摩拳擦掌。他搓着手走到洪泰岳面前，腮上那两条肌肉习惯性地抽动着，带动着那两轮又薄又大的耳朵微微颤抖，我知道这是他发表长篇大论的前兆，但这次他没有发表长篇大论——人生路上的挫折显然使这家伙成熟了——他从洪泰岳手里将我接了过去，紧紧地抱在胸前，使我亲切地感到了他那颗野心疯狂跳动，他低下头在我耳朵上吻了一下——这一吻，在日后的典型材料中，被拔高成养猪模范蓝金龙先进事迹中的一个重要细节：为了抢救初生下来的窒息小猪，蓝金龙对小猪施行了口对口人工呼吸，使几乎死定了的、遍体紫绀的小猪重获生命，并发出吱吱的叫声，小猪得救了，但蓝金龙却因为过分疲倦而昏倒在猪棚里——斩钉截铁般地说：

"洪书记，从今之后，公猪就是我的爹，母猪就是我的娘！"

"这就对了！"洪泰岳欣喜地说，"我们需要的就是能把集体的猪当成爹娘伺候的青年。"

第二十二章

猪十六独占母猪乳
白杏儿荣任饲养员

尽管这些狂热的人，赋予了猪那么多光辉灿烂的意义，但猪毕竟还是猪。不管他们对我施以何等的厚爱，我还是决定以绝食来终结为猪的一生。我要去面见阎王，大闹公堂，争取做人的权利，获得体面的再生。

他们把我抱回猪棚里时，那头老母猪已经躺在一摊碎草上，四腿伸展，肚腹前紧密地挤着一排小猪。每个小猪叼着一个奶头，发疯般地吮吸，发出呱唧呱唧的声响。那几只没有抢占到奶头的小猪，焦急地尖叫着，从吃奶小猪的缝隙里，死命地往里钻。有的小猪钻进去，有的小猪被挤出来，有的爬到母猪的肚子上，跳着脚尖叫。母猪闭着眼睛，哼哼着，那样子让我感到可怜又感到可憎。

金龙把我交到互助的手里，弯下腰，把一只正在吃奶的小猪拖了出来。那小家伙的嘴巴把母猪的奶头抻得像一根猴皮筋一样。空出来的奶头立即就被另一头小猪噙在嘴里。

金龙将那些霸住奶头死不放的家伙一个个拖出来，放到圈墙的外边——这些家伙在外边哭闹不止，用尚不流畅的语言骂着人——母猪的肚腹前，只留下十只小猪，余出两只有效奶头。它们已经被其他的小猪嚼得肿胀发红，看到它们的样子我就感到恶心。金龙把我从互助怀里接过去，将我放在母猪腹前。我紧紧地闭上了眼睛，耳边，那些令我感到耻辱的兄弟姐妹们嘴里发出的嗞咂声使我的肠胃搅动，欲呕无物。我说过，我要死，我绝不能把那肮脏的猪奶子噙进嘴巴。我知道，一旦噙住畜类的奶头，身上的人性就会丧失多半，就不可救药地滑进畜类的深渊。只要噙住了母猪的奶头，我就会被猪性擒获，猪的性情、猪的爱好、猪的欲望便会随着乳汁灌注到我的血液里，使我成为一头仅仅是残存着一点人类记忆的猪，完成这次肮脏、耻辱的轮回。

"吃啊，吃啊！"金龙托着我的身体，将我的嘴巴触到一只肥大的奶头上，我的那些可耻的兄弟姐妹们吃奶时留下的黏液沾到我的嘴巴上，令我恶心。我死死地闭着嘴巴，紧紧地咬住牙关，抵抗着奶头的撩拨。

"这头笨猪，奶头放到嘴边也不知道开口。"金龙骂着我，在我的屁股上轻轻地拍了一巴掌。

"你的动作太粗暴了！"互助说着，把金龙搡到一边，接过我的身体，用柔软的手指，轻轻地搔着我的肚皮，极度的舒服，使我哼哼起来，想不哼哼都不行，虽然我发出的还是猪的声音，但听起来已经不是那么刺耳。互助呢喃喃地对我说："小宝贝，猪十六，你这个小傻瓜，不知道妈妈的奶好吃，尝一尝，来，尝一尝，不吃奶你怎么能长大呢？"从她的絮叨中，我知道自己在十六个猪娃中排行第十六，也就是说我是最后一个从老母猪的肚子里钻出来的，尽管我有不平凡的经历和洞察阴阳两界、横跨人畜两道的智慧，但在人的眼睛里，我只能是一头猪。这是多么巨大的悲哀，但更大的悲哀还在后头。

互助用母猪的奶头撩拨着我的嘴唇和鼻孔。我感到鼻孔发痒，猛然打了一个喷嚏。我从互助的手上知道她吃了一惊，接着便听到她哈哈大笑。"想不到猪也会打喷嚏，"她说，"十六，猪十六，你会打喷嚏就应该会吃奶啊！"她握住母猪的奶头，对准我的嘴巴，轻轻地挤了几下，一股温热的液体，喷到了我的唇边，我不由地吧咂了几下舌头，呜呀，上帝，想不到猪的乳汁，我的猪妈妈的乳汁，竟是如此的甜美、芳香，犹如丝绸，犹如爱情，顷刻间让我忘记了耻辱，顷刻间改变了我对周围环境的印象,顷刻间使我感到这横躺在碎草上为我们这一群兄弟姐妹们哺乳的猪妈妈是那样高尚、圣洁、庄严、美丽,我迫不及待地将那只奶头抢到嘴里,几乎把互助的手指也嚼住了。然后一股股的乳汁便濡湿了我的口腔进入我的肠胃,然后我便感到力量和对于母猪妈妈的热爱在每分每秒中增长,然后我听到互助和金龙欢喜拍手而笑,我用眼睛的余光看到他们年轻的脸膛犹如盛开的鸡冠花,看到他们的手紧紧地攥在一起,尽管我脑子里电光石火般地闪现出一些历史的记忆碎片,但此时我唯愿忘却,我闭上眼睛,体验着一头猪娃吃奶的快乐。

  在接下来的日子里,我成了十六个猪娃中最霸蛮的一个。我的食欲大得让金龙和互助吃惊,我在吃的方面表现出了极大的天赋。我总是能用最迅速最准确的动作,抢占到母猪妈妈肚腹中央那个泌奶量最大的奶头。我那些愚蠢的兄弟姐妹们只要嚼住奶头便会闭上眼睛,我却自始至终圆睁着双眼。我在疯狂地吮吸那个最大的奶头时,会用身体把另一只奶头遮蔽住。我眼睛警惕地看着两侧,每当有哪个可怜巴巴的家伙妄图上来抢食时,我的屁股就会用力摆过去,把它撞到一边。我总是能用最快的速度把鼓胀的奶头嘬瘪,然后再去抢别的奶头。我很骄傲,当然也有些微的惭愧,在那些日子里,我自己吃下的乳汁,比三只小猪吃到的乳汁总量还多。我的奶没有白吃,对人类来说,我用快速增长的身体对他们进行了回报。我表现出来的智慧、勇气和日渐雄伟的身体,让他们对我另眼相看。我于是明白,作为一头猪,就是要疯吃、疯长,人类喜欢的就是这个。当然,把我生下来的猪妈妈也活该倒霉,我对它奶头的眷恋令它不胜厌烦。即使它站着进食时,我也会钻到它的腹下,仰起头叮住一个奶头。儿子啊,儿子,我的猪妈妈对我说,你让妈妈进点食吧,妈妈不进食,哪有乳汁喂你们啊!你难道没有看到妈妈的身体已经瘦弱不堪,妈妈的后腿已经站立不稳了吗?

  出生七日后,金龙和互助就把我的兄弟姐妹们捉走八只,放到旁边的猪舍里，用小米粥喂养。负责喂养我那八个哥、姐的是一个女人，因为土墙间隔，我看不到她的形象，但能听到她的声音。她的声音那样熟悉，那样悦耳，但我却回忆不起她的容貌和名字。每当我想集中精力打开记忆通道时，一阵浓重的睡意便会袭来。能吃能睡能长肉，这是好猪的三大标志，我全都具备。有时候，隔壁那个女人充满母爱的唠叨声也会成为我的催眠曲。她每天六次给那八只小猪喂食，香喷喷的玉米粥或是小米粥的气味溢过墙来。我听到我那些哥、姐们欢快地叫着、吃着，听到那个女人满嘴"小心肝儿、小宝贝儿"地唠叨着，便知道这女人心地善良，她把小猪当成了自己的孩子。

出生一个月后，我的身体已经比我那些哥、姐们大出了不止一倍。母猪妈妈的十二个有效奶头，基本上被我独霸。偶尔有一个饿疯了的小家伙不顾死活地冲上来叼住一个奶头，我用嘴巴拱着它的肚子轻轻一掀，就使它翻滚到母猪身后的墙角上。母猪妈妈有气无力地呻吟着说：十六啊十六，你让它们也吃一点好不好？你们都是我身上掉下来的肉，饿着哪个我也心疼啊！我对妈妈的话感到反感，不予理睬，我用疯狂的吮吸使它直翻白眼。后来，我发现自己的两只后腿，竟可以像毛驴的蹄子一样灵活有力地弹起来。这样，就根本不需要我吐出奶头、腾出嘴巴对付那些抢食者，只要看到它们围拢上来，小眼通红，口里发出尖叫，我就会弓起身体，飞扬后腿——有时是一条，有时是两条——将我的像瓦片一样坚硬的蹄子蹬到它们的头上。这些挨了打的家伙只好满怀着嫉妒和仇恨，转着圈子号叫，詈骂，饿急了就舔一点母猪槽边的残渣剩食。

这种情况很快就被金龙和互助发现，他们请来了洪泰岳和黄瞳，站在土墙外边观察着。我知道他们悄没声地不想让我发现，我也就佯装没有发现他们。我用特别夸张的动作吃奶，把母猪妈妈嘬得呻吟不绝，我用灵巧的单腿踢和威武的双腿踢，把我那些个可怜的兄、姐整得吱哇乱叫，遍地打滚。我听到了洪泰岳兴高采烈的声音：

"妈的，这哪里是猪！简直是匹小毛驴儿！"

"是的，竟然会打蹄子！"黄瞳附和着说。

我吐出干瘪的奶头，站起来，大摇大摆地在棚子里散步，我仰起头，对着他们叫，我顿着喉咙，发出"哐哐"的声音，让他们更加吃惊。

"把那七只小猪也挪出去吧，"洪泰岳说，"这个家伙，留做种猪，母猪的奶全给它一个吃，把胚子发壮。"

金龙跳进猪圈，嘴巴里发出"啰啰"的声音，弯着腰，向那些小家伙靠拢。母猪妈妈昂着头，向金龙示威。金龙身手敏捷，转眼间就把两只小猪倒提在手中。母猪妈妈冲上去，被金龙一脚踢退。那两个小家伙在金龙手中倒悬着，咧着嘴，尖声哭叫。互助费劲地接过一只小猪，另一只小猪被黄瞳接过去。听声音我知道它们都被放到隔壁猪舍里，与先前被分出去的那八个蠢货合在了一群。我听到那八个小浑蛋齐咬这两个小浑蛋，心中只感到快意，毫无同情。金龙只用了洪泰岳吸完一支烟的工夫，就把七个蠢货全部抓了出去。隔壁的猪舍里，一片混乱，八个先到的，与七个后来的，厮咬成一团。只有我一个，在这边悠闲听音。我斜着眼看看猪妈妈，知道它心中悲凉，但又如释重负。它毕竟是一头普通的猪，不会像人类那样煽情。看，它已经把失去一批儿女的痛苦忘却，站在槽边闹食了。

食物的气味飘了过来，很快逼近。互助提着一桶饲料到达圈门。她戴着一片白色的遮胸巾，巾上绣着"西门屯大队杏园养猪场"的鲜红字样。她还戴着两只白色套袖，一顶白色软帽，那样子很像糕点店里的面案师傅。她用铁勺子舀着饲料往食槽里倒。母猪妈妈昂着头，前蹄站在槽里。饲料落在它的脸上，看上去像一摊摊的黄屎。这饲料散发着酸溜溜的腐败气味，令我极端厌恶。这就是西门屯大队的高级知识分子蓝金龙和黄互助共同研制的糖化饲料，用鸡屎、牛粪、绿色植物，加上曲种混合在大缸里发酵而成。金龙提起桶，将桶中的饲料全部倒进食槽。母猪无可奈何地吃着。

"只吃这种饲料吗？"洪泰岳问。

"前几天每次加两勺豆饼，"互助说，"从昨天起，金龙说不加豆饼了。"

洪泰岳探身进圈，观察着母猪，说："为了保证这头小种猪的发育，要给这头母猪开小灶，加足料。"

"大队仓库里的饲料粮已经不多了。"黄瞳道。

"不是还有一仓玉米吗？"洪泰岳问。

"那是战备粮！"黄瞳道，"动用战备粮要报请公社革委会批准。"

"我们养的是战备猪！"洪泰岳道，"真要打起仗来，解放军不吃肉，如何能打胜仗？"见黄瞳还在犹豫，洪泰岳坚定地说，"开仓，出了问题我负责。下午我就去公社汇报请示，大养其猪，是压倒一切的政治任务，谅他们也不敢拦挡。重要的是，"洪泰岳神秘地说，"我们要把猪场扩大，把猪的存栏数提高，到时，县里粮库的粮食，就是我们猪场的粮食。"

黄瞳和金龙的脸上浮起会心的笑容。此时，小米粥的香气由远渐近，到了隔壁猪圈门前停止。洪泰岳道：

"西门白氏，从明天起，这头母猪也归你喂养。"

"是，洪书记。"

"先把这桶米粥倒在母猪槽里一半。"

"是，洪书记。"

西门白氏，西门白氏，这是个多么熟悉的名字啊，我用力思索着，回忆这个名字与我的关系。一个亲切的面孔，出现在猪圈前方。我一看到那张饱经沧桑的大脸，全身如通了电流一般震颤不止，与此同时，记忆的闸门被猛然拔开，往事如潮涌至。我大叫一声："杏儿，你还活着！"但我的话一出喉咙，就变成了一声长长的、尖厉的号叫。这声音不但把圈前那些人吓了一跳，也让我自己大吃一惊。于是我无限悲哀地又回到了现实，回到了现在，现在，我早已不是什么西门闹，我是一头猪，是圈里这头白色母猪的儿子。

我努力计算着她的年龄，但葵花的香气使我迷糊起来。葵花正在盛开，主秆粗壮如树，叶片乌黑胖硕，花盘大如脸盆，花瓣宛如金子锻造，叶片和茎秆上的白色芒刺足有一厘米，这一切构成了凶悍霸蛮的印象。尽管我算不清她的准确年龄，但我也知道她已经年过半百，因为她的双鬓上已经出现了白的发丝，她那两只细长的眼睛周围，爬满了密密麻麻的皱纹，那一口曾经洁白整齐的牙齿也变成了土黄的颜色并且磨损严重。我恍然觉得，在过去的许多年头里，这个女人是依靠吃草为生。她吃的是干燥的谷草和坚硬的豆秸，咀嚼时会发出咯咯嘣嘣的响声。

她用一柄木勺子舀着米粥，慢慢地往食槽里倒。老母猪前腿扶着圈门立起来，迎接那美味的食品。隔壁那些傻家伙被美味诱惑，发出一片震耳欲聋的叫声。

在母猪和隔壁小猪呱嗒呱嗒的吃食声中，洪泰岳严肃地对西门白氏训话。他的话听起来冷酷无情，但他的眼神里明显地流露出一些暧昧的温情。西门白氏在阳光下垂手而立，她头上那些白的发丝像银子一样闪闪发光。透过圈门宽大的缝隙，我看到她的双腿在微微颤抖。

"我的话你听明白了吗？"洪泰岳严厉地问。

"放心吧，洪书记，"西门白氏低声但是异常坚定地说，"我一辈子没有生养，这些猪娃，就是我的亲生儿女！"

"这就对了，"洪泰岳满意地说，"我们需要的就是能把集体的猪娃当成亲生儿子来抚养的女人。"

第二十三章

猪十六乔迁安乐窝
刁小三误食酒馒头

哥们儿，或者是爷们儿，你好像有点厌烦了，我看到你那浮肿的眼皮已经遮住了你的眼球，从你的鼻子里，似乎还发出了鼾声——大头男孩蓝千岁用刻薄的腔调对我说——如果对猪的生活不感兴趣，那我就给你讲述狗的生活——不，不，不，我非常感兴趣，您知道，您为猪的岁月里，我并没有时刻在您身边。起初我在养猪场工作，但并没有负责喂养您，后来，我与黄合作一起，被派到棉花加工厂工作，对您成就赫赫大名的过程，多半是道听途说。我非常愿意听您讲述，我想知道您经历的一切，连一个细节也不放过。您千万不要在乎我的眼皮，当我的眼皮遮住了眼球时，那正是我聚中了全部精力听您讲述的标志。

接下来的事情，极其纷纭复杂，我只能拣要紧的、热闹的说给你听，大头男孩道，尽管西门白氏对我的母猪妈妈进行了精心喂养，但我还是用疯狂的吮吸——简直就是榨取——导致了它的后瘫。它的两条后腿像两根枯萎的老丝瓜拖在身后，用两条前腿勉强支撑着前半身，在猪圈里爬行。此时我的身体已经与它的身体相差无几。我皮毛光滑，像抹了一层蜡；皮肤粉红，散发着香气。可怜的母猪妈妈皮毛肮脏，后半身沾着屎尿，散发着臭气。每当我要叼它的奶头时，它就没命地号叫，眼泪从三角形的眼睛里涌出来。它拖着残废的身体爬行着，躲着我，求着我：儿子，好儿子，饶了妈妈吧，你把妈妈的骨髓都吸干了,你难道看不到妈妈的惨状吗?你已经长大成猪,完全可以独立进食了。但我置它的哀求于不顾,一嘴将它拱翻,同时把两个奶头噙在嘴里,在母猪妈妈挨刀般的尖叫声中,我感到昔日能分泌出甘美乳汁的乳房,已经像废旧的胶皮一样枯燥无味,那里边能够分泌的,只有极少量又腥又咸的黏液,这已经不是乳汁而是毒药。我厌恶地一拱,就使它翻了一个筋斗。它哀号着,怒骂着:十六啊,你这个丧尽天良的畜生啊,你是个恶魔,你的爹不是猪,而是一匹狼……

因为母猪的后瘫,西门白氏受到了洪泰岳的训斥。她含着眼泪辩解:"书记啊,不是我不尽心,是这头小猪太厉害,你没看过它吃奶的样子,如狼似虎啊,别说是一头母猪,就是一头母牛,也会被它吸瘫……"

洪泰岳扶着圈墙往里看,我心血来潮,前腿一举,直立起来。我没有想到,直立起来,用两只后腿支撑身体,这个只有那些马戏团里久经训练的猪才能做的动作,我做起来竟是这般轻松自如。我把两只前蹄搭在墙头上,脑袋几乎触到洪泰岳的下巴。他吃了一惊,身体后撤,瞅瞅周围无人,低声对西门白氏说:

"错怪你了,我马上派人来,将这个猪王弄出来单独饲养。"

"我早就跟黄副主任说过,但他说要等您回来研究……"

"这个笨蛋,"洪泰岳道,"这么点小事都不敢做主!"

"大家都敬奉着您呢,"白氏抬头看了洪泰岳一眼,慌忙低下头,喃喃道,"您是老革命,为人正派,处事公道……"

"行了,这些话你以后不要再说,"洪泰岳挥挥手,紧盯着白氏泛起红潮的脸膛,说,"你还住在那两间看茔屋子里吗?要不你就搬到饲养棚里来吧,跟黄互助她们住在一起。"

"不啦,"白氏说,"我出身不好,又老又脏,别让年轻人讨厌……"

洪泰岳用劲儿盯了白氏几眼,把头扭了,目光盯着那些肥大的葵花叶片,低声道:

"白氏,白氏,你要不是地主该有多好……"

我"哐哐"地叫着，表达着心中复杂的情感。说实话，我那时并没有特别强烈的醋意，但洪泰岳与白氏之间那种日渐微妙的关系让我本能地感到不悦。这事儿自然没完，最终的悲剧结果你尽管知道，但我还是会详尽地讲给你听。

他们将我转移到了一间特别宽大的猪舍里。离开诞生地时我最后看了一眼偎在墙角、痴痴呆呆的母猪，心中毫无悲悯之感。但不管怎么说，我通过它的产道来到阳世，从它的乳房里榨取营养长大了自己的身体，它对我有养育之恩，我应该报答它，但我实在想不出拿什么报答它，最后，我将一泡尿撒在它的食槽里，据说，年轻公猪的尿含有大量激素，对因哺育过度而瘫痪的母猪，有奇特的疗效。

我的新居是一排独立圈舍中最宽敞的一间，距离那二百间新建成的猪舍有一百米远。我的房子后边是一棵大杏树，半个树冠笼罩在圈舍的上空。圈舍是敞开式的，后檐长，前檐短，阳光可以无遮拦地照射进来。圈舍的地面全部用方砖铺就，角落有洞，洞上架铁箅子方便粪便流出。在我的卧室墙角，有一堆金黄色的麦秸，散发着清新的气息。我在新居里转来转去，嗅着新砖的气味，新土的气味，新鲜梧桐木的气味，新鲜高粱秆的气味。我很满意。与老母猪那低矮、肮脏的居所相比，我的新居，是真正的高尚住宅。这里通风透气，采光良好，所有的建筑材料都是环保型的，绝对没有有害气体。瞧那梁檩，是新砍下来的梧桐树干，茬口雪白，渗着苦涩的汁液。充当房笆的高粱秸秆也是新鲜产物，汁液未枯，散发着酸甜的气味，嚼起来味道肯定很好。但这是我的屋，我不会为了满足口腹之欲而自拆房屋，但咬一截尝尝滋味也不是不可以。我可以轻松地直立，仅用两条后腿支撑身体，像人一样行走，但这一手绝活，要尽量地保守秘密。我预感到自己降生在一个空前昌盛的猪时代，在人类的历史上，猪的地位从来没有如此高贵，猪的意义从来没有如此重大，猪的影响从来没有如此深远，将有成千成亿的人，在领袖的号召下，对猪顶礼膜拜。我想在猪时代的鼎盛期，有不少人会产生来世争取投胎为猪的愿望，更有许多人生出人不如猪的感慨。我预感到生正逢时，从这个意义上想阎王老子也没亏待我。我要在猪的时代里创造奇迹，但目前时机尚未成熟，还要装愚守拙，韬光养晦，抓紧时机，强壮筋骨，增加肌肉，锻炼身体，磨炼意志，等待着那火红的日子到来。因此，人立行走的奇技，绝不能轻易示人，我预感到此技必有大用，为了不致荒疏，我在夜深人静时坚持练习。

我用坚硬的嘴拱了一下墙壁，墙壁上随即出现了一个窟窿。我用后蹄踏了一下地面，一块方砖裂成两半。我直立起来，嘴巴触到了房笆，轻轻一咬，一截高粱秸就落在嘴里。为了不让他们发现踪迹，我将那高粱秸嚼碎吞下，连一点渣滓都不吐。我在院子里——姑且算作院子吧——直立起来，前蹄搭在了一根锄柄粗细的杏树杈上。通过这一番侦探试验，我心中有了底数。这间看起来——对一般的猪来说是坚固牢靠的华舍，对我来说，简直是纸糊成的玩具，我用不了半点钟，就能将它夷为平地。当然我没有那么愚蠢，在时机没有到来之前，我不会自毁居所。我不但不毁它，我还要好好爱护它。我要保持卫生，保持整洁，定点大小便，克制鼻子发痒想拱翻一切的欲望，给人们留下最为美好的印象。要做霸王，先做良民。我是一头博古通今的猪，汉朝的王莽就是我的榜样。

最让我高兴的是，我的新舍里竟然通了电源，有一盏一百瓦的灯泡悬挂在最高的梁头上。后来我知道新建的二百间猪舍都通了电源，但它们的灯泡只有二十五瓦。电源开关的拉线紧贴着墙壁垂悬。我抬起一只蹄子，将那线夹在蹄爪的中缝里，轻轻一拽，啪嗒一响，灯泡白亮，真是好玩，现代化的春风，跟着"文化大革命"的东风，终于吹进了西门屯。赶快拉灭，别让那些人知道我会开灯。我知道这些人在猪舍里安电灯是为了监视我们的行动，当时我就想象一种设备，安装在猪舍里，那些人只要待在舒适的房间里，就可以把我们的活动一览无余。后来，这种设备果然出现了，这就是如今各大工厂、车间、教室、银行甚至公厕普遍安装的闭路电视监控系统。但我对你说，即使他们当时就有了这种设备,在我的舍里安装了摄像头,我也会用猪屎糊上,让他们看得满眼猪屎。

我搬进新舍已是深秋季节,太阳光线里红色增多白色减少。红色的太阳把杏树的叶子全部染红,不亚于香山的红叶——我当然知道香山在哪里,我当然知道红叶象征着爱情,红叶上还可以题诗——每天的傍晚和清晨,太阳落下和升起的时候,也是养猪人吃早饭和晚饭的时候,猪舍里异常安静,我便直立起来,将两只前爪蜷在胸前,从大杏树上摘下红叶,塞进嘴里嚼着。杏叶清苦,纤维丰富,能降低血压,清洁牙齿。我咀嚼着杏叶,类似今日那些咀嚼着口香糖的时髦青年。我往西南角上望去,一排排猪舍,整整齐齐,宛如军营,几百棵杏树将猪舍掩映,在通红的夕阳或者朝阳的照耀下,杏叶灿烂,如火如霞,是无比美好的景象。那时人们衣食拮据,对大自然的美景还比较麻木,如果那些杏树和猪舍保留到今天,完全可以吸引城里人下来欣赏红叶,春天可以搞个杏花节,秋天就搞个红叶节,让他们吃在猪圈睡在猪舍,真正体会乡野风情。扯远了,对不起。我是一头想象力丰富的猪,脑子里有许多莫名其妙的幻想,我经常被自己幻想出来的情景吓得屁滚尿流或者逗得哈哈大笑。屁滚尿流的猪随处可见,但哈哈大笑的猪唯我一头,这事儿后面还会提到,暂且不表。

就在那些杏叶鲜红的日子里的一天,大概是农历的十月初十吧,就是十月初十,没错,我相信自己的记忆,十月初十的凌晨,太阳刚刚升起,很大很红很柔软的时候,久未露面的蓝金龙回来了。这家伙带领着当年在他鞍前马后侍奉过的孙家四兄弟,外加大队会计朱红心,仅用了五千元钱,就从沂蒙山区买回了一千零五十七头猪。每头平均不到五元,实在是便宜得惊人。当时我正在我的高尚住宅里晨练:用两只前爪攀住那根挥到我的院子里来的杏树枝杈,做引体向上的练习。杏树枝杈柔韧结实,弹性强大,借着这劲儿,我的身体不时地离开地面,沾着白霜的红色杏叶纷纷飘落。我的这行为一举三得,一是锻炼了身体,二是体验了身体暂时脱离地球引力的快乐,三是落在地上的杏叶，都被我用爪子拨拉到卧处。我为自己准备了一个松软温暖的床位。我预感到即将到来的是一个严寒的冬季，我要做好御寒取暖的准备。就在我攀着树杈屁颠儿乐着的时候，我听到一阵马达的轰鸣，抬眼看到，从杏园外边那条土路上，开来了三辆拖着挂斗的汽车。汽车风尘仆仆，仿佛刚从沙漠里钻出来，车头上落着厚厚的尘土，以至于难以分辨汽车本来的颜色。汽车颠颠簸簸地开进杏园，停在那片新猪舍后边的空地上。空地上散乱着砖头瓦片，还有一些沾着泥巴的麦草。三辆汽车像三个尾大不掉的怪物，折腾了半天才停妥当。这时，我看到，从第一辆车的驾驶棚里，钻出了蓬头垢面的蓝金龙，从后边那辆车的驾驶棚里，钻出了会计朱红心和孙家老大孙龙。然后从第三辆车上的车厢里，站起了孙家三兄弟和小鬼一样的莫言。这四个小子的头脸上尘土很厚，活像秦始皇的兵马俑。这时候，我听到从车厢里和挂斗里，发出了猪的哼哼声，哼哼声渐渐变大，变成了齐声尖叫。我心中兴奋无比，知道猪的红火日子已经开始。这时我还没看到这些沂蒙山猪的形象，仅仅听到了它们的叫声，仅仅嗅到了它们屎尿的古怪气味。但我预感到这是一群丑陋的家伙。

洪泰岳骑着一辆崭新的"大金鹿"飞驰而来，那时自行车还是紧俏物资，每个大队的支部书记才可以凭票购买一辆。洪泰岳将自行车支在空地的边上，紧靠着一棵被砍去了半边树冠的杏树，连锁都没上，可见他的兴奋非同一般。他像迎接远征归来的战士一样，张开双臂跑向金龙，你不要以为他要拥抱金龙，那是外国礼貌，大养其猪时代的中国人还不兴这一套。洪泰岳张开的双臂在到达金龙面前突然下垂，他伸出一只手，拍拍金龙的肩膀，说：

"买到了吗？"

"一千零五十七头，超额完成任务！"金龙说着，身体便摇晃起来。洪泰岳没来得及扶他，他就一头栽到地上。

随着金龙的晕倒，孙家四兄弟和夹着一只人造革黑色皮包的会计朱红心也摇晃起来，只有莫言还精神抖擞，他挥舞着胳膊，大声喊叫着：

"我们杀回来了！我们胜利了！"

红通通的太阳照着他们，使场面显出几分悲壮。洪泰岳招呼着大队里的干部和民兵，把这几个劳苦功高的买猪人，连同三个司机，扶的扶，抬的抬，都弄到了饲养员居住的那排房屋里。洪泰岳大声吩咐着：

"互助，合作，找几个妇女，擀面条，煮鸡蛋，慰劳他们，其余的人，都来卸车！"

车挂斗后边的挡板刚打开，我就看到了这些可怕的东西。它们哪里是猪！它们怎么配叫猪！它们七大八小，毛色混杂，身上无一例外地沾着肮脏的粪便，散发着刺鼻的恶臭。我慌忙夹起几片杏叶，堵塞了鼻孔。我原以为他们会弄来一群美丽的小母猪与我作伴，使我这个未来的猪王享尽艳福，没想到竟弄来一群野狼与野猪杂交出来的怪物！我原本想再也不看它们，但它们那侉里侉气的外地口音又让我感到好奇。老蓝，尽管我有一颗人的灵魂，但毕竟还是一头猪，你不能对我期望过高。好奇之心，人皆有之，何况一头猪？

为了减轻它们的尖叫对我耳膜的刺激，我揉烂两片杏叶，团成球儿，堵住耳朵。后腿发力，前腿举起，我把住那两根杏树杈儿，取得了一个开阔的视野，将新建猪舍旁边那片空场上的景物尽摄眼底。我知道自己肩负重任，在七十年代的高密东北乡历史上将扮演重要角色，我的事迹，最终将被莫言那小子写进经典，我要爱护自己的身体，我要保护自己的视力、嗅觉、听力，这些，都是我创造传奇的必要条件。

我将前爪和下巴放在树杈上，借以减轻两条后腿承受的压力。树杈因我的压迫而下垂，并微微颤抖。一只啄木鸟贴在树皮上，歪着脑袋，用黑色的小眼睛，好奇地看着我。我不懂鸟语，无法与它交流，但我知道我的形状让它感到了惊奇。我透过疏朗的杏树叶子，看到那些从车上卸下来的家伙，一个个头昏眼花、腿脚发软的可怜样子。有一只嘴如柱笼、两耳尖削的母猪，可能是因为年老体弱，不堪旅途颠簸，一下车就晕了过去。它侧卧在沙地上，翻着白眼，嘴里吐着白沫。还有两只模样略微周正些的小母猪，看样子极像一母所生，都弓着脊梁，在那里呕吐。它们俩的呕吐，像病毒性感冒一样迅速传染，使半数的猪，弓起了呕吐时的脊背。其余的那些家伙，有歪着的，有趴着的，有借着杏树粗糙的树皮蹭痒的，发出"咔嚓咔嚓"的声响，天哪，多么粗糙的皮肤！是的，它们身上有虱子，有癞癣，我要保持警惕，与它们拉开距离。有一只黑色的公猪，引起了我的注意。这家伙瘦而精干，嘴巴奇长，尾巴拖地，鬃毛密集而坚硬，肩膀阔大，屁股尖削，四肢粗大，眼睛细小但目光锐利，两只焦黄的獠牙，从唇边伸出来。这家伙基本上就是一头未经驯化的野猪。所以，当众猪因长途坐车体力不支丑态百出时，这家伙却悠闲地散步看景，宛如一个抱着膀子吹口哨的小流氓。几天之后，金龙为它起了一个响亮的名字：刁小三。刁小三是当时流行的革命样板戏《沙家浜》中的一个反面人物，对，就是那个抢了少女包袱还要抢人的坏种，我与刁小三的戏很多，按下不表。

　　我看到，在洪泰岳的指挥下，社员们将那些猪捉进那五排二百间猪舍。捉猪的过程纷乱而嘈杂。那些智商低劣的家伙，在沂蒙山区被野放惯了，不知道进了猪舍就可以过上养尊处优的幸福生活，它们把进猪舍当成了上屠场，它们放声痛哭，它们尖声号叫，它们胡碰乱撞，它们四处逃窜，它们都使出了最后的力气，做困兽之斗。那个在牛时代里干了许多坏事的胡宾，被一头发了疯的白猪撞中小腹，仰面跌倒后，费劲坐起来，面色灰白，头冒冷汗，捂着肚皮哼哼，这个倒霉蛋，心地阴暗，自视才高，什么事都想掺和，但吃亏的总是他，真是既可恨又可怜。你大概还记得我作为一头牛时，在运粮河广大的河滩上，修理这老小子的情景吧？几年不见，他更老了，门牙脱落，说话漏风，但我作为一头猪却只有半岁，正是青春年华、黄金岁月。莫道轮回苦，轮回也有轮回的好处。还有一头豁了半个耳朵、鼻子上扎着一只铁环的阉公猪，暴怒之下，咬伤了陈大福的手指。这个曾与秋香有染的坏蛋，夸张地大声号叫，仿佛整只手都被公猪咬掉而不仅仅伤了一个手指。与这些无用的男人形成对照的是那些行动迟缓的中年妇女,有迎春,有秋香,有白莲,有赵兰,她们都弯着腰,伸着手,嘴里发出"啰啰"的声音,脸上带着友善的笑容,向那些被逼到墙角的猪靠拢。尽管这些沂蒙猪身散恶臭,但这些女人脸上却没流露出丝毫厌恶之意。她们的微笑是那么真诚。猪们虽然还是发出惊惧的"哐哐"声,但却没有逃窜。女人的手伸过去了,不避污秽地触到了它们的身体,她们为它们搔痒。猪禁不住搔痒;人架不住吹捧。它们的斗志顷刻之间便被瓦解,一个个眯缝起眼睛摇摇晃晃地软在了地上。女人们顺势把这些被温情俘虏了的猪抱起来,一边在它们的腿缝里搔着,一边就把它们送到了猪舍里。

  洪泰岳对女人们大加赞赏,对那些粗野蛮干的男人冷嘲热讽。他对坐在地上哼哼不止的胡宾说:"怎么,鸡巴被猪咬掉了吗?看看你这熊样,起来,躲到一边去,别在这里丢人现眼!"他对惨叫不止的陈大福说:"还有你,哪里像个男人,即便是咬掉了两个指头,也用不着这样哭号!"陈大福攥着手指道:"书记,我这是工伤,公家要给我医疗费和营养费!"洪泰岳道:"你回家等着吧,等着国务院和中央军委派直升飞机来接你去北京治伤,没准儿中央首长还会接见你呢!"陈大福道:"书记,你用不着讽刺我,我虽然傻,但好话坏话还是能听出来的!"洪泰岳啐了陈大福一脸唾沫,又对准他的屁股踹了一脚,骂道:"滚你妈的蛋!你傻,你偷鸡摸狗时怎么不傻?你争竞工分时怎么不傻?"说着,又踢了陈大福一脚。陈大福躲闪着,喊道:"共产党还打人啊?"洪泰岳道:"共产党不打好人,对你这样的二流子,除了打别无良药可治,你最好躲到我的眼界外边去,看见你我心里就憋闷!二小队的记工员来了没有?今天早上,参加抓猪的人都记半个工,但胡宾和陈大福不记!""凭什么?"陈大福拔高嗓门吼叫着。"凭什么?"胡宾尖着嗓子吼叫着。"什么也不凭,我看着你们俩不顺眼!""工分,工分,社员的命根,"陈大福忘记了手上的伤,将那伤手,攥成一个拳头,在洪泰岳眼前挥舞着,喊叫,"你扣我工分,想把我的老婆孩子饿死吗?我今天晚上就带着老婆孩子睡到你家里去!"洪泰岳轻蔑地说:

"你以为我老洪是被人吓唬着长大的吗？老子革命几十年，什么样的难缠货色都见过，你这一套癞皮狗战法，对付别人也许有效，在老子面前不灵！"胡宾原本也想跟着陈大福吵嚷，但他的老婆白莲，用沾满猪屎的胖手，扇了他一个嘴巴子，然后赔着笑脸对洪泰岳说："书记，你别跟他一般见识。"胡宾窝着嘴，一副想哭不敢哭的憋屈样子。洪泰岳说："起来吧，难道还指望着四人轿来抬你吗？"于是胡宾委屈着爬起来，跟在身高马大的白莲身后，缩着脖子，回家去了。

在闹闹哄哄中，一千零五十七头沂蒙山猪，绝大多数被捉了进去，只有三头，尚未归舍。一头土黄色的母猪死了，一头黑色间白花的小猪也死了。另有一头，就是那只黑色的野猪刁小三，钻到汽车底下，死活也不出来。基干民兵王臣，从饲养棚里扛来一根梧桐杆子，想把它捅出来，但杆子刚伸进去，就被刁小三咬住。猪和人僵持着，形成拔河的状态。我虽然看不到车底下的刁小三，但完全可以想象出它的模样。它咬住杆子，鬃毛直竖，双眼放出绿色的凶光。这基本上不是一头家猪，而是一匹野兽。这头野兽在后来的岁月里，教会了我很多。它先是我的敌人，后是我的谋士。正如前面所说，我与刁小三的故事，将在后面的篇章里，浓墨重彩地渲染之。

那身材魁梧的民兵与车厢下的刁小三较劲，正好是势均力敌，木杆子偶有进退，也是在方寸之间。众人都看得呆了。洪泰岳侧歪着身子，往汽车底下望去。许多人都学着老洪的样子侧歪着身子往汽车底下看去。我看着那些人的怪样子，努力想象着车底下那头猪，那个桀骜不驯、流里流气的好汉。终于有人觉悟，上前来帮王臣的忙。我对这些人产生了不屑之感。公平角力，一对一嘛，几个人对付一头猪，算什么人呢！我担心着车下的猪随时都会被那杆子拽出来，像从泥土里拽出一个巨大的萝卜，但随即就听到"咔吧"一声脆响，只见那几个拽着杆子的男人往后跌倒，叠成一堆。杆子断去一截，茬口雪白，显然是被刁小三咬断了。

众人不由地喝起彩来。世间的万物就是这样，小坏小怪遭人厌恨，大坏大怪被人敬仰。那刁小三的行为，虽然还算不上大坏大怪，但已经明显地超越了小坏小怪的程度。又有人将杆子捅了进去，但车底下传出的"咔吧"声吓得那人扔掉杆子就跑了。众人议论纷纷，有建议用土枪打的，有建议用扎枪攮的，有建议用烈火烧的。这些野蛮的建议都遭到了洪书记的否定。洪书记神色沉重地说："都是些比屎还臭的主意，我们要'大养其猪'，不是大养死猪！"于是又有人建议派一个胆大的女人钻进车底去给它搔痒痒，再凶的公猪，也知道尊重女性吧？再凶的猪，被女人一搔痒，也会野性顿消吧？主意是好主意，但派谁进去，立即就成了问题。此时还担任着革命委员会副主任、但其实一点权力也没有的黄瞳道："重赏之下，必有勇妇！谁能钻进去把这头野猪降服了，奖给三个劳动日的工分！"洪泰岳冷冷地说："那就让你老婆钻进去！"吴秋香避到人后，骂黄瞳道："你多嘴多舌，自找难看！别说是三个劳动日的工分，就是三百个劳动日的工分，老娘也不进去！"正为难间，只见西门金龙，从杏园尽头那五间养猪人的宿舍兼煮饲料的屋子里走出来。初出门时黄家双娇一边一个搀扶着他，走了几步后，便将二女推开。二女并肩跟随着他，如同他的两个美女保镖。在他们身后，还跟随着身背药箱的西门宝凤与蓝解放、白杏儿、莫言等一干人。我看到了西门金龙那张风尘仆仆的严肃面孔，看到了蓝解放、白杏儿等十几个人挑着的猪饲料木桶，虽然用杏叶堵着鼻孔我也嗅到了饲料的香气。那是用棉子饼、红薯干、黑豆屑儿与红薯叶儿混合熬成的糊状物。在金色的阳光照耀下，木桶里冒着乳白的蒸汽，那香味儿就随着蒸汽扩散开来。我还看到，那几间屋子里，蒸汽像云团一样从门口汹涌而出。这一干人，虽然七长八短，但在那个早晨却平添了许多庄严色彩，仿佛是一群为前线的战士送饭的支前队伍。我知道那些已经差不多饿成了夹板的沂蒙山猪马上就该大快朵颐了，它们的幸福生活其实已经开始了。尽管我出身高贵，不屑与你们为伍，但既然已投生为猪，也只好入乡随俗，视你们为同类，兄弟姐妹们，让我祝福你们吧，祝你们身体健康胃口好！祝你们尽快适应这里的生活,为社会主义多拉屎多撒尿多长膘,按他们的说法,一头猪就是一座小型化肥厂,猪身上全是宝:肉是美味佳肴,皮可制革,骨头可熬胶,鬃毛可制刷子,连我们的苦胆都可入药。

看到金龙来到,众人齐声道:好了,好了!解铃还须系铃人。既然金龙能把这头野猪从沂蒙山拉来,就有办法把它从汽车底下弄出来。洪泰岳递给金龙一支烟,并亲自为他点着火。书记敬烟,高级礼遇,非同小可。金龙嘴唇发白,眼圈发青,头发凌乱,看上去十分疲惫。这次沂蒙山购猪,他劳苦功高,在社员中树立了威信,并重新赢得了洪书记的信任。书记的敬烟,看来也让他受宠若惊。他将抽了半截的香烟放在一块砖头上——那烟随即就被莫言捡了去抽——脱掉那件已经褪色发白、肩膀和袖口都打了补丁的旧军装,显出一件紫红色的翻领运动衫,胸前用白漆印着"井冈山"三个毛体大字,把袖子捋上去,弯腰就要往车下钻。洪泰岳一把拉住他,说:

"金龙,不要蛮干,这头猪,基本上是疯了。我不希望你伤了它,更不希望它伤了你。你与它,都是我们西门屯大队的宝贵财富。"

金龙蹲下身,往车下张望着。他捡起一块沾满白霜的瓦片掷进去,我猜想那刁小三一张口就咬住了那瓦片,"咔嘣咔嘣"嚼碎,小眼睛凶光四射,让人不寒而栗。金龙站起来,嘴唇一抿,腮上浮起笑意。我十分熟悉这小子的这副表情,只要他的脸上出现这样的表情,就说明他已经有了主意,而且多半是妙不可言的主意。他贴近洪泰岳的耳朵说话,仿佛怕被车底下的刁小三听到。其实他是多虑了,我相信除了我之外,这地球上的猪,都听不懂人类的语言,而我能听懂人类的语言,是一个极个别的例子,因为那望乡台上的孟婆汤,对我不起作用,否则我也如那些轮回中的芸芸众生一样,一碗汤灌下去,什么前生来世,都会忘却得干干净净。我看到洪泰岳脸上也绽开了笑容,他拍着金龙的肩膀,笑着说:

"小子,亏你想得出来!"

用了大约抽半支烟卷的时间,西门宝凤手捧着两个雪白的馒头跑过来。我看到那馒头被泡涨了，散发着浓郁的酒香。我马上就明白了金龙的诡计，他是想让刁小三醉倒，失去反抗能力。如果我是刁小三，我自然不会上当。但刁小三毕竟是一头猪，野劲儿十足，但智商显然不高。金龙把浸了酒的馒头扔到车下。我心中暗暗念叨着：哥们儿，千万别吃，一吃就中了人家的计了！但刁小三显然是把酒馒头吃了，因为我看到金龙和洪泰岳等人脸上都洋溢着阴谋得逞后的喜气。接着我又看到，金龙拍着巴掌说："倒也，倒也！"这语言是从古典小说学来的，古典小说里那些强人，在酒里加上蒙汗药，骗着人家喝下去后，就拍着巴掌说"倒也，倒也"，于是那些人就倒了。金龙钻到车下，把醉得摇头晃脑的刁小三拖了出来。刁小三哼哼着，失去了反抗能力，任由人们把它抬起来，扔到与我的新舍只隔着一道墙的猪舍里。这两间猪舍是独立房屋，是专为种公猪准备的，他们把刁小三放进来，显然也是把它当成种公猪来培养的。我感到这是一个荒诞的决定。我四肢强健，身体修长，粉皮白毛，短嘴肥耳，是猪中的英俊少年，培养我做种猪，是天经地义之事，可这刁小三——它的容貌体态诸位已经知晓——这样的劣种，能配出什么样的后代？——事隔多年之后，我才明白金龙和洪泰岳的决定是对的。在上个世纪七十年代，物资贫乏，猪肉供应严重短缺，那时候人们最喜欢吃的是那种入口就化的肥肉，可现在，生活水平大大提高，人们的嘴巴越来越刁，已经不满足于吃家养的东西，更喜欢吃野味，刁小三交配出来的后代，都可以当成天然野猪出售。这些都是后话，暂不提它。

当然，作为一头智慧超群的猪，我不会忘记保护自己。当我看到他们抬着刁小三往这边运动时，马上就猜到了他们的意图。我及时地将两条腿从杏树杈上拿下来，然后悄悄地趴在墙角那一堆干草和枯叶中装睡。我听到他们把刁小三扔到隔壁时发出的沉重声响，听到刁小三的哼哼声，我也听到了洪泰岳与金龙等人对我的夸奖。我悄悄地睁开一条眼缝，看到墙外那些人。太阳已经升起很高了，他们的脸上都如敷了金粉一样灿烂。

第二十四章

庆喜讯社员燃篝火
偷学问猪王听美文

爷们儿，或者是哥们儿，大头儿蓝千岁用北京痞子般的口吻对我说，接下来让我们共同回忆那个灿烂的深秋，那个灿烂的深秋里最灿烂的日子。那一天，杏园里红叶如丹，天空中万里无云，高密县第一次，也是最后一次"大养其猪"现场会在我们西门屯大队杏园养猪场召开。这次会议在当时被誉为创造性的工作，省报发表过长篇通讯，与这次会议有关的几个县、社干部，被提拔到更高一层的位置上，这次会议载入高密史志，更成为我们西门屯历史上的光荣。

为筹备这次会议，西门屯大队的社员，在洪泰岳的带领下，在金龙的指挥下，在驻队干部、公社革委会副主任郭宝虎的指导下，已经没日没夜地准备了一个星期。幸好时当农闲，地里已没有庄稼，全村忙会也不至于误了农时，但即便是三秋大忙季节也没有关系，那年头政治第一，生产第二，养猪就是政治，政治就是一切，一切都为政治让路。

从得到全县养猪现场会要在这里召开的消息那一刻起，整个村庄便沉浸在一种节日的气氛当中。先是大队支部书记洪泰岳在高音喇叭里，用兴奋的腔调宣布了这个喜讯，接着全屯的百姓便自发地走上街头。那时刻已经是晚上的九点多钟，国际歌的旋律已经在喇叭里播放完毕，往常的日子里，社员们即将上炕睡觉，村西头王家那一对新婚夫妇就要开始性交,但喜讯激动了人们的心,改变了人们的生活。你为什么不质问我:一头猪,在杏园深处的猪圈里,如何能知道村子里的情况?实不相瞒,那时候,我已经开始了夜间跳出猪圈,视察猪舍,与那些沂蒙山来的母猪打情骂俏,然后漫游村庄的冒险生涯,村子里全部秘密,尽在我掌握之中。

社员们点燃灯笼火把走上街头,几乎每个人的脸上都带着笑意。社员们为什么如此高兴?因为在那个年头里,只要哪个村庄成了典型,就会有巨大的利益滚滚而来。人们先是聚齐在大队部的院子里,等待着支部书记和大队的头面人物出场。洪泰岳身披着夹袄,站在明亮的汽灯光芒里,发自内心的喜悦使他的脸光彩夺目,犹如一面用砂纸打磨过的铜镜。他说:社员同志们,全县"大养其猪"现场会在我们屯召开,是党对我们的关怀,也是党对我们的考验,我们一定要尽最大的努力,筹备好这个会议,并借这次会议的东风,把养猪工作推向一个新的高峰,我们现在只养了一千头猪,我们还要养五千头猪,养一万头猪,等我们养到两万头猪时,我们就进京去向毛主席他老人家报喜!

书记讲话完毕,人群还聚着不散,尤其是那些正当青春佳期,精力无处发泄的青年男女,恨不得上树下井,杀人放火,与帝修反决一死战,这样的夜晚如何入睡?!孙家四个兄弟,没经书记许可就冲进办公室,把那套封存日久的锣鼓家什从柜子里拿出来,从来就不甘寂寞的莫言,虽然处处招人厌,但他脸皮厚,不在乎,事事都掺和,他抢先把鼓背在身上。其余的年轻人又从柜子底下翻出了闹"文革"的彩旗,于是,一支锣鼓喧天、彩旗招展的队伍就上了街,从街东头游行到街西头,又从街西头游行回街东头,吓得槐树上的老鸹狂叫惊飞。最后,游行队伍汇聚到杏园养猪场中央。在我的猪舍西侧、在那二百间沂蒙猪舍北边,在那块曾经醉倒过沂蒙野猪刁小三的空地上,用那些因建猪舍而砍伐的杏树枝杈,莫言胆大妄为地点起了一堆篝火。火苗子熊熊,生出猎猎风声,散发着燃烧果枝的特有香气。洪泰岳起初还想训斥莫言,但看到青年人绕着火堆又跳又唱的热烈情景,他自己也忍不住地跳了起来。人们欢天喜地,圈里的猪惊心动魄。莫言不断地往篝火里添加树枝,火光照耀得他的脸光彩夺目,宛如庙里新刷了油彩的小鬼。我虽然还没正式加冕为猪王,但已经在群猪中树立了威信。我用最快的速度,向每排猪舍中的头一间猪舍中的猪传达了消息。我对第一排第一间猪舍中的那五头猪中最聪明的母猪"蓝菜花"说:

"告诉大家,不要害怕,我们的好日子来了!"

我对第二排第一间猪舍中那六头猪中最为阴险的阉猪"野狼嗥"说:

"告诉大家,不要害怕,我们的好日子来啦!"

我对第三排第一间猪舍中那五头猪中最美丽的小母猪"蝴蝶迷"说:

"告诉大家,不要害怕,我们的好日子来啦!"

"蝴蝶迷"睡眼惺忪,憨态可掬,我情不自禁地吻了一下它的腮帮子,使它发出了一声尖叫。然后我便克制着幸福的心跳,跑到第四排第一间猪舍对着那里边那四头号称"四大金刚"的阉公猪们说:

"告诉大家,不要害怕,我们的好日子来了!"

四大金刚迷迷糊糊地问我:"你说什么?"

"大养其猪现场会要在我们这里召开,我们的好日子就要来了!"我大声吼叫着,疾跑归舍,在没有称王之前,不愿意让人们知道我夜晚出游的秘密。尽管他们知道了也拦不住我——我已想好了起码三条自由出入猪舍的妙计——但还是装愚守拙为高。我疾跑,尽量躲避着篝火的光芒,但几乎无处躲避,这一把冲天大火,把整个杏园都照亮了,我看到奔跑中的我——未来的猪王——浑身发亮,如同穿着贴身的绸缎,像一道流光溢彩的闪电,在接近猪王之舍时飞身跃起,用两只灵巧得可以私刻公章、伪造美元的前爪抓住杏树下垂的枝杈,身体线条流畅宛如纺锤,借着树枝的弹性和身体的惯性,超越了墙头,降落在我的窝里。

我听到一声尖叫,感觉到蹄爪戳在了一个富有弹性的东西上。定睛一看,不由怒火中烧。原来,趁着我不在,隔壁那个野杂种——

沂蒙山猪刁小三，正舒坦地趴在我的绣榻上睡觉。我的身体顿时痒了起来，我的目光顿时凶了起来。我看到它丑陋、肮脏的身体，卧在我精心布置的窝里。可怜啊，这些金黄的麦秸草！可惜啊，这些鲜红的、散发着清香的杏叶！这个杂种玷污了我的床铺，把身上肮脏的虱子和癞癣皮屑留在我的床铺上，而且我敢断定它这样干绝对不是第一次。怒火在胸中燃烧，力量在头颅上聚集，我听到了自己的牙齿相错发出的刺耳的声响。而那个家伙，竟然厚颜无耻地微笑着，对着我点点头，然后若无其事地跑到杏树下去撒尿。我是一头富有教养、讲究卫生的猪，我撒尿的地点固定在猪舍西南方的墙角上，那里有个洞口，通向舍外，我每次都是准确地瞄准那个洞口，让尿液从洞中流出，几乎不在舍内留下一点痕迹。而杏树下边，是我从事健身运动的地方，那里地面光洁，犹如大理石板，我每次攀着树杈在那里做引体向上的运动时，蹄爪与地面接触，都会发出清脆的响声，可这样一个美妙的地方，竟让这个杂种一泡臊尿给糟蹋了！是可忍也，孰不可忍也！这是当时流行的一句古语，现在已经很少听人引用，每个时代有每个时代的流行话语。我运足力气，以气功大师头撞石碑的勇气，对准了那杂种的屁股，准确地说是对准了那杂种的两个硕大的睾丸，猛地撞了过去。巨大的反弹力使我倒退两步，后腿一软，屁股坐在地上。与此同时，我看到那杂种屁股高高翘起，一股稀屎蹿了出来，而它的身体就如一发炮弹，呼啸着撞到墙上，然后又反弹回来。这一切都发生在一瞬间，半似梦幻半似真实。最真实的情景是，这杂种像一具死尸般横卧在墙下，那里正是我排泄粪便的场所，那里才是你这样的臭皮囊躺卧的地方。那杂种浑身抽搐，四肢抱拢，脊梁像发威的野猫一样弓起，眼睛翻着，只见白眼不见青眼，像一个对劳动人民极度蔑视的资产阶级知识分子。我感到有些头晕，鼻子有些酸麻，眼睛里噙着泪水，这一下使出了我吃奶的力气，如果不是撞在这杂种身上，我怀疑自己会穿墙而出，在土墙上留下一个圆形的洞口。我冷静之后感到有些惧怕，这杂种不经许可污我香窝的恶行固然可憎可恨，但它犯下的确也不是死罪,教训它一下是可以的,但将它置于死地显然是过分了。当然,即便是西门金龙、洪泰岳等人判断出刁小三系我所杀,也不会把我怎么样,他们还指望着我的小鸡巴为他们繁殖猪娃呢。何况刁小三是死在我的舍里,用上海人的说法是它捞过了界,是它自寻死路。人的领土神圣,需要用热血和生命来保卫,猪的领土难道就不神圣了吗?动物都有自己的边界,老虎、狮子、狗,无一例外。如果是我跳到它的舍里咬死了它,那是我的过错,可是它跑到我的卧榻上来困觉,在我的健身场地撒尿,死了是咎由自取。这样翻来覆去地想想,我心中也就坦然了。唯一让我心感歉疚的是:我是在它小便时,从它的背后发起了突然袭击,尽管这不是有意选择的时机,但毕竟不够光明正大,一旦传播出去会影响我的声誉。我断定这杂种是必死无疑了,说实话我不想它死,因为我感到这个杂种身上有一种蓬蓬勃勃的野精神,这野精神来自山林,来自大地,就像远古的壁画和口头流传的英雄史诗一样,洋溢着一种原始的艺术气息,而这一切,正是那个过分浮夸的时代所缺少的,当然也是目前这个矫揉造作、扮嫩伪酷的时代所缺乏的。我生出惺惺相惜之感,含着眼泪,到它身边,举起蹄爪,在它粗糙的肚皮上挠了一下。这家伙的肚皮抽搐了一下,鼻孔里发出一声哼哼。竟然它还没死!我心中惊喜,又挠,它又哼哼。哼哼着它的黑眼珠出来了,但它的身体还瘫软着不能动弹。我估计它的睾丸遭受了毁灭性的撞击,而这个部位,恰是所有雄性动物的致命死穴,屯里那些富有经验的泼辣女人跟男人搏斗时,总是弯腰去捞那个地方,一旦捞到手,男人就成了女人手中的泥巴,想塑成啥样就是啥样。我想这杂种即便死不了也废了,难道两个撞碎的鸡蛋还能复原吗?

我从《参考消息》上得知,未交配过的雄性动物的尿液具有起死回生之功效,中国古代医学家李时珍的《本草纲目》对此虽有记载但并不全面。那个时代,《参考消息》是唯一还能说点真话的报纸,其余的报纸、广播,全是假话空话。我从此就迷上《参考消息》,说实话，我之所以夜夜出行，一个重要原因就是要去大队部里偷听莫言朗读《参考消息》，这份报纸也是莫言那个小子最爱读的，这小子那时头发焦黄，两耳冻疮，身上穿着破棉袄，脚上穿着破草鞋，小眼如缝，貌极丑陋，但就是这样一个宝货，竟然胸怀祖国，放眼世界，为了获得阅读《参考消息》的权利，他主动向洪泰岳请求，得到了夜间义务值守大队部的工作。

大队部，也就是西门家大院的正厅里，安装着一台老式的摇把子电话机，墙上悬挂着两块巨大的干电池。房间里有一张西门闹时代的三屉桌，墙角有一张三条腿摇一条腿断的破床，但那桌子上有一盏玻璃罩子灯，这是当时罕见的光源，莫言那小子就在那桌前在那灯下夏天忍受着蚊虫冬天忍受着寒冷阅读《参考消息》。

西门家大院的大门，在大炼钢铁的年代里被劈成柴火烧了炉子，从此这个大门就像没了牙齿的老头嘴巴一样，丑陋地敞开着。这为我夜间潜行入院提供了方便。

历经三次转世，西门闹的记忆，已经逐渐淡漠，但当我看到趁着月夜出门耕作的蓝脸那笨拙如熊的身影时，当我听到迎春因骨节酸痛发出的痛苦呻吟时，当我听到秋香与黄瞳的争吵打骂声时，心中还是烦躁不安。

尽管我识字很多，但很难得到亲自阅读的机会。莫言那小子整晚上拿着《参考消息》看，翻来覆去看，一边看一边念叨出声，有时候还闭着眼背诵，这小子实在是精力过剩，无聊之极，竟然背诵《参考消息》，他小眼通红，额头被灯烟子熏得乌黑，得着公家不要钱的灯油，他没命地熬。就是从他嘴里，我，成了七十年代地球上最有文化、最博学的一头猪。我知道美国总统尼克松带着大批随员，乘坐着涂抹成银、蓝、白三色的"76年精神号"座机降落在北京机场。我还知道毛泽东主席在他摆满了线装书的书房里接见了尼克松，在座的除了翻译之外，还有国务院总理周恩来和国务卿亨利·基辛格。我知道毛泽东幽默地对尼克松说：你们上次选举时，我投了你一票！尼克松也幽默地说：您这是两害相权取其轻！我还知道美国宇航员乘坐"阿波罗17号"飞船登上了月球，宇航员在月球进行了科学考察，采集了大量岩石标本，插上美国国旗，然后撒了一泡很大的尿，因为月球的引力很小，那些尿液，像黄色的樱桃一样飞溅起来。我还知道美国飞机一夜之间差不多把越南给炸回到了"石器时代"，我还知道中国赠送给英国的大熊猫芝芝，因病久治无效，于一九七二年五月四日在伦敦动物园不幸去世，享年十五岁。我还知道日本国一批高级知识分子中流行喝尿疗法，没结婚的童年男子的尿价格昂贵，胜过琼浆玉液……我知道的实在是太多，不能一一尽数。更重要的是，我不是那种为学而学的笨蛋，我是学了就用、勇于实践的模范，在这一点上，西门金龙那小子有点肖我，毕竟，几十年前，我是他的亲爹。

我将一泡童子猪尿，对准刁小三那张咧开的大嘴滋了进去。我看着它那焦黄的獠牙想：杂种，老子这是为你洗牙呢！我的热尿流量很大，尽管我有所控制，但还是溅到了它的眼睛里，我想：杂种，我这是给你上眼药呢，这尿杀菌消毒，效果不亚于氯霉素。刁小三这杂种，吧嗒着嘴，把我的尿咽下去，哼哼声大起来，它的眼睛也睁开了，果然是起死回生的神奇液体，等我的尿撒完，片刻，它就坐了起来，站了起来，试着走了两步，身体的后半部分左右摇摆，犹如在浅水中艰难摆动的大鱼尾巴。它将身体靠在墙上，摇晃着脑袋，似乎大梦方醒的样子，然后它就骂起来：

"西门猪，我操你姥姥！"

这杂种竟然知道我是西门猪，这让我大大地吃了一惊。轮回多次，说实话我也不太经常地能把自己与多年前那个倒霉蛋西门闹联系在一起了，这屯里的人们，更不会有人知道我的出身和来历，可这沂蒙山来的野杂种竟然叫我西门猪，这真是一个难以破解的谜。我的长处是：凡是百思不得其解的事情，就索性遗忘了它！西门猪就西门猪，西门猪是胜利者，而你刁小三是失败者。我说：

"姓刁的，我今天，是轻轻地给了你一点颜色看，你不要因为喝了我的尿就好像受了侮辱,你要感谢我的尿,如果没有我的尿,你现在已经停止了呼吸。如果你现在停止了呼吸,就无法看到明天的盛典,而作为一头猪看不到明天的盛典,那就等于白活了!所以你不但要感谢我,你还要感谢日本那些创造了喝尿疗法的知识分子,你还要感谢李时珍,你还要感谢夜夜苦读《参考消息》的莫言,如果没有这些人,你此刻已四肢僵硬血液凝固,那些寄生在你身上的虱子因为吸不出血而纷纷从你身上逃离。虱子看起来蠢笨,其实行动极为快捷,民间流传着虱子会飞的说法。其实虱子无翅如何能飞,它能借助风力快速移动是事实的真相。你要是死了,虱子就会飞到我身上,那我就倒了霉,一个满身虱子的猪是当不了猪王的。从这个意义上我也不希望你死,我要把你救活,请你带着你的虱子滚回到你的窝里去,你从哪里来的还回到哪里去。"

"小子,"刁小三咬牙切齿地说,"咱们俩的事还没完。总有一天,我要让你知道沂蒙山猪的厉害,我要让你知道老虎是从来不吃窝窝头的,我还要让你知道土地爷的鸡巴是石头的。"

关于土地爷鸡巴的问题,可以从莫言那小子的小说《新石头记》里寻找答案,那小子在这篇小说里描写了一个膝下无子的石匠,为了积德行善,用一块坚硬的青石,雕刻了一座土地爷的神像,安放在村头的土谷祠里。土地爷系用石头雕成,土地爷的鸡巴作为土地爷身上一个器官,自然也是石头的。第二年,石匠的妻子就为石匠生了一个肥头大耳的男婴。村子里的人都说石匠是善有善报。石匠的儿子长大后,成了一个性格暴躁的匪徒,他打爹骂娘,行同禽兽。当石匠拖着一条被儿子用棍棒打断的残腿在大街上爬行时,人们心中不由地感慨万千,世事变幻莫测,所谓善恶报应之事,也是一笔难以说清的糊涂账。

对于刁小三的威胁,我一笑置之。我说我恭候着,随时准备应战,一山不容二虎,一个槽头上难拴两头叫驴,土地爷爷的鸡巴是石头的,但土地奶奶的那话儿也不是泥巴。一个猪场里,只能有一个猪王。咱们两个,迟早要有一场生死搏斗,今天这场不算数,今天是恶心对恶心，下流对下流，下次咱们堂堂正正一搏，为了公正、透明、让你败得口服心服，我们可以选几头办事公道、熟知竞赛规则、知识渊博、品德高尚的老猪充当裁判。现在，请君离开我的宿舍——我举起一只前爪，做了个恭请的姿势。我蹄上的甲壳，在篝火映照下闪闪发光，仿佛用上等玉石雕琢而成。

我原以为那野杂种会用一种令我惊奇的方式离开我的华舍，但它的表现令我大失所望。它窄起身子，从猪舍门口的铁栅栏缝里挤了出去。它的头极艰难地挤过去，晃动得铁栅栏门哐哐作响，头出去了，身体自然也能挤出去。不用看我也就知道，它会用同样的方式，钻过铁栅栏门，回到它自己的宿舍。钻洞入门，这是狗猫的伎俩，一头堂堂正正、自命不凡的猪，绝对不应该采用这种方式。既然做了猪，要么就吃了睡，睡了吃，为主人积肥，为主人长肉，然后被主人送进屠场。要么就像我这样，玩出点花样来，让他们不见则已，一见惊魂。所以从刁小三像条癞皮狗一样从铁栅栏间钻出去后，我已经从精神上把它看小了。

第二十五章

现场会高官发宏论
杏树梢奇猪炫异能

非常抱歉，直到现在，我还没有讲到那次养猪现场会的盛况。为了开这次会，全屯的社员准备了一周；为了讲述这次盛会，我铺垫了整整一章。

先让我从猪场的墙说起。猪场的墙，新刷了石灰，据说石灰可以消毒。白色的墙上，写满了红色的大字标语。标语内容与养猪有关，与世界革命有关。写标语的人，除了西门金龙还能是谁？在我们西门屯，最有才华的两个青年人，一个是西门金龙，另一个就是莫言。洪泰岳的评价是：金龙是堂堂正正之才，莫言是歪门邪道之才。莫言比金龙小七岁。金龙大出风头的时候，莫言犹如一只肥大的竹笋在地下积蓄力量。那时候没有人把这小子当成一回事。他相貌奇丑，行为古怪，经常说一些让人摸不着头脑的鬼话，是个千人厌、万人嫌的角色。连他自家的人也认为这孩子是个傻瓜。他的姐姐曾经指点着他的脸质问母亲：娘啊娘，他真是你生出来的吗？是不是我爹早起捡粪时从桑树棵子后边捡来的弃婴？莫言的哥哥姐姐都是身材挺拔、面容清秀的青年，其质量绝不亚于金龙、宝凤、互助、合作。他的母亲叹着气说：生他的时候，你爹梦见一个拖着大笔的小鬼，进了我家的厅堂，问他来自何处，他说来自阴曹地府，曾给阎王老子当过书记员。你爹正纳闷着，就听到内室传出响亮的婴啼，接生奶奶出来报告，掌柜的大喜，贵府太太生了一个公子。这些话，我估计大半是莫言的妈妈为了改善莫言在村子里的地位而编造，类似的故事，在中国的民间演义中比比皆是。现在你去我们西门屯——现在的西门屯已经变成了凤凰城的经济开发新区，昔日的良田里矗立着一座座不中不西的建筑物——莫言是阎王爷的书记员投胎转世的说法大行其盛——上世纪七十年代是西门金龙的时代，莫言要露出头角还得等待十年。现在，我的眼前出现了为筹备养猪大会西门金龙拿着刷子往白墙上涂抹标语的情景。金龙戴着蓝色的套袖白色的手套，黄家的互助为他提着红漆桶，黄家的合作为他提着黄漆桶。空气中弥漫着浓重的油漆气味。屯子里的标语从来都是用广告粉书写，这次使用油漆，是因为县里拨来了充足的会议经费。金龙写字时十分有派，大刷子蘸红漆写出字的主题，小刷子蘸黄漆勾出字的金边。红字金边，格外夺目，犹如当今美女粉面上的红唇蓝眼。许多人都围在后边看金龙写字，赞美声不绝于耳。与吴秋香是好朋友、比吴秋香还风骚的马六老婆娇滴滴地说：

"金龙大兄弟啊，嫂子要是年轻二十岁，拼了命也要当你的老婆，当不了大老婆也要当小老婆！"

有人在旁边插嘴说："当小老婆也轮不到你！"

马六老婆用她的水汪汪的眼睛盯着互助与合作，说：

"是啊，有这对天仙似的姊妹花，当小老婆也轮不到我。大兄弟，该把这两朵花采了吧？再拖下去，小心被别人尝了鲜！"

黄家姐妹满脸赤红，金龙也有些羞臊，他举起漆刷子，威胁道：

"闭嘴，你这浪货，小心我用漆刷子把你那嘴封了！"

说到黄家姐妹与金龙的关系，我知道你蓝解放心里不是个滋味，但既然翻出历史旧账，这些事又不能不说，即便我不说，莫言那小子也不能不写，从他那些臭名昭著的书里，西门屯的每个人，都能找到自己的影子。好了，标语书写完毕，那些未被刷掉的杏树干上也刷了石灰，杏树的枝条上，也由那些猴子般的小学生爬上去扎上了彩色的纸条。

任何运动如无学生参加就显得一片清冷，学生掺和进来，热闹劲儿就来了。即便是饥肠辘辘，节日的气氛也很浓很浓。在马良才和那个新调来的扎大辫子、讲普通话的年轻女教师率领下，西门屯小学的一百余名学生，像集群开会的松鼠，在杏树上蹿上跳下。在我的猪舍正南方约五十米处，有两棵树干间距约五米但树冠几乎连接在一起的大杏树，几个玩得兴起、甩了破棉袄、光着脊背、只穿着破棉裤、裤裆处露出的烂棉花宛如新疆细毛羊肮脏尾巴的生猛男孩，玩起了猴子荡秋千的游戏。他们扯着这杏树梢头的柔韧枝条荡来荡去，获得巨大惯性后，一松手，就如小猴，弹射到那杏树的梢头。与此同时，那杏树上的孩子也用同样的方式飞到这棵杏树上。

好，咱们继续说开会的事。所有的杏树都被打扮成了头扎彩纸条的老妖精，在猪场中间那条南北贯通的道路两边，每间隔五米，插一面红旗。在那片空地上，垒土成台，台侧用苇席遮挡，两边悬挂红布，正中扯起横幅，上边自然有字，这种会场，凡中国人没有不知道的，因此不必细说。

我要说的是，为这次会议，黄瞳赶着一辆驴拉的双轮车，去公社所在地的供销社杂品门市部，买回了两口博山造大缸和三百个唐山造瓷碗，还有十把铁勺子，十斤红糖，十斤白糖。这也就是说，会议期间，人们可以在我们杏园猪场免费喝到糖水。我知道这次采买，黄瞳又从中克扣了利头。因为我看到他向大队保管和会计交货交账时，神色慌乱。另外这家伙在路上一定偷吃了不少糖，尽管他把糖的分量不够的原因推到供销社头上，但这小子躲在杏树后低头吐酸水的情景，说明了大量的糖正在这小子胃中发酵冒泡。

我还要说的是西门金龙的一个大胆狂想。因为养猪现场会的主角其实是猪，因此猪的面貌决定会议的成败。就像金龙对洪泰岳说的那样，即便把杏园猪场用语言美化成鲜花，但如果猪不好看，也难以服众。因为大会的重头戏是全体与会代表参观猪舍，如果猪舍里的猪不好看，那这会就失败了，而我们西门屯想借猪成为全县、全省乃至全

241

国典型的想法也就泡了汤。洪泰岳复出之后，显然是把金龙当成接班人来培养的，尤其是金龙从沂蒙山购猪之后，他的话分量明显加重。金龙的建议得到了洪书记的大力支持。

金龙的设想是把那些肮脏的沂蒙山猪统统用碱水洗三遍，然后用理发推子为它们剪去长毛。于是又派黄瞳和大队保管去买来了五口大锅，二百斤食碱，五十套理发用具，还有一百块当时价格最贵、气味最芳香的罗锅牌香皂。但这计划实施起来难度之大超出了金龙的想象。你想想那些沂蒙山区来的猪，是那么的刁钻油滑，要给它们洗澡修毛，除非先用尖刀捅死它们。在现场会召开的前三天开始实施这计划，但折腾了整整一个上午，连一头猪也没收拾好，大队保管的屁股还被猪咬去了一块肉。

计划不能实行是金龙的一块心病，在会议召开前两天，他突然一拍额头，如梦初醒般地说："我怎么这么傻呢？真是的，我怎么这样傻呢？"金龙想起了不久前用浸酒的馒头麻翻了凶狠如狼的刁小三的事。他立刻去向洪书记汇报，洪书记也恍然大悟。于是赶紧去供销社买酒。醉猪，自然用不着好酒，那些五毛钱一斤的薯干酒足矣。馒头让各家去蒸，后来又把让各家蒸馒头的命令撤销，对付这些能把石头吞下去的猪，哪里还用得着白面馒头，玉米面窝头足矣！连玉米面窝头也用不着，把酒直接倒到它们日常食用的糠菜参半的饲料里就行了。于是，就在饲料锅旁摆上大酒缸，每桶饲料里掺上三瓢酒，插上根烧火棍搅和搅和，就由你蓝解放等一干人担到猪舍前，倒进食槽里。那一天杏园猪场里酒气熏天，酒量小的猪不用进食，嗅着这味儿就醉了。

我是种猪，在不久的将来要承担特殊的劳动，干我那活没有一副好身板是不行的，这道理养猪场场长西门金龙比谁都明白，因此，从一开始我就享受着吃小灶的特殊待遇。我的饲料中没有棉籽饼，因为棉籽饼含有一种名叫棉酚的物质，能够毒杀雄性动物的精虫。我的饲料是由豆饼、薯干、麸皮和少量的优质树叶混合而成，气味芳香，营养丰富。这样的饲料别说喂猪，喂人也完全可以。随着时代的发展和观念的变化，人们认识到，当年我吃的饲料才是真正的健康食品，其营养价值和安全性远远超过鸡鸭鱼肉和精粮细米。

他们竟然也在我的精美饲料里掺上了一瓢酒，平心而论，我的酒量还是不错的，虽不敢说是千杯不醉，但每次喝上五百毫升不足以影响我思维的清晰和行动的敏捷。我绝不会像隔壁的刁小三那样窝囊，两个蘸了酒的馒头吞下去，顷刻就醉成了泥一摊。但一瓢酒足有两斤，掺在我那半桶精美饲料里，吃下去后，约有十几分钟，就出了效果。

他奶奶的，我的头晕晕乎乎，四条腿软绵绵的，整个身子轻飘飘的，脚底下仿佛踩着棉花，感到地面下降，身体上升，房屋歪歪斜斜，杏树左右摇摆，平日里那些沂蒙猪难听的号叫竟然像动听的民间小曲一样在耳边缭绕。我知道喝高了。隔壁的刁小三喝高了就翻着白眼睡觉，鼾声如雷，臭屁如鼓。可是我喝高了竟想跳舞、唱歌。我毕竟是猪中之王，喝醉后也保持优雅风度。我忘记了要隐藏自己的特长，竟然在众目睽睽之下，一个纵身跳，仿佛地球人登陆月球，弹跳力剧增。我一个纵身跳就将自己已经相当雄伟的身体搁置在了杏树的枝杈上，两根枝杈正好架住我的四条腿，使我的身体上下颤悠。杏树质材柔韧，弹性极好，如果是杨柳枝杈，必将被我压折。我就这样趴在树上，如同漂浮在波涛汹涌的海水上。我看到了蓝解放等人挑着猪食桶在杏园里穿梭奔跑，我看到在猪舍外临时支起的锅里，热水冒着粉红的蒸汽，我看到我隔壁的刁小三已经醉得四爪朝天，开了它的膛它也不会哼哼一声。我看到黄家的美丽姐妹和莫言的姐姐等人都穿着胸前印着红色的"杏园猪场"仿宋体字样的洁白工作服，手持理发工具，正在接受那位从公社驻地请来的专给公社干部理发的林师傅的训练，林师傅头发粗硬，犹如猪鬃，面孔瘦削，手头上骨节粗大，一口十分难懂的南方话，说得那些跟他学艺的姑娘们满脸困惑。我还看到在那个用苇席围起的戏台上，大辫子普通话女老师，正在耐心地排演节目。我们很快就会知道这个节目名叫《小猪红红进北京》,这是当时流行的一种演唱,借用了民间小曲《盼情郎》的旋律,载歌载舞,扮演小猪红红的是村里最漂亮的一个女孩,其余的都是男孩,他们的脸上都带着憨态可掬的小猪面具。我看到孩子们跳舞,听到孩子们唱歌,身上的艺术细胞发痒,我的身体抖动,连带着杏树枝条哗哗作响,我张开喉咙歌唱,想不到发出的一声猪叫,这声音把我自己也吓了一大跳。我原来以为自己是完全可以用人类的语言放声歌唱的,但想不到竟然发出猪的声音,这令我感到沮丧,当然我也没有完全丧失信心,我见过会说人语的八哥鸟,也听说过会说人话的狗和猫,而且,努力回想起来,在我前两世当驴做牛的时候,似乎也曾在某些关键的时刻,用粗大的嗓门,发出了振聋发聩的人类的声音。

我的叫声引起了那些正在学习使用理发工具的女人们的注意。先是莫言的姐姐发出一声惊叫:"看啊,公猪上了树!"那个混杂在人群里、一直想进猪场工作但迟迟没有得到洪泰岳批准的莫言眯着眼说:"美国人早就上了月球,猪上树有什么大惊小怪!"但他的话淹没在女人们的惊叫声中,没被任何人听到。他又说:"南美洲热带雨林中有一种野猪,在树杈上筑巢,它们虽是哺乳动物,但身上生着羽毛,生出来的是蛋,孵化七天后,小猪才破壳而出!"但他的话依然淹没在女人的惊叫声中,没被任何人听到。我突然产生了想与这个小子结成亲密朋友的愿望,我想对他高喊:"哥们儿,只有你理解我,哪天得空,我请你喝酒!"但我的叫声也淹没在女人们的惊叫声中。

女人们在西门金龙的率领下,喜气洋洋地冲上前来。我抬起左边的前爪,对她们挥挥,我说:"你们好!"她们听不懂我的话,但她们领会了我对她们的友好表示,于是她们一个个弯腰捧腹地大笑起来。我冷冷地说:"笑什么?严肃点!"她们听不懂我的话,依然嘻嘻哈哈。西门金龙皱着眉头说:"这家伙,果然有些道行,但愿后天现场会时,你也能像现在这样趴在树上!"他拉开猪舍的铁栅栏,对着身后的人说:"来吧,先从这家伙开始!"他到了杏树下,颇有教养地搔搔我的肚皮，使我舒坦得欲仙欲死。他说："猪十六，我们要给你洗澡，剪毛，把你打扮成全世界最漂亮的猪，希望你能配合我们，给其他的猪做出表率。"他对着身后的人做了一个手势，四个民兵一拥而上，不由分说，每人扯住我一条腿，把我从树上拖下来。他们动作粗野，手上力气很大，使我筋骨疼痛，难以挣脱。我恼怒地大骂着："你们这些孙子，你们不是上庙烧香，你们是在糟蹋神灵！"他们把我的怒骂当成了耳边风，就这样仰面朝天地拖着我，把我拖到碱水大锅旁边。他们抬起我将我扔到锅里。一种从灵魂深处生发出来的恐惧使我产生了神奇的力量，我就着食物吃下去的那两瓢酒浆顷刻之间变成了冷汗。我猛地清醒了，我想起了在新屠宰法实行之前，猪皮是连同猪肉一起被人吃掉的，那时候，被杀死的猪就是扔到这样的碱水锅里屠戮去毛，用刀子刮得干干净净，然后摘去头蹄，开膛破肚，挂到架子上卖肉。我的四蹄一蹬就从大锅里跳了出来，我的动作快得让他们大吃一惊。但很不幸的是我从一口锅里跳出来，竟然跌落在另一口更大的锅里。锅里的温热的水猛然间淹没了我的身体。我的身体马上就感到了难以言表的舒适，舒适瓦解了我的意志。我已经没有力量跳出这口锅。女人们围上来，她们在西门金龙的指挥下，用粗毛刷子搓洗我的皮肤，我舒坦地哼哼着，眼睛半睁半闭，几乎睡了过去。后来，民兵们把我从锅里抬出来，凉风吹过我的身体，我感到慵懒无力，大有飘飘欲仙之感。女人们在我身上大动刀剪，把我的脑袋修成了板寸，把我的鬃毛修成了板刷。按照金龙的构想，女人们应该在我的肚腹两边剪出两朵梅花图案，但结果刮成了光板。金龙无奈，用红漆在我身上写上了两条标语，左边肚皮上写着"为革命配种"，右边肚皮上写着"替人民造福"。为了点缀这两条标语，他用红漆黄漆在我身上画上梅花、葵花，使我的身体成了一个宣传栏。他画完了我，退后两步，欣赏着自己的杰作，脸上带着几分恶作剧的笑容，当然更多的是满意的神情。围观的人们齐声喝彩，都夸奖我是一头美丽的猪。

  如果能把杏园猪场里所有的猪，都像收拾我一样收拾一番，那每一头猪都将成为一件鲜活的艺术品。但这件工作出奇地麻烦。单为猪洗碱水澡一项就无法落实。而现场会又迫在眉睫，无奈何金龙只好修改自己的计划。他设计了一种笔画简单但艺术效果颇佳的脸谱，教给二十个心灵手巧的男女青年，然后发给他们每人一个漆桶两支排笔，让他们趁着那些猪醉酒的时机，为它们勾画脸谱。白猪使用红漆，黑猪使用白漆，其他颜色的猪使用黄漆。青年们起初还认真勾画，但画过几头后便浮皮潦草起来。尽管是深秋天气空气清爽，但猪舍里还是恶臭逼人。在这样的环境里工作，谁的心情也不会愉快。女青年们原本就办事认真，虽心情不快也不会过分胡闹，男青年们就不管那一套了。他们用排笔蘸着油漆在猪身上胡涂乱抹，使许多白猪身上红漆斑斑，仿佛刚中了一梭枪弹。黑猪画上了白脸谱，都仿佛成了老奸巨猾的奸臣。莫言那小子混迹于男青年当中，用白油漆为四头瓦刀脸的黑猪各画上了一副宽边眼镜，还用红油漆为四头白母猪染了蹄爪。

"大养其猪"现场会终于开始了。既然攀树绝技已经暴露，那我就不客气了。为了让猪们在会议期间保持安静，给与会代表留下美好印象，饲料里的精料比例提高了一倍，掺酒的数量也增加了一倍。所以当大会开始时，所有的猪都醉得如同死猪。整个杏园猪场里弥漫着酒香，金龙厚颜无耻地说这是他试验成功的糖化饲料的味道，这样的饲料使用精料很少，但营养价值奇高，猪吃了不吵不闹，不跑不跳，只知道长膘睡觉。因为多年来影响生猪生产的关键问题是缺少粮食，糖化饲料的发明，从根本上解决了这个问题，为人民公社大力发展养猪事业铺平了道路。

金龙在讲台上侃侃而谈："各位领导，各位同志，我们可以庄严地宣布，我们试制的糖化饲料，填补了国际空白，我们用树叶、杂草、庄稼秸秆制成糖化饲料，其实也就是把这些东西转化成精美的猪肉，为人民群众提供了营养，为帝修反掘下了坟墓……"

我悬卧在杏树杈上，小风从我的肚皮下飕飕刮过。一群胆大包天的麻雀降落到我的头上，用坚硬的小嘴，啄食着我大口吞食时溅到耳朵上的饲料。它们的小嘴啄食时触到了我血管密布、神经丰富因之格外敏感的耳朵，麻酥酥的，略微有些痛，仿佛在接受耳针疗法，感觉很舒服，一阵浓重的困意袭来，眼皮像用糖浆粘住了。我知道金龙这小子希望我在树杈上酣然大睡，我睡着了就可以由他那张能把死猪说活了的油嘴胡说八道，但我不想睡觉，在人类漫长的历史上，为猪召开的盛会，这大概是第一次，今后会不会再有也很难说，我如果在这样的历史盛会召开之际睡过去，那将是三千年的遗憾。作为一头养尊处优的猪，如果想睡觉，今后有的是机会，但眼下我不能睡。我晃动耳朵，使它们与我的脸颊相拍，发出啪啪的响声。我这样一说，众人都会明白我的耳朵是那种典型的猪耳朵，而不是沂蒙山猪们那种耸立在头顶的狗耳朵，当然，现在有许多都市狗的耳朵也像两只破袜子一样耷拉着，现代人闲得无聊，把许多根本不相干的动物弄到一起杂交，弄出了一些莫名其妙的怪物，这是对上帝的公然亵渎，总有一天他们要接受上帝的惩罚。我抖动耳朵驱赶走麻雀，伸爪从树枝上摘下一片红得如血的杏叶，放到嘴里嚼着。苦涩的杏叶，作用犹如烟草，使我困意顿消，于是我就耳聪目明地、居高临下地观察、聆听着现场会的全景全声，将一切录入我的脑海，胜过当今性能最佳的机器，因为那机器只能记录下声音和图像，但我除了记录下声音和图像之外，还记下了气味以及我的心理感受。

你不要与我争论，你的脑子，被庞虎的小女儿给弄乱了，你现在虽然只有五十岁出头，但目光呆滞，反应迟钝，显然是老年痴呆症的前兆，因此你不要固执己见，与我进行无谓的争辩。我可以负责任地对你说，"大养其猪"现场会在西门屯召开时，西门屯还没有通电，是的，正如你所说，那时候屯前的田野也确实有人在栽埋水泥电线杆，但那是通往国营农场的高压线路，那时国营农场划归济南军区，番号是生产建设兵团独立营，营连干部是现役军人，其余的全是青岛和济南下放来的知识青年，这样的单位，当然需要电，而我们西门屯通电，是十年之后的事。也就是说，"大养其猪"现场会召开期间，每到夜晚，西门屯大队除了猪场之外，完全是一团漆黑。

是的，我前边说过，我的猪舍里安装了一只一百瓦的灯泡，我还学会了用蹄爪开灯关灯，但那是我们杏园猪场自己发的电。按照当时说法，那叫"自磨电"，用一台十二马力的柴油机，带动一台电动机，就把电磨出来了。这是西门金龙的发明。此事你若不信，可去问莫言，他当时曾异想天开，做了一件著名的坏事，这事儿我马上就会讲到。

会场舞台两侧的两根立柱上，悬挂着两个巨大的喇叭，将西门金龙的讲话放大了起码有五百倍，我猜想整个高密东北乡都能听到这小子吹牛皮的声音。舞台的后侧是主席台，六张从小学校搬来的课桌拼成一张长桌，上边蒙着红布。桌后六条也是从小学校搬来的长凳，凳上坐着身穿蓝色或者灰色制服的县、社官员，从左边数第五个人身穿一套洗得发了白的军装，此人是刚从部队转业回来的一个团级干部，是县革委会生产领导小组负责人。右边数第一人，是西门屯大队支部书记洪泰岳，他新刮了胡子，新理了发，为了掩盖秃顶，戴一顶灰色仿军帽。他的脸红光闪闪，仿佛一只暗夜中的油纸灯笼。我猜想他正做着升官美梦，大寨人陈永贵就是他梦中的榜样，如果国务院成立一个"大养其猪"指挥部，没准儿会调他去担任副总指挥。那些官员们有胖有瘦，他们的脸都向着东方，正对着红日，因此一个个红光满面，眯着眼睛。其中一个黑胖子戴着一副那年头比较少见的墨镜，嘴里叼着一支香烟，看样子像个强盗头子。西门金龙是坐在舞台前部那张同样蒙着一块红布的桌子后边讲话，桌子上摆着一个用红绸包裹着的麦克风，那年头这玩意儿属于高科技，令人望之生畏，那个生性好奇的莫言曾利用一个机会蹲上舞台对着麦克风学了两声狗叫，于是狗叫声从喇叭里扩散出来震荡了杏园并扩展到无边的原野，这效果的确令人醒脾神往。莫言这小子在一篇散文里描写过这件事。也就是说，"大养其猪"现场会上，催动喇叭和麦克风的电流，不是来自国家的高压电线，而是来自我们杏园猪场的柴油机拉着的那台发电机。那条长五米、宽二十厘米的环形胶皮带,把柴油机和发电机连接在一起,柴油机转动,发电机就跟着转动,电流也就源源不断产生出来。这事物的确神奇无比,别说屯里那些智力低下的人感到惊奇,就连我这样一头智力非凡的猪,也感到大惑不解。是啊,这看不见的电流,到底是什么玩意儿?它到底是怎样产生,又是怎样消逝的?劈柴燃烧之后,还会留下灰烬;食物消化之后,还会留下粪便;电呢?电变成了什么?说到此处,我就想起了西门金龙在杏园猪场东南角那两间紧靠着一棵大杏树、用红色砖头垒起的机房里安装机器的情形,他白天努力工作,晚上还挑灯夜战,因为此事太多玄妙,吸引了诸多好奇的村民,我前边所提到的那些人物差不多都在现场,讨厌鬼莫言总是挤在最前边,不但看,而且还多嘴多舌,引起金龙的反感,有好几次,黄瞳拧着他的耳朵把他拖出室外,但用不了半个小时,他又挤到了最前边,头往前探着,口水几乎滴落到西门金龙沾满机油的手背上。

我是不敢挤进屋去看热闹的,也无法攀上这棵大杏树,因为这棵狗娘养的杏树主干高约两米而且光滑,而它的所有枝杈又都如大西北的白杨树那样拢着上长,犹如火炬形状。但天可怜我,在这房屋的后边有一个巨大的坟墓,墓里埋葬着一头舍身救儿童的义犬,义犬色黑,雄性,它跳进波涛滚滚的运粮河里救上了一位落水女童,自己却力竭身亡。

我站在黑狗坟头,正对着机房的窗口,因是匆匆建起的房子,尚未安装窗子,因此我可以将室内的情景一览无余。室内汽灯雪亮,室外一团漆黑,就像当时流行的阶级斗争话语:敌人在明处,我们在暗处。想怎么看就怎么看,只有我看他们,但他们看不到我。我看到金龙时而翻着那本油污的机械手册,时而皱着眉头用铅笔在一张旧报纸的空白处计算。洪泰岳抽出香烟点燃,抽了一口,然后插到金龙嘴里。洪书记尊重知识,尊重人才,是那个年代少有的明白干部。还有黄家姐妹,不时用小手绢为金龙擦汗。我看到黄合作为金龙擦汗时你无动于衷,但只要黄互助为金龙擦汗你就满脸醋意。你是一个不自量力的家伙,也是个敢想敢干的家伙,后来的事实证明,你脸上的蓝痣不但没有影响你勾引妇女,甚至成了你勾引妇女的通行证。九十年代后期县城里的民谣是这样唱的:

别看鬼脸半边蓝,
情人眼里赛天仙。
老婆孩子全不要,
县长私奔下长安。

我提到这话头没有嘲讽你的意思,我是敬重你哩。一个堂堂的副县长,竟然敢不辞而别与情人私奔,靠打工卖苦力过活,你是天下独一份儿!

闲话少说,机器安装完毕,试发电成功。金龙在西门屯实际上成了第二号实权人物。尽管你对这个同母异父的哥哥成见很深,但还是跟着他沾了光,如果没有他,你能当上饲养班班长?如果没有他,你能捞到第二年秋天去棉花加工厂当合同制工人的机会?如果没有在棉花加工厂当合同制工人的机遇,能有你后来的官运?你落到今天这地步,不能怨别人,只能怨自己,只能怨你自己做不了自己鸡巴的主。嗨,我说这些话干啥呢?这些话让莫言写到他的小说里好了。

大会按程序往下进行,一切都很顺利,金龙介绍完先进经验后,由县生产指挥部那个穿旧军装的官员作总结发言。这人雄赳赳走到前台,站着讲话,没有讲稿,即席发挥,才华横溢,气度非凡。一个秘书模样的人弓着腰从后台跑到前台,把那个麦克风的脖子拧直,并尽量地拔高,但依然达不到与官员嘴巴齐平的高度,于是这秘书急中生智,把桌后的方凳放在桌子上,又把麦克风放在方凳上,这小伙子真是机灵,十几年后被提拔成县委办公室主任与这件事有直接关系。顷刻之间,这生产指挥部的前团职军官洪大的嗓门如滚雷一样传遍了四面八方!

"每一头生猪，都是一颗射向帝修反反动堡垒的炮弹……"官员挥舞着拳头，极富煽动力地喊着。他的声嗓和动作，让我这头见多识广的猪，联想到了一部著名电影中的镜头。当然我也联想到，如果真能被安装到炮筒中发射出去，在空中飞行的感觉，是不是也会是晕晕乎乎、颤颤悠悠呢？而如果是一头肥猪，突然降落到帝修反的碉堡里，还不把那些坏蛋乐死？

时间已是上午十点多，这负责人的讲话丝毫没有打住的意思。我看到在会场的边缘，那两辆草绿色的吉普车旁，两位戴着白手套的司机斜倚着车棚，一个悠闲地抽烟，另一个无聊地看表。那时候的吉普车，其尊贵程度绝对胜过了如今的"奔驰""宝马"，那时的一块手表，其尊贵程度也绝对胜过了如今的钻石戒指。手表被阳光照耀得炫目，吸引了许多年轻人的目光。在那两辆吉普车的后边，是数百辆整齐摆放的自行车，那时的自行车，是县、社、村基层干部的坐骑，象征着身份和地位，十几个手持步枪的基干民兵，排成一道半圆形的防线，看护着这些宝贵财富。

"我们要乘'文化大革命'的浩荡东风，落实伟大领袖毛主席'大养其猪'的最高指示，学习西门屯大队的先进经验，把养猪工作提高到政治高度……"那生产指挥部领导人挥舞胳膊，做着强劲有力的姿势，慷慨有力地演说着。他的嘴角挂着亮晶晶的泡沫，好像被稻草绳捆绑住的螃蟹。

"发生了什么事情？"隔壁的刁小三从它的尿窝里呆头呆脑地站起来，仰着那粗长的嘴巴，眯缝着被酒精烧红的眼睛，向我发问。我懒得搭理这蠢货。这蠢货也试图举起前爪，将下巴搁在墙头上观望外边的情景，但酒精使它丧失了平衡身体的能力。它刚刚站起来，后腿就酥软，身体跌在屎尿中。这个不讲卫生的家伙，把它的粪便拉在猪舍的每个角落，与这样的脏猪为邻，真是我的不幸。我看到它的头上沾着白漆，那两根龇出唇外的獠牙却涂着黄漆，仿佛镶了两颗暴发户的金牙。

我看到一个油滑的黑影从听会的人群中挤出来——听会的人非常多，虽说"万人大会"有些夸张，但三五千人总是有的——他先溜到那两口安放在杏树下的博山造大瓷缸里，探头往缸里看，我知道这小子是想喝糖水了，但缸里的糖水早被前来开会的人喝光。人们喝水根本不是因为口渴，而是为了吃糖。糖，这甜蜜的物资，是当时的紧缺商品，凭票供应，吃一口糖，大约比现在与心爱的女人做一次爱还要幸福。西门屯大队领导人为了向全县树立自己的良好形象，专门召开了全体社员大会，宣布了现场会期间的注意事项，其中一项就是：本屯社员，不论是大人还是孩子，都不得到大缸边去喝糖水。有胆敢违反者，扣一百工分。外村人争喝糖水的丑态让我为他们感到羞耻。我更为西门屯人高度的觉悟或者说是克制能力感到骄傲。尽管我看到了许多西门屯人眼瞅着外村人喝糖水时那种复杂的目光，尽管我知道西门屯人看到外村人畅灌糖水时心里的复杂情绪，但我还是钦佩他们，他们忍住了，不容易。

但现在，终于有一个小子忍不住了，不用我点名道姓你也猜到了他是谁。他就是我们西门屯建屯一百五十年历史上最馋的小孩，是，就是莫言，就是那个现在猴子戴礼帽装绅士的莫言。这小子把上半截身体探到缸里，好像一匹干渴的马，急于喝到缸底的水，但他的脖子太短而缸又太深，于是他就找来一把白色的铁勺子，用一只胳膊，努劲把大缸拉得倾斜，使缸里残存的糖水汇聚在一侧，然后他伸出勺子去舀。他一松手大缸沉重地恢复原位，从他小心翼翼地端着勺子的姿势，我知道他有所收获。他将勺子举到嘴边或者是用嘴靠近了勺子边，然后他慢慢地扬起脖子。从他脸上那表情我就知道这厮尝到了糖的滋味过上了片刻的甜蜜生活。他用勺子刮光了大缸里最后一滴糖水，勺子刮着粗糙的缸底，发出"嚓嚓啦啦"的令我牙碜的声响，这声响听上去比高音喇叭里的声音还刺耳，折磨着我的神经，我盼望有人来制止这小子给西门屯人丢脸的行为，这小子的行为如果再持续几分钟，我就有从树杈上掉下去的可能。我听到许多猪都被这声音惊动了，它们醉意蒙眬地喊叫着:"别刮啦,别刮啦,牙碜死我们啦!"那小子把两口大缸掀翻在地,人钻到缸里,大概是用舌头舔缸底吧?一个人能馋到这种程度也算一个奇迹。终于,那小子从缸里站出来了,我看到他破衣服上明晃晃的,我嗅到身上散发着甜丝丝的气味,如果是春天,会有蜜蜂,或者是蝴蝶围着他飞舞,但那时是初冬,蜜蜂蝴蝶俱不见,只有十几只胖大的苍蝇,围着他飞动,发出嗡嗡的声音,有两只还落在了他肮脏、纠结犹如烂毡片一样的头发上。

"……我们要以十倍的热情、百倍的努力,推广西门屯的先进经验,各公社、各大队,第一把手要亲自抓,工、青、妇、群众组织要全力配合。要绷紧阶级斗争这个弦,加强对地、富、反、坏、右分子的管制和管理,尤其要提防暗藏的阶级敌人的破坏活动……"

莫言脸上带着幸福的表情,吹着口哨,摇摇晃晃地向那两间机房走去。我的注意力被他吸引,目光追随着他。我看到他进了机房,柴油机在飞速运转,马力带接口处的铁销子与飞轮摩擦,发出节奏分明的咔嗒声。电从这里产生,然后催响喇叭做功:

"各大队的保管员要严格控制农药的管理和使用,防止阶级敌人偷窃农药后向猪饲料里投毒……"

值班看守机器的焦二仰靠在墙边晒着太阳睡着了,使莫言得以实施了他的破坏计划。他解开腰带,把破裤子褪到腚下,双手拤着小鸡巴——直到这时我还猜不到这小子想干什么——瞄住飞速转动的马力带,一股白亮的尿液落到马力带上。一声怪响,马力带跌在地上,宛若一条巨大的死蟒。高音喇叭突然哑了。柴油机空转,发出尖厉高亢的鸣叫。会场,连同数千听众,仿佛一下子沉到了水底。官员的演讲声,变得微弱而单调,仿佛从水底传上来的鲫鱼吐泡泡的声音。这可是一件大煞风景的事情,我看到洪泰岳站了起来,我看到西门金龙从人群中站出来,迈开大步向机房跑去。我知道莫言闯下了大祸,有好果子等着他吃呢!

闯了祸的莫言不知回避,傻乎乎地站在马力带前,脸上挂着一种很纳闷的表情。我猜他小子一定在考虑，为什么撒上一点尿，马力带就会突然脱落呢？西门金龙跑进机房，第一件事就是在莫言的头顶扇了一巴掌，第二件事是对准莫言的屁股踢了一脚，第三件事是他弯腰抓起马力带，先挂在电动机的转轮上，然后拖着，抻着，把马力带的另一端，往柴油机的飞轮上挂。看着挂上了，但他刚一松手，马力带就脱落了。之所以挂不住带是因为莫言那泡捣乱破坏的尿。金龙用一根铁棍逼住马力带，使它无法脱落，然后他弯着腰，将一块黑亮的皮带蜡抵在皮带上，皮带旋转，蜡被磨短，获得了摩擦力，终于不掉带了。金龙训斥莫言：

"是谁让你这样干的？"

"是我自己……"

"为什么要这样干？"

"我想给皮带降降温……"

生产指挥部的领导人因喇叭停电情绪受到了打击，匆匆结束了他的演讲，一阵纷乱之后，西门屯小学漂亮的女教师金美丽登台报幕。她用不甚标准但听起来清新可喜的普通话向台下的观众——更主要的是向那十几位移到了舞台两侧就座的官员——宣布："西门屯小学毛泽东思想宣传队文艺演出现在开始！"此时电流已经开始供应，高音喇叭里不时传出锥子般的尖叫，尖叫声直上天空，似乎要刺死空中飞行的小鸟。为了今天的演出，金美丽老师剪去了长辫子，梳了一个当时颇为流行的"柯湘"头，更显得英姿飒爽，精干漂亮。我看到舞台两侧那些官员们，都把目光投向金美丽。有的注视金美丽的头，有的注视金美丽的腰，银河公社第一书记程正南的目光一直盯在金美丽的屁股上，十年之后，经过千辛万苦，金美丽终于成了时任县政法委书记的程正南的妻子，两人年龄相差二十六岁，在当时颇遭非议。但放在现在，谁还会去非议。

金老师报完幕就退到舞台两侧，那里放着一把为她预备的椅子，椅子上放着一架漂亮的手风琴，琴键上的珐琅质在阳光照耀下闪闪发光。椅子旁边，直立着马良才。马良才手握一支竹笛，脸上表情十分庄严。金老师将手风琴套上肩头，安坐入位，手风琴拉开，放出美妙音乐，与此同时，马良才的笛子也奏出了清脆欢快、穿云裂石般的美妙声音。一个小过门奏罢，一群革命的小胖猪，迈动着肥肥的小短腿，胸前都戴着绣着黄色"忠"字的红布兜兜，连滚带爬地蹿上了舞台。这些都是小公猪，又傻又憨，吱哇乱叫，缺少思想，不够深刻，需要一个领袖人物率领，这时，那个名叫"红红"的小母猪穿着小红鞋翻着筋斗上了台。这孩子的妈是一个富有艺术细胞的青岛知青，基因很好，学啥像啥学啥会啥。她的上台引起了一片掌声，而那群小公猪的上场只引起一阵怪笑。我看着这群小猪心中无比欢喜，古往今来，还从来没有一头猪登上过人类的舞台，这是历史性的突破，是我们猪的光荣和骄傲，为此，我在杏树上举起一只前爪，遥遥地向编导了这舞蹈的金美丽老师致以革命的敬礼！我也要向马良才致以敬礼，他的横笛，吹得的确不错。我还要向小猪红红的妈妈致以敬礼，这女子能与农民结婚并繁殖出了优良的后代值得尊敬，她把自己身上的舞蹈基因遗传给女儿值得尊敬，她站在舞台后边为女儿们帮腔伴唱更值得尊敬。她是雄浑圆润的女中音——莫言那小子后来在一篇小说里写她是女低音，遭到了许多懂音乐人的嘲笑——她的声音出喉，在空中飞舞，犹如一条沉甸甸的彩绸——我们是革命的红小猪，从高密来到天安门——这样的歌词用今天的眼光看显然是不妥的，但在当时却是十分正常的。我们西门屯小学这个节目是参加过全县会演的，而且是得到了最佳表演奖的；我们这群小猪演员是受到过昌潍地区最高领导陆书记接见的，陆书记抱着小猪红红的照片是在省报上刊登过的。这是历史，而历史是不容篡改的——那小母猪在舞台上倒立着行走，两只穿着小红鞋的脚高高地举着，并且不断地打着拍子。所有的人，都热烈地鼓掌，台上台下一片欢腾……

演出胜利结束，接下来是参观。孩子们表演结束，下边轮到老子表演了。自从转生为猪以来，平心而论，金龙对我不薄，即便没有多年前曾为父子的特殊关系，我也要好好表现，逗领导开心，为金龙增光。

我稍微活动了一下身子，感到头晕眼花，耳朵里嗡嗡响。十几年后，我约着县城里一群狗兄弟、狗姐妹们在天花广场举行盛大月光PARTY，喝了四川的五粮液、贵州的茅台、法国的白兰地、英国的威士忌，才猛然明白，当年在大养其猪现场会那天，我头痛眼花耳鸣的原因。原来不是我酒量不海，而是那种劣质薯干白酒惹的祸！当然，我也必须承认，那时的人虽然已经很不讲道德，但还没有坏到用工业酒精勾兑白酒害人的程度。正像后来我转世为狗时那位在市政府宾馆看门、见多识广、出口成章的朋友——德国黑盖狼狗所总结的那样：五十年代的人是比较纯洁的，六十年代的人是十分狂热的，七十年代的人是相当胆怯的，八十年代的人是察言观色的，九十年代的人是极其邪恶的。请原谅我总是急于把后来发生的事情提前来讲，这是莫言那小子的惯用伎俩，而我不慎受到了他的影响。

莫言自知犯了严重错误，老老实实地站在机房里，等待着金龙前来惩罚。看机器的焦二睡醒后回来，看到莫言站在那里，开口便骂："狗小子，你站在这里干什么？想搞破坏吗？""是金龙大哥让我站在这里的！"莫言理直气壮地说。"什么金龙大哥，他还不如我裤裆里的鸡巴！"焦二狂傲地说着。"那好，"莫言道，"我这就去告诉金龙。""你给我回来！"焦二伸手揪住莫言的衣领，把他拽了回来，在这个过程中，莫言破棉袄上那三颗纽扣不翼而飞，棉袄敞开，露出了瓦罐般的肚皮。"你要敢跟他说，我就要了你的命！"焦二攥起拳头，在莫言面前晃动着。"要我不说，除非要了我的命！"莫言毫不示弱地说。

去他们的吧，焦二莫言，都是我们西门屯的下等货色，让他们两个在机器房闹去吧。现在，浩浩荡荡的参观队伍，在金龙的引领下，已经来到了我的猪舍前面。根本不用金龙开口介绍，参观者就乐了。他们见惯了卧在地上的猪，但绝没见过趴在树杈上的猪；他们见多了写在墙壁上的红色标语，但绝对没见过写在猪肚皮上的红色标语。县、社干部们哈哈大笑，后边那些生产大队的干部们跟着傻笑。穿旧军装的生产指挥部负责人目光盯着我，嘴巴却在问金龙：

"是它自己爬到树上去的吗？"

"是的，是它自己爬上去的。"

"能不能让它表演一下，"负责人道，"我的意思是说，让它先从树上下来，然后再让它爬到树上去。"

"虽然有一些难度，但我尽力试一下，"金龙道，"这头猪智力非凡，蹄腿矫健，但个性倔强，一般情况下都是我行我素，不喜欢听人摆布。"

金龙用树枝轻轻地戳着我的脑袋，用温情的、充满了协商性的腔调对我说：

"猪十六，醒醒，别睡了，下树撒泡尿吧！"

明明是要我表演上树绝技给这群官员们看，却说是让我下树撒尿，这公然的谎言让我心中大为不快，当然我也理解金龙的良苦用心。我会让他满意，但不能俯首帖耳，不能他吩咐我干什么我就干什么，那样我就不是一头有个性的猪，而是一条为取悦主人遍地打滚的哈巴狗。我吧咂了几下嘴，打了一个长长的哈欠，翻了一个白眼，伸了一个懒腰，引来一片笑声和议论："嘿，这哪里是猪，简直是个人嘛，它什么都会！"这些傻瓜，以为我听不懂你们的话吗？老子懂高密话，懂沂蒙山话，懂青岛话，老子还从那个幻想着有朝一日出国留洋的青岛知青嘴里学会了十几句西班牙语呢！我大吼了一句西班牙语，这些笨蛋，都愣了神，然后便哈哈大笑。我让你们笑，笑死你们，为人民省下小米。不是让我下树撒尿吗？撒尿用不着下树，站得高，尿得远。为了逗一个恶趣，我改变了定点撒尿的良好卫生习惯，就那样舒坦地趴在树上，将那憋了许久的尿，时紧时缓、时粗时细地撒了下来。傻瓜们大笑不止。我瞪圆眼睛，一本正经地说："笑什么？严肃点！我是一颗射向帝修反反动堡垒的炮弹，炮弹撒尿，说明里边的火药受潮，你们还笑得出来！"这群傻瓜大概是听懂了我的话，一个个笑喷了，一个个笑流了。那穿旧军装的大干部也一改他的面孔，

257

铁板一样的脸上绽开了星星点点的微笑，好像散了一层金黄色的麸皮，他指点着我说：

"真是一头好猪，应该授给它一块金质奖章！"

我虽然一直淡泊名利，但出自高官之口的奉承还是让我得意忘形，我想向那头在舞台上表演倒立的小猪红红学习，就在这颤颤悠悠的杏树枝上，拿一个大顶，动作高难，但一旦完成，必将轰动。我用两只前爪，牢牢地把住杏树杈子，两条后腿支起，屁股往高里翘，头往下低，夹在两根树杈之间。力量不够，早晨吃得太多，肚腹沉重。我用力按压树杈，使它动起来，颤起来，想借它的力气，完成这个高难动作。好，起！我看到了大地，两条前腿承受着巨大的压力，全身的血都涌到了脑袋上，眼珠子疼痛，仿佛要从眼眶中迸出来，坚持，坚持十秒钟就是胜利。我听到了一片掌声，我知道成功了。很不幸，我左边的前爪一滑，身体失去了平衡，眼前一黑，感觉到脑袋撞在硬物上并发出一声闷响，接着我就昏了过去。

他奶奶的，都是劣质白酒惹的祸！

第二十六章

刁小三因妒拆猪舍
蓝金龙巧计度严冬

一九七二年的冬天，对于杏园猪场的猪来说，是一场真正的生死考验。尽管养猪现场会后，县里调拨了两万斤饲料粮作为对西门屯大队的奖励，但县里拨下来的仅仅是个数字，最终还要在公社革委会的督促下，由公社粮管所那个狂喜欢吃老鼠肉的姓金、人送外号金耗子的所长具体落实。这位耗子所长把那些在仓库边角积压多年的霉变薯干和高粱以次充好发往我们的猪场，数量上也大打了折扣。这批霉烂粮食中掺杂的老鼠屎足有一吨，使我们杏园猪场整整一个冬天都笼罩在一股奇特的臊臭之下。是的，在养猪现场会前后，我们吃香的喝辣的，过了一段地主资产阶级般的腐朽生活。但现场会开完不到一个月，大队里的粮库就频频告急，天气也日渐寒冷，看起来很浪漫的白雪带来了彻骨的寒冷，我们陷入了饥寒交迫之中。

那年冬天的雪，大得有点邪乎，这不是我故意渲染，而是真实存在。县气象局有记录，县志上有记载，莫言的小说《养猪记》里也曾提及。

莫言从小就喜欢妖言惑众，他写到小说里的那些话，更是真真假假，不可不信又不可全信。《养猪记》里所写，时间、地点都是对的，雪景的描写也是对的，但猪的头数和来路却有所篡改。明明是来自沂蒙山，他却改成了五莲山；明明是一千零五十七头，他却改成九百余头。但这都是细枝末节,对一个写小说的人写到小说里的话,我们没有必要去跟他较真。

尽管我对那群沂蒙山猪从心底里透着蔑视,与它们同类,是我的耻辱,但我毕竟与它们同了类,"兔死狐悲,物伤其类",沂蒙山猪接二连三的死亡,使杏园猪场笼罩着沉重的悲剧气氛。为了保存体力,减少热量挥发,在那些日子里,我减少了夜间巡游的次数。我用蹄爪将那些因为使用日久而破碎了的树叶和成了粉末的干草扒拢到墙角,地面上留下一道道蹄印,犹如精心编织的网络图案。我卧在这堆碎草烂叶的中央,用两只前爪托着腮,看着纷纷扬扬的大雪,嗅着降雪时特有的清冷气息,心中浮现着一阵阵悲凉情绪。说实话,我不是一头多愁善感的猪,我身上多的是狂欢气质,多的是抗争意识,而基本上没有那种哼哼唧唧的小资情调。

北风呼啸,河道中巨冰开裂,发出惊天动地的响声,梆梆梆梆,犹如命运在深夜里敲门。猪舍前部的积雪,几乎与被积雪压弯的杏树杈连在一起,杏园里不时响起树枝被积雪压断时发出的清脆响声,而随着这清脆声响,总是有一阵沉闷的声响,那是树上的积雪随之塌落时发出的声音。在那样的暗夜里,我的眼界所及,全是白茫茫的一片。因为柴油短缺,早已停止磨电,所以即便我把那根灯绳拽断也拽不来一线光明。这样白雪覆盖的暗夜,应该是产生童话的环境,应该是产生梦想的时刻,但饥饿和寒冷,粉碎了童话和梦想。我必须讲良心话,也就是说,在猪饲料最为短缺的时候,在沂蒙山猪们依靠着沤烂的树叶子和从棉花加工厂买来的棉籽皮苟延残喘的日子里,西门金龙还是在我的饲料中,保证了四分之一比例的精料,那精料当然也只是霉变的薯干,但总比豆叶和棉籽皮好。

我卧着,苦熬漫漫长夜,时而在梦中,时而在现实中。天上偶尔会露出几颗星星,星光璀璨,宛如女王胸脯上的钻石。我无法睡得安宁,因为那些沂蒙山猪在死亡线上挣扎的声音,让我感到无比的凄凉。回首往事,泪水盈满了我的眼睛。泪珠一旦流到腮毛上,片刻之间便冻成了珍珠。隔壁的刁小三也在哀号，它现在该自食不讲卫生的恶果了。它的窝里没有一点干燥之处，到处是屎尿结成的冰坨子。它在窝里奔跑嗥叫，发出狼一样的叫声，与旷野里真正的狼嗥遥相呼应。它不断地高声咒骂，咒骂世道的不公。每当开饭之时，我就听到它破口大骂。它骂洪泰岳，骂西门金龙，骂蓝解放，更骂那个专门负责给我们喂食的白氏、杏儿，那个早已与泥土同化的恶霸地主西门闹的未亡人。白氏总是担着两桶饲料来喂我们。她的小脚在积雪成冰的小路上蹒跚着，她穿着破棉衣的身体在雪中的小路上扭动着。她头上蒙着一条蓝色的围巾，口鼻中喷出的热气，在眉毛和头发上结成了白霜。她的双手粗糙，皮肤皴裂，像烧过的枯木。她担着食桶行进时，把手中的长柄勺子当成了拐棍。食桶中热气微弱，但气味汹涌。从气味上就可以清晰地辨别出饲料的优劣。总是前边的桶里盛着属于我的食物，总是后边的桶里装着属于刁小三的食物。

　　白氏放下担子，用勺子拨去土墙上厚厚的积雪，然后探身进来，用勺子清理我的食槽。然后她双手费力地把食桶提起来，隔着土墙，把黑乎乎的饲料，倒进我的槽里。这时候我总是迫不及待地抢食，以至于黏糊糊的食料落在我的头、耳上。然后她就会用勺子刮去我耳上的和头顶上的食料。食物并不可口，尤其不能细嚼，因为一细嚼，腐败的气味就会布满口腔和咽喉。在我大口吞咽时发出的"呱嗒呱嗒"的响声里，白氏总是要感慨万端地表扬我：

　　"猪十六啊，猪十六，你真是一头不挑食的好猪啊！"

　　白氏总是在喂过我之后才去喂刁小三。观看我的潇洒吃相似乎让她心中幸福。如果不是刁小三的疯狂嗥叫我想她很可能忘记了喂它。我忘不了白氏低头看我吃食时的温存目光，她对我的好我当然明白，但我不愿意往深里去想，毕竟事过多年，人畜异路。

　　我听到刁小三咬住了她的勺子，我看到了刁小三前爪扶墙站立伸出墙头的狰狞面孔。它獠牙锯齿，眼睛血红。白氏敲打着它的长嘴，犹如敲着一个木头梆子。她将属于刁小三的食料倒进刁小三的食槽。

她低声咒骂：

"你这头脏猪，窝里吃窝里拉，怎么还不冻死这你这恶鬼！"

刁小三只吃了一口就骂起来：

"西门白氏，你这个偏心的刁婆子！你把精料全加到猪十六的桶里，我的桶里，全是烂树叶子！我操你们这些王八蛋的亲娘！"

骂着骂着，刁小三就嘤嘤地哭起来了。而西门白氏，根本不理会它的骂，挑起空桶，挂着勺子，摇摇摆摆地走了。

刁小三扒着墙头望过来，对着我发牢骚，肮脏的口水，滴到我的猪舍里。我对它嫉恨的目光视而不见，只管低头疾吃。刁小三道：

"猪十六，这是什么世道？为什么一样的猪两样待遇？难道就因为我是黑色你是白色吗？难道就因为你是本地猪我是外地猪吗？难道就因为你模样漂亮我相貌丑陋吗？而且，你小子也未必就比我漂亮到哪里去……"

对这样的蠢货，我能对它说什么呢？世界上从来就没有那么多公平之事，官长骑马，难道士兵也要骑马吗？是的，在苏联红军布琼尼元帅的骑兵军里，官长骑马士兵也骑马，但官长骑的是骏马，士兵骑的是烂马，待遇还是不一样的。

"总有一天，我要把他们统统咬死，我要撕开他们的肚皮，把他们的肠子拖出来……"刁小三将两只前爪搭在两间猪舍间隔开来的土墙上，咬牙切齿地说："哪里有压迫，哪里就有反抗，你信不信？你可以不信，但是我坚信不疑！"

"你说得很对，"我想我没必要得罪这个家伙，便顺着它说，"我相信你的胆量和能力，我等待着你干出惊天动地的事情。"

"那么，"它流着涎水说，"把你槽中剩下的食物，赏给兄弟吃了吧？"

我看着它贪婪的目光和肮脏的嘴巴，心中产生了极度的厌恶，它在我心目中的形象本来就很低，现在更低到了淤泥里。我心中盘算着，让它的脏嘴污染我的食槽，那是我极不情愿的，但当面驳回这个已经十分卑微的要求，似乎又很难开口。我支吾着：

"老刁，其实，我的食物，跟你的食物，并没有什么区别……你这是儿童心理，总以为别人盘子里的蛋糕是最大的……"

"妈拉个巴子的，你以为老子真傻吗？"刁小三气急败坏地说，"瞒得了老子的眼睛，瞒不过老子的鼻子！其实连老子的眼睛也瞒不了，"刁小三弯腰从自己的食槽里挖起一块饲料，用爪子举着，摔在我食槽的边沿上，与我食槽中残余的饲料成为鲜明的对照，"你自己看看，你吃的是什么，我吃的是什么？妈的，都是一样的公猪，凭什么两样待遇，你'为革命配种'，难道老子是为反革命配种吗？人，被他们分成了革命和反革命的，难道猪也分成了阶级吗？这完全是私心杂念在作怪，我看到了西门白氏看你的目光，简直像一个女人看自己的老公！她是不是想让你给她配种啊？你要给她配上种，明年一开春，她就会生出一群人头猪身，或者猪头人身的小怪物，那才是美妙无比！"刁小三恶毒地说。恶意的诽谤舒缓了它心头的郁闷，它奸邪地笑起来。

我用前爪挑起它摔过来的那坨饲料，用力甩到墙外。我轻蔑地说："我本来正在考虑答应你的请求，但你这样侮辱我，对不起，刁兄，我宁愿把剩下的食物扔到屎里，也不会给你吃。"我用爪子挖起食槽里的食物，扔到我定点排泄大便的地方。我回到干燥的窝里趴下，悠闲地说："阁下，如果你想吃，那么，请吧！"

刁小三眼睛放出绿光，牙齿咬得咯咯响，它说："猪十六，古人曰：出水才看两腿泥！咱们骑驴看唱本，走着瞧！三十年河东，三十年河西！阳光轮着转，不会永远照着你的窝！"说完了这些话，它狰狞的脸便从墙头上蓦地消失。我听到它在隔壁焦躁地转圈子，并不时地用脑袋撞铁门子，用爪子搔墙壁。后来，我听到隔壁发出了一种怪异的声音，猜了许久，我才明白：这小子，一半是为了取暖，一半是为了发泄，竟然立起来，用嘴巴撕扯着舍顶上的高粱秸秆，连我的猪舍顶部，都受到了牵连。

263

我前爪扶着墙探过头去，对它的破坏行为表示抗议："刁小三，不许你这样搞！"

它咬住一根高粱秸，用力地拽着，拽下来后，用獠牙截成片断。"奶奶的，"它说，"奶奶的，要完蛋，大家一起完蛋！世道不公，小鬼拆庙！"它直立起来，叼住一根高粱秸秆，借着身体下落的重力，猛地往下一扽，猪舍顶部，顿时出现一个窟窿，一片红瓦，落在地上，跌成碎片，成团的雪，纷纷落下，落在它的头上，它晃动着头颅，眼睛里的绿色凶光碰到墙上，如同玻璃的碎片。这小子，显然是疯了。这小子的破坏活动还在继续，我仰脸看着自己的舍顶，心急如焚，团团旋转，有心想跳过墙去制止它的破坏行为，但与这样一头疯猪搏斗，结果必定是两败俱伤，情急之中，我尖声嗥叫，发出的声音，竟然与防空警报相似。学唱革命歌曲，拿捏着嗓子模仿，但总是似是而非，情急之下的嗥叫，竟然逼真了防空警报。那还是我幼年时的记忆，为了防止来自帝修反的突然袭击，在全县范围内举行过防空演习。遍布全县每个村庄、机关的高音喇叭里，先是放出低沉轰鸣之声。这就是敌人的重型轰炸机在高空飞行时的声音，一个奶声奶气的播音员说——接着响起尖厉的扎人耳膜的呼啸——这是敌人的飞机开始俯冲——接着响起了鬼哭狼嚎之声——请全县革命干部、贫下中农仔细辨听，这就是国际通用的防空警报，一旦听到这种声音，大家要立即放下手中的工作，躲到防空洞里，如无防空洞可躲，就双手抱头就地卧倒——我像一个学戏多年终于找准了调门的票友一样，沉浸在愉悦之中。我转着圈嗥叫着。为了使警报声传送到更远的地方，我猛地蹿上了杏树枝杈，树上的积雪如同面粉，如同棉絮，细密地或者稀疏地、松软地或者沉重地落在地上。雪中的杏树细枝呈现紫红的颜色，光滑硬脆，仿佛传说中的海底珊瑚。我攀缘着树杈上升，到了杏树的顶端，我已经将杏园猪场的情景以及整个村庄的情景纳入眼底。我看到炊烟袅袅，我看到千树万树犹如巨大的馒头，我看到众多的人从被积雪压得仿佛随时都要坍塌的小屋里跑出来。雪是白的，人是黑的。雪深没膝，人走得艰难，一个个左右摇晃，身体踉跄。他们都被我发出的警报惊动。西门金龙、蓝解放等人是最早从那五间热气腾腾的房子里钻出来的。他们先是转着圈，仰起头往天上观望——我知道他们在寻找帝修反的轰炸机——然后便卧倒在地，双手抱着脑袋——一群乌鸦呱呱叫着从他们头顶上飞过去。这群乌鸦，巢穴架设在运粮河东岸的杨树林子里，雪掩大地，觅食困难，它们每天都要飞来杏园猪场与我们抢食吃。——后来他们都爬了起来，抬头望望雪后初晴的天空，低头看看冰封雪掩的大地，终于找到了警报的发源地。

蓝解放，现在我必须说到你了。你举着马车夫使用的竹节长鞭奋勇地冲过来。林间小路上因猪食滴沥而结成的冰坨子使你连跌两跤。一跤前仆，状如恶狗抢屎；一跤后仰，恰似乌龟晒肚。阳光娇艳，雪景美丽异常，乌鸦翅膀上都仿佛涂了金粉。你的半边蓝脸也熠熠生辉。在西门屯众多的人物中，你始终算不上主角，除了莫言经常与你在一起嘀嘀咕咕之外，几乎没人搭理你。就连我这头猪，也没把你这个所谓的饲养班班长放在眼里。但是现在，当你拖着长鞭奔跑而来时，我惊讶地发现，你已经是个身体瘦削的青年。我事后掐爪一算，你已经二十二岁了，的确是个大人了。

我抱着树枝，迎着彤云缝隙中的太阳，张大嘴巴，又发出一轮曲折回旋的防空警报。聚拢到杏树下的人都气喘吁吁，脸上挂着哭笑不得的尴尬表情。一个王姓老者忧心忡忡地说：

"国要败，出妖怪啊！"

但老者的话随即就被金龙给堵了回去：

"王大爷，小心舌头啊！"

王大爷自知失语，用巴掌扇着自己的嘴说："让你胡说，让你胡说！蓝书记，您大人不见小人的怪，饶我小老儿一个初犯！"

金龙此时已经被纳新为共产党员，并担任了党支部委员和共产主义青年团西门屯大队支部书记，正是心高气盛之时。他对着王大爷挥挥手，说：

"知道你看过《三国演义》之类的邪书，触景生情，卖弄学问，否则，凭这一句话，就可以打你个'现行'！"

气氛顿时严肃起来。金龙不失时机地发表演说，说越是恶劣的天气，越是帝修反发动突然袭击的最佳时机，当然也是屯子里暗藏的阶级敌人搞破坏的最佳时机。金龙接着赞扬了我作为一头猪的高度觉悟："它虽然是一头猪，但是觉悟比许多人还要高！"

我得意非凡，竟然忘记了发警报的原因。就像一个歌星受到台下的追捧而兴致大发一样，我又一次顿喉高鸣，但一腔未毕，就看到蓝解放挥舞着长鞭冲到树下，眼前鞭影一闪，耳朵梢一阵剧痛，我头重脚轻，一头栽到树下，半截身体扎到雪里。

等我从雪里挣扎出来时，看到雪上血迹斑斑，我的右耳被打开一个足有三厘米长的豁口。这豁口伴随我度过了后半生的辉煌岁月，也使我对你蓝解放始终心存芥蒂。尽管后来我也明白了你为什么出手那样狠毒，从理论上我原谅了你，但感情上总是疙瘩难解。

我虽然挨了重重一鞭，留下了终身残疾，但隔壁的刁小三更是倒了大霉。我爬到树上学发防空警报，多少还有些可爱的成分，但刁小三咒骂社会，拆毁房屋，则是纯粹的破坏行为。如果说解放鞭打我还遭到了许多人反对的话，那解放用皮鞭把刁小三打得血迹斑斑，则受到了众人一致赞扬。"打，打死这个杂种！"这是众人的异口同声。刁小三起初还凶猛蹦跳，把铁栅栏上手指粗的钢条都撞断了两根，但一会儿就筋疲力尽。几个人推开铁门子，拖着它的两条后腿，将它从舍里拖到外边的雪地上。解放恨犹未消，双腿呈马步叉开，腰微弯，头略斜，一鞭一道血痕。他的瘦长的蓝脸抽搐着，因牙根紧咬腮上凸起几疙瘩硬肉，打一鞭骂一句："骚货！婊子！"左手累了换右手，这小子还是左右开弓。起初那刁小三在地上打滚，几十鞭下去，就直挺挺地，如同一块死肉了。解放还不罢休。众人都知道他是借打猪而发泄心中积怨，无人敢上前拦他。眼见着刁小三性命不保。金龙上前，扬手攥住他的手腕，冷冷地说："你，够了！"刁小三的血，弄脏了圣洁的雪地。我的血是红的，它的血是黑的。我的血是神圣的，它的血是肮脏的。为了惩罚它的过错，人们在它的鼻子上扎上两个铁环，还在它的两条前腿之间，拴上了一根沉甸甸的铁链子。在后来的岁月里，这小子拖着铁链在猪舍里来回走动，发出哗啦啦的响声，而每当村子中央的高音喇叭里播放革命样板戏《红灯记》中李玉和的著名唱段"休看我戴铁镣裹锁链锁住我双脚和双手锁不住我雄心壮志冲云天——"时，我就对隔壁这个宿敌莫名其妙地生出敬意，好像它成了英雄而我是出卖英雄的叛徒。

是的，正像莫言那小子在《复仇记》中写的那样，临近春节时，杏园猪场也到了最危急的时候，饲料完全吃光，那两垛烂豆叶也消耗干净，剩下的所谓饲料，就是那一堆与积雪混搅在一起的霉烂棉籽皮。情况紧急，而此时，洪泰岳又偏偏重病卧床不能理事，千斤重担落在了金龙身上。金龙此时，感情正遭遇了一场巨大的麻烦，他比较爱着的，应该是黄互助，这感情还是从她帮助他修复了那件军装上衣开始的，而且两人早就有了夫妻之实，而黄合作又对他频频进攻，于是他跟她又有了云雨之情。随着年龄的渐长，黄氏双娇都提出了与金龙结婚的要求。而洞悉了这其中秘密的，除了我这头无所不知的猪，再就是蓝解放。我是超脱的，但蓝解放因为酷爱黄互助而黄互助不爱他深陷在痛苦与嫉妒之中。这也是你将我一鞭从树上打下来然后又像一个凶残的刽子手毒打刁小三的根本原因。现在回首往事，你是不是也会感到，当初让你痛苦万端的情感，与后来的事情相比，显得有点微不足道呢？而且，世事难料，姻缘天定，命中注定是你的人，终究是你的人。这不，黄互助终究还是跟你睡在了一个床上了吗？

那些日子里，每天早晨，都有冻僵的猪尸，从猪舍里拖出。我每夜都被那些因为同舍的猪死去而痛哭的沂蒙山猪们吵醒。我每天早晨都会从铁栅栏的缝隙中看到，蓝解放，或是其他的喂猪人，拖着猪的尸体向那五间房屋行进。这些死猪，都瘦得如同骨架，猪腿无一例外地伸得笔直。我看到那头脾气暴躁的"野狼嗥"死了，生性淫荡的

"蓝菜花"也死了。起初是每天死三至五头,到了腊月下旬,每天增至五到七头。腊月二十三日那天,竟然拖出了十六头猪尸。我粗粗地计算了一下,截止到大年除夕,已经有二百余头猪命归西天,它们的灵魂,是去了阴曹地府还是去了天堂,我无法知道,但它们的尸体,都被堆放在房屋的背阴处,而且不断地被西门金龙他们煮食,却是我至今难以忘却的记忆。

一群人在灯下,围着炉火熊熊的锅灶,看着在锅里翻腾的被剁得支离破碎的猪尸的情景,已经被莫言在《养猪记》中描写得淋漓尽致,他写了燃烧果枝时散发出的香气,写了猪的肢体在滚水中翻腾时散发出的腥秽之气,还描写了那些饥饿的人大口吞吃死猪肉时的令今天的人感到恶心之极的情景。莫言那小子是这地狱情景的亲历者,他笔下那些在微弱的灯光和强烈的灶火光辉映下的明暗对比强烈的人脸和人脸上那些复杂暧昧的表情,有十分强烈的画面感。他调动了他全部的感觉来描写这场面,仿佛使我们听到了火苗毕剥之声、沸水翻滚之声、人们喘息之声,仿佛使我们嗅到了死猪的腐败之气,从门缝中钻进来的雪夜清冷之气,还有这些人梦呓般的对话。

我只说一点补充莫言那小子的疏漏:就在杏园猪场的猪濒临全部饿死的时候,也就是那个除夕的夜晚,当辞旧迎新的鞭炮零落地响起时,金龙抬手拍了一下自己的额头,说:

"有了,杏园猪场有救了!"

死猪之肉,偶尔吃一次,尚可下咽,第二次闻到那味儿就要呕吐。金龙下令把猪的尸体变成了猪的粮食。我最初是从食料的气味中感到了异常,然后便深夜里潜出猪舍,偷窥了猪饲料作坊,探知了全部的秘密。我承认,对猪这种相对愚蠢的动物来说,食自己的同类,算不了什么惊心动魄之事,但对我这样一颗奇异的灵魂,就产生了许多的痛苦联想。但求生的本能很快便抵消了精神的痛苦。其实我是自寻烦恼:如果我是一个人,那么人食猪肉天经地义;如果我就是一头猪,那么别的猪吃起同类尸体来津津有味,我又有什么孙子可装?吃吧，闭着眼吃吧。学拉防空警报之后，我的饮食与所有的猪同样，我知道这并不是他们要对我进行惩罚，而是因为猪场里确实没有精料存在。我的脂肪日渐减少，大便秘结，小便赤黄。我比那些猪略微好一点的，就是夜间还可以偷着溜出去，到村子里捡一点烂菜帮子吃，但烂菜帮子也不是常有的。也就是说，如果不吃金龙为我们调制的特殊饮食，连我这头智力超群的猪，也无法熬过长冬，进入暖春。

金龙用猪的尸体和马粪、牛屎、粉碎的红薯藤蔓配置成的特殊饲料，挽救了猪的生命，这其中包括刁小三，也包括我。

一九七三年春天，大批的饲料粮调拨下来，杏园猪场恢复了生机。在此之前，六百余头沂蒙山猪，化成了蛋白质、维生素以及其他各种维持生命必需的物质，延续了四百头猪的生命。让我们集体嗥叫三分钟，向这些悲壮牺牲的英雄们致敬！在我们的叫声中，杏花绽放，杏园猪场里月光如水，花香扑鼻，一个浪漫的季节，缓缓地拉开了大幕。

第二十七章

醋海翻腾兄弟发疯
油嘴滑舌莫言遭忌

那天晚上月亮在太阳还没有落山时，就迫不及待地升了起来。在红色霞光的映照下，杏园里的氛围温馨而多情。我预感到这样的夜晚将会有重大的事情发生。我抬爪搭上树杈，就近嗅着杏花，偶一抬头，看到一个像车轮那么大的、仿佛用锡箔剪成的月亮，从杏树的缝隙中升了起来。刚开始我不敢相信那就是月亮，当它渐渐地放出光辉之后我才相信那果真就是它。

那时的我还是一头童趣盎然的猪，发现了奇异事物，总是按捺不住地兴奋，总是想把这奇异与其他猪共同分享，这一点与莫言十分相似。他在一篇题名《杏花烂漫》的散文里写道，有一个中午，他发现西门金龙和黄互助相跟着爬上了一颗花朵盛开的大杏树，搞得杏花瓣儿如雪片般纷纷降落。他急于让人前来与他一起观赏树上的浪漫，便匆匆忙忙跑到饲料加工房，把正在午睡的蓝解放摇醒，他写道：

……蓝解放猛地坐起来，揉着通红的眼睛，问："什么事？"我看到炕上的芦席在他脸上硌出的清晰印记，神秘地说："哥们儿，跟我走。"我引领着蓝解放绕过那两头公猪居住的独立房屋，进入杏园深处。暮春天气，万物慵懒，猪都在酣睡，连那头喜欢装神弄鬼的公猪也不例外。成群蜜蜂，嗡嗡嘤嘤，抓紧花期，不顾疲劳，辛勤劳动。画眉鸟儿在花枝间闪动着亮丽的身影，并不时发出裂帛般的凄然啼声。蓝解放不高兴地嘟囔着："你他妈的，到底要让我看什么？"我用食指轻压嘴唇，示意他噤声。我压低嗓门对他说："蹲下，跟我来。"我们蹲着，慢慢地往前移动。我们看到两只土黄色的野兔在杏树间追逐；一只拖着长尾巴的艳丽野鸡，扑棱着翅膀，咯咯鸣叫着，飞到荒冢后边的灌木丛中。我们绕过那两间曾经做过发电机房的屋子，前边就是杏林最茂密处。几十棵要两个人才能合抱的大杏树，树冠庞大，在空中几乎连接成一片。枝条上花朵累累，颜色有深红、粉红和雪白，远远看上去，仿佛团团彩云。因为这些树太大，根系过于发达，再加上村民们对大树的崇拜心理，所以逃过了一九五八年大炼钢铁、一九七二年大养其猪的劫难。我亲眼见到西门金龙和黄互助像两只松鼠一样沿着那棵树干有些倾斜的老杏树爬了上去，但现在却没有了他们的身影。微风起处，树冠轻摇，熟透的花瓣犹如雪片，纷纷落下，地下如积琼瑶。"你到底想让我看什么？"蓝解放提高了声嗓，并攥起拳头，蓝脸父子的执拗和暴躁在我们西门屯乃至高密东北乡都是大大有名的，我可不能惹这位小爷生气。我说："我亲眼看到他们爬到树上去了……""谁们？""金龙和互助啊！"我看到蓝解放的脖子猛地往上抻了一下，仿佛有一个隐形人对准他的心脏部位猛击了一拳。接着我看到他的耳朵微微抖动，半边蓝脸，宛如翠玉，在阳光下熠熠生辉。他似乎在犹豫，在斗争，但一股邪魔般的力量驱使他走到那株大杏树下……他仰起脸来……半边脸蓝如翠玉……他发出了一声哀号，猛地扑倒在地上……花瓣纷纷落下，仿佛要把他掩埋……我们西门屯的杏花是远近闻名的，进入九十年代后，每年春天，都有城里的人，开着车子，带着孩子，慕名来看杏花……

在文章的结尾，莫言写道：

  我想不到这件事会让蓝解放那样痛苦。人们把他从杏树下抬到炕上，用筷子撬开他紧咬的牙关，往他嘴里灌姜汤，使他苏醒过来。人们逼问我，他到底在树上看到了什么，竟魔成了这样。我说，我说是那头公猪，带着那头名叫"蝴蝶迷"的小母猪，在树上骚情……人们狐疑地说，那也不至于吧？解放苏醒后，在饲料室的炕上像毛驴一样打滚。他号哭的声音像那头公猪学拉的防空警报。他捶自己的胸膛，揪自己的头发，抓自己的眼睛，撕自己的腮帮子……为了防止他自残，善良的人们，不得不用绳子把他的双手捆了起来……

  我急于想把日月同辉的美丽天象告诉人们，但养猪场被突然疯掉的蓝解放弄得一团混乱。大病初愈的洪书记闻讯赶来。他拄着一根柳木棍子，面色苍黄，眼窝深陷，下巴上的胡须花白蓬乱，这场大病，使这个咬钉嚼铁的共产党员变成了一个老人。他站在炕前，用手中的棍子捣着地面，仿佛要从地下捣出水来。刺眼的电灯光芒使他的脸色愈显煞白，也使得平躺在炕上不停号叫的蓝解放脸相更加狰狞。

  "金龙呢？"洪泰岳气急败坏地问。

  屋子里的人面面相觑，看样子都不知他的下落。末了还是莫言怯生生地说：

  "他大概在发电屋里……"

  人们这才想起，这可是从去年冬天停止发电之后的第一次发电，金龙的用意，实在是令人困惑。

  "你去把他给我叫来！"

  莫言像只油滑的耗子一样溜走了。

  这时候，我听到从屯子的街道上，传来了一个女人悲凉的哭声。这哭声使我的心紧缩起来，大脑缺氧，片刻空白，随后，往事如潮水,汹涌袭来。我蹲在饲养室前那堆叠摞得很高的杏树根盘和枝条上,思想着云遮雾掩的过去,观察着纷乱复杂的现世。去年冬天死去的那些沂蒙山猪的白骨,堆放在饲养室房前的一个箩筐里,被月光照着,闪烁着星星点点的绿,并散发着丝丝缕缕的臭。我很快看到,一个仿佛舞蹈着的人,迎着此刻已经如水银般澄澈的月亮,拐上了杏园猪场的小路。她仰着脸,脸如一扇使用多年的水瓢闪烁着古旧的黄光,嘴巴因为号哭而张开,宛如一个黑色的老鼠洞口。她的双臂弯曲着悬在胸前,双腿罗圈,裆间能钻过一只狗,双脚呈外八字,身体左右摇摆的幅度比她前进的步幅还要大。她就这样姿态丑陋地奔跑着。尽管这一切都与牛时代里的迎春大不相同了,但我还是一眼就认出了她。我努力回忆迎春的年龄,但人的意识被猪的意识团团包围着,最终混为一体,成为既兴奋又悲伤的情绪。

"我的儿啊,你这是怎么啦……"透过破烂的窗户,我看到迎春扑到炕前,哭喊着,伸手推动蓝解放的身体。

蓝解放的双手被绑,无法动弹,便用双脚猛蹬墙壁,使那本来就不结实的间壁墙摇摇晃晃,灰色的墙皮,像杂合面的大饼,一片片地跌落下来。屋子里,众人慌乱不堪。洪泰岳又下命令:

"拿绳子,把他的腿绑起来!"

一个也在猪场工作的老男人吕扁头,拖着一条麻绳子,笨拙地爬上炕去。蓝解放的两条腿犹如疯马的蹄子,胡踢乱蹬,使吕扁头无法下手。

"绑啊!"洪泰岳大声喊叫。

吕扁头俯身压向解放的双腿——迎春撕扯着吕扁头的衣服哭叫:放开我的孩子——快上去帮他的忙!洪泰岳喊叫——解放大骂着:畜生,你们这些畜生!你们这些猪!——把绳子穿过去啊!——孙家老三孙豹冲进来——快上炕帮他!——绳子绕住了解放的双腿,把吕扁头的紧紧搂住解放双腿的胳膊也缠了进去,绳子被抽紧——松松绳子,让我抽出胳膊——解放的腿扑腾,绳子飞舞如狂蛇——哎哟我的亲娘……吕扁头身体后仰，跌到炕下，顺势砸倒了洪泰岳——孙家老三毕竟年轻力壮，他一屁股坐在解放的肚子上，不顾炕下迎春的抓挠、痛骂，疾速有力地将绳子抽紧，使解放的两条腿失去了反抗能力——炕下，吕扁头捂着鼻子，黑色的血从他的指缝里滴下来。

　　爷们儿，我知道你不愿意承认这些事，但请相信我丝毫没有撒谎。一个人，在疯狂状态下会产生超人的力量，会做出近乎神奇的举动，那棵老杏树上至今还留有几个鸡蛋大小的疤瘤，那都是当年的你在疯狂状态下用头碰的。头的硬度，在正常状态下，根本不能与杏树的粗干相比，但人一旦疯了，头也就变硬了——这就是神话传说中的共工头撞不周山令天柱折地维绝的原因——你撞得杏树剧烈摇晃，杏花如鹅毛大雪纷纷飘落。巨大的反弹力使你仰跌在地：你额头鼓起了一个大包，可怜的杏树老皮剥落，露出了白色的内里……

　　被绑住手脚的蓝解放身体扭动，身体里好像有巨大的能量在汹涌奔突，仿佛武侠小说中所描述的，那些吸入了别人超强内力而又无法容纳的武功低下者，其状痛苦万端，于是张开的嘴巴和嘴巴中发出的哀号就成了唯一的排泄通道。有人试图往他的嘴里注入一点凉水，借以浇灭他心中的邪火，但呛了他的喉咙，引起他剧烈的咳嗽。一股血，呈雾状，从他的嘴巴和鼻孔里喷出来。

　　"我的儿啊……"迎春号哭着晕了过去。

　　女人，有的可以坦然喝血，有的见血就晕。

　　正在此时，西门宝凤背着药箱匆匆而入。她有很好的医务工作者的气质，并不因为炕下躺着昏厥的母亲、炕上躺着喷血的弟弟而惊慌失措。她已经是个经验丰富的"赤脚医生"。她脸色苍白，目光忧郁。她的手无论冬夏，都像冰一样凉。我知道她的内心也为情感所苦。她痛苦的病根就是那个"大叫驴"常天红，这是历史事实，我曾亲眼见到，莫言的小说里也有踪可寻。她打开箱子，拿出一个扁扁的铁盒，抽出一根闪闪发光的银针，对准迎春的"人中"穴，又准又狠地刺了一下，迎春呻吟了一声，睁开了眼睛。宝凤示意人们，将被捆绑成一捆树棍子模样的解放往炕边拖了拖。她既没摸他的脉,也没听他的心脏;没试他的体温也没量他的血压;仿佛一切俱在她的意料之中;仿佛她要治疗的不是蓝解放,而是她自己。她从药箱捏出两支安瓿,夹在手指的缝里,然后用镊子敲破,用针管吸光瓶中药液,将针管举起,对着明亮的电灯,推动针管,亮晶晶的水珠从针尖射出。这个画面很神圣很庄严很经典很常见,那些宣传画上,那些电影电视中,常常有这样的画面和镜头,干这种活儿的人被称为白衣天使,戴着白帽子穿着白大褂戴着大口罩瞪着大眼睛翻卷着长睫毛。在我们西门屯,西门宝凤不可能戴上白帽子大口罩,也不可能穿着白大褂,她穿着一件大翻领的蓝华达呢上衣,一件白衬衣的领子翻在蓝褂子的领上。这是当时的时尚,青年男女们总是突出表现层层叠叠的衣领,如果因为家贫买不起多层次的内衣,就买那种几毛钱一个的假领子。这个晚上宝凤的外衣里边穿着的确是衬衣而不是假领。她的苍白的脸色和忧郁眼神也很符合小说家笔下的正派人物肖像。她用酒精棉球,轻描淡写地擦了擦蓝解放的胳膊上那块发达的肌肉,一针扎下去,不到一分钟,注射完毕,针头拔出来。她注射的部位不是常见的屁股而是胳膊,这可能与蓝解放被人用绳子捆绑的特殊情况有关。对蓝解放这种因精神遭受强烈刺激,内心巨大痛苦的人而言,别说在他的胳膊上扎一针,即使卸去他一条胳膊,他也不会哼一声。

当然,这是俺极度夸张的说法。这样的说法,在当时的语境里,也算不上什么大话。当时的人,包括你蓝解放,不也是动不动就口出豪言壮语,什么"泰山压顶不弯腰",什么"砍头只当风吹帽",什么"粉身碎骨也心甘"吗?莫言那小子,更是说这种牛皮大话的行家里手。后来他成了所谓的作家之后,对这种语言现象有所反思。他说:"极度夸张的语言是极度虚伪的社会的反映,血暴力的语言是社会暴行的前驱。"

宝凤给你注射了安神镇静的药物之后,你慢慢地安静下来。你的眼睛直直地盯着虚空,但鼻腔和咽喉里发出了鼾声。众人紧张的神情，都松弛了，犹如受了潮湿的鼓皮或者松了把子的琴弦。我也不由自主地松了一口气。你蓝解放又不是我的儿子，你是死是活、是疯是傻与我有屁相干？但我还是松了一口气。毕竟，我想，你是从迎春的肚子里钻出来的孩子，而迎春的肚子，曾经是我的遥远的前身西门闹的财产。我想我真正应该关心的是西门金龙，那才是我的亲生。想到此我披着幽蓝的月光往发电机房奔跑，杏花瓣儿纷纷飘落，宛如月光的碎屑。在柴油机发了疯般的轰鸣中，整个杏园都在颤抖。我听到那些已经渐渐恢复了元气的沂蒙猪们有的在说着含混不清的梦话，有的在窃窃私语。我看到黑色的刁小三，披着幽蓝、凉爽的月光外套，坐在猪群之花"蝴蝶迷"的栅栏门前，前爪夹着一个椭圆形的、用红色塑料镶着边的小镜子，反射着月光，照进猪舍，一定是照在"蝴蝶迷"涂脂抹粉的腮帮子上。这小子龇着它那两根漫长的獠牙，脸上挂着愚蠢的笑容，色情的哈喇子，像透明的蚕丝，从它的下巴上流了下来。我感到醋意大发，怒火中烧，耳朵上的血管子蹦跳如爆豆，不由自主地想冲上去与刁小三拼命。但理智之光在暴躁的时刻照亮了我心头。是的，按照动物界的习惯，交配权的斗争就是你死我活的肉搏，胜者去交欢，败者靠边站。但我毕竟不是一头一般的猪，刁小三也不是头愚蠢的畜生，我们俩之间必有一战，但时机尚未成熟。杏园里已经有了母猪发情的骚味，但不浓烈，交配的季节尚未到来，因此，就让刁小三这小子先在那里骚情着吧。

发电机房里，悬挂着一盏二百瓦的白炽灯泡，光线刺目，不敢直视。我看到西门金龙那小子，屁股坐在铺了一层红砖的地面上，背靠着墙壁，两条长腿，笔直地伸出，赤着脚，跷着大脚丫子。暴跳如雷的柴油机上震落的油珠滴到他的脚指甲上和脚背上，犹如黏稠的狗血。他敞着怀，露出紫红的背心。头发披散，眼睛发红，有疯癫之状，很酷。在他的身侧，有一个翠绿的酒瓶子，酒瓶子上的标签说明这是那个时代里高密东北乡人所能喝到的最高级的白酒：景芝白干。景芝白干，用高粱酿造，酱香型，六十二度，劲道峻烈，犹如红鬃烈马,一般的人,半斤即可放倒。一般的人,轻易舍不得也喝不起这样的优质白酒。金龙喝这样高级的白酒,说明他的内心痛苦到极点,他大概是想醉死了算尿,因为老子看到,这儿子的腿边歪倒着一个喝干了的酒瓶子,手中握着的瓶子里,也只剩下小半瓶。两斤点火就会熊熊燃烧的景芝白干下了肚,这儿子,死不了也要落个半傻。

莫言那小子,立正站在西门金龙身侧,眯缝着小眼,说:"西门大哥,别喝了,洪书记叫你去训话呢!"

"洪书记?"金龙乜斜着眼说,"洪书记算个鸡巴!他找我训话,我还要找他训话呢!"

"金龙大哥,"莫言坏坏地说,"你和互助姐在杏树上弄事,被解放哥看到了,他马上就疯了,十几个壮小伙子都按不住他,指头粗的铁棍,被他一口就咬断了。你还是去看看他吧,他毕竟还是你的同胞兄弟。"

"同胞兄弟?谁是他的同胞兄弟?你小子跟他才是同胞兄弟呢!"

"金龙大哥,"莫言说,"去不去是你的事,反正我把话捎到了。"

莫言说完了话,但并没有走的意思。他伸出一只脚,把那个倒在地上的酒瓶子往眼前一拨,然后以非常迅捷的动作弯腰把酒瓶子捡了起来,眯着眼睛往瓶子里看——他的眼前一定是一片绿色——他将酒瓶中残存的酒倒进嘴巴,吧嗒着口舌,啧啧有声,连声夸赞:"景芝白干,好酒,果然名不虚传!"

金龙将手中的瓶子举起来,仰着脖子,将瓶中酒,咕嘟咕嘟,倒进喉咙——屋子里弥漫开浓烈的酒香——他将手中的酒瓶对着莫言掷去。莫言举瓶相迎。两瓶相碰,响声清脆,碎片纷纷落地。屋中酒气更浓。"滚!"金龙大吼着,"你他妈的滚!"莫言连连倒退。金龙捡起身边的鞋子、螺丝、扳手等物对着莫言投掷,并骂:"你这个奸细,小人!滚开,不要让我看到你!"莫言连连躲闪着,嘴里嘟囔着:"疯了,那个没好,这个又疯了!"

金龙摇摇晃晃站起来,身体前仰后合,仿佛一尊挨了巴掌的不倒翁。莫言跳到门外的月光里,月光涂在他的光头上,使他的头宛如一个碧绿的西瓜。我躲在杏树后边,观察着这两个怪诞的家伙。我担心金龙扑到那飞速旋转的马力带上被绞成肉酱,但这样的事情没有发生。他跨过了马力带,又跨回马力带,嘴里号叫着:"疯啦——疯啦——都他娘的疯了——"他从墙角上抄起一把扫帚投出来。又把一只盛过柴油的铁皮水桶投出来。浓烈的柴油味在月光中散发,与杏花的香气混合在一起。金龙歪歪斜斜地跳到柴油机边,低下头去,仿佛要跟那个飞速转动的机轮对话。小心啊,儿子!我心中喊叫着,浑身的肌肉绷紧,做好了随时冲进去救他的准备。他低着头,鼻尖几乎触着那飞速转动的马力带,儿子啊,小心啊,再靠近一厘米,你的鼻子就没了。但是并没有发生这样的悲惨事故。金龙伸出一只手,按着柴油机的油门。他把油门按到了底。柴油机像一个被捏住了睾丸的男人一样发了疯地号叫着,机体抖动剧烈,油星四溅,烟筒里黑烟滚滚,固定在木底座上的螺帽抖动着,仿佛随时都会脱落飞去。与此同时,那电盘上标志着发电量的指针飞速上升,迅速越过极限,那只大度数的灯泡,射出白得扎眼的光芒,然后便发出一声爆响,灼热的玻璃碎片四散飞扬,有的碰到墙壁上,有的碰到房檩上。后来我才知道,与发电机房里这只大灯泡同时爆炸的,还有养猪场里的所有灯泡。与发电机房同时沉入黑暗的,还有养猪场里的所有亮着灯泡的房间。我后来还知道,受到爆炸声的惊吓,蹲在"蝴蝶迷"栅栏门外耍流氓的刁小三把小镜子塞到嘴里,匆忙窜回了它的猪舍。它身影油滑,仿佛一匹抹了油的狸猫。柴油机更猛烈地号叫几声,然后断了气。我听到断裂的马力带抽打着墙壁发出的巨响,还听到西门金龙发出的一声哀号。我的心猛地往下一沉——完了!我想,西门金龙,我的儿子,小命十有八九是报销了!

黑暗慢慢消失,月光涌进屋去。我看到那被爆炸声吓得趴在地上屁股翘得高高犹如一只受了惊吓顾头不顾腚的鸵鸟的莫言,慢慢地从地上爬起来。这小子既好奇又懦弱,既无能又执拗,既愚蠢又狡猾,既干不出流芳百世的好事，也干不出惊天动地的坏事，永远是一个惹麻烦、落埋怨的角色。我知道他所有的丑事，也洞察他的内心。这小子爬起来，像一条畏首畏尾的狼，钻进被月光照亮的发电机房。我看到西门金龙侧歪在地，被窗棂分割的月光分割了他，仿佛一具被炮弹拦腰打断的尸体。一缕月光照耀着他的脸，当然也照耀着他凌乱的头发，几道蓝荧荧的血，犹如蜈蚣，从头发根里爬到他的脸上。莫言那小子，弓下腰，张着嘴，伸出两根乌黑如猪尾巴棍儿的手指，抹了一点血，先放在眼前看，继而放在鼻下嗅，然后又伸出舌头舔。这小子，到底想干什么？这小子行为古怪，莫名其妙，连我这头智慧过人的猪，也猜不透他的心思。他难道能从西门金龙的血里看出、嗅到、尝出西门金龙的死活？还是要用这复杂的方法判断沾在他手指上的是真正的血还是红色颜料？正当被他的古怪行为导致我胡思乱想之时，这小子如梦初醒般地惊叫一声，就地蹦了一个高，然后尖叫着，跑出发电机房，几乎是兴高采烈地喊叫着：

"快来看啊，快来看，西门金龙死啦……"

他也许看到了在杏树后藏头露尾的我，也许根本没有看到。月光下的杏树和斑驳的杏花制造出令人目眩的光芒。西门金龙的突然死亡也许是这小子有生以来最先发现的、最值得向人们传播的大事。他不屑于对着杏树诉说。他边跑边号，中途还因为踩在一堆猪屎上摔了个嘴啃泥。我尾随着他。相对于他笨拙的步伐，我就是一个练过草上飞的武侠高手。

屋子里的人闻声而出，月光使他们显得面色青黄。屋子里没有解放的号叫之声，说明他已经被药物麻翻。宝凤用一块酒精浸过的棉球按着腮帮子，那是被适才炸裂的灯泡碎片割出的伤口。这伤口痊愈后，留下了一个隐约可见的浅浅的白疤痕，记录着这个混乱不堪的夜晚。

人们跟随着莫言，有的跌跌撞撞，有的歪歪斜斜，有的慌慌张张，总之是一团混乱地往机房这边跑来。莫言在头前引路，一边跑，一边歪着身子对身后的人夸张地、炫耀地描述着他看到的情景，我感觉到了，无论是西门金龙的亲属，还是与西门金龙没有血缘关系的人，都对这贫嘴碎舌的小子感到了厌恶。闭上你的臭嘴吧！我往前疾驰几步，隐身在一棵树后，用嘴巴从泥土中拱出一块瓦片——因太大咬成两半——用右前爪的趾缝夹起来，后腿用力，站起做人立状，然后觑着莫言那张明晃晃的仿佛刷了一层桐油的脸瞄了个亲切，随即身体前仆，使前蹄获得惯性，顺势把瓦片掷出。但我忘记了计算提前量，我掷出的瓦片没有打中莫言的脸，却正中了迎春的额头。

正应了两句俗语："屋漏偏遇连阴天"，"黄鼠狼单咬病鸭子"。瓦片与迎春的脸撞击时发出的声音令我心头一懔，古旧的记忆被瞬间激活：迎春啊，我的贤妻！今天晚上，你是天底下最不幸的人。两个儿子，一个疯了，一个死了，女儿脸上也受了伤，而你又受到了我狠命一击！

我痛苦至极，发出一声长长的嗥叫。我把嘴扎到地上，悔恨交加使我把那块没及投出的瓦片咬得粉碎。我看到，就像电影里惯用的高速摄影拍摄出的画面一样，迎春嘴里发出的惨叫像一条银蛇在月光中飞舞，而迎春的身体却像一团人形的棉絮一样往后倒去。你们不要以为俺是一头猪就不懂得什么叫高速摄影，呸，这年头，谁还不能当个导演呢！配上一个滤光镜，高速摄影，推，拉，全景，特写，天地变化，那瓦片与迎春的额头碰撞的瞬间破裂成数片，飞向不同的方向，血珠子随后飞起。摇，展示众人张大的嘴巴和惊愕的目光……迎春躺在地上。娘啊！这是西门宝凤的喊叫。她顾不上自己脸上的伤口，压扁的棉球落在地上。她跪在迎春身侧，药箱子摔到一边。她用右胳膊揽住迎春的脖子，看着迎春额头上伤口，娘啊，你这是怎么啦……是谁干的？洪泰岳怒吼着，朝瓦片飞来的方向扑过来。我没有躲闪，尽管我可以转瞬之间消逝得无影无踪。这事我办得笨拙，尽管是好心办了坏事，但我也甘愿受惩罚。尽管是洪泰岳先起意搜捕暗中扔瓦片伤人的坏蛋，但最先跑到杏树后边发现我的却并不是他。他已经老了，骨节生了锈，失去了敏捷和灵活。最先蹿到树后发现了我的依然是那讨厌的莫言,他那野猫一样灵活的身体和他那几近病态的好奇心配合得无比默契。是它干的!他惊喜地对身后蜂拥而至的人们宣告着他的发现。我僵硬地坐着,喉咙里发出低沉的呜噜,表示着我的悔恨之意,准备接受人们的惩罚。我看到众人那些被月光照亮的脸上都浮现出困惑的表情。我敢肯定是它干的!莫言对众人说,我亲眼看到过它用爪子夹着一根树枝在地上写字呢!洪泰岳重重地拍了一下莫言的肩膀,嘲讽地说:

"爷们儿,你看没看到过它用爪子夹着小刀,给你爹刻了一枚图章,刻的还是梅花篆字?"

莫言不识好歹,还想饶舌辩解,孙家老三狗仗人势地扑上来,拧着他的耳朵,用膝盖顶着他的屁股,把他擒到了一边,低声对他说:

"伙计,闭上你那张乌鸦嘴吧!"

"怎么会让公猪跑出来呢?"洪泰岳不满地呵斥着,"谁负责饲养公猪?责任心太差,应该扣工分!"

西门白氏颠着小脚,扭秧歌似的从铺满月光的小道上跑来。道上的杏花瓣被她的小脚踢起来,宛如轻薄的雪片。沉淀在意识深处的记忆犹如水底的泥沙,浑浊翻腾;我感到自己的心,一阵阵揪痛。

"把猪赶到圈里去!太不像话了!太不像话了!"洪泰岳吼叫着,重浊地咳嗽着,向那发电机房走去。

我想是对儿子的牵挂使昏晕的迎春迅速清醒过来。她挣扎着要站起来。"我的娘啊……"宝凤喊叫着,一手揽着迎春的脖颈,一手打开药箱。黄家的互助心领神会地、神色冷漠地用镊子夹了一块酒精棉球递给她。"我的金龙啊……"迎春一胳膊把宝凤拨开,手按了一下地,从地下长起来,动作凶猛,身体摇晃,显然是头晕,她哭喊着金龙,一溜歪斜地奔向机房。

第一个冲进发电机房的,不是洪泰岳,也不是迎春,而是黄家的互助。第二个跑进发电机房的,依然不是洪泰岳和迎春,而是莫言。虽然他被孙家的老三擒到一边受了些皮肉之苦,虽然他被洪泰岳冷嘲热讽,但他浑然不觉似的、从孙老三铁钳般的手指下挣脱之后,便一溜烟儿似的蹿进了机房。黄互助后脚刚进屋,他前脚便跨进了门槛。我知道那天晚上其实最受委屈的是合作,而处境最尴尬的是互助。她与金龙在那棵歪脖子老杏树上行浪漫之事,引发了解放的癫狂。在繁花似锦的树冠里做爱,本来是富有想象力的大美之事,但因为莫言这个讨厌鬼给搅得一塌糊涂。这人在高密东北乡实在是劣迹斑斑,人见人厌,但他却以为自己是人见人爱的好孩子呢!人闯入被月光照彻的机房,犹如青蛙跳入宁静明亮的池塘,一声响亮,激起了琼屑碎玉。黄互助一见躺在月光中、额头有血的金龙,情从心发,悲从中来,一时也就顾不上羞涩和矜持,宛如一匹护崽的母豹子,扑到金龙的身上……

"他喝了两瓶景芝白干,"莫言指点着地上的酒瓶子碎片说,"然后把柴油机油门按到最大,'啪',灯泡爆炸了。"在浓重的酒气和柴油气味中,莫言连说带比画,其状滑稽,像个手舞足蹈的小丑。"把他弄出去!"洪泰岳吼道,嗓子有破锣音。孙豹拤着他的脖子,使他几乎脚不点地出了机房。他还在解说,仿佛不把他看到的情景说出来就会憋死一样。你们说,人杰地灵的高密东北乡怎么会生出这样一个坏孩子?"然后'啪'的一声闷响,马力带断了,"莫言被孙豹拤着脖子还忘不了补充细节,"马力带是从接口处断的,我估计,一定是接口处的铁销子抽到了他的脑袋上。当时,柴油机疯了,每秒转速八十圈,产生的力量大无边,没把他的脑浆子抽出来就是不幸之中之大幸!"听听,他竟然半文半白,仿佛一个饱读诗书的乡儒。"去你的'之大幸'吧!"臂力过人的孙豹把莫言举起来,用力往前掷出。即使是在空中飞行这短暂的瞬间他的嘴巴里还是喋喋不休。

莫言跌落在我的面前。我以为会把这小子跌得支离破碎,没想到他打了一个滚就坐了起来。他在我面前放了一个长长的臭屁,令我好生烦恼。他对着孙豹的背影喊叫着:"孙老三,你不要以为我在编瞎话。我说的都是我亲眼所见,就算略有夸张,也总是八九不离十。"

孙家老三根本不搭理他,他就转过脸对我说:"猪十六,你说我说得对不对?你别跟我装傻,我知道你是一头成了精的猪,你除了不会说人话,什么都会。洪书记说你能刻篆字图章——他用这讽刺我,我明白——其实,我知道刻个篆字图章根本难不住你,给你一套工具,我看你能修理手表。我早就注意你了。我在大队部值班时就发现了你的才华,我每天晚上大声朗读《参考消息》其实就是读给你听的。我们两个是心心相印的老朋友。我还知道,你的前世曾经是人,你与西门屯的人有千丝万缕的联系。我说得对不对?如果我说得对你就点点头。"我看着他那张肮脏的小脸上那种似乎洞察一切的狡猾表情,心中暗忖:可不能让这小子信口胡咧咧了。茅厕里说话,墙外有人听。如果让屯里人都知道了我的身世和秘密,那一切就不好玩了。我嘴巴里哼哼着,趁着他不注意,在他肚皮上猛咬了一口。——我留有余地,不想毁了他的性命——我预感到这个小子对于高密东北乡的重要意义,咬坏了他,阎王老子不会饶了我——如果我尽兴地咬,会把他的肠子咬断——我使了三分劲儿,隔着他那汗臭的小褂子,在他的肚皮上留下了四个出血的牙印。这小子惨叫一声,慌乱之中在我的眼睛上挠了一爪子,便挣脱跑开了。其实是我故意松了口,如果我不松口,他怎能挣脱?他的爪子戳了我的眼睛,眼泪汪洋而出。我半是清明半是朦胧地看到他失魂落魄地逃到离我十几米远的地方,撩起褂子看肚皮上的伤口。我听到他嘟嘟囔囔地骂我:"猪十六,你这个阴险毒辣的家伙,竟敢咬你大爷。总有一天我要让你知道我的厉害。"我心中窃笑。看到这小子从地上抓了几把混合着杏花瓣儿的泥土,按在肚皮的伤口上。他的嘴里念念有词:"土是土霉素,花是花骨朵儿,消炎,解毒,咄,好了!"然后他就放下衣襟,没事人儿一样,往发电机房那边溜去。这时,白氏几乎是连滚带爬地到了我的面前。我看着她出了汗的脸,听着她气喘吁吁地说:

"猪十六啊猪十六,你怎么跑出来呢?"

她拍打着我的头说:"听话,回你窝里去吧,你跑出来,洪书记怪我。你知道,我是地主婆,成分不好,洪书记照顾我才让我喂你,你千万别给我惹祸啊……"

我心中纷乱如麻,眼泪落地,啪啪响。

"猪十六,你哭了?"她有些讶异,但更多的是悲伤,摸着我的耳朵,她仰着脸,似乎是对着月亮说,"掌柜的,金龙一死,咱们西门家,就彻底地败了……"

当然,金龙没有死,金龙死了,这戏也就演到头了。他在宝凤的救治下苏醒过来,然后便大哭大闹,大蹦大跳,眼睛如血,六亲不认。"不活了不活了我不活了……"他抓挠着自己的胸脯,"难受啊难受死我啦娘啊……"洪泰岳上前,抓住金龙的肩膀,摇晃着,怒吼:"金龙!这像什么样子?!你算什么共产党员?!你算什么团支部书记!?你真让我失望!我替你脸红!"迎春扑上去,拨开洪泰岳的手,挡在金龙面前,对着洪泰岳吼叫:"不许你这样对待我的儿子!"然后她转过身,抱住比自己整整高出一头的金龙,抚摸着他的脸,呢喃着:"好孩子,别怕,娘在这里,娘护着你呢……"黄瞳摇摇头,目光躲闪着众人的眼神,贴着墙边钻出机房,倚着墙,用一块白纸,熟练地卷了一支烟。划火点烟的瞬间我看到这个小男人下巴上凌乱的黄胡子。金龙推开迎春,推开那些试图上前阻拦他的人,斜着膀子冲出来,月光像浅蓝的纱幕一样缠在他的手臂上,使他的倾倒显得那么柔软。他倒在地上,像劳动过后的驴子一样打起滚来。"娘啊,难受死我啦,再来两瓶吧,再来两瓶吧,再来两瓶……""他是疯了还是醉了?"洪泰岳严厉地询问宝凤。宝凤嘴角抽动一下,脸上浮起冷笑一样的表情,说:"应该是醉了。"洪泰岳看看迎春、黄瞳、秋香、合作、互助……无奈地摇摇头,好像一个软弱无力的父亲,长叹一声,道:"真是不争气啊……"然后,他便摇摇晃晃地走了。他没有往那条通向村庄的小路上走,而是斜着走进了杏林,铺满杏花瓣儿的地上,留下了一串浅蓝色的脚印。

金龙还玩着他的驴打滚儿的把戏。吴秋香叽喳着:"快去弄点醋来灌灌他。合作，合作呢，回家拿醋去。"合作搂着一棵杏树，脸贴在树皮上，好像变成了树干的一部分。"互助，互助你去！"但互助的身影，已经与远处的月色融为一体。洪泰岳走后，众人纷纷走散，连宝凤也背上药箱走了。迎春喊叫着："宝凤啊，给你哥打上针吧，他的五脏六腑，都要被烧酒烧坏了啊……"

"醋来了，醋来了！"莫言提着一瓶醋飞奔而来。他的腿真是快。他的心肠真是热。他真是听到风就下雨的家伙。他对着众人表功般地说："我敲开了小卖部的门，刘中光那货要现钱，我说这是洪书记要的醋，你记到账上吧，他二话没说就给灌了一瓶子……"

孙家老三好不容易才把满地打滚的金龙按住。金龙连踢带咬，其疯狂的劲头儿不亚于适才的解放。秋香把醋瓶子插到他的嘴里，往里倒。一声怪叫，从他的喉咙里发出，宛如不慎吞咽了毒虫的公鸡，他的青眼没了，眼眶里全是白眼，月光下看得分明。"你这个狠心的，把我儿子灌死了啊……"迎春哭叫着。黄瞳拍打着金龙的背。一口酸臭扑鼻的液体从金龙嘴巴和鼻孔里喷了出来……

第二十八章

合作违心嫁解放
互助遂意配金龙

两个月过去了,不但蓝解放和西门金龙两兄弟的疯症未愈,黄家姐妹的神经好像也有些不正常了。按照莫言小说里的说法,你蓝解放是真疯,西门金龙是装疯。装疯是块通红的遮羞布,往脸上一蒙,所有的丑事,一股脑儿遮掩了。人都疯了,还有什么好说的呢?那时节,西门屯养猪场声名远扬。趁着麦收前的短暂空闲,县里又要组织新一轮参观学习西门屯养猪经验的活动。不但本县的人要来,外县的人也要来。在这样的关键时刻,金龙和解放的疯,等于砍去了洪泰岳的左膀右臂。

公社革委会又打来电话,说军区后勤部也将派一个代表团前来参观学习,地县两级领导亲自陪同。洪泰岳召集村里的头头脑脑开会商量对策。莫言小说里说洪泰岳满嘴燎泡,眼珠子布满血丝。还说你蓝解放躺在炕上,两眼发直,不时哭泣,像一条切断了脑神经的鳄鱼;眼泪混浊,仿佛猪食锅沿上的蒸馏水。而在另一间屋里,金龙呆坐着,仿佛一只吃过砒霜又救活了的鸡,见到人来,就抬起头,咧着嘴嘿嘿痴笑。

按照莫言小说里的说法,就在西门屯大队里的头头脑脑们一个个垂头丧气、束手无策的时候,他胸有成竹地走进了会议室。他的话不能全信,他写到小说里的那些话更是云山雾罩,追风捕影,仅供参考。

莫言说他一踏进大队的会议室，黄瞳就往外轰他。他不但没有走，反而纵身一跳，屁股坐在桌子沿上，两条小短腿像架上的丝瓜一样悠来悠去。此时已经升任了民兵连长兼治保主任的孙豹跳起来，上前拧住了他的耳朵。洪泰岳摆摆手，示意孙豹放开他。

"爷们儿，您老人家是不是也疯了？"洪泰岳嘲讽道，"咱们西门屯什么样的风水，养育了您这样一个杰出人物？"

"我没有疯，"莫言在他的那部臭名昭著的《养猪记》里写道，"我的神经像葫芦蔓子一样坚韧粗壮，吊着十几个葫芦在风雨中打秋千都不会断，所以全世界的人都疯了我也不会疯，"他写道，"我幽默地说，'但是你们的两员大将却疯了。我知道你们正为这事儿焦急，你们抓耳挠腮，像一窝困在井里的猴子。'"

"是的，我们的确为这事焦急，"莫言写道，"洪泰岳说，'我们连猴子都不如，我们是几只陷在泥坑里的驴。您有什么高招呢，莫言先生？'"莫言写道，"洪泰岳双手抱拳，作了一个揖，仿佛是一位旧小说中礼贤下士的明主，但其本意却是对我的讽刺和嘲弄。对付嘲弄和讽刺，最有效的方法就是装傻，让他的机智变成对牛弹琴对猪歌唱。我伸出一只手指，指点着洪泰岳那件五冬六夏都不换洗的制服褂子上那个鼓鼓囊囊的口袋。'什么？'洪泰岳低头看自己的褂子。'烟，'我说，'你褂子口袋里装着的烟，琥珀牌烟卷儿。'琥珀牌烟卷儿，时价每包三角九分，与当时最有名的大前门牌烟卷儿等价齐名，这样的烟卷儿，连公社书记也舍不得常抽。洪泰岳无奈地掏出烟卷，散了一圈。'你这小子，眼睛有透视功能吗？放在我们西门屯，真是屈了你的材料。'我抽着烟，做出十分老练的姿态，吐了三个烟圈，一根烟柱，然后说，'我知道你们都瞧不起我，你们都以为我是一个狗屁不懂的小孩子，其实我已经十八岁，我已经是成年人，我个头小，娃娃脸，但我的智慧，西门屯无人可比！'"

"'是吗？'洪泰岳笑着环顾众人，'我还真不知道你已经十八岁了，我更不知道你还智慧超人。'众人讪笑。"莫言写道，"我抽着烟,有条有理地对他们讲说,金龙和解放的病情,都是因情而起,这样的病,无药可医,只能用古老的方式禳解之,那就是让金龙和互助结婚,让解放和合作结婚,俗话说就是'冲喜',准确地说是'喜冲',以喜冲邪。"

让你们兄弟与黄家姐妹同一天结婚的主意,是不是莫言出的,我们没有必要纠缠。但你们的婚礼,确是同一天举行,婚礼的过程也是我亲眼所见。虽然是仓促行事,但洪泰岳坐镇指挥,私事当成公事办,调动了村里的诸多巧手女人帮忙,所以这婚礼办得还算是热闹、隆重。

婚礼的日期是那一年的阴历四月十六,十五的月亮十六圆。好大的月亮,好低的月亮,在杏园里流连不去,仿佛是特为参加婚礼来的。月亮上那几支羽箭,是远古时代那个因为女人发了疯的男人射上去的。几面星条小旗是美国的宇航员插上去的。大概是为庆祝你们的婚礼,猪场为猪们改善了伙食,散发着酒糟味儿的红薯叶里,添加了高粱和黑豆混合粉碎而成的杂合面儿。猪们吃得肠满肚圆,个个心情舒畅,有的卧在墙角睡觉,有的趴在墙头上唱歌。刁小三呢?我悄悄地扶着墙头站起来往它窝里一看,发现这小子把那面小镜子嵌在墙上,右爪夹着不知从哪里捡来的半截红色塑料梳子,梳理着脖子上的鬃毛。这家伙最近身体状况很好,腮帮子上鼓出了两坨肉,使那个长嘴显得短了些,狰狞的面相得到了部分改善。梳子与它粗糙的皮肤接触,发出腻人的响声,并有一些麸皮般的皮屑飞起来,在月光中浮游,宛如日本伊豆半岛地区秋天的雪虫。这家伙一边梳毛,还一边对着那面小镜子龇牙咧嘴,如此臭美,说明它正在恋爱。但我断定它是单相思,别说年轻貌美的"蝴蝶迷"不会瞧上它,连那些生过几窝小猪的老母猪也不会对它感兴趣。刁小三从那面小镜子里发现了偷窥的我,哼了一声,不回头,说:

"哥们儿,不用看!爱美之心,人皆有之,猪也皆有之。老子梳妆打扮,光明正大,怕你怎的?"

"如果把那两颗伸出唇外的獠牙拔掉，您会更美。"我冷笑着说。

"那是不可能的，"刁小三严肃地说，"獠牙虽长，也是父母所生，不敢毁伤，孝之始也。这是人的道德准则，对猪同样适用。而且，也许有的母猪，偏偏喜欢我这两颗獠牙呢？"

刁小三经多见广，学问庞杂且口才极好，跟它磨牙斗嘴，根本占不到便宜。我讪讪而退，一个饱嗝儿溢上来，口中不是滋味。前爪扶枝直立，张嘴撕下几颗青黄的杏子咀嚼着，口水盈盈，牙根发酸，舌头上有些甜味。看着这将树枝压低的累累果实，我心里优越感陡增。再过十天半月，当杏子黄熟时，刁小三，你就在一边嗅味儿吧，馋死你这杂种。

吃罢青杏后，我卧着，养精蓄锐同时思考问题。时光荏苒，不觉麦收将至。南风洋洋，草木葳蕤，正是交配的大好时机。空气中洋溢着母猪发情的骚味儿。我知道他们选了三十头年轻健康、品貌端正的母猪，作为繁殖小猪的工具。被选中的母猪都单圈喂养，饲料中精料的比例大大提高。它们的皮肤日渐滑腻，眼神日渐骚情，盛大的交配活动即将开始。我清楚地知道自己在猪场中的地位。在这场交配大戏中我是A角，刁小三是B角。只有当我筋疲力尽时，才会让刁小三出来拉拉帮套。但养猪人并不知道我跟刁小三都不是凡猪。我们思维复杂，体能超常，翻越围墙如履平地。在无人监督的夜间，我与刁小三有同样多的交配机会。必须按照动物界的规矩，在交配前把刁小三打败。一方面让那些母猪明白它们全部属于我，另一方面，要从生理上和心理上把刁小三彻底摧毁，让它见到母猪就阳痿。

我考虑问题时，巨大的月亮就歇息在东南方向那棵歪脖子老杏树上。你知道那是一棵浪漫的杏树。杏花烂漫时，西门金龙与黄互助、黄合作在那上边做爱，导致了严重的后果。但任何事情都有两个方面。这异想天开的树上交配一方面导致了你的疯狂，另一方面却带来了这棵杏树空前的大丰收。这是一棵多年来每年只是象征性地结几颗杏子的老树，今年硕果累累，枝条都被压低，几乎接近了地面。为了防止树杈子被压断，洪泰岳吩咐人在树下支起架子。一般的杏子，要到麦收之后才能成熟，这棵杏树，品种独特，现在已经色泽金黄，香气扑鼻。为了保护这棵树上的杏子，洪泰岳命令孙豹派民兵日夜看守。民兵们背着土枪在杏树周围巡逻。孙豹命令民兵：有胆敢偷杏者，只管开枪，打死勿论。所以，尽管我对这棵浪漫树上的果子垂涎欲滴，但也不敢冒险。被民兵们用塞满了铁砂子的土枪打一家伙，那可不是闹着玩的。多年前的记忆难以忘却，使我见到这种土枪就胆战心惊。刁小三诡计多端，自然也不会轻举妄动。硕大的月亮颜色如杏，坐落树头，使那些低垂的树枝更低垂。有一个半疯的民兵竟然对着月亮开了枪。月亮抖了抖，毫发无伤，更柔和的光线发射出来，向我传递着远古的信息。我耳边响着舒缓的音乐，看到有一些身披树叶和兽皮的人在月光下舞蹈。女人裸着上身，乳房饱满，乳头上翘。又有一个民兵开了一枪，一道暗红的火焰喷出，成群的铁砂子，如同一群苍蝇，向月亮扑去。月亮暗了一下，脸色变白。月亮在杏树梢头跳动几下，便慢慢上升。在上升的过程中，它的体积渐渐变小，光线却越来越强。升到距离地面约有二十丈了，它悬在那里，眷恋不舍地凝望着我们的杏园和猪场。我想月亮是专门来参加这场婚礼的，我们应该用美酒和金杏招待它，使它把我们杏园作为一个停泊点，但那两个鲁莽的民兵竟开枪对它射击，虽然伤不了它的身体，但伤了它的心。即便是如此，每年的阴历四月十六日，高密东北乡西门屯村的杏园里，也是地球上最佳的赏月地点。这里的月亮又大又圆，而且是那样的多情而忧伤。我知道莫言那厮写过一篇梦幻般的小说，题目叫作《撑竿跳月》，他写道：

……在那个古怪岁月的奇特日子里，我们在养猪场里为四个疯子举行盛大的婚礼。我们用黄布缝成的衣服把两个新郎打扮得像两根蔫唧唧的黄瓜，用红布缝成的衣服把两个新娘打扮得像两个水灵灵的萝卜。菜吗，只有两种，一是黄瓜拌油条，二是萝卜拌油条。本来有人建议杀一头猪，但洪书记坚决不同意。我们西门屯以养猪闻名全县，猪是我们的光荣，怎么能杀？洪书记是正确的。黄瓜拌油条和油条拌萝卜足以让我们大快朵颐。酒的质量比较差，是那种散装的薯干酒，用容积五十公斤的氨水罐装来整整一罐。负责去买酒的大队保管员偷懒，没将氨水罐子刷干净，倒出的酒里有一股刺鼻的气味。没有关系，农民跟地里的庄稼一样，对肥料亲切，有氨水味儿的酒，我们更喜欢。这是我平生第一次享受成人的礼遇，在十桌宴席上，我被安排在首桌，我的斜对面，端坐着洪书记。我知道这礼遇来自我的锦囊妙计，那天我闯入大队部发表了一通见解，牛刀小试脱颖而出，他们再也不敢小瞧我。两碗酒落肚，我感觉地面在上升，身体里似乎蕴藏着无穷无尽的力量。我冲出酒宴，进入杏园，看到一个直径足有三米的金黄大月亮，稳稳地坐落在那棵结满了金杏的著名杏树上。那月亮分明是来找我约会的。这既是嫦娥奔过的那个月，又不是嫦娥奔过的那个月；这既是美国佬登过的那个月，又不是美国佬登过的那个月。这是那颗星球的魂魄。月亮，我来了！我脚踩云团般地奔跑着，顺手从井台旁边抄起那根拔水用的、轻巧而富有弹性的梧桐杆子。平端在胸前，如同骑在骏马上的武士端着一杆长枪。我可不是去刺月亮，月亮是我的朋友。我要借助这杆子的力量飞上月亮。我在大队部义务值班多年，熟读了《参考消息》，知道苏联的撑竿跳运动员布勃卡已经越过了6.15米的高度。我还常到农业中学的操场上去玩耍观景，亲眼看到过体育教师冯金钟为那个很有跳高潜质的女生庞抗美示范，亲耳听到受过科班训练、因膝盖受伤而被省体工大队淘汰到我们农业中学来当体育教师的冯金钟老师为原供销社主任现第五棉花加工厂厂长兼党总支书记庞虎和原供销社土产杂品公司售货员现第五棉花加工厂食堂会计王乐云的生着两条长腿、仿佛仙鹤的女儿庞抗美讲解过撑竿跳高的动作要领。我有把握跃到月亮上去。我有把握像庞抗美那样手持长竿飞速奔跑插竿入洞身体跃起一瞬间头低脚高弃竿翻转潇洒地落到沙坑里那样降落到月亮上。我无端地想到那歇息在杏树梢头的月亮应该是柔软而富有弹性的，而一旦我落上去，身体就会在上边弹跳不止，而月亮，就会载着我缓缓上升。那些婚宴上的人们，会跑出来向我与月亮告别。也许那黄互助会飞奔而来吧？我解下腰带对着她摇晃，期望着她能追上来抓住我的腰带，然后我会尽最大力量把她拔上来，月亮载着我们升高。我们看到树木和房屋逐渐缩小，人变得像蚂蚱一样，似乎还隐隐约约地能听到下面传上来的喊叫声，但我们已经悬在澄澈无边的空中……

这绝对是一篇梦话连篇的小说，是莫言多年之后对酒后幻觉的回忆。那天晚上，发生在杏园猪场的一切，没有比我更清楚的了。你不用皱眉头，你没有发言权，莫言这篇小说里的话百分之九十九是假话，但唯有一句话是真的，那就是：你和金龙穿着用黄布缝制的假军装，像两根蔫唧唧的黄瓜。婚宴上发生了什么事你说不明白，杏园里发生的事你更不清楚。如今那刁小三说不定早就轮回转生到爪哇国里去了，即便他转生为你的儿子也不能像我一样得天独厚地对那忘却前世的孟婆汤绝缘，所以我是唯一的权威讲述者，我说的就是历史，我否认的就是伪历史。

那天晚上莫言只喝了一碗酒就醉了，没容他借酒狂言，就被虎背熊腰的孙豹拎着脖子拖出来，扔到那个腐烂的草垛边，趴在冬天死去的那些沂蒙山猪的闪烁着绿色磷光的骨殖上沉沉睡去，撑竿跳月亮，大概就是这孙子那时做的美梦。事实的真相是——你耐心听我说——那两个也许没捞到参加婚宴的民兵对着月亮开了枪，把月亮打飞了。成群的铁砂子没击落月亮，但却把树上的杏子击落了许多。金黄的杏子噼里啪啦地降落下来，在地上铺了厚厚一层。许多杏子被打碎了，汁液四溅，香甜的杏子味与芬芳的火药味混在一起，格外地诱猪。我因为民兵们野蛮的举动而恼怒，还在那儿满怀忧伤地望着逐渐升高的月亮发呆呢，就感到眼前黑影一闪，脑子里也如电光石火般一闪，马上明白了，也马上看清了，黑色的刁小三跃出圈墙，直奔那棵浪漫杏树而去。我们之所以不敢去吃那棵杏树上的杏子是因为我们惧怕那两个民兵手中的土枪，而民兵们开了枪，起码半个小时装填不上火药，而这半个小时，足够我们饱餐一顿。刁小三，真是一头冰雪聪明的猪啊，我稍一分神就可能被它超越。没什么好后悔的。我不甘落后，没用助跑就蹿出了猪圈。刁小三直奔杏子而去，我是直奔刁小三而去。顶翻了刁小三，树下的落杏就是我的。但接下来发生的事情让我备感庆幸。正当刁小三即将吃到杏子而我又即将顶到刁小三的肚皮时，我看到那个右手只有三根半手指的民兵，扔出了一个红色的、迸溅着金黄色火花、滴溜溜满地乱转的东西。不好，危险！我前腿用力蹬地，克制着身体前冲的巨大惯性，就像紧急刹住了一辆开足马力奔驰的汽车——事后我才知道后肘被磨出了血——然后我打了一个滚，脱离了最危险的区域。我在惊惶中看到，刁小三那杂种竟然像狗一样地叼住了那滴溜溜乱转的大爆竹，然后猛一甩头。我知道它是想把这大爆竹回敬给那两个民兵，但很遗憾这爆竹是个急信子，就在刁小三甩头的瞬间它轰然爆炸，仿佛从刁小三嘴里喷出了一个炸雷，放射出焦黄的火焰。老实说，在这危急的关头，刁小三反应敏锐，处置果断，具有久经沙场的老战士才具有的冷静头脑和勇敢精神，我们在电影上经常看到那些老兵油子把敌方投掷过来的手雷投掷回去，这个壮举，却因为爆竹引信太短成了一场悲剧。刁小三连哼都没来得及哼一声就一头栽倒了。浓烈的硝烟香气弥漫在杏树下，并渐渐地往四周扩散。我看着趴在地上的刁小三，心中情感复杂，有敬佩，有哀伤，有恐惧，也有几分庆幸，坦白地说还有那么几丝幸灾乐祸，这不是一头堂堂正正的猪应该产生的情绪，但它产生了我也没有办法。那两个民兵转身就跑，跑了几步后又猛然地停步转身，彼此张望着，脸上的表情都是麻木而呆滞，然后他们就不约而同地、慢慢地向刁小三靠拢。我知道这两个蛮横的小子此时心中忐忑不安，正如洪泰岳书记所说，猪是宝中之宝，猪是那个年代的一个鲜明的政治符号，猪为西门屯大队带来了光荣也带来了利益，无端杀害一头猪，而且是担负着配种任务的公猪——尽管是替补角色——这罪名实在是不小。当这两个人站在刁小三面前，神色沉重，惶惶不安地低头观察时，刁小三哼了一声，慢腾腾地坐了起来。它的头像小孩子手中玩耍的拨浪鼓一样晃动着，喉咙里发出鸡鸣般的喘息声。它站起来，转了一个圈，后腿一软，又一屁股坐在地上。我知道它头晕目眩，嘴巴里疼痛难忍。两个民兵脸上露出喜色。一个说："我根本没想到这是一头猪。"另一个说："我以为这是一匹狼。"一个说："想吃杏还不好说吗？咱摘一筐送到你圈里去。"另一个说："您现在可以吃杏了。"刁小三恨恨地骂着，用民兵们听不懂的猪语："吃你妈的个屄！"它站起来，摇摇晃晃地往窝的方向走。我有几分假惺惺地迎上去，问它："哥们儿，没事吧？"它冷冷地斜我一眼，啐了一口带血的唾沫，含混不清地说："这算什么……奶奶个熊……老子在沂蒙山时，拱出过十几颗迫击炮弹……"我知道这小子是瘦驴拉硬屎，但也不得不佩服它的忍耐力和勇气。这一下炸得实在不轻，它是满嘴硝烟，口腔黏膜受伤，左边那根狰狞的獠牙也被崩断了半根，腮帮子上的毛，也烧焦了不少。我以为它会采用笨拙的办法，从铁栅栏缝隙中钻进它的窝，但是它不，它助跑几步，凌空跃起，沉重地落在窝中的烂泥里。我知道这小子今夜将在痛苦中煎熬，无论那母猪发情的气味多么浓烈，"蝴蝶迷"的叫声多么色情，它也只能趴在烂泥里空想了。两个民兵仿佛道歉似的，将几十个杏子，投到刁小三的窝里，对此我不嫉妒。刁小三付出如此沉重的代价，吃几个杏子也是应该的。等待我的不是杏子，而是那些像盛开的花朵一样的母猪，它们笑眯眯的嘴脸，像被图钉钉住了脑袋的豆虫一样频频扭动的小尾巴，才是地球上最美味的果实。等到后半夜，众人睡去时，我的幸福生活就可以开始了。刁兄，抱歉了。

刁小三的受伤使我免除了后顾之忧，可以放心去参观那盛大的婚宴。月亮在三十丈的高度上，有些冷漠地看着我。我举起右爪，给了受到委屈的皎皎明月一个飞吻，然后尾巴一拧，流星般迅速地到了养猪场北边、紧靠着村中道路的那一排房屋前。这排房屋有十八间，从东往西依次是养猪人住宿休息处、饲料粉碎处、饲料煮蒸处、饲料仓库、猪场办公室、猪场荣誉室……最西头那三间房子被布置成了两对新人的居室。中间一间是共用的堂屋，两侧是他们的洞房。莫言那小子在小说中说：

"宽敞的大屋子里摆开了十张方桌，方桌上摆着用脸盆盛着的黄瓜拌油条和油条拌萝卜，房梁上挂着一盏汽灯，照耀得房间里一片雪亮……"

这小子又在胡编，那房间长不过五米，宽不过四米，如何能摆开十张方桌？别说是西门屯，就是在整个的高密东北乡，也找不到一个能摆开十张方桌、供一百个人共进晚餐的厅堂。

婚宴其实是摆在那排房屋前边那块长条形的狭窄空地上。空地的边角上堆着腐烂的树枝、发霉的烂草，有黄鼠狼和刺猬在里边安家落户。婚宴使用的桌子，只有一张是方桌。这就是那张边沿上雕花的花梨木方桌，安放在大队办公室里，桌上放着一部摇把子电话机，两个干涸的墨水瓶和一盏玻璃罩子煤油灯。这桌子后来被发达了的西门金龙掠为己有——洪泰岳认为这是恶霸地主的儿子向贫下中农反攻倒算——安放在他宽大明亮的办公室里，当成了传家之宝——嗨，这儿子，不知该夸还是该骂——好好好，后话按下不表——他们从小学校里抬来了二十张黑面黄腿的长方形双人用课桌，桌面上布满红蓝墨水污渍和小刀子刻上去的污言秽语，还搬来了四十条红漆刷过的长板凳。长桌摆成两排，长凳排成四排，摆在这房前空地上，仿佛布置了一个露天教室。没有汽灯，更没有电灯，只有一盏铁皮风雨灯，摆在西门闹花梨木方桌的中央，放射着浑浊的黄光，吸引来成群的飞蛾，碰撞得灯罩子啪啪响。其实这完全是多余的摆设，因为那晚上的月亮距离地球非常之近，放出的光辉，完全可以让女人绣花。

男女老少约有百人，分成四排，对面而坐。面对着美味佳肴和美酒，人脸上的表情以兴奋和焦灼为主。但他们还不能吃。因为那方桌后，洪书记正在发表演说。有一些嘴馋的孩子，悄悄地把手伸到盆里，捏一块油条塞进嘴里。

"社员同志们，今晚，我们为蓝金龙、黄互助、蓝解放、黄合作举行婚礼，他们是我们西门屯大队的杰出青年，为我们西门屯大队养猪场的建设做出了突出的贡献，他们是革命工作的模范，也是实行晚婚的模范，让我们以热烈的掌声，向他们表示热烈的祝贺……"

我躲在那一堆腐烂树枝后，静静地观察着这个婚礼。月亮本来是想参加婚礼的，但无端受了惊吓，只能寂寞地观察，它的光芒，使我能够看清每个人脸上的表情。我的目光，基本上注视着那张方桌周围的人，偶尔斜一下眼，瞥瞥那两排长桌后的人。方桌的左侧长凳上，坐着金龙和互助。方桌的右侧长凳上，坐着解放和合作。方桌的南侧，坐着黄瞳和秋香；我看不到他们的脸，他们背对着我。方桌的正面，也就是这场盛大宴会的最尊贵的位置上，洪泰岳站着讲话；迎春垂首而坐。她脸上的神情，说不清是喜是忧。她的心情复杂，这也在情理之中。我突然感到，这宴鼎的主桌上缺了一个重要的人物，那就是我们高密东北乡大名鼎鼎的单干户蓝脸。他是你蓝解放的亲生父亲，也是西门金龙名义上的父亲，金龙的正式名字是蓝金龙，用的是他的姓氏。两个儿子结婚，父亲不在场，这如何能说得过去！

在为驴、为牛的岁月里，我与蓝脸几乎是朝夕相处，但为猪之后，竟疏远了老朋友。往事如潮涌上心头，我突然萌发了想见一见他的念头。洪泰岳讲完话后，一串自行车铃响，三个骑车人出现在结婚现场。来者是谁？当年的供销社主任现在的第五棉花加工厂厂长兼总支书记庞虎。第五棉花加工厂是县商业局和棉麻公司联合在高密东北乡建立的新厂,距离西门屯大队只有八里路,他们工厂打包楼顶上那盏碘钨灯放出的光芒在我们西门屯后边的河堤上清晰可见。同来的另一位是庞虎的夫人王乐云,多年不见,她已经胖得上下一般粗,面色红润,油光闪闪,可见营养极为充足。另一个同行者,是一个身材高挑的年轻姑娘,我一眼就认出她就是那位被莫言在小说里描写过的庞抗美,也就是驴时代里那个差一点生在路边草窝里的女孩。她穿着一件红色细格子衬衣,梳着两根毛刷般的短辫子,胸脯上别着一枚白底红字的牌牌,那是农学院的校徽。工农兵大学生庞抗美是农学院畜牧专业的学生,她站在那里,比她的爹高半个头,比她的妈高一个头,亭亭玉立,犹如一棵杨树。她的脸上挂着矜持的微笑。她有理由矜持,在那个时代里,像她这种家庭出身和社会地位的年轻姑娘,就像月宫里的嫦娥一样高不可攀。她也是莫言那小子的梦中情人,在他的许多小说里,这个长腿的女人变换着不同的名字频频出现。原来这一家三口是专程前来参加你们的婚礼的。

"恭喜!恭喜!"庞虎和王乐云满脸堆笑,对着众人说,"恭喜!恭喜!"

"啊呀呀!"洪泰岳停止了他的演说,从凳子前跳出来,向前急走两步,紧紧地抓住庞虎的手,上下左右地使劲摇晃着,激动地说:"庞主任——不不不——是庞书记、庞厂长,您可真是稀客啊!早就听说您在我们高密东北乡挂帅建厂,不敢去打扰您⋯⋯"

"老洪,你老兄不够意思啊!"庞虎笑着说,"村子里办这么大的喜事,也不捎个信给我,是怕我来喝你们的喜酒吧?"

"哪里的话,您这样的贵客,用八人抬的大轿,只怕都抬不来呢!"洪泰岳说,"您的到来,真使我们西门屯——"

"蓬荜生辉⋯⋯"坐在第一排长桌尽头的莫言响亮地说。他的话引起了庞虎的注意,尤其是引起了庞抗美的注意,她惊讶地抖了一下眉毛,专注地盯了莫言一眼。众人的目光也都聚焦到他的脸上。他得意地咧着嘴,龇出一口金黄色的大牙,那模样实在是难描难画。这小子,绝不放过一个表现自己的机会。

借着这机会庞虎把自己的手从洪泰岳手中挣脱。挣脱出来的庞虎双手热情地伸向迎春。经过多年的保养,拉大栓扔炸弹的英雄铁手已经变得白皙肥厚。迎春手忙脚乱,心里的激动和感谢使她嘴唇哆嗦话不成句。庞虎抓住迎春的手摇撼着说:"老嫂子,大喜了!"

"喜喜喜,大家都喜……"迎春眼里噙着泪花回答。

"同喜,同喜!"莫言插嘴道。

"老嫂子,怎么没看到蓝大哥呢?"庞虎的目光,扫描着那四排端坐在长桌前后的人。

他的问话让迎春张口结舌,让洪泰岳满面尴尬。莫言不失时机地插嘴道:

"他呀,大概正借着月光锄他那一亩六分地呢!"

坐在莫言身边的孙豹大概是跺了莫言的脚,莫言夸张地尖叫:"你跺我干什么?"

"闭上你的臭嘴,没人把你当哑巴卖了!"孙豹恶狠狠地低声说着,伸手在莫言的大腿根上拧了一把。莫言惨叫一声,小脸煞白。

"好好好,"庞虎高声喊叫着打破僵局,然后探着身伸出手向四个新人祝福。金龙咧着嘴傻笑,解放咧着嘴想哭,互助、合作表情漠然。庞虎招呼女儿和妻子,说:"把礼物拿过来。"

"看看您,庞书记,您来了,就让我们蓬荜生了辉,还破费什么?"洪泰岳说。

庞抗美捧着一个玻璃镜框,边角上用红漆写着"祝贺蓝金龙黄互助结成革命伴侣",镜框里镶着一张毛主席身穿长衫,手提包袱、雨伞,去安源鼓励矿工造反的画像。王乐云捧着一个同样规格的玻璃镜框,边角上用红漆写着"祝贺蓝解放黄合作结成革命伴侣",镜框里镶着一张毛主席穿着呢子大衣站在北戴河海滩上的照片。本来是应该由金龙或是解放起身接礼,但这两个小子坐着不动。洪泰岳只好敦促互助、合作起身接礼。这两姐妹神志还算清醒,接了镜框,黄互助对着王乐云深深鞠了一躬，抬起头来时，眼睛里已是泪水盈盈。她穿着红褂子红裤子，长长的大辫子又粗又黑，垂到膝盖之下，辫梢上扎着红头绳。王乐云爱怜地摸着她的辫子，说："舍不得剪？"

吴秋香终于得了说话的机会，道："她大姨，不是舍不得剪，咱这闺女的头发跟别人不一样，剪断之后，往外渗血丝儿。"

"这也真是奇怪，怪不得这头发摸上去肉腻腻的，敢情是通着血脉呢！"王乐云道。

合作从庞抗美手中接过镜框，没有弯腰鞠躬，只是白着脸，低声道了一个谢。庞抗美友好地对她伸出手，说："祝你幸福。"她握着抗美的手，把脸别到一侧，带着哭腔道："谢谢……"

合作留着当时流行的"柯湘"头，腰身苗条，肤色黧黑，按我的看法，她胜过互助。你蓝解放能娶上她真是便宜了你，感到委屈的应该是她而不是你。你千好万好，脸上那块巴掌大的蓝痣，就能把人吓死。你应该到阎罗殿上去为阎王爷站班，而不是到人间来当官，可是你竟然当上了官，可是你竟然看不上合作。这世界上的事儿，真是无法子理喻。

接下来的事情是洪泰岳张罗着让庞虎一家三口就座。"你们，"洪泰岳指着莫言所在的那个位置，用不容置疑的口吻说，"你们挤一挤，腾出一条凳子。"场面有些混乱，夹杂着因为拥挤而发出的抱怨之声。莫言将腾出的凳子搬过来。围绕着方桌的四条长凳由规整的四边形扩展成多边形，莫言不失时机地卖弄："有不速客三人来敬之大吉。"前志愿军英雄大概不能很好地理解这话的意思，目光直直，神情愕然。大学生庞抗美露出惊喜的目光，问："啊，你读过《易经》？""不敢说才高八斗，很无奈学富五车！"莫言大言不惭地与庞抗美对话。"行了，爷们儿，你就别在孔夫子门前念《三字经》了，当着大学生的面，竟敢转文。"洪泰岳说。"他确实有点意思。"庞抗美点着头说。莫言还想啰唆，得到洪泰岳暗示的孙豹弓着腰扑上来，貌似友好地捏住莫言的手腕子，笑着说："喝酒喝酒。"

喝酒喝酒喝酒！早就馋得猴急的人迫不及待地站起来，端着酒碗，碰撞出清脆声响。然后便乱纷纷坐下，抄起筷子，瞄准了他们各自早都瞄好的目标。与黄瓜、萝卜相比，油条是高档食品，于是就出现了几双筷子同时伸向一块油条的情景。莫言之馋，天下闻名，但那天晚上表现得还算优雅。究其原因，全在庞抗美，虽然屈居下席，但他的心在那张主桌上。他的眼不时地往那边看，大学生庞抗美勾去了他的魂，正如他自己在那些乱七八糟的文章里写的那样：

  从看到庞抗美那一刻起，我的心一下变大了。原先被我视为天仙美女的互助、合作、宝凤，突然间都变得粗俗不堪。只有跳出高密东北乡，才有可能找到像庞抗美这样的姑娘。她们身体修长，脸庞俏丽，牙齿洁白，嗓音清脆，身上散发着淡雅的香气……

如前所述，莫言只喝了一碗酒就醉了，孙豹拤着脖子将他扔到杂草堆里，与猪骨头一起亲近。主桌那边，金龙咕嘟嘟灌了半碗酒，呆滞的目光随即活泛起来。迎春担心地念叨着："儿啊，你少喝点吧。"洪泰岳却胸有成竹地对他说："金龙，过去的一切，到现在画上句号；新的生活，从现在开始。接下来的戏，你要给我唱好。"金龙说："这两个月来，我脑子里仿佛有个通道被堵住，迷迷糊糊，现在突然清醒了，通畅了。"他端着酒碗与庞虎夫妇相碰。"庞书记，王阿姨，谢谢你们来参加我的婚礼，谢谢你们送给我们的宝贵礼物。"然后与庞抗美相碰："抗美同志，您是大学生，高级知识分子，欢迎您对我们猪场的工作给予指导。您千万别客气，您学的是畜牧专业，如果说不懂，这地球上的人，就没有几个懂的了。"金龙的装疯卖傻到此结束。解放的疯症待会儿就好。金龙恢复了操控局面的能力，把该敬的酒都敬了，把该谢的人都谢了，最后他画蛇添足般地端碗敬祝合作与解放幸福圆满，白头到老。黄合作把镶嵌着毛主席画像的镜框塞到蓝解放怀里，站起来,双手端起大酒碗。月亮往高处跳了一丈,身体收缩一下,洒下一片水银般的光辉,使月下的画面分外清晰。黄鼠狼们从草堆里抻出头来,观看着月下奇景,刺猬们大着胆儿在人腿下寻找食物。说时迟那时快,黄合作把一大碗酒径直地泼到了金龙的脸上,然后将碗丢在桌子上。这突然的变故让所有的人都吃了一惊。月亮又往高处跳了一丈,地面上的月光像水银一样流淌。合作掩面而泣。

黄瞳:"这孩子……"

秋香:"合作,你这是干什么!?"

迎春:"嗨,你们这些不懂事的孩子啊……"

洪泰岳:"庞书记,来来来,我敬你一杯。他们闹了点小矛盾。听说棉花加工厂要招收一批合同制工人,我替合作和解放求个情,给他们换个环境,都是优秀青年,应该让他们出去锻炼锻炼……"

黄互助端起自己面前的酒对着妹妹泼过去:"你干什么你?"

我还从来没看到黄互助发过这么大的火儿,我还从来没有想到黄互助竟然也会发火儿。她掏出小手绢,擦拭着金龙的脸。金龙把她的手推开,但她的手又举起来。嗨,我这头聪明的猪,被西门屯这些女人给弄糊涂了。莫言那小子从乱草堆里爬起来,像一个脚下绑上了弹簧的晃荡孩儿,歪斜跳跃到桌边,端起一碗酒,高举过头,不知他是模仿李白还是模仿屈原,大声喊叫,声音极其嘹亮:

"月亮,月亮,我敬你一碗酒!"

莫言把碗中的酒对着月亮泼上去,空中宛如拉开一道青色的水帘。月亮猛地往下一沉,然后便冉冉上升,升到平常的高度,如同一个银盘,冷漠地望着人世。

这边已经曲将终人即散,今夜要干的事情还有很多,时间宝贵,不敢滞留。我想去看看老朋友蓝脸。我知道他有月夜劳作的习惯。我想起为牛时听他说过的一句话:牛啊,太阳是他们的,月亮是我们的。我闭着眼也能找到被人民公社的土地重重包围着的那一长条土地。这一亩六分像大海中的礁石一样永不沉没的私有土地。蓝脸作为一个反面典型已经名闻全省,为他当过驴和牛是我的光荣,反动的光荣。"只有当土地属于我们自己,我们才能成为土地的主人。"

在前去探望蓝脸之前我顺便拐回居所。我行踪诡秘,可谓无声无息。刁小三呻吟不绝,说明它伤得的确不轻。两个民兵坐在杏树下抽烟,吃杏。我在杏树的阴影里跳来跳去,感到身轻如燕,收发自如。只用了十几个蹿跳我便出了杏园。一条注满清水、宽约五米的沟渠横在我的面前。水平如镜,月亮在水中注视着我。尽管出生之后我从没下过水,但我本能地具有游水技能。为了不使水中的月亮受到惊扰,我决定飞越沟渠。我往后退了大约有十米光景,深深呼吸几口,让肺里充满氧气,然后我跑,我疾跑,沟渠边沿上那道泛白的土垄是最佳起跳点,我的前爪踏着那道硬硬的所在,后腿用力蹬地,身体凌空,犹如一枚出膛的炮弹。我感到水面上有清凉的风拂着我的肚皮,月亮在水中一眨眼儿,我的身体就降落在沟渠对岸了。沟边潮湿的泥土使我的后腿感觉有些不爽,这是美中不足。我穿过那条南北向的宽阔土路,路边的杨树上叶片闪烁。我沿着一条东西向的土路向东奔跑,土路两边丛生着紫穗槐。我又跃过一条沟渠,沿着一条土路往北跑。跑到河堤,沿着河堤下的土路再往东跑。从我身边,不时地闪过生产大队土地里的玉米、棉花,还有大片即将成熟的小麦。我昔日主人的土地近在眼前。我看到了被生产大队的土地夹在中间的那一长条土地。左边是生产队的玉米,右边是生产队的棉花。蓝脸的土地上种的是那种无芒小麦。这是一个已经被人民公社淘汰的低产晚熟品种。蓝脸不用化肥,不用农药,不用良种,不跟公家犯事。他是一个古老的农民标本。用现代的观点看他生产的粮食才是真正的绿色粮食。生产队大量喷洒农药,把害虫驱赶到他的土地上。我看到他了。老朋友,好久不见,一向可好?月亮,请低一些,多给一些光,让我看得更清楚。月亮缓缓低落,如同一个巨大的气球。我屏住呼吸,向前靠拢,悄悄潜入了他的麦田。这是他的土地。这麦子尽管品种古老,但长得委实不错。麦穗齐着他的肚脐。麦穗无芒,月光中现出焦黄的颜色。他穿着那件补满补丁、我非常熟悉的老土布对褂褙子，腰间扎着一根白色的布带子，头上戴着一顶用高粱篾片编成的斗笠。他的脸大部分在斗笠的阴影里，即便是在阴影里我也能看到他那熠熠生辉的半边蓝脸，和那两只眼睛射出的忧伤而倔强的光芒。他手里拿着一根长长的竹竿，竹竿上绑着红色的布条。他挥动着竹竿，竿上的布条像牛尾巴一样扫拂着麦穗，那些毒蛾子，拖着孕满卵籽的沉肚子，扑扑棱棱地飞起来，降落到生产队的棉花田里或是玉米地里。他用这种原始而笨拙的方式保护自己的庄稼，看起来是与害虫对抗实际上是与人民公社对抗。老朋友，我当驴当牛时可以与你同甘共苦，但我现在成了人民公社的种猪，已经无法帮你了。我原本想在你的麦田里解一泡大便为你的土地增添一点有机肥料，但又一想万一让你的脚踩到，岂不是好事变成坏事？我也许可以咬断人民公社的玉米，拔出人民公社的棉花，但玉米和棉花并不是你的对头。老朋友，你慢慢熬着吧，千万别动摇。你是偌大中国土地上唯一的单干户，坚持下去就是胜利。我抬头看看月亮，月亮对我点点头，猛然升高并快速地往西移动。时间不早我该回去了。正当我要钻出麦田时，我看到迎春提着一个竹篮子匆匆而来。麦穗扫着她的腰身，发出窸窣之声。她脸上的表情是那种因事耽搁了给在土地里劳作的丈夫送饭的妻子的表情。他们虽然分居但是没有离婚。他们虽然没有离婚但早已经没有了床笫之欢，对此我心中略感安慰。这想法很有几分无耻，一头猪，竟然关心男女之事，但我毕竟曾经是她的丈夫西门闹。她身上散发着酒气，在这格外清凉的田野空气里。她在距离蓝脸两米的地面站定，看着机械地挥动着竹竿驱虫的蓝脸微驼的后背。竹竿来回挥动，激起飕飕的风声。毒蛾翅膀被露水潮湿，肚子沉重，飞行笨拙。他肯定知道背后有人来，而且我相信他也知道来者是迎春，但他并没有立即停止，只是将挥舞竹竿的频率和步速渐渐慢了下来。

"他爹……"迎春终于开口了。

竹竿横扫了两下后，僵在空中。人不动了，宛如一个吓唬鸟雀的稻草人。

"孩子们结了婚，我们完了心事了。"迎春说完，长长地叹息一声。"我给你带来了一瓶酒，再怎么不好也是自己的儿子。"

"唔……"蓝脸呜噜一声，手中的竹竿又挥了两下。

"庞主任带着他媳妇和女儿来了，还送给他们每家一个镜框，镶着毛主席……"迎春略微提高嗓门，感动地说，"庞主任现在升了棉花加工厂厂长了，他答应把解放和合作调到他厂里当工人去，是洪书记提的话茬儿。洪书记对金龙、宝凤和解放都很好，其实也是好人啊，他爹，咱还是顺应了吧。"

手中的竹竿又猛烈地挥舞起来，有一些飞行中的毒蛾被竹竿梢头的布条扫中，哀鸣着落到地上。

"好了，好了，算我说得不好，你别生气，"迎春道，"你就这样吧，大家伙儿也都习惯了你。毕竟是儿子们的喜酒。我深更半夜、大老远地送来，你喝一口，我就走。"

迎春从竹篮里摸出一个在月光下闪闪发光的酒瓶，拔开塞子，向前跟几步，从侧后，递到他的面前。

竹竿又一次停止摆动，人僵在那里。我看到泪水在他眼眶里闪烁，他将竹竿竖起来，倚靠在肩上，将斗笠掀到脑后，望了望偏西的明月，月亮自然也哀伤地望着他。他接过酒瓶，但没有回头，说：

"也许你们都是对的，只有我一个错了，但我发过血誓，错也要错到底。"

"他爹，等宝凤也出了嫁，我就退社与你作伴。"

"不，要单干就彻底单干，就我一个人，谁也不需要，我不反共产党，更不反毛主席，我也不反人民公社，不反集体化，我就是喜欢一个人单干。天下乌鸦都是黑的，为什么不能有只白的？我就是一只白乌鸦！"他把瓶中的酒对着月亮挥洒着，以我很少见到的激昂态度、悲壮而苍凉地喊叫着："月亮，十几年来，都是你陪着我干活，你是老天爷送给我的灯笼。你照着我耕田锄地，照着我播种间苗，照着我收割脱粒……你不言不语，不怒不怨，我欠着你一大些感情。今夜，就让我祭你一壶酒，表表我的心，月亮，你辛苦了！"

透明的酒浆在空中散开，如同幽蓝的珍珠。月亮颤抖着，对着蓝脸频频眨眼。这情形让我感动万分，在万众歌颂太阳的年代里，竟然有人与月亮建立了如此深厚的感情。蓝脸将瓶中残存的酒，倒进自己嘴里，然后，将瓶子举到肩后，说：

"行了，你走吧。"

蓝脸挥动竹竿前行，迎春跪在地上，双手合十，高高举起，对着月亮。月光温和，照耀着她婆娑的泪眼、花白的头发和颤抖的双唇……

对这两个人的爱，使我不计后果地站立起来。我相信他们心有灵犀，能够感觉到我是谁，不至于把我当成妖怪。我的两只前爪按着柔软富有弹性的麦穗，沿着麦垄走到他们面前。我双爪合抱，对他们作揖，嘴巴出声，向他们问候。他们呆呆地看着我，有几分惊讶，有几分纳闷。我说：我是西门闹。我分明听到人的声音从我的喉咙里发出，但他们竟然毫无反应。良久，迎春发出了一声尖叫。蓝脸挂着竹竿对我说：

"猪精，你如果想咬死我，那你请便，但我求你不要糟蹋我的麦子。"

我感到无限的悲哀涌上心头，人畜异路，沟通困难。我放下前爪钻出麦田，沮丧的情绪控制了我。但当我渐渐地逼近杏园时，情绪又亢奋起来，天下万物，各有所司，生老病死，悲欢离合，都是规律使然，不可逆转，既然现在我身为公猪，那就把公猪的责任承担起来。蓝脸用他的顽固不化使自己卓然不群，我公猪十六，也要用我的大智大勇和超常体能，干出惊天动地之事，以猪的形体，挤进人的历史。

进入杏园之后我便把蓝脸、迎春抛诸脑后。因为我看到，刁小三已经把"蝴蝶迷"勾引得情欲大发，那另外二十九头母猪，已有十四头跳出了圈舍，另外那十五头，或碰撞圈门，或望月哼叫，一场盛大交配的序幕已经缓缓拉开。

A角尚未露面，而B角，竟然抢先登了场。奶奶的，这怎么可以？！

第二十九章

猪十六大战刁小三
草帽歌伴奏忠字舞

　　刁小三背靠着那棵著名的杏树，左爪托着盛着黄杏的草帽。它不时地用右爪夹起一颗杏子，准确地投入口中。它吧咂着嘴，吃掉果肉，把果核吐到几米外的地方。它的潇洒姿态，使我怀疑这杂种是否因叼咬爆竹受过重伤。在一棵距离刁小三五米远的瘦弱杏树下，"蝴蝶迷"一爪举着小镜子，一爪举着半截塑料梳子，搔首弄姿，卖弄风骚。母猪啊，你的弱点就是贪图小利！一只小镜子，半截破梳子就让你猪皆可夫。在十几米外的地方，那十几头越墙而出的母猪，吱吱地浪叫着，向这边张望。刁小三不时地把草帽中的杏子投掷过去。每一只杏子的到达，都会引起母猪们的哄抢。三哥，三哥，不要只盯着"蝴蝶迷"，我们也爱你，我们都愿意为你传宗接代。母猪们用淫荡的话语挑逗着刁小三，即将要妻妾成群的感觉令它得意忘形，飘飘欲仙。它抖着腿儿，嘴巴里哼着小曲，托着草帽，跳起舞来。那十几头母猪和着刁小三的曲子，有的团团旋转，有的满地打滚。它们素质低下，丑态百出，令我鄙夷。而此时，"蝴蝶迷"将镜子和梳子放在树根，摆动着屁股，扭动着尾巴，向刁小三靠拢。临近刁小三时，"蝴蝶迷"突然掉头，高高地撅起屁股。我一纵身，像非洲沙漠里的跳羚一样，降落在"蝴蝶迷"和刁小三之间，使它们即将实现的好事变成一场幻梦。

我的出现，立刻使"蝴蝶迷"情欲大减。它掉过头来，倒退到瘦弱杏树下，用紫色的舌头将几片因虫蛀而发红脱落的杏叶卷到嘴里，津津有味地咀嚼着。水性杨花，见异思迁，正是母猪天性，原本无可指责，这样才能保证携带着最优秀基因的精子进入它的子宫与它的卵子结合，孕育出杰出的后代。这道理很简单，凡猪都懂，智商甚高的刁小三焉能不懂。它将爪上托着的草帽连同草帽中剩余的杏子一股脑儿地对着我扣过来，同时咬牙切齿地骂道：

"狗娘养的，你坏了我的好事！"

我一抽身，眼明爪快地抓住了草帽的边缘，后腿蹬地就便直立，身体快速旋转，然后左腿生根般立定，身体连同悬空的右腿，闪电般地旋转了一个半圆，借着巨大的惯性，如同一个训练有素的铁饼运动员将手中的铁饼抛出那样将爪中的盛着杏子的草帽撇出去。金色的草帽画着美丽的弧线飞向已经远去的月亮，一首动人的草帽之歌的旋律在空中轰然响起：啦啦啦——啦呀啦啦呀啦——妈妈的草帽飞啦——妈妈的草帽飞向了月亮——啦呀啦啦呀啦——在那群母猪的欢呼声中——已经不仅仅是那群母猪了，猪场里的数百头猪，能跳的都跳了出来，不能跳的也都扶着墙头站起来，向这边张望着——我四蹄着地，平静但却是斩钉截铁般地说：

"老刁，不是我存心要坏你的好事，而是为了我们后代的基因优良——"

我后腿猛蹬地面，身体腾起，直冲刁小三而去。当我对着刁小三跃起之时，刁小三也对着我冲过来。我们在距地约有两米高的空中相遇，嘴巴与嘴巴响亮地碰撞在一起，我感受到了刁小三嘴巴的坚硬，并且还嗅到了它嘴里那般腥甜的气味。我鼻子酸麻，耳朵里回响着草帽之歌，从空中跌落地面。我打了一个滚爬起来，举爪抹了一下鼻子，爪上沾着蓝色的血迹。我低声骂道：

"你奶奶个熊！"

刁小三打了一个滚爬起来，举爪抹了一下鼻子，爪上沾着蓝色的血迹。它低声骂道：

"你奶奶个熊！"

啦呀啦——啦呀啦啦呀啦——妈妈送我的草帽丢了——草帽之歌在空中回旋，月亮翻滚而回，停在我们头上，起起伏伏，好像在气流中颠簸的飞船，草帽绕着它优雅旋转，宛若一颗月球卫星。啦呀啦——啦呀啦啦呀啦——妈妈的草帽丢了——猪们有的拍爪子，有的跺脚，合着节拍，齐唱草帽之歌。

我捡了一片杏叶，嚼烂，吐出来，用爪夹起，堵住流血的鼻孔，准备发起第二个回合的进攻。我看到，刁小三两个鼻孔都在流血，蓝色的血，滴到地上，泛着鬼火般的光泽。我心中暗喜，第一个回合，看起来是打了一个平手，但其实是我略占了上风。我只有一个鼻孔流血，它是两个鼻孔流血。我知道，这是那个威力不亚于雷管的爆炸物帮了我的忙，否则，我的鼻子，还真不是它那只在沂蒙山区拱惯了石碇子的鼻子的对手。刁小三眼睛贼溜溜地转动着，似乎是在搜寻杏叶，孙子，你也想用杏叶堵住流血的鼻孔吗？我不会给你这个机会的！我呜呜地叫着，眼睛如同锥子，刺向它的眼睛，同时，将全身的肌肉绷紧，蓄积着巨大的力量，猛然跃起——

狡猾的刁小三没有跃起与我迎头相撞，而是泥鳅般往前一蹿，使我扑了个空。我的身体在空中滑行，直接钻到那棵歪脖子杏树的树冠里。我听到耳畔一阵"咔嚓咔嚓"的乱响，身体伴随着一根茶碗口般粗细的杏树杈子，跌落在地下。我头先着地，然后是脊梁着地。翻了一个滚爬起来，头晕目眩，嘴巴里全是泥土。啦呀啦——啦呀啦啦呀啦——母猪们拍爪歌唱。这些母猪们并不是我的"粉丝"，它们都是些随风草，谁胜了它们就会把屁股调向谁。胜者为王。刁小三得意地人立起来，拱爪对众猪谢彩，并飞吻，尽管它的鼻子还往外滴着肮脏的血，尽管那些肮脏的血使它的胸脯一片污秽，但母猪们还是对它喝彩。刁小三更加得意，竟然大模大样地走到树下，走到我身边，用嘴咬住那根被我的身体砸折、结满了果实的杏树杈子，从我的屁股下拖走。太猖狂了！

这孙子！但是我头晕。啦呀啦——啦呀啦啦呀啦——我眼睁睁地看着它拖着缀满金杏的沉重的树权子倒退着前进。急退几步，停下来歇息几秒钟，然后继续行进。杏树权子与地面摩擦发出哗哗啦啦的响声。啦呀啦——啦呀啦啦呀啦——三哥，好样的——我感到火烧心头，恨不得扑上去……但依然头晕。刁小三把那根结满杏子的树权子拖到"蝴蝶迷"面前。站直身体，右腿后撤半步，弯腰，伸出右前爪，仿佛一个戴着白手套的绅士，对着那树权子画了一个半圆：请吧，小姐……啦呀啦啦呀啦……它又对着那十几头母猪和更远处那些被阉过的公猪们招手。群猪欢呼，一哄而上，顷刻间将那根树权子分解得七零八落。有几头大胆的阉猪竟试图往杏树下靠拢，这时我站了起来。我看到一头抢到了一段缀满了杏子的小树权的小母猪，得意地晃动着脑袋，肥大的耳朵扇着腮帮子，发出啪啪的声响。刁小三转着圈飞吻，一只阴险的老阉猪，将前爪噙在嘴里，吹出了一声尖厉的呼哨。猪们都安静下来。

我努力安定心神。我知道，如果仅凭蛮勇，接下来将吃更大的苦头。吃苦头还是小事，重要的是这些母猪都将成为刁小三的妻妾，五个月后，猪场里就会添上几百只长嘴尖耳的小妖精。我扭动着尾巴，活动着筋骨，将嘴巴里的泥土咳出去，并顺便捡拾了几颗杏子。地上铺着厚厚一层杏子，这都是方才被我的身体砸下来的。杏子已经熟透了，滋味香甜，果肉如蜜。啦呀啦——啦呀啦啦呀啦——妈妈的草帽绕着月亮旋转，时而金黄色，时而银白色。吃了几颗杏子后，我的心沉静下来。杏子的汁液让我的口腔和咽喉感觉很舒服。不着急，我索性慢慢地吃一顿。我看到刁小三用前爪夹着一颗杏子送到"蝴蝶迷"嘴边，"蝴蝶迷"扭扭捏捏地不肯吃。俺娘说过，不能随便吃男猪的东西，"蝴蝶迷"娇滴滴地说。你娘胡说八道，刁小三硬把那颗杏子塞到"蝴蝶迷"的嘴里，然后，趁机在"蝴蝶迷"的耳朵上亲了一个响亮的吻。后边群猪起哄：Kiss 一个！Kiss 一个！啦呀啦——啦呀啦啦呀啦——它们大概已经把我忘记了。它们大概以为胜负已分，而我已经甘拜下风。它们大多是与刁小三一起从沂蒙山来的，内心里还是偏向它。奶奶个熊，是时候了！我运足力气，直奔刁小三而去，我的身体凌空而起，刁小三故伎重演，从我肚皮下油滑地逃脱。小子，我要的就是这个。我稳稳地降落在瘦弱杏树下，也就是"蝴蝶迷"的身边，与刁小三置换了位置。我抬起前爪，狠狠地在"蝴蝶迷"腮帮子上抽了一家伙，然后就势把它扑倒。"蝴蝶迷"尖声哭叫。我知道刁小三会掉头猛扑过来，而我的那两个巨大的睾丸，也是我全身最薄弱最珍重的部位正处在它的攻击之下，如果被它撞上一头或咬上一口，那一切都结束了。这是一着凶险的棋，类似于破釜沉舟，我用两眼的余光尽量地往后看着，拿捏着分寸和时机。我看到这头凶兽张开的大嘴，口中喷溅出的血沫子，两眼射出的凶光，啦呀啦——啦呀啦啦呀啦——千钧一发之际，我的后腿猛地翘起，前爪按着"蝴蝶迷"的身体，用的是倒立的力道，刁小三仿佛一枚呼啸的炮弹，贴着我的肚皮前冲，我下落的身体，正巧骑在了它的脊背上。没容它有任何反抗，我的两只前爪，就准确而凶狠地抠住了它那两只凶光四射的眼睛……啦呀啦——啦呀啦啦呀啦——妈妈的草帽飞上了月亮——带走了我的爱情和理想——这一招确实歹毒了些，但事关大局，也就顾不上那些伪善的说教了。

刁小三驮着我胡碰乱撞，终于将我从它背上颠下来。它的两个眼窝里流出了蓝色的血。它捂着眼睛，遍地打滚，一边打滚一边号叫：

"我看不见了……我看不见了……"

啦呀拉——啦呀啦——群猪悄无声息，一个个神情肃然。月亮飞升而去，草帽飘然落地，草帽之歌戛然而止，只有刁小三的凄厉惨叫在杏园里回荡。那些阉公猪们都夹着尾巴回到了圈舍，那些母猪，在"蝴蝶迷"的率领下，围成一个圆圈，齐刷刷地调了头，把它们的屁股，献媚于我。它们的嘴巴，嘈嘈切切地嘟囔着：主人，亲爱的主人，我们都属于您，您是我们的大王，我们是您的贱妾，我们准备好了，要做您孩子的母亲……啦呀啦——啦呀啦啦呀啦——落地的草帽被打滚的刁小三压成了薄饼。我脑海里一片空白，耳边似乎还有草帽之歌的袅袅余音，而这袅袅余音也终于如同沉入深潭的珍珠，一切恢复正常,月光如水,寒意袭来,我不由得打了一个寒战,皮肤上起了一层鸡皮疙瘩。江山就这样打下来了吗?就这样称王称霸了吗?难道我真的需要这么多母猪?说实话,当时我已经没有了与它们交配的兴趣,但它们高高翘起的屁股,如同不可摧毁的圆城,紧密地包围着我,使我无法脱身。我欲乘风离去,但高处似有一个威严的声音提醒我:猪王,你没有权利逃脱,就像刁小三没有权利与它们交配一样,与它们交配是你的神圣职责!啦呀啦——啦呀啦啦呀啦——草帽之歌仿佛珍珠从水底缓缓升起,是的,帝王没有家事,帝王的鸡巴上有政治。我应该忠于职守,与母猪们交配;我必须履行职责,把我的精液,射进它们的子宫,不论它们是美还是丑,不论它们是白还是黑,不论它们是处女猪还是曾被别的公猪爬跨过。复杂的问题是选择,它们同样迫切、同样灼热,究竟应该先跟哪一个交配,或者说,应该先临幸哪一头?我迫切地感到应该有一头阉猪帮助处理这些事情。阉猪会有的,但现在已经来不及了。月亮即将履行完它今晚的职责,恋恋不舍地隐没在西边,从杏树的梢头,露出半个通红的脸庞。东边的天际,已经呈现出鲨鱼肚皮一样的银白色。黎明将至,晨星格外璀璨。我用硬鼻拱了一下"蝴蝶迷"的屁股,示意已经选定了它做第一个临幸对象。它娇声娇气地哼哼着:大王啊……大王,妾身终于盼到这一时刻……

我暂时地忘记了身前事,也不去顾忌身后事,作为一头纯粹的公猪,我举起前爪,爬跨到母猪"蝴蝶迷"的背上……啦呀啦——啦呀啦啦呀啦——草帽之歌轰然响起。在急管繁弦营造出的背景音乐的烘托下,一个雄浑的男高音拔地而起,直冲云霄:妈妈的草帽,飞到月亮上去了——载着我的爱情和我的理想——这些竟然全无妒意的母猪互相咬着尾巴,围成一个圆圈,在草帽之歌的伴奏下,围着我和"蝴蝶迷"跳舞。先是杏园中鸟声阵阵,然后是红霞似火。我的第一次交配圆满结束。

当我从"蝴蝶迷"背上跨下来时,正看到西门白氏挑着一担食料，拄着长柄勺子摇摆而来。我尽了最后的力气跳越围墙回到我的舍，等待着白氏的喂食。黑豆和麸皮使我的口水大量分泌。我饿了。围墙外边探进来白氏被霞光映照的红通通的脸膛。她的眼睛里含着泪花，感慨万端地对我说：

"十六啊，金龙和解放结了婚，你也结了婚，都长大了……"

第三十章

神发救治小三活命
丹毒袭击群猪死亡

那年的八月,天气格外闷热,雨水频繁,似乎天漏。猪场旁边的沟渠里秋水漫溢,土地被水泡胀,像面团一样发起来。几十棵老杏树不耐水涝,叶片脱落干净,可怜巴巴地等死。猪舍里那些充当梁檩的杨木和柳木,萌发出长长的枝条;充当房笆的高粱秸秆上,生满了灰白的霉点。猪粪猪尿在发酵,猪场里弥漫着霉烂的气味。本该准备下蛰的青蛙们,竟然又开始了交配,入夜之后,田野里蛙声阵阵,吵得猪难以入睡。

不久又在遥远的唐山发生了一次强烈的地震,地震的余波传导到此地,使十几间基础不牢的猪舍倒塌。我的宿舍的梁檩,也发出了咯咯吱吱的响声。又发生了一次陨石雨,巨大的流星,携带着隆隆巨响,闪烁着灼目的强光,划开漆黑的夜幕,轰然坠地,使地表为之颤抖。而这个时候,我那二十多头怀孕的母猪,一个个大腹便便,奶头肿胀,进入了临产之期。

刁小三依然住在我的隔壁,与我斗争之后,右眼全瞎,左眼仅有微弱视力。这是它的不幸,为此我深表遗憾。春天那些日子里,有两头母猪经我交配多次而不孕,我曾想请刁小三与这两头母猪交配,也算是我向它致以歉意。没想到它却阴沉地说:

"猪十六啊,猪十六,士可杀而不可辱!我刁小三败了就是败了,请你自重,不要用这种方式侮辱我!"

它的话,深深地触动了我,使我对这个昔日的竞争对手,不得不刮目相看。我对你说,自从战败之后,刁小三变得非常深沉,过去那些贪嘴、饶舌的毛病一扫而光。正所谓祸不单行,更大的一场不幸又将降临到它的头上。这件事可以说与我有关,也可以说与我无关。那两头母猪与我交配数次而不怀孕,猪场的工作人员要刁小三与它们交配。刁小三坐在它们身后,沉默着,毫不动情,如同冰冷的石雕。于是,猪场工作人员便以为刁小三已经失去了性能力。为了改善退役公猪的肉质,往往要将其阉割,这是你们人类无耻的发明。刁小三就遭受了这样的酷刑。阉割,对于尚未发育的小公猪而言,是一场几分钟就可完成的小手术,但对于刁小三这样的成年猪——它在沂蒙山肯定有过炽烈如火的罗曼史——则是命悬一线的大手术。十几个民兵把它按倒在那棵歪脖子杏树下。刁小三的挣扎空前剧烈,最少有三个民兵的手被它咬得血肉模糊。他们每人扯它一条腿,使它仰面朝着天,脖子上横压上一根木杠子,杠子的两端各有一个民兵压住。它的嘴里给塞上了一块鹅蛋般大的光滑卵石,使它吐不出来也咽不下去。持刀行凶的是一个头顶光秃、只有两鬓和枕部余下一些花白杂毛的老家伙。我对此人,有天然的仇恨,听人召唤他的名字,才猛然忆起他就是我前两世的宿敌许宝。这家伙已经老了,并且患上了严重的哮喘病,稍一活动就咻咻喘息。别人抓刁小三时,他远远地站着袖手旁观。别人将刁小三制服之后,他才趋步向前。他的眼里闪烁着职业性的兴奋光芒。这个该死而不死的家伙手法利索地将刁小三的睾丸割出来,然后从他的兜囊里抓出一把干石灰,胡乱撒上,便提着那两个硕大如芒果的浅紫色玩意儿跳到一边去。我听到金龙问他:

"宝叔,要不要缝上几针?"

许宝喘息着说:"缝个屎啊!"

民兵们发声喊,四散跳开。刁小三慢慢地爬起来,吐出口中的卵石,巨大的痛苦使它浑身哆嗦,背上的鬃毛像毛刷子一样直立着,后面的伤口血流如注。刁小三没有呻吟，更没有哭泣，紧咬着牙关，牙齿错动，发出咯咯的响声。那许宝站在杏树下，用一只血手，托着刁小三的睾丸，端详着，掩不住的喜色从他脸上那些深深的皱褶里流溢出来。我知道这凶残的家伙好吃动物的睾丸。做驴时的记忆蓦然涌上心头，我想起他曾用"叶底偷桃"的绝户技，取走过我一丸，并用辣椒爆炒而食。我几次想跳墙而出，咬掉这孙子的睾丸，为刁小三报仇，为我自己报仇，也为毁在了他手里的那些公马、公驴、公牛、公猪们报仇。我对人还从来没有产生过怕的感觉，但我不得不坦率地承认，我怕许宝这个杂种，他天生就是我们这些雄性动物的克星。他身上散发出来的不是气味，也不是热量，而是一种令我毛骨悚然的信息，对，就是所谓的"场"，生死场，阉割场。

我们的刁小三艰难地走到那棵杏树下，用肚腹的一侧靠着树干，慢慢地委顿下去。血像小喷泉一样往外喷涌，染红了它的后腿，也染红了它身后的土地。大热的天气里它像筛糠般颤抖，它已经丧失了眼睛，因此看不到它的眼神。啦呀啦——啦呀啦啦啦呀啦——草帽之歌的旋律缓缓响起，只不过歌词遭到了大幅度窜改：妈妈——我的睾丸丢了——你送给我的睾丸丢了——我的眼睛里盈满了泪水，我第一次体会到"物伤其类"的深沉痛苦，并为自己与其争斗时有欠高尚的手段感到歉疚。我听到金龙骂老许宝：

"老许，你他妈的怎么搞的？是不是把它的血管切断了？"

"爷们儿，别大惊小怪，这种老公猪都这样。"许宝冷漠地说。

"你是不是给它处理一下？这样淌血，很快就会死掉的。"金龙忧心忡忡地说。

"死掉？死掉不是正好吗？"许宝皮笑肉不笑地说，"这家伙，多少还有些膘，少说也能出两百斤肉。公猪肉，老是老了点，但总比豆腐好吃！"

刁小三没有死，但我知道它确曾想到过死。一个公猪，遭受这样的酷刑，肉体痛苦，精神更加痛苦。不仅是痛苦，而且是巨大的耻辱。刁小三伤口流血很多，收集起来应该有两脸盆，这些血都被那棵老杏树吸收，以至于第二年这棵树上结出的杏子，金黄的果肉上布满了鲜红的血丝。大量失血使它的身体干瘪萎缩。我跳出圈舍，站在它的面前，想安慰它，但根本找不到一句合适的语言。我从废弃的发电机房顶上扯下一段番瓜藤蔓，摘了一个娇嫩的番瓜，叼到它的面前，我说：

"刁兄，你吃点吧，吃点东西也许好一点……"

它侧歪着头，用左眼里那点残余的视力望着我，从紧咬的牙缝里，挤出咝咝的话语："十六老弟……今天的我就是明天的你……这就是我们公猪的命运……"

说着，它就垂下了头，身上的骨头架子，仿佛一下子涣散了。

"老刁，老刁！"我大声喊叫着，"你不能死啊，老刁……"

但老刁不再回答，我的眼里，终于流出了一串串热泪。这是悔恨交加的泪水。我反思，我忏悔，从表面上看，刁小三是死在老许宝那个杂种手里，但实际上它是死在我的手里。啦呀啦——啦呀啦啦啦呀啦——老刁，我的好兄弟，你安心地走吧，愿你的灵魂早日到达冥府，愿阎王替你安排一个好的轮回去处，祝你转世为人。你毫无牵挂地去转世，遗留的仇恨我替你去报，我要以许宝之道还治许宝之身……

正在我浮想联翩之时，宝凤在互助的引领下，背着药箱子，急匆匆而来。而此时，金龙也许正坐在许宝家那把摇摇欲碎的红木太师椅上，用许宝的拿手好菜——辣椒炒猪蛋——下酒。女人的心，总是比男人良善。你看那互助，竟是满头的汗水，满眼的泪水，好像刁小三不是一头面相可憎的公猪，而是一个与她血肉相连的亲人。此时已是农历的三月光景，距离你们结婚的日子已近两个月。此时你与黄合作已经到庞虎的棉花加工厂上班一个月。棉花刚刚开花坐桃，距离新棉上市还有三个月。

——这段时间里，我——蓝解放——跟着棉花检验室主任与一群从各个村庄和县城抽调来的姑娘在那个广阔的院子里割除荒草，铺设垛底，为收购棉花做准备。第五棉花加工厂占地一千亩，周遭用砖头砌起围墙。砌墙所用砖头，是坟墓里扒出来的。这也是庞虎节约建厂经费的一个高招：新砖一毛钱一块，坟砖三分钱一块。在很长一段时间里，这里的人都不知道我与黄合作是已婚夫妻。我住在男宿舍，她住在女宿舍。像棉花加工厂这种季节性的工厂，不可能为已婚职工特设单间。即便有夫妻房，我们也不会去住，我感到我们的夫妻关系形同儿戏，很不真实。仿佛一觉醒来，有人对我们说：从今之后，她就是你的妻子，你就是她的丈夫。这非常荒诞，简直无法接受。我对互助有感觉，对合作没感觉。这是我一生痛苦的根源。初入棉花加工厂那天上午，我就看到了庞春苗。她那时将满六岁，白牙红唇，双眼如星，肌肤亮丽，水晶人儿似的十分可爱。她正在棉花加工厂大门口练习倒立。她头上扎着红绸子蝴蝶结，海军蓝短裙，洁白的短袖衬衫，白色短袜，红色塑料凉鞋。在众人的怂恿下，她身体前倾，双手按地，两条腿举过头顶，身体弯成弧形，用两只手在地上行走。众人一起鼓掌欢呼。她的妈王乐云跑上去扳着她的腿将她倒过来，说：宝贝宝贝，不傻了。她意犹未尽地说：我还有好多劲呢……

　　这情形又活灵活现地出现在我眼前，但时光已经流逝了将近三十年……那时候，就算是诸葛亮再世，刘伯温重生，也算不出许多年后，我蓝解放竟然为了爱情抛官弃家，与这个小女孩相约私奔，成就了高密东北乡历史上一桩巨大的丑闻。但我坚信丑闻总有一天会转化成美谈。我的朋友莫言，在我们最困难的时候，对我们做出过这样的预言……

　　嗨，大头儿蓝千岁拍了一下桌子，像法官拍了一下惊堂木，把我从回忆中惊醒，你的脑子，不要开小差，听我说，你那点破事，往后有的是时间供你遐想、回味、诉说，现在，你集中精力，听我的，听我说我为猪时的光荣历史！我说到哪儿啦？对，你姐姐宝凤与你嫂子——嫂子就是嫂子——互助急如风来到歪脖子杏树下抢救因术后大出血濒临死亡的刁小三。曾几何时,一提起那棵歪脖子浪漫树你就会口吐白沫昏过去,现在,即便是把你放到那棵树下,你也如一个久经战阵、伤疤累累的老兵凭吊旧战场一样唏然长叹了吧?在时间这个伟大的医生面前,无论多么深刻的痛苦,都会结疤平复。妈的,我那时是一头猪,玩什么深沉啊!

话说宝凤和互助来到树下,为刁小三诊治。我站在一边,像个老朋友一样泪流满面。起初她们与我一样以为刁小三已经死亡,但经过检查,发现这小子还有微弱心跳,但确实已经濒临死亡。于是,宝凤擅作主张,把药箱里本该给人使用的药品给刁小三注射上,强心剂、止血灵、高浓度葡萄糖什么的,统统用上了。特别应该一提的是宝凤为刁小三缝合伤口。宝凤的箱子里没有医用缝合针和医用缝合线,互助灵机一动,从胸前衣襟上拔下一根针——你知道那些已婚的女人们胸前衣襟上或者脑后发髻上总是有针别着——有针没线,互助略一思索,脸微微一红,说:

"用我的头发当线行不?"

"你的头发?"宝凤惊讶地问。

"我的头发长,"互助说,"我的头发上有血脉。"

"嫂子,"宝凤感动地说,"嫂子,你的头发,应该去缝合金童玉女,用在一头猪上,实在是可惜了。"

"妹妹,瞧你说的,"互助也颇为激动地说,"我的头发,跟牛尾马鬃一样,一文钱不值,如果不是有那毛病,我早就一顿剪刀咔嚓了。我的头发,不能剪,但可以拔。"

"嫂子,真的没事吗?"

宝凤还在疑问着,互助已经拔下了两根头发。这是世间最神奇、最珍贵的头发,当时就长约一百五十厘米,呈暗金色——这发色在那个年代里被视为丑陋,放在现在就是高贵和美丽了——比常人的头发要粗壮许多,可以清楚地用眼睛感受到它的沉重。互助将一根头发引入针孔,然后递给宝凤。宝凤用碘酒清洗了刁小三的伤口,然后,用镊子夹着针，用针牵引着互助的神奇头发，缝合了刁小三的伤口。

互助和宝凤注意到了泪流满面的我。她们对我的重情重义颇为感慨。互助拔下两根头发，缝合刁小三的伤口使用了一根，另一根互助随手抛掉后，被宝凤捡起来，用纱布包好后放进药箱。姑嫂二人观察了一会刁小三，说生死由它吧，我们已经尽了心，说完便结伴而去。

不知是药物发挥了作用，还是互助那根头发发挥了作用。刁小三的伤口不流血了，心跳恢复了正常。白氏为它端来半盆纯精料熬成的稀粥。它跪在地上，慢慢地喝了。刁小三没有死，这是个奇迹。互助对金龙说全靠着宝凤的高超医术，但我却隐隐约约地感觉到，是互助那根神奇的头发发挥了作用。

术后的刁小三并没有像人们希望的那样暴饮暴食，迅速地被催成一个胖子——阉猪肥胖之日，就是被屠宰之时——它的饮食非常有节制，而且我还知道，它每天夜里都在猪舍里做俯卧撑，一直做到汗流浃背，浑身的毛都像水洗过的一样。我对它心怀敬意而又略感忌惮。我猜不透这个遭受了奇耻大辱、死里逃生、白天沉思冥想夜晚锻炼身体的兄弟到底想干什么。但我清楚地知道，它是一个勉从猪舍暂栖身的英雄。它原本就是一个英雄的坯子，许宝那一刀，使它大彻大悟，加速了它英雄化的进程。我想它绝不会贪图安逸，在猪圈终老一生。它心中，必有一个伟大计划，这个计划，就是逃离猪场……但一头几近全盲的猪，逃离猪场后，又能干些什么呢？好吧，放下这些疑问，接着说那年八月里的事。

就在我那些母猪即将生产前不久，也就是一九七六年八月二十日前后，在诸多的不寻常现象发生后，一场来势凶猛的传染病袭击了猪场。

先是有一头名叫"碰头疯"的阉猪咳嗽、发烧、不吃食物，接着与它同圈饲养的四头阉猪染上了同样的病症。饲养员并没在意，因为以"碰头疯"为首的这几头阉猪一直是猪场里最令人厌恶的角色，它们都属于那种永远长不大的小老猪，远远地看，它们与那些出生三五个月、正常营养状态下正常发育的小猪差不多，但近前一看，就会被它们枯槁的毛发、粗糙的皮肤、老奸巨猾的狰狞面相吓一大跳。它们饱经世故,每一个都有丰富的阅历。它们在沂蒙山时,大概每隔两个月就被转卖一次。因为它们食量巨大,但体重永不增长。它们是糟蹋饲料的老妖精,它们仿佛没有小肠,只有从咽喉到胃、从胃到大肠这样一条直直的通道,无论多么精美的饲料吃下去,不到一个小时就被它们恶臭熏天地拉了出来。它们似乎永远处在饥饿之中,它们疯狂嗷叫,小眼发红,食欲得不到满足就用头碰墙,碰铁门子,越碰越疯,直到口吐白沫昏厥过去,醒来之后继续碰。那些买了它们的人家,养它们两个月,一看它们体重依旧,恶习多多,便匆匆将它们弄到集市上,廉价出售。有人也发出过这样的疑问:为什么不宰了它们吃肉?你是见过这些"碰头疯"的,无需我多说,但如果让那些提出疑问的人见一见这些"碰头疯",他们肯定不会再提杀了它们吃它们肉的事。这样的猪,这样的猪身上的肉,比厕所里的癞蛤蟆还让人恶心。于是这些小老猪们,便借以延长了它们的生命。它们在沂蒙山区被卖来卖去,最后被金龙买来,便宜,确实便宜。而且你也不能说它不是一头猪。在西门屯大队杏园养猪场的生猪存栏数中,它们都响当当地顶着一个数字。

  这样的猪咳嗽发烧不思饮食,饲养员怎会在意?负责为它们供应饮食,并为它们打扫圈舍的饲养员,又是我们前面反复提到过,后面还要反复提到的莫言先生。他用尽心机,转着圈子拍马屁,终于成了猪场的饲养员。他的《养猪记》为他赢得了广泛的名声,他能写出这样的作品与他在我们杏园猪场当饲养员这段经历绝对有关。据说著名导演白哥曼想把《养猪记》搬上银幕,可他到哪里去弄这么多猪呢?现在的猪,我见过,就像现在的鸡鸭一样,被配方饲料和化学添加剂毒害得半痴半呆,绝对弱智,哪里有我们当时那些猪的风采?我们有的腿蹄矫健,有的智力非凡,有的老奸巨猾,有的能言善辩,总之是各个脸谱生动,各个性格鲜明,这样的一批猪,地球上再也找不到了。现在,那些五个月便长到三百斤的白痴,做群众演员都不够格啊。所以，我想，白哥曼拍《养猪记》的事，多半要化为泡影。是是是，甭你提醒，我知道好莱坞，也知道数码特技，但那些玩意儿，一是成本昂贵，二是技术复杂，最重要的是，我永不相信，一头数码猪，能再现出我猪十六的当年风采。就是刁小三，就是"蝴蝶迷"，就是这些"碰头疯"们，他们数码得了吗？

尽管莫言现在依然以农民自居，动不动就要给国际奥林匹克委员会写信，让人家在奥运会增设一个锄地比赛项目，然后他好去报名参赛。其实这小子是在吓唬人，即便奥委会增设了锄地项目，他也拿不到名次。骗子最怕老乡亲，他可以蒙法国人、美国人，可以蒙上海人、北京人，但他小子蒙不了咱故乡人。他在老家养猪时那点破事，咱们不都如数家珍吗？那时咱家虽然是猪，但脑子跟人也差不多。咱家这种特殊的状况，反而得到了了解社会、了解村庄、了解莫言的更多便利。

莫言从来就不是一个好农民，他身在农村，却思念城市；他出身卑贱，却渴望富贵；他相貌丑陋，却追求美女；他一知半解，却冒充博士。这样的人竟混成了作家，据说在北京城里天天吃饺子，而我堂堂的西门猪……嗨，世上难以理喻之事多多，多谈无益。莫言养猪时，也不是个好饲养员，没让他小子饲养我，真是我的福气；让白氏喂养我，真是我的福气。我想无论多么优秀的猪，被莫言喂上一个月，也多半要疯了。我想也幸亏这些"碰头疯"们都是从苦海里熬出来的，否则，如何能忍受莫言的喂养方式？

当然，从另一个方面来观察，莫言在养猪场工作之初，出发动机还是好的，这人生性好奇，而且喜欢想入非非。他对这些"碰头疯"们一开始并无特别的恶感，他认为这些猪之所以只吃饲料不长肉是食物在它们肠胃里停留时间过短，如果能延长食物在它们肠胃里的停留时间，就会使食物中的营养被吸收。这想法似乎抓住了问题的根本，接下来他就开始试验。他最低级的想法是在猪的肛门上装上一个阀门，开关由人控制，这想法当然无法落实，然后他便开始寻找食物添加剂。无论是中药或是西药里，都能找到治疗腹泻的药物，但这些东西价格昂贵，而且又要求人。他最初将草木灰搅拌在食物里，这让"碰头疯"们骂口不绝，碰头不止。莫言坚持不动摇，"碰头疯"们被逼无奈，只好吃。我曾听到他敲着饲料桶对"碰头疯"们说：吃吧，吃吧，吃灰眼明，吃灰心亮，吃灰还你们一副健康肠胃。吃灰无效后，莫言又尝试着往饲料里添加水泥，这一招虽然管用，但险些要了"碰头疯"们的性命。它们肚子痛得遍地打滚，最后拉出了一些像石头一样的粪便才算死里逃生。

"碰头疯"们对莫言恨之入骨，莫言对这些无药可治的家伙深恶痛绝。那时因为你和合作去了棉花加工厂，他已经很不安于位。他将一桶饲料倒进食槽，对那些咳嗽、发烧、哼哼不止的"碰头疯"们说：妖精们，怎么啦？想绝食？想自杀？好啊，你们死了才好！你们根本不是猪，你们不配叫猪，你们是一群浪费人民公社宝贵饲料的反革命！

第二天，这些"碰头疯"们就呜呼哀哉。它们的尸身上，布满了铜钱大的紫色瘀块，圆睁着眼睛，一副死不瞑目的模样。如前所述，那年的八月阴雨连绵，闷热潮湿，苍蝇蚊子成群结队。等公社兽医站的兽医老管坐着木筏子渡过洪水暴涨的河流来到杏园猪场时，"碰头疯"们的尸体已经膨胀如鼓，并散发出扑鼻的恶臭。老管穿着高筒胶皮雨靴和胶皮雨衣，戴着口罩，站在猪圈墙外，往里一望，说："急性丹毒，赶快焚烧掩埋！"

猪场的人——当然逃不了莫言——在老管的指挥下把五头"碰头疯"拖出圈，拉到杏园的东南角上，挖了一个坑——只挖了半米深，地下水就汹涌地冒出来——扔下去，倒上煤油，点火焚烧。那正是多刮东南风的季节，携带着恶臭的浓烟笼罩着猪场并飘向村庄——这帮浑蛋，选择的焚尸地点欠妥——我将嘴巴扎到泥里，抵挡了那世间最可怕的气味。事后我才知道，就在焚尸的前一个夜里，刁小三已经跳出猪圈，泅过沟渠，逃向东方广阔的原野，猪场被严重毒化的空气，没对它的健康造成任何影响。

接下来的事情，你肯定听闻，但你没有目睹。病毒迅速蔓延，猪场的八百余头猪,包括那二十八头临产的母猪,几乎无一幸免地被传染。我没染病,是我的免疫力强大,也与白氏在我的饲料里添加了大量的大蒜有关。她念念叨叨地对我说:十六啊,十六,不要怕辣,大蒜百毒不侵。我深知这病的厉害,为了活命,辣怕什么?在那些日子里,与其说我吃的是成桶的饲料,不如说我吃的是成桶的蒜泥!我被辣得眼泪汪汪,大汗淋漓,口腔黏膜受损,就这样我幸运地躲过了一劫。

众猪染病之后,又有几个兽医渡河过来。其中还有一个身体粗壮结实满脸粉刺的女性,人称她为于站长。她作风刚硬,指挥若定。她在猪场办公室里往县里打电话的声音隔着三里路都能听到。几个兽医在她的指挥下给母猪们打针放血。傍晚时据说有一艘汽艇沿河而下,送来了急需的药物。就是这样,染病的猪大部分还是死了,煊赫一时的杏园猪场土崩瓦解。死猪的尸体堆积如山,无法焚烧,只好挖坑埋掉。坑也无法挖深,半米就出水。无计可施的人们,在兽医们走后,便趁着夜色,用平板车,将那些死猪,拉到河堤,倾倒到滚滚的河水中。死猪们顺流而下,不知所终。

猪尸处理完后,已是九月初头,又是几场大雨过后,那些空旷的猪舍,因建造时太过将就,基础不牢,被水泡软,一夜之间,倒塌大半。我听到金龙在北边那排房子里,大声地哭号。我知道这小子野心勃勃,还指望着在那场因雨而推迟的军区后勤部参观团的活动中显露才华而借机攀升呢,这一下全完了,猪死舍倒,一片废墟。面对如此景象,回忆当时煊赫时光,我心中也颇为惨然。

第三十一章

**附骥尾莫言巴结常团长
抒愤懑蓝脸痛哭毛主席**

九月九日这天,发生了一件不亚于山崩地裂的大事,你们的毛主席因病医治无效,不幸去世。当然我也可以说是我们的毛主席,但那时我是一头猪,这样说有不敬之嫌。因为村子后边那条大河决堤,洪水漫溢,冲断了电线杆子,使村里的电话成了摆设,有线广播大喇叭成了哑巴,毛主席去世的消息是金龙从收音机里听到的。金龙的收音机是他的好朋友常天红所赠。常天红曾被当时的军管委员会治安小组以流氓罪逮捕,后来又因证据不足无罪开释。转来转去,他被安排在县猫腔剧团当了副团长。他是音乐学院高材生,当了剧团副团长,正是专业对口。他工作热情高涨,除了把八个样板戏全部移植成猫腔外,还配合形势,以我们杏园猪场养猪事迹为素材,自编自导了一出新戏《养猪记》——莫言那小子在他的小说《养猪记》后记中曾提到过此事,并说他参与了编剧,我断定此事多半是他瞎忽悠。为创作猫腔《养猪记》,常天红到我们猪场体验过生活是真的,莫言像个跟屁虫一样跟在常天红身后也是真的,但参与编剧是假的——在这部革命现代猫腔中,常天红调动了他天马行空般的想象力,让猪上场说话,让猪分成两派,一派是主张猛吃猛拉为革命长膘积肥的,一派是暗藏的阶级敌猪,以沂蒙山来的公猪刁小三为首,以那些只吃不长肉的"碰头疯"们为帮凶。猪场里,不但人跟人展开斗争,猪跟猪也展开斗争，而猪跟猪的斗争是这出戏的主要矛盾，人成了猪的配角。常天红在大学里学的是西洋音乐，对西方歌剧尤为擅长，他不仅在戏的内容上做了大胆创新，而且在唱腔设计上，也对猫腔的传统旋律进行了大胆而猛烈的改革。他为剧中正面一号主角猪王小白设计了一大段咏叹调，那可是真正的华彩乐章——我始终觉得我就是那猪王小白，但莫言在他的小说《养猪记》后记里说，猪王小白是个象征，象征着一种蓬勃向上、健康进步、追求自由、追求幸福的力量。——真是能忽悠，真是敢忽悠——我知道常天红为此剧付出了大量精力，他想把此剧搞成土洋结合、浪漫与现实交相辉映、严肃的思想内容与生动活泼的艺术形式相得益彰的样板，如果毛主席晚死几年，中国也许就会多出一个样板戏。第九个样板戏：高密猫腔《养猪记》。

我记起常天红在一个月光之夜，在那棵歪脖子杏树下，手捧着画满了小蝌蚪的猫腔《养猪记》总谱，为金龙、互助、宝凤、马良才（此时他已是西门屯中心小学校长）等一千年轻人试唱公猪小白的大段咏叹调的情景。莫言那小子也在场。他左手提着常天红的用红绿两色塑料头绳编织套套着的玻璃瓶子，瓶子里泡着两颗保护嗓子的胖大海。他随时准备拧开盖子递上瓶子为常天红润喉。他右手拿着黑油纸扇，向常天红的后背殷勤扇风。——巴结诌媚之状令人恶心——他就是用这种方式参与了猫腔《养猪记》的创作。

大家都记得，屯子里的人曾经给常天红起过一个外号："大叫驴"，这是侮辱斯文。时间过去了十几年，西门屯的人眼界渐开，对常天红的歌唱艺术有了新的认识。这次来体验生活、创作新戏的常天红，较之十几年前，有了巨大的变化。他身上原先那些让屯里人甚觉厌恶的虚浮骄横之态踪影无存，现在的他目光忧郁、面色苍白、下巴上有坚硬胡须、双鬓有些许白发，活脱脱一个俄罗斯十二月党人或意大利烧炭党人。众人都用崇拜的目光看着他，等待着他的演唱。我将前肘拐在颤悠悠的杏枝上，左爪托着下巴，观看着杏树下这迷人的夜景，欣赏着这些可爱的年轻人。我看到宝凤左手搭在她嫂子互助的左

325

肩上,下巴靠在她嫂子互助的右肩上,专注地盯着常天红迎着月光的瘦削脸膛和那一头天生鬈曲的头发——那头发理成了当时最流行的"螺丝旋床大分头"样式——她的脸虽在阴影里,但目光灼灼,流露出深深的痛苦和无奈。因为,连我们猪场里的猪都知道,常天红和庞虎的女儿、大学毕业后分配到县生产指挥部工作的庞抗美确定了恋爱关系,听说国庆节就要结婚。常天红在我们猪场体验生活期间,庞抗美已经来过两次。她体态健美、明眸皓齿、性格开朗、热情大方、丝毫不摆知识分子和城里人的臭架子,给我们西门屯的人和牲畜都留下了美好的印象。因为她在生产指挥部是负责畜牧口的,所以她来时总是要视察生产队的饲养棚,去看一看那些骡、马、驴、牛。我猜想宝凤也知道庞抗美才是真正般配她常大哥的人。庞抗美好像也知道宝凤的心思。我看到,有一天傍晚,抗美和宝凤在歪脖子杏树下聚谈良久,最后是宝凤伏在抗美肩头上低泣,而抗美也含着眼泪,抚摸着宝凤的头发以示安慰。

常天红试唱的《养猪记》华彩唱段有三十多句台词。第一句台词是"今夜星光灿烂",第二句是"南风吹杏花香心潮澎湃难以安眠",第三句是"小白我扶枝站遥望青天",第四句是"似看到五洲四海红旗招展鲜花烂漫",第五句是"毛主席发号召全中国养猪事业大发展",接下来就连了片:"一头猪就是一枚射向帝修反的炮弹我小白身为公猪重任在肩一定要养精蓄锐听从召唤把天下的母猪全配完……"

我感到常天红唱的就是我,我感到不是他在歌唱而是我在歌唱,唱出了我的心声,唱的就是我的心声。我的左蹄弹动,合着节拍,心潮激荡,周身发热,睾丸发紧,长鞭出鞘,恨不得立即就与那些母猪们交配,为革命交配,为人民造福,消灭帝修反,拯救地球上那些还在水深火热中挣扎的受苦人。今夜星光灿烂——啊星光灿烂——幕后帮腔伴唱,猪和人都难以入眠。常天红嗓音洪亮,据说能唱上去三个八度,高音区辉煌灿烂,像钻石一样熠熠生辉。他的身体稳定,没有小歌星们那些多余的动作。起初，我们还注意辨别他唱出的歌词，但唱到后来，歌词已经失去意义，我们陶醉在他的声音里。尽管世间有种种乐器，尽管地球上有许多能发出美妙声音的动物，譬如俄罗斯小说中常常提到的夜莺，譬如大洋深处那些求偶的雄鲸，譬如中国老头鸟笼中的画眉，它们的声音确实都很美妙，但都无法与常天红的嗓子相比。莫言那小子对西洋音乐一无所知，后来进了城大概去听过几次音乐会，看过几部音乐家传记，掌握了一星半点音乐知识，便在他的文章里，把常天红的歌喉与意大利的帕瓦罗蒂相提并论。我没见过帕瓦罗蒂演唱，没听过他的唱片，我既不想见他也不想听他，我始终坚信，常天红的歌喉是世界第一，世界级的"大叫驴"。他在树下歌唱时，树上的叶子都微微颤抖，他唱出的音符像彩绸一样在空中飞舞，昆山玉碎凤凰叫，公猪迷狂母猪舞。如果毛主席晚死几年，这戏肯定能火。先在县里火起来，再到省里火起来，然后进北京，在太庙前搭台子演唱。那样常天红就出大名了，高密县就留不住他了，他跟庞抗美的婚姻也就有点悬。但这戏没有演成实在是可惜，这一点莫言倒是说了几句我同意的话。他说这个戏是特殊的历史时期的产物，带着荒诞但又庄严的色彩，是一个活生生的后现代的标本。不知这剧本是否还在？不知那厚厚一沓子总谱是否还在？

　　说了这么多，常天红编戏唱戏，与故事的发展没有直接关系，我要讲的是那台收音机。青岛市第四无线电器材厂生产制造的红灯牌半导体收音机，是常天红送给金龙的礼物，虽然没说是结婚礼物，其实也是结婚礼物。虽说是用常天红的名义送的，但收音机却是去青岛出差的庞抗美帮助买回来的。虽说是送给金龙的礼物，但却是由庞抗美亲手交给黄互助，并教会了她安装电池、开关、选台的方法。作为一头夜晚经常出窝遛弯的猪，我在当天晚上就见到了这件宝贝。金龙在他们结婚时大宴宾客的地方摆上了一张桌子，点燃一盏马灯，将收音机放在桌子正中，选择了一个声音最响亮、音质最清楚的台，让猪场的男男女女围拢观赏、听音。这玩意儿是一个长五十厘米、宽三十厘米、高三十五厘米的长方形的大家伙。正面是一层金灿灿的绒布，绒布上有一个红灯商标，壳子看上去像一种棕色的硬木。做工精致，造型优美，看到的人都想上前去摸摸。但谁敢上前去摸？如此精密的机器，想必价格不菲，摸坏了就赔不起。只有金龙用一块红绸布擦拭它的边框。众人围拢，离着三米远，听着从那里边传出一个女人尖细的歌唱声：山丹丹开花哟红艳艳——她唱什么，他们并不关心，他们关心的是这个女人如何能藏在这个匣子里唱歌呢？我当然不会如此愚昧无知，电子知识嘛，咱家还是多少了解一点的。咱家当时不但知道地球上有许多收音机，而且还有了比收音机高级许多的电视机，咱家还知道美国人登月、苏联人发射宇宙飞船，而第一次被发射到太空去的是一头猪。"他们"是指猪场里那些人，当然不包括莫言，他从《参考消息》里上知了天文下知了地理。还有它们，那些隐身在草垛后边的黄鼠狼、刺猬们，它们也被这方匣子里发出的声音迷住了。我听到一个腰身纤细的母黄鼠狼对身边的公黄鼠狼说：那个在匣子里唱歌的，会不会是一只像我这样的黄鼠狼呢？——就你？呸！公黄鼠狼不屑地说。

九月九日下午两点钟的情景大致是这样的：咱们先说天，天上虽然还有大团的乌云，但已基本晴朗。风向西北，风力四到五级。西北风是开天的钥匙，北方的农民都知道。西北风驱赶着大团大团的乌云向东南方向狂奔，杏园里不时投下乌云的暗影。咱们再说地：地上水汽蒸腾，许多马蹄般大的癞蛤蟆在杏园里爬行。然后我们说人：十几个猪场工作人员，抬着稀释过的石灰水，喷洒没倒塌的猪舍。猪几乎死光，猪场前景暗淡，养猪人的脸上都阴沉沉的。他们用石灰水刷了我的墙壁，还刷了垂到我舍前的杏树枝杈。石灰能杀死猪丹毒吗？屁，闹着玩呗！从他们的谈话中，我知道连我在内，猪场的猪，只剩下七十余头。自从闹丹毒以来，我也不敢胡乱溜达，生怕染上病毒。我很想知道，活下来的这七十余头猪，都是些什么样的品种。这些猪里边，是不是有与我一母所生的同胞？有没有像刁小三那样的野种？正当我胡思乱想之时，正当养猪人为猪场的前途胡乱猜测之时，正当一只被埋在地下的死猪因太阳暴晒肚皮发出沉闷响声之时,正当一只连见多识广的我都没见过的拖着彩色尾巴的大鸟从低空中飞过降落到那棵因水涝落光了叶子的歪脖子杏树上时,正当西门白氏指着那只站在杏树枯枝上尾巴几乎拖垂到地面的美丽大鸟、因兴奋嘴唇颤抖着说出"凤凰"二字时,金龙抱着他的收音机,从他的洞房里,跌跌撞撞地跑出来。他面色如土,一副丢魂落魄之态,他瞪着眼、哑着嗓子对我们说:

"毛主席死了!"

毛主席死了,这不是胡扯嘛,这不是造谣嘛,这不是恶毒攻击嘛,说毛主席死了你不是自己找死吗?毛主席怎么可能死?不是说毛主席最少也能活到一百五十八岁吗?无数的疑问和质问在初听到这个消息的中国人心头盘旋,连我这头猪,心中也感到无比的困惑和震惊。但我们从金龙那郑重的表情和满眼的泪水中,知道他没有撒谎也不敢撒谎,收音机里,中央人民广播电台那个嗓音醇厚的播音员,用略带些鼻腔共鸣音的凝重腔调,向全党全军全国各族人民报告毛主席的死讯。我看看乌云滚滚的天,看看那些脱光叶子的树,看看七倒八歪的猪舍,听着从田野里传来的一阵阵不合时宜的蛙鸣和间或响起的死猪肚皮爆炸的声音,嗅着腥气、臭气、霉烂气,回忆起过去几个月内接二连三地发生的离奇事件,想想刁小三的突然失踪和它曾经说过的那些玄奥的话,我明白,毛主席确凿无疑的是死了。

接下来的情形是:金龙双手端着收音机,仿佛孝子端着父亲的骨灰盒,神色凝重地向村子走去。猪场里的人都扔下手中的工具,神色肃穆地跟随着他。毛主席的去世,不仅仅是人的损失,也是我们猪的损失。没有毛主席就没有新中国,没有新中国就没有西门屯大队杏园养猪场,没有西门屯大队杏园养猪场也就没有我猪十六!所以我跟着金龙他们走上街头,是名正言顺的深情举动。

那时刻全国的广播电台自然都是一个声音,那时节各个广播电台的设备都处在良好状态,那时节金龙自然把收音机的音量旋钮扭到了尽头。红灯牌收音机用四块电容量1.5伏的干电池作为电源，喇叭功率是15瓦，在没有任何机械化噪声的宁静村庄里，这声音能够传遍全村。

金龙每遇到一个人，就会用那种我们见过和听过的一成不变的姿态和声嗓沉痛宣布："毛主席死了！"听到这消息的人有的目瞪口呆，有的龇牙咧嘴，有的摇头晃脑，有的捶胸顿足，然后都转到金龙的背后，乖乖地排在队伍的后头。临近村子中央时，我的身后已经排开了一条长长的队伍。

洪泰岳从大队部里出来，看到此种情景，刚要发问，金龙便对他说："毛主席死了！"洪泰岳第一反应是举起拳头去捣金龙的嘴巴，但他的拳头在空中停住，他的目光扫了一眼几乎全部到齐的全屯的男女老幼，看了一眼金龙怀中的那台因为音量过大而瑟瑟发抖的收音机，然后他收回拳头，猛擂自己的胸膛，同时发出一声凄厉的号叫："毛主席啊……您老人家走了……我们的日子可怎么过下去啊……"

收音机里放出了哀乐。这缓慢、沉痛的音乐一响起，先是黄瞳的女人吴秋香带头，然后全村的女人跟着，放声号哭起来。女人们哭晕了，不避泥水，一屁股坐在地上，有的用双手拍打着地面——地面很快被拍出水来——有的仰着脸用小手帕捂着嘴巴，有的捂着眼睛，发出各种各样的哭声。哭着哭着就带了彩头：

"我们是地，毛主席是天啊——毛主席一死，可就塌了天啦——"

在哀乐声和女人们的哭声里，男人们有的放了悲声，有的无声流泪。连那些地主、富农、反革命分子们，听到这消息后，也跑了来，远远地站着，悄悄地流泪。

我毕竟身在畜生之道，受到环境的感染，虽然也是一阵阵鼻酸眼热，但神志还比较清醒。我在人空隙里行走着、观察着、思考着，在中国近代历史上，还没有一个人的死能像毛泽东的死一样，产生如此强烈的影响。有许多死了亲娘都不流一滴眼泪的人，也为毛泽东的死哭红了眼睛。但事情总是有例外，在西门屯一千多口人中，连那些按说跟毛泽东有仇的地主、富农都为他的死啼哭落泪时，当所有正在劳动的人听到这个消息都把手中的工具扔掉时，却有两个人既没有放声大哭，也没有默默流泪，而是在干着自己的事情，为自己未来的生活做准备。

这两个人，一个是许宝，一个是蓝脸。

许宝混迹于人群中，跟随着我穿来穿去。起初我并没有在意他的跟踪，但很快我就发现了他的眼睛里有贪婪、凶狠的光芒在闪烁。当我意识到他的目光始终死死地盯着我那两颗木瓜般大小的丰硕睾丸时，我感到了前所未有的震惊和愤怒。在这样的时刻，许宝竟然在打我睾丸的主意，可见毛主席之死没让他感到悲痛。我想我要是能把许宝的企图告诉那些正在为毛主席之死而悲痛的人，许宝也许当场就会被愤怒的群众打死。只可惜我无法发出人的声音，只可惜人们只顾痛悼，谁也没有注意许宝。也好，我想，许宝，我承认我曾经怕过你，对你那快如闪电的手法现在我也畏惧三分，但既然连毛主席这样的人物都死了，我猪十六也就把自己的生死置之度外了。我等着你，许宝，你这杂种，今晚，咱们不是鱼死，就是网破。

另一个没有为毛泽东之死流泪的人是蓝脸。当别人都在西门家大院内外悲号时，他却一个人，坐在西厢房那间小屋的门槛上，用一块青色的磨刀石，磨一把生满红锈的镰刀。"嚓啦嚓啦"的磨刀声，令人牙碜也令人心寒，不合时宜又充满暗示。忍无可忍的金龙将收音机塞到他妻子黄互助怀里，当着全村人的面，跑到蓝脸面前，弯腰将他手中的磨刀石夺出来，用力砸在地上。磨刀石断成两截。金龙咬牙切齿地说：

"你还算个人吗？！"

蓝脸眯缝着眼睛，打量着因暴怒而全身发抖的金龙，提着镰刀，慢慢地站起来，说：

"他死了，我还要活下去。地里的谷子该割了。"

金龙提起牛棚旁边一个烂透了底子的破铁桶，对着蓝脸撇过去。蓝脸也不躲闪，任凭那铁桶砸在他的胸脯上，然后又落到他的脚上。

金龙气红了眼,抄起一根扁担,高高举起,要往蓝脸头上砸。幸亏被洪泰岳架住,才免了蓝脸头破血流。洪泰岳不满地说:

"老蓝,你也太不像话了!"

蓝脸的眼睛里慢慢地涌出泪水,他双腿一弯,跪在地上,悲愤地说:

"最爱毛主席的,其实是我,不是你们这些孙子!"

众人一时无语,怔怔地看着他。

蓝脸以手捶地,号啕大哭:

"毛主席啊——我也是您的子民啊——我的土地是您分给我的啊——我单干,是您给我的权利啊——"

迎春哭着走到他的面前,欲拉他起身,但他的膝盖仿佛生了根。

迎春腿一软,跪在了蓝脸面前。

迎春头上插着一朵白菊花,一只黄色的大蝴蝶,如同一片枯叶,从杏树上飘下来,起起伏伏,最终落在了那菊花上。

头插白菊,追悼最亲的人,这是屯里风俗。女人们纷纷跑到迎春门前,从那墩白菊上,摘下花朵,插到头上。她们大概都希望那只大蝴蝶能飞到自己头上,但它落到迎春头上后,翅膀并拢,再也没有动。

第三十二章

老许宝贪心丧命
猪十六追月成王

我悄悄地离开西门家大院,离开了那群围着蓝脸不知所措的人们。我看到隐在人群里的许宝那邪恶的眼睛。估计这老贼现在还不敢尾随前来,我还有充足的时间做好迎战的准备。

猪场里已经空无一人,天近黄昏,喂食时间已到,那七十余头幸存的猪因为饥饿发出吱吱的闹食声。我很想打开铁栅栏放它们出圈,又怕它们纠缠着我问东问西。伙计们,你们闹吧,你们叫吧,我暂时顾不上你们,因为,我看到了躲在歪脖子杏树后边许宝那油滑的身影。其实,更确切地说我是感受到了从这个残忍的老家伙身上散发出来的那股子肃杀之气。我的脑子快速运转,考虑着对策。躲在猪窝里,占据一个墙角,让墙壁成为保护睾丸的屏障显然是最好的选择。我趴着,装傻,但胸有成竹;观望着,等待着,以静制动。许宝,来吧,你想取走老子的睾丸回去下酒,老子想咬碎你的睾丸为被你残害过的牲畜复仇。

暮色渐浓,地面上升起潮湿的雾霭。那些猪饿过了劲儿,不再叫了。猪场里静悄悄的,只有阵阵蛙鸣,从东南方向袭来。我感到那股煞气渐渐逼近,知道这老小子要动手了。短墙外露出他那张像油污核桃一样的小干巴脸,脸上没有眉毛,眼上没有睫毛,嘴巴上没有胡须。他竟然对着我微笑。他一笑,我就想撒尿。但他奶奶的,无论你怎么笑我也要憋住这泡尿。他打开圈门,站在门口,对我招着手,嘴巴里发出"啰啰"的呼叫声。他想骗我出圈舍。我马上猜到了他罪恶的计划:他想趁我出圈门那一霎,顺手摘走我的睾丸。孙子哎,你想得美,你的猪十六老爷,今天绝不受诱惑。按既定方针办,猪舍塌顶不动弹,美食投到眼前不贪馋。许宝掏出半块玉米面窝窝头扔到圈门口。孙子哎,捡起来你自己吃了吧。许宝在门外花招施尽,我趴在墙角纹丝不动。这老小子恨恨地骂:

"妈的,这猪,成了精啦!"

如果许宝就此罢手而去,我有没有勇气追上去与他搏斗?很难说,说不清,不必说,而且问题的关键是,许宝没有走,这个吃睾丸成瘾的杂种,被我后腿之间那两颗巨丸吸引,不顾泥水淋漓,竟然弯着腰进了我的圈舍!

愤怒与恐惧交织,犹如蓝色与黄色混杂的火焰,在我的脑海里燃烧。报仇雪恨的时刻到了。我咬紧牙关,克制着冲动,尽量保持冷静。老小子,来吧。近一点,再近一点。把敌人放进家里来打,敢打近战,敢打夜战,来呀!他在距离我三米远的地方徘徊,扮鬼脸做怪相,引诱我上当,孙子,你休想。你前进啊,你上来啊,我只是一头笨猪,不会对你构成任何危险。许宝大概也感到他高估了我的智商,便放松了警惕,慢慢向我靠拢。他大概是想上前来轰赶我吧,总归是他弯着腰到了我的面前,距离我只有一米,我感到身上的肌肉紧绷,犹如强弓拉成了满月,箭在弦上,如果发起进攻,哪怕他腿脚灵动如跳蚤,也让他难以逃避。

在那一瞬间,好像不是我的意志命令身体,而是身体自动地发起了进攻,这猛烈的撞击,正着了许宝的小肚子。他的身体轻飘飘地飞起来,脑袋在墙上碰撞一下,跌落到我平常定点大小便的地方。他人已落地,哀鸣还在空中飘荡。他已经丧失了战斗力,像个死尸一样躺在我的粪便里。为了那些受他残害的朋友们,我还是决定执行计划:以其人之道,治其人之身。我有点厌恶,也有些不忍,但既已动了念头就要进行到底。于是我在他那两腿之间狠命地咬了一口。但我的嘴里感觉到空空荡荡,似乎只咬破了那条薄薄的单裤。我咬住他的裤裆用力一撕,裤子破裂,显出了可怕的情景,原来这个许宝,竟是个天生的太监。我心中顿觉一片茫然,也就明白了许宝的一生,明白了他为什么对雄性动物的睾丸怀有那样的仇恨,明白了他何以练出了这样一手取卵绝技,明白了他为什么那样贪食睾丸。说起来这也是个不幸的家伙。他也许还迷信吃什么补什么的愚昧说法,指望着石头结瓜、枯树发芽吧。在沉重的暮色中,我看到有两道紫色的碧血,像两条蚯蚓一样从他的鼻孔里爬出。这家伙,难道会这么脆弱,顶这么一下子,就死翘翘了吗?我伸出一爪,放到他鼻孔下试探,没有出气,呜呼,这孙子真死啦。我旁听过县医院医生对村民们宣讲急救法,见过宝凤急救一个溺水的少年。便依样画葫芦,摆正这孙子的身体,用两只前爪按压他的胸膛,我按啊按啊,使上全身的力气,听到他的肋骨巴巴地响,看到更多的血,从他的嘴巴和鼻孔里涌出来……

我站在圈门口思索了片刻,做出了一生中最大的决定:毛主席已死,人的世界必将发生巨大变革,而在这时候,我又成了一头负有血债的杀人凶猪,如果待在猪场,等待我的,必是屠刀和汤锅。我仿佛听到一个遥远的声音在召唤:

"兄弟们,反了吧!"

在逃入原野之前,我还是帮助那些在瘟疫中幸存的同伙们顶开了圈门,把它们释放了出来。我跳到高处,对它们喊:

"兄弟们,反了吧!"

它们迷茫地看着我,根本不理解我的意思。只有一头身体瘦小、尚未发育的小母猪——身体纯白,腹部有黑花两朵——从猪群里跑出来,对我说:"大王,我跟你走。"余下的那些家伙,有的转着圈子找食吃,有的则懒洋洋地回到圈舍,趴在泥里,等待着人们前来喂食。

我带领着小母猪向东南方向前进。地很软,一脚下去,陷没到膝。我们身后留下四行深深的脚印。到达那道水深数丈的渠道时,我问小母猪：

"你叫什么名字？"

"它们叫我小花，大王。"

"为什么叫你小花？"

"因为我肚皮上有两块黑花，大王。"

"你是从沂蒙山来的吗，小花？"

"我不是从沂蒙山来的，大王。"

"不是从沂蒙山来的，那你是从哪里来的？"

"我也不知道我是从哪里来的，大王。"

"它们都不跟我走，你为什么要跟我走？"

"我崇拜你，大王。"

看着这头头脑纯洁、没心没肺的小花猪，我心中有几分感动，又有几分凄凉。我用嘴巴拱了一下它的肚子，以示友爱，然后说：

"好吧，小花，现在，我们已经脱离了人的统治，像我们的祖先一样，获得了自由。但从此以后就要风餐露宿，要忍受种种苦难，你如果后悔，现在还来得及。"

"我不后悔，大王。"小花坚定地说。

"那么，好极了，小花，你会游泳吗？"

"会，大王，我会游泳。"

"好！"我抬起前爪拍了一下它的屁股，然后便率先跳下了沟渠。

沟渠里的水温暖柔软，泡在里边非常舒服。我本想泅渡沟渠之后走陆路，但下水之后改变了主意。沟渠里的水从表面上看似乎凝滞不动，但下去后才知道，水以每分钟起码五米的速度往北流淌。北边，就是那条滔滔的运粮大河，那条为清朝政府运送过粮米的大河，那些为皇帝的后妃们运载着荔枝树的木船也曾在这大河上航行，沟渠里的水就流向这条大河。河道两侧，曾经有拉纤的汉子们弓腰蹬腿，腿上的腓肠肌绷得像钢铁一样硬，汗水滴落土地。"哪里有压迫哪里就有反抗"，这是毛泽东说的。"马克思主义的道理千头万绪归根结底就是一句话：造反有理！"这也是毛泽东说的。游泳在这样温暖的沟渠里，因为水的流动和身体的浮力，所以毫不费力。只要轻轻划动几下前爪，我感到身体就像鲨鱼一样快速向前。我回头看了一眼小花，小家伙紧紧地跟随着我，四条小腿在水里紧着扑腾，仰着头，小眼放光，鼻孔咻咻出气。

"怎么样啊，小花？"

"大王……没事……"因为与我对话它的鼻孔进了水，它打着喷嚏，有些脚爪混乱。

我伸出一条前腿到它肚皮下，轻轻地往上挑着它，使它的身体大部分露出了水面。我说："小家伙，好样的，咱们猪，都是天生的游泳健将，关键是，别紧张。为了不让那些可恶的人发现我们的踪迹，我决定，不走陆路走水路，你能坚持？"

"大王，我能坚持……"小花猪气喘吁吁地说。

"好，来，爬到我的背上！"我对它说，它不肯，还逞强。我潜到它的身下，身体上浮，它已经骑在我的背上了。我说："搂紧我，无论碰到什么情况都不要松爪！"

我驮着小花，沿着杏园猪场东侧那条沟渠，进入运粮大河。大河向东流，波涛汹涌。西边天际，火烧云，彩云变化多端，青龙白虎狮子野狗，云缝中射出万道霞光，照耀得河水一片辉煌。因为两岸均有决口，河水已经明显下落，河堤内侧，两边露出浅滩，浅滩上茂密的红毛柳子，柔软的枝条都向着东方倒伏，显示着被湍流冲击过的痕迹。枝条和叶片上，挂着一层厚厚的泥沙。尽管水势消退，但一旦进入其中，依然感到河水滔滔，气势浩大，惊心动魄。尤其是被半天火烧云映照着的大河，气势恢宏，不亲历者，如何能够想象！

我对你说，蓝解放，想当年本猪那次大河之游，是高密东北乡历史上的一次壮举。你小子当时在河的上游，对岸，为了保护你们那棉花加工厂不被河水淹没，你们也都上河堤守护。我驮着小花顺流东下，体验着唐诗的博大意境。泛波中流。浪头追逐着我们，我们被

337

浪头追逐，浪头追逐着浪头。大河啊，你何以有如此巨大的力量，你裹挟着泥沙，浮动着玉米、高粱、番薯的藤蔓，还有被连根拔出的大树，奔向东海，一去不复返。你把我们杏园猪场的许多头死猪搁浅在红柳丛中，让它们在那里膨胀、腐烂、散发臭气，看到它们，我更感到与小花的顺流而下是对猪的超越、对丹毒的超越，也是对已经结束的毛泽东时代的超越。

我知道莫言在他的小说《养猪记》里描写过那些被投掷到河里顺流而下的死猪。他写道：

　　一千多头杏园猪场的死猪，排成浩荡的队伍，在水中腐败着、膨胀着、爆炸着，被蛆虫啃吃着，被大鱼撕扯着，一刻也不停留，最终消逝在浩瀚东海的万顷波涛之中，被吞食，被融解，转化成种种物质，进入物质永生不灭的伟大循环之中……

不能说这小子写得不好，只能说这小子错过了机会，如果他看到，我，猪王十六，驮着小花，在暗金色的河流中，逐浪而下的情景，他就不会去描写死的，而会歌颂活的，歌颂我们，歌颂我！我就是生命力，是热情，是自由，是爱，是地球上最美丽的生命奇观。

我们顺流而下，迎着那轮农历八月十六日的月亮，与你们结婚那天夜里大不一样的月亮。那晚上的月亮是从天上落下来的，这晚上的月亮是从河水中冒出来的。这月亮同样是胖大丰满，刚冒出水面时颜色血红，仿佛从宇宙的阴道中分娩出来的赤子，哇哇地啼哭着，流淌着血水，使河水改变颜色。那月亮甜蜜而忧伤，是专为你们的婚礼而来，这月亮悲壮苍凉，是专为逝世的毛泽东而来。我们看到毛泽东坐在月亮上——他肥胖的身体使月亮受压而成椭圆——身上披着红旗，手指夹着香烟，微仰着沉重的头颅，脸上是若有所思的表情。

我驮着小花顺流而下，追逐着月亮，追逐着毛泽东。我们想距离月亮近一些，以便能够更清楚地看到毛泽东的脸。但我们走月亮也走，无论我多么用力地划水，使我的身体像贴着水面滑行的鱼雷一样迅速，但与月亮的距离始终不变。小花在我背上，用后腿踢着我的肚子，嘴里连声喊叫着："加油啊，加油！"好像我是它胯下的一匹马。

我发现，追赶月亮的，不仅仅是我与小花。在这条大河上，有成群的金翅鲤鱼、青脊白鳝、圆盖大鳖……诸多的水族都在追赶。鲤鱼在游动中不时地借着水势跃出水面，扁平的身体在月光下大放光彩，宛若一件件珍宝。鳝鱼们在水面上蜿蜒游动，体如烂银，水如冰，它们仿佛在水面上滑行。而那些大鳖们依仗着扁平身体所产生的浮力和鳖甲周围柔韧的裙边，依仗着生着肥厚蹼膜的四肢强有力地划水所产生的推力，使它们看似笨拙的身体，像气垫船一样在水面上快速滑行。有好几次我感觉到那些红色的鲤鱼已经飞到月亮上，落在了毛泽东身边，但定睛一看，才知是错觉。无论这些水族如何施展它们各自的长项尽力追赶，与月亮的距离也是丝毫没有变化。

在我们顺流而下时，大河两边那些不久前被洪水淹没过的红柳上，成群结队的萤火虫都点燃了它们屁股后边的绿灯笼，使河水两边的滩涂上绿光翻滚，犹如在红色河流的两边，还有两条水面高出许多的绿色河流。这也是难得一见的人间奇迹，可惜莫言那小子没有看到。

我在后来转生为狗的日子里，曾亲耳听莫言对你说过，要把他的《养猪记》写成一部伟大的小说，他说要用《养猪记》把他的写作与那些掌握了伟大小说秘密配方的人的写作区别开来，就像汪洋大海中的鲸鱼用它笨重的身体、粗暴的呼吸、血腥的胎生把自己与那些体形优美、行动敏捷、高傲冷酷的鲨鱼区别开来一样。我记得你当时劝他写点高尚的事，譬如写写爱情，写写友谊，写写花朵，写写青松。写养猪干什么？猪，能跟"伟大"二字联系上吗？当时你还道貌岸然，虽然暗中已经和庞春苗上过床，但表面上还道貌岸然，所以你对莫言那样说。我恨得牙根发痒，非常想跳起来咬你一口，让你闭上你那张高尚的嘴，但碍于咱们多年的情面，我忍着没有下口。其实，高尚不高尚，不在乎写什么,而在于怎么写。而所谓的"高尚",也没有统一的标准。譬如你一个有妇之夫把一个比你小二十多岁的黄花姑娘搞大了肚子然后挂印弃家携女私奔,连县城里的狗都骂你卑鄙,但莫言那小子却说你弃官私奔的行为十分高尚。所以,我当时就认为莫言如果看到我们与水族们在大河中追赶月亮、追赶毛泽东的情景,并把这情景写到他的《养猪记》里,他的野心,很有可能就会实现。真是可惜,他没能目睹一九七六年公历九月九日,也就是农历八月十六日晚上滔滔运粮河上和河两边柳丛中以及堤坝上的美妙情景,他的《养猪记》因此也只能是一本被极少数人欣赏而被大多数正人君子所不齿的书。

在高密东北乡与平度县交界处,有一个名叫吴家沙嘴的河心洲把大河中分成两股,一股流向东北方向,一股流向东南方向,绕了一个圈子后,两股水又在两县屯附近重新合流。这河心洲面积约有八平方公里,沙洲的归属,高密、平度屡起争执,后来干脆划归省军区生产建设兵团,兵团在沙洲上建过养马场,后建制撤销,沙洲便沦为红柳丛生、芦苇没人的荒凉之地。月亮载着毛泽东漂到此地,便猛然跃起,在红柳丛上停顿了一下,然后便快速地飞升,抖落下来的河水如同一阵急雨。河水急剧分流,少数反应敏锐的水族顺流而去,大部分却因为惯性和离心力——其实还有月亮的物质引力和毛泽东的心理引力——径直地飞起来,然后跌落在红柳梢头和芦苇丛中。请你想象一下这情景吧:湍急的河水突然分成两半,从这道中间的空隙里,成群结队的红鲤鱼、白鳝鱼、黑盖大鳖,以极其浪漫的姿态飞向月亮,但到达那个临界点后,又被地球引力拉回,虽然是画着亮闪闪的美丽弧线,但也是相当悲惨地跌落下来。多数被跌得鳞缺鳍断、腮裂盖碎,成为守候在那里的狐狸和野猪的食物,只有极少数,依靠超强的体力和上乘的运气,弹跳挣扎回到水里,向东南或者往东北漂游而去。

我因为身躯沉重再加上背负着小花,所以尽管也在那一瞬间腾空而起,但升到大约三米的高度便开始下降。弹性极其丰富的红柳树冠起到了很强的缓冲作用,使我们没有受伤。对于那些狐狸来说,我们是庞然大物，它们吃不了我们；对于那些身体前部极其发达、屁股尖削的野猪来说，我们应该是它们的近亲，它们不会吃同类。降落到这沙洲，我们是安全的。

因为得到食物极容易，因为食物的营养极其丰富，那些狐狸和野猪，都胖得不成体统。狐狸吃鱼，本属正常；但当我们看到十几头野猪在那里吃鱼时，心中颇感讶异。它们已经吃刁了嘴巴，只嚼鱼脑，只吃鱼籽，那些肥美的鱼肉，连嗅也不嗅。

野猪们警惕地看着我们，渐渐地围拢过来。它们都目露凶光，长长的獠牙在月亮下显得惨白可怖。小花紧紧地贴着我的肚皮，我感受到它的身体在剧烈地颤抖。我携着小花，后退着，后退着，尽量地不使它们成扇面包抄过来的队形合拢。我清点着它们，九头，一共九头，有公有母，体重都在两百斤左右，都是僵硬笨拙的长头长嘴，都是尖削的狼耳朵，都是长长的鬃毛，都是油光闪闪的黑色，它们的营养状况太好了，它们的身体都焕发着野性的力量。我体重五百斤，身体长大如一艘小船，从人、驴、牛转世而来，有智慧有力气，单打独斗，它们都不是我的对手，但要我同时对付它们九个，我必死无疑。我当时想的是，后退，后退，后退到水边，我掩护，让小花逃命去，然后，我再与它们斗智斗勇。它们吃了那么多鱼脑、鱼卵，智力已经与狐狸接近。我的意图自然瞒不了它们。我看到有两头野猪，从我的侧翼，往后包抄过来，它们想在我退到河水之前就把包围圈合拢。我猛然意识到，一味退让，反而死路一条，必须大胆出击，声东击西，撕开它们的包围圈，到沙洲中心广阔的地段去，学习毛泽东的游击战术，调动它们，逐个击破。我蹭了一下小花，向它传达我的意图。它悄声说：

"大王，你自个跑吧，不要管我了。"

"那怎么可以，"我说，"我们相依为命，情同兄妹，有我在就有你在。"

我对着正面逼来的那头公猪猛然冲去，它仓皇后退，但我的身体突拐一弯，撞向了东南方向那头母猪。它的头与我的头撞在一起，发出瓦罐破碎般的声响，我看到它的身体翻滚到一丈远的地方。包围圈被撕开一个豁口，但我的后部，已经感受到它们咻咻的鼻息。我高叫一声，向东南方向飞奔而去。但小花没有跟上来。我急刹蹄，猛转身，去接迎小花，但可怜的小花，亲爱的小花，唯一愿意追随我的小花，忠心耿耿的小花，已被一头凶悍的公猪咬住了屁股。小花的惨叫声令月色如雪，我高声吼叫着："放开它——！"不顾一切地扑向那公猪。"大王——快跑，不要管我——"小花大叫着。——听我说到这里，你难道一点都不感动吗？你难道不觉得，我们，虽然是猪，但行为也很高尚吗？——那家伙咬着小花的屁股，连连地蚕食进去，小花的哭声让我几近疯狂，什么几近疯狂，就是他妈的疯狂了。但斜刺里扑上来的两头公猪挡住了我解救小花的道路。我无法再讲什么战略战术，对准其中的一头，猛扑上去。它不及躲闪，被我在脖子上狠狠地咬了一口。我感到牙齿穿透它坚韧的硬皮，触到了它的颈骨。它打了一个滚逃脱；我满口都是腥臭的血和刺痒的鬃毛。当我咬住那厮的脖子时，另一头猪在我的后腿上咬了一口。我像骡马一样将后腿猛往后踢——这是我当驴时学会的技巧——后腿蹬在它的腮帮子上。我掉转头猛扑这厮，它吼叫着逃窜了。我后腿疼痛难忍，被那厮啃去了一块皮，鲜血淋漓，但此时，我顾不上自己的腿，腾跳起来，带着呼哨的风声，撞向了那个咬我小花的坏种。我感到在我的猛烈撞击下，那坏种的内脏都破碎了，它哼都没有哼一声就倒地死去。我的小花奄奄一息。我用前爪把它扶起来，它的肠子从被撕破的肚子里秃噜秃噜地冒出来。我实在想不出办法对付这些热烘烘、滑溜溜、散发着腥气的东西。我基本上是四肢无措。我感到心中疼痛，我说：

"小花，小花，我的小亲疙瘩，我没有保护好你……"

小花用力地睁开眼睛，眼光蓝白阴凉，艰难地喘息着，嘴里吐着血和泡沫，说：

"我不叫你大王……叫你大哥……行吗？"

"叫吧，叫吧……"我哭着说，"好妹妹，你是我最亲的人……"

"大哥……我幸福……我真的好幸福……"说完，它就停止了呼吸，四腿绷直，犹如四根棍子。

"妹妹啊……"我哭泣着，站起来，抱着必死的决心，像乌江边上的项羽，一步步逼向那些猪。

它们结成团体，惊慌但是有条不紊地退却着，我猛然扑上去，它们就四散开来，把我围在核心。我不讲战术，头撞、口咬、鼻掀、肩撞，完全是拼命的打法，使它们个个受伤，我自己也伤痕累累。当我们转战到沙洲中间地带，在军马场废弃的那排瓦房的断壁残垣前，我看到在一个半截埋在泥土里的石马槽边，坐着一个熟悉的身影：

"老刁，是你吗？"我大声喊叫着。

"老兄，我知道你会来的，"刁小三对我说罢，然后转头对着那些野猪，说，"我当不了你们的王，它，才是你们真正的王！"

那些野猪们犹豫了片刻，便齐齐地将两个前爪跪在地上，嘴巴拱着地面喊叫：

"大王万岁！万万岁！"

我本来还想说点什么，但事情发展到如此地步，还有什么可说的呢？我糊糊涂涂地就成了这沙洲上的野猪王，接受着野猪们的朝拜，而人间那个王，坐在月亮上，已经飞升到距离地球三十八万公里远的地方，庞大的月亮缩得只有一只银盘大，而人间之王的身影，即使用高倍的望远镜，也很难看清了。

第三十三章

猪十六思旧探故里
洪泰岳大醉闹酒场

"日月如梭,光阴似箭",我在这荒无人烟的沙洲上充当猪王不觉已是第五个年头。

起初,我试图在沙洲上推行一夫一妻制,我原想这体现了人类文明的改革会引起一片欢呼,但没想到却遭到了强烈的反对。不但母猪们反对,连那些分明占便宜的公猪,竟然也嘟嘟囔囔地表示不满。为此我困惑不解,去向刁小三问疑,它趴在我们特意为它搭建的能够遮风挡雨的草棚里,冷冷地说:

"你可以不当王,但当了王就必须按规矩办事。"

我只好默认这残酷无情的丛林规矩,闭着眼,想象着小花猪,想象着"蝴蝶迷",想象着一匹形象模糊的母驴,甚至想象着几个更加模糊的女人的影子,与那些母野猪胡乱地交配。能逃脱尽量逃脱,能偷工减料尽量地偷工减料,但就是这样,几年下来,沙洲上也多出了几十只五彩斑斓的杂种,它们有的毛色金黄,有的毛色青黑,有的身上布满斑点,如同那些经常在你们的电视广告里露面的斑点狗。这帮杂种大致还保持着野猪的身体特征,但智慧明显地比它们的母亲高了一个层次。随着这批杂种的长大,我已经无法完成如此繁重的交配。每到母猪的发情期我便与它们玩起蒸发游戏。猪王不在,欲火中烧的母猪们只好降格以求。于是,几乎所有的公猪都得到了交配的机会。出生的后代更加形形色色：有的如羊，有的似狗，有的像猞猁，最可怕的是，有一头杂种母猪，竟然生出了一只鼻子长长、仿佛小象的怪物。

一九八一年四月，正是杏花盛开、母猪发情的时期，我从大河分汊处游到了南岸。河水上层温暖，下层冰凉。在上层温水与下层凉水的交汇处，有一群群的洄游鱼类溯流而上，它们那种为了返回母河，不怕艰难险阻，不畏流血牺牲，勇往直前的精神让我深受震动，我伫立浅滩，看着它们努力摆动尾鳍，奋勇前行的灰白色身影，沉思良久。

往年里玩蒸发，从没离开过沙洲。沙洲上草木繁茂，在东南部还有一道隆起的沙岭，沙岭上生长着数万株碗口粗的马尾松树，松树下生长着茂密的灌木，要找个藏身之地，实在是易如抬爪。但今年，我突发奇想——其实也不是奇想而是一种迫切的内心需要，我感到我必须回一趟杏园猪场，回一趟西门屯，仿佛是要去赴一个多年前就确定了的、不容更改的约会。

与母猪小花结伴逃离猪场算来已将近四年，但即便是蒙上眼睛我也可以回到杏园猪场，因为暖洋洋的西风里有杏花的香气，因为那里毕竟是我的故乡。我沿着河堤顶部那条虽然狭窄但十分平坦的道路西行。河堤的南边是广阔的原野，河堤的北边是连绵起伏的红柳丛。河堤两边的斜坡上，生长着枯瘦的紫穗槐，紫穗槐上爬满疯狂的瓜蒌藤蔓，藤蔓上白花簇簇，散发着类似丁香的沉闷香气。

月亮当然很好，但与我对你重墨浓彩地描绘过的那两个月亮相比，这一晚上的月亮高高在上，显得有点心不在焉。它不再降低高度、变化颜色陪伴我，追逐我，而像一个坐在高辕的马车上、头上戴着插满羽毛的帽子、脸上罩着洁白的面纱、匆匆赶路的贵妇。

到达蓝脸那一亩六分顽固土地时，我立住了追赶着月亮匆匆西行的蹄爪。我向南看，看到蓝脸土地两侧西门屯大队的土地里，栽满叶片肥大的桑树，桑树下，有几个借着月亮采桑的女人。这情景让我心中一动，我知道毛泽东之后的农村，已经发生了变化。蓝脸的土地上，种植的依然是麦子，依然是那古老的品种。两侧土地里的桑树发达的根系显然霸去了他土地的营养，起码有四垄麦子受到了明显的影响：低矮纤弱，麦穗瘦小如苍蝇。这很可能又是洪泰岳整治蓝脸的阴招，看你单干户如何抵挡。我看到，月亮下，桑树旁，一条人影在晃荡。他深挖沟，光脊梁，誓与人民公社争短长。他在自家土地与生产大队的桑树间，挖出了一条窄而深的沟，许多黄色的桑根被他用锋利的铁锹斩断。这件事，似乎非同寻常。在自家土地上挖沟，原本无可厚非，但斩断生产队的树根，又有破坏集体财产之嫌。我遥远地看着老蓝脸黑熊般笨拙的身体和莽撞的动作，心中一时茫然。如果等两边的桑树长成参天大树，单干户蓝脸的土地就会成为不毛之地。很快我就知道，我的判断全是错误。此时，生产大队已经土崩瓦解，人民公社已经名存实亡。农村改革已进入分田到户阶段。蓝脸土地两侧的土地，已经分到了个人名下，植桑还是种粮，完全由个人做主。

  我的腿把我带到杏园猪场，杏树犹在，但猪舍已经荡然无存。虽然没有了标志物，但我一眼就看见了那棵歪脖子老杏树。杏树的周围，立起了一圈保护的木栅栏，栅栏上钉着一块牌子，牌子上写着"朱丝金杏"。看到这牌子我就想起了刁小三的热血浇灌这杏树根的情景。没有它的血，杏子里就不会有血丝；没有它的血，这棵树上的杏子就不会成为果中珍品，每年都被县政府高价收购。而且，我后来还知道，这棵树上的杏子，使代替洪泰岳担任了大队党支部书记的金龙，与县里、市里的领导建立了亲密关系，为他后来的发达富贵铺平了道路。我当然也看到了那棵曾把树杈垂到我的圈舍里的老杏树，尽管我的圈舍已经不存在。当年我趴着睡觉或者想入非非的地方，现在种植着落花生。我猛地站立起来，前爪扶住那两条我当年几乎每天都扶的树杈。这动作，让我分明地感受到，我的身体比当年庞大了，笨重了，由于长期不做人立状，这一技巧，也明显地生疏了。总之，这天晚上，我在杏园里徘徊游荡，故地重游，心中不时涌起怀旧情绪，而这种情绪，说明我已经进入了中年。是的，作为一头猪，可以说我已经饱经沧桑。

我发现，当年的两排供饲养员工作和居住的房屋，已经改成了养蚕房。我看到养蚕房里电灯明亮，知道国家的电流通到了西门屯。我看到在那层层叠叠的蚕架前，白发苍苍的西门白氏在弯腰工作。她端着用剥了皮的红柳枝条编成的畚箕，畚箕里盛着肥厚的桑叶。她将桑叶撒向白花花的蚕床，立刻便有细雨般的声音响起。我看到你们结婚的洞房也改成了蚕房，这说明，你们此时都已经有了新的住处。

我沿着屯中那条拓宽了一倍，并铺敷了沥青路面的道路西行。街道两边那些低矮的泥墙草屋不见了，一排排同样高度、同样宽度、整齐划一的红瓦房出现了。在路北边一座二层小楼前的一片空地上，大约有一百余人，多半是老婆孩子，围着一台21英寸的日本产松下牌电视机，观看一部电视连续剧《大西洋底来的人》。那是一个手指和脚趾间生有蹼膜的英俊青年的神奇故事。他能够像鲨鱼一样在水中优雅地游泳。我看到西门屯的老婆孩子聚精会神地盯着那小小荧屏，并不时地发出"啧啧"的感叹声。电视机安放在一张紫红色的方凳上。方凳安放在一张方桌上。方桌旁坐着一个头发花白的老头，胳膊上套着一个红色的、写着"治安"字样的袖标，双手拄着一根细长的木棍，面对着观众，目光犀利，仿佛一个监考的老教师。我当时不知道他是谁——

"伍方，富农伍元的大哥，原国民党第五十四军军部电台上校台长，一九四七年被俘，解放后以历史反革命罪被判无期徒刑，发配大西北劳改，不久前被释放回家，因年老失去劳动能力，家中又无亲属照顾，享受'五保户'待遇，并每月从县民政部门领取十五元生活补助……"我插言道。

连续几天来大头儿的讲述犹如开闸之水滔滔不绝，他叙述中的事件，似真似幻，使我半梦半醒，跟随着他，时而下地狱，时而入水府，晕头转向，眼花缭乱，偶有一点自己的想法但立即又被他的语言缠住，犹如被水草缠住手足，我已经成为他的叙述的俘虏，为了不当俘虏，我终于抓住一个机会，讲说这伍方的来龙去脉，使故事向现实靠拢。大头儿愤怒地跳上桌子，用穿着小皮鞋的脚踩着桌面。住嘴！他从开裆裤里掏出那根好像生来就没有包皮的、与他的年龄显然不相称的粗大而丑陋的鸡巴，对着我喷洒。他的尿里有一股浓烈的维生素B的香气，尿液射进我的嘴，呛得我连连咳嗽，我感到刚刚有些清醒的头脑又蒙了。你闭嘴，听我说，还不到你说话的时候，有你说话的时候。他的神情既像童稚又像历经沧桑的老人。他让我想到了《西游记》中的小妖红孩儿——那小子嘴巴一努，便有烈焰喷出——又让我想起了《封神演义》中大闹龙宫的少年英雄哪吒——那小子脚踩风火轮，手持点金枪，肩膀一晃，便生出三个头颅六条胳膊——我还想到了金庸的《天龙八部》中的那个九十多岁了还面如少女的天山童姥，那小老太太的双脚一踩，就蹦到参天大树的顶梢上，像鸟一样地吹口哨。我还想到我的朋友莫言的小说《养猪记》中那头神通广大的公猪——

老子就是那头猪——大头婴儿回到他的座位上，气势汹汹但又颇为得意地说。我后来当然知道那老头儿是富农伍元的哥哥伍方，我还知道已经接任了大队党支部书记的金龙安排他在大队办公室看守电话并负责每天晚上把全屯唯一的那台彩色电视机搬出来供社员们观看。我还知道退休的洪泰岳对此事甚为不满，找到金龙理论。洪泰岳披着褂子，趿着鞋子，有几分落魄江湖的样子——据说他自从卸任党支部书记后就是这模样。当然不是他自愿交班让贤，是公社党委以年龄为由逼他卸任。此时的公社党委书记是谁？是庞虎的女儿庞抗美，全县最年轻的党委书记，一颗灿烂的政治新星。我们后边还有许多讲到她的机会。据说洪泰岳沾着八分酒到了大队部——就是眼前这栋新盖的二层小楼——负责看门的伍方对着他点头哈腰，好像伪保长见到了日本军官。他用鼻子轻蔑地哼了几声，昂首挺胸进了楼，据说他指着坐在楼下大门口那个忠于职守的看门人的光秃秃的头顶，怒斥金龙：

"爷们儿，你这是严重的政治错误！那是个什么人？国民党的上校台长，本该枪毙他二十次，留他一条狗命，就是宽大处理。可是你，竟然让他享受'五保'，你的阶级立场，站到哪里去了？"

据说，金龙掏出一支相当高级的进口香烟，用一个仿佛纯金打造的、燃烧丁烷的打火机点燃，然后，把点燃后的香烟插到洪泰岳嘴巴里，好像他是一个双手残废不能自己点烟的人。金龙将洪泰岳按坐在那张当时还很少见的旋转皮椅上，而他自己，则一抬屁股坐在办公桌上。他说，洪大叔，我是您亲手培养起来的，是您的接班人。无论什么事，我都想按您的老路走。但世道变了，或者说时代变了。让伍方享受"五保户"待遇，这是县里的决定。他不但享受"五保户"的待遇，他每月还可以从民政部门领取十五元生活补助金。爷们儿，您气吧？但我告诉您千万别气，这是国家政策。您气也没用。据说洪泰岳气势汹汹地说：那我们革命几十年不是白革了吗？金龙跳下桌子，把那转椅拨动半圈，让洪泰岳的脸对着窗户外边被灿烂的阳光照亮的一片崭新的红瓦房顶，说：爷们儿，这话可千万别出去说。共产党闹革命，其目的并不是为了推翻国民党，打跑蒋介石，共产党领导人民闹革命的根本目的是为了让老百姓过上丰衣足食的好日子。国民党蒋介石挡了共产党的路，所以才被打倒。所以，爷们儿，咱们都是老百姓，别想那么多，谁能让咱过得更好咱就拥护谁。据说洪泰岳怒道：你这是胡说，你这是修正主义！我要到省里去告你！据说金龙嬉笑着说：爷们儿，省里哪有闲工夫管咱们这一级的破事？依我看，只要缺不了您的酒喝，少不了您的肉吃，缺不了您的钱花，您就不要发牢骚、管闲事了。

据说洪泰岳执拗地说：不行，这是线路问题，中央肯定出了修正主义，您就睁大眼睛看着吧，这一切，才是刚刚开了头，接下来的变化，很可能就像毛主席诗歌里说的那样，是"天翻地覆慨而慷"呢！

我在围观电视的人群后待了约有十分钟时间便往西跑去，你知道我要去的地方在哪里。我没敢沿着道路前进，我知道咬死许宝的事情早已使我名扬高密东北乡，如果让他们看到我的身影必将有一场大乱。不是我斗不过他们，我是怕万般无奈的情况下伤害了无辜；不是我怕他们，而是我怕麻烦。我沿着道路南侧那排房屋的阴影西行，很快到达西门家大院。

大门敞开，院子里那棵老杏树犹在且繁花似锦，花香溢出墙外。我隐身在门侧的阴影里，看到杏树下摆开了八张蒙着塑料布的方桌，一盏临时拉出的电灯挂在杏树杈上，把院子照耀得灿若白昼。桌旁围坐着十几个人。我认出了他们，都是当年的坏人。有伪保长余五福，有叛徒张大壮，有地主田贵，有富农伍元……另外一张桌子边上，坐着那个头发已经花白了的原治保主任杨七和孙家的两个兄弟孙龙和孙虎。他们的桌子上已是杯盘狼藉，酒也都有了八分。后来我知道，杨七此时从事着贩卖竹竿的事儿——他原本就不是个正经庄稼人——他把井冈山的毛竹用火车运到高密，再用汽车从高密运到西门屯，然后整批卖给正在筹建新学校的马良才，这是一笔大生意。一下子就使杨七成了万元户。所以，他是以本屯首富的姿态坐在杏树下喝酒的。他穿着一件灰色的西服，扎着一条大红的领带，挽着袖子，露出腕上的电子手表。他原本瘦削的小脸上，腮上有两坨疙瘩肉垂了下来。他从一个暗金色的进口美国烟盒里掏出一支烟扔给正在啃酱猪蹄的孙龙，又掏出一支扔给正在用餐巾纸擦嘴的孙虎，然后捏扁空烟盒，对着东厢房喊叫：

"老板娘！"

老板娘脆快地答应着跑出来。嘿，原来是她！原来是吴秋香，她竟然当了老板娘。我这才看到在大院大门口东侧墙上，用石灰刷白了一片，上面用红漆写着：秋香酒馆。秋香酒馆老板娘吴秋香，已经跑到杨七背后。她脸上涂着粉，粉脸上带着笑，肩膀上搭着毛巾，腰间扎着蓝布围裙，显得很精明很强干很热情很专业也很阿庆嫂。世道真的变了，改革了，开放了，西门屯变样啦。吴秋香眉开眼笑地问杨七：

"杨老板啊，有什么吩咐？"

"骂谁呀？"杨七瞪着眼说，"俺只是一个贩竹竿的小贩子，担不上老板的尊名。"

"别谦虚了，杨老板，一万多根竹竿，一根赚十元，您就是十万元户啦,腰缠十万元,还不是老板,那咱们高密东北乡谁还敢称老板呢?"吴秋香夸张地说着,伸出一个指头戳戳杨七的肩膀,"看这身行头,从头到脚,置办齐全了,少说也得千元吧?"

"你这老娘们,就咧开血盆大口吹吧,早晚把我吹得像当年杏园猪场那些死猪一样,'嘭'一声爆炸了,你就痛快了。"杨七道。

"好了,杨老板,你一分钱也不趁,你穷得叮当响,行了吧?我还没开口向你借钱呢,就先把门封上了,"吴秋香噘着嘴,佯嗔道,"说吧,要点什么?"

"哈,生气了?你千万别噘嘴,你一噘嘴我就想撅鸡巴!"

"去你娘的!"吴秋香用那条油腻腻的毛巾,在杨七脑袋上抽了一下,"快说,要什么!"

"给盒烟,良友。"

"就要一盒烟?酒呢?"吴秋香瞅瞅已经面红耳赤的孙虎和孙龙,道,"这两个兄弟,好像还没喝中吧?"

孙龙硬着舌头道:"杨老板请客,咱还是省着点吧。"

"孙子,你这不是骂哥哥吗?"杨七一拍桌子,佯怒道,"哥哥虽不趁十万元,但请二位老弟喝酒的钱,那还是有的!再说了,二位老弟那'红'牌辣椒酱已经行销天下,咱总不能永远支着两口大铁锅露天炒作吧?下一步啊,二位老弟,我要是你们,就盖上二十间宽大漂亮的厂房,支上两百口大锅,招上二百个工人,上电视台做上二十秒钟的广告,让'红'牌辣椒酱红出高密,红出山东,红遍全中国,那时候,二位老弟就要雇人数钱了。你们这两个大富翁,老杨俺可是提前巴结上了!"杨七拧了一把吴秋香的屁股,说:"老相好的,再来两个小黑坛!"

"小黑坛,档次太低了吧!"吴秋香道,"请这样的大富翁喝酒,最次也得'小老虎'吧!"

"奶奶的,吴秋香,真能顺着竿儿爬啊,"杨七有几分无奈地说,"那就'小老虎'吧!"

孙龙孙虎兄弟交换了眼神，孙虎道："哥，杨大老板的主意，听上去可真不赖。"

孙龙有些结巴地说："我好像看到那些人民币，树叶子一样，从天上哗啦哗啦地往下落呢。"

"二位兄弟，"杨七道，"刘玄德为什么要抬着礼物三顾茅庐请那诸葛亮？他是吃饱了闲着没事干吗？不，他是去请教安邦定国之策。诸葛亮一席话给刘玄德指明了方向，从此天下三分。老杨我这番话，对你们二位，就是一次隆中对！将来发大了，别忘了谢军师！"

"买大锅，盖厂房，雇工人，把买卖做大，可是，钱在哪里？"孙虎道。

"找金龙帮你们贷款呀！"杨七一拍大腿，道，"想当初金龙在这杏树上搭平台闹革命时，你们哥儿四个，可是他的忠实走狗啊。"

"老杨，什么话一到你嘴里就变了味了，什么'忠实走狗'？那叫'亲密战友'！"孙虎道。

"好好好，亲密战友，"杨七道，"反正，你们兄弟，在他面前还是有面子的。"

"老杨，"孙龙巴结着问，"这贷款，终归是要还的吧？赚了，当然好，赔了呢？拿什么还？"

"你们真是猪脑子！"杨七道，"共产党的钱，不花白不花。赚了，咱想还他们也许不要；赔了，他要咱们没钱。再说了，这'红'牌辣椒酱，注定了是要往死里发的一个牌子，除非你炒辣椒时不烧柴火烧人民币，否则，往哪里赔？"

"那就求金龙帮咱们贷款？"孙虎问。

"贷。"孙龙答。

"贷到款就买大锅、招工人、盖房子、做广告？"

"买、招、盖、做！"

"这就对了！你们这两个榆木脑袋终于开了窍了！"杨七拍着大腿说，"二位老板盖厂房所需的木料，老哥负责供应。井冈山毛竹，坚韧挺直,百年不腐,价钱只有杉木檩条的一半,是真正的价廉物美,你们盖二十间厂房,用檩条四百根,如果用毛竹,每根少说也便宜三十元,仅这一笔,我就给你们省下一万二千元!"

"绕了这么一个大圈子,原来是卖毛竹啊!"孙虎道。

吴秋香提着两瓶"小老虎"、捏着两盒"良友"烟走过来,互助右手端着一盘黄瓜蒜泥拌猪耳朵,左手端着一盘油炸花生米随后跟着。吴秋香将酒蹾在桌上,将烟放在杨七面前,嘲讽道:"不必害怕,这两盘菜,是我送给孙家兄弟下酒的,不算在你账上。"

"吴老板,瞧不起老杨?"杨七拍拍鼓鼓囊囊的衣兜,说,"老杨大钱不趁,但吃盘黄瓜的钱还是有的。"

"知道你有钱,"秋香道,"但这两盘菜是我巴结孙家兄弟的,你们这'红'牌辣椒酱我看能火。"

互助微笑着,将那两盘菜放在孙家兄弟面前。他们慌忙站起来,忙不迭地说:"嫂子,还麻烦您亲自动手……"

"闲着没事,过来帮个手……"互助微笑着说。

"老板娘,别光照顾大老板啊,也招呼一下我们啊!"那一桌上,伍元捏着那张用塑料套了膜的简易菜谱,扇打着一只白色的飞蛾说,"我们点菜。"

"你们自己喝着,一定要喝足,别给他省酒钱,"秋香为孙家兄弟斟满杯,斜着一眼杨七,说,"我过去招呼一下那些坏蛋。"

"这些坏蛋,吃尽了苦头,也该着他们过几年人日子啦。"杨七道。

"地主、富农、伪保长、叛徒、反革命……"吴秋香指点着桌子周围那些人,半玩笑半认真地说,"西门屯的坏蛋,差不多全齐了,怎么?你们聚会,想干什么?想造反?"

"老板娘,别忘了,你也是恶霸地主的小老婆呢!"

"我跟你们不一样。"

"什么一样不一样,"伍元道,"你说那些称号,那些黑帽子,铁帽子,晦气帽子,都是过去的事了。我们现在,跟大家一样,是堂堂

353

正正的人民公社社员呢！"

余五福道："摘帽一年了。"

张大壮道："不受管制了。"

田贵还是有几分胆怯地往杨七那边瞅了一眼，低声道："不挨藤条抽啦。"

"今天是我们摘帽、恢复公民身份一周年，对我们这些受了三十多年管制的人来说，是大喜的日子，"伍元道，"我们聚在一起，喝两盅，不敢说是庆祝，就是喝两盅……"

余五福眨巴着发红的眼睛，说："做梦也没有想到的事情，做梦也没想到……"

田贵眼里夹着泪说："我那孙子，去年冬天竟然当上了解放军，是解放军啊……过春节时，金龙书记亲手把'光荣人家'的牌子挂在我家门口……"

"感谢英明领袖华主席啊！"张大壮说。

"老板娘，"伍元道，"我们这些人，都是草包肚子，吃什么什么香，你就照量着给我们置办上点就行了，我们都是吃了晚饭来的，肚子不饿……"

"是该好好庆祝庆祝，"秋香道，"按道理说，我也算是地主婆呢，但幸亏我跟着黄瞳沾了光。另外，说千道万，咱们老洪书记是个好人，搁在别村，我和迎春都逃脱不了。我们三个，就苦了他们大娘……"

"娘，你唠叨这些干什么呀！"端着茶壶茶碗的互助从背后蹭了一下秋香，笑脸对着那些人，道："各位大叔、大伯，先喝茶！"

"你们信得过我，我就替你们做主啦。"秋香道。

"信得过，信得过。"伍元道，"互助，你是书记夫人，亲自给我们端茶倒水，倒回四十年去，做梦也不敢想。"

"哪还用倒回四十年？"张大壮嘟囔着，"倒回两年去也不敢想……"

我说了这么久，你要不要说两句？发几句牢骚？发几点感慨？大头儿道。我摇摇头,道:解放无言。

蓝解放,我对你不厌其烦地描绘那个夜晚西门家大院的情景,向你转述我作为一头猪听到的和看到的,其目标是要引出一个人,一个重要的人,洪泰岳。西门屯大队新盖了办公楼后,原大队办公室——西门闹家的五间正房,就成了金龙和互助的住房。而且,金龙在宣布屯里的所有坏分子摘帽的同时,也宣布他不再姓蓝而改姓西门。这一切,都暗含着意味,让忠诚的老革命洪泰岳大惑不解。此刻他正在大街上转悠,电视剧已经播完,严守规章的伍方不理那些年轻人的唠叨,坚决地关机,并把机器搬回屋去。一个略有些历史知识的年轻人低声恨骂:老国民党,共产党怎么不把你毙了呢?对这些歹毒的话,老伍方充耳不闻,他耳朵并不聋。月光太明亮,气候太宜人,无所事事的年轻人在街上闲逛,有的打情骂俏,有的蹲在路灯下打扑克。有一个嗓门像公鸭的嚷嚷着:善宝今天进城抓奖,中了一辆摩托车,该不该让他请我们喝酒?!——该,太该了,发了横财不散财,必有灾祸天上来。走啊,去秋香酒馆,善宝!——几个人上去把蹲在路灯下打扑克的善宝拉起来。善宝挣扎着,对着那些拉扯他的人像螳螂一样出拳。他满脸恼怒地骂道:王八蛋才中了奖,王八蛋才抓了一辆摩托车!——看吓得那样,你是宁愿当王八蛋也不愿承认中奖啊!——我要中了奖……善宝咕哝着,突然大声叫起来:老子中了奖了,老子中了一辆轿车,气死你们这些杂种!说罢就背靠着电线杆蹲下去,气冲冲地说:不玩了,回家睡觉,明日一大早还要进城去领奖呢!众人齐声笑起来。还是那公鸭嗓子提议:咱们也别为难善宝,他老婆是铁算盘子。咱们凑份子吧,每人两块钱去闹闹吴秋香,这样的好夜晚,有老婆的回家睡觉,没老婆的回家干什么?扳飞机操纵杆?游击队拉大栓?——走啊,没老婆的跟我来啊,找吴秋香啊,秋香好心肠啊,摸摸奶,捏捏腿,扳过脸来亲个嘴!——洪泰岳自从退休之后,渐渐地染上了蓝脸的症候:白天在家里闷着,只要月亮一出来就出门。蓝脸是借着月光干活,他是借着月光在屯子里晃悠。走过大街串小巷,像一个旧时的巡夜人。——金龙说：老支书，觉悟高，夜夜为咱当保镖——这当然不是他的本意，他看不惯啊，他忧心忡忡啊，他憋屈得慌啊！他总是一边晃悠一边喝酒，用一个扁平的、据说是八路军用过的水壶，身上披着破军装，腰间扎着牛皮武装带，脚蹬草鞋、腿扎绑腿，完全是一副八路军武工队的打扮，只是屁股后边缺少一支盒子枪。他走两步，喝一口，喝一口，骂两声。一壶酒喝完，月已平西，他也醉得东倒西歪，有时能晃悠回家睡觉，有时，就随便歪在草垛边上或废弃不用的碾盘上，直睡到红日升起。有好几次，早起赶集的人看到他靠在草垛上睡着，胡须眉毛上都结着冰霜，他脸色红润，全无寒冷畏缩之态，呼噜声响亮又香甜，使人不忍惊醒他的梦。偶尔的，他也会心血来潮晃悠到屯东田野里，去与蓝脸磨牙斗嘴。他当然不敢站在蓝脸的地里，他总是站在别人家的地里，与蓝脸争竞。蓝脸手中有活忙着，不多接他的话茬儿，任他一个人，喋喋复喋喋，滔滔复滔滔。但只要蓝脸一开口，总有一句像石头一样坚硬或像尖刀一样锐利的狠话扔出来，顶他个张口结舌，气他个头昏脑胀。譬如在实行"联产到劳责任制"阶段，洪泰岳对蓝脸说：

"这不是复辟资本主义吗？你说，这不是物质刺激吗？"

蓝脸瓮声瓮气地说："好戏还在后头呢，走着瞧吧！"

当农村改革到了"包产到户责任制"阶段时，洪泰岳站在蓝脸地边上，跳着脚骂：

"他妈的，人民公社，三级所有，队为基础，各尽所能，按劳分配，这些，统统不要了吗？"

蓝脸冷冷地说："早晚要单干。"

洪泰岳说："你做梦。"

蓝脸道："走着瞧。"

当改革到"大包干责任制"时，洪泰岳喝得酩酊大醉，号啕大哭着来到蓝脸的土地边。他怒气冲冲地骂着，好像蓝脸是这翻天覆地的重大改革的决策人：

"操你活妈蓝脸，真让你这浑蛋说中了，什么'大包干责任制'？不就是单干吗？'辛辛苦苦三十年，一觉回到解放前'啊，我不服，我要去北京，去天安门广场，去毛主席纪念堂，给毛主席哭灵，向毛主席诉说，我要告他们，我要告你们，铁打的江山啊，红色的江山啊，就这样改变了颜色了啊……"

洪泰岳悲愤交加，神志昏乱，遍地打滚，忘记了界限，滚到了蓝脸的土地上。其时蓝脸正在割豆，驴打滚一样的洪泰岳把蓝脸的豆荚压爆，豆粒迸出，发出噼噼啪啪的响声。蓝脸用镰刀压住洪泰岳的身体，严厉地说：

"你已经滚到我地上了，按照咱们早年立下的规矩，我应该砍断你的脚筋！但是老子今天高兴，饶过你！"

洪泰岳一个滚儿，滚到旁边的土地上，扶着一棵瘦弱的小桑树站起来说：

"我不服，老蓝，闹腾了三十多年，反倒是你，成了正确的，而我们，这些忠心耿耿的，这些辛辛苦苦的，这些流血流汗的，反倒成了错误的……"

蓝脸口气和缓地说："分田到户不是也有你一份吗？有没有敢少分给你一分一厘？没有，没人敢。你那每年六百元老干部退休金，不是按月发给你吗？你那每月三十元荣军补助，敢有人扣下不发给你吗？没有，没人敢。你没吃亏，你干的好事儿，共产党都折成了钱，一笔一笔，按月发给你呢。"

洪泰岳说："这是两码事，我不服的是，你老蓝脸，明明是块历史的绊脚石，明明是被抛在最后头的，怎么反倒成了先锋？你得意着吧？整个高密东北乡，整个高密县，都在夸你是先知先觉呢！"

"我不是圣贤，毛泽东才是圣贤，邓小平才是圣贤，"蓝脸激动不安地说，"圣贤都能改天换地，我能干什么？我就是认一个死理：亲兄弟都要分家，一群杂姓人，硬捏合到一块儿，怎么好得了？没想到，这条死理被我认准了。"蓝脸眼泪汪汪地说，"老洪，你这条老狗，疯咬了我半辈子,现在,你终于咬不到我了!我是癞蛤蟆垫桌腿,硬撑了三十年,现在,我终于直起腰来了!把你的酒壶给我——"

"怎么,你也想喝酒?"

蓝脸一步跨出自己的土地,从洪泰岳手里夺过扁酒壶,扬起脖子,喝了个壶底朝天,然后,把那壶猛地撇了出去,跪在地上,对着明月,悲喜交集地说:

"老伙计,你看到了,我熬出来了。从今之后,我也可以在太阳底下种地啦……"

——这些事都不是我亲眼所见,而是来自道听途说。由于此地出了个写小说的莫言,就使许多虚构的内容与现实的生活混杂在一起难辨真假。我对你说的应该是我亲身经历、亲眼所见、亲耳所闻的东西,但非常抱歉的是,莫言小说中的内容,总是见缝插针般地挤进来,把我的讲述引向一条条歧途。我们知道,莫言有一部知名度不高的小说《后革命战士》,小说发表后默默无闻,我估计读过此书的人不会超过一百个,但此书的确塑造了一个极具个性的典型人物。"老铁",一个被抓丁当了国民党士兵、随即又被解放军俘虏并参加了解放军接着受伤复员回乡的人。这样的人能以千百万计,是货真价实的小人物。但这个小人物总认为自己是个大人物,总以为自己的一行一动都影响到国家命运甚至历史进程。当四类分子被摘帽和右派分子被改正时,当农村实行包产到户时,他都要穿上他的军装去上访,上访回来就在村里宣布他受到了某个大人物的接见,大人物告诉他中央出了修正主义,发生了路线斗争。村里人都把"老铁"叫作"革命神经病"。毫无疑问,莫言小说中这个人物,与洪泰岳很相似,莫言没有直写其名,显然是给他留下面子。

我说过,我躲在西门家大院门外的暗影里偷窥着大院里的情景。我看到,已经基本上喝醉了的杨七,端着一碗酒,前仰后合,摇到那群昔日的坏蛋桌旁。这桌上的人,因为聚会的理由奇特,特容易地勾起了对往昔凄惨岁月的回想,一个个心情亢奋,很快进入酒不醉人人自醉的状态。看到昔日的治保主任、这个代表着无产阶级专政用藤条抽打他们的人，一时都有些吃惊，也有些愠怒。杨七到了桌边，一手扶着桌沿，一手端着酒碗，舌根发硬，但叶字还算清楚地说：

"各位兄弟、爷们儿，我杨七，当年，多有得罪诸位的地方，今日，杨七我，向你们赔礼道歉了……"

他将那碗酒往嘴里倒，但多半倒到了脖子里。被酒濡湿的领带缠着他。他想拉松领带，但想不到越拉越紧，自己把自己勒得脸色青紫，好像因为痛苦无法排解，要用这种方式自杀谢罪。

昔日的叛徒张大壮，人甚宽厚，便起身劝解杨七，并帮他把那条领带解下来，挂在树杈上。杨七的脖子青红，眼睛发直，说：

"爷们儿，西德总理勃兰特，冒着大雪，跪在犹太人死难者纪念碑前，替希特勒的德国认罪、赎罪，现在，我，杨七，当年的治保主任，跪下，向你们认罪、赎罪！"

他跪着，电灯强光照得他脸色发白，挂在杏树杈上那条领带犹如一柄滴血的剑悬在他的头顶，颇有象征意味。这场面虽有几分滑稽，但让我心中颇为感动。这个粗暴乖戾的杨七，竟然知道勃兰特跪地赎罪，竟然良心发现向当年被自己打过的人道歉，让我无法不对他刮目相看。我模模糊糊地想起，关于勃兰特跪地的事，似乎曾听莫言朗诵过，又是一条来自《参考消息》的消息。

这帮昔日坏蛋的领头人伍元，急忙把杨七拉起来。杨七抱着桌子腿，死活不起，竟号啕起来：

"我有罪啊我有罪，阎王爷让鬼卒用鞭子抽我……哎哟，痛死我了……痛死我了……"

伍元道："老杨，都是过去的事了，我们都忘了，你何必还挂在心上？再说啦，那是社会逼的，你杨七不打我们，也会有李七刘七打我们，起来吧起来吧，我们也熬出了头，摘了帽，您也发了财。如果你良心不安呢，就把你赚的那些钱，捐出来修座庙吧。"

杨七哭着吼："我不捐，我好不容易挣几个钱，凭什么要捐出来修庙？……我请你们打我，我当年揍过你几下，你就还我几下，不是我欠你们的账,是你们欠我的账……"

正当此一片纷乱之时——因为刚刚有一群年轻人涌进院子,看着杨七耍宝,跟着起哄——我看到洪泰岳一步三摇地从远处走过来。从我身边走过时,我嗅到了他身上那股子浓烈的酒气。这是我逃亡多年之后第一次近距离地观察这个西门屯大队的昔日最高领导。他的头发全白了,但那些粗壮的发丝还是那样倔强地直立着。脸浮肿着,牙齿也掉了几颗,显出了几分蠢相。他跨入大门那一瞬间,院子里那些喧闹不休的人齐刷刷地闭着嘴,可见人们对这个统治西门屯多年的人物,还是心怀几分畏惧。但立刻便有年轻人调笑起来。

"嗨,老洪大爷,去给毛主席哭灵回来了?见到省委书记了吧?中央出了修正主义,你们怎么办?……"

吴秋香急忙迎出来——那些昔日的坏蛋们也都条件反射般地站起来,因动作匆忙,老田贵面前的碗筷都被拂到了地上——老书记啊,她热情而亲昵地喊叫着,挽住了洪泰岳的胳膊,这情景让我蓦然回想起当牛时在打谷场边看过的一部电影里,那个暗藏的阶级敌人的骚老婆勾引革命干部的情景。也让在座的年轻人回想起来革命样板戏里的地下共产党阿庆嫂接待杂牌军司令胡传魁的情景,因为他们怪腔怪调地模仿着那出戏里阿庆嫂的台词:胡司令,是哪阵风把您吹回来的?——洪泰岳显然不习惯吴秋香这过分的热情,他挣脱胳膊,因用力过猛,险些摔倒,秋香赶紧上前扶他,这次他没有挣脱,被扶到一张干净的桌子边坐下。因为是条凳,没有靠背,洪泰岳随时都有前倾与后跌的危险,有眼力见儿的互助急忙搬来一把椅子,安排他坐稳。他一条胳膊放在桌子上,侧着身,眼睛盯着树下的众人,目光迷蒙,暂时还没形成焦点。秋香习惯性地用毛巾擦拭着洪泰岳面前的桌面,亲切地问:

"老书记啊,您来点什么?"

"我来点什么……我来点什么……"他眨巴着沉重的眼皮,猛地一拍桌子,把那只坑坑洼洼的老革命水壶猛地往桌子上一蹾,怒冲冲地吼叫着,"你说我来点什么?!酒!再给我掺上二两枪药!"

"老书记啊,"秋香赔着笑脸,"我看您喝得也差不多了,酒,就不喝了,明天咱再接着喝,今天,我让互助给您熬一碗鲫鱼醒酒汤,您热热乎乎地喝下去,然后回家睡觉,您看好不好?"

"什么醒酒汤?你以为老子醉了吗?"他尽力地瞪着肿胀的眼皮——眼角夹着两团黄色的眼屎——不满地吼叫着,"老子没醉,老子即便是醉了骨头醉了肉,心里也像这天上的明月,亮堂堂的,明镜一样,想骗我,哼,没门!酒,酒呢?你们这些资本主义的小业主,小商小贩,就像三九天的大葱,根枯皮干心不死,一旦气候合适,马上就发芽开花。你们不就是认钱吗?只认钱不认路线,老子有钱!酒来!"

秋香对互助使了一个眼色。互助端着一个白碗,匆匆出来,道:

"老书记,您先喝点这个。"

洪泰岳喝了一口,咈地喷了,用袖子抹抹嘴,蹬着那铝皮水壶砰砰响,大声喊叫,有几分凄凉,有几分悲壮:

"互助,想不到你也糊弄我……我要喝酒,你给我喝醋。我的心早就被醋泡起来了,啐出口的唾沫比醋都酸,你还让我喝醋,金龙呢?金龙那个兔崽子呢?你把他给我叫来,我要问问他,这西门屯,还是不是共产党的天下?"

"好啊!"那些原本就想闹事取乐的年轻人,听到洪泰岳大骂金龙,不由地喝起彩来。他们说:"洪大爷,老板娘不给你酒喝,我们给你喝!"一个小伙子怯生生地将一瓶酒提过来,放到洪泰岳面前。"咄!"洪泰岳大吼一声,吓得那小伙子像受了惊吓的袋鼠一样,猛地蹿到一边去。洪泰岳指着翠绿的啤酒瓶子,鄙视地说,"这也算是酒?呸,马尿!要喝还是喝——我要的酒呢?"他真正恼了,将那瓶啤酒横扫到桌下——砰然一响,四座皆惊——"我的钱是伪钞吗?常言道'店大欺客',没想到你们这小小的街头酒馆也欺负客人——"

"老书记啊,"秋香提着两个小黑坛忙不迭地跑过来,"闺女不是心疼你吗?您老既然没喝足,这还不好说吗?什么钱不钱的,咱这酒馆,就是为了方便您老喝酒才开的,您放开量喝吧!"

吴秋香拧开小黑坛的盖子，把坛中的酒，倒进洪泰岳那把铝皮酒壶，递给他，说：

"喝吧，要不要点下酒物？猪耳朵？柳叶鱼？"

"去去去，"洪泰岳挥手轰开吴秋香，手哆嗦着——哆嗦得非常厉害，如果用这样的手去端酒杯，会把杯中的酒全部洒光——猛地抓住了那酒壶，低着头，长长地吸了一口，抬起头，深呼吸一次，接着又长长地吸了一口，然后，他长出一口气，紧张着的身体，猛然地松弛了，脸上的那些老皮老肉，也都垂挂下来，两滴黄澄澄的泪水，从他的眼睛里流下来。

从他进了院子那一刻起，就成了众人的注目的焦点。在他妙语连珠般地表演着时，所有的人——包括那跪在地上的杨七——都基本保持着一个固定的姿势，咧开嘴巴，入神地看着他。只有当他一个人专注地开始进酒时，那些人才活泛起来。

"你们，一定要打我，把我当初打你们的统统还给我……"杨七哀号着，"你们要是不打我，就不是人做的，你们不是人做的，就是马配的，驴日的，公鸡母鸡配出来的，从蛋壳里钻出来的扁毛畜生……"

这真是你方唱罢我登场，杨七的表演，逗引得那拨无聊青年哈哈大笑。有一个调皮的家伙，悄悄地溜过去，将半瓶啤酒，沿着那条悬挂在树上的红领带，慢慢地倒下去。酒液沿着领带三角形的角，一线串珠般地流淌到杨七的头上。与此同时，被杨七虚构出来的发家致富的宏伟蓝图激动得酒兴大发的孙龙孙虎兄弟竟然鸣天嗷地地划起拳来："哥俩好啊——红辣椒啊，八匹马啊，十万元啊——"

"你们不打我，你们就是那头咬死许宝的公猪和马戏团里的母狗熊杂交出来的怪物，"杨七狂妄地叫嚣着，"谁也甭想叫我起来，我要把这地跪出水来。"

坏蛋们的召集者伍元，在万般无奈之下，说："杨七，七大老爷，七祖宗，俺们都败了，行不？您当年打我们，那是代表政府管教我们，如果没有您打我们，我们哪能改造好？我们能脱胎换骨，重新做人,全仗着您那根小藤条抽打着呢!起来起来,"伍元对坏蛋们说,"来来来,我们合伙敬七老爷一杯,感谢他的教育之恩。"坏蛋们纷纷端起酒碗,欲敬杨七,但杨七抹了一把那满脸的啤酒沫子,执拗地说:"别来这一套,这一套对付我根本不灵,你们不打我,我绝不起来,杀人偿命,借债还钱,你们欠着我的打,就该还我。"

伍元看看左右,无奈地说:"七大老爷,既然您这么拗,我们不打你,看来是不行了。那就由我当代表,斗胆扇您一巴掌,咱们的账,就算全了了。"

"一巴掌不行,"杨七道,"当初我抽了你们,少说也有三千藤条,今天,你们要抽我三千巴掌,少一巴掌也不行。"

"杨七啊,你这杂种,你真把我逼疯了,我们这些老难友们的好好的一个聚会,被你搅得七零八落,你这哪里是向我们道歉?你这是变了一套法儿欺压我们啊……老子今天也豁出去了,哪怕你杨七是天上的星宿,我也要扇你一巴掌……"伍元往前一探身,抽了杨七那张梨形的脸庞一巴掌。

一声响亮,杨七的身体晃了晃,几近翻倒,但他立刻又挺直了。"打呀!"他凌厉地叫唤着,"这才一巴掌呢,还早着呢,你们不打够三千巴掌你们就不是人养的。"

这时候,闷声喝酒的洪泰岳把酒壶重重地蹾在桌子上。他站起来,身体在大幅度摇摆中保持着平衡,他的右手的食指,坚硬而笔直地指向这桌上的那几个昔日的坏蛋,仿佛一尊安装在随波起伏的帆船上的炮口:

"反了你们!你们这些地主、富农、叛徒、特务、历史反革命,你们这些无产阶级的敌人,竟然也敢像人一样,坐在这里喝酒。你们,都给我站起来!"

洪泰岳虽已卸任数年,但余威犹在,他的颐指气使、他的声色俱厉,让这些刚摘帽不久的坏人条件反射般跳起来,汗水顺着其中几个人的脸膛,成串地流下来。

363

"你——"洪泰岳指着杨七,用更加愤怒的腔调呵斥,"你这个叛徒,你这个软骨头,你这个向阶级敌人屈膝投降的败类,也给我站起来!"

杨七想站起来,但当他的脑袋碰撞到那条悬挂在树杈上的湿漉漉的领带时,双腿就像没了筋骨似的软瘫下去,他的屁股往后蹭几蹭,顺势靠在了杏树上。

"你们,你们,你们——"洪泰岳像站在一艘在风浪中颠簸的小船上,身体摇摆不定胡乱指点着露天餐桌旁的人,开始了他的演说,他的演说,与莫言小说《后革命战士》中那个"革命神经病"的演说几乎一样,"你们这些坏蛋,不要得意忘形!你们看看这天——"他欲抬手指天,几乎跌倒,"这天下,还是我们共产党的,只不过暂时出现了几片乌云。我告诉你们,谁给你们摘了帽子,那是不算数的,那是暂时的,用不了多久,还要给你们戴上,给你们戴上铁帽子、钢帽子、铜帽子,用电焊焊在你们头上,让你们戴到死,戴到棺材里去,这就是我,一个真正的共产党人给你们的回答!"他指点着靠在杏树上已经打起呼噜的杨七,骂道,"你这个变节分子,不但向阶级敌人屈膝投降,你还投机倒把,挖集体经济的墙脚,"他侧身指着吴秋香,"还有你,吴秋香,当初看你可怜,没给你戴帽子,可你剥削阶级本性不改,一有合适气候,就要生根发芽。我告诉你们,我们共产党,我们毛泽东的党员,我们经历了党内无数次路线斗争的考验,我们经过了阶级斗争暴风骤雨锻炼的共产党人,布尔什维克,是不会屈服的,是永远也不会屈服!分田到户,什么分田到户,就是要让广大的贫下中农重吃二遍苦重遭二遍罪!"他高高地举起拳头,喊叫着,"我们不会停止斗争,我们要打倒蓝脸,砍倒这面黑旗!这是西门屯大队有觉悟的共产党员和贫下中农的任务!这是暂时的黑暗,这是暂时的寒冷……"

一阵马达声响,两绺刺目的白光,从东边传过来射过来。我急忙将身体紧紧地贴靠在墙边,以免被人发现。车声停,灯光熄灭,从这辆草绿色的旧吉普车里,跳下了金龙、孙豹等人。此种汽车,现在如同垃圾，但在八十年代初的乡村，却是那么跋扈和僭越。由此可见，金龙这个农村党支部书记，非同小可，他后来的发达那时即已显出端倪。

洪泰岳的演说，实在是太精彩了，令我入迷，令我心潮激荡。我觉得西门家大院就是一个话剧舞台，那大杏树，那桌椅板凳，就是舞台上的道具和布景，而所有的人，都是忘情表演的演员。演技高超，炉火纯青啊！老洪泰岳，国家一级演员，像电影中的伟大人物一样，把他的一只胳膊举起来，高呼着：

"人民公社万岁！"

金龙昂然进门，孙豹等人紧随其后。众人的目光，都投射到西门屯现任最高领导身上。洪泰岳手指着金龙，怒斥道：

"西门金龙，我瞎了眼。我以为你生在红旗下，长在红旗下，是我们自己的人，但没想到，你血管里流淌的还是恶霸地主西门闹的毒血，西门金龙，你伪装了三十年啊，我上了你的当了……"

金龙对着身边的孙豹等人使了一个眼色，他们急忙上去，一边一个架住了洪泰岳的胳膊。洪泰岳挣扎着，骂着：

"你们这些反革命，地主阶级的孝子贤孙，狗腿子、猫爪子，我永远不屈服！"

"行了，洪大叔，戏演得差不多了。"金龙把那把扁酒壶挂在洪泰岳脖子上，说，"回家睡觉去吧，我已经跟白大娘说好了，找个日子给你们结婚，您就等着和地主阶级同流合污吧！"

孙豹等人架着洪泰岳朝外走去，洪泰岳双腿像两根大丝瓜一样拖拉着，但他还是挣扎着扭转头，对金龙吼叫着：

"我不服！毛主席托梦给我了，说中央出了修正主义……"

金龙笑着对众人说："你们，也该散了吧？"

"金龙书记，让我们这些'坏蛋'们共同敬您一杯……"

"金龙……大哥……书记，我们要大干'红'牌辣椒酱，红遍全球，您帮我们贷上十万元……"孙龙结巴着说。

"金龙啊，累了吧？"秋香以格外的亲热对这贤婿说，"我让互助给你煮一碗龙须面……"

互助低着头站在厢房门口,那头神奇的头发,高高地盘在头顶。她的神情和发式,犹如一个幽怨的宫女。

金龙皱着眉头说:"这饭馆,不要开了。这院子,要恢复当年的原状,大家都搬出去。"

"那可不行,金龙,"吴秋香着急地说,"我的生意火着呢。"

"在这小小屯子里,能火到哪里去?要火,到镇上去开,到县里去开!"

这时,西厢房北边的那个门口里,走出了抱着婴孩的迎春。这婴孩,就是你蓝解放与黄合作的儿子蓝开放。你还说和合作没有感情,没有感情孩子怎么生出来的?难道那时候就有了试管婴儿?!呸,你这虚伪的家伙。

"他姥姥啊,"迎春对秋香说,"求求你关门吧,每夜吵闹,油烟酒气,让你外孙子也不得好睡啊。"

该出场的,差不多都来了。还缺蓝脸,他也来了。他用铁锹,背着一捆桑树的根,进了大门,谁也不看,走到吴秋香面前,说:

"你家地里的桑树,把根扎到我的地里了,我斩断了它们,还给你们。"

"哎哟,你这个老倔头子啊,你说你还能干出什么事儿呀!"迎春吃惊地叫着。

一直仰躺在一张竹躺椅上睡觉的黄瞳走过来,打着哈欠说:

"不嫌累你就把那些桑树全刨了去,这年头只有笨猪才靠农业吃饭呢!"

"散了!"金龙皱着眉头,转身走进西门家那堂堂的正房。

人们悄无声息地散了。

西门家大院的门沉重地关闭。屯子里静悄悄地,只有我和无家可归的月亮还在悠逛。月光像凉森森的沙土,落在了我的身上……

第三十四章

洪泰岳使性失男体
破耳朵乘乱夺王位

莫言在他的《养猪记》中详细地描写了我咬去洪泰岳睾丸，使他变成废人的情景。他写我是趁着洪泰岳蹲在一棵歪脖子杏树下解手时，从背后偷袭了他。他甚至煞有介事地写了月光，写了杏花香气，写了借着月光采集花粉的蜜蜂，他还写了一个看上去十分漂亮的句子，说"月光下，杏园内弯曲的小路宛如一条流淌着牛奶的小河"。这小子把我写成了一头具有吃人睾丸怪癖的变态猪，简直是以小人之心，度君子之腹。想我猪十六英雄半生、堂堂正正，怎么可能去偷袭一个正在拉屎的人。他写时不嫌龌龊，我读着都觉恶心。他还写我在那个春天里，在高密东北乡流窜作案，咬死了农民十几头黄牛，而且用的都是卑鄙下流的方法。他写我总趁着黄牛大便时，一口咬住它们的肛门，把它们的肠子拖出来。他写道："那些灰白肠子弯弯曲曲地布满现场，上面沾满泥沙……那些极端痛苦的牛，疯狂地拖着肠子沿街奔跑，最后倒地而死……"这小子，调动着他邪恶的想象力，把我描写成一个十足的恶魔。其实，糟蹋这些黄牛的罪魁祸首，是从长白山地区流窜过来的一头变态老狼，它行踪诡秘，每次都不留下足迹，所以，它的罪行，就被当时的人，统统地算到我的头上。后来，那头老狼流窜到我们吴家嘴沙洲上，没用我亲自上阵，就被我那些凶猛儿孙们，先踩成一张薄饼，然后撕成了碎片。

事情的真相是，那天晚上，我与孤独的月亮做伴，在西门屯的大街小巷流连忘返。当我们又一次悠晃到杏园时，看到了洪泰岳。他仿佛是从那个义犬冢里钻出来的。他站在那棵歪脖杏树下撒了一泡长尿。扁平的酒壶挂在他的胸前，他的身上散发着酒气，这个原本就酒量不凡的人，现在成了一个不折不扣的酒鬼。用莫言的话说，他是"借杯中之物，浇胸中块垒"。他撒完尿，嘴里嘈嘈杂杂地骂着：

"放开我，你们这些狗爪子们……你们想捆住我的手脚，堵住我的嘴巴，没门儿！你们把我剁成肉酱，也难粉碎我这颗共产党人的钢铁之心！兔崽子们，你们信不信？你们不信，反正我信……"

被他的语言所吸引，我和月亮跟随着他，在杏园里游荡，从一棵树，到另一棵树。如果有哪棵杏树不慎撞了他，他就对杏树施以老拳，并吹胡子瞪眼地训斥：

"妈的，连你都敢碰我，我让你尝尝无产阶级铁拳的厉害……"

他游荡到那养蚕室，用拳头擂响了门板。门板拉开，我看着白氏明亮的脸。她是端着一畚箕桑叶前来开门的。清新的桑叶气味和秋雨般的蚕吃桑叶声与灯光同时泻出，与月亮的光辉混合在一起。她大睁着眼睛，看样子十分惊讶：

"洪书记……怎么会是您……"

"你以为会是谁？"洪泰岳看样子想努力保持身体的平衡，但他的肩膀总是碰撞到那层层叠叠的蚕床上。他用一种十分古怪的腔调说："听说你也摘了地主'帽子'了，我来祝贺你……"

"那还不多亏了您……"白氏放下畚箕，撩起衣襟沾了沾眼睛，说，"那些年，要不是您照顾，我早就被他们打死了……"

"你这是胡说！"洪泰岳气势汹汹地说，"我们共产党人，始终对你实行革命的人道主义！"

"俺明白，洪书记，俺心里明白……"白氏语无伦次地说着，"俺早就想对你说，但那时俺头上有'帽子'，不敢说，现在好了，俺摘了'帽子'。俺也是社员了……"

"你想说什么？"

"金龙托人对俺说过了，让俺照顾你的生活……"白氏羞涩地说，"俺说只要洪书记不嫌弃俺，俺愿意侍候他到老……"

"白杏啊，白杏，你为什么是地主呢？"洪泰岳低声嘟囔着。

"俺已经摘了'帽子'了，俺也是公民，是社员了。现在，没有阶级了……"白氏喃喃道。

"胡说！"洪泰岳又激昂起来，一步步对着白氏逼过去，"摘了'帽子'你也是地主，你的血管子里流着地主的血，你的血有毒！"

白氏倒退着，一直退到蚕架前。洪泰岳嘴里说着咬牙切齿的话，但暧昧的深情，从他的眼睛流露出来。"你永远是我们的敌人！"他吼叫着，但眼睛里水光闪烁，他伸手抓住了白氏的奶子。白氏呻吟着，抗拒着：

"洪书记，俺血里有毒，别沾了您啊……"

"我要专你的政，告诉你，摘了'帽子'你也是地主！"洪泰岳双手箍住白氏的腰，同时把喷发着酒气的胡子拉碴的嘴巴扎到白氏的脸上，高粱秸秆搭起来的蚕架在两个人的压力下，轰然倒塌，白色的蚕，在他们身上蠕动，有的被压死，没被压死的，继续吃桑叶……

就在这一刻，月亮被一团云遮住，朦胧当中，西门闹时代的往事，不分甜酸苦辣，一股脑儿地涌上心头。作为一头猪，我是清醒的，但作为一个人，我是迷糊的。是的，我死去多年了，不论是屈死还是冤死，不论是该死还是不该死，白氏都有权利和另外的男人干那事，但我不能容忍洪泰岳一边骂着她一边干她，这是侮辱，不但是对白氏的侮辱，也是对西门闹的侮辱。仿佛有几十只萤火虫在我的脑海里飞翔，后来汇集起来，变成了一团火，熊熊燃烧，在我的眼睛里，一切都如碧绿的磷火，蚕是绿的，人也是绿的。我扑上前去，本只想把他从白氏身上拱开，但他的睾丸碰到了我的嘴，我实在找不到一个不咬掉它们的理由……

是的，这一时之怒，后患无穷。白氏当夜就缢死在蚕房的梁头上。洪泰岳被送到县医院抢救脱险，但从此变成了一个性格暴戾的怪物。更麻烦的是，我成了一头可怕的凶兽，被他们越传越神，说我有虎的凶猛、狼的残忍、狐狸的狡猾、野猪的蛮勇，并由此展开了一个兴师动众、耗资巨大的猎猪行动。

莫言那小子写我咬伤了洪泰岳后，继续在高密东北乡流窜作案，祸害农民的耕牛，并说很长一段时间里，老百姓都不敢拉"野屎"，生怕被拖肠而死。如前所述，这是他胡编乱造。事实的真相是，我一时迷糊咬残洪泰岳后，便连夜赶回了吴家嘴沙洲。几头母猪腻上来，我厌烦地把它们拱到了一边。我预感到这事情不会就此罢休，便去找刁小三商量对策。

我将事情的经过大致描述了一遍，刁小三叹息道：

"十六兄，看来，爱是难以忘记的，我早就看出，白氏与你，有一种心心相印的东西。现在，事情已经发生，就不要去考虑对错，让我们，跟他们轰轰烈烈地闹一场吧！"

接下来的事情，莫言描写得比较准确，刁小三让我召集了全体的青壮野猪，聚到松林前的沙丘上。老刁像一个久经考验的老帅，追述我们的祖先与人类、与虎豹作斗争的光荣历史。老刁把我们祖先发明的一招传授给我们。它说：

"大王，你告诉孩儿们，到松树上去蹭松油，蹭上松油后就到沙土里打滚；然后再去蹭松油，蹭完了松油再去打滚……"

就这个样，一个月之后，我们身上，都披上了一层刀枪不入的金黄色的铠甲，碰到石头上，碰到树干上，发出"咔嚓咔嚓"的声响。刚开始我们感到身体有些笨拙，但很快便习以为常。老刁还为我们讲授了一些作战常识，譬如如何潜伏，如何发起突袭，如何围攻，如何撤退，等等。它讲得头头是道，仿佛身经百战。我们感叹不止，说老刁您的前生一定是个军事家。老刁冷笑不止，让我们莫测高深。那匹作恶多端的老狼糊糊涂涂地泅渡到沙洲上，它刚开始大概没把我们放在眼里，但当它一口咬下去，发现我们的皮肉竟然坚韧如铁、难以损伤时，当时就蔫了。我的子孙们把它——已经说过了：先是踩成饼，然后撕成片。

八月里，秋雨连绵，河水暴涨，只要是月光皎洁之夜，依然有大量的鱼鳖因追赶月亮而跌落沙滩。这正是我们大量进食、储存营养的好时机。因为沙洲上野兽的日渐增多，对食物的争夺也日渐激烈。野猪群与狐狸群为争夺地盘发生了恶斗，依仗着身上那层黄沙与松油黏合而成的铠甲，我们最终把狐狸从捕食的黄金地盘赶跑，独占了把大河中分的那块三角状的尖嘴。在与狐群大战中，我的后代也多有受伤致残者。因为我们的耳朵和眼睛无法挂上松油黄沙铠甲。那些狐狸们，总是在决斗的关键时刻从屁股眼里喷出一股臭气。这臭气扑鼻刺眼，实在毒辣之极。体魄健壮的猪还能支撑，但体力较弱的猪当场就被打翻在地。这时狐狸就会跑上来，用它们尖利的牙齿咬破猪们的耳朵，用它们锋利的爪子抠破猪们的眼球。后来，在刁小三的调度下，我们将队伍分成两拨，一拨冲锋格斗，一拨预备待命。当狐狸释放毒气，反扑上来撕咬时，预备队鼻孔里塞着辟邪驱秽的艾蒿奋勇冲上。因为我们的军师刁小三知道，狐狸不可能连续放屁，它们的第一屁气味浓烈，第二屁就淡薄无力。当然那些被屁熏晕的猪也奋勇作战，宁愿眼珠被抠出、耳朵被咬破，也死抱着敌人不放，为第二拨冲上来的预备队创造了歼敌的机会。几场大战过后，沙洲上的狐狸死伤过半，沙滩上到处是它们破碎的尸体，茂密的红柳梢头，悬挂着几条被甩上去的肥大蓬松的狐狸尾巴。饱食餍足的苍蝇栖止红柳，使柔软的枝条变色变粗低垂，仿佛结满果实的灌木枝条。经过与狐狸的大战，洲上的野猪群成了一支富有战斗力的队伍。这是一次卓有成效的实战练兵，也是人猪大战的序幕。

尽管我和老刁预感到高密东北乡人会发起猎猪行动，但中秋节过后半个月，依然没有动静。老刁选派了几个机灵的小野猪泅过河流去打探消息，但它们都如羊肉包子打狗般有去无还。我估计这些小家伙多半中了人的圈套，被他们逮住剥皮开膛剁成肉馅包子。那时候，人们的生活水平已有大幅度提高,吃腻了家猪肉的人们开始追求野味。所以,这年深秋的猎猪运动,打着一个冠冕堂皇的"剪灭猪魔为民除害"的旗号,实际上是一场满足权贵们口腹之欲的野蛮狩猎。

许多重大事件的开始就像游戏一样,这场持续半年之久的人猪大战开始时也像游戏。那是国庆节假期的第一天上午,艳阳高照,秋高气爽,沙洲上洋溢着野菊花的香气,还有松树释放出的松脂香气,还有艾蒿释放出的草药香气。不好的气味当然也有很多,咱家就不说了。长期的和平使我们头脑中绷紧的弦早就松弛了,野猪们饱食终日,无所用心,有的在树丛中捉迷藏,有的在高坡上看风景,也有的在谈情说爱,有一只爪巧的小公猪扯下柔软的柳条编成圆环,环上遍插野花,套到小母猪的脖子上,那小母猪摇着小尾巴,靠在小公猪身上,幸福得像一块即将融化的巧克力糖。

就是这样一个美好的日子里,十几艘船从河上漂来。船上都插着红旗,领头的那艘铁壳机动船上还有一套锣鼓,被敲打得喧天动地。起初,没有一头猪会认为这是一场屠杀的前奏,还以为是工厂、机关的共青团或者工会组织的秋游活动。

我与刁小三站在沙丘上,看着这些船靠上尖沙滩,又看到各船上的人大呼小叫地下船登陆。我不时地低声向刁小三报告着看到的情况,刁小三歪着头,直竖着耳朵,聆听着远处的动静。大约有一百人,我说,看样像旅游的。有人吹响了哨子。他们集合在沙滩上,好像在开会。我说。吹哨人说话的声音断断续续地随风飘来。他说要人们排成一队,刁小三对我复述着那人的话,拉网扫荡,轻易不要开枪,把它们逼到水里去。——怎么,他们还有枪?我惊讶地问。——这是冲着我们来的,刁小三说,发信号,集合队伍。——你来吧,我说,昨天吃鱼时被鱼刺扎了喉咙,你来。刁小三深吸一口气,仰起头,半张开嘴,从喉咙深处,发出一阵高亢尖厉、犹如防空警报一样的嗷叫声。沙洲上树枝摇摆,荒草波动,许多野猪,大的、小的、老的、少的,从四面八方往沙丘上会合。狐狸们受了惊动,花面獾也受了惊动,野兔子也受了惊动,它们有的胡乱奔跑,有的钻进巢穴,有的原地转圈观望。

因为身上都沾过松油黄沙,所有颜色基本一致,一片黄褐色,仰起的头颅,咧开的大嘴,龇出的大牙,亮晶晶的小眼,两百余头野猪,是我的队伍,多半和我沾亲带故,都期待着,兴奋,惴惴不安,蠢蠢欲动,磨牙顿爪。我说:

"孩儿们,战争爆发了。他们手中有枪,我们的战术是,钻空子,捉迷藏,不要被他们赶着往东走,钻到他们背后去!"

一头性格暴烈的公猪跳出来,大声道:

"我反对!我们要结成团体,正面突破,把他们赶下河!"

这头公猪,本名不详,外号"破耳朵"。它体重约有三百五十斤,硕大的脑袋上沾着厚厚一层松油黄沙,半个耳朵缺失,是与狐狸大战时的英雄。它咬肌发达,牙齿锋利,我记得它一口把一只狐狸的脑袋咬得四分五裂的情景,这是我的一个最有力量的挑战者,与我没有血缘关系,是沙洲土著野猪中的领袖,想当初与我大战时它还没长大,现在它长大了。我早就说过对猪王地位并不留恋,但把王位传给这个残忍凶狠的家伙我又不情愿。刁小三站出来为我仗腰:

"服从大王的命令!"

"大王让我们投降,难道我们也要投降吗?""破耳朵"不满地嘟囔着。

我听到许多猪跟着"破耳朵"嘟囔,心中十分沉重,知道这支队伍已经很难带了,不制服"破耳朵"队伍非分裂不可,但大敌当前,无暇处理内政。我严厉地说:

"执行命令,散开!"

多数猪执行了我的命令,钻进了树棵、草丛,但有四十多头猪,显然是"破耳朵"的死党,它们跟随着"破耳朵",大模大样迎着人群走上去。

那些人听训完毕,便排开一字长蛇阵,由西向东,步步推进。他们有的戴着草帽，有的戴着帆布旅行帽；有的戴着墨镜，有的戴着近视眼镜；有的穿着夹克衫，有的穿着西服；有的穿着皮鞋，有的穿着旅游鞋；有的提着铜锣边走边敲，有的口袋里装着鞭炮边走边放；有的手提着木棍边走边抽打着前边的野草，有的端着土枪边走边咋呼……不全是青壮年，还有鬓发斑白、目光犀利、腰背佝偻的老头儿；不全是男人，还有十几个娇滴滴的姑娘。

"砰——啪——"这是那种双响、俗名"二踢脚"的鞭炮爆炸时发出的声音，地上一团黄烟，空中一团白烟。

"嘡……"这是铜锣声，是一面破锣，川剧团里使用那种。

"出来吧，出来吧，再不出来就开枪啦……"这是持木棍者的呐喊声。

这支混乱的队伍，不像来围猎，倒像是一九五八年那些吓唬麻雀的。我认出了第五棉花加工厂里的人，因为我认出了你蓝解放。此时你已经转为正式工人，当了棉花检验组的组长。你老婆黄合作也已转正，当了食堂的炊事员。你挽着铁灰色夹克衫的袖子，露出闪闪发光的手表。你老婆也在队伍里，她大概是来运野猪肉回去给职工们改善生活吧。还有公社机关的人，供销社的人，高密东北乡所有村庄的人。那个脖子上挂着铁皮哨子的，显然是这次行动的总指挥，他是谁？西门金龙。从某种意义上说他是我的儿子，那么从某种意义上说，这场人猪大战也是父子之间的战争。

人们的大呼小叫惊动了红柳上的鹳鸟，它们成群结队地惊飞起来，树上无数的巢穴在颤抖，空气中飘散着细小的鸟毛。他们仰脸看鸟，情绪更加兴奋。有几只狐狸从洞里逃出来，像火焰般滚到深草里。洋洋得意的人群推进了约有一千米，便与"破耳朵"率领的敢死队迎头相逢了。

人群中发出尖叫："猪王！"散漫的队形便一团混乱地收拢了。猪的队伍与人的队伍相隔约有五十米，都定了脚，犹如古老的两军对阵。"破耳朵"蹲在猪队的最前端，身后簇拥着二十几头凶猛的公猪。人的队伍，西门金龙站在最前端，他手里端着一杆鸟枪，脖子上除了挂着那只铁哨子外，又多了一架灰绿色的望远镜。他一手持枪，一手端起望远镜，我知道"破耳朵"狰狞的相貌和嚣张的气焰猛然扑到了他的眼前，使他受到了猛烈的惊吓。"敲锣！"我听到他惊慌地喊叫着。"呐喊！"他又说。他还是想用这种吓唬麻雀的方法，敲锣呐喊，使猪群受惊吓，使它们向东跑，把它们赶到河里去。后来我们知道，在沙洲尽头两水重会的水面上，锚着两艘用十二马力柴油机做动力的铁壳船，每艘船上都有一个由经验丰富的猎户和复员军人组成的战斗小组。当年那三个猎狼人也在其中。曾被西门驴咬伤过肩膀的乔飞鹏已经老得口中无牙，柳勇和吕小坡却正当壮年。这些人个个都是神枪手，他们使用的武器是六九式国产全自动步枪，每个弹匣可以压进十五发子弹，有连发功能。这种枪性能良好，准确度很高，弱点是子弹的穿透力较弱，在五十米的近距离内，它勉强可以穿透我们身上的防护铠甲，但超过一百米，杀伤力便丧失殆尽。这次大战中，有部分野猪窜到了沙洲尽头，有十几头猪头部中弹身亡，但大多数猪全身而还。

　　人的队伍里破锣齐鸣，呐喊连天，但只是虚张声势，不敢前进。"破耳朵"长嗥一声，奋勇当先，发起了攻击。人群里大概有十几支鸟枪，但只有金龙慌忙中开了一枪，成群的铁砂子全都打到了一棵红柳上，击毁了一个无辜的鸟巢，击伤了一个倒霉的鹳鸟，连一根猪毛都没碰着。从猪们发起攻击那一刻，金龙的队伍便掉头逃窜了。惊叫的人群中，女人们的惊叫尤为尖锐。女人们的惊叫声中，黄合作的叫声尤为凄惨。她奔跑中被绊倒，翘起的屁股被"破耳朵"咬了一口。从此她成了一个"半腚人"，走起路来，身体可怜地歪斜着。野猪冲进人群，胡碰乱撞。人声如鬼哭狼嚎。混乱中也有刀枪棍棒落到野猪身上，但基本上是难以伤损猪们的皮肉。只有一个人慌乱中将一根梭标捅到了一只独眼公猪的咽喉里，使它受了重伤。解放本来已经逃到了船上，但看到合作身受重伤，便奋勇地从船上跳下，持一柄三齿粪叉，冲上沙滩营救。你一手扶着合作，一手拖着粪叉撤退，表现得相当勇敢。你的行为为你赢得了崇高的声誉,也让我深感钦佩。金龙定神之后,从别人手中夺过一杆筒很短但口径很大的土枪,招呼了几个胆大的上来接应。他大概是受到弟弟勇敢精神的激励,心里有了勇气,手中便有了准头,他瞄准"破耳朵"开了火,轰隆一声巨响,一团火光猛然扑到"破耳朵"肚子上。那些铁砂子无法穿透它的肚子上厚厚的铠甲,却引起了熊熊的火焰。"破耳朵"先是带着火逃窜,然后便躺在地上打滚把火压熄。主将受伤,群猪跟着退下。那杆土枪在发射时木托被炸碎,金龙的脸被火药喷得一团漆黑,双手虎口被震裂,鲜血淋漓。

这场由"破耳朵"违抗命令造成的战斗,应该是猪群占了上风。人群逃亡时脱落的鞋子、草帽、棍棒等物,都在证明着猪群的胜利。为此"破耳朵"气焰更为嚣张,大有随时逼宫之势,猪群中拥护"破耳朵"者明显已超过半数。它们跟在"破耳朵"后边,拖着人遗下的物件,当作战利品,在沙洲上游行,庆贺。

"老刁,怎么办?"在一个月明星稀之夜,我悄悄地钻进刁小三筑在沙丘上的洞穴,向这位老谋深算的兄长请教,"要不,我自动退位,让'破耳朵'为王吧。"

刁小三趴着,下巴放在前爪上,那只有残存视力的眼睛在黑暗中闪烁着微弱光芒。洞外传来河水因受树根阻挡发出的响亮声音。

"老刁,你说吧,我听你的。"

它长长地出了一口气,眼睛里那点微弱的光芒消逝了。我拱了它一下,它的身体软软的,没有反应。"老刁!"我惊叫着,"你死了吗?你可不能死啊……"

但老刁确凿地死了,任我千呼万唤也不会生还了。我眼里流出了热泪,心中感到沉重的悲哀。

我走出刁小三的洞口,看到月光下闪烁着一大片绿色的眼睛。在猪群的前边,蹲坐着目露凶光的"破耳朵"。我没有恐惧,心里反而感到一阵异样的轻松。我看到河水犹如波动的水银,闪烁着耀眼的光芒，我听到草木间无数的秋虫，合奏出纷繁多变的音乐，我看到萤火虫交织成一条条绿色的绸带，在树林间摇曳，我看到月亮已经西行到第五棉花加工厂的上空，在它的肚腹下边，棉花加工厂皮棉打包车间楼顶上那盏碘钨灯闪烁着璀璨光芒上下跳动，宛若月亮刚产下的一个绿蛋，我还听到锻压机床厂的电动锤打击钢铁时发出的急促而有节奏的沉闷声响，仿佛重拳，一下下地撞击着我的心脏。

我冷静地走到"破耳朵"面前，说：

"我的亲密朋友刁小三死了，我也万念俱灰，我愿意让出王位。"

"破耳朵"大概想不到我会说这样的话，它本能地往后退了几步，防备我发起突然袭击。

我逼视着"破耳朵"的眼睛，说：

"当然，如果你非要用争斗的方式夺得王位的话，我也愿意奉陪到底！"

"破耳朵"与我对视良久，显然它也在权衡利弊，我超过五百斤的体重，我那岩石般坚硬的头颅，我那满口钢锉铁钻般的利齿，显然也让它心怀忌惮。终于，它说：

"和了吧！但请你立刻离开沙洲，并且永远不得返回。"

我点点头表示同意，举起爪对着芸芸众猪挥挥，转身便走。我走到沙洲南部，走进河流。我知道身后不远处有起码五十头为我送行的野猪，知道它们眼睛里都饱含着泪水，但我没有回头。我一个猛子潜到河底，奋力向对岸潜游，我闭着眼睛，让泪水与河水混为一体。

第三十五章

火焰喷射破耳朵丧命
飞身上船猪十六复仇

半个月后，沙洲上的野猪遭遇了灭顶之灾。对此，莫言的《养猪记》中有详细描写：

一九八二年的一月三日，由经验丰富的老猎人乔飞鹏任顾问、由参加过对越自卫反击战并荣立过战功的复员军人赵勇刚为队长的猎猪小分队，乘坐着机动船，吵吵嚷嚷地登上了沙洲。他们没有像一般的狩猎小分队那样隐蔽潜行，他们甚至有点故意张扬。他们有资本张扬。他们全队十人，配备了七支"五六"式冲锋枪和七百发特制的穿甲弹。这种子弹虽然打不透坦克的钢板，但打穿野猪的肚皮绰绰有余，哪怕它们肚皮上滚上的松油、黄沙比大饼还厚。最让猎猪小组有恃无恐、跃跃欲试的还不是这枪这弹，而是三具火焰喷射器。这玩意儿形状古怪，乍一看仿佛是人民公社时期农民们喷洒药粉时使用的喷粉器。前部是一根长长的尖嘴铁管和击发装置，后边是一个圆滚滚的铁筒。使用者是三个经过战火考验的复员兵，为了防止被烈焰烧伤，他们的前胸和脸部戴着石棉布制成的厚厚的防护器具。

莫言写道：

　　小分队喧闹的登陆自然引起了野猪们的注意。"破耳朵"新王登基，巴不得与人大战一场树立权威。它听到报告后兴奋得小眼发红，立即以尖声号叫纠集起队伍。二百余头野猪，像武侠小说中那些邪门教派里的喽啰们一样，齐声尖叫，类似于山呼万岁。

接下来莫言描写了残酷而激烈的屠杀场面，令我不忍卒读。毕竟，毕竟我也是一头猪。他写道：

　　……跟第一次战斗的场面类似，这边是猪的队伍，"破耳朵"照旧蹲在阵前，身后如雁翅般排开一百余头猪的梯队，还有两队猪，每队约五十头，从两翼快速包抄，很快就成了三面包围之势，而猎猪小队后面即是滔滔大河。这样的阵势似乎已经稳操胜券，但那十个人，好像没有觉察到危险。他们三人在前，面东，对着正面的大队野猪和猪王"破耳朵"。左右各二人：面南、面北，对着侧翼的猪群。那三个扛着火焰喷射器的人，站在最后，左顾右盼，显得很是悠闲。他们说说笑笑地往东推进。猪的包围圈渐渐缩小。当距离猪王"破耳朵"约有五十米时，赵勇刚一声令下，七支冲锋枪同时向三面开火。枪机都在连发位置上。先是三发点射，又是三发点射，然后一梭子弹全部倾泻而出。"嗒嗒嗒，嗒嗒嗒，嗒嗒嗒嗒嗒嗒嗒……"这样的速射武器射速之快、威力之大超出了猪们的想象。七支枪，一百四十发子弹在不到五秒钟的时间里悉数射出，三面猪队中，最少有三十头猪中弹瘫倒。它们中弹的部位，基本上都是头颅，穿甲弹穿透颅骨后，弹头便在颅腔内炸开。这些猪都死相甚惨，有的脑浆迸裂，有的眼球迸出。"破耳朵"凭着猪王的本能在枪响时低下头，一串子弹把它的那只好耳朵打成了碎片。它哀号一声，对着猎猎小组飞扑上来，而此时，后边那三位身背火焰喷射器的队员以久经训练的熟练动作前冲三步，扑地卧倒，同时击发，三溜火光，三条火龙，向着他们各自的前方喷出，并发出一种类似于一百只白鹅拉稀的合声。那火龙前端一团黏糊糊的烈焰，迎面包裹了猪王"破耳朵"，火焰轰然腾起，约有三米多高，猪王"破耳朵"消逝了，只有一团火焰在奔跑，在滚动，大约二十秒后，便停止运动，就地燃烧。南、北两面，领头的野猪遭到了与"破耳朵"完全相同的命运。因为这些野猪，身上都沾着厚厚的松油，是极易燃烧之物，凝固燃剂只要有一点溅到它们身上，便会引燃它们的身体。几十头猪身上着火，奔跑，尖叫，只有极聪明的就地打滚，不聪明的乱窜。它们钻进柳丛，钻进草窝，引发火灾。沙洲上浓烟滚滚，焦臭熏天。没中枪弹、没被火烧的野猪们完全被吓傻，丧失理智，无头苍蝇一样乱撞。猎猎队员们托着冲锋枪，立姿，用一个个准确的点射，送野猪们见阎王……

莫言写道：

　　这场疯狂的屠杀，用环保的眼光来评价，显然过分。让野猪如此惨死，也嫌过火。怪不得当年蜀相诸葛亮在火烧藤甲军之后喟然长叹，潸然泪下。我二〇〇五年访问韩国与朝鲜的板门店，看到在三八线两侧那宽约两公里的无人区内，成群的野猪在那里追逐打闹，树木上鸟巢累累，白鹭成群飞翔林表，想起当年我们在吴家嘴沙洲上组织的这场大屠杀，心中甚觉内疚，尽管杀死的是作恶多端的野猪。这场屠杀因为使用了火焰喷射器，最后引起了野火，将沙洲上大片的马尾松林、红柳树丛烧尽，荒草更是在劫难逃。沙洲上的其他生物，长翅膀的多半飞了，不长翅膀的，有的钻洞避难，有的跳水逃命，大半还是被烧烤而死……

那天，我在运粮河南岸的红柳丛中，目睹了沙洲上的浓烟和烈火，听到了爆豆般的枪声与野猪们发疯的叫嚷，我当然更嗅到了西北风吹送来的令我窒息的混合气味。我知道，如果我不是让出猪王之位，必将与野猪们同遭此难，但奇怪的是，我并不为此感到庆幸，我觉得，如其苟且偷生，还不如与野猪一起葬身火海。

劫难之后，我泅水过河上了沙洲，看到一片片被烧成焦桩的树木，看到那些被烧成焦炭的猪尸，看到环沙洲水边那些被泡涨的动物尸体。我一阵阵地愤怒，一阵阵地痛苦，最后，痛苦与愤怒交织在一起，像一条双头毒蛇，啮咬着我的心……

我没有想过要复仇，使我痛苦万端的是一种焦灼的情绪。这情绪使我一刻也不能平静，仿佛一个心理素质欠佳的士兵在大战之前那种状态。我顺着大河逆水而上。游累了便潜入河流两侧的茂密的柳丛，时而在河的左侧，时而在河的右侧。我沿着一条气味的踪迹前进。那气味由燃烧柴油的气味、焦煳猪尸的气味混合而成，有时也混进辛辣的烟草气味和劣质的白酒气味。当我追赶着这气味走了一天之后，我的脑子里才渐渐地出现了那艘罪恶累累的机动船的形象，好像是浓雾散尽之后出现的风景。

那是一艘长约十二米的船。船体用厚达两厘米的钢板焊成，焊缝粗糙，呈现钢蓝色，尖利的边缘上挂着碧绿的水草。船头的钢架上，固定着一台二十马力的柴油机，柴油机带动一个螺旋桨做功。这是一个笨拙而简陋的钢铁怪物。它载着那几个猎人逆流上行。猎猪小组一共十人，其中那六个在县城里有工作的复原士兵完成任务后已经乘公共汽车先期回城，船上的人，是队长赵勇刚、猎人乔飞鹏、柳勇和吕小坡。随着人口暴增、土地锐减、植被破坏、工业污染等诸多因素的综合绞杀，高密东北乡地盘上连野兔野鸡也难见踪影，职业的猎人早已改行，这三人是例外，当年他们掠驴之功靠那两匹狼名扬全县，这次猎猪，更使他们成为众口传颂的英雄、媒体追踪的焦点。他们载着刁小三的尸体，作为这次狩猎活动的一个样板物，沿河上行，目的地是百里之外的县城。对这种时速最快可达十公里的铁壳机动船来说，到达县城，即便是匀速行驶，凌晨出发，傍晚也可抵达。但他们把这次航行，当成了一次夸功的游行。每到一个临河的村镇，他们就靠岸停泊，让当地的老百姓前来参观那所谓的猪王的尸体。他们把刁小三的尸体抬上岸，放在一个空阔之地，供村民们近距离地观看。一些有照相机的富庶人，还抓紧时机，让自己的家人以及芳邻好友与猪王合影留念。县报与县电视台的记者，一直紧密追踪报道。那种盛状，使记者们的笔端都带上了轻狂的感情。什么"万人空巷"啦，什么"观者如堵"啦。猎猪队中的吕小坡曾对队长赵勇刚提出过卖票参观的设想：参观者收费一元，合影者收费二元，摸着獠牙合影者收费三元，骑在猪身上合影者五元，与猎猪小组成员及猪王尸体合影者十元。他的提议让乔飞鹏和柳勇颇为心动，但却遭到了赵勇刚的拒绝。这人身高一米八，细腰阔肩，双臂长过常人，左足微跛，面孔瘦削，神情坚毅，看上去像一个真正的男子汉。每到一地，猎猪小组的人都会受到当地干部的盛情接待。席间，觥筹交错；桌上，珍馐罗列。总是由乔飞鹏讲述猎猪经过，总是由柳勇、吕小坡补充细节，每一次讲述都在添油加醋，每一次讲述都缩小着事实与小说的距离，每一次，赵勇刚都是闷着头喝酒，醉酒后，总是冷笑不止，让人莫名其妙。

　　以上关于酒桌上的描写，自然又是来自莫言的小说。我无法在光天化日之下上岸跟踪他们，我只能在河中追随他们。

　　属于他们的那个最后的夜晚寒风凛冽，几近全圆的月亮面孔青白，好像因水银中毒而死者的面孔，同样青白而阴森的光辉照耀着凝滞的水面。河水的流速明显减缓，河边浅水处已结了薄薄的冰层，泛着让人惊惧的刺目的蓝光。我蹲在右岸的红柳丛中，透过叶片凋零的赤裸裸的枝条，注视着那探到水中的用圆木搭建的简易码头，注视着靠在码头边上的铁壳船。这里是高密县的第一大镇，镇名驴店，因百年前驴贩子聚居而得名。镇政府那栋三层小楼里灯火辉煌，楼墙外贴着紫红色的瓷砖，好像涂了一层厚厚的猪血。招待猎猪英雄的宴会正在小楼内一个宽敞的房间里进行，不时有劝酒的声音传出。镇办公楼前面的广场上——连西门屯都修建了广场，镇上当然要有广场——灯火通明，人声喧豗，我知道这是镇上的百姓在欣赏刁小三的尸体，我还知道，必有保安手持警棍为猪尸站岗，因为盛传用野猪鬃毛制成牙刷可以令黑牙变白，那些为黑牙所苦的年轻人都觊觎着猪王的鬃毛。

估计是二十一点左右的光景，我的等待有了结果。先是有十几个精壮汉子，用一扇门板四根杠子，抬着刁小三的尸体，吆吆喝喝地向码头走来。两个身穿红衣的妙龄女子，挑着红纸灯笼，在前边为他们引导，后边一个白胡子老者，用苍凉的嗓音、简单的旋律、枯燥的歌词，协调着他们的步伐。

"猪王哎——上船啊——猪王哎——上船啊——"

刁小三的尸体散发着臭气，看上去已经硬邦邦的，因为气候寒冷才没使它腐败瓦解。它被安顿在船上，使铁壳船的吃水明显下降。其实，我想，在我猪十六、"破耳朵"、刁小三三猪之中，它才是真正的猪王。它虽然死了，但仿佛活着，趴在船上，依然威风凛凛。青白的月光更增添了它的威仪，仿佛它随时都可以跃身大河或是纵身登陆。

那四个已经喝得摇摇晃晃的猎人，终于出现了。他们在镇上干部的架扶下朝码头走来。也有两个红衣少女挑着红灯笼在他们面前引路。我已经靠拢到距离木码头只有十几米的地方，他们身上的酒气和烟味已经毒化了我面前的空气。我的心，此时反而平静了，十分的平静，仿佛眼前的一切都与我毫无关系。我看着他们上船。

他们上船，与送行的人客套，说一些虚伪的道谢之词，码头上的人也用同样虚伪的话回赠他们。他们坐定了。柳勇用一根绳子拉动柴油机的飞轮，试图让柴油机工作，大概是因为天寒，机器难以发动，只好点火烘烤。用一团棉絮蘸着煤油引火，火焰焦黄，挤走月光，照见乔飞鹏黄色的脸，脸上瘪进去的嘴，照见吕小坡肿胀的脸和通红

383

的肥鼻,照见赵勇刚冷笑着的脸。照见我的朋友刁小三那颗残缺的獠牙。我心愈加平静,宛若神像前的老僧。

柴油机终于发动起来,可恶的声音在河上冲击空气和月光。船在慢慢移动。我是踩着河边的薄冰大摇大摆地走上木码头的,仿佛一头家猪从送行的人们身边走过。少女手中的灯笼在慌乱中燃成了两团火,为我的纵身一跳烘托了壮烈的气氛。

我没有想什么,就像莫言那小子鹦鹉学舌般说过的那样,我只有动作,只有行动,只有对周围环境近乎麻木的、变形的、夸张的、不伦不类的生理性感受,没有思想,没有情感,脑子里一片空白。我轻轻一跳,真的是轻轻一跳,就像传统京剧《白蛇传》开篇最浪漫的一场,化为美女的白蛇轻盈跳船那样。我耳边似乎响起由京胡演奏的轻松浪漫的过门,似乎听到了表示船被震动时的那一声锣响,似乎进入了一个与杭州西湖有关但却与高密东北乡这条大河无关的浪漫故事,将被人演绎,将被人传唱,将被人在传唱中演绎,将被人在演绎中传唱。是的,那一刻我没有思想只有感觉,而感觉几近梦境,梦境折射现实。我感到船体猛然下沉,在洪水几乎漫过船舷时又缓慢上升,船体周围,不是水,而是青蓝的玻璃碎屑向四面飞溅出去,无声的,即便有声也隔着很远很远,像一个人、一头猪在深深的水底所听到的,从岸上传下来的声音。你是莫言的密友,请告诉他这个小说秘诀:每逢重大情节,对所描写人物缺少准确的把握和有力的表现手段时,就让他把所有的人物摁到水里去写。这是个无声胜有声的世界,这是个无色胜有色的环境,是的,就全当一切都是在水底发生的。如果他听我的话,他就是一个伟大作家。因为你是我的朋友,我才对你说;因为莫言是你的朋友也就是我的朋友,我才让你把我的话对他说。

船猛烈倾斜,刁小三似乎要站立起来。月亮像处在这种时刻的小说家一样,脑子里一片空白。那位正弯腰发动机器的柳勇一头扎到河里,同样溅起蓝白的仿佛玻璃碎屑的水。柴油机跳动着,黑烟喷吐,声音非常微弱,不错,好像我的耳朵里灌满了水。吕小坡身体摇晃着,嘴巴大张，吐出气流和酒精分子，往后仰倒，半截身体在船里，半截身体在船外，腰部正好硌在坚硬的钢板船舷上，然后他就大头朝下扎到河水中，河水飞溅，无声，依然犹如青蓝的玻璃碎屑。我在船上跳动着，我五百斤的体重使小船大摇大摆。那个多年前就与我有过关系的猎猪队顾问乔飞鹏，双腿一软，跪在船底，连连叩头，状甚滑稽。我没有思想，更没去从脑海深处追寻那些陈谷烂糠，我一低头又一抬头，就把他扔到了船外。没有声音，河水如碎玻璃溅起。只有赵勇刚，这个生着好汉脸相的人，持一根木棍子——散发着也许是新鲜松木的香气，我不去想——对准我的脑袋就擂。我听到一声响，似乎是从头脑深处传导到耳鼓的。那根棍断成了两截，一截落水，一截在他手中。我无暇去顾及头痛与否，我盯着他手中那半截挑着月光犹如挑着化开的绿豆淀粉的棍子。棍子对着我戳过来，戳到我的嘴里。我咬住了它。他拽着它。用力。他的力量真大。我看到他涨红的脸宛如一盏与月光抗衡的灯笼。我一松口，类似奸计，实则无意，他仰面朝天跌到河里去了。这时，所有的声音、所有的颜色、所有的气味都轰然而来。

　　我纵身跳下河，溅起数米高的浪花。河水冰凉而黏稠，犹如窖藏多年的酒浆。我一眼就看全了那四个在水面沉浮的人。柳勇、吕小坡，本来就醉得四肢无力头脑不清，此刻已经无需我帮他们死亡。赵勇刚，很像条汉子，假如他能挣扎上岸，就让他活着吧。乔飞鹏在我身边扑腾，紫色的鼻子露出水面，咻咻出气，令人厌憎。我用爪子敲了一下他的秃头，他不动了，头钻下水，屁股浮了上来。

　　我顺流而下，河水与月光混合成的银白液体，犹如临近冰点的驴奶。后边，船上的柴油机发疯般狂叫，岸上一片惊呼之声。有一个声音在喊叫：

　　"开枪啊，开枪！"

　　猎猪小组的枪，早就被那六个先期进城的复员士兵带走，和平时期，为了消灭野猪，动用如此先进的武器，决策者日后受到了处分。

　　我猛然潜入水底，像一个伟大小说家那样，把所有的声音都扔到了上面和后面。

第三十六章

**浮想联翩忆往事
奋不顾身救儿童**

三个月后,我死了。

那是一个下午,没有太阳。在西门屯后边的河道里,灰白的冰面上,有一群孩子在嬉戏。有十几岁的孩子,有七八岁的孩子,还有几个三四岁的孩子。他们有的坐在木爬犁上疾行,有的用鞭子抽打着木陀螺玩耍。我蹲在树丛中,看着这些西门屯的后代。我听到一个亲切的声音在岸上喊叫:

"开放啊——改革啊——凤凰啊——欢欢啊——宝贝们,回家啦——"

我看到站在对岸的那个苍老的女人,阴风吹拂着她头上那条蓝色的围巾。我认出了她,是迎春。这是我临死前的一个小时,几十年来的往事倒海翻江般地涌上心头,使我忘记了自己的猪身体。我知道开放是蓝解放和黄合作的儿子,改革是西门宝凤与马良才的儿子,欢欢是西门金龙和黄互助抱养的儿子。凤凰是庞抗美和常天红的女儿。我知道凤凰实际上是西门金龙的种子,播种的地点是杏园里那棵著名的浪漫树下。杏花盛开月光皎洁的时候,西门金龙将时任公社党委书记的庞抗美顶在杏树干上,把我们西门家的基因优良的种子播进高密县第一美人的子宫。据莫言那小子的小说所说,当金龙撩起庞抗美的裙子时,庞抗美双手扯住了金龙的耳朵,低沉但是严厉地说:我是党委书记！金龙把她的身体用力挤压到树干上，说：干的就是你这个书记，别人用金钱贿赂你，我用鸡巴贿赂你！然后庞抗美就瘫软了。杏花如雪，落在他们身上。二十年后，庞凤凰成为绝代美人是无奈的事：种好地好，播种时的环境充满诗情画意，她不美，天理难容！

孩子们玩兴正浓，不肯上岸，那迎春，竟战战兢兢地走下河堤来。此时，河面冰层坼裂，孩子们落入冰河之中。

我此时不是猪，我是一个人，不是什么英雄，就是一个心地善良、见义勇为的人。我跳入冰河，用嘴叼住——用嘴叼我也不是猪——一个女孩的衣服，游到尚未塌陷的冰面附近，把她举起，扔上去。迎春返回河堤，对着村庄大叫。谢谢你，迎春，我最爱的一个老婆——我感到河水不冷，甚至还有些温暖，周身血脉流畅，游动起来快捷有力。我并没有特意去营救这三个与我有千丝万缕联系的小崽子，我是遇到哪个救哪个。此时我的脑子不空白，我想了许多，许多。我要与那种所谓的"白痴叙述"对抗。我像托尔斯泰小说《安娜·卡列尼娜》中的安娜·卡列尼娜卧轨自杀前想的一样多，我像莫言的小说《爆炸》中那个挨了父亲一记响亮耳光后的儿子想的一样多，我像"文革"前夕那部著名小说《欧阳海之歌》中的欧阳海跃上铁轨、奋推惊马即将被火车撞死的一瞬间里想得那样多。一日长于百年，一秒钟胜过二十四小时。我咬住一个小男孩的棉裤把他甩上冰面。我想起了许多年前看着迎春一手揽着一个孩子，一个孩子叼着她一个乳头吃奶时的甜蜜情景，那股令人心醉神迷的婴儿身上特有的奶香味仿佛就溶解在冰河之中。我把一个又一个孩子拖上冰面。孩子们往前爬着，聪明的孩子们，非常正确，往前爬，千万不要试图站起来啊。我叼住这群孩子中最胖的那个小子的脚，把他从水底拖上来。上浮时他嘴里吐出成串的气泡，仿佛一条鱼。上浮的瞬间我猛然想起县长陈光弟，他与驴独处时，眼中充满温情。这胖孩子刚上冰面又把冰压塌了，我用嘴拱着他柔软的肚子，四蹄奋力划水——四蹄划水我也是人——头努力上扬，把他抛到远处，感谢冰，没有塌陷。巨大的惯性使我坠入水底，我的鼻孔进水，呛了。浮上水面，我咳嗽，我喘息。我看到一群人，从河堤上奔下来。愚蠢的人们，千万别下来啊！我再次潜入水底，拖上一个孩子。一个圆脸的孩子，一出水，他的脸上就仿佛结了冰，好像挂了一层透明的糖浆。我看到那些被我救出的孩子在冰上爬着。有哭声，哭，说明他活着。孩子们，都哭起来吧。我想到几个女孩一个跟着一个，爬到西门家大院中那棵杏树上的情景，最上边那个女孩竟然放了一个屁，一片笑声，然后她们从树上滑下来，笑成一团，我马上就看到了她们的笑脸，宝凤的笑脸、互助的笑脸、合作的笑脸。我潜入水底，追赶那个已经被河水冲远了的男孩。我们上方，是厚厚的冰层，水底氧气匮乏，我感到胸膛像要爆炸一样。我拖着他上浮，猛撞冰面，没有撞破。再撞，还没有撞破。急忙回头，逆流上行，上行，浮出水面时，我感到眼前一片血红。是夕阳吗？我把这孩子，已经窒息的孩子勉强地推上冰面。一片血红中我看到，那些人，有金龙，有互助，有合作，有蓝脸，还有许多……都像血人一样，那么红，手持着长竿，绳子，铁钩子，拥上前来，他们在冰面上爬着，向孩子靠拢……真聪明，好人们，我此时对他们心怀感激，连那些整治过我的人都感激。我想到躲在一片金枝玉叶的珍奇树林里看一个仿佛搭建在云端里的戏台上的神秘演出的情景，戏台上乐声缭绕，一个身穿荷花瓣儿连缀成的彩衣的女旦在咿咿呀呀地唱，我真的好感动啊，不明白为什么感动。我感到身体很热，水很温暖，是那么舒适，我想着，慢慢地沉入水底。两个似曾相识的蓝面鬼卒微笑着说：

"哥们儿，你又来了！"

第四部　狗精神

一个人做件坏事并不难，
难得的是一辈子只做坏事不做好事。

第三十七章

老冤魂轮回为狗
小娇儿随母进城

两个鬼卒扯着我的胳膊,把我从冰河里提上来。我怒冲冲地说:"你们这两个浑蛋,快带我去见阎王,我要跟这条老狗算账!"

"嘿嘿,"鬼卒甲笑嘻嘻地说,"多年不见,脾气还是如此暴躁!"

"正所谓'猫改不了捕鼠,狗改不了吃屎'!"鬼卒乙嘲讽地说。

"放开我,"我恼怒地说,"你们以为,我自己就找不到那条老狗吗?"

"息怒,息怒,"鬼卒甲道,"咱们也算老朋友了,多年不见,真还有点想念呢。"

"我们这就带你去见那条老狗。"鬼卒乙道。

二鬼拖着我,在西门屯大街上狂奔,我感到凉风扑面,有一些轻薄的雪花,像羽绒般粘到脸上。在我们身后,一片片枯叶,贴着地面翻滚。路过西门家大院时,二鬼猛然停住脚步,鬼卒甲扯着我的左臂与左腿,鬼卒乙扯着我的右臂和右腿,把我抬起来,前后悠动着,像悠动一根撞钟的圆木。他们同时撒手,使我飞一般的向前蹿去,我听到二鬼齐喊:

"见你的老狗去吧!"

我感到脑袋嗡的一声响,就如真的撞到了钟上,眼前一片漆黑,神志暂时昏迷。等我醒来时,不用我说你也猜到了,我变成一条狗,降生在你母亲迎春的狗窝里。这个流氓阎王,为了避免我闹他的公堂,竟然采取了如此卑鄙的措施,简化了轮回转生的程序,几乎是直接地把我送进了狗的子宫,然后让我跟随着前面那三条小狗,从狗的阴道里钻了出来。

那狗窝实在是简陋之极:房檐下用碎砖头垒了两道短墙,短墙上横放着几根木棍,木棍上铺上一层沥青油毡纸。这就是我那狗娘的窝——没办法,从它的腔里钻出来,就得叫它为娘——也是我童年时期的窝,窝里塞上一簸箕夹杂着鸡毛的树叶,这就是我们的被褥。

雪纷纷扬扬地下大了,地面很快被覆盖,在房檐下那盏电灯的照耀下,狗窝里充满光明。我看到雪花从油毡纸的缝隙露下来。寒冷刺骨,禁不住哆嗦。我往狗娘温暖的怀抱里挤,我的哥哥姐姐们也往狗娘的怀抱里挤。几次转生,使我懂得了一个朴素的道理:入乡随俗。生在猪圈里不吃猪奶就要被饿死,生在狗窝里不往狗娘怀里挤也很可能被冻死。我们的狗娘,是条白色的大狗,但两个前爪和尾巴尖儿却是黑的。

毫无疑问,我们的娘是一匹杂种,但我们的爹,却是孙氏兄弟家那匹凶猛的纯种的从德国进口的狼狗。此狗后来我见过,它身材高大,黑背、黑尾,肚腹和腿爪则是甘草黄色。它——就算是我们的爹吧——被一根粗重的铁链子,拴在孙氏兄弟"红"牌辣椒酱加工厂的院子里,面前的食盆里,摆放着显然是从宴席上撤下来的食物:有整只的烧鸡,有整条的鱼,还有一个完整的青色鳖盖。但它都视而不见。它生着两只金黄色的布满血丝的眼睛,两只尖削的耳朵,脸上布满阴险而凶残的表情。

爹是纯种,娘是杂种,我们四个,是彻头彻尾的杂种。尽管长大后我们体态相貌各异,但刚出生时却区别不大。大概只有迎春,才能记住我们的出生次序。

你的娘迎春端着一盆骨头汤来喂我的狗娘。汤盆里的腾腾热气,在她面前缭绕;雪花儿犹如白蛾,在她头上飞舞。因我初出生视力不佳，看她的脸有些模糊。但我嗅到了她身上那独特的、仿佛揉烂的香椿树叶的气味，浓烈的猪骨汤的气味也盖不住它。我的狗娘小心翼翼地舔着骨头汤，发出"呱嗒呱嗒"的声响。你的娘拿起扫帚，清扫着狗窝顶上的雪，发出"嚓啦嚓啦"的声响。窝顶上的雪被清除，天光从缝隙透下来，寒冷也透下来，你的娘好心办了坏事。她是农民，难道不知道雪是麦苗的被子？既然知道雪是麦苗的被子，难道还联想不到狗窝顶上的雪也是狗的被子？这个愚蠢的女人，在喂养孩子方面经验丰富，但缺少自然科学知识。如果她像我一样博学多才，知道爱斯基摩人就住在雪堆成的屋子里，知道北极探险队里那些拉雪橇的狗夜里就钻到雪窝里御寒，她就不会扫去我们窝顶的雪，我们也就不会在清晨的时候，冻得奄奄待毙。当然，我们如果不被冻得奄奄待毙，也就不会享受到去她的热炕头上取暖的隆重待遇。

你的娘把我们抱上她的热炕头，嘴里不停地唠叨着：

"宝贝们，小可怜们……"

她不但把我们抱上了热炕头，还把我们的狗娘放进了屋。

我们看到，你的爹蓝脸，蹲在灶门口烧火。外边风狂雪骤，烟囱抽劲超猛，灶膛里火焰熊熊，发出呜呜的声响，一点烟也不外溢，室内散发着燃烧桑树枝条时的奇香。他的脸色如古铜，白发上闪烁着金黄的光泽。他身穿厚厚的棉衣，抽着旱烟，已经是一个幸福大爷的模样。自从分田到户后，农民自家做自家的主，实际上恢复到了当年单干的状态。在这种情况下，你爹与你娘，又吃在一个锅里，睡在了一个炕上。

炕头非常温暖，我们冻僵的身体很快缓过来。我们在炕上爬动。从我的狗哥狗姐身上，我知道了自己的模样，这跟我初生为猪时的情况一样。我们动作笨拙，毛茸茸的，应该非常可爱。炕上有四个小孩，都三岁左右。一女三男。我们四条小狗，三公一母。你娘惊喜地说：

"他爹，你说巧不巧啊，就像对应着生的一样！"

蓝脸不置可否地哼了一声，从灶膛中掏出一个烧焦的桑螵蛸，掰开,两排螳螂卵冒着白气散着香气。"谁尿床?"你爹问,"谁尿床吃了它。"

"我尿床!"两个男孩和一个女孩相跟着说。

唯有一个男孩不吭声。他生着两扇肥嘟嘟的耳朵,瞪着两只大眼,咕嘟着小嘴,好像生气的模样。你当然知道,他是西门金龙与黄互助领养的孩子,据说孩子的父母是一对高中一年级的学生。金龙钱能通神,势力广大,买通了一切,疏通了一切。为此互助还提前几个月用海绵充起了假肚子,但屯里人都知道真相。这孩子名叫西门欢,昵称欢欢,被西门金龙夫妇视为掌上明珠。

"尿床的不说,不尿床的瞎吆喝。"迎春说着,将那热螺蛸放在双手里来回倒着,用嘴巴吹着,然后递给西门欢,说:"欢欢,吃了它。"

西门欢从迎春手里接过螺蛸,看都没看,就扔到炕下,恰巧落在我们的狗娘面前。狗娘毫不客气地吃了它。

"这孩子!"迎春对着蓝脸说。

蓝脸摇摇头,说:"谁家的孩子肖谁!"

四个孩子,好奇地看着我们四个小狗,不时地伸出小手触摸我们。迎春道:

"每人一个,不多不少,正好。"

——四个月后,西门家院子里那棵杏树蓓蕾初绽的时候,迎春对西门金龙黄互助夫妇、西门宝凤马良才夫妇、常天红庞抗美夫妇、蓝解放黄合作夫妇说:

"把你们叫来呢,就是让你们把自家的孩子带回去。这一是呢,我们俩都大字不识,把孩子放这里,只怕耽误了他们的前程;二是呢,我们都上了大岁,头也白了,眼也花了,耳也聋了,牙也松了,吃了大半辈子苦,该让我们过两天省心日子啦。常同志和庞同志呢,把孩子放在这儿让我们带,是我们的造化,但我跟你蓝大伯商量了,凤凰是金枝玉叶,还是让她进城里的幼儿园吧。"

最后那一刻,颇像一个隆重的交接仪式:四个孩子,并排站在炕东头；四头小狗，并排蹲在炕西头。迎春抱起西门欢，在他脸上亲一口，转身递给互助，互助将西门欢抱在怀里。迎春从炕上抱起狗老大，摸摸它的头，递到西门欢的怀里，说：

"欢欢，这是你的。"

迎春抱起马改革，在他的脸上亲一口，转身递给宝凤，宝凤将马改革抱在怀里。迎春从炕上抱起狗老二，摸摸它的头，递到马改革怀里，说：

"改革，这是你的。"

迎春抱起庞凤凰，端详着她红扑扑的、粉嘟嘟的小脸，眼里含着泪花，在她的两个腮帮子上各亲了一口，然后转身，依依不舍地递给庞抗美，说：

"三个秃小子，也抵不上一个小仙女。"

迎春从炕上抱起狗三姐，拍拍它的头，摸摸它的嘴，捋捋它的尾巴，然后把它送到庞凤凰的怀里，说：

"凤凰，这个是你的。"

迎春抱起半边小脸也蓝着的蓝开放，摸摸他那鲜明的印记，长叹一声，老泪纵横地说："苦命的孩子啊……你怎么也……"

她把蓝开放递给合作，合作紧紧地抱着儿子，因为屁股曾被野猪咬残，重心不稳，身体倾斜。你蓝解放试图把蓝脸三世接过来，但合作拒绝了。

迎春从炕上抱起我，狗小四，递到蓝开放的怀里，说：

"开放，这个是你的，狗小四，最聪明。"

在这个过程中，老蓝脸始终蹲在狗窝边，用一块黑布蒙着老黑狗的眼睛，并用手抚摸着它的脑袋，安定着它的神经。

第三十八章

金龙狂言说壮志
合作无语记旧仇

　　我几乎要从那把藤椅上跳起来，但我克制住了自己。我点燃一支烟，慢慢地吸着，平定了自己的情绪。我偷眼看着大头儿那双蓝幽幽的眼睛，从中看到了那条在我家中生活了十五年、与我的前妻和儿子相依为命的狗那冷漠仇视的神情。但一转眼间，又发现那眼神与我死去的儿子蓝开放的眼神十分相似，同样的冷漠，同样的仇视，同样地对我不肯原谅。

　　……那时我已经调到县供销社，担任了政工科科长，说起来我也算是个舞文弄墨的人，经常在省报的中缝里发表点小文章，绰号"中缝将军"。莫言那时已经被借调到县委宣传部报道组帮助工作，虽然还是农村户口，但野心勃勃，狂名洋溢全县。他日夜写稿，头发蓬松，身上烟臭扑鼻，每逢下雨，便把身上衣服脱下来拿出去淋着，并写打油诗自乐：二十九省数我狂，敢令天公洗衣裳。我的前妻黄合作对这个邋遢鬼颇有好感，每次来了，都烟茶招待。我家的狗和我的儿子对他好像有仇。每次他来，狗就狂跳暴叫，颈上的锁链被拽得哗啷啷响。我儿子有一次偷偷地解开了狗的链条，狗如闪电扑上去，莫言急中生力，如一个飞檐走壁的惯偷，纵身跳到了我家厢房的顶上。我调到县供销社不久，合作也被调到县社所属的车站饭店。她的工作是炸油条。她的身上，似乎永远都带着油烟的味道，逢阴雨天气，这股气味就更加浓重。我从来没有说黄合作是个不好的女人，我永远也不会说黄合作有什么不好的地方。当我和她闹离婚时，她流着泪质问我：我到底有什么地方不对？我的儿子也质问我：爸爸，我妈妈哪一点对不起你？我的父母骂我：儿子，你还没当大官呢，合作哪点配不上你？我岳父岳母骂我：蓝解放，你这个蓝脸的小畜生，你撒泡尿当镜子照照去！我的领导也语重心长地劝我：解放同志，人要有自知之明啊！是的，我承认，黄合作没有一点错误，而且她也绰绰有余地配得上我。但是我，我就是不爱她。

那天，母亲分了孩子分了狗，时任县委组织部副部长的庞抗美让她的司机为我们合影。我们四对夫妻、四个孩子、四条狗，聚集在西门家大院的杏树下，看起来一团和气，但实际上各怀鬼胎。这张照片被洗印多张，曾经挂在六个家庭的墙上，但现在，大概一张也找不到了。

合影之后，庞抗美和常天红要我们挤他们的车走，我正犹豫着，但合作却以要在娘家住一夜的理由拒绝了。等庞抗美的轿车驶远时，她却抱起孩子和狗，执意要走。任谁劝也不听。那条老母狗从我父亲怀里挣脱出来，眼上蒙着的黑布，松退到脖子上，像一个黑色的项圈。它直冲合作而来，我来不及反应，狗牙已经深深地咬进了她右边的屁股。她惨叫一声，几乎跌倒，但她硬撑着没有跌倒。她还是要走。宝凤跑回去拿药箱给她处理伤口。金龙把我拉到一边，递给我一支烟，自己也点上一支，烟雾笼罩着我们的脸。我看到金龙皱着眉头，卷起上唇，堵住一只鼻孔，让一股浓烟从另一只鼻孔里喷出来。尽管我见过无数次他抽烟的样子，但这种样子，还是第一次见到。扮完了这个怪相，他深深地看我一眼，用很难分清是同情还是嘲讽的口吻说：

"怎么，过不下去了吗？"

我不看他那张脸，我看着大门外街道上那两条追逐着的狗，还看着那空旷的广场上一个骑着红色摩托车的人在兜风。在那破败的舞台上，一帮人正在咋咋呼呼地悬挂横幅，横幅上写着"南国女郎霹雳劲

舞"八个歪歪斜斜的大字。我冷冷地说:

"没有啊,很好啊!"

"那就好,"他说,"其实一切都是阴差阳错。不过,你也算是有头有脸的人物了,女人嘛,就那么回事儿……"他用左手的拇指捻捻食指和中指,又用双手在双耳上方比画了一个乌纱帽翅的样子,说,"只要有了这个,她们招之即来。"

我似乎明白了他的暗示,竭力不去想从前的事。

宝凤搀扶着合作向我走来,我儿子一手抱着狗小四,一手拽着合作的衣角并仰脸看着她的脸。宝凤将一盒狂犬疫苗递给我,说:

"回家放在冰箱里,盒上有详细说明,记住,一定要按时注射,万一……"

"谢谢你,宝凤,"合作道,她用冷冰冰的目光看我一眼,说,"连狗都嫌我了。"

吴秋香手持一根棍子,追打那条老狗。老狗钻进窝里,龇着牙,眼睛碧绿,对着秋香发威。

背已驼得很厉害的黄瞳站在杏树下,指着我爹和我娘大骂:

"你们蓝家的人六亲不认,狗也不认亲属!你们赶快把它勒死,不勒死它,我就放火把狗窝烧了。"

我爹持一把磨秃了的竹扫帚,用力捅进狗窝,老狗发出凄惨的叫声。

我娘颠颠地跑上来,满怀歉意地说:

"开放他娘啊,真是对不起你了,这老狗,是护它的崽子呢,不是成心咬你的……"

不顾两家母亲和宝凤、互助的挽留,合作执意要走。金龙抬腕看看手表,说:

"第一班公共汽车已经过去了,第二班还要等两个小时。如果不嫌我的车破,我送你们一趟吧。"

合作斜他一眼,不跟任何人打招呼,拉着孩子的手,身体倾斜着向村后走去。我们的儿子开放，抱着他的小狗，频频地回头示意。

我爹追上来，与我并肩走着。随着年龄的增长，他那半边蓝脸的颜色已不如年轻时那样鲜明，西斜的阳光照着他的脸，更显出了他的苍老。我看看前边走着的妻子、儿子和狗，站住，说：

"爹，你回去吧。"

"嗨，"爹叹息一声，垂头丧气地说，"早知道这痣能传给下辈，我当年还不如光棍着好。"

"爹，您千万别这么想，"我说，"我没有觉得有什么不光彩的。开放如果抱怨，等大一点就给他做个换皮手术，现在科学这么发达，有办法的。"

"金龙和宝凤，毕竟隔了一层，我现在最牵挂的，就是你们家了。"爹说。

"爹，放心吧，您自己照顾好自己。"

"这三年，是我这辈子过得最好的日子，"爹说，"家里有三千多斤麦子，还有几百斤杂粮，就是三年颗粒不收，也饿不着我和你娘。"

金龙的吉普车从东边蹦跳着开过来，我说："爹，回吧，有了空我就回来看你。"

"解放，"爹停顿了一下，目光盯着地面，悲凉地说，"你娘对我说过，人生一世，谁跟谁结夫妻，是命中注定的。"爹又停顿了一下，说："你娘让我劝你不要起异心，你娘说，在官场上混事的人，'休了前妻废后程'，这是老辈子的经验，你要往心里去。"

"我明白，爹。"我看着父亲既丑陋又庄严的脸，心中顿觉一阵酸楚。我说："你跟俺娘说吧，让她放心。"

金龙在我们身边停下车。我拉开车门，坐在副驾驶的位置上。

"劳你堂堂的——"我说，金龙一歪头，把嘴叼着的烟头从车窗吐出去，打断我的话，说："堂堂个鸡巴！"我不禁喷笑，说："待会当着我儿子，你说话注意点。"他哼一声，道："其实也无所谓，男人，就应该让他从十五岁开始学习性交，这样，就不会为了女人的事哼哼唧唧。"我说:"那就从西门欢开始吧,看能不能培养出个大人物。"他说:"光培养也不行,还要看他是不是这块料。"

吉普车开到合作与开放身边,停住,金龙探出头,说:

"弟妹,贤侄,上车吧!"

开放抱着狗,合作牵着开放,虽身体歪斜,但头昂着从车旁走过。

"嘿!这点个性!"金龙在方向盘中央敲了一下——吉普车发出一声短促的鸣叫——眼睛看着前方,不侧目,对我说,"伙计,心里要有数啊,她从来就不是一盏省油的灯。"

车缓缓追到她们身侧,金龙又敲了一下喇叭,探出头去说:

"他二姨,是不是嫌姐夫的车破啊?"

合作依然是那样昂昂地走着,目光辣辣的,直盯着前方。她穿着一条浅灰色裤子,左边塌陷,右边浑圆,有一团血渍或者是碘酒渗出来。我确实很同情她,但我的心中也确实充满了对她的厌恶。她那剪短的头发后露出的青白的脖颈,她那没有耳垂的瘦耳朵,她腮上那颗有一长一短两根黑毛的瘊子,以及她身上那股子混合了油条制作全过程的气味,都让我厌恶。

金龙将车开到前面的道路中央,推开车门,跳下去,扺着腰站在车旁,脸上显出赌气的神情。我犹豫了片刻,也推开车门下车。

就这样僵持着,我想如果黄合作有传说中的法术,她会变成巨人,踏着我,踩着金龙,踩扁吉普车,径直地走过去。她不会拐弯。西边的太阳正照着她的脸。两道在眉心处几乎连成一线的浓密得过分的眉毛,单薄的嘴唇,两只不大的黑眼睛里似乎就要涌出泪水。我同情她,觉得她真是不容易,但充溢我心中的依然是厌恶。

金龙有几分懊恼的脸陡然变得嬉皮笑脸,他又改变了称谓,说:

"弟妹,知道坐这样的破车委屈了你,知道你瞧不起我这个农民,知道你宁愿走回县城也不愿坐我的车,但你能走,开放不能走啊,就算看在贤侄的面子上,给他大伯我一个台阶下。"

金龙走上前,弯腰抱起开放和狗小四。合作撕扯了几下,但开放与狗已经在他的怀里了。金龙拉开吉普车的后门把开放和狗塞进去,开放在车里喊着"妈妈",带着几分哭腔。狗小四"汪汪"地叫着。我拉开另一边的车门,恨恨地看着她,用嘲讽的口吻说:

"请吧,先生!"

她犹豫着,金龙依旧嬉皮笑脸地说:

"欢欢他姨,要不是当着欢欢他姨夫的面,我就把你抱到车上了。"

合作的脸猛地涨红了。她瞅了金龙一眼,眼神是那么复杂。我当然知道她想起了什么。我对她心怀厌恶的理由其实与她和金龙有过那种事无关,就像我绝对不会厌恶我爱上了的一个有夫之妇与她丈夫曾经有过的关系那样。她竟然上了车,但不是从我这边上的而是从金龙那边上的。我用力关上车门。金龙在那边也关了车门。

车启动,隆隆前行。我从金龙那侧的后视镜里看到她紧紧搂着儿子,儿子紧紧搂着狗,心中懊恼无比,不由得嘟囔一句:

"戏也太过了!"

此时吉普车正行驶在那座狭窄的小石桥上。她猛然拉开了车门就要往下跳。金龙左手扶住方向盘,右手反回去,抓住了她的头发。我也猛地探过身去,扯住了她的胳膊。孩子哭,狗叫。车到桥头。金龙腾出手来对准我的胸膛捅了一拳,骂道:

"浑蛋!"

金龙跳下车,用衣袖沾沾额头上的汗,踹了一脚车门,骂道:

"你也是浑蛋!你可以死,他可以死,我也可以死,但开放呢?他一个三岁的孩子,有什么过错?"

开放在车里大哭,狗小四狂叫。

金龙双手插在裤兜里原地转了两圈,嘴唇打着"吐噜",喷出一口气。他拉开车门,探进身,用手绢擦擦开放脸上的泪和鼻涕,哄着说:"好了,大小伙子,不哭了。等你下次回来,大伯用桑塔纳轿车去接你。"他顺手在狗小四头上拍了一掌,骂道:

"狗娘养的,你他妈的叫唤什么?!"

吉普车一路飞驰，将一辆辆马车、驴车、四轮拖拉机、手扶拖拉机、骑自行车的人、步行的人，统统甩在了后边的烟尘里。那时候西门屯通县城的公路，仅路中央铺了宽约五米的一道沥青，路两边还是沙土。现在，西门屯特别开发区通县城的路已经扩展到双向八车道混凝土路面。路两边栽着修剪整齐的冬青木，每间隔十米，还有一棵宝塔状的刺松。上下道中间的隔离带，栽着一丛丛黄色和粉红的玫瑰。吉普车颤抖不止，发出吱吱嘎嘎的响声。金龙赌气般地开着快车，不时用手敲打方向盘，汽笛时而短促如狗叫，时而尖厉如狼嚎。我紧紧地抓着前边的铁杠，幽了一默：

"伙计，车轮螺丝拧紧了没有？"

"放心吧，"金龙说，"咱是世界级赛车手。"说着，车速明显减缓。车过驴店后，公路便一直傍着大河蜿蜒，河中的流水，被映照得一片金黄。一艘涂成蓝白两色的小快艇顺流而下。金龙说：

"开放贤侄啊，大伯我野心勃勃，要让高密东北乡成为人间福地，要让我们西门屯变成河边明珠，要把你们那破县城变成我们西门屯的郊区，你信不信？"

开放不语。我回头说："大伯问你话呢！"但这小子已经睡着了，口水流在狗小四头上。那狗小四，眼睛迷迷瞪瞪的，大概是头晕了吧！合作侧脸看着河流，把生着瘊子的那边脸对着我，噘着嘴，好像还在生气。

临近县城时，我们看到了洪泰岳。他骑着一辆破自行车——还是"大养其猪"时的旧物——头戴一顶破草帽，弓着腰，晃动着肩膀，一上一下奋力蹬车，汗水濡湿了背后的衣服，衣服上沾满黄土。

"洪泰岳。"我说。

"早看到了，"金龙说，"大概又要到县委去告状了。"

"告谁？"

"逮着谁告谁。"金龙略一停顿，笑着说，"他跟我们家那位老头子，其实是一枚硬币上的正反两面，"金龙拍了一下喇叭，从他身边一闪而过,又说,"泰岳难为兄,蓝脸难为弟,难兄难弟!"

我回头,看到洪泰岳的车子摆了几摆,但没有跌倒。他马上就变小了。一阵骂声尖细地追上来:

"西门金龙!我日你祖宗!你这个恶霸地主的狗崽子……"

"他骂我的话,我都背熟了。"金龙笑着说,"其实是个可爱的老头儿!"

在我们家门前,金龙停下车,但没有熄火,他说:

"解放,合作,咱们都扔了三十数四十了,活到今天,总算明白了点事儿,那就是,跟谁过不去都可以,千万别跟自己过不去!"

"至理名言。"我说。

"屁,"他说,"我上个月去深圳结识了一个漂亮姑娘,她有一句挂在嘴边的话,'你不可改变我!'我说,'我改变我自己!'"

"什么意思?"我说。

"那你就糊涂着吧!"他让吉普车像撞红布的蛮牛一样调转了车头,伸出一只戴上了白线手套的手,对我们抓了两下,动作古怪而稚拙,然后便跑了。邻居大娘家一只黄鸡钻到他的车下,被压成了肉饼。他似乎毫无觉察。我从地上揭起黄鸡,去敲大娘的门,无人应门。我想了想,掏出二十元钱,戳到鸡爪上,把鸡从门槛下塞进去。那时候县城里还可以养鸡、养鹅,我家的前邻,隔出半个院子,铺了一层砂石,养了两只鸵鸟。

合作站在院子里,对儿子说也对狗说:

"这就是咱们家。"

我从皮包里摸出那盒狂犬疫苗,递给她,冷冷地说:

"赶快放到冰箱里,三天注射一次,千万不要忘记。"

"你姐姐说得了狂犬病必死无疑?"她问。

我点点头。

"那你不正好称心如意了吗?"她说着,一把将狂犬疫苗抓过去,转身进了厨房,冰箱在那里。

第三十九章

蓝开放喜看新居
狗小四怀念老屋

　　在你们家的第一夜,我享受了很高的礼遇。我是一条狗,却住在了人的房屋。你儿子一岁时即抱回西门屯,由你的娘喂养,其间从没回来过,他与我一样,对这个家既感到陌生又感到好奇。我跟在他的身后,在房子里跑来跑去,很快便熟悉了这房屋的结构。
　　这是一个相当不错的家。相对于西门屯蓝脸家房檐下那个狗窝,简直是个宫殿。进门是一个方方正正的大厅,地面上铺着"莱阳红"大理石,蜡光闪闪,脚在上边打滑。你儿子一进门就被地面迷住了,他低头看着自己的影子,我也看到了自己的影子。然后他便像在河面上溜冰一样打起滑来。冰的感觉让我模模糊糊地回忆起西门屯村后那条浩瀚的大河,碧玉般透明的冰面,目光穿透冰面可以看到缓缓流动的河水和水中动作迟缓的游鱼,一头巨大的猪的形象慢慢地在红色大理石的地面出现,我感到恐怖,仿佛它要吃掉我。我赶紧抬起头,不看它。我看到四周是用橘红色榉木板做成的墙裙。我看到雪白的墙壁,雪白的天花板,浅蓝色的枝形吊灯,犹如一串铃兰花苞的形状。我还看到,正面的墙上,悬挂着一幅巨大的照片:一片树林,一池绿水,两只天鹅,池边是一片金黄色的郁金香。东边一间,是一间狭长的书房,书架遮住一面墙,但架上只有几十本大小不一的书。墙角有一床。与床相连的是书桌与椅子。地面是柞木的,上面刷着一层透明的油漆。从门厅往西,是一条走廊,迎面是一个房间,右侧是一个房间,房间里都有床,都铺着柞木地板。门厅后面,是一个厨房。

太阔气了,太牛了,这是我当时的想法。但过不了多久,当我见识了狗三姐主人的家,才知道什么叫现代装修,什么叫富丽堂皇。尽管你们这个家,也算是我的家吧,与别人家比较,显出了寒碜,但我还是喜欢这里。狗不嫌家贫嘛,何况根本也算不上贫。四间正房,两间东厢,三间西厢,半亩大的院子,四棵粗大的梧桐,院中一口泉眼旺盛的井,这房子、这院子都说明你蓝解放混得不错,你官虽不大,但本领不小,是个人物。

既然咱是一条狗,不论大小,就得履行狗的职责,那就是,每到一个新地儿,就得挤出点尿来,留下点印记。一方面呢,说明这是咱家的地盘;一方面呢,万一咱出远门迷了路,嗅着这味儿,就可以找回来。

咱的第一泡尿呢,是滋在了右边门框上。咱跷起右后腿,滋,滋,两下,芳香四溢。省着点儿,使用这香水的地儿多着呢。咱的第二泡尿滋在了客厅的墙裙板上,还是两下,气味依旧,省着点儿。第三泡尿滋在你蓝解放的书架上。刚滋了一下,就被你踢了一脚,把剩余的一"滋"硬憋了回去。从此之后,十几年的漫长岁月,这一脚都让我难以忘却。虽然你是这家的男主人,但我从来没把你当成主人,后来甚至把你当成了仇敌。我的第一主人,自然是那半个屁股的女人。第二主人,是那半边蓝脸的男孩。你他妈的,在我心中,呸,什么玩意儿。

你老婆在走廊里放了一个筐子,筐中铺上几张报纸,你儿子又放上一个皮球,算是我的窝。这当然很好,竟然还有玩具,咱也贵起来了。但好景不长,在这窝里只睡到半夜,就被你搬着筐把我扔到四厢房的煤堆旁边。为什么呢?因为我在黑暗中,想起了西门屯的狗窝,想起狗娘温暖的怀抱,想起了那个慈祥老太太身上的气味。我禁不住就哼哼起来,眼泪汪汪。连你的儿子睡在你老婆的怀里半夜里还起来找奶奶呢。人狗是一理嘛。你儿子已经三岁，老子才出生三个月，凭什么？连娘都不许想啦？何况我不仅思念我的狗娘，我还思念你的人娘呢！但说这些都没用，半夜时分你推开门，端着筐子就把我扔到煤堆旁边，你还骂我：狗杂种，再叫就掐死你！

其实你根本就没睡，你躲在书房里，桌上装模作样地摆着一本《列宁选集》，就你这满脑袋资产阶级腐朽思想的家伙还看《列宁选集》？啊——呸！这是你小子的一贯伎俩，你用这种方法逃避和我的女主人睡觉。你一支接一支抽烟，把你那书房熏得墙壁发黄，仿佛装修时使用的别样涂料。

灯光从你书房的门缝透出来，穿过客厅，从走廊的门缝透进来，烟味伴随着灯光。我虽然在哭，但同时也在履行一条狗的职责。我记住了你身上那股隐藏在烟臭里的以苦涩为基础的综合气味，我记住了你妻子身上那股被油腥和碘酒掩盖着的以酸辛为基调的气味，你儿子身上那股综合了你们夫妻气味的、苦涩酸辛的气味我早就很熟悉了。在西门屯时，我闭着眼睛也能把他的鞋子从那一堆鞋子里叼出来。但你小子竟敢把我从房子里搬到厢房的煤堆里。作为一条狗，谁愿意跟人住在一屋里啊？闻你们的脚丫子味？闻你们的屁味？闻你们腋下的狐臊？闻你们嘴里的酸臭？但那时我还小，你怎么着也让我在屋里待一夜，也算你仁慈，可你小子——！咱们这仇，就是那时结上的。

厢房里黑黢黢的，但对一条狗来说，这光线足够辨别事物。煤的气味浓烈，夹杂着硝烟气味、挖煤工人的汗水味儿，还有血腥的味儿。都是亮晶晶的大块好煤，那时供销社管物资，要啥有啥。能烧上这样的大块良煤的都不是一般家庭。我跳出筐子，走到院子，嗅着汹涌而上的井水气味，嗅着梧桐花儿的气味，嗅着西南墙角上的厕所气味，嗅着那一块小小的菜地里的韭菜气味和菠菜气味，嗅着东厢房里的酵母味儿，蒜汁香肠味儿，已经变质的馊饭味儿，还有各种各样的木材、铁器、塑胶、电器发出的味儿。我在四棵梧桐树上都"滋滋"了，在大门上也"滋滋"了，在该"滋滋"的地方都"滋滋"了。这里成了咱家的地盘了，咱离开母亲的怀抱，来到一个陌生之地，今后的日子，就靠自己了。

咱在院子里转圈，熟悉环境。路过正房门时，因情感一时脆弱，扑上去，用爪子搔了几下门，嘴里发出几声猖狺的哀叫，但这种脆弱感情很快就被克服了。

我回到西厢房那筐里，感到自己已经长大了。我看着半个月亮爬上来，红红的脸膛，像一个怕羞的农村大姐。星空深邃无边，四棵大梧桐上，那些浅紫色的繁花，在浑浊的月光下，像活着的蝴蝶，仿佛随时都会翩翩起舞。我听着后半夜的县城里那些神秘陌生的声音，嗅着那复杂的气味，感到自己已经置身于一个广大的新世界中，对明天，我充满期待。

第四十章

庞春苗挥洒珍珠泪
蓝解放初吻樱桃唇

在六年的时间里，我蓝解放从县供销社政工科长到县供销社党委副书记再到县供销社主任兼党委书记再到主管文教卫生的副县长，我确实蹦跶得不慢。尽管有种种议论，但我问心无愧。尽管先任组织部长后任主管组织工作的副书记的庞抗美是我爹用毛驴把她娘驮到县医院生出来的，尽管我同母异父的哥哥西门金龙与她的关系非同一般，尽管我与她爹她娘她妹妹都很熟识，尽管我儿子与她女儿是同班同学，尽管我家的狗与她家的狗是一母所生，尽管有这么多的尽管，但我蓝解放当上副县长，完全靠的是我自己。我自己的努力，我自己的才华，我自己营造的同僚关系和我自己奠定的群众基础，向冠冕堂皇里说，当然还有组织的培养和同志们的帮助，但我没走她庞抗美的门子。她好像也对我没有好感。在我上任之后不久，一次在县委大院里不期而遇，看看左右无人，她竟然说：

"丑八怪，我投了你反对票，但你还是当上了。"

我仿佛当头挨了一棒，一时张口结舌。我四十岁，肚腩已经鼓了，头顶毛也疏了。她也是四十岁，但身体依然那么苗条，皮肤依然那么光滑，脸上一片青春，岁月在她身上似乎没留下任何痕迹。我怔怔地望着她的背影，看着她剪裁得体的咖啡色套裙，棕色的半高跟皮鞋，绷得紧紧的小腿和细腰翘臀，心中纷乱如麻。

如果不发生与庞春苗的事,我也许还能往上蹿蹿,到异地去当个县长,或者书记,最不济也退到人大、政协,挂个副职,吃喝玩乐,步入晚年,不至于像现在这样,声名狼藉,创伤累累,躲在这小院里,苟且偷生。但是我不后悔。

"知道你不后悔,"大头儿说,"从某种意义上说呢,你也算条汉子。"他嘻嘻地笑起来,我家那条狗的表情从他脸上洇出来,就像底片在显影液里显出影像一样。

当莫言那小子带着她第一次出现在我的办公室里时,我才猛然地意识到,岁月流逝得有多么快捷。我一直觉得跟庞家的人很熟很熟,似乎经常见面,但努力回忆,她留在我脑海里的印象,竟然还是那个在第五棉花加工厂大门口倒立行走的女孩。

"你,竟然这么大了……"我像个长辈一样,上下打量着她,感慨万端地说,"那时候,你这样,这样,就把腿举起来了……"

她白白的脸上浮起红晕,鼻尖上一片汗珠。那天是一九九〇年七月一日,星期日。气温很高,我的办公室在三层,敞开的窗户,正对着一棵法国梧桐枝叶繁茂的树冠,树上蝉鸣如雨。她穿着一件红色的裙子,领口鸡心状,蕾丝花边。小脖子细细的,锁骨处凹陷进去,脖子上拴着一根红绳,绳端碧绿的小小的一块也许是玉。她大大两只眼,小嘴,口唇丰满。不施粉黛,两颗门牙似乎有些挤,很白。脑后竟然拖着一条古典的大辫子,这让我心中产生异样的感觉。莫言那小子曾写过一篇题名《辫子》的小说,写一个县委宣传部的副部长与一个在新华书店卖连环画的姑娘搞婚外恋的故事。故事的结局很怪诞,与我们大不相同,但显然他是以我们的恋情为故事原型。跟写小说的人交朋友,弄不好就成了素材。他奶奶的,这小子。

"快坐快坐,"我一边张罗着倒茶,一边说,"真是太快了,小春苗,一转眼就成了亭亭玉立的大姑娘了。"

"蓝叔叔,您别客气,刚才在街上,莫老师请我喝了汽水。"她拘谨地坐在沙发边缘上,说。

"错了错了,"莫言那小子说,"蓝县长跟你大姐同年出生,蓝县长的母亲还是你大姐的干娘呢!"

"乱讲,"我把一盒中华烟扔到莫言面前,说,"什么干娘、湿娘,我们从来不搞这一套庸俗关系。"我将一杯龙井茶放在她面前,说:"随便叫,别听这个乌鸦嘴的——你好像在新华书店工作?"

"蓝县长,"莫言将那盒烟掖进口袋,从我烟盒里抽出一支烟,说,"太官僚主义了吧?庞春苗小姐,新华书店少儿读物部售货员,业余文艺骨干,会拉手风琴,能跳孔雀舞,会唱抒情歌,还在省报副刊上发表过散文呢!"

"是吗?"我惊讶地说,"那放在新华书店不是可惜了吗?"

"谁说不是呢,"莫言道,"我对她说,'走,咱们找蓝县长,让他把你调到县电视台。'"

"莫老师,"她脸涨得通红,看看我,说,"我没有那意思……"

"你今年才二十岁吧?"我说,"应该考大学去,考艺术院校。"

"我什么都不会……"她低着头说,"闹着玩的,我考不上的,一进考场就紧张,晕过去了……"

"没有必要上大学,"莫言道,"艺术家都不是大学培养出来的,譬如我!"

"你的脸皮越来越厚了,"我说,"自吹自擂,难成大器。"

"我这叫恃才傲物,狂放不羁!"

"要不要我把李铮叫来?"我说。

李铮是市精神病院的主治医生,我们的朋友。

"不闹不闹,说正事,"莫言道,"没当着外人面,斗胆不呼县长,叫大哥,蓝大哥,你真的要多关心一下我们这个小妹妹。"

"当然,"我说,"不过,有庞书记在那儿,我想效力,怕都轮不上吧?"

"这就是春苗妹妹的可爱之处了,"莫言道,"她从来不求她大姐。"

"好了,"我说,"候补作家,最近又写什么小说了?"

莫言滔滔不绝地开始讲述他正在写着的小说，我装出侧耳恭听的样子，心里想着的全是与庞家有关的事。对天发誓那会儿我根本没把她当成女人，以后的很长时间里也没有，当时我只是充满好感地看着她，有那么一点点沧桑感，安在墙角的落地式电风扇无声地摇动着头颅，把她身上那股清新的气味吹过来，让我感到心旷神怡。

但两个月后，事情突然发生了变化。依然是一个星期日的下午，依然是很热的天气，窗外梧桐树上的蝉声已经绝迹，有两只喜鹊在梢头跳跃、噪叫。喜鹊是吉祥鸟，它们的到来让我感到一种幸福的预兆。她来了，一个人，乌鸦嘴莫言在我帮助下去一个大学的作家班学习，可以解决学历，回来我会帮助他"农转非"。这期间她来找过我几次，送过我一筒黄山猴魁茶，说是她爸爸去黄山旅游时老战友送的。我说你爸爸身体好吗，她说好着呢，爬黄山不用拐棍。我深表惊讶和佩服，耳畔似乎响起了他走路时假肢发出的"吱嘎"声。我对她说起过她去电视台的事，我说只要你想去，那很简单，一句话的事。我说并不是我的话有那么大的力量，真正的力量是你姐姐的地位。她着急地辩白：你不要听莫言老师瞎说，我真的没那意思。她说我哪里也不去，我就在新华书店卖小人书。有孩子来买小人书时我就卖小人书，没孩子买小人书我就看小人书，我感到很满足。

新华书店就在县政府马路斜对面，直线距离不超过二百米，每天我一开窗，就可以居高临下地看到这个二层的陈旧建筑。"新华书店"，四个毛体大字，因红漆剥落，远看好像缺胳膊少腿。这姑娘的确与众不同，当许多人挖空心思、动用种种卑劣手段想与大权在握的庞抗美攀上关系时，她却在逃避。她完全可以不费吹灰之力换一个收入丰厚的轻松工作，但她不。有这般家庭背景的女孩会这样胸无大志吗？会这样安分守己吗？重要的问题是，她既然无所求，三番两次地来找我干什么？这样的青春年华，应该是恋爱的季节。她长得确实算不上美丽，不是浓妆艳抹的牡丹、芍药，但她异常清新，人淡如菊，追她的年轻人会少吗？她何必与我一个四十岁的、半边蓝脸的丑男人交往？如果她没有一个甚至也能掌握我的升迁命运的姐姐，一切都可以理解；但她有这样一个姐姐，一切都不可理解了。

　　两个月内她来过六次，这是第七次。前几次她都是坐在第一次坐过的位置上，都是穿着那件红裙子，坐得都是那么虚，神情始终拘谨。莫言陪着来过两次，莫言走后，她自己来。莫言在时，一张嘴横扫千军，想冷场都办不到。莫言不在，场面就有些尴尬。无奈我就从书架上拿那几本文艺方面的书给她看。给她一本，她翻翻，说这本看过了。再给她一本，她翻翻，说这本也看过了。我说那你就自己找一本没看过的吧。她抽出一本农村读物出版社出版的《家畜常见病防治手册》，说这本没看过。我哑然失笑，说你这丫头，真逗，那你就看这本吧。我拿出一摞传阅文件，一目十行地浏览着。偷眼看她，屁股很实地坐在沙发上，背也靠实落了，双腿并拢支起，将那本《家畜常见病防治手册》放在膝盖上，极其入神地读着，一边读还一边低声地念出来。这是乡间那些文化不高的老农读书的方式。我悄悄地笑了。偶尔有人到办公室来找我，见一个年轻姑娘在，脸上便有些尴尬，但当我对他们说这是庞书记的妹妹时，他们的神情马上便变得毕恭毕敬。我知道他们心里怎么想。他们绝不会想蓝县长与庞春苗有什么暧昧之事，他们想的是蓝县长与庞书记关系非同一般。我必须承认，虽然并不是因为她我才周末不回家，但她的出现使我更不想回家了。

　　这一次她没有穿那件红裙子，我想也许是我曾经跟她开过的玩笑起了作用。我上次看着她的裙子对她说："春苗，我昨天给庞大叔打电话了，让他给你买件新裙子。"她红着脸说："你怎么能这样呢？"我赶紧说："逗你玩呢。"这次她穿着一条深蓝色牛仔裤，上身穿一件白色半袖小衫，依然是鸡心领、领边蕾丝针织什么的，脖子上还是红绳绿玉。她依旧坐在那个位置上，脸白得不对劲，目光发直。我急忙问：怎么啦？她看我一眼，撇撇嘴，"哇"的一声就哭了起来。这个星期日，办公楼里有人加班。我手足无措，慌忙把门打开。她的哭声像一群鸟，飞到走廊里。我急忙把门关上。又把窗关上。在我的一生中还从来没碰到过这样的棘手问题,我搓着手,像一只初被关进铁笼的焦躁猴子,一边转圈,一边低声劝解:"春苗春苗春苗,别哭别哭别哭……"她肆无忌惮地哭着,声音更加响亮。我又想拉开门,马上又意识到绝对不能开门。我坐在她身边,出汗的右手抓着她冰凉的右手,左胳膊从她背后揽过去,左手拍打着她的肩头,连连劝解:"别哭别哭,有什么事跟大哥说,在这高密县城里,什么人这么大胆,竟敢欺负我们春苗姑娘?告诉大哥,大哥去把他的头拧转一百八十度……"但她只是哭。闭着眼哭,大张着嘴巴,像个任性的小女孩。珍珠般的泪珠,一串串地滚出来。我跳起来,然后再坐下。星期天下午一个年轻女人在副县长办公室放声大哭,这算什么事呢?我后来想,如果当时我手边有那种治疗跌打损伤、肌肉酸痛的伤湿止痛膏,我就会揭下一帖,封住她的嘴巴。后来我想,如果我当时能下狠心,像个绑匪一样,把臭袜子揉成团,塞进她的嘴巴,事情也会朝着另外的方向发展。但我当时采用了从某种角度来说是最愚蠢的方法而从另外一种角度来看又是最聪明的方法:我抓着她一只手,扳着她的肩膀,用我的嘴,堵住了她的嘴……

她的嘴很小,我的嘴很大,就像茶杯扣住酒盅一样严丝合缝。她的哭声猛烈地冲进我的口腔,激得我双耳深处一阵轰鸣,随即又短促地响了一下,她不哭了。这时,我被一种平生从未体验过的奇异感觉击垮了。

我虽然已经结婚生子,但说来似乎撒谎,十四年的婚姻生活中,我与她性交(我只能这么说,因为根本就没有爱)总共十九次,接吻嘛,勉强算一次吧。那还是看过一场外国电影之后,受电影中此类如痴如醉的镜头影响,我搂住她,对她伸过嘴去。她的头扭来扭去,卓有成效地躲避着我,后来总算在慌乱中碰上了,但我的感觉是犬牙交错,充满敌意,而且,一股从她嘴里散发出来的腐肉般的臭气,熏得我头脑子里"嗡嗡"地响了一声。我立即松开了她,从此再也没动过这种念头。在那屈指可数的十几次性交中,我总是尽量地避着她的嘴

413

巴。我曾经劝说她去医院看看牙科，她冷冷地看着我，说：为什么？我牙齿好好的，为什么要去看牙科？我说：你嘴巴里好像有臭味。她恼怒地说：你嘴巴里有大粪。

我后来对莫言说过，那天下午的吻，是我的惊心动魄、触及灵魂的初吻。我用力吮吸着、品咂着她丰满而小巧的双唇，仿佛要把她全部吸到我的腹中一样。我这才明白了莫言小说中的那些陷入狂热恋爱中的男人总是对女人说"我恨不得把你吞了"的道理。她在我的嘴吻着她的瞬间，全身突然僵硬如木雕，肌肤冰凉，但很快她就松软了，瘦骨伶仃的身体似乎膨胀起来，柔软得如同没有骨头，灼热得如同火炉。起初我还睁着眼睛，但马上就闭上了。她的嘴唇在我嘴里膨胀着，她的嘴巴张开了，一股犹如新鲜扇贝的鲜味儿布满我的口腔。我无师自通地把舌头探进她的嘴里，去逗引她的舌头，她的舌头与我的舌头勾搭在一起，纠缠在一起。我感到她的心脏像小鸟一样在我胸前扑腾，这时她的双手已经搂住了我的脖子。我把天下事忘到了脑后，只有她的唇、她的舌、她的气味、她的温度、她的呻吟，占据了我全部的身心。这样的过程持续了不知多久，后来被电话铃声打断。我松开她去接电话，腿一软竟跪在了地上。我感到身体已经失去了重量，这一吻使我变成了一根羽毛。我没有接电话，只是拔掉了电话线插销，中断了这可恶的铃声。我看到她仰在沙发上，面色惨白，嘴唇红肿，仿佛死人一样，我当然知道她没有死，因为泪珠儿在她脸上滚动。我用面巾纸揩干她的泪水。她睁开眼睛，两条细胳膊缠住我的脖子，喃喃着：我头晕。我站起来时也顺便把她带了起来，她的头俯在我的肩上，头发弄得我的耳朵痒痒的。走廊里响起了那个喜欢唱歌的公务员嘹亮的歌声，这小子模仿陕北民歌一绝，每个星期天下午我都听到他在盥洗间里一边冲洗墩布一边引吭高歌：

"哥哥你走西口——小妹妹实难留——"

我知道只要他的歌声响起，就说明整座楼里只有我们两人啦，然后就该他打扫卫生了。我的理智回来了，推开她，去把办公室的门拉开了一条缝。然后我虚伪地说:"春苗,对不起,我一时冲动……"她眼泪汪汪地说:"你不喜欢我?"我急忙说:"喜欢,太喜欢了……"她又要往我身上扑,我抓住她的手,说:"好春苗,公务员马上要来打扫卫生了。你先回去,过几天,我有好多话慢慢对你说……"她走了,我瘫坐在皮转椅上,听着她的脚步声,渐渐消逝在楼道尽头。

第四十一章

蓝解放虚情戏发妻
狗小四保镖送学童

其实,那天傍晚你一到大门外边,我就嗅到你身上沾染了一股不但令人愉悦令狗也愉悦的气味。这气味与你平日里与女人握手、与女人同桌吃饭、与女人搂抱着跳舞时所沾染的气味大不相同。甚至与你跟女人性交后的气味都大不相同。——什么事都瞒不了我的鼻子——大头儿蓝千岁目光炯炯地说。

他的神情和眼色使我意识到,此刻,不是庞凤凰生养的那个与我的关系复杂得无法称谓的、天赋异禀的孩子在跟我说话,而是我家那条死去多年的狗在跟我说话。

什么都瞒不了我的鼻子,他自信地说,一九八九年夏天,你到驴镇去,名为检查工作,实则与你那几个铁哥们儿——驴镇书记金斗宦、驴镇镇长鲁太鱼、驴镇供销社主任柯里顿一起吃喝玩乐打扑克。每到周末县里的干部大半都蹿到乡下去吃喝玩乐打扑克。我从你手上闻到了金、鲁、柯的气味,这些人都到咱们家里来过,在我头脑中那个气味储存库里,存有他们的档案。一嗅到气味我马上就想到了他们的相貌、声音,你能瞒得了老婆孩子但你瞒不了我。你们中午吃了运粮河里的甲鱼,吃了当地名产黄焖鸡,还吃了蝉的幼虫与蚕蛹,还有许多乱七八糟的东西我懒得一一叙说。这些都无关紧要,重要的是,我从你裆间嗅到了一股腥冷的精液气味与橡胶避孕套的气味。这说明，你们在酒足饭饱之后，去找小姐"打炮"了。驴镇濒临大河，物产丰富，风景优美，沿河一字排开数十家酒店、发廊，其间有许多美色女子半公开地从事古老的职业，这事儿，你们都心照不宣。我是一条狗，不负责"扫黄"问题，我把你这件风流事儿抖搂出来的目的是想说明，即便与你有过性关系的女人，她的气味也是浮在你的基本气味外边，你认真地洗上一个澡，往身上喷洒点香水，就基本上可以把她的气味清除或者掩盖，但是这一次却不同，这一次你身上没有精液气味，也没有她的体液气味，但分明有一股极其清新的气味与你这个人的基本气味发生了混合，使你的基本气味从此发生了变化。于是我就明白了，你与这个女人之间，已经产生了深刻的爱情，这爱情渗入了你们彼此的血液、骨髓，无论什么样的力量，也难把你们分开了。

你那天晚上的表现，实际上是一次徒劳的挣扎。你吃完饭后竟然去厨房里洗了碗，然后又询问了你儿子学习方面的情况。这些不寻常的表现让你妻子心中感动，她主动地为你泡了一杯茶。这一夜，你与妻子性交一次。按照你的统计，这是你们夫妻之间的第二十次，也是最后一次。我从气味的浓度上判断出你们这次性生活质量差强人意，但我知道这是徒劳的。因为这过程当中，有一种在道德自律之下的歉疚之情暂时地压制了你生理上对她的厌恶，而那个女人注入到你体内的气味犹如种子，尚在萌芽状态，一旦发芽开花，无论什么力量都难以使你回到老婆身边。我从你的气味变化上，预感到你已重生，而你的重生，就意味着这个家庭的死亡。

关于气味问题，对一条狗来说，那是性命攸关。我们通过气味感知世界，通过气味认识世界，通过气味判断事物的性质并决定我们的行动，这是我们的本能，并不需要特别训练。人们训练工作犬并不能使狗的鼻子更灵，而是教会狗如何把气味用行为标识出来，让鼻子不灵的人用眼睛感知，譬如把罪犯的鞋子从一堆鞋子里叼出来。对狗来说，叼出来的其实是那个人的气味，而人看到的是那个人的鞋子。休怪我喋喋不休，我对你说这些就是想告诉你，在狗面前，你没有隐私也没有秘密,一切都袒露无遗。

那天你一进门,只用了一秒钟的时间,我就把庞春苗的气味辨析出来,她的形象随即出现在我的脑海里。她那天穿的衣服也渐渐清晰,你办公室发生的事情就仿佛发生在了我的眼前。我知道的甚至比你还多。因为我从你身上嗅到了她例假的气味,而你并不知道。

从我到你家那天至你与庞春苗接吻那天,将近七年的时间,我从一只毛茸茸的小犬变成了一只威武的大狗。你儿子从一个幼童成长为一个四年级小学生。这期间发生的事情可以写成一部大书也可以一笔带过。毫不夸张地说,在这个小小的县城里,每一个墙角的拐弯处,每一根路边的电线杆上,都被我"滋滋"过。当然,我"滋滋"过的地方也不断地被别的狗的"滋滋"覆盖。这县城常住人口四万七千六百余人,流动人口平均两千,常住狗六百余条。这县城是你们的,也是我们的。你们有街道,有社区,有组织,有领导。我们也差不多。县城里的六百余条狗中,有四百余条是本地的土狗,它们乱配一气,血统混乱,目光短浅,胆小怕事,自私自利,难成气候。有一百二十余条德国黑背狼犬,但纯种的也不多。其余的还有二十余条北京哈巴狗,四条秃尾巴的德国罗维娜,两条匈牙利维兹拉,两条挪威雪橇犬,两条荷兰斑点狗,两条广东沙皮狗,一条英格兰金毛猎犬,一条澳洲牧羊犬,还有一条藏獒,还有十几条根本不能叫狗的俄国尖嘴和日本吉娃娃。另外还有一条不知来历的黄毛导盲大狗,它与它的主人女瞎子毛菲英形影不离,毛菲英在广场上演奏二胡,它就静静地趴在她的脚前,对任何上前跟它套瓷的狗都置之不理。还有一条号称"短腿英国绅士巴基度"的家伙,是住在杏花小区一号楼的一个美容店女老板新近弄来的。此物四腿粗短,身体扁长,状如板凳。这样的体形已经够丑陋的了,更丑陋的是它那两只犹如大饼一样拖垂到地面的耳朵。它两只眼睛布满血丝,好像得了结膜炎。本地狗是没有头脑的乌合之众,因此夜间的高密县城基本上是我们黑背狼犬的天下。我,狗小四,在你们家吃得不赖,因为你一直当官,你欠着你老婆下边那只"嘴"的情,但你没欠着她上边那只嘴的情。尤其是到了节假日，那些精美的食物，成箱成袋地飞来。你们家在冰箱之后又添置了一个巨大的冰柜，但依然有许多食物变质发臭。可都是好东西啊。鸡鸭鱼肉是大路货，不值一提，那些名贵的，如内蒙古来的驼蹄，黑龙江来的飞龙，牡丹江来的熊掌，长白山来的鹿鞭，贵州来的娃娃鱼，威海来的梅花参，广东来的鲨鱼翅……这些被称为山珍海味的东西，刚来时被塞进冰箱、冰柜，但最终还是进了我的肚肠。因为你很少在家吃饭。因为你老婆是个油条肚子，她炸油条，卖油条，吃油条，很少动手烹制那些东西。我真是一条有口福的狗。县城里许多狗的主人比你蓝解放官大，但他们家的狗吃得都不如我好。听那些狗说，那些送礼的人，往他们家送的是钱和金银珠宝，可往你们家送礼的人，全是送吃的。这与其说是送礼给你蓝解放，不如说是送礼给我狗小四。我吃着山珍海味，在不到一岁时，就长成为县城一百二十多条黑背狼犬中最大的一条。长到三岁时，我身高已达七十厘米，从头至尾一百五十厘米，体重六十公斤。这些数据，都是你儿子称量的，绝对没有浮夸虚报。我有两只尖削的耳朵，黄褐色的眼睛，硕大坚固的头颅，尖利的白牙，鳄鱼般的大嘴，漆黑的背毛，草黄色的腹毛，平伸在后的尖削尾巴，当然还有超群的嗅觉与记忆。坦率地说，在这高密小县里，能跟我争斗的，只有那条棕色的藏獒，但这家伙从雪域高原来到黄海之滨，整日迷迷糊糊，据说是醉氧，别说是打架，让它紧跑几步，就会气喘吁吁。它的主人是"红"牌辣椒酱县城专卖店的老板娘，此女是西门屯孙龙的太太，染着满头红毛，镶着满口金牙，是美容店的常客，她摇摆着肥胖的身体走到哪里，那条藏獒就气喘吁吁地跟到哪里。此犬在高原，足以跟狼打架，但到了高密，哥们儿，就只能夹着尾巴做狗了。我说了这么多，你总可以明白了吧？高密县的干部都归庞抗美管，高密县的狗都归我管。但狗与人的世界毕竟是一个世界，狗与人的生活也就必然地密切交织在一起。

我先说说每天接送你儿子上学的事。你儿子六岁进入本县最好的凤凰小学。学校就在县政府西南边二百米处，新华书店、县政府、凤凰小学,恰好是一个等腰三角形。这时候我已经三岁,正是青春好年华。县城的地盘已经被我踩下来了,说咱家一呼百应,那绝不是夸张。只要咱家发出那种要求它们报告各自位置的叫声,不出五分钟,大合唱般的狗叫声就会在县城的四面八方响起。我们成立了以黑背狼犬为核心的狗协会:总会长嘛,当然是咱家,又按街道、小区下设了十二个分会、分会会长,都由黑背狼犬担任;副会长嘛,本来就是摆设,让那些杂种狗、中国化了的土洋狗担任去吧,借此也可表示我们黑背狼犬的雅量。你想知道咱家是什么时间完成这些工作的吗?告诉你,通常都是凌晨一点到四点之间,无论是月光皎洁的夜晚,还是星斗灿烂的夜晚,无论是寒风刺骨的冬夜,还是蝙蝠飞舞的夏夜,如无特殊情况,我都会出去踩点、交友、打架、恋爱、开会……反正是你们人能做什么,我们就能做什么。第一年的时候,我是从阴沟里钻出去,从第二年夏天开始,我就停止了钻阴沟的耻辱,我从西厢房门口起跑,第一步跳上井台,第二步斜刺着跳上窗台,第三步,从窗台跳上墙头,然后飞身而下,降落在你家大门前那条宽阔的天花胡同中央。井台、窗台和墙头都很狭窄,我所说的跳上去,无非是把那里作为一个落脚点而已,像蜻蜓点水一样,像在河流上飘浮着的木头上奔跑一样,我跳墙的动作精美准确,一气呵成。县检察院存有我三级跳墙的录像资料,他们院反贪局有一个立功心切的检察官,名叫郭红福,他化装成查线路的电工,偷偷地在你家房檐下安装了针孔摄像机,没拍到你什么证据,倒把我三点斜线跳墙的情景拍了下来。郭红福家的狗是我们红梅小区分会的副会长,一条几乎可以混迹于北海道狐狸群的火红色俄国尖嘴小母狗,我依偎在它的脚边在卧室里看了这段录像。当夜,在天花广场的喷泉边上,它娇声娇气地对我说:会长哎,你三点斜线跳墙的动作,好好精彩好好惊险啊!偶(我)家男女主人连看了十几遍,一边看一边鼓掌,偶(我)家男主人说要推荐你去参加宠物特技表演大会呢。我漫不经心地哼了一声,冷冷地说:宠物?偶(我)是宠物吗?尖嘴自知失言,慌忙道歉,摇尾扫地,媚态可掬。它还从那件据说是它的女主人亲手给它编制的羊毛背心兜兜里摸出一块散发着奶油气味的狗咬胶递给我,被我拒绝。这些玩意儿,徒有狗名,实则早已堕落成宠物,玷污了狗的光荣。

我马上就说接送你儿子上学的事。你休嫌咱家啰唆,我不把这些事情说明白,接下来许多事情你就听不明白。

你儿子确实是个很有孝心的小孩,他初上学时,由你老婆用自行车接送,但你儿子上学的时间与你老婆上下班时间总是有冲突。这让你老婆很辛苦。你老婆一辛苦就要发牢骚,一发牢骚就要骂你,一骂你你儿子就皱眉头,由此可见,你儿子还是爱你的。你儿子说:妈,你不要接送我了,我自己去,自己回。你老婆说:不行,被车撞了怎么办?被狗咬了怎么办?被坏孩子欺负了怎么办?被拍婆子拍去怎么办?被歹徒绑架了怎么办?——你老婆一口气连说了五个怎么办。当时社会治安确实不好,一是说县城内游荡着六个从南方来的女人贩子,俗称"拍婆子",她们化装成卖花的、卖糖果的、卖彩色鸡毛毽子的,她们身上藏着一种迷药,见了漂亮孩子,在脑门上拍一掌,那孩子就痴了,跟着她们乖乖地走了。还有就是工商银行行长胡兰青的儿子被绑匪绑架,要价二百万,不敢报案,最后花了一百八十万才赎回。你儿子拍拍自己的蓝脸说:拍婆子专拍漂亮男孩,我这样的,跟着她们去她们也会把我赶走。如果有绑匪,你一个女人管什么用?你又不能跑——你儿子瞅着你老婆的半边残臀说。你老婆很伤心,眼圈红了,哽咽着说:儿子,你不丑,妈丑,妈是个半腚人……你儿子搂着你老婆的腰说:妈,你不丑,你是最美的妈。妈,你真的不用送我,我让咱家小四送我。你老婆和你儿子的目光都转移到我身上,我颇为雄壮的吠叫之声,意思是向他们承诺:没有问题,一切包在我身上!

你老婆和你儿子走到我身前。你儿子抱着我的脖子说:小四,你送我上学好不好?妈妈身体不好,上班辛苦。

哐!哐!哐!——我的叫声震得梧桐叶子哗哗响,吓得南邻家院里那两只鸵鸟嘎嘎叫,我的意思是说:没——问——题——!

你老婆摸摸我的头,我对她摇摇尾巴。

所有的人都怕我们小四,你老婆问,是不是啊儿子?

是的,妈妈,你儿子说。

小四,那我就把开放交给你了,你们两个都是从西门屯来的,一起长大,像亲兄弟一样,对不对?——哐哐!很对!——你老婆有几分感伤地摸着我的头,然后解开我项下的粗壮的铁链条,对我招招手,让我跟她走,走到大门口,她说,小四,你仔细听好,早晨我上班早,要去卖油条。我把你俩的饭准备好。六点半,你进屋把开放叫起来,然后你们吃饭,七点半,你们往学校走。大门的钥匙在开放脖子上,开放千万记着锁门,他忘了锁门你就拽着他不让走。然后你们往学校走,你们不要走近路,你们走大路,绕个弯没什么,安全第一;走路靠右边,过马路时先看左边,到了马路中间再看右边,注意那些骑摩托车的,尤其注意那些穿黑皮夹克骑摩托车的,那都是些活土匪,都是色盲分不清红绿灯。把开放送到校门口,小四,你往东跑一段,过马路,往北跑到火车站饭店,我在广场边上炸油条,你对我叫两声,我就放心了。然后你就赶紧回家,你抄近路,从农贸市场那条巷子里,一挺正南,过了天花河上那座桥,往西一拐,就到家了。你长大了,阴沟钻不进去,能钻进去我也不让你钻,太脏了。大门锁了,你进不去。就委屈你蹲在大门口等我回家吧。如果嫌太阳晒,你就到胡同对面,东屋大娘家墙外有一棵宝塔松,树下有阴凉。你趴在那里可以打盹,但千万别睡着,一定要看好咱的门。有一些小偷,身上带着万能钥匙,冒充熟人敲门,无人迎门,他就把门捅开了。咱家的亲戚你都认识,你只要看到生人用东西捅咱的门锁,别客气,上去就咬。上午十一点半我就会回来,你回家喝点水,立即抄近路去学校门口,接开放回家。下午,你送他上学后还是去我那儿叫两声,然后你跑回家,看一会儿门,就该往学校跑啦。凤凰小学下午只上两节课,放学后,天还早,你一定要看住他,让他回家做作业,不要让他瞎逛荡……小四,小四,你听明白了吗?

哐哐哐,明白啦。

每天早晨,你老婆上班前,把闹钟放在外边的窗台上,对我笑笑。女主人的笑总是美好的。我目送着她的背影,哐哐,再见! 哐哐,放心! 她的气味从门外的胡同一直往北,然后往东,然后再往北。气味减弱,与清晨的县城气味混在一起,变成一根细细的线。如果我集中精力跟踪,会一直跟踪到车站饭店门前她那个炸油条的锅子前,但没有必要。我在院子里转转,有主人的感觉。闹钟暴响。我跑进你儿子房间,少年的气味扑鼻。我不愿大声叫,怕吓着他。我对你儿子多好啊。我伸出舌头,舔他的小蓝脸。蓝脸上有一层细细的茸毛。他睁开眼,说:小四,到点了吗? 汪汪,我用小嗓回答,起来吧,到点了。接下来他穿衣,胡乱刷几下牙,像猫一样洗脸。吃饭,几乎总是豆浆油条,或者牛奶油条。我有时与他一起吃,有时不吃。我会开冰箱,也会开冰柜。冰柜里的东西和冰箱冷冻层的东西要提前叼出来,解冻后再吃,否则对牙齿不好。爱护牙齿,就是爱护生命。

第一天我们按照你老婆指示的路线走。因为她的气味就在我们身后不远处。她在跟踪观察我们,母亲的心,可以理解。我跟随在你儿子背后,距离一米。过马路时我眼观六路,耳听八方。有一辆车在二百米处往这开,不野,我们完全可以穿过去,你儿子也想过去,但我咬住了他的衣服拽住他。小四,你干什么? 你儿子说,胆小鬼。但我不放开,我要让女主人放心。等那车从我们眼前过去,我才松口,并做出一副高度警惕、随时准备舍身救主的样子,陪你儿子过马路。从你老婆放出的气味里,我知道她放心了。她一直跟踪我们到了学校门口。我看到她匆匆骑车东拐、北上。我不走,小跑步跟在她的身后,与她保持一百米的距离。等她放好自行车,换上工作服,站在油锅前,开始工作时,我才颠颠抛跑过去,汪汪,我用小嗓告诉她,放心。她脸上一片欣慰,气味中有爱的味道。

从第三天开始我们便开始走近路了。我叫你儿子起床的时间也从六点半改成了七点。问我会不会看表? 笑话! 我偶尔也打开电视机,看看足球赛,我看欧洲杯,看世界杯。宠物频道我是从来不看的,那些玩意儿,根本不像有生命的狗,像一些长毛绒的电子玩具。奶奶的,有些狗,变成了人的宠物;有些狗,把人变成宠物。在高密县,在山东省,在全中国,乃至在全世界,把人变成宠物的狗,舍我其谁也!藏獒在西藏时,与人是平等的,够腕,有尊严,但一到内地,立即堕落,你看看孙龙老婆屁股后边那家伙,空有一副虎狼貌,但娇喘微微,扭扭捏捏,跟林黛玉得了一样的病。可悲也夫!可叹也夫!你儿子就是我的宠物,你老婆也是我的宠物。你那个小情妇庞春苗也是我的宠物。如果咱俩不是多年的老关系,你带着她身体里那股新鲜蛤蚌般的气味回来跟你老婆提出离婚时,我一口就咬死你了。

我们出大门,横过东西向的龙王庙大街,然后北行,穿一条簸箕巷,过百花桥,从农贸市场西头,一直往北,走探花胡同,漫长的探花胡同,然后直插到县府前的人民大街上,左拐,二百米,就到了凤凰小学的大门口。这一段路,即便我们沿途如母鸡下蛋,二十五分钟也足够了。如果快跑,只需十五分钟。我知道你被老婆和儿子赶出家门后,经常站在办公室的窗口,手持一架俄罗斯望远镜,看着我们从探花胡同跑过来。

下午放学后,我们并不急于回家。你儿子总是说:小四,我妈妈这会儿在哪里?我集中精力,找出你老婆那条气味线,一分钟内便可确定她的方位。如果她在油条锅前我就对着北方叫两声,如果她在家的方向我就对着南方叫两声。如果她在家我死活也要把你儿子拽回去,如果她在油条锅那里,乖乖,那我们就撒了欢了。

你儿子真是一个好儿子,他从来不像那些坏孩子一样放学后背着书包在大街上闲逛,从一个小摊到下一个小摊,从一家商店到另一家商店。你儿子唯一的爱好是到新华书店里租看小人书,偶尔他也买几本,但更多的是租看。负责卖小人书和租小人书的就是你那个小情人。不过我们在那儿看书时她还不是你的情人。她对你儿子特好,气味里有感情,并不仅仅因为我们是她的常客。她的容貌我不太注意,我陶醉在她的气味里。我掌握着这县城的二十万种气味，从植物到动物，从矿物到化工产品，从食品到化妆品，但没有一种气味比庞春苗的气味让我更喜欢。平心而论，这县城里气味美好的美人大约有四十个，但都被污染了，不清纯了，有的乍一闻相当不错，但一会儿就发生变化。唯庞春苗的气味如山里流出的清泉，如松林间吹来的微风，清新单纯，永不变质。我非常渴望着能被她抚摸几下，当然我不是那种宠物式的渴望，我是……妈的，再伟大的狗也有片刻的软弱。按说，作为一条狗我就不能跟进书店，但庞春苗给了我这个特权。新华书店是县城最冷清的商品交易场所，只有三个女售货员，两个中年妇女，一个庞春苗。那两个中年妇女对庞春苗十分巴结，原因不说自明。莫言那小子是书店少有的几个常客，他把这里当作卖弄的场所。他自我吹嘘，不知是发自内心呢还是胡乱调侃。他喜欢把成语说残，借以产生幽默效果，"两小无猜"他说成"两小无——"，"一见钟情"他说成"一见钟——"；"狗仗人势"他说成"狗仗人——"。他一来庞春苗就乐了。庞春苗一乐那两个中年妇女就乐了。他那丑模样用他的言语方式说那可真叫"惨不忍——"，但就是这样"惨不忍——"的一个人，竟让高密县气味最美好的姑娘喜欢他。究其原因，依然是气味，莫言的气味与那种烟农烘烤烟叶的泥巴屋里的气味相仿，庞春苗是一个潜在的烟草爱好者。莫言看到坐在店堂一角出租书摊前专注看书的蓝开放，上前去揪耳朵。然后对庞春苗介绍，这是县社蓝主任的儿子。庞春苗说我早就猜到了。这时我叫了两声，提醒开放，他妈妈已经下班，气味已经移动到五金交电公司门口，再不走就不能抢在她前头回家了。庞春苗说：蓝开放，快回家吧，你的狗提醒你了。她对莫言说：这狗真灵，有时候开放读书入迷，叫不应，它就会跑进来，拽着他的衣裳把他拖走。莫言探头看看我，说：这家伙，真是"如狼似——"。"惨不忍——"莫言说我"如狼似——"，"豆蔻年——"庞春苗对我微微笑。"惨不忍——"莫言"发自内——"地赞叹：真是条好狗！对小主人是"赤胆忠——"。两人一齐大笑，哈哈哈哈。

第四十二章

**蓝解放做爱办公室
黄合作簸豆东厢房**

　　初吻之后，我想退缩，我想逃避，我既感幸福，又感恐惧，当然还有深深的罪疚。我跟老婆的第二十次也是最后一次性交就是这种矛盾心情下的产物。尽管我努力想做好些，但终究是草草收场。

　　接下来的六天里，无论是下乡，还是去开会，无论是去剪彩，还是去陪席，无论是车上还是凳上，无论是站着还是走着，无论是醒着还是梦里，脑子里都是庞春苗的模糊形象——我越与她关系亲近她的形象就越模糊——我沉浸在与她在一起时那种惊心动魄的感觉里。我知道无论如何是绕不过去了。尽管还有一个声音在提醒我：到此为止，到此为止，但这声音越来越弱。

　　周日中午，省里来人，我去县府招待所陪席，在贵宾楼大厅里与庞抗美相遇。她穿着一条深蓝色长裙，脖子上挂一条光芒含蓄的珍珠项链，脸上薄施粉黛，用莫言那小子的话说就是"徐娘半——风韵犹——"。一看到她我的脑子"嗡"一下就蒙了。来客是省委组织部一位曾在高密工作过的处长，姓沙名武净，与我在省委党校有三个月的同学之谊，本来是组织部门的贵宾，但他指名要见我，于是我前来作陪。这一顿饭我是如坐针毡，嘴笨舌拙，形同白痴。庞抗美稳坐主席，劝酒夹菜，妙语连珠，让那处长，一会儿就舌头发硬，目光迷离了。在席上，我发现庞抗美冷冷地盯过我三次，每一次都像锥子扎我。总算熬到席终，送处长入客房，她笑容满面，与所有的人打着招呼。她的车先来，握手告别时，我从她的手上感到了厌恶，但她却用关切的声音对我说："蓝副县长啊，你脸色不大好，病了，千万别拖着！"

坐在车上，琢磨着庞抗美的话，我感到不寒而栗。我一遍遍地警告自己：蓝解放，如果你不想身败名裂的话，一定要"悬崖勒——"。但当我站在办公室窗户前，注视东南方向新华书店那油漆斑驳的招牌时，所有的恐惧和担忧都消逝得干干净净，余下的只是对春苗的思念，一种刻骨铭心的思念，一种活了四十年从未体验过的感情。我拿起托人从满洲里买回来的苏联军用高倍望远镜，调整焦距，瞄准新华书店门口。那两扇装有铁把手的棕色大门虚掩着，把手上红锈斑斑，偶有一个人出来，我的心便剧烈跳动，我盼望着她苗条的身影能从那里闪出来，然后轻盈地穿过大街，轻盈地来到我的身边，但出来的总不是她，出来的总是一些面孔陌生的读者，有老有少，有女有男。他们的或是她们的脸被拉到我的眼前，我觉得这些人脸上神情都很相似：神秘而荒凉。这使我不由地胡思乱想，是不是书店里发生了什么事情？是不是她遭到了什么不幸？有好几次我都想以买书为名去看个究竟，但残存的那点理智使我克制住了自己。我看看墙上的电子钟，刚刚一点半，离约定的见面时间还有一个半小时。我放下望远镜，想强迫自己到屏风后面那张行军床上打个盹儿。但我无法平静。我刷牙洗脸。我刮胡须剪鼻毛。我对着镜子研究自己的脸，半红半蓝，实在是丑陋。我轻轻地拍着那半边蓝脸，自己骂自己：丑八怪！自信心顷刻间就要土崩瓦解。油然想起莫言那厮分明是为取悦于我而信口胡编的话：老兄，您这张脸，半边关云长，半边窦尔墩，绝对阳刚，少妇杀手。明知他胡言乱语，但自信慢慢恢复。好几次仿佛听到清脆的脚步声从走廊那头由远而近，慌忙开门相迎，但看到的总是空空的走廊。坐在她坐过的位置上苦苦等待着。翻看着她认真读过的那本《家畜常见病防治手册》，她读书时的神态出现在眼前。书上有她

427

的气味，有她的指纹。猪瘟，此病由病毒传染，发病迅速，死亡率极高……这样的书她竟然读得津津有味，真是个奇怪的姑娘……

我终于听到了确凿的敲门声。我感到极度的寒冷，浑身颤抖，牙齿不由自主地碰撞，嘚嘚作响，急忙拉开门，她嫣然一笑，直透我的灵魂。什么都忘了，原先想好的那些话都忘了，庞抗美那阴沉的暗示忘了，如临深渊的恐惧忘了。搂住她，亲她；抱着我，亲我。在云上漂着，在水中沉着。什么都不要了，只要你。什么都不怕了，只要你……

在吻的间隙里，睁开眼，眼睛对眼睛，离得那么近。有泪，舔掉泪，咸而清新。好春苗，为什么？这是不是梦，为什么？蓝大哥，我的一切都是你的，你要了我吧……我极力挣扎着，仿佛一个溺水者想抓住一根稻草，但连稻草也没得抓。又吻在一起。有了这样死去活来的吻，接下来的事情其实无法避免。

我们拥抱着躺在那张狭窄的行军床上，并不感到拥挤。"春苗，好妹妹，我比你大二十岁啊，我是个丑八怪，我只怕是害了你了，我真该死……"我语无伦次地说着。她抚摸着我的胡茬子，抚摸着我的脸，嘴巴紧贴着我的耳朵，痒痒地说："我爱你……"

"为什么？"

"不知道……"

"我会对你负责的……"

"不要你负责，我愿意的。跟你好一百次，我就离开你。"

就像一头饥饿的老牛面对一百棵鲜嫩的小草一样。

很快就是一百次，但我们已经无法分开了。

第一百次恨不得永不结束。她抚摸着我，流着眼泪说："好好看看我吧，别忘了我……"

"春苗，我要娶你。"

"我不要。"

"我主意已定，"我说，"等待着我们的大概是万丈深渊，但我别无选择。"

"那就一起跳下去吧。"她说。

当晚,我回家向妻子摊牌。她正在厢房里用簸箕扇簸绿豆。这活儿技术难度很高,但她干得很熟练。灯光下,随着她的双手上下左右地颠动,成千上万粒绿豆跳跃滚动,时而在前,时而在后。绿豆中的杂质从簸箕口飞了出去。

"忙什么呢?"我没话找话说。

"他爷爷托人捎来的绿豆。"她看我一眼,用手从簸箕前部往外拣着大粒砂石,说,"这是他爷爷亲手种的,别的东西烂了就烂了,这个不能糟蹋,簸簸,生豆芽给开放吃。"

她又簸起来,绿豆唰唰地响着。

"合作,"我一狠心,说,"我们离婚吧。"

她停下手,怔怔地望着我,似乎没听明白我的话。我说:

"合作,对不起你,我们离婚吧。"

簸箕在她胸前慢慢低垂着,低垂着,先是有几个、十几个、几百个绿豆滚出来,然后,成群结队的绿豆如一道绿色的瀑布,倾泻到地上。成千上万粒绿豆在水磨石地面上滚动。

簸箕从她手中落地。她的身体摇晃着失去了平衡,我想上前搀扶她,但她已经依靠在放着几棵大葱、几根干巴油条的案板上。她捂着嘴巴,呜呜地叫着,泪水从她眼里涌出来。我说:

"确实对不起,但请你成全我……"

她猛地把手从嘴上甩开,用右手的弯曲食指勾去右眼下的泪,用左手的弯曲食指勾去左眼下的泪,咬着牙根说:

"等我死了吧!"

第四十三章

黄合作烙饼泄愤怒
狗小四饮酒抒惆怅

　　你带着与庞春苗疯狂做爱后的浓烈气味与你妻子在厢房里摊牌，我蹲在房檐下望着月亮沉思。大好的月光，有几分癫狂。

　　又是一个月圆之夜，全县城的狗，应该在天花广场聚会。今晚的聚会，预定的节目有二。一是追思那条藏獒，它终因不适应低海拔环境，器官功能退化导致内出血而死。二是要为我三姐的孩子做满月。四个月前，它与县政协主席家那条挪威雪橇狗自由结婚，怀孕，妊娠期满，生下了三条白脸黄眼的小杂种，据经常去庞抗美家串门的郭红福家那条俄罗斯尖嘴说，我那三个狗外甥健康活泼，不足之处是目光阴险，好像三个小奸贼。尽管相貌欠佳，但这三个小奸贼一生出来就被富贵人家号定，据说定金不菲，每只高达十万元。

　　担任着我的联络副官的广东沙皮狗已经发出了第一次提醒信号，此起彼伏的，腔调各异的狗叫声如同层层波浪，汇集而来。喔——喔——喔——！我对着月亮吠叫三声，向他们报告我的位置。主人家尽管发生了重大变故，但会长的职责还要履行。

　　你蓝解放匆匆而去，走时还对我深深一瞥。我用吠叫替你送行，伙计，我想，你的好日子过到头了。我有点恨你，但不强烈。如前所述，你身上混杂着的庞春苗的气味减弱了我对你的仇恨。

　　你的气味让我知道你径直北去，你没有坐车，走的是我送你儿子上学的路线。你妻子在厢房里弄出了巨大的声音，厢房门大开着，我看到她举着一把寒光闪闪的菜刀，发狠地剁着案板上那几棵大葱和那几根油条，葱的辛辣和油条的哈喇味儿猛烈地挥发出来。而此时，你的气味已到达天花桥上，与桥下那肮脏的臭水味儿混合在一起。她每剁一刀，左边的腿便颠一下，同时嘴巴里发出"恨！恨！"的声响。你的气味到达农贸市场西头，那里搭建着一排平房，里边住着十几个江南来的服装贩子，他们合伙豢养着一条绰号"羊脸"的澳大利亚牧羊犬，这家伙长毛披肩，面孔狭长，七分像狗，三分似羊。它曾经试图拦截你的儿子，仰着头，龇着牙，发出一串示威性的呜呜怪叫。你儿子退缩着，一直退到我的身后。我懒得使用牙齿去教训这个初来乍到不懂规矩的家伙，服装贩子们居所内潮湿肮脏，这家伙身上生满跳蚤，竟然敢拦截一个由咱家护送的学童。我看到面前有一块尖利的石片，便猛转身，用左后爪一蹬，石片飞起，正中它的鼻子。它尖叫一声，低头转圈，鼻子流出了黑血，双眼流出泪水。我严厉地说："你妈妈的，瞎了你的羊眼！"这家伙从此成了我的忠实朋友，正所谓不打不相识也。我对着农贸市场尖叫几声，向牧羊犬发号施令："羊脸，吓唬吓唬那个男人，他正从你门前路过。"片刻之后我便听到了羊脸狼一般的咆哮声。我嗅到你的气味如同一条红线，沿着探花胡同如同射出的箭镞一般飞驰，后边，一条棕色的气味线穷追不舍，那是羊脸在追咬。你儿子从正房里跑出来，看到东厢房里的情景，吃惊地大叫："妈妈，你干什么？"你老婆余恨未消地往那堆烂葱上又剁了两刀，然后扔下刀，背过身去，用袖子沾沾脸，说："你怎么还不睡？明天还上不上学啦？"你儿子走到厢房，转到你老婆面前，尖声道："妈妈，你哭啦？！"你老婆说："哭什么？有什么好哭的？是葱辣了我的眼。""半夜三更，剁葱干什么？"你儿子嘟囔着。"睡你的觉去，耽误了上学，看我不揍死你！"你老婆气急败坏地吼着，同时又把菜刀抄起来。你儿子受了惊吓，低声嘟囔着，往后退去。"回来，"你老婆说，她一手提着刀，一手摸着你儿子的头，说，"儿子，你要争气，好好学习，妈烙葱花饼给你吃。""妈，妈，"你儿子喊着，"我不吃，您别忙了，您太累了……"你妻子把你儿子推出门，说："妈不累，好儿子，睡去吧……"你儿子走了几步又回过头问："爸爸好像回来过？"你妻子顿了一下，说："回来过，又走了，加班去了……"你儿子嘟囔着："他怎么总是加班？"

这一幕让我颇为辛酸。在狗的社会里我冷酷无情，在人的家庭中我柔情万种。天花胡同里有几个酒气熏天的小青年骑着铁锈味浓重的自行车招摇而过，一串油腔滑调的歌声飘荡在空中：

你总是心太软——心太软——把所有问题都自己扛——

我对着空中的歌声狂吠。同时感受到那两根气味线还在追逐，已经快到探花胡同尽头。我赶紧给羊脸传递信号："行了，别追了。"气味线分离，红的北上，棕的南行。"羊脸，你没咬伤他吧？""稍微触及了一下皮肉，估计不会流血，但那小子，好像屁滚尿流啦。""好，待会儿见。"

你老婆当真烙起葱花饼来。她和面。她竟然和了像半个枕头那样大一块面，她是不是要让你儿子的全班同学都吃上她烙的葱花饼呢？她揉面，瘦削的肩膀耸动着揉面，"打出来的老婆揉到的面"，这是说，老婆是越打越贤惠，面是越揉越筋道。她的汗水流出来了，肩胛后的褂子湿了两片。她的眼泪时流时断——有恼恨的泪水，有悲伤的泪水，有回忆往事感慨万千的泪水——有的落在她的胸襟上，有的滴在她的手背上，有的砸在柔软的面团上。面团越来越软，一股甜丝丝的味道散发出来。她往面团里掺上干面再揉。她有时会低沉地呜咽出声，但马上就会用袖子把哭声堵回去。她的脸上沾着面粉，显得又滑稽又可怜。有时她会停下活儿，垂着两只沾满面粉的手，在厢房里转来转去，好像在寻找什么东西。有一次她脚下一滑，一屁股坐在地上——这是绿豆惹的祸——她怔怔地坐在地上，目光直直地，仿佛在盯着墙上的壁虎，然后她便用手掌拍打着地面，呜呜地哭起来。哭一阵，她站起来，继续揉面。揉一会儿面，她将那些剁得稀碎的葱和油条收拢到一个搪瓷盆里，倒上油，想一会儿，又放上盐，又想，又抓起油瓶子往里倒油。我知道，这个女人的脑子已经混乱不堪了。她一手端着瓷盆，一手持筷子，搅拌着，在屋里又转起圈子来，目光东张西望，仿佛在寻找什么东西。地面上的绿豆又把她滑倒了。这一下跌得更惨，她几乎仰面朝天躺在了坚硬光滑冰凉的水磨石地面上，但奇迹般地她手中的瓷盆竟然没有脱手，非但没有脱手，而且还保持着平衡。我就要纵身前去搭救她时，她已经缓慢地将上半身抬起来。她没有站起来，还是坐着，悲哀地、像个小女孩似的哭了几声，便戛然止住。她用屁股往前蹭着，蹭了一下后，又连续蹭了两下，因为屁股的残缺，每一次蹭动之后她的身体就要往左后方大幅度倾斜。但她手中盛着馅儿的瓷盆却始终保持着平衡。她探身往前，将瓷盆放在案板上，身体又猛地往左后方仰了。她没有站起来，平伸着双腿，上身前倾，头几乎低垂到膝盖，好像在练一种奇怪的气功。夜已经很深了，月亮已经升到最高点并且发出了最强的光辉。西邻家那架老挂钟夜深人静时的报时声惊心动魄，距离我们群狗大会只有一小时了。我听到许多狗已经聚集在天花广场喷泉边，还有许多狗，正沿着大街小巷往那里会合。我有些焦虑，但我不忍离去，我生怕这女人在厨房里干出什么蠢事。我嗅到了那条麻绳子在墙角的纸箱子里放出的气味，我嗅到了煤气从那胶皮管接口处极其微弱的泄漏，我还嗅到了墙角用油纸袋层层包裹的一瓶"敌敌畏"，这些，都可以致人死地。当然她还可以用菜刀切腕、抹脖子，用手摸电闸，用头撞墙，她还可以掀开院中那口水井上的水泥盖板一头扎下去。总之，有许多的理由让我不去主持这次圆月例会。羊脸与结伴同行的郭红福家的俄罗斯尖嘴在大门外呼喊我，并用爪子轻轻地敲门。俄罗斯尖嘴娇滴滴地说："会长哎，我们等你啦。"我压低嗓门告诉它们："你们先去，我这里有要事难脱身，如果我实在不能按时赶到，就让马副会长主持。"——马副会长是肉联厂马厂长家养的一条黑背狼犬，狗随主姓。它们一边调着情，一边沿天花胡同南下。我继续观察着你的妻子。

她终于抬起了头。她先把身体周围的绿豆用手掌收拢起来，然后，坐着，用单侧屁股艰难地蹭着，把地面上的绿豆收拢起来。她把绿豆拢成一堆，尖尖的一堆，宛如一个精巧的坟墓。她盯着这绿豆坟墓，发一会儿呆，脸上又挂了泪。她猛然抓起一把绿豆扬出去，又扬了一把，绿豆在厢房里飞舞，有的碰撞到墙壁上，有的碰撞到冰箱上，有的落在面缸里。屋子里响了两阵，犹如冰雹落在枯叶上。她抛撒了两把便停止了。撩起衣襟，彻底地擦干了脸，探身将簸箕拖过来，将那堆绿豆，一捧一捧地捧进去。她将簸箕推到一边，困难地站起来，走到案板前，又揉了几把面，又搅了几下馅，然后便撕开面团，制作馅饼。她把平底锅放到灶上。她拧开煤气打着火。她往平底锅里很有分寸地倒了一点油。当她把第一个制作好的葱花馅饼放进热锅，吱啦啦的声音伴随着扑鼻的香气冲出厨房，弥漫到院子里并迅速地扩散到街区，进而扩散到整个县城之后，我一直揪着的心松弛了。我抬头看看偏西的月亮，听听天花广场那边的动静，嗅嗅那边传来的气味，知道我们的例会还没开始，它们都在等待着我。

为了不惊动她，我没有走那条"三点斜线"的潇洒路线，而是从厕所那边，踩着一摞旧瓦，跳上西墙，进入西邻家的院子，然后从他家低矮的西墙跳出去，进入一条窄巷，南行，东拐，上天花胡同，一路南下，狂奔，耳边习习生风，月光如水，从我背上流过。天花胡同的尽头是立新大道，胡同与大道交会的右侧直角上，是城关供销社啤酒批发店，用塑料绳每十瓶扎成一捆的啤酒，堆积得小山一样，在月下闪闪发光。我看到有六条黑背狼犬，各叼着一捆啤酒，排成一队，正在横穿大道。他们距离相等，姿态完全一样，步伐完全一致，像六个训练有素的士兵。干这样的活儿，还得我们黑背狼犬，别的狗，不行。我心中涌起种族的自豪感。没敢问候它们，因为我一问候，它们必然答礼，那就会使六捆啤酒砰然落地。我从它们身边一蹿而过，越过路边那些被繁花压弯了枝条的紫薇，斜刺里进入天花广场。广场中央，天花喷泉周围，数百条狗，团团而坐，见我到来，一起起立，齐声欢呼。

在马副会长、吕副会长及十几个分会会长的簇拥下，我跳上了会长台。这是一个大理石基座，基座上原本站立着一个断臂维纳斯，但维纳斯被人偷走了。我蹲在大理石基座上，调理呼吸。远远地看过来，我大概像一尊威严的狗雕像。但对不起，咱家不是雕像，咱家是一条生龙活虎的、继承了本地大白狗与德国黑背狼犬优良基因的猛犬，高密县的狗王。在发表演说前我集中了两秒钟的神思，集中到嗅觉上，一秒钟用来感受你老婆的情况：东厢房里葱花饼香气浓郁，一切正常。用第二秒钟感受了一下你的情况：你办公室里烟气辛辣，你趴在窗台上，望着月下的县城在思索，情况也还正常。我对着基座前那一片灼灼的狗眼，闪光的狗毛，高声说：

"各位兄弟姐妹，我宣布，第十八次圆月大会现在开幕！"

狗叫声连成一片。

我抬起右爪，对它们挥动着，等待呼声平息。

我说："在本月，我们亲爱的兄弟藏獒不幸去世，让我们齐叫三声，送它的灵魂返回高原。"

几百条狗三声齐叫，震动了整个县城。我眼睛潮湿，为藏獒的去世，也为了群狗的真诚。

接下来，我说，请各位唱歌，跳舞，交谈，喝酒，吃点心，庆祝狗三姐的三个宝宝满月之喜。

群狗欢呼。

狗三姐站在基座下，把它的一个狗儿递上来。我在这狗儿腮上亲了一下，然后，举着它示众。群狗欢呼。我把狗儿扔下去。三姐把一个狗女递上来，我把这狗女亲一下，举起来示众，群狗欢呼。我把狗女扔下去。三姐把最后一个狗儿递上来，我胡乱亲一下，示众，扔下去。群狗欢呼。

我跳下基座。三姐凑上来，对那三条小狗说："叫舅舅，这可是你们的亲娘舅。"

小狗呜呜噜噜地叫舅舅。

我冷冷地对三姐说："听说它们都被卖了？"

三姐得意地说："可不是嘛，我刚生出它们，来买的就挤破了门。最后，俺家女掌柜的把它们卖给了驴镇的柯书记、工商局的胡局长、卫生局的涂局长，每只八万呢。"

"不是十万吗？"我冷冷地问。

"送来十万，但俺家掌柜的给他们每家退回去两万。俺掌柜的，可不是见钱眼开的人。"

"妈的，"我说，"这哪里是卖狗？分明是——"

三姐用一声尖叫打断我的话，说："它舅舅！"

"好，我不说了，"我低声对三姐说，然后又高声对众狗说："跳起来吧！唱起来吧！喝起来吧！"

一匹尖耳朵、细腰肢、秃尾巴的德国杜宾狗，抱着两瓶啤酒到我跟前，张嘴咬开瓶塞，泡沫汹涌冒出，啤酒花香气洋溢，它说：

"会长请喝酒。"我抓起啤酒瓶，与它怀抱的啤酒瓶相碰。

"干！"我说，它也说。

我们将瓶嘴插进嘴巴，双爪抱着酒瓶，咕嘟咕嘟往里倒。不断地有狗上前来敬酒，我来者不拒，身后很快有了一堆啤酒瓶子。一个白色小京巴，头上扎着小辫儿，脖子上扎着蝴蝶结，叼着一根肉联厂生产的火腿肠，像个毛球儿似的滚过来。它身上散发着香奈尔5号香水的淡雅气味，洁白的长毛像银子一样光洁。

"会长……"它有点结巴，说，"会、会长，请吃火腿肠。"

它用细密的小牙撕开了包装纸，双爪将火腿肠举到我的嘴边。我接受了，咬下核桃大的一块，慢慢地、有尊严地咀嚼着。马副会长抱着酒瓶子过来，碰了我的酒瓶一下，问：

"这批火腿肠味道怎么样？"

"不错。"我说。

"妈的,我让它们拖出一箱尝尝,可它们整出了二十多箱,明天,看仓库的老魏头要倒大霉了。"马副会长不无得意地说。

"马副会长,偶(我)敬你……你一杯……"小京巴媚态可掬地说。

"会长,这是玛丽,刚从京城来的。"马副会长指着京巴对我说。

"你的主人是谁?"我问。

京巴炫耀道:"偶(我)的主人是、是高密县城四大美人之一巩紫衣呀!"

"巩紫衣?"

"招待所所长呀!"

"噢,是她。"

"玛丽聪明伶俐,善解人意,我看就让它给会长做秘书吧。"马副会长意味深长地说。

"再议。"我说。

我的冷淡态度显然使玛丽受了打击,它斜眼看着那些喷泉边狂饮暴吃的狗,不屑地说:

"你们高密狗,太野蛮了。我们北京狗,举行月光PARTY时,一个个珠光宝气,轻歌曼舞,大家跳舞,谈艺术,如果喝,那也只喝一点红酒,或者冰水,如果吃,那也是用牙签插一根小香肠儿,吃着玩儿,哪像它们,你看那个黑毛白爪的家伙——"

我看到一个本地土狗,蹲在一边,面前摆着三瓶啤酒,三根火腿,一堆蒜瓣儿。它灌一口啤酒,啃一口火腿,然后用爪子夹起一瓣大蒜,准确地扔到口中。它旁若无人,嘴巴发出很响的咀嚼声,完全沉浸在吃的快乐中。旁边那几个本地土狗,已经基本喝醉,在那里,有的仰天长啸,有的连打饱嗝儿,有的胡言乱语。我对它们当然心怀不满,但我也不能忍受京巴玛丽的小资情调,我说:

"入乡随俗嘛,你来到高密,第一步就要学会吃大蒜!"

"哇噻——！"京巴玛丽夸张地喊叫着，"辣死了，臭死了！"

我抬头看了一下月亮，知道时辰将到。初夏季节，昼长夜短，顶多再过一个小时，小鸟就要啼叫，那些托着鸟笼子遛鸟的，那些提着宝剑锻炼的，都会到天花广场上来。我拍拍马副会长的肩膀，说：

"散会。"

马副会长扔掉酒瓶，仰起脖子，对着月亮，发出一声尖锐的呼哨。群狗纷纷把怀中的酒瓶子扔掉，不管是喝醉的还是没醉的，都抖擞起精神，听我训话。我跳上基座，说：

"今晚聚会，到此结束，三分钟之后，这广场上不许有一条狗存在。下次聚会，时间待定。散会！"

马副会长又是一声呼哨。只见群狗，拖着沉重的肚子，向着四面八方，狂奔而去。那些喝高了的，一路歪斜，连滚带爬，片刻也不敢停留。狗三姐与它的雪橇狗丈夫，把三个孩子叼到一辆品质优良的日本进口婴儿车上，一个推着，一个拉着，也是如飞而去。那三个狗崽子爪扶着车边站在车里，兴奋得尖叫不止。三分钟后，喧闹的广场上已经是一片宁静，只有一片东倒西歪的酒瓶子在闪光，只有那些没吃完的火腿肠在散发香气，还有就是几百泡狗尿的巨臊。我满意地点点头，与马副会长拍爪告别。

我悄悄地回到家里，看到东厢房里，你的妻子，还在那儿烙饼。她好像从这工作中得到了乐趣得到了宁静，她的脸上，呈现出一种神秘的微笑。梧桐树上，一只麻雀喳喳地叫起来。过了十几分钟，全县城都被鸟叫声笼罩，月光渐渐暗淡，黎明悄然降临。

第四十四章

金龙欲建旅游村
解放寄情望远镜

……我好像是在批阅着一份与金龙有关的文件，他要把西门屯建成一个完整地保留着"文革"期间面貌的文化旅游村。他在可行性报告里颇有辩证味儿地写道："文化大革命"在毁灭文化的同时也创建了一种文化。他要把被铲掉的标语重新刷上墙，把高音喇叭重新竖起来，把杏树上那个瞭望台重新搭起来，把被大雨淋塌的杏园猪场重新建起来。他还要在村东建一个占地五千亩的高尔夫球场，至于失去耕地的农民，就在村庄里，表演性地从事"文革"期间他们干过的事儿：开批斗大会，押"走资派"游街，演样板戏，跳忠字舞，等等。他在报告里写，也可以大量复制"文革"期间的物品，譬如袖标、梭镖、毛主席像章、传单、大字报……另外，还可以让旅游观光者一同参加忆苦大会，看忆苦戏，吃忆苦饭，听老贫农讲述旧社会的事……他在报告里说：要把西门家大院建成一个单干博物馆，给蓝脸和他的装着假肢的驴、被砍去一只角的牛塑造蜡像。他在报告里说，这些颇有后现代意味的活动，一定会让城里人和外国人大感兴趣，只要他们感兴趣，就会大把花钱。他们的钱包瘪下去，我们的钱包就会鼓起来。报告中还说，游完"文革"期间的村庄，我们马上就会把他们送入酒红灯绿、声色犬马的现代享乐社会。他野心勃勃地要把西门屯往东，直到吴家沙嘴的土地全部吃掉，建成一个世界最高等级的高尔夫球场，再建一个集天下游玩项目之大全的娱乐城。他还准备在吴家嘴沙洲上建成一座像古罗马宫殿一样的洗浴中心，建一个像美国拉斯维加斯那样大的赌城，而且还要在沙洲上建一座雕塑公园，雕塑的主题，就是十几年前那场惊心动魄的人猪大战，这主题公园是要人们反思环境保护问题，树立万物皆有灵性观念，那头公猪冰河舍身救儿童的事迹，当然要大加渲染。报告中还提出要建设一个会展中心，每年召开一次国际宠物大会，吸引外宾，吸引外资……

　　看着他写给县有关部门的请示和煞有介事的可行性报告，看着县委和县府主要领导大加赞赏的批示，我不禁摇头叹息。从本质上讲，我是一个守旧的人。我迷恋土地，喜闻牛粪气息，乐于过农家田园生活，对我父亲这样以土地为生命的古典农民深怀敬意，但当今之世，这样的人，已经跟不上潮流了。我竟然还会如疯如狂地爱上一个女人，并为她向妻子提出离婚，这也是非常古典的模式，显然不合时宜了。我无法在这样的报告上发表自己的看法，我只是在我的名字上画了一个圈子。我突然想起一个问题：这样一份云山雾罩、天花乱坠的报告究竟出自谁的手笔？莫言满脸坏笑着的脸突然从窗口露出来。我正惊讶着他的脸何以会在离地面十几米高的三楼窗口出现呢，就听到走廊里一片喧哗之声。我急忙开门去看，只见黄合作一手提着菜刀，一手拖着一条长长的绳子，头发凌乱，嘴角流血，目光呆滞，一瘸一拐地对着我走过来。我儿子背着书包，提着一捆散着热量滴着油珠儿的油条，面无表情地跟随在后。在我儿子身后，是那犹如牛犊一样的威武大狗。狗脖子上挂着我儿子上学时使用的树脂水壶，水壶上画着卡通图案，因背带太长，每走一步，水壶就要碰撞一下它的膝盖……

　　我一声惊叫，从梦中醒来，发现自己和衣躺在沙发上，头上冷汗涔涔，心里空空荡荡。安眠药的副作用使我脑袋发木，从窗口射进来的晨光使我眼睛刺痛。我挣扎着爬起来，胡乱地洗了一把脸，看看墙上的电子表，已是六点半钟。电话铃响，我接。沉默。我不敢贸然说话，忐忑地等待着。是我，她有些哽咽地说，我一夜未睡。——放心，我很好——我给你送点吃的吧——千万别来,我说,不是我怕什么,我敢拿着喇叭筒子站在楼顶上说我爱你,但那样,后果就不堪设想了——我明白——近期我们少见面,别让她抓住把柄——我明白,我觉得我对不起她——你千万别这样想,如果有罪,那也是我犯下的,何况恩格斯早就说过,没有爱情的婚姻是最大的不道德,所以,其实我们都没有错——我给你买几个包子,放在传达室里好吗?——千万别来,我说,放心吧,饿不着地里的蚯蚓就饿不着我。不管将来如何,现在我还是副县长嘛,我去招待所吃,那里什么都有——我特别想见你——我也是,待会儿你上班时,在书店大门口把脸对着我的窗户,我就见到你了——可我见不到你——你会感觉到我,好啦,宝贝,小春春,小苗苗……

　　我没有去招待所吃饭。自从与她有了肌肤之亲后,我感到自己就像一只恋爱中的青蛙,没有食欲,只有源源不断的激情。没有食欲也要吃。我找出她搬运来的那些杂七拉八的小食品,胡乱塞了几口。我尝不出这些东西的味道,只知道它们可以产生热量,提供营养,延续我的生命。

　　我手持望远镜趴在窗口,开始了习以为常的功课。我头脑里有准确的时间表。县城的南部那时还没有高大的建筑物,视线通达,如果愿意,我可以把天花广场上那些晨练的老人的面孔拉到眼前。我先把望远镜对准了天花胡同。天花胡同一号,是我家的门牌号码。大门紧闭。门上有我儿子的敌人用粉笔画上的图案和标语。左边是一个龇牙咧嘴的男孩,半边脸涂白了,半边脸虚着,两条细胳膊举到头顶,仿佛是在投降,两条细腿叉开,中间有一个大得不成比例的生殖器,生殖器下一道白线,直画到大门底部,这肯定是尿液了。右边的门板上画着一个眼大如铃铛、嘴巴咧成月牙状、头角上翘着两根小辫子的女孩。她也是两条细胳膊举到双肩上方,两条细腿叉开,中间有一条白线直画到大门底部。男孩图案左侧写着三个歪歪扭扭的大字:蓝开放,女孩图案右侧写着三个歪歪扭扭的大字:庞凤凰。我明白这图画作者的意思。我儿子与庞抗美的女儿是同班同学,庞凤凰是他的班长。我的脑海里——闪过春苗、庞虎、王乐云、庞抗美、常天红、西门金龙等人的脸,心中乱成一堆垃圾。

我把镜头略抬,天花胡同猛然缩短,天花广场收入眼底。喷泉休歇着,一群乌鸦在周围抢夺食物。那是些残缺不全的仿佛火腿肠的东西。我听不到乌鸦噪叫的声音,但我知道它们在噪叫。只要有一只乌鸦叼着食物飞起来,便会有十几只乌鸦奋勇地冲上去。它们在空中厮打成一团,被啄掉的羽毛在空中飘动,犹如为死人祭奠时烧化的纸灰。地上散乱着一大片啤酒瓶子,有一个戴着白帽子、大口罩、手持大扫帚的环卫女工正为了这些瓶子与一个拖着蛇皮袋子捡破烂的老头争执。环卫部门归我管,我知道捡卖废品是女工们的一大收入来源,而废品当中,利润最高的就是啤酒瓶子。那个捡破烂的老头每往蛇皮袋里装一只啤酒瓶子,那个环卫女工就用扫帚扑他一下。劈头盖脸地扑。每挨一下扑,捡垃圾老头就站起来提着一只酒瓶对那女工冲去,女工拖着扫帚便跑。老头也不真追,回去,蹲下,赶紧往袋子里装酒瓶,女工又举着扫帚冲上来。这情景让我想起从电视里看到的"动物世界",捡垃圾的老头像一头狮子,而环卫女工像一匹鬣狗。

我曾在莫言那小子的一篇题名《圆月》的小说中读到过每逢月圆之夜高密县城的狗便会集合在天花广场召开大会的情节,难道这些啤酒瓶子、这些破碎的火腿,都是狗开大会的遗迹?

我把镜头压低,望远镜吐出天花广场,吐出天花胡同。我心猛地一跳:黄合作出现了。她搬着自行车,艰难地走下大门口三级台阶。回头锁门时,发现了门上的图案。她下了台阶,左右张望着,然后横过街巷,扯一把松针回来,用力擦着那些粉笔线条。我看不到她的脸,但我知道她一定在骂。粉笔线条模糊了。她骑上自行车,往北骑了几十米,一片房屋挡住了她。她这一夜是怎样度过的呢?是彻夜不眠还是照旧酣睡?我不知道。虽然多少年来我从没爱过这个人,但她是我儿子的母亲,她与我息息相关。她的身影出现在那条直通火车站广场的大道上。即便是骑车她的身体也难以保持正直状态。她骑得很急,身体大幅度摇晃着。我看到了她的似乎蒙上了一层烟灰的脸。她穿着一件黑色的衬衣，胸前有一只黄色的凤凰图案。我知道她有许多衣服，在某种心理的驱使下，我出差时曾一次给她买过十二条裙子，但这些衣服都被她埋在箱底。我以为从县政府旁边经过时她也许会望一眼我办公室的窗口，但是她没有，她目光直视着远方疾驰而过。我长叹一声，知道这个女人，绝不会轻易地放过我，但战幕既然拉开，就要坚持到底。

我把望远镜对准家门。天花胡同虽然名为胡同，但其实是一条几十米宽的街道。县城南部那些送孩子去凤凰小学的人都从这里经过。此时正是上学的时间，胡同里繁忙起来。高年级的孩子大都自己骑着自行车，那些男孩子骑的多是那种粗轮胎的山地车，女孩子的车型比较传统。男孩子们上身几乎伏在车梁上，高高地撅着屁股，贴着骑车女孩的身边，或是从两个骑车女孩中间猛地蹿过去。

我儿子和他的狗出门了。先是狗钻出来，然后是我儿子侧身出来，他把门开得很窄，真聪明，让两扇大铁门大开大合既耗时间又费力气。他们锁好了门，从第一个台阶直接蹦到地上。然后往北走。我儿子似乎跟一个骑车路过的男孩打了一个招呼，大狗对着那男孩吠叫几声。他们从天花理发店门前经过，天花理发店对面是一家专门制作玻璃鱼缸，兼卖各种观赏鱼的小店。店门东向，阳光灿烂。店主是一个曾在棉花储运站当过会计的退休老人，老得很体面。他正把一缸缸鱼搬出来。我儿子和他的狗蹲在一个长方形的鱼缸前，专注地看着鱼缸里笨拙游动的大肚子金鱼。小店主人似乎对我儿子说着什么，我儿子低着头，我看不见他的嘴。他也许回答，也许不回答。

他们继续北行，来到天花桥上。我儿子大约是想到桥下去，被大狗咬住了衣襟。真是一条忠诚的好狗。我儿子与狗争执着，但他终究不是狗的对手。但我儿子终究还是捡了一块砖头扔到桥下，溅起一片水花。我估计他砸的是水中的蝌蚪。一条橘黄色的狗对着我的狗叫着，并友好地摆着尾巴。农贸市场的绿色塑料遮雨棚顶在朝阳下闪闪发光。我儿子几乎是每店必停，但大狗总是会用咬他的衣襟、撞他的

443

腿弯子，催促他快走。走进探花胡同后，他们加快了速度。这时，我的望远镜也开始在探花胡同与新华书店大门前来回摆动。

我儿子从裤兜里摸出弹弓，瞄准了梨树上的一只小鸟。那是我的同事陈副县长的家，他是清朝道光年间那位探花公的后裔。盛开的梨花枝条从墙头探出来，小鸟就在那上头。庞春苗仿佛从天而降，出现在新华书店的大门口。儿子、狗，我顾不上你们了。

春苗穿着一条洁白的连衣裙，不是我"情人眼里出西施"，她确实亭亭玉立。洗得干干净净的脸，什么也没抹、什么也没搽，我似乎闻到了清新的檀香皂的味儿，似乎闻到了她身体上那股让我痴让我醉让我仙让我死的味儿。她脸上带着微笑，亮晶晶的眼，微露的闪烁着瓷光的牙，她在看着我，她知道我在看着她。正是上班的高峰，大街上车来人往，摩托车喷吐着黑烟在人行道上乱窜，自行车胆大妄为地逆行，轿车趾高气扬地鸣着响笛，这些，本是我极其厌恶的，但今天，竟也变得美好起来。

她一直站到她的同事们从里边推开大门时才进去。进去前她将手指按在唇上，然后对着我抛过来。她的吻像一只蝴蝶，穿越马路，飞到我的窗口，在窗外上下翻飞，然后飞到我的嘴上。真是一个好姑娘，为你赴汤蹈火，我也在所不惜。

秘书送来通知，让我上午去县委大会议室参加联席会议，讨论在西门屯建设旅游开发区的问题。参加会议的有县委常委、所有的副县长、县委、县府各部局负责人，还有各银行第一把手。我知道，金龙这一票玩大了，但在前面等待着他的，与在前面等待着我的，似乎都不是鲜花和坦途。我预感我们哥俩的命运都会很惨，但我们都不会就此止步。从这个意义上讲，我们也是真正的难兄难弟。

就在我收拾好文件要离开办公室前，我又拿起望远镜趴在了窗口。我看到我儿子的狗引领着我妻子，穿过马路，径直地对着新华书店的大门走去。我看过莫言几篇写狗的小说，他把狗写得似乎比人还精，我一直嘲笑他胡编乱造，但现在我相信了。

第四十五章

狗小四循味追春苗
黄合作咬指写血书

我把你儿子送到学校时,一辆银灰色的皇冠牌轿车也缓缓地停在学校门口。一个花枝招展的女孩从车里钻出来。你儿子很洋派地对着那女孩招招手:"嗨,庞凤凰!"那女孩也对你儿子招招手:"嗨,蓝开放!"他们并肩走进校门。

我目送着轿车飞快驰去。庞抗美的气味在我鼻边缭绕。类似于新锯开的槐木板材的气味曾经是她的气味的基调,但现在这气味与新出厂的人民币的气味、法国香水的气味、高级时装的气味、名贵首饰的气味混杂在了一起。我回头看了一眼凤凰小学憋窄的校园。这所严重超员的名校,犹如一个金丝的鸟笼,里边挤满了羽毛艳丽的小鸟。他们在小操场上排成队伍,注视着在国歌旋律中缓缓升起的红旗。

我穿马路,东拐,北上,慢慢地走向火车站广场。早晨,你妻子扔给我四个葱花馅饼。我不忍心辜负她的好意,全吃了,它们沉甸甸地坠着我的胃,仿佛凝成了一块砖头。大街饭店后院里那条匈牙利猎犬嗅到了我的气息,用两声"呜呜"向我致意。我懒得回应它。那天我心情不爽。我预感到这将是一个令人和狗都心烦意乱的日子。果然,没等到我走到你妻子的油锅,她就迎面走过来了。我对着她叫了两声,告诉她你儿子已经平安抵校。她跳下车子,对我说:

"小四,你什么都看到了,他要抛弃我们。"

我很同情地望着她,贴近她的身体,摇摇尾巴,以示安慰。尽管我不喜欢她身上那股子油腥味,但她毕竟是我的主人。

她支起自行车,坐在马路牙子上,示意我到她的面前。我顺从她。路边的国槐树,将白花抖落一地。不远处的一只熊猫式样的陶瓷垃圾桶里,恶臭扑鼻。不时有拉着蔬菜的三轮农用拖拉机喷着黑烟狂抖着南下,但一到十字路口就被交警拦住。这城市交通实在是太混乱了,昨天竟然有两条狗毙命轮下。你妻子摸着我的鼻子说:

"小四,他背着我有了人。我从他身上闻到了女人的味道。你鼻子比我灵,肯定也嗅到了。"她从车筐里那个磨白了边的黑革包里摸出一张白纸,揭开,显出了两根长长的头发,触到我的鼻下,说:"就是她,这是从他扔在家里那件衣服上找到的。狗啊,你帮我找到她。"她收好头发,手按着马路牙子,站起来,对我说:"狗小四,帮我找到她。"我看到她眼睛湿漉漉的,但喷出的却是火焰。

我没有犹豫,因为这是我的职责。其实根本不用嗅那两根头发我就知道该去找谁。我在前边慢腾腾地小跑着,寻着那根如同绿豆粉丝一样的气味线。你妻子在我后边骑车跟随着。因为身体的残缺,她适合于骑快车,骑慢车她很难平衡。

到达新华书店大门时,我犹豫了。庞春苗美好的气味使我对她好感无限,但看到你妻子那一歪一斜的步态,我还是下定了决心。我是一条狗,应该对主人忠诚。我对着新华书店大门叫了两声。你妻子推开门,放我进去。我对着正在用一块湿布抹柜台的庞春苗叫了两声,便低垂下头。我无法面对庞春苗的目光。

"怎么会是她?"你妻子对我说。我低声哀鸣着。你妻子抬起头,注视着庞春苗那涨红的脸,痛苦、绝望而又疑惑地说:"怎么会是你?为什么会是你?"

这时,那两个中年女售货员把猜疑的目光投过来。那个嘴巴里喷着酱豆腐和大葱气味的红脸膛女人呵斥道:

"谁家的狗,出去!"

另一位屁股里散发着痔疮膏气味的低声说：

"那不是蓝县长家的狗嘛，那就是他太太……"

你妻子回头，仇恨地盯着她们，她们慌忙低了头。你妻子高声对庞春苗说：

"你出来一下吧，我儿子的班主任让我来找找你！"

你妻子推开门，先放我出去，然后自己侧身出来。她不回头，走到自行车边，开了锁，推着车，沿着路边，一直往东走。我尾随着她。我听到新华书店的大门响。不用回头我就知道庞春苗跟出来了，她的气味，因紧张而益发强烈。

在"红"牌辣椒酱销售、批发店前，你妻子站住了。我蹲在她的侧面，面对着那商店门脸上的巨大广告牌。一个咧着大红嘴的女人举着一瓶子辣椒酱对我笑。她的笑容很不自然，正是那种吃了辣椒后又痛苦又过瘾的表情。"红牌辣酱，祖传配方。健康美容，气味芬芳。"在这里我想起了那条不幸去世的藏獒，心中浮起淡淡的忧伤。你妻子双手扶着路边的法国梧桐树干，双腿微微颤抖。庞春苗犹犹豫豫地走过来，在距离你老婆三米处立定。你老婆双眼盯着树皮，她双眼盯着地面。我左眼盯着你老婆，右眼盯着庞春苗。

"我们刚进棉花加工厂时，你才六岁。"你老婆说，"我们比你大整整二十岁，我们不是一代人。"

那只黄毛导盲犬引领着盲艺人毛菲英，从我们中间走过。这只导盲犬从不参加我们的月光晚会，但它对主人的忠心耿耿却赢得了群狗的尊重。盲艺人背着装有胡琴的布袋，手扯着连接着狗项圈的皮带。她的身体微往后仰，头歪着，似乎在聆听，步履有些踉跄。

"肯定是他骗了你，"你老婆说，"他是有妇之夫，你是黄花闺女。他这样做是不负责任，是衣冠禽兽，是害你。"你老婆转过脸，肩膀靠在树上，目光毒辣地盯着庞春苗，说："他半边蓝脸，三分像人，七分像鬼，你跟他好，是鲜花插在牛屎上！"

两辆警车鸣着笛从大街上飞驰而过，行人侧目而视。

"我已经对他说了,要想离婚,除非我死去!"你老婆激愤地说,"你是个明白人,你爸爸、你妈妈、你姐姐都是出头露面的人物,你和他的事,一旦张扬出去,他们的脸都没有地方藏,"你老婆说,"我无所谓,我一个半腔人,脸面不值钱了,惹急了,我就豁上这张脸不要了。"

县直机关幼儿园的孩子们正在横穿马路,前头一个阿姨开路,后边一个阿姨殿尾,中间两个阿姨跑前跑后,不断地大呼小叫。来往的车辆都停车为他们让路。

"你离开他吧,你去谈恋爱,去结婚,去生孩子,我保证不坏你名誉。"你老婆说,"我黄合作人丑命贱,但说话算数!"你老婆用右手背沾了沾眼睛,然后把食指塞进嘴里,腮上的肌肉鼓成条棱。她把手指从嘴里拖出来,我立即嗅到了血腥味儿。血从她的食指尖上渗出来。她举起食指,在法国梧桐光滑的树皮上写了三个缺点少画的血字:

离开他

庞春苗呻吟一声,捂着嘴巴,扭转身,跌跌撞撞地往前跑。她跑几步,走几步,然后再跑几步,再走几步。这颇似我们狗的运动方式。她的手始终没从嘴巴上拿开。我悲哀地目送着她。她没有进新华书店大门,而是从旁边的一条胡同里拐了进去。那是油坊胡同,是做芝麻油的人居住的胡同。我们的一个分会长住在那里,因为经常吃芝麻酱,那小子的毛眼儿格外润泽。

我看着你老婆惨白的脸,心中一阵冰凉。我深知庞春苗这个黄毛丫头,不是你老婆的对手。她也很艰难,眼泪噙在眼里欲流不流。我想她应该带我走了,但她没有走。她的指头还在流血,不能浪费这些血。她耐心地用这些血补齐了血字的缺笔,又描画了模糊不清之处。还有些血,就在那三个血字下面加了一个惊叹号。还有血,又加了一个惊叹号。又加了一个惊叹号。

离开他！！！

　　这已经是一条完整醒目的标语了。你老婆似乎意犹未尽，但再写显然已是画蛇添足。她甩甩手指，又将手指放进嘴里吮吸，然后她把左手伸进衣领，从左肩胛的位置上，撕下一张伤湿止痛膏，缠住了右手食指。这是她早晨刚贴上去的，黏性犹存，缠指毫不费力。

　　她又一次认真地端详着这条血写的标语，这也是她发给庞春苗的敦促书和警告书，脸上露出了满意的微笑。她推车沿着街边东行，我跟在她身后，保持三米距离。她还不时地回头望一下那棵树，好像生怕有人给涂抹了似的。

　　在红绿灯处，我们等到过街绿灯，依然是胆战心惊地穿过马路。因为有许多身穿黑皮夹克骑挎斗摩托车的人不尿红绿灯，因为有许多豪华轿车不受红绿灯限制，因为最近刚刚出现了一个"本田暴走族"，都是年龄十八岁左右的小青年，骑着一色的本田摩托车，专门撞狗，撞翻之后，唯恐不死，还要来回碾压，直至肝肠涂地，才吹着口哨如风而去。他们为什么对狗如此仇恨？我苦思冥想不得其解。

第四十六章

黄合作发誓惊愚夫
洪泰岳聚众闹县府

论证金龙那个狂想方案的联席会议一直开到十二点才散。老县委书记金边——就是那位为我爹的黑驴挂过铁掌的小铁匠——升任市人大副主任，庞抗美接班已成定局。她是英雄的女儿，大学学历，有基层工作经验，年方四十，品貌端正，上有欣赏者，下有拥戴者，把所有的好条件都占尽了。会上，争论不休，相持不下。庞抗美一锤定音：干！先期投资三千万元，由各银行统筹解决，然后组成招商引资团，吸引国内和海外投资。

会议期间，我心神不定，屡屡以如厕为由，跑出去往新华书店打电话。庞抗美用尖利的目光盯着我。我哭笑着，指指肚子，搪塞过去。

我给新华书店门市部打了三次电话。第三次时，那个粗嗓门的女人愤愤不平地说：

"又是你，别打了，她被蓝县长那瘸老婆叫走后，至今没回来。"

我给家里打电话，没人接。

坐在大会议室我的席位上，如同坐在一面烧红的铁鏊子上。我的脸色一定非常难看。我脑子里浮现出各种凄惨的画面，最凄惨的是，在县城的某个僻静角落里，或者是在人烟稠密之处，我老婆杀死了庞春苗，然后自杀。此刻，她们的尸体旁已经围上层层叠叠看热闹的人，公安局的警车正拉着凄厉的警报，风驰电掣般地往那里奔驰。我偷眼看看手持

450

教鞭、指点着西门金龙构想的蓝图在那里侃侃而谈的庞抗美，麻木不仁地想着：下一分钟，下一秒钟，马上，这个巨大的丑闻，就会在这会议室，犹如一枚血肉与弹片横飞的自杀式炸弹，轰然炸开……

会议在含义复杂的掌声中宣告结束。我不顾一切地冲出会议室。我听到身后有人不无恶意地大声说："蓝县台大概拉到裤裆里了。"

我冲向我的车。司机小胡急忙跳下来，没等他转过来帮我开门我已经自己拉开车门钻了进去。

"走！"我急不可耐地说。

"走不了。"小胡无奈地说。

确实走不了，在管理科长的调度下，依照职务排名次序，庞抗美的银灰色皇冠排在第一位，稳稳地停在县委办公大楼门廊前的车道上。在皇冠的背后，依次是县长的尼桑，政协主席的黑奥迪，人大主任的白奥迪……我的桑塔纳排在二十名后。所有的车都已发动起来，马达平稳运转，发出嗡嗡响声。有的人像我一样钻进了自己的车，有的人站在大门两侧低声交谈着等待自己的车，所有的人都在等待庞抗美。从大楼门厅里传出她爽朗的笑声，我恨不得揪住她的笑声，像揪住变色龙吐出的长舌，把她从大楼里拽出来。她终于出现了。她穿着宝蓝色套裙，上装的翻领上，别着一个银光闪烁的胸针。据她自己说她所有的首饰都是假的。春苗曾不经意地对我说，她姐姐的首饰能装满一只水桶。春苗，我的血肉相连的爱人，你在哪里？正当我恨不得要跳下车跑出大院、跑上大街时，庞抗美终于钻进了她的皇冠。车队鱼贯驰出大院，大门口的保安绷着面孔立正敬礼。车队出门向右拐，我急问小胡：

"去哪里？"

"去参加西门金龙的宴会啊。"小胡把一张烫金大红请柬递给我。

我恍惚记起，会议期间有人在我耳边嘀咕：还论证什么，庆功宴都摆好了。我急忙说：

"掉头。"

"去哪里？"

"回办公室。"

小胡显然不情愿。我知道去参加这样的宴会，他们不仅可以跟着大快朵颐，而且还会得到一份礼物。而西门金龙董事长的出手大方在高密县是有名的。为了安抚他，也为了给我的行为找一个托词，我说：

"你应该知道，西门金龙与我的关系。"

小胡没有吭声，瞅方便掉了头，桑塔纳直奔县政府大院。这日正逢南关大集，赶集的人骑着自行车，开着拖拉机，赶着毛驴车，步行着，纷纷涌上人民大道。小胡不停地按着喇叭，但也只能随着车流缓缓而行。

"交警都他妈的喝酒去了。"小胡低声骂着。

我没有搭理他。我哪里还有闲心去管交警喝酒的事。车终于挨到县政府大门口。有一群人，仿佛从地下冒出来似的，把我的桑塔纳包围了。

我看到几个身穿破衣烂衫的老太太，一屁股坐在我的车前，双手拍打着地面，有声无泪地号哭起来。几个中年男人，变戏法般地展开了几条横幅标语，上写着"还我土地""打倒贪官污吏"字样。我看到十几个人跪在那几个哭天抢地的老太太后面，双手将写满了字的白布高举过头。我看到在我车后两侧，有几个人，从怀里掏出花花绿绿的传单，对着人群抛撒。他们训练有素，既像"文革"期间的红卫兵，又像乡下办丧事时那些职业抛撒纸钱者。人群如同潮水涌上来，把我的车包围在核心。乡亲们啊，你们包围了一个最不该包围的人。我看到头颅雪白的洪泰岳被两个小青年扶持着，从大门东侧那株塔松后，走到我的车前，站在那些跪着的农民和坐着的老太婆之间。那地方有碾盘大小，显然是为他预留的空间。这是一群有组织有计划的上访者。领袖自然就是洪泰岳。他狂热地留恋人民公社大集体，我父亲顽固地坚持单干，这两个高密东北乡的怪人，如同两盏巨大的灯泡光芒四射，如同一红一黑两面旗帜高高飘扬。他从身后的背篓里摸出那柄颜色已经发黄、边缘上串着九个铜环的牛胯骨，举起来，低下去，极其熟练地晃动着，使之发出有节奏的"哗啦啦哗啦啦"的声响。这牛胯骨是他的光荣历史中的一个重要道具，犹如士兵的斩杀过敌人的大刀。摇着牛胯骨数快板是他的看家本领。他说：

  哗嘟嘟，哗嘟嘟，
  牛胯骨一打咱开了腔。
  今天咱要说哪一段呢？
  表一表西门金龙复辟狂……

更多的人挤上来，人声如潮，喧闹着，但突然又安静下来。

  话说这高密东北乡，
  有一个西门小屯好风光。
  这小屯曾有杏园一百亩，
  大养其猪美名扬。
  五谷丰登六畜旺，
  毛主席革命路线放光芒！

说到此处，洪泰岳猛地把牛胯骨抛到空中，然后身体陡转，让人们清楚地看到，他的手如何从背后准确、灵巧地接住那牛胯骨。在这个过程中，牛胯骨响声不断，好像一个有生命的灵物。好！喝彩声猛然响起，随后是杂乱的掌声。洪泰岳的脸上神情突变，继续数说：

  这屯中有一个恶霸地主西门闹，遗下个杂种白眼狼。
  这小子名字叫金龙，从小就花言巧语善伪装。
  他伪装进步入了团，他伪装进步入了党。他篡党夺权当书记，反攻倒算逞疯狂。
  他分田单干搞复辟，把人民公社家底一扫光。

453

他给地富反坏摘了帽,牛鬼蛇神喜洋洋。说到此处我心悲痛,鼻涕一把泪两行……

他把牛胯骨抛起来,用右手接住,用左手抹左边的眼泪;再把牛胯骨抛起来,用左手接住,用右手抹右边的眼泪。牛胯骨仿佛一只白色的鼬鼠,在他双手之间跳跃。掌声雷动。隐隐听到了警车的声音。洪泰岳更加激愤地数说着:

说到了一九九一年,这小子又把奸计想。
他要把全体村民赶出村,把村庄变成旅游场。
他要把万亩良田全毁掉,建球场,建赌场,开妓院,开澡堂,把社会主义西门屯,变成帝国主义游乐场。
同志们啊,众老乡,手拍胸膛想一想,阶级斗争该不该抓?
西门金龙该不该杀?哪怕他财大气粗根子硬,哪怕他兄弟解放当县长,团结起来力量大,把反动分子一扫光,一扫光啊一扫光……

围观者起哄架秧,有的骂,有的笑,有的跺脚有的跳,县府门前乱成一团。我原本还想找个恰当的机会,下车去,仗着一个村的熟关系,劝说他们离去。但洪泰岳的快板中,已经把我当成了金龙的靠山。如果我出去,面对着这些被煽热了的群众,后果不堪设想。我戴上墨镜,遮掩着自己的面孔,往后张望,盼望着警察快来解围。我看到十几个警察挥舞着警棍,在人群外——其实也是在人群中咋呼。不断涌上来的人,把警察也围了起来。

我扶正墨镜,又找了一顶蓝色旅游帽扣到头上,尽量地遮盖着半边蓝脸,然后拉开了车门。

"县长,您千万别下去。"小胡惊叫着。

我钻出车门,弯着腰往前冲。有一条腿伸过来,使了个小绊子,我实实在在地趴在了地上。眼镜断了腿,旅游帽飞到一边。我的脸感触到被正午的太阳烘烤得滚烫的水泥地面。嘴唇和鼻子都很痛。极端绝望的情绪控制着我,就这样死了倒也省事,很可能落个因公殉职,但我想到了庞春苗,我不能不见她一面就这样死去,哪怕她已经死去我也要见见她的尸首。我爬起来,四周立即响起炸雷般的吼叫声。

"蓝解放,蓝脸!他就是西门金龙的靠山!"

"抓住他,别叫他跑了!"

我眼睛一阵黑,又一阵亮,周围的人脸,都变得像刚淬过火的马蹄铁一样扭曲着,闪烁着钢蓝色的光芒。我感到双臂被人扭住,别到了背后。鼻孔里热热的,痒痒的,仿佛有两条虫子爬到了唇上。有人在背后用膝盖顶我的屁股,有人用脚踢我的腿肚子,还有人在我的脊梁上狠狠地拧了一把。我看到鼻子里的血点点滴滴地落在了水泥地面上,并立即化成了黑色的烟雾。

"解放,真的是你?"我听到一个熟悉的声音在面前响起,急忙镇定心神,使晕了的头能思考,使花了的眼睛能视物。我看清了洪泰岳那张苦大仇深的脸。莫名其妙,我的鼻子一酸,眼窝一热,眼泪夺眶而出,就像在危难时刻遇到了亲人似的,我哽咽着说:"大叔啊,你们放了我吧……"

"都放手,都放手……"我听到洪泰岳吆喝着,我看到他挥舞着牛胯骨像音乐指挥挥舞着指挥棒一样吆喝着,"要文斗不要武斗!"

"解放,你是县长,是父母官,要为我们西门屯的老少爷们儿做主,不能让西门金龙胡作非为,"洪泰岳说,"你爹本来也要来请愿的,但你娘病了,他来不了。"

"洪大叔,虽然我与金龙是一母所生,但我们从小不是一个脾性,这您清楚,"我擦擦鼻血,说,"他的计划,我也反对,你们放了我吧。"

"听到没有?"洪泰岳挥动着牛胯骨说,"蓝县长支持我们了!"

"我会把你们的意见往上反映,你们赶快离开这里,"我分拨着面前的人,严厉地说,"这样做是违法的!"

"不能让他走,让他写保证书!"

我陡感怒火攻心,一伸手,抢过洪泰岳的牛胯骨,挥舞着,像挥舞一把砍刀,拦挡的人纷纷闪开,牛胯骨砍在了一个人的肩膀上,又砍在一个人头上,有人喊叫:"县长打人了!"打人就打人吧,犯错误就犯错误吧,对我这样一个人,什么错误不错误,什么县长不县长,都给我滚开,我用牛胯骨为自己开辟了一条道路,冲出包围圈,进了政府大楼,一步三个台阶,冲上三楼,回到我的办公室。从窗户我看到大门外那一片亮晶晶的人头,传上来几声沉闷的声响,飘散开粉红色的烟雾,我知道被逼无奈的警察释放了催泪弹,人群骚动,我扔下牛胯骨,关上窗户,外边的事情暂时与我无关了。我不是一个好干部,我关心个人问题胜过关心民生疾苦,甚至我对这样的非法请愿还有几分幸灾乐祸,烂摊子自有庞抗美他们收拾。我抓起电话,打往新华书店,无人接听。我打往自家,电话通了,是我儿子。我满腹的怒气顿时消了一半,尽量平静地说:

"开放,让你妈接电话。"

"爸爸,你跟我妈闹什么?"儿子不满地问。

"没什么,"我说,"你让她接电话吧。"

"她不在,狗也没去接我,"儿子说,"她饭也不做了,只给我留了一张条子。"

"什么条子?"

"我念给你听,"儿子说,"'开放,自己弄点吃的吧,如果你爸爸来电话,让他到人民大道"红"牌辣椒酱找我',什么意思?"

我没对儿子解释,儿子,我暂时无法对你解释。我扔下话筒,扫了一眼办公桌上的牛胯骨,隐隐约约地感觉到应该带点什么,但想不起应该带什么。我匆匆跑下楼,见大门口一片混乱,人挤成一个蛋,辛辣的气味刺鼻扎眼,咳嗽声咒骂声尖叫声混成一片。这里的混乱接近尾声，而那边的混乱即将开始。我捂着鼻子，绕到办公楼后，从东北角小门出去，沿着后街，一直往东跑，到电影院旁边的皮匠胡同，拐弯向南，直插人民大街。皮匠胡同两侧那些心神不安的修鞋匠们，一定把蓝副县长的仓皇奔命与政府门前的骚乱联系在一起。县城的人民，可能有不认识庞抗美的，但没人不认识我。

在人民大道这边，我就看到了她，也看到了蹲在她身后的狗，你这个狗杂种！大道上乱纷纷奔逃着群众，交通规则全部废除，各种车辆与人群混杂在一起，喇叭声震耳欲聋。我像小孩子跳方格一样，蹦蹦跳跳地过了马路。有人注意到了我，多数人没注意到我。我气喘吁吁地站在了她面前。她眼睛直盯着那棵树，你这个狗杂种，直直地盯着我，狗眼里一片荒凉。

"你把她弄到哪里去了？"我厉声问。

她嘴巴歪歪，腮上的肌肉抽抽，脸上出现类似冷笑的表情，但她的目光丝毫没有游移，依然盯着那棵树。

我先是看到树干上有四团黑乎乎、绿油油的东西，仔细一看，那是些蠕动着的苍蝇，是那种最令人恶心的绿头苍蝇。再仔细一看，认出了那三个大字和三个惊叹号。我嗅到了血腥味，一阵晕眩，眼前发黑，几乎跌倒，我想最可怕的事情大概已经发生了。她杀了她，用她的血，写了这条标语。但我还是强打着精神问她：

"你把她怎么样了？"

"我没把她怎么样，"她连踢了两脚树干，苍蝇被惊飞起，发出令人恐惧的嗡嗡声，她举起那用伤湿止痛膏缠住的食指，对我说，"这是我的血，我用我的血写了这三个血字，劝她离开你！"

我感到如释重负，一阵极度的疲劳袭来，不由地蹲在地上，手痉挛得像鸡爪子一样，从衣兜里摸到了烟，点燃，深深地吸着。我感到烟雾像弯曲的小蛇一样钻进脑袋，在大脑的那些沟回里游动着，产生了一种愉悦和轻松之感。苍蝇飞起的瞬间，使这条肮脏的标语悲壮地跳入我的眼帘，但苍蝇们立即又把它们覆盖了，覆盖得面目全非，难以辨认……

"我对她说了，"我妻子依然不看我，用一种呆板、麻木的声音说，"只要她离开你，我就一声不吭，一个屁不放。她可以恋她的爱，结她的婚，生她的孩子，过她的好日子。如果她不离开你，那我就要跟她同归于尽！"我妻子陡然转身，把那根用伤湿止痛膏缠着的食指举到我的面前，目光灼灼，如被逼到墙角的狗，尖声叫嚷着，"我就用这根血手指，把你们的丑事，写到县政府大门上，写到县委大门上，写在县政协大门上，写到县人大大门上，写到公安局、法院、检察院大门上，写到戏院、电影院、人民医院大门上，写到每一棵树上，写到每一堵墙上……直到把我全身的血写光！"

第四十七章

逞英雄宠儿击名表
挽残局弃妇还故乡

　　你妻子穿着一件淹没脚踝的紫红色长裙,端坐在你那辆桑塔纳轿车的副驾驶座位上。一股刺鼻的樟脑球味儿,从那件裙子上源源不断地挥发出来。长裙的前胸和后背上缀满耀眼的圆形亮片,这使我联想到,只要把她扔到河里,她马上就会变成一条鱼。她头发上喷了摩丝,脸上抹了脂粉,白得如同石灰的脸与褐色的脖子对比鲜明,使她的脸仿佛戴了一个面具。她脖子上戴着一条金项链,手上戴着两个金戒指,俨然一个珠光宝气的贵妇。司机小胡起初耷拉着长脸,直到你妻子塞给他一条香烟,他的脸才变圆。

　　我与你儿子坐在后排座位上。在我们身体周围,堆积着十几个花花绿绿的盒子,盒子里有酒,有茶,有糕点,有布料。这是我乘坐西门金龙的吉普车进入县城之后第一次返回西门屯。当时我是一条出生三个多月的小犬,现在我是一条饱经沧桑的大狗。我心情激动,两只眼睛忙不过来地看着车窗外的风景。公路笔直宽阔;路旁花树葱茏;路上车辆稀少;小胡开车贼猛。小车像插上翅膀一样飞起来了。我感到不是小车插上翅膀飞起来而是我肋间生出双翅飞起来了。我看到道旁的花木纷纷向后倒去,又纷纷往下落去,我感到公路像一道黑色的墙壁缓缓地竖了起来,路边的大河也跟着竖了起来。我们就沿着那直通天际的黑色道路往上爬行,而身边的大河之水犹如巨大瀑布

459

飞泻而下……

相对于我的兴奋和狂想，你儿子则表现得极为镇静。他手捧着一个游戏机，在我旁边，聚精会神地玩着"俄罗斯方块"游戏。他的牙齿咬着下唇，双手的大拇指灵巧地揿着按键，每当出现一个失误，他就会烦恼地跺一下脚，嘴巴里噗地喷出一口气。

这是你妻子第一次打着你的旗号调用你的公务车还乡，往常里她总是乘坐公共汽车或是骑着自行车驮着你儿子还乡。这是你妻子第一次艳妆华服像个官太太一样还乡，往常里她总是灰头土脸、穿着溅满油星子的旧衣还乡。这是你妻子第一次携带贵重礼物还乡，往常里她总是带着几斤现炸出来的油条还乡。这是你妻子第一次带着我还乡，往常里她总是把我锁在院子里让我看守家门。自从我为她揪出了你的小情人庞春苗后，她对我的态度明显好转，或者说，她对我的重视程度明显加强。现在，她经常对着我絮絮叨叨讲她的心事，把我当成了一个可以盛放她那些语言垃圾的塑料大桶。她不仅仅把我当成了倾诉对象，还把我当成了她的狗头军师。她经常犹豫不定地问我：

"狗啊，你说我该怎么办？"

"狗啊，你说她会离开他吗？"

"狗啊，你说他这次去济南开会，她会不会去找他？"

"狗啊，你说他是不是根本没去济南开会，而是带着她躲到什么地方去肉麻？"

"狗啊，你说是不是真有那样的女人，没有男人肉麻她就活不下去？"

对这些连篇累牍的问题，我全部以沉默对之，我只能以沉默对之。我默默地注视着她，心思随着她提出的问题大幅度地跳跃着，时而飞上天堂，时而堕入地狱。

"狗啊，你给评评理，是他的不对，还是我的不对？"她坐着一个小方凳，背靠着厨房的案板，在一块长方形的磨石上，磨着那些生锈的菜刀、锅铲和剪刀，她好像要借着这个与我倾心交谈的机会，让家里所有的铁器重放光芒,她说:"我是没有她年轻,是没有她漂亮,可我也是从年轻时走过来的,也是从漂亮时走过来的,你说对不对?再说了,我不年轻,我不漂亮,他呢?他不是一样吗?他即便年轻时也没漂亮过啊,他那半边蓝脸,半夜里一开灯,吓得我直打哆嗦啊,狗,狗,要不是被西门金龙那流氓坏了名誉,我怎么肯嫁给他?狗啊,我这辈子就毁在他们哥俩手里了……"她说到动情处,眼泪跳出眼眶,落在胸襟上,"现在,我老了,我丑了,他升官了,他发达了,就想扔掉我,像扔掉破鞋烂袜子一样,狗,你说,天理何在?良心何在?"她奋力地磨着刀,断断续续地说,"我要挺起来!我要硬起来!我要把自己身上的锈磨去,像这把刀一样,放出光来!"她用指甲盖儿试试刀锋,刀刃在指甲上留下白色的痕迹,此物已成利器,她说,"明天我们回老家去,狗,你也去,我们用他的车。十几年来,我从来不用他的车,不占公家一丁点儿便宜,维护了他的好名声。他的群众威信,有一半是我帮他树起来的。狗啊,人善被人欺,马善被人骑,咱们不忍了,咱们也像那些当官家的女人一样抖擞起来,让人们知道,蓝解放有太太,蓝解放的太太也能上得台盘……"

轿车越过新修的财富大桥驶入西门屯,当年那座低矮的小石桥被废弃在新桥的右侧,一群光屁股的男孩子,站在那小石桥上,变换着姿势,接二连三地、扑通扑通地跳到扎到跌到河里,激起溅起砸起一簇簇一串串一片片水花儿。这时,你儿子才停下了手底的游戏,从车窗望出去,脸上出现羡慕的神情。你妻子对你儿子说:

"开放,你大姨家欢欢在那里。"

我模模糊糊地回忆起欢欢和改革那两张小脸。欢欢的小脸干干巴巴、干干净净,改革的小脸白白胖胖,但嘴唇上总是沾着鼻涕。他们俩幼时的气味还储存在我的记忆里。我回忆着他们的气味时,与八年前的西门屯有关的数千种气味便如一条气味的大河,汹涌而来。

"这么大了,还光着屁股玩。"你儿子嘟囔着,不知是鄙视还是羡慕。

"待会儿到了家，嘴巴要甜，要有礼貌，"你妻子说，"要让爷爷奶奶、姥姥姥爷高兴，要让亲戚朋友佩服。"

"你弄点蜂蜜抹到我嘴上好了！"

"这孩子，你就气我吧，"你妻子说，"那几罐蜂蜜，就是给你爷爷奶奶、姥姥姥爷的，你亲手交给他们，就说是你为他们买的。"

"我哪里有钱？"你儿子赌气般地说，"说了他们也不信。"

在你妻子与你儿子的拌嘴声中，轿车驶上大街，街道两边那些八十年代初期新建的、整齐划一如军营的红砖瓦房墙上，都用白色石灰刷上了大大的"拆"字，旧村的南边田野里，挖土机隆隆地响着，两台起重机，高举着橘黄色的巨臂，静静地等待着。西门新村的建设已经开工。

轿车停在古旧的西门家大院门前。小胡按响了喇叭，立即从院子里涌出了一群人。我嗅到了他们的气味，看到了他们的脸。他们的气味里都添加了陈旧的信息，他们的身上都增添了脂肪，他们的脸都增添了皱纹，蓝脸的蓝脸，迎春的棕脸，黄瞳的黄脸，秋香的白脸，互助的红脸。

你妻子没有急于下车，等待着司机小胡转过来为她打开车门。她撩着裙子下车，因不习惯高跟鞋几乎跌倒。我看出她极力地保持着身体的平衡，借以掩饰左臀的缺失。我看到她的左臀已鼓胀，散发着海绵的气味。为了这次意义非凡的还乡她可是煞费了苦心。

"我的闺女啊！"吴秋香喜气洋洋地叫唤着，最先扑上来，看那股冲劲儿，她似乎要拥抱女儿，但到了面前却突然僵住了。我看着这个当年身体苗条，如今两腮下垂、腹部凸出的女人脸上那种既有亲爱又有谄媚的表情，看着她伸出几根弯曲的手指，抚摸着你妻子裙子上那些亮片，她夸张地——这才是她的本色腔调——说："哎哟，这是俺的二闺女吗？俺还以为是天女下凡了呢！"

你的母亲迎春挂着拐棍凑上来，她的半边身体已经不灵便，她举着那只显得软弱无力的胳膊，对你老婆说：

"开放呢？我那宝贝孙子呢？"

司机拉开车门，提出礼物，我纵身跳出。

"这是狗小四吗？我的天哪，长成一头小牛啦！"迎春说。

你儿子似乎有些不情愿地下了车。

"我的开放啊……"迎春喊叫着，"让奶奶看看，几个月不见又长出一大截了。"

"奶奶好。"你儿子说，你儿子又对围拢上来摸着他的头顶的你父亲说："爷爷。"两张蓝脸，一张粗糙苍老，一张娇嫩鲜艳，构成相映成趣的生动画面。你儿子一一地问候他的姥爷、姥姥、大姨。你母亲纠正你儿子道："该叫大娘才是啊。"互助说："都一样，叫大姨更亲嘛。"你父亲问你妻子："他爸爸呢？怎么不回来？"你妻子说："他到省里开会去了。"

"进屋，进屋！"你母亲用拐棍捣着地，用一个家长的权威口吻说。

"小胡，"你妻子说，"你先回去吧，下午三点，准时来接我们。"

这一群人，簇拥着你的妻子和儿子，提拎着那些花花绿绿的盒子，进了西门家大院。你以为我被冷落了吗？没有，就在人享受着天伦之乐时，一条白毛黑花狗，从西门家大院里蹿出来。同胞狗兄弟的亲切气味，猛烈地扑进我的鼻子，往事历历涌上心头。狗老大！大哥！我兴奋地叫着。小四，我的四弟啊！它也冲动地叫嚷着。我们的叫声惊动了迎春，她回过头，注视着我们：

"老大，小四，你们哥俩儿，有多少年没有见面了呢？让我算算……"迎春掰起指头，数着，"一年，两年，三年……啊呀呀，你们八年没有见面了啊，狗八年，等于人的大半辈子啊……"

"可不是怎么着，"一直得不到说话机会的黄瞳说，"狗活二十年，等于人活一百岁。"

我们碰碰鼻子，互相舔舔面颊，然后用脖子互相摩擦，用肩膀互相碰撞，表达我们久别重逢的欢欣和感慨。

小四，我还以为这辈子再也见不到你了呢，我的大哥眼泪汪汪地

463

说，你不知道我和你二哥有多么想念你们，想念你，想念你三姐。

二哥呢？我着急地问着，同时张大鼻孔，搜索它的信息。

你二哥家最近遇上了丧事，狗大哥同情地说，你还记得那个马良才吧？对，就是你家主人的姐夫，很好的一个人，吹吹，拉拉，写写，画画，样样都能拿起来，当着小学校长，挺好的一个美差，人民教师，谁不尊敬？可他偏要辞职去给西门金龙当副手。被县教育局不知哪个领导批评了几句，回家后心情郁闷，喝了几杯酒，说要出去撒尿，站起来，身体晃晃，一头栽倒，就这样死了。嗨，人生一世，草木一秋，我们狗，又何尝不是如此呢？我的大哥说，怎么，他们没把这消息告诉你家主人吗？

我的男主人，最近勾搭上了一个年轻姑娘，你猜是谁？就是三姐家主人的妹妹，回来要跟这一位，我用下巴指指在大院里手扶杏树与互助说话的合作，悄声说，离婚，这一位，差不多疯了，这几天刚缓过点劲儿来，你看她今天这模样，是专门回来断那蓝解放的后路的。

嘻，果然是家家都有难念的经，狗大哥说，咱们当狗的，只能听主人调遣，为主人服务，这些麻烦事儿，不归我们管。你等着，我去叫老二，咱们哥仨好好聚聚。

何必大哥亲自去跑，我说，咱们狗类，不都有千里传音的本事吗？我仰起脖子，正要嗥叫，就听到大哥说，不必叫了，你二哥，已经来了。

我看到，从西方向，来了我的二哥和他家的女主人宝凤。狗二哥在前，宝凤在后。宝凤的身后，跟着一个身材瘦高的男孩。改革的气味从我记忆中浮上来，这小子，长得可真高。有人说我们狗眼看人低，呸，那是放屁。在我们眼里，高的自然高，低的必然低。

我大哥高声喊叫着：老二，你看看这是谁？——二哥，我大声叫着，跑着迎上去。我二哥是一条更多地继承了父亲基因的黑狗，它的面相与我有几分像，但身体比我小得多。我们哥仨，拥挤在一起，碰碰撞撞，磨磨蹭蹭，表达我们久别重逢后的愉快心情。闹过一阵之后，它们问起狗三姐，我说三姐很好，生了三匹小犬，卖了很好的价钱，给主人家创汇增收。我向它们问起狗妈妈的情况，它们沉默一会儿，抬起泪汪江的眼睛，对我说：妈妈是无疾而终，寿尽而亡，而且死后尸身得以保全，老主人蓝脸，亲手钉了一个木板箱子，把我们的狗娘，安葬在他那块宝贵的土地上，这已经是非常高的礼遇了。

我们哥仨的亲热劲，引起了宝凤的注意。她有些吃惊地看着我，我想大概是我的身体过于庞大和我的面相过于威猛而让她心中惊悸吧。"你是狗小四吗？"她说，"你怎么能长这么大呢？当初你可是一个小落子啊。"

她在注意我的时候，我也在注意她。轮回四世之后，西门闹的记忆虽然没有消逝，但已经被无数的后来事镇压在底层，我生怕一旦折腾起这些久远的往事，会把大脑搞乱，弄不好会得精神分裂症。世事犹如书籍，一页页被翻过去。人要向前看，少翻历史旧账；狗也要与时俱进，面对现实生活。在过去的历史册页上，我是她的父亲，她是我的女儿；在眼前的现实生活中，我只能是一条狗，而她则是我的狗兄弟的主人和我的主人的异父同母的姊妹。她面色灰白，头发虽然没白但枯槁犹如墙头上的霜后草。她身穿黑衣，鞋面上裱着白布。她为马良才戴孝，身上散发着与死者打过交道的阴郁气味。在我所有的记忆中，她都是郁郁寡欢，脸色苍白，很少有笑容，偶尔有一笑，那也如从雪地上反射的光，凄凉而冷冽，令人过目难忘。在她的身后，那小子，马改革，继承了马良才的瘦高身材。他幼年时脸蛋浑圆，又白又胖，现在却长脸干瘪，两扇耳朵向两边招展着。他不过十岁出头，但头上竟有了许多的白发。他穿着蓝色短裤、白色短袖衬衫——西门屯小学的校服——脚上一双白色胶鞋，双手捧着一个绿色塑料盆子，盆子里是鲜艳欲滴的紫红色樱桃。

我在两个狗哥哥的带领下，在屯子里转了一圈，尽管我少小离家，除了西门家大院之外，对屯子并无多少印象，但这里毕竟是生我养我的地方，就像莫言那小子在一篇文章里写的那样"故乡是血地"，因此，在走街观屯的过程中，我还是心怀感动。我看到了一些似曾相识的脸，嗅到了许多当年没有的气味，也遗失了许多当年的气味。当年，屯子里最浓郁的牛的气味、骡马的气味消失殆尽，而许多人家院里都散发出浓重的生锈钢铁的气味，由此我知道，人民公社时期梦寐以求的农业机械化，竟在分田单干之后实现了。我感到屯子里笼罩着大变动之前的兴奋和惶惶不安的氛围，人们的脸上，都闪烁着古怪的神情，仿佛有大事件马上就要发生。

在游屯的过程中，我们遇到了许多狗。它们都热烈地与老大和老二打招呼，并向我投来敬畏的眼神。我的两位狗哥也得意洋洋地向它们炫耀着：这是我们的四弟，现居县城，是县城狗协会的会长，管辖着一万多条狗呢！我的狗哥哥，真能忽悠，它们把县城的狗数目，扩大了十倍有余。

在我的请求下，二位狗兄弟带着我去拜谒了我们狗娘的坟墓。我知道我此行的目的不单纯是为了拜谒母坟，而是有许多难以对它们言说的历史情绪。从西门闹到西门驴，从西门驴到西门牛，从西门牛到西门猪，从西门猪到西门狗，这块犹如大海中孤岛的土地，都与我有着千丝万缕的血肉关系。我看到屯东这一片土地已经遍植夭桃，我想如果早来一个月这里就是一片桃花的海洋。现在，桃叶黄绿，枝条上接着一串串的毛桃。蓝脸的一亩六分地，依然顽强地表现着个性，在两边桃林的夹峙下，地里那些庄稼显得既弱小又倔强。他种植的竟然是几近绝迹的一种庄稼，我从记忆深处，才搜索到这种庄稼的名字和有关知识。这是穇子，抗旱抗涝耐贫瘠，其生命力之顽强不逊野草。在人们饱食肥餍的时代，这种粗糙的粮食，也许会成为救命的良药。

在狗娘的坟墓前，我们哥仨默立片刻，然后仰天长吠，表达我们的哀思。所谓坟墓，也不过是筐大的一个土疙瘩而已，即使这土疙瘩上，也生长着穇苗。在我们狗娘的坟墓旁边，一字儿排列有三个土疙瘩。我的大哥指指近前这个土疙瘩说：听说这里埋着一头猪，是一头作恶多端的猪，也是一头舍己为人的猪。你家小主人和你二哥家小主人,还有屯里的十几个孩子,都是它从冰窟窿里叼上来的。孩子得救了,但这头猪却献出了生命。远处那两个土疙瘩,我二哥说,听说一个是牛的坟墓,一个是驴的坟墓,也有人说坟里根本没有什么,驴坟里只有一只用木头雕成的驴蹄子,牛坟里只有一根牛缰绳。这都是非常久远的事情了,我们也不得其详。

在这块地的尽头,修着一个真正的坟墓。坟包馒头状,用白石砌成,水泥抹缝,坟前是座大理石墓碑,墓碑上刻着隶体大字:先考西门公闹及夫人白氏之墓。目睹眼前景物,我不由怦然心动,无限的悲凉涌上心头,人的眼泪,从狗眼里滚滚涌出。狗老大和狗老二用爪子拍着我的肩膀问:四弟,你为何如此伤心?我摇摇头,甩干眼泪,说:没什么,不过是想起了一个朋友。我的狗大哥说:这是西门金龙当书记之后的第二年,为他的生身父亲修立的。其实,坟里只埋着白氏和西门闹的一个牌位,至于西门闹的尸骨,抱歉,早被我们那些饥饿的先辈们给吃掉了。

我绕着西门闹和白氏的坟墓转了三圈,然后,跷起一条后腿,将一泡百感交集的狗尿,撒在了他们的墓碑上。

狗二哥大惊失色地说:小四,你好大的胆子,这要让西门金龙知道了,非用土枪崩了你不可!

我苦笑一声,说:那就让他来崩了我吧,但愿他崩了我之后,能把我的尸体,也埋在这块土地上……

狗老大和狗老二交换了一下眼神,几乎是齐声说:四弟,我们还是回家吧,这块地里冤魂太多,邪气太重,万一中了邪,就比感冒严重。说完,它们就拥着我,跑出了这块土地。从这时起,我就知道了自己的最终归宿。虽然我生活在县城,但死后,一定要埋在这块土地上。

我们哥仨前脚踏进西门家人院,西门金龙的儿子西门欢后脚就跟着进来了。我辨别出了他的气味,尽管他身上沾染着那么浓烈的鱼腥味和淤泥味。他赤裸着上身,赤着脚,下身只穿着一条尼龙弹力短裤,一件名牌T恤胡乱地搭在肩头,手里拎着一串白鳞小鱼。一块相当高级的手表,在他腕子上闪烁光彩。这小子一眼就看到了我,扔掉手中的东西就要往我身上扑。他显然是想骑在我身上,但一匹有尊严的狗,怎会被人骑在胯下?我一闪身,躲开了他。

他的母亲互助,从正房里跑出来,急吼吼地喊着:

"欢欢,你跑到哪里去了?你怎么才回来?不是早跟你说过,小姨和开放哥哥要回来吗?"

"我捉鱼去了,"他捡起地下那串小鱼,用一种与他的年龄不相吻合的腔调说,"这么尊贵的客人来了,没有鱼,怎么可以?"

"嗨,你这孩子,"互助捡拾着西门欢扔在地上的衣服说,"弄这两条小猫鱼,给谁吃?"互助用手拂着西门欢头上的泥沙和鱼鳞,突然想起似的问:"欢欢,你的鞋呢?"

西门欢笑着说:"实不相瞒,妈妈大人,鞋子,换鱼了。"

"哎哟,你这个败家子啊!"互助尖叫着,"那是你爸爸托人从上海给你带来的,那是'耐克'啊,一千多块钱啊,你就给我换来这么两条小猫鱼?"

"妈妈,不止两条,"西门欢认真数着柳条上的鱼,说,"九条呢,你怎么能说是两条呢?"

"你们都看看,俺这傻儿子啊,"互助从西门欢手里把那串小鱼夺过来,举着,对涌出屋来的众人说,"一大早就下了河,说是要捉鱼待客,弄了半天,弄来这么一串小鱼儿,还是用一双新'耐克'鞋跟人家换的,你说他傻不傻啊?"互助又虚张声势地用那串小鱼抽了一下西门欢的肩膀,说:"跟谁换的?快给我换回来去!"

"妈妈,"西门欢乜斜着有点斗鸡的小眼说,"男子汉大丈夫,怎能说话不算数呢?不就是一双破鞋吗?再买双就是了,反正我爸爸有的是钱!"

"小浑蛋,你给我住嘴!"互助道,"胡说八道,你爸爸有什么钱?"

"我爸爸没有钱谁有钱?"西门欢斜着眼说,"我爸爸是大富翁,天下首富！"

"你就吹吧，你就傻吧！"互助道，"等你爸爸回来，看他不揍烂你的屁股！"

"怎么回事？"西门金龙从卡迪拉克轿车里一钻出来就这样喊叫，轿车沉稳无声地往前滑去。他一身休闲打扮，头皮和腮帮子都刮得乌青，肚子微微前凸，手里提着一个长方形的"大哥大"，完全是一副大老板的气派。听完互助的述说后，他拍拍儿子的头，说："从经济上说呢，用一双价值千元的'耐克'鞋，换九条小猫鱼，是愚蠢的行为；从道义上讲呢，为了招待尊贵的客人，不惜用千金之鞋换鱼，又是英雄好汉的行为。就这件事本身，我不表扬你，也不批评你。我要表扬你的是，"金龙用力拍了一掌儿子的肩膀，说，"男子汉大丈夫，'一言既出，驷马难追'，换了就是换了，不能反悔！"

"怎么样？"西门欢得意地对互助说着，扬起那串小鱼儿，高叫着，"奶奶，拿鱼，给贵客熬鱼汤！"

"你就惯他吧，这样下去，怎么得了？"互助看了金龙一眼，低声嘟囔着，转而又扯住儿子的胳膊，"小老祖宗，快回家换件衣服，这个样子，怎么见客……"

"雄伟！"西门金龙在进入正房之前注意到了我，伸出拇指，对我发出赞语，然后他便与已经走出门迎接他的人们一一打招呼。他表扬了你的儿子："开放贤侄，一看这头角，就不是等闲之辈，你爸爸当县长，你要当省长！"他安抚了马改革："小伙子，直起腰杆来，不用怕不用愁，有大舅吃的，就有你吃的。"他对宝凤说："不要折磨自己了，人死不能复生。要说难过，我也难过，他这一死，如同砍去我的一条胳膊。"他对着两家父母点头示意。他对你妻子说："弟妹，我要好好敬你几杯！那天中午，为庆祝我们的建设计划通过论证，我在天官楼大摆庆功宴席，让解放一人受了大委屈。洪泰岳这老东西，真是顽固得可爱，这次被拘留了，但愿他能长点见识。"

席间，你妻子不冷不热，保持着副县长太太的尊严；西门金龙敬酒布菜，表现着实际的家长热情。最活跃的还是西门欢，他对酒桌上这一套，显然是非常精通，西门金龙不怎么管他，他便益发猖狂起来。他为自己倒了一杯酒，又给开放倒了一杯酒，硬着舌头说：

"开放哥们儿，喝了这……这杯酒，我有一事与你相商……"

你儿子看看你妻子。

"你不要看我二姨……咱们男子汉的事，自己做主，来，我敬……敬你一杯！"

"欢欢，行啦！"互助道。

"那就沾沾嘴唇吧。"你妻子对你儿子说。

两个小妖碰杯之后，西门欢扬起脖子，将杯中酒一饮而尽，然后将空杯举到开放面前，说：

"先喝为……为敬！"

开放用嘴唇沾沾杯中酒就放下了。

"你……你不够哥们儿……"西门欢道。

"好了！"西门金龙拍拍西门欢的脑袋，说，"到此为止，不要强求！逼人喝酒，也不是好汉的行为！"

"爸……爸……我听您的……"他放下酒杯，摘下手表，递到开放面前，说，"哥哥，这是'浪琴'，瑞士原装，是我用一把弹弓，跟韩国那个老板换的，现在，我用它，换哥哥那条大狗！"

"不行！"你儿子坚定地说。

西门欢显然不悦，他没有闹，坚定地说：

"我相信，总有一天你会答应的！"

"儿子，别闹了，"互助说，"过几个月，就该到县城念中学了，想看大狗，去你姨家看就是。"

于是，席间的话题就转移到我的身上。你娘说："想不到一母所生，竟出落得大不相同。"

"我们娘儿俩，多亏了这条狗，"你妻子说，"他爸爸日夜忙，我又要上班，看家护院，接送开放上学，都是这条狗！"

"这的确是匹威猛的神犬，"西门金龙夹起一只酱猪蹄，扔到我的面前，说，"狗小四，富贵不忘故乡，常回家看看。"

我被猪蹄的香气吸引，肚子里发出咕咕的响声，但我看到了狗大哥与狗二哥的目光，没有动口。

"不一样就是不一样，"西门金龙感叹道，"欢欢，你要向这条狗学习！"他又夹了两个猪蹄，分投到狗大哥和狗二哥面前，对儿子说，"做人，要做出大家风度来！"

狗大哥和狗二哥急不可待地把猪蹄抢到嘴里，饕餮大嚼，喉咙里还不由自主地发出呜呜的护食声。我依然没有动口，目光炯炯地盯着你妻子，直到她做了一个允许进食的手势，我才轻轻地咬了一小口，慢慢地、无声地咀嚼着。

我要保持一条狗的尊严。

"爸爸，你说得真对，"西门欢从开放面前抓起那块手表，说，"我也要做出大家风度！"他起身进入内室，拖出了一支猎枪。

"欢欢，你想干什么？"互助惊叫着站起来。

西门金龙镇定自若，微笑着说：

"我倒要看看我儿子怎样表现出大家风度！打死你二叔家的狗？这不是君子所为；打死我们家和你姑姑家的狗？更是小人行为！"

"爸爸，你把我看低了！"西门欢恼怒地叫喊着。他将猎枪抢到肩膀上，虽然肩膀略嫌稚嫩，但这一抢，却显得异常老练，显然是个早熟的玩家。他歪着肩膀将那块名贵的手表挂在杏树干上，然后倒退到十米之外。他熟练地装弹上膛，嘴角上浮显着非常成人化的残忍微笑。那块名表在正午的骄阳下闪闪发亮。我听到互助的惊叫声退到遥远的后方，而那手表走动的声音却大得惊心动魄。我感到时间和空间凝结成一条刺眼的光带，而那"咔嚓、咔嚓"的声音，则犹如一柄巨大的黑色剪刀，将那光带剪成片段。西门欢的第一枪射空，在杏树干上留下了一个茶杯大的白洞。第二枪正中目标。在子弹击碎表壳的瞬间——

数字分崩离析，时间成为碎片。

第四十八章

**惹众怒三堂会审
说私情兄弟反目**

金龙打电话给我,说母亲病重垂危。我一踏进西门家厅堂,就知道上了他的圈套。

母亲确实有病,但并没有垂危。母亲手扶着那根生满硬刺的花椒木拐棍,坐在厅堂西侧的一条长凳上,白发苍苍的头颅不停颤动,浑浊的泪水不断涌出。父亲坐在母亲右侧,二老之间,闪开足以坐进去一个人的距离。一见我进来,父亲剥下一只鞋子,低沉地吼叫着,蹦跳到我的面前,不由分说,对准我的左脸,狠狠地抽了一鞋底。我感到耳朵深处"嗡"地响了一声,眼前金花乱迸,腮上火辣辣的。我看到在父亲跳起来的瞬间,那条长凳猛地翘了起来,母亲的身体随着落地,然后往后仰去。她手中那根拐杖宛如一支长枪,高高地举了起来,似乎直指着我的胸膛。我记得自己大叫一声"娘啊——",意欲冲上去扶持母亲,但我的身体却不由自主地倒退着,一直退到门口,然后坐在了门槛上。就在我感受着尾骨被门槛硌痛的同时,我的身体往后仰去,就在我感受着后脑勺子被台阶上的石头碰痛的瞬间,我已经躺成了头低脚高,半截门里、半截门外的狼狈姿势。

没有人帮助我。我自己爬起来。我的耳朵里"嗡嗡"地响着,口腔里一股铁锈的味道。我看到爹被我腮帮子上的反作用力冲击得在厅堂里转了好几圈,立定之后,又抓着鞋子冲上来。爹的脸半边蓝半边紫，眼睛里喷射着绿色的火星。在几十年的大风大雨中熬过来的爹，有过无数次的愤怒，他愤怒时的样子我是熟悉的，但这一次，爹的愤怒里还掺杂着许许多多的情绪，有极度的悲伤，还有巨大的耻辱。他打我这一鞋底，绝不是作秀，而是他使出了全身的力量。如果我不是正当盛年，骨骼坚硬，这一鞋底足可以把我的头打扁。即便我正当盛年骨骼坚硬，这一鞋底也使我的脑子受到了强烈震动。站起来，我晕头转向，一时竟忘了身在何处，眼前的这些人，仿佛都是没有重量的、闪烁着磷光、飘忽不定的鬼影。

　　似乎是西门金龙挡住了欲向我发出第二次攻击的那个蓝脸的老头。他被搂住后，身体还像一条被钓离水面的黑鱼一样上下蹿动着。他还把手里那只又黑又沉重的鞋子对着我投过来。我没有躲闪，那一刻我大脑中负责指挥身体躲闪的那一部分休眠着。我眼睁睁地看着那只样式陈旧而丑陋的大鞋像个怪物一样对着我飞来，就像飞向一个与我毫不相关的身体。那大鞋碰到我的胸脯上，在我胸脯上留恋了片刻，然后不利不索地翻滚着落在地上。我大概动过低头观看这个鞋状怪物的念头，但头晕和目眩止住了我这个不合时宜、毫无意义的动作。我感到左边的鼻孔里一阵湿热，随着发生有虫爬出的痒感。我伸手摸了一下，极度头晕中我看到手指上沾着绿油油的、放着一种暗金色光泽的液体。恍惚地听到似乎是庞春苗的温柔声音在我耳朵深处说：你流鼻血了。随着鼻血的流出，我感到混沌的脑袋仿佛出现了一条缝隙，清风从这缝隙灌入，并不断扩大着清凉的面积，我从白痴状态中解脱出来，大脑开始正常工作，神经系统也恢复正常。这是十几天内我第二次流鼻血，第一次是在县政府门前，被洪泰岳的请愿队员脚底下使了个小绊子，狗抢屎一样趴在地上碰破了鼻子。啊，我恢复记忆了。我看到宝凤将母亲扶了起来。母亲嘴巴歪着，口水流到下巴上，含混不清地说着：

　　"儿子……不许打我的儿子……"

　　母亲的那根花椒木拐杖躺在地上，犹如一条死蛇。一首熟悉的歌子，在我耳朵深处响起，还有几只蜜蜂绕着那旋律飞行：娘啊，娘啊，白发亲娘——我感到深刻的内疚，我感到巨大的悲哀，热泪流进我的嘴巴，竟然是芳香的味道。母亲在宝凤怀里挣扎着，力量大得惊人，宝凤一人根本搂不住她。我从母亲的态势上，看出她是想去捡那条死蛇般的拐杖。宝凤理解了母亲的意图，双手搂着母亲，伸出一条腿，将那拐杖勾到近前，腾出一只手，把拐杖捡起来，放在母亲手里。母亲举起拐杖，捣向被金龙搂抱住的父亲，但她的胳膊已经没有足够的力量操控这根沉重的花椒木棍子，拐杖又一次落地，母亲放弃了努力，含混地骂着：

"你这个狠种……不许打我的儿子……"

这场混乱持续良久，慢慢平静下来。我的脑子已经基本恢复正常。我看到父亲蹲在厅堂的南墙根，双手抱着头，看不见他的脸，只看见一头刺猬毛般的乱发。那条长凳已被扶起，宝凤搂着母亲坐在上边。金龙弯腰捡起那只鞋子，放在父亲面前，冷漠地对我说：

"伙计，我本不想介入这种破事，但老人们让我这样做，作为晚辈，只有服从。"

金龙的手臂画了一个半圈，我的眼睛随着旋转。我看到了自己的已经表演完毕的、陷入痛苦和无奈中的父母，我看到了端坐在厅堂正中那张著名的八仙桌后的庞虎和王乐云夫妇——面对着他们我感到羞愧难当——我看到了在厅堂东侧长凳上并肩坐着的黄瞳和吴秋香夫妇，还有站在吴秋香背后、不断地抬起衣袖拭泪的黄互助。就是在如此紧张的情况下，我也没忽略她那浓密的、粗壮的、神奇的头发闪烁出的迷人的荧光。

"你和合作闹离婚的事，大家都知道了，"金龙说，"你和春苗的事，大家也都知道了。"

"你这个丧了良心的小蓝脸啊……"吴秋香尖声哭叫着，拃挲着胳膊欲往我身上扑，但金龙挡住了她。互助将她按坐在凳子上，她继续叫骂着："俺闺女哪点对不起你？俺闺女哪点配不上你？蓝解放，蓝解放，你这样做，不怕天打五雷轰吗？"

"你想娶就娶，想离就离？我家合作嫁你时，你是个什么东西？现在刚混出点人样来，就想蹬了我们？世界上哪有这么便宜的事儿？"黄瞳愤怒地说，"找县委，找省委，找中央去！"

"老弟啊，"金龙语重心长地说，"离婚不离婚，是你个人的私事，按说连亲生父母都无权干涉，但这事牵扯面太广，一旦张扬出去，影响太大了。你还是听听庞大叔和庞大婶的看法吧。"

从内心深处讲，我对父母、对黄家夫妇的态度，都不甚重视，但面对着庞家夫妇，我却感到无地自容。

"不应该再叫你解放了，应该叫你蓝副县长啦！"庞虎咳嗽几声，嘲讽地说。他看了一眼身边体态臃肿的妻子，问："他们进棉花加工厂是哪一年？"没及妻子回答，他接着说："是一九七六年，那时你蓝解放懂什么？你那时疯疯癫癫，什么都不懂。可我把你安排到检验室学习棉花检验，既轻松又体面的活儿。许多比你有才、比你有貌、比你有背景的小青年，都在抬大篓子，一篓子棉花，二百多斤重，一个班八小时，有时候九小时，一上班就不停脚地小跑，那样的活儿是什么滋味你应该知道。你是季节工，干三个月就该下放回家，可我想到你爹和你娘对我们的好处，一直没让你下放。后来，县社要人，我又力排众议，把你弄去。你知道当时县社领导怎么对我说吗？他们说，'老庞，你怎么把一个蓝面鬼卒推荐给我们呢？'我当时怎么对他们说？我说，这小伙子丑是丑点，但人忠厚老实，又有文才。当然，后来你干得不错，你步步高升，我为你高兴，为你骄傲，但你不会不知道，如果没有我推荐你进县社，如果没有我家抗美暗中扶植你，你蓝解放能有今天吗？你富贵了，要停妻另娶，这种事古来就有，你不怕丧天良，不怕被万人唾骂你就离去吧，娶去吧，与我们老庞家何干？可你他妈的竟敢把我家春苗……她才多大啊，蓝解放？她比你小整整二十岁啊，她还是个孩子啊，你这样做，禽兽都不如啊！你这样做，对得起你爹你娘吗？对得起你岳父岳母吗？你对得起你妻子儿子吗？你对得起我老庞这条木腿吗？蓝解放啊，我是死里逃生之人，一辈子堂堂正正，宁折不弯，这条腿被地雷炸飞后我都没流一滴眼泪，'文化大革命'期间，那些红卫兵说我是假英雄，用我的木腿敲我的头，我都没流一滴眼泪，可你却让我……"庞虎老泪纵横，他妻子哭着为他拭泪，他推开妻子的手，悲愤地说，"蓝解放，你这是骑着我老庞的脖子拉屎啊……"他弯下腰，呼呼地喘着粗气，撕扯下那条假肢，双手搬起，猛地投到我的面前，悲壮地说，"蓝副县长，请你看在这条木腿的份儿上，看在我与你爹娘多年交情的份儿上，离开春苗。你想毁掉你自己，我们管不了，但你不能让我女儿为你殉葬！"

我没有对任何人说对不起。他们的话，尤其是庞虎的话，句句如刀，猛刺我的胸膛，我有一千条理由，似乎都应该向他们说声对不起，但我没说；我有一万个借口，似乎都应该与庞春苗断绝关系，与黄合作重新和好，但我知道我已经做不到了。

不久前黄合作用血字向我示威时，我确也想过就此罢休，但随着时间推移，对庞春苗的思念使我如失灵魂，我吃不下饭，睡不着觉，做不了任何工作。我也不他妈的想做任何工作了。从省城开会回来，我做的第一件事就是直奔新华书店少儿部去找庞春苗。在她的工作位置上，站着一个紫红脸膛的陌生妇女，她用极其冷漠的态度告诉我，春苗休了病假。我看到店堂里那几个面孔熟识的女售货员鬼鬼祟祟地看着我。看吧，骂吧，我什么都不在乎了。我找到新华书店单身职工宿舍，她的房间锁着门。我趴在窗玻璃上，看到了她的床，她的桌子，她脸盆架上的脸盆和悬挂在墙上的圆镜子，我还看到了她床头上那个粉红色的玩具熊。春苗，我的亲人，你在哪里？我拐弯抹角地找到庞虎和王乐云在县城的家，这也是一个农村式的院落，大门上挂着铁锁。我大声喊叫，引得邻家的狗狂吠不止。尽管我知道春苗绝不可能躲到庞抗美家，但我还是壮着胆子敲了她家的门。这里是县委一号宿舍，二层小楼，围墙高耸，戒备森严。我亮出副县长身份才勉强蒙混过关。我敲她家的门。院子里的狗狂叫不止。我知道她家的大门上面有摄像头，如果家里有人，他们就可以辨认出我。但始终无人开门。那个放我进来的守门人，神色惶恐地跑过来，不是命令我走，而是哀求我走。我走。我走到车龙马水的大街上，恨不得当街大呼：春苗，你在哪里？没有你我已经不能活，没有你我宁愿死。什么名誉、地位、家庭、金钱……这一切的一切，我都不要了，我只要你。我要见你最后一面，如果你说要离开我，那么，我马上死，你然后走……

我没有向他们道歉，更没有对他们表态。我跪下，给生我养我的父母磕了一个头，又掉转方向，给黄家夫妇磕了一个头，不管怎么说，他们是我的岳父母。然后，我正面向北，最隆重地、最庄严地给庞虎夫妇磕了一个头。我感谢他们对我的扶植和帮助，更感谢他们为我生育了春苗。然后，我双手捧着那条标志着历史和光荣的假肢，膝行上前，将它放在八仙桌子上。我站起来，倒退到门口，深深地鞠了一躬，直起腰，转身，一句话不说，沿着大街向西走去。

我从司机小胡的态度上已经知道，我的官运就此结束了。我从省城回来，见到他第一面，他就向我抱怨起我老婆打着我的旗号调用公车。我这次回乡，他竟然以车子电路坏了为由不出车。我是搭了农业局的便车来的。现在，我步行，向西，那是去县城的方向，但我真的要回县城吗？我回县城干什么？春苗在哪里，我就应该去哪里，可春苗在哪里呢？

金龙的卡迪拉克追上来，无声地停在我身边。他拉开车门，对我说：

"上车！"

"不必。"我说。

"上来！"他用不容违抗的口吻说，"我有话问你。"

我钻进了他的豪华轿车。

我进入他豪华的办公室。

仰靠在柔软的紫红色真皮沙发上，他长长地喷出一口烟，双眼盯着水晶枝形吊灯，悠然地说：

"老弟，你说这人生，是不是像梦一样？"

我没有吭声，等着他往下说。

"还记得我们河滩牧牛时的情景吗？"他说，"那时候，为了逼你入社，我每天都要揍你一次。谁能想到，二十几年后，人民公社就像沙土堆成的房子，顷刻间土崩瓦解。我们那时做梦也想不到，你能当上副县长，而我能成为董事长，当年许多神圣的掉脑袋的事情，今天看起来狗屁不是。"

我依然不吭声，我知道他想说的不是这些。

他直起腰，将刚燃了不到三分之一的烟揿在烟灰缸里，目光逼视着我说：

"县城里有许多漂亮女人，你干吗去招惹那么个瘦猴似的小丫头？你实在熬不住了对我说啊，你想玩什么样的？黑的、白的、胖的、瘦的，我都能帮你弄来。你想开开洋荤，那也容易，那些俄罗斯洋妞，也不过一千元一夜！"

"你如果拉我来说这些，"我站起来说，"那我走啦！"

"站住！"他愤怒地一拍桌子，烟缸里烟灰被震飞起来，他说，"你是个彻头彻尾的浑蛋！兔子还不吃窝边草呢，何况也不是什么好草！"他又点燃一支烟，吸呛了，咳嗽着，把烟掐灭，"你知道我跟庞抗美是什么关系？她是我的情妇！这西门屯旅游开发区，说穿了是我们两个人的买卖，我们的大好前景，都被你的鸡巴给戳乱了！"

"你们的事，我不感兴趣，"我说，"我只管跟春苗的事。"

"这么说你还不想罢手？"他问，"你真想和小丫头结婚？"

我坚定地点点头。

"不行，绝对不行！"西门金龙站起来，在他宽阔的办公室里来回踱步，他站在我面前，猛捅了我胸膛一拳，用不容置疑的口吻说："立即停止跟她交往，想操什么样的，包在我身上。操多了，你就会知道，女人，就是那么回事。"

"对不起，"我说，"你的话让我恶心，你无权干涉我的生活，我更不需要你帮我安排生活。"

我抽身便走,他抓住我的肩膀把我拽住,用和缓一点的口吻说:

"当然,爱情这事儿,也许确实是他妈的存在。我们商量了一个折中的方案:你先稳住劲,不要闹离婚,暂时也别和庞春苗接触。我们把你弄到外县去,或者更远点,市里,省城,起码是平调,做点工作就让你升一级。到那时候,你跟合作离婚的事,包在我身上。大不了就是钱呗,三十万,五十万,一百万,没有不他妈的见钱眼开的女人!然后,把庞春苗调过去,你们就享受爱情去吧!其实,"他顿了一下,说,"我们并不情愿这样做,这要花多大的力量啊,但谁让我是你哥而她又是她姐呢?"

"谢谢,"我说,"谢谢你们的锦囊妙计,但我不需要,我真的不需要。"我走到门口处,又返回几步,说:"正如你刚才所说,你是我哥,而她又是她姐,所以我劝你们胃口不要太大,天网恢恢啊!我蓝解放搞婚外恋,说到底也不过是个道德问题,可你们一旦玩过了头……"

"你竟教训起我来了,"金龙冷笑着,"那就别怪我不客气啦!现在,你给我滚蛋!"

"你们把春苗藏在哪里?"我冷冷地问他。

"滚!"他的怒骂声被裹着皮革的门扇隔绝了。

我走在西门屯的大街上,没有来由地热泪盈眶。西边的太阳很灿烂,泪水使我看到了七色的彩光。几个半大孩子跟随在我的身后。跟随在我身后的还有几条狗。我大步流星,孩子们跟不上我的步伐。为了能看到我眼里的泪水,或者是为了能看到我丑陋的蓝脸,他们不得不飞跑着越过我,然后退行着,看着我。

路过西门家大院时,我没有侧目,尽管我知道因为我的原因父母很可能不久于人世,我是不孝的儿子,但我绝不退缩。

在大桥头,洪泰岳拦住了我。他已经喝得半醉,他是从大桥酒馆里飘出来的,而不是走出来的。他用铁钳般的手指,抓住我的胸前衣裳,大声喊叫着:

"解放,你这个小兔崽子!你们拘留我,你们拘留一个老革命!你们拘留一个毛主席的忠诚战士!你们拘留一个反腐败的勇士!你们拘留住我的身体,但你们拘留不住真理!彻底的唯物主义者是无所畏惧的,老子不怕你们!"

几个人从酒馆里出来,把洪泰岳从我身边扯开。模糊的泪眼使我看不清这些人的面孔。

我走上大桥,河里一片金光闪烁,仿佛一条伟大的道路。我听到洪泰岳在我背后大声嚷叫着:

"小兔崽子,你还我的牛胯骨!"

第四十九章

冒暴雨合作清厕所
受毒打解放做抉择

因为受到九号台风的影响，那晚上的大雨是罕见的。在以往的阴雨天气里，我总是精神萎靡、昏昏欲睡，但那晚上我没有丝毫睡意，我的听觉和嗅觉处于高度灵敏状态，眼睛嘛，因为受到一道道蓝白色强烈闪电的影响，略微有些昏花，但也不影响我看清院子里每个角落里的野草上的水珠，也不影响我在闪电骤然亮起的瞬间，看清那些躲在梧桐叶背上瑟瑟发抖的蝉。

雨从晚上七点时下起，到了九点，还没有丝毫要停的意思。借着闪电，我看到你家正房的瓦檐上，雨水飞泻，形成一道宽广的瀑布。你家的平顶厢房上，那些用直径十厘米的塑料管做成的泄水孔道，射出一股股冲劲凶猛的水柱，成弧形，跌落在水泥甬道上。夹道里的阴沟被杂物堵住，水很快涨起来，淹没了甬路，淹没了门前的台阶，有几只居住在墙角劈柴垛里的刺猬被大水灌出来，在水中挣扎着，看样子性命难保。

我正欲大声吠叫，向你妻子报警，但还没等我叫出第一声，房檐下的灯亮起，把院子照得一片通明。你妻子头戴草帽，肩上披着白色的塑料薄膜，只穿着裤衩，露着干瘦的腿，趿拉着一双断了襻带的塑料鞋，从门缝里闪出来。瓦檐上飞泻而下的瀑布一下子就将她头上的草帽打歪，一阵风随即就将那草帽吹落。雨水顷刻之间便把她的头发淋湿。她径直冲进西厢房,从我身后那堆煤上,拖出一把铁锹,然后又冲进雨中。

她一步一歪地在雨中奔跑着,院子里的积水淹到她的膝盖。一道闪电抖开,压制住了黄色的灯光,使她的脸一片青白,一绺绺的头发粘在青白的脸上,这样的脸让我感到恐怖。

她拖着铁锹,钻进大门南侧的夹道。我听到那里传来很大的声响,我知道那里非常肮脏,有腐烂的树叶,有风吹来的塑料袋子,还有野猫钻进来拉的屎,都积存在那里。从那里响起了哗哗的水声,院子里的积水以肉眼可见的速度在下降。阴沟通了,但你妻子还没出来。从那里还不停地传出铁锹碰撞砖头瓦片的声音,还有用铁锹拨水的声音。在那个狭窄的空间里,积满了你妻子的气味。这真是一个能吃苦、能耐劳、一点也不娇贵的女人。

院子里的水争先恐后地往阴沟奔涌,水面上漂浮着的杂物也往那里移动。那些杂物中有一只红色塑料小鸭子,有一个会眨眼的塑料娃娃,这都是我陪你儿子去新华书店看连环画时,庞春苗以奖品为名赠送给他的礼物。那顶草帽也跟随着移动,但它移动到已经显露出来的甬路上便搁了浅,甬路旁边,那棵月季因地面塌陷而倒伏,枝条贴在甬路上,一朵半开的花苞压着草帽的边檐,构成一幅奇特的画面。

你妻子终于从阴沟那边出来了。那块塑料薄膜虽然还系在脖子上,但她全身已经湿透。闪电中她的脸色更青更白,两条腿更显细弱。她拖着铁锹,佝偻着身体,确实有点像传说中的女鬼。但她的脸上分明显露出欣慰的表情。她捡起草帽,甩了几甩,但她并没把草帽扣在头上,而是挂在东厢房墙壁的一根钉子上。然后她扶直了那棵倾倒的月季。她的手指似乎被枝条上的刺扎了。她咬了一下手指。雨似乎小了一些,她仰起脸来看天,雨抽打着她的脸仿佛抽打着一个古旧的青花碟子。下吧下吧,下得更大些吧。她索性解下了那块塑料薄膜,显露出她瘦骨伶仃的身形。她的胸脯干瘪,只有两粒枣子般的乳头贴在肋骨上。她一歪一扭地走到院落西南角的厕所。揭开水泥盖板，一股臭气在雨中弥漫。因县城正处在半土半洋阶段，没有完善的排污下水系统，住平房的人家，多半都是那种农村式的露天厕所，粪便处理，是一个巨大的难题。你妻子经常半夜起身，偷偷地将粪便倒进农贸市场附近那条天花河里。这一带的居民都是这样干。你妻子提着一桶粪便，歪歪斜斜地、胆战心惊地、贴着墙边拐弯抹角地往天花河行进的样子实在让我心酸，所以，我是尽量地不在家中拉屎，我一般情况下是把尿滋在你家西邻丙纶厂那位作风不好的尹厂长的奥迪轿车的轮胎上，我喜欢狗尿与轮胎接触时挥发出的那种类似燎烧毛发的奇香，我是一条有正义感的狗。我一般情况下会跑一段道路，把大便拉在天花广场那个花坛里。狗屎是一等的肥料，我是一条懂科学有公益观念的好狗，我把狗屎的臭气，转化成花的芬芳。

这就是你妻子每逢下雨就面露欣慰笑容的理由。她站立在厕所边，挥动着一把长柄大马勺，将厕所里的东西舀出来，倾倒在雨水中，汹涌的水流携带着这些东西直奔阴沟而去。这时候，我与你妻子一样，企盼着雨，下得再大一些吧，把我们的厕所冲洗得干干净净，把我们的院子冲洗得干干净净，把这座藏污纳垢的县城冲洗得干干净净。

已经传过来马勺刮着厕所底部的咔嚓声了，我知道你妻子的工作已经接近尾声。她放下了马勺，操起一把磨得半秃的竹枝扫帚，响亮地搓着厕所的边壁，搓一阵，又用马勺刮一阵，我仿佛看到了，明天早晨，这个露天厕所里，将是一池清水。这时，你儿子站在正房门口，大声喊叫着：

"妈妈，不用刮了，回家吧！"

你妻子仿佛没听到你儿子的喊叫，用那把破扫帚，来回搅动着由厕所通往阴沟的那条抹了水泥的渠道，院子里的水汇集到此，帮助你妻子工作。

你儿子的喊叫里带着哭音，你妻子不理睬他。你儿子是个很有孝心的孩子，我对你说过的，为了减轻他妈妈的负担，他跟我一样，不到万不得已时不在家里拉屎。有时候,你看到我们沿着探花胡同一路狂奔,那并不是因为你儿子怕迟到,他的第一目标不是教室,而是学校的厕所。说到这里,我还要插叙一件事,让你小子心怀内疚:有一次你儿子发烧拉稀,为了不给妈妈增添负担,依然坚持着往学校奔跑,但实在憋不住了,就在"娇媚"美容美发店那一丛丁香花后蹲下了。那个把头发染得五彩缤纷的女人从店里窜出来,一把就揪住了你儿子脖子上的红领巾,勒得他直翻白眼。这个霸道凶蛮的女人,是县公安局刑警大队副大队长白石桥的相好,县城里无人敢惹。她用与她身上散发出的香水气味极不相称的臭话骂你儿子,招引了许多看客。众人附和着骂你儿子。你儿子哭着,连声道歉,阿姨,我错了,阿姨,我错了。那女人不依不饶,提出了两种解决方法,供你儿子选择:一是把他揪到学校,交给老师,让学校处理;二是让你儿子,把拉出来的吃下去。那个卖金鱼的好老头提着铁锹出来,想把粪便铲走,但那女人把老头也骂了,老头儿无言而退。在这关键时刻,蓝解放啊,我狗小四,表现出了一条狗对主人最大的忠诚。我屏住呼吸,把你儿子拉出的吃了下去。所谓"狗改不了吃屎",那是屁话,像我这样一条生活优渥、有尊严有智慧的狗,怎么会……但我还是强忍着恶心把你儿子的屎吃了。我蹿到农贸市场旁边,用那个一直没人修理、一天二十四小时都在哗哗流水的水龙头冲洗了嘴巴,并仰起嘴巴,让强劲的水柱直冲咽喉。我蹿回到你儿子身边,用仇恨的目光,直盯着那女人涂抹着厚厚脂粉的扁脸和那扁脸上的一道伤口般的血嘴。我脖子上的毛直竖起来,喉咙里发出滚雷般的声响。那个女人揪住你儿子红领巾的手松开了,她慢慢地倒退着,一直倒退到店门,一声尖叫,闪进屋去,店门猛地关上。你儿子抱着我的头,呜呜地哭起来。那天,我们走得很慢。我们都没有回头,尽管我们知道背后有很多目光。

你儿子打着一把伞冲出来,冲到你妻子身边,为你妻子举伞遮雨。你儿子哭着说:

"妈妈，回家吧，看你淋成什么样子了……"

"傻儿子，哭什么？下这么大的雨，高兴还来不及呢！"你妻子把雨伞推回到你儿子头上，说，"好久好久没下这么大的雨了，自从我们搬进县城还没下过这么大的雨，真好，我们的院子，从来没这么干净过。"你妻子指指厕所，指指房顶上那些亮晶晶的瓦片，指指那像黑鱼的脊背一样的甬道，指指那些黑油油的梧桐树叶，兴奋地说，"不光我们家干净了，县城里千家万户都干净了，没有这场好雨，这座城就臭了，就烂了。"

我叫了两声，表示对你妻子意见的赞同。你妻子说：

"你听听，下大雨，不但妈妈高兴，连我们的狗都高兴。"

你妻子把你儿子推进屋去。我与你儿子，一个站在正房门口，一个蹲在厢房门口，看着她站在院子正中甬路上清洗身体。她命令你儿子关了房檐下的灯，院子随即沉入黑暗，但一道道闪电还是不断地照亮你妻子的身体。她用一块被雨水泡涨了的绿色香皂，往头发上和身体上涂抹着。然后她就搓揉，丰富的泡沫使她的头庞大无比，院子里洋溢着肥皂的香草气味。雨点越来越稀疏，雨打万物的声音减弱，街道上流水哗哗，闪电过后，隆隆的雷声滚来。微风刮过，梧桐树上积存的雨水像瀑布般落下。你妻子用井台边的水桶里和脸盆里的积水冲洗干净身体。每一次闪电亮起我都能看到她那残疾的屁股和那些黑森森的毛发。

你妻子终于进了门。我嗅到了她用毛巾揩擦头发和身体的气味。接着我又听到她打开衣橱的声音并同时嗅到干燥的、沾染着卫生球儿的衣服气味。至此我也松了一口气。女主人，钻进被窝里去吧，祝你睡个好觉。

西邻家那只老挂钟连敲了十二响，正是午夜时分，大门外那条宽阔的天花胡同水声响亮，整座县城里的大街小巷里都是水声响亮。对这座几乎没有下水设施、地表上却有许多现代化建筑的城市来说，这场豪雨，无疑是一场灾难。雨后的情景证明，豪雨只是让部分地势高

485

处的人家的厕所和院子里干净了，但许多地势低洼处的人家，却被裹挟着粪便、杂物的污水灌了个狼狈不堪。你儿子的许多同学，是蹲在桌子上熬过了漫漫长夜。洪水消退之后，连那条号称县城门面的人民大道上，都沉淀着淤泥，淤泥里还躺着死猫、死老鼠等小动物的被泡涨的、散发着臭气的尸体。新任县委书记庞抗美，穿着胶鞋，挽着裤腿，手持铁锹，率领着县委、县政府官员在大街上清除垃圾的镜头，连续三天出现在县电视台拍摄的新闻节目中。

深夜十二点的钟声敲过不久，我就嗅到了一股极其熟悉的气味从利民大道那边飘来。然后我嗅到了一辆漏油严重的吉普车的气味，还有车在污水中行驶的溅水声与马达嘶力竭的吼叫声。那气味那声音渐渐逼近，由城南大道拐进天花胡同，然后停在了你家门前，当然也是我家门前。

没等他们敲响你家的门环我就发出了如临大敌的狂吠，我几乎是爪不沾地地蹿过院子进入大门洞，十几只栖居在大门洞里的蝙蝠飞出去，在黑暗的、没有一点星光的夜空中盘旋。门外有你的气味与几个陌生人的气味。门板被拍打，发出空洞而恐怖的声音。

房檐下的灯亮了，你妻子披着衣服走到院子里，大声问讯着："谁啊？"门外的人不回答，但执拗地拍打着门板。我前爪扶着门板站立起来，对着门外狂吠。我嗅到了你的气味，但令我焦躁不安狂吠不止的是包围着你的那些邪恶气味，好比是几只狼裹挟着一头绵羊。你妻子扣好衣服进入大门洞，并随手拉开了大门洞的灯泡，墙壁上伏着十几条肥胖的壁虎，尚有几只没飞出去的蝙蝠倒挂在门洞上方的水泥预制板缝里。"谁啊？"你妻子又问。门外的人含糊地说："开门吧，开门后就知道了。"你妻子说："半夜三更的，我知道你们是什么人？"门外的人低声说："蓝县长被人打了，我们送他回来！"你妻子犹豫着，开锁，拉开门闩，将门开了一条缝。你蓝解放狰狞的脸，黏结成绺的头发，果然出现在我们面前。你妻子惊叫一声就拉开了大门。那两个人往前一用劲，你就像一条死猪被掼了进来。你沉重的身体把毫无防备的你妻子压翻在地。那几个人抽身跳下台阶。我闪电般地对着一个人扑去，我的爪子扑到那人脊背上。这是三个身穿黑色橡胶雨衣、眼戴墨镜的人。两个在车上，一个坐在驾驶座上。吉普车没有熄火，汽油味儿和机油味儿从水中猛烈地挥发上来。被雨水淋湿的橡胶雨衣非常油滑，使那个人从我的爪下滑脱。他只一跳，便到了街的中央，闪到吉普车的对面。我因为没有捕获目标而被闪落到水中。水淹没了我的肚皮，使我行动迟缓。但我还是奋力地向另一个正欲往吉普车里钻的人扑去，他背后拖拉着的雨衣保护了他的屁股，使我仅仅在他的腿肚子上咬了一口。这人怪叫一声，猛地关上车门，雨衣的下襟被挤在车门缝隙中，我的鼻子也被坚硬的车门撞酸。另外那个人也从另一侧上了车。车凶猛前冲，溅起很高的水花。我跟着车追了一段，但肮脏的水使我根本无法施展轻功，与其说我在跑，还不如说我是在飘浮着脏物的水里游泳。

我艰难地倾斜着身体逆水前行，到达大门外的台阶。在那里，我用力抖着身体，把身上的脏水和污物甩出去。根据对面墙上浸过水的痕迹，我知道街上的流水量已经大大减少。一个小时前，你妻子在那里奋力淘厕所时，这街上应该是浊流滚滚，如果那时候这三个歹徒开车而来，吉普车就会被水淹死。他们是从哪里来的？他们又到哪里去了？我站在大门口把我的嗅觉调整到最佳状态，也找不到他们的准确方位。大雨和滚滚洪水的气味太复杂太醒豁了，连我这样的出类拔萃的鼻子也感到无能为力。

我回到院里，看到你妻子的脖子钻在你的左侧腋下，你的左臂垂挂在你妻子的胸前，悠悠晃晃，像一条蔫丝瓜。你妻子的右臂揽着你的腰。你的头歪在她的头顶上。她的身体似乎随时都会被你的身体压折，但她尽力支撑着，并拖拉着你前进。你的两条腿还有一定的支撑力，虽然行动笨拙，但毕竟还能够移动，这说明你还活着，不但活着，而且意识还算清楚。

我帮助主人掩上了大门，在院子里来回走动，借以缓解沉重压抑的心情。你儿子只穿着裤衩背心跑出来,高喊一声"爸爸",便呜咽着,学着他妈妈的样子,钻到你的右腋下,减轻了他妈妈的重负,使你的身体得到平衡。你们一家三口这样行走了大约有三十几步,从院子当中到你妻子的床前,但这是一条艰难而漫长的道路,我感到你们行走了足有一个世纪。

我忘记了自己是一条被街上的污水弄脏了身体的狗,我觉得自己是一个与你们命运相关的人,我难过地呜呜着,跟随着你们,到达了你妻子的床前。你身上沾满血污,衣服被撕扯得、也可能是被皮鞭抽打得条条缕缕,你的裤裆里还有一股浓烈的尿臊气,毫无疑问,这是你被人家揍得尿了裤子。你妻子尽管崇尚俭朴,但她是个很爱洁净的人,她就这样让你躺在她的床上,说明了她对你还是很有感情的。

你妻子没嫌你脏而让你躺在她的床上,她也没嫌我脏而允许我蹲在室内。你儿子跪在你的床前哭叫着:

"爸爸,你这是怎么啦?是谁把你打成了这个样子?"

你睁开眼睛,抬起胳膊,抚了一下你儿子的头。你的眼里涌出了泪水。

你妻子端来一盆热水,放在床前的凳子上。我嗅到她还在热水里加了盐。她将一条毛巾扔到热水里然后就动手脱你的衣服。你挣扎着折起身体,嘴巴说"不",但你妻子执拗地拨开你的胳膊,跪在床边,解开了你上衣的纽扣。我看得出你不愿接受你妻子的照护,但你无法拒绝。你儿子帮助他妈妈脱光了你的衣服,你赤条条地躺在你妻子床上。你妻子用蘸着盐水的毛巾,揩擦着你的身体。你妻子的泪水不时滴落在你的胸脯上。你儿子的眼睛也在流泪,你闭着眼睛,泪水沿着两只眼角流入鬓发。

在这个过程中,你妻子没问你一句话,你也没对她说一句话,只有你儿子,每隔几分钟就要重复一句:

"爸爸,是谁把你打成这样子?我要去找他报仇!"

你不回答,你妻子也不吱声,好像你们对此都已心照不宣。你儿

子无奈,只好问我:

"小四,是谁打了爸爸?你带我去找他报仇!"

我低声呜呜着,向你儿子表示我的遗憾,台风带来的豪雨,把气味搞乱了。

你妻子在你儿子的帮助下为你换上了干净衣服,那是一套白色的丝绸睡衣,宽松而舒适,你穿上后,显得那张脸更蓝更黑。你妻子把你的脏衣服扔到脸盆里,用墩布拖干了地面,然后拍拍你儿子的头,说:

"开放,天快亮了,你去睡一会儿,明天还要上学。"

她端着脸盆,拖着你儿子走了,我也跟随出去。

她用水桶中的雨水洗了你的衣服,晾在晒条上。然后她就走进东厢房,打开灯,背倚着案板,坐着那只小方凳,双肘支在膝盖上,双手托着腮,眼睛直直的,似乎在想什么心事。

她在灯光下,我在黑暗中。我可以异常清楚地看清她的脸。她青紫的嘴唇,她迷茫的眼神。这个女人,在想什么呢?我无法知道她在想什么。她就那样坐着,一直坐到黑暗散开,黎明降临。

这是个热闹非凡的早晨,县城里每个角落里都有人声。有人欢喜,有人惆怅,有人抱怨,有人咒骂。天上依然愁云密布,雨还是一阵大一阵小地下着。你妻子开始做饭。她好像在擀面条,是的,她在擀面条。面粉的气味在铺天盖地的腥臭气味中显得格外清新。我听到了你的呼噜声,小子,你终于睡着了。你儿子起来了,他睡眼惺忪,跑到厕所边上去撒尿,发出很响的水声。就在这时候,庞春苗的气味穿透混浊成糨糊一般的千百种滋味,快速地逼近,毫不犹豫地来到你家大门外。我只叫了一声就垂下了头,因为我感到心情沉重,一种无比悲凉的情感,像巨手一般扼住了我的咽喉。

大门被庞春苗敲响。她敲得坚定而果断,似乎还带着几分怒气。你妻子跑去开门,两个女人隔着门槛相望。

她们似乎有千言万语要说,但一句话也没说。庞春苗大踏步地,准确地说是小跑着冲进院子。你妻子在她身后,一瘸一拐地随着。她往前伸出一只手,似乎要将庞春苗扯住。你儿子急匆匆地跑到甬路中央,在那里转了几圈,小脸紧绷着,一副张皇失措的样子,后来他跑到大门洞,关上了大门。

透过窗玻璃,我看到庞春苗急匆匆地穿过那个小走廊,进入你妻子的房间,随即我便听到了她的号啕大哭声。我看到你妻子也跟进了房间,她发出的哭声更加响亮。你儿子蹲在井台边,一边哭着,一边撩水洗脸。

两个女人的哭声停止了,屋里似乎开始了艰难的谈判。有一些被抽泣和哽咽切割得支离破碎的话我没有听清楚,但完整的话我悉数听到。

"你们好狠心,把他打成这个样子!"这是庞春苗的话。

"庞春苗,我和你远日无仇,近日无冤,天下好小伙子有的是,你为什么非要拆散我们这个家?"

"大姐,我知道对不起你,我也想离开他,但我做不到了,这是我的命……"

"蓝解放,你自己决定吧。"你妻子说。

沉默片刻后,我听到你说:

"合作,对不起你了,我要跟她走。"

我看到你在庞春苗的扶持下站了起来。你们穿过走廊,走出房门,进入院子。你儿子端起那盆水泼在你们面前,接着他就跪在了甬路上。他跪着,仰着泪脸说:

"爸爸,你不要离开我妈……春苗阿姨也可以不走……奶奶和姥姥,不都曾经是西门爷爷的妻子吗?"

"儿子,那是旧社会……"你悲哀地说,"开放,好好照顾你妈妈,她没有错,是爸爸的错,我虽然离开了这个家,但我还会尽最大力量照顾你们。"

"蓝解放,你可以走,但你千万要记住,只要我活着,就不要来找我提离婚的事。"你妻子站在堂房门口,冷笑着说,但她的眼里滚出了泪珠。她下台阶时跌倒了,但她很快地爬了起来。她绕过你和庞春苗,把你儿子拉起来,愤愤地说:"站起来,男儿膝下有黄金,不要给人下跪!"她和你儿子站在甬道外被雨水泡涨的泥地上,为你们闪开了道路。

就像你妻子把你从大门口扶持到屋里时的姿势一样,庞春苗的脖子钻到你左腋下,你的左胳膊垂挂在她胸前,她的右胳膊揽着你的腰,就这样你们艰难前行,你沉重的身体似乎随时都会把这个瘦弱女孩压垮,但她用力挺直腰肢,显示出一种令狗也感动的力量。

你们走出了大门。是一种含混不清的感情驱使我跟到大门口,我站在台阶上,目送着你们的背影。你们蹚着污水,行走在天花大街上。你的白绸睡衣上,很快就溅满了污泥浊水。污泥浊水同样弄脏了庞春苗的衣服。她穿着一件红色的裙子,在阴霾的天气里,显得格外醒目。细雨斜飞,路上的行人有的披着雨衣,有的撑着雨伞,他们都用好奇的目光打量着你们。

我感慨万千地返回院子,走回我的窝,趴下,看着东厢房。你儿子坐在方凳上哭泣。你妻子把一碗热气腾腾的面条放在你儿子面前的饭桌上,大声说:

"吃!"

第五十章

蓝开放污泥糊老爸
庞凤凰油漆泼小姨

终于与春苗再次相聚。从我家到新华书店这段道路，一个健康的人用均匀的速度十五分钟便可走完，但我们走了将近两个小时。按照莫言的说法：这是浪漫的旅程也是苦难的历程；这是无耻的行径也是高尚的行为；这是退却也是进攻；这是投降也是抵抗；这是示弱也是示威；这是挑战也是妥协。他还说了许多类似的对立矛盾语，有的正合我意，有的故弄玄虚。其实，我想，我在春苗扶持下的离家出走，既不高尚也不光荣，其最值得称道的是：勇气，还有坦率。

现在，一提到这件事，我的脑海里便会出现那些五颜六色的雨伞和形形色色的雨衣，那遍地的泥泞与污水，那在水泥道路上艰难呼吸的鱼和成群结队的蛤蟆。这场九十年代初期的豪雨暴露出了那个年代的虚假繁荣外表下遮盖着的种种弊端。

春苗在新华书店后院里那间宿舍，暂时充当了我们的爱巢，我沦落到这步田地，已经没有什么可隐瞒的，我对洞察一切的大头儿说。我们相聚并不仅仅是为了亲吻、做爱，但我们一进入她的宿舍就吻在了一起，然后就做爱，尽管我身上多处受伤、疼痛难忍。我们的眼泪流进对方的嘴巴，我们的肌肤因欢娱而颤抖，我们的灵魂交融在一起。我根本没问这些日子她是怎么熬过来的，她也根本没问我是被谁打成了这副模样。我们搂着，抱着，吻着，互相抚摸着，把一切都置之度外。

——你儿子在你妻子逼迫下勉强吃了半碗面条，几十颗泪珠滚入碗中。你妻子却食欲大振，她就着三瓣大蒜吃下了自己那碗面条，又就着两瓣大蒜吃光了你儿子剩下那半碗。她的脸色因辛辣而红润，她的额头和鼻子上布满汗珠。她用毛巾揩干你儿子的脸，坚定地说：

"儿子，挺起来，好好吃饭，好好上学，长成一个顶天立地的男子汉！他们盼着我们死，他们想看我们的笑话，那是做梦！"

我护送你儿子上学。你妻子送我们到大门口。你儿子回头抱住你妻子的腰，你妻子拍拍儿子的背，说：

"你看，比我都高了，大小伙子了。"

"妈妈，你千万不要……"

"笑话，"你妻子笑着说，"难道为了这样两块人渣，我会上吊、跳井、喝毒药？放心地去吧，妈妈一会儿也去上班。人民需要油条，就等于人民需要妈妈。"

我们依旧走近路。天花河水已经涨得与小桥平齐。农贸市场顶盖的塑料板部分被风掀掉，几个浙江商人坐在那些被浸泡的布匹与服装前哭泣。虽是清晨时刻，但天气已经闷热，泥地上蠕动着被雨水灌出来的紫红色蚯蚓，一群红色的蜻蜓在低空盘旋。你儿子蹦了一个高，用敏捷的动作捉了一只蜻蜓。他又蹦了一个高又捉住了一只蜻蜓。他捏着两只蜻蜓问我：

"狗，你要不要吃？"

我摇摇头。

他将那两只蜻蜓的尾巴掐掉，然后用一节草棍儿将它们连接在一起。他用力将它们抛向空中，飞吧，他说。两只蜻蜓在空中翻滚着，最后跌落在污泥里。

凤凰小学的一排教室夜间坍塌了，这真是不幸中之大幸。如果是白天上课时坍塌，那正在视察学校灾情的庞抗美就没那么多豪言壮语了。本来就拥挤的校园内因遍地瓦砾和垃圾而混乱不堪。许多孩子在破砖烂瓦中蹦来蹦去。他们没有难过,他们其实很兴奋。学校门口停着十几辆溅满泥浆的豪华轿车,庞抗美穿着粉红色半高勒雨鞋,裤腿卷到膝盖之上,雪白的小腿上沾着污泥。她穿着一件蓝色帆布工作服,眼上戴着墨镜,手里提着一只电喇叭,喉咙嘶哑地说:

"老师们,同学们,九号台风带来的暴雨,给我们全县,也给我们学校带来了巨大损失,我知道你们的心情都很沉重,我代表县委、县政府向你们表示亲切的慰问!我建议学校放假三天,在这三天之内,我们将组织力量,清理垃圾,调整教室。总之,一句话,哪怕我县委书记庞抗美坐在泥水里办公,也要让孩子们在宽敞、明亮、安全的教室里上课!"

庞抗美的讲话,激起了热烈的掌声,有很多教师的脸上挂满了泪珠。庞抗美接着说:

"在这抢险救灾的关键时刻,全县的干部,都要亲临现场,以最高的忠诚、最大的热情,创造第一流的工作,如有胆敢玩忽职守、消极推诿者,必将严惩不贷!"

——在这样的关键时刻,我作为主管文教卫生的副县长,竟躲在小房里与情人死去活来般地缠绵,的确是……卑鄙无耻,尽管是因为他们打伤了我,尽管我并不知道学校校舍坍塌,尽管我是为了刻骨铭心的爱情,但这些,都不是能够拿上桌面的理由。所以,几天后,当我把辞职报告和退党报告送到县委组织部时,组织部的吕副部长冷冷地说:

"老兄,你已经失去辞职和退党的资格了,等待着您的是撤销职务、开除党籍和开除公职!"

我们从上午缠绵到下午,死过去又活过来。小屋里潮湿闷热,汗水湿透了床单,我们的头发都像刚被大雨淋过一样。我贪婪地嗅着她身上的气味,看着她的眼睛在幽暗中不时因为动情而放出的磷火般的光芒,悲欢交集地说:

"苗苗,我的苗苗啊……即便我现在死了,我也知足了……"

她的已经肿胀发红并渗出血丝的嘴唇又堵住了我的嘴，她的双臂又死死地缠住了我的脖颈，我们又一次沉溺在生死交界处。我想不到这个瘦弱的女孩体内竟然蕴藏着如此巨大的爱情能量，我也想不到一个遍体鳞伤的中年男人竟然能配合着她在爱的惊涛骇浪中搏击。就像莫言在他的小说里写的那样："有一种爱，是插在心上的尖刀。"但这还不够。有一种爱，能让心脏破碎；有一种爱，能让头发里渗出血液；沉溺在这样的爱情当中，宽容的人们，能否原谅我们？就这样做着爱爱着她，我已经消解了对那些蒙上我的眼睛把我拖到黑屋子里毒打的凶手们的仇恨，他们只是让我的一条腿受了骨伤，其他部位都是皮肉伤，他们打人的技巧十分高明，好像一帮手艺高超的厨师，根据客人的要求煎烤牛排。我不但消解了对他们的仇恨，我也消解了对那些为我预定了这场毒打的人的仇恨。我是该打，如果我没遭受那样的毒打而得到与春苗这样的深恋酷爱，我会问心大愧，我会惶惶不安。因此，打手们和打手的主顾们，我发自内心地感激你们，感谢啊，谢谢……谢谢……从春苗的珠光闪烁的眼睛里我看到了自己的脸，从她的吐气如兰的嘴巴里，我听到了同样的话语，她也断断续续地说：谢谢……谢谢……

——学校宣布放假，学生欢欣鼓舞。这造成巨大损失也暴露严重问题的自然灾害，在孩子们眼里是热闹和新奇，在孩子们心中是兴奋和好玩。一千多名凤凰小学的学生在人民大街上散开，使已经混乱不堪的交通更加不堪混乱。正如你所述说，那天早晨，街上散布着腮部开合、尾巴抽动、肚皮银白、巴掌大小生命力顽强的鲫鱼，也有一些离水片刻即身亡的鲢鱼，还有一些杏黄色的胖大泥鳅，它们身处淤泥，正是得意之处。更多的是那些核桃般大小的蛤蟆，他们漫无目标地在马路上跳来跳去，有的试图从街道的左边蹦跳到街道的右边，有的却从街道的右边奋力地向街道左边逃窜。起初还有许多居民提着塑料桶或是塑料袋在马路上捡拾鱼类，但很快，那些捡到了鱼的人，又匆匆忙忙地从家中把鱼提出来，倾倒在就近的河沟中，或者干脆倾倒在马路上。那天县城内凡是有车辆行走的街道上，都进行着残酷的屠杀，压到死鱼的声音令人心悸，狗也心悸，而压死蛤蟆的声音，则令狗不得不一次次屏住呼吸、闭住眼睛，因为那声音犹如肮脏的箭，直射进我的鼓膜。

雨时下时停，停雨时偶尔会有潮湿的阳光从云缝里射出，整座县城都冒着湿热的蒸汽，死物们开始腐败变质散发臭气。这样的时刻最好躲回家去。但你儿子没有回家的意思，他也许是想借着在混乱的县城里漫无目的的漫游而减轻内心的压力吧？好吧，我就跟着他。我遇到十几条熟识的狗，他们争先恐后地向我汇报着在这场灾难中我们狗类受到的损失。死了两条狗，一条是火车站饭店后院里那条狼犬，它是因墙壁倒塌被砸死，另有一条是河边木材批发市场那条长毛猎犬，它因不慎落水被呛死。听到这消息，我对着它们不幸遇难的方向长吠两声，寄托我的哀思。

我跟随着你儿子，不知不觉地又到了新华书店大门外。一群群的孩子涌进书店。你儿子没有进去。他的蓝脸看上去又冷又硬，仿佛一块瓦片。在这里我们看到了庞抗美的女儿庞凤凰。她穿着一件橘黄色的塑料雨衣，一双同样颜色的半高鞊橡胶雨鞋，宛如一团耀眼的火苗。一个年轻的、身材健壮的女子跟随在她的身后，那显然是她的保镖。在她们身后，跟随着毛儿洁净的狗三姐。她小心翼翼地躲避着地上的污水，但爪子还是不可避免地弄脏了。你儿子和庞凤凰目光相遇，她愤恨地啐出一口唾液，吐到你儿子面前。她恶狠狠地骂道："流氓！"你儿子的头像脖子后边挨了一刀似的低垂到胸前。狗三姐对我龇龇牙，脸上挤出一个神秘的表情。大约有十几条狗聚集在新华书店门前。由狗接送孩子上学，是县城新近兴起的事情，这都是因为我以无比的忠诚和勇敢树立了榜样。但我与这些狗保持着距离。其中有两条曾经与我交配过的狗，拖着松松垮垮的奶子上前来与我套近乎，我的冷淡让它们讪讪而退。有十几个低年级的小学生在玩一种残酷而恶心的游戏，他们在街上寻找那种浅绿色的蛤蟆，用枝条轻轻抽打它们,它们的肚子慢慢地鼓起来,状如皮球,然后他们便用砖头砸爆它们。这样的声音使我难以忍受。我叼着你儿子的衣襟,向他表达回家的愿望。你儿子跟随着我走了十几步,突然又停下来,他的脸因激动而蓝如碧玉,他的眼里盈着泪水。他说:

"狗,我们不回家,你带我去找他们!"

——我们在做爱的间隙里,因疲劳而进入半梦半醒状态。在这种状态中我们的手也是互相抚摸着。我感到手指发胀,指肚上的皮肤磨得如丝绸一般淡薄而光滑。她在半梦半醒中呻吟着,说了一些诸如"我爱的就是你的蓝脸,我从见你第一眼时就迷上了你,莫言第一次带我去你办公室时我就想与你做爱"之类的痴语。她甚至还非常孩子气地用手捧着自己的乳房给我看,"你看呀,它们为你长大了……"在全县干群奋战抗灾的时刻,我们做这样的事、说这样的话的确是不合时宜,甚至可以说是可恨可耻,但这是事实,我不能对你隐瞒。

我们听到了门板和窗户上发出的响声。我们也听到了你的吠叫。我们曾发誓说即便是上帝来敲门也不理睬,但你的吠叫,却如一道无法违抗的命令,使我急欲爬起来。因为我知道与你在一起的还有我的儿子。我受伤很重,但做爱是治伤的良方,我竟然手脚麻利地自己穿上了衣服。虽然我腿软头晕,但我没有跌倒。我帮助已经如同抽掉了全身骨头的庞春苗穿好衣服,并粗略地拢了拢她的头发。

拉开门,一道湿热的光线刺痛了我的眼睛。随即便有一团黑乎乎的稀泥,如同一只癞蛤蟆,迎着我的面飞来。我没及躲闪,潜意识里也不想躲闪,那团淤泥就响亮地击中了我的脸。

我用手指抹去脸上的臭泥,左眼里进了泥沙,沙涩刺痛,右眼尚能视物。我看到了怒气冲冲的儿子和冷漠的狗。我看到这间宿舍的窗户上、门板上全是淤泥,而门前那片脏水中已经被挖出一个大坑。我儿子背着书包,双手沾满淤泥,身上和脸上都溅满泥点儿。他的表情应该是愤怒,但眼睛里不断地涌着泪水。我的眼泪夺眶而出,我感到似有千言万语可对儿子解说,但我只是牙痛般哼哼了一声:

"儿子，你甩吧……"

我向门外跨了一步，手扶着门框防止跌倒，闭上眼睛，承受着我儿子的泥巴。我听到他在我面前呼呼地喘着粗气，一团团又臭又热的污泥携带着风声，对着我飞来。有的端端正正地砸在我的鼻梁上，有的正正端端地击中我的额头，有的糊到我的胸脯上，有的碰到我的肚腹处。有一团坚硬的、显然是裹挟着破碎瓦片的泥巴击中了我的生殖器，这一下沉重的打击使我呻吟一声，痛苦地弯下了腰，双腿软弱，我蹲下了，然后又坐下了。

我睁开眼睛，因为泪水的冲洗，此时我双眼都能视物。我看到儿子的脸像炉火中的皮鞋底一样扭曲着，手中的一块大泥巴落在地上。他"哇"的一声哭了，然后双手捂着脸跑走了。狗对我狂叫几声，跟着我儿子跑走了。

在我作为我儿子的一个泄愤目标站在门前忍受着泥巴袭击时，庞春苗，我亲爱的人，一直站在我的身边。我儿子袭击的是我，但她的身上也溅满了污泥。她架着我的胳膊，把我扶起来，低声对我说：

"哥哥，这是我们应该承受的……我很高兴……我感到我们的罪轻了一些……"

在我儿子用泥巴袭击我的过程中，新华书店办公楼二层的廊道上，站着几十个人。我认出了他们和她们是新华书店的领导和职工。其中有一个姓余的小个子，为了提拔副经理，曾经托莫言找过我。他手中端着一架沉重的高级照相机，从不同的角度、不同的距离，用不同的镜头，全面地记录下了我的狼狈相。后来莫言把拍摄者精选出来的十几张照片拿给我看，我感到非常震惊。那确实是些可得世界摄影大奖的作品。无论是我脸部被泥巴击中的那张，还是我满身满脸黑泥而庞春苗身上基本上还没沾泥但脸上显露出悲怆表情的那张特写，都对比鲜明构图均衡；无论是我被击中生殖器痛苦弯腰，而庞春苗面带惊恐表情弯腰扶持的那张，还是忍受袭击的我与庞春苗、泥土已经出手但正保持着掷抛姿势的我儿子、狗蹲在一旁目光迷惘地看着这一切的那张,都可以用诸如"惩罚父亲""父亲和他的情妇"之类的题目命名之,然后触目惊心地进入经典摄影作品的行列。

有两个人从办公楼廊道上下来,畏畏缩缩地走到我们面前。我们看清了他们,一个是书店的党支部书记,一个是书店的保卫股长。他们对我们说话,眼睛却看着别的方向。

"老蓝……"支部书记似乎为难地说,"真是非常抱歉,但我们也没有办法……你们最好从这里搬走……你应该知道,我们是在执行县委的决定……"

"不必解释了,"我说,"我明白,我们马上就会搬走。"

"另外,"保卫股长吭吭哧哧地说,"庞春苗,你被停职检查了,请你搬到二楼保卫股办公室,我们在那里为你准备了床铺。"

"停职可以,"春苗说,"但检查是办不到的,我不会离开他一步,除非你们杀了我!"

"理解万岁,理解万岁,"保卫股长说,"反正我们是把该说的都对你说了。"

我们互相扶持着,到了院中那个水龙头前。我对书记和股长说:

"非常抱歉,还得用一下你们的自来水洗一下脸上的泥巴,如果你们不同意……"

"什么话,老蓝,"支部书记高声道,"那我们也太小人了,"他警惕地往周围看看,说,"其实,你们搬不搬都与我们不相干,但我还是劝你们及早搬走,'大掌柜'的,这次可是火大了……"

我们洗干净脸上、身上的污泥,在楼上诸人的偷窥下,进入春苗的这间狭窄潮湿、墙壁上生满霉点的宿舍。我们拥抱着,亲吻了几分钟。我说:

"春苗……"

"你什么都不要说,"她打断我的话,平静地说,"无论是爬刀山还是跳火海,我都跟随着你!"

——重新开学的第一天早晨,你儿子与庞凤凰在学校门口相遇。

你儿子别过脸去不看她,她却大模大样地上前来,用掌尖拍拍你儿子的肩头,示意你儿子跟她走。她停在学校大门东侧一棵法国梧桐后,眼睛里闪烁着兴奋的光芒,说:

"蓝开放,你干得真棒!"

"我干什么啦?我没干什么……"你儿子嗫嚅着。

"还谦虚什么?"庞凤凰道,"他们向我妈妈汇报时,我都听到了。我妈妈咬牙切齿地说,'这两个不知羞耻的东西,就该这样修理修理他们!'"

你儿子转身就走,庞凤凰伸手扯住了他,抬脚踢了他的腿肚子一下,生气地说:

"你跑什么?我还有话要说呢!"

这个小妖精长得精致而美丽,宛若一件巧夺天工的牙雕。她的小胸脯犹如蓓蕾初绽,少女的美丽无法抗拒。你儿子表面上还是一副气呼呼的样子,但心里早已缴械投降。我不由地长叹一声:父亲的浪漫戏剧正在轰轰烈烈地演出,儿子的浪漫故事又处在萌芽状态。

"你恨你爸爸,我恨我小姨,"庞凤凰说,"她仿佛是我外公外婆抱养的,对我们一点也不亲。我妈妈、我外公、我外婆,把她关在屋子里,轮番劝说了她三天三夜,让她离开你爸爸,我外婆都给她跪下了,她就是不听。然后她就跳墙跑了,去找你爸爸浪去了!"庞凤凰咬着牙说,"你惩罚了你爸爸,我要惩罚我小姨!"

"我已经不想理睬他们了,"你儿子说,"他们是一对狗男女!"

"对,没错!"庞凤凰道,"他们是一对狗男女,我妈妈也这么说。"

"我不喜欢你妈妈!"你儿子说。

"你竟敢不喜欢我妈妈?"庞凤凰捅了你儿子一拳头,恨恨地说,"我妈妈是县委书记,我妈妈胳膊上扎着吊针,坐在我们校园里指挥抢险救灾!你们家没有电视吗?你没从电视上看到我妈妈咳嗽吐血了吗?"

"我们家电视坏了，"你儿子说，"我就不喜欢她，你怎么着？"

"呸！你是嫉妒！"庞凤凰道，"你这个小蓝脸，小丑八怪！"

你儿子猛地抓住了庞凤凰的书包背带，使劲地往前拽了一下，然后又往后推了一把。庞凤凰的身体碰在法国梧桐树干上。

"你把我弄痛了……"庞凤凰说，"好啦好啦，我再也不叫你小蓝脸了。我叫你蓝开放。咱们小时在一起待过，老朋友了，对不对？我要惩罚我小姨，你必须帮我完成这个计划。"

你儿子继续往前走。庞凤凰跳到他面前，瞪着眼睛说：

"你听到了没有？！"

——我们当时并没有想到要远走他乡，我们只是想找一个僻静地方避避风头，然后通过法律程序，解决我的离婚问题。

驴店镇新任书记杜鲁文原是县供销社政工科长，我的继任者，也是我的铁哥们儿，我在长途汽车站给他打了一个电话，求他帮我找一间僻静的房子，他略有迟疑，但最终还是答应了。我们没有坐公共汽车，而是悄悄地溜到县城东南方向那个坐落在运粮河边的名叫鱼瞳的小村庄，在河边小码头上，租了一条小木船，顺流而下。船主是个面孔清癯的中年妇女，有两只大大的、鹿一样的眼睛，船舱里有一个一岁左右的男孩。为了防止男孩爬出船舱，少妇用一条红布带子，一端拴着他的脚脖子，一端拴在船舱隔板的格子上。

杜鲁文亲自开车，在驴店镇小码头上迎接我们。他把我们安排在镇供销社后院的三间房屋里。镇供销社受个体经营者冲击，已经基本垮台，职工多半去自谋职业，只留下几个老人看守房屋。我们居住的空屋是原供销社书记住过的，此人已进县城养老，房中一应家什俱全。杜鲁文指指那一袋子面粉、一袋子大米、两桶食油和一些香肠、罐头之类的食品，说：

"你们就在这里猫着吧，缺什么东西，往我家里打电话，千万不要随便出来，这里是庞书记的包片，她经常搞突然袭击杀过来。"

我们开始了昏天黑地的幸福生活。我们除了做饭、吃饭，然后就是拥抱、接吻、抚摸、做爱。我不得不惭愧但坦率地告诉你,因为我们仓皇出走,根本没带换洗衣服,所以我们大部分时间是赤身裸体。赤身裸体做爱是正常的,但当我们每人捧着一个碗,赤身裸体对坐喝粥时,荒诞和滑稽的感觉就产生了。我自我嘲讽地对春苗说:

"这里就是伊甸园。"

我们白天和黑夜不分,梦境与现实混淆。有一次,我们在做爱过程中沉沉睡去,春苗猛地推开我坐起来,惊恐不安地说:

"我梦到船上那个小男孩了,他爬到我的怀里,叫我妈妈,要吃我的奶。"

——你儿子无法抵抗庞凤凰的魅力,为了协助她去完成惩罚庞春苗的计划,他在你妻子面前撒了谎。

我追随着你与庞春苗混合在一起的那条双股绳子般的气味线,他们跟随着我,丝毫不差地沿着你们走过的路线来到了鱼瞳码头。我们上了那条小船,船主是一个生着两只鹿眼的中年妇女,船舱里拴着一个只穿一件红兜肚的黑胖男孩。见我们上船,男孩非常兴奋。他揪住我的尾巴往嘴里塞。

"去哪里啊?"女船主站在船尾,手扶橹把,亲切地问我们,"二位同学。"

"狗,去哪里?"庞凤凰问我。

我对着大河下游吠叫两声。

"往下走。"你儿子说。

"往下走也该有个去处啊?"女船主道。

"你只管往下摇,到时候狗会告诉你的。"你儿子自信地说。

女船主笑了。船到中流,逐浪而下,犹如飞鱼。庞凤凰脱掉鞋袜,坐在船舷上,把两只脚伸到水里。两岸浅滩上的红柳丛连绵起伏,不时有成群的鹭鸟在柳丛中飞翔。庞凤凰唱起歌来。她嗓音清脆,歌声出喉,宛如串串银铃碰撞。你儿子嘴唇哆嗦着,偶尔也从口中迸出一两个孤独的字眼。他显然也熟知庞凤凰所唱歌曲,但是他开不了口。那男孩笑容满面，咧开已经生出四颗牙齿的嘴巴，流着口水，咿咿呀呀地跟着唱。

我们在驴店镇小码头上了岸。庞凤凰极其大方地付了船钱。因超出原定船价太多，那鹿眼女人显得惶惶不安。

我们准确地找到了你们藏身的地方。敲开门后，我看到你们脸上那羞愧和惊恐的表情。你狠狠地盯我一眼，我尴尬地叫了两声。我的意思是说：蓝解放，请原谅，你已经离家出走，不再是我的主人，你儿子才是我的主人，而执行主人的命令，是我的天职。

庞凤凰揭开一个铁皮小桶的盖子，将里边的油漆，泼在了庞春苗的身上。

"小姨，你是个大破鞋！"庞凤凰对目瞪口呆的庞春苗说，然后对着你儿子一挥手，像个指挥果断的军官一样，说："撤！"

我跟随着庞凤凰和你儿子来到镇党委驻地，找到了党委书记杜鲁文，庞凤凰用命令的口吻说：

"我是庞抗美的女儿，请你派一辆车，把我们送回县城！"

——杜鲁文来到我们的被油漆污染的"伊甸园"，支支吾吾地说：

"二位，依鄙人愚见，你们还是远走高飞吧。"

他送给我们几套换洗衣服，又拿出一个装有一千元钱的信袋，说：

"不必拒绝，这是借给你们的。"

春苗圆睁着眼睛，茫然无措地望着我。

"给我十分钟，让我考虑考虑，"我向杜鲁文要了一根烟，坐在椅子上，慢慢地抽着。烟抽到半截时，我站起来，说："今晚七点，请你把我们送到胶县火车站吧。"

我们乘坐由青岛开往西安的列车，到达高密站时，已是晚上九点半钟。我们将脸贴在肮脏的车窗玻璃上，看着站台上背着沉重包裹的旅客，还有几位神情默然的铁路员工。远处的县城灯火辉煌，车站广场上，许多拉客的黑车司机和卖食品的小贩在那里大声吆喝着。高密啊，我们什么时候才可以堂堂正正地回来呢？

我们去西安投奔了莫言。他从一个作家班毕业后，在当地一家小报担任记者。他把我们安排在他租居的"河南村"一间破烂不堪的房子里，他自己去办公室睡沙发。他送给我们一盒日本产超薄避孕套，又怪又坏地笑着说：

"礼轻情义重，请笑纳！"

——暑假期间，你儿子和庞凤凰又命令我追寻你们的踪迹，我带他们到了火车站。对着一列西行的火车我低沉地呜呜着。我的意思是说：你们的气味线，就像那两条明亮的铁轨一样，伸展到遥远的、我的嗅觉无能为力之地。

第五十一章

西门欢县城称霸
蓝开放切指试发

一九九六年暑假,你们逃亡已经五周年。你在莫言担任总编室主任的那家小报当编辑、庞春苗在小报食堂当炊事员的消息,早就传到了你妻子、你儿子的耳朵,但他们好像把你们彻底遗忘了。你妻子继续着她炸油条的工作并保持着她吃油条的爱好,你儿子已经是第一中学高中一年级的学生,学习成绩优良。庞凤凰和西门欢也是高中一年级的学生。他和她中考成绩都很差,但一个是县里最高领导的女儿,一个是拿出五十万元为第一中学设立了"金龙奖学金"的大款的儿子,即便他们考零分,第一中学的校门也为他们敞开着。

从初中开始,西门欢就来到县城就读,他的母亲黄互助也跟来县城,照料他的生活。他们住在你的家中,使这个寂寞冷清的院落,热闹了许多,甚至热闹得有些过分。

西门欢天生不是个读书的孩子,他在这五年里做过的坏事难以尽数。进县城第一年他还有所收敛,从第二年开始,他就成了南关一霸,他与北关刘小罗锅、东关王铁头、西关于干巴坏名相齐,是县公安局都挂了号的"四小恶棍"之一。西门欢尽管干尽了他这个年龄的孩子所能干的一切坏事——许多应该是成年人干的坏事他也干了——但从外表上根本看不出这是一个坏孩子。他身上永远穿着漂亮、得体的名牌服装,身上永远散发着清新爽朗的气味。他的小头永远理得短短的，小脸永远洗得白白的，唇上黑油油的小胡子标志着他的青春年少，连小时有些斗鸡的眼神也得到了矫正。他待人接物一团和气，满嘴甜言蜜语，对待你的妻子更是礼貌有加，一口一个小姨，叫得十分亲热。所以，当你儿子对你妻子说：

"妈，你把欢欢撵走吧，他是个坏孩子。"

你妻子却替西门欢说话：

"他不是挺好吗？他处世活络，会说话，学习成绩不好，那是个人天分有限。我看他将来比你吃得开，你就像你那个爹，一天到晚闷着头，好像全中国的人都欠你们的钱。"

"妈，你不了解他，他会伪装！"

"开放，"你妻子说，"即便他真是个坏孩子，他闯了祸也有他爹帮他收拾，用不着咱管。再说，我跟你大姨是亲姊热妹，一胞双胎，我怎么能开口赶他们走？熬着吧，再熬几年，等你们高中毕业，就各奔前程了，那时，即便咱留他，人家还不一定住呢！你大伯那么有钱，在县城置一套房子，那还不是小菜一碟？住在咱家，是为了彼此有个照应，这也是你爷爷奶奶姥姥姥爷的意思。"

你妻子用许多难以辩驳的理由，否定了你儿子的建议。

西门欢所干坏事，可以瞒过你的妻子，可以瞒过他的母亲，可以瞒过你的儿子，但瞒不了我的鼻子。我是一条十三岁的狗，嗅觉已经退化，但辨别身边人的气味及他们留在各处的气味还是绰绰有余。顺便说一句，我已经让出了县城狗协会会长的位置，接替我的，是一条名叫"阿黑"的德国种黑背狼犬，在县城的狗世界里，黑背狼犬的领导地位不可动摇。退位之后，我已经很少参加天花广场上的圆月例会，偶尔参加一次，也感到索然无味。我们当年的圆月例会，总是载歌载舞，总是喝酒吃肉，总是恋爱交配，可现在的年轻一辈，它们的行为，不可理喻匪夷所思。譬如，有一次，阿黑亲自动员我去参加一次它所说的最刺激、最神秘、最浪漫的活动。我被它的盛情所动，准时到达天花广场。我看到数百条狗从四面八方狂奔而至，没有寒暄客套，没有打情骂俏，仿佛谁也不认识谁一样，大家围着那个重新竖立起来的断臂维纳斯雕像，仰起头，齐吠三声，然后调头狂奔而去，包括狗协会主席阿黑也是这样。真是来如闪电去似疾风，片刻之后，便把我孤零零地闪落在遍地月光的广场上。我望着那闪烁着幽蓝光辉的维纳斯，直怀疑自己是在做梦。后来我听说，它们玩的是最时髦、最酷的"快闪"游戏，参加游戏的狗，都自称为"快闪一族"。听说他们后来还玩了一些更加莫名其妙的行动，但我都没有参加。我已经感觉到，我狗小四管领风骚的时代已经结束，一个新的时代，一个充满了刺激和狂想的时代已经开始。狗的世界如此，人的世界也大致相同。尽管此时庞抗美还在位上，并盛传她即将升到省城担任要职，但距离她被纪委"双规"，"双规"后被检察院立案，最后被法院判处死刑，缓期两年执行已经为时不远。

你儿子考入高中后，我不再担当接送他上学的任务。我本可以每天卧在西厢房里，睡睡懒觉，回忆一下往事，但我不愿意，因为这样会加速我肢体和大脑的老化。你儿子不需要我了，我就每天跟随你妻子到火车站广场上去看她炸、卖油条。就是在这里，我嗅到了车站广场周围的那些发廊、小旅店和小酒馆里，经常地留下西门欢的气味。这小子伪装成背着书包上学堂的乖乖仔，但一出家门就会搭上一辆专门在路口等候着他的"摩的"，直奔车站广场。开"摩的"的是一个满脸络腮胡须的彪形大汉，他心甘情愿地做一个中学生的专门车夫，西门欢的出手大方显然是主要原因。这里是"四小恶棍"共同拥有的地盘，也是他们吃喝嫖赌的地方。这四个小恶棍的关系，像六月的天气一样变幻不定。他们时而好得如同亲兄奶弟，在酒馆里猜拳行令，在发廊里玩弄野"鸡"，在旅店里搓麻抽烟，在广场上勾肩搭背，如同四只用绳索连络在一起的螃蟹。时而又翻脸无情，分成两派，像乌眼鸡一样死啄。有时候也出现三个打一个的局面。后来，他们又各自发展了一帮小兄弟，形成了四个小团伙，小团伙的关系也是时分时合，车站广场周围，被他们闹得乌烟瘴气。

我与你妻子，亲眼目睹了他们之间一次惨烈的械斗，但你妻子并不知道械斗的总指挥是她心目中的好孩子西门欢。那是一个阳光灿烂的中午，正所谓光天化日之下，先是广场南侧那家名叫"好再来"的酒馆里，传出了吵嚷喧闹之声，接着有四个头破血流的小青年从酒馆里逃出来，后面有七个手持棍棒、一个拖着墩布的小青年追赶出来。那四个小青年绕着广场逃窜，他们虽然头脸上受了伤，但似乎并没有恐惧与痛苦。那些追赶者们，脸上也没有凶煞之气，有几个脸上还带着傻呵呵的笑容。这场械斗在初发阶段看上去竟像一场游戏。四个逃跑者中有一个身材瘦高、脑袋呈长方形、如同旧时更夫打更所用梆子的，正是西关的小恶人于干巴。他们四个并不完全是逃窜，他们在逃窜过程中还发起了一次反冲锋。于干巴从怀中掏出一把三角刮刀，显示出他在四人当中的首领地位，他那三个小兄弟，则从腰间抽下皮带挥舞着，"呀呀"地呐喊着，跟着于干巴冲进追赶者群中。一时间，棍棒打在头颅上，皮带抽在腮帮子上，喊叫声与惨叫声纠缠在一起，场面十分混乱。广场上的人纷纷逃避，接到报警的警察还在途中。这时，我看到于干巴将他手中的刮刀捅进了那个挥舞着墩布的小胖子的肚子，那小胖子惨叫倒地。见同伴受了重伤，追赶者的队伍顷刻瓦解。于干巴用受伤的小胖子的衣服擦干刮刀，一声呼哨，率领着那三个小兄弟沿着广场西侧往南奔跑。

两拨恶少在广场上追逐打斗时，我看到，在"好再来"酒馆隔壁的"仙人居"酒馆里，一张靠窗的桌子边，西门欢戴着墨镜，坐在那里悠闲地抽烟。你妻子只是胆战心惊地看着广场上的械斗，根本没发现西门欢。即便是看到了西门欢的人，也想不到这个白脸的小青年会是这场械斗的总指挥。他从裤兜里摸出当时颇为新潮的拉盖手机，揿了一下，举到嘴边，说了几句话，然后又坐下抽烟。他抽烟的姿势老练而优雅，很有港台警匪片中那些黑社会老大的风度。与此同时，于干巴率着他的小兄弟已经拐进车站广场西南部的新民二巷，一辆飞驰而来的"摩的"与于干巴迎面相撞，驾车的正是那个络腮胡须的大汉。于干巴的身体轻飘飘地飞到路边,远远看过去,他的身体仿佛不是血肉之躯,而是一块套着衣裳的泡沫塑料。这是一场交通事故,责任全在于干巴。这也可以说成是一次急中生智、见义勇为、不怕牺牲自己勇撞恶棍的英雄壮举。"摩的"翻倒在地,往前滑行出十几米,络腮胡子也受了重伤。这时,我看到西门欢站起来,背起书包,走出酒馆,吹着口哨,追踢着一个干瘪苹果,向学校的方向走去。

我还想对你讲述西门欢因为打架斗殴被车站派出所拘留三天放出来之后,发生在你家院子里的情景。

黄互助怒容满面,撕扯着西门欢的衣裳,晃动着西门欢的身体,痛不欲生地说:

"欢欢啊欢欢,你真让我失望,我花了这么大的精力,自己什么都不干了,来陪着你、伺候你上学;你爸爸不惜血本,对你有求必应,供给你上学;可是你竟然……"

黄互助说着,泪水就流了出来。西门欢极其冷静地拍拍她的肩膀,坦然地说:

"妈妈,擦干眼泪,不要哭,事情不像您想象的那样,我没干什么坏事,我是被他们冤枉了,你看看我这样,像个坏孩子吗?妈妈,我不是坏孩子,我是一个好孩子!"

这个好孩子接着便在院子里又唱又跳,伪装出种种天真无邪的姿态,把黄互助逗引得破涕为笑,把我折磨得牙酸肉麻。

闻讯赶来的西门金龙起初也是怒气冲冲,但在西门欢的花言巧语下脸上也出现了笑意。我已经好久没见到西门金龙了,这次见到,顿感岁月无情,对富人和穷人都一样。尽管他全身名牌包装,经常去参加各种高雅运动,但也挡不住头发稀疏、目光浑浊、小肚子凸出。

"爸爸,你放心干你的伟大事业去吧,"西门欢笑嘻嘻地说,"知子莫若父,难道您还不了解我吗?您儿子我,要说毛病嘛,无非就是油腔滑调一点,嘴巴馋一点,身体懒一点,见了漂亮女孩想入非非一点,但这些小毛病,您身上不都有吗?"

"儿子，"西门金龙说，"你瞒过了你妈，但你瞒不过我。如果连你这点小把戏都识不破，那我也不用在社会上混了。我估计，这几年里，你把该干的坏事都干遍了。一个人做件坏事并不难，难得的是一辈子只做坏事不做好事，我看，接下来，你该做点好事了。"

"爸爸，你说得好极了，我总是把坏事办成好事，"西门欢说着，腻在西门金龙身上，灵巧地摘下西门金龙腕上那块名贵手表，说："爸爸，您戴着假货，有失身份，还是让我戴着丢丑吧！"

"胡说，什么假货，这是正宗的劳力士。"

几天之后，县电视台播出了一条新闻：中学生西门欢拾金不昧，将捡到的巨款一万元上交学校。但那块金光闪闪的"劳力士"从此没在他手腕上出现过。

好孩子西门欢，将另一个著名的好孩子庞凤凰带到了家中。她已经是像模像样的姑娘，穿着时髦，身材窈窕，小乳前挺，小臀后翘，眼神慵倦，头发湿漉漉，看上去乱糟糟。老派的互助、合作对庞凤凰的装束打扮颇看不惯，西门欢悄悄对她们说：

"妈妈，小姨，你们老土了，这是最新潮。"

我知道你关心的不是西门欢，也不是庞凤凰，而是你儿子蓝开放。在我下面的讲述中，你儿子就要出场了。

那是一个秋高气爽的下午，你妻子和黄互助都不在家，年轻人聚会，她们被要求回避。

在院子东北角那棵梧桐树下，摆开了一张方桌，三个好孩子围桌而坐。桌上摆满了时鲜水果和一大盘切成月牙状的西瓜。西门欢、庞凤凰穿着新潮，面孔俊秀，你儿子穿着陈旧，面孔丑陋。

对庞凤凰这种性感、漂亮的女孩，任何男孩都不会无动于衷，你儿子自然也不例外。请你回忆一下当年他挖污泥糊你时的情景，请你再回忆一下他让我带路追踪你们到驴店镇的情景，就会悟到，在很久很久以前，你儿子实际上已经是庞凤凰任意役使的小奴仆，后来发生的惨烈事件，实际上在那时已经埋下了种子。

"不会再有别人来了吧？"庞凤凰身体仰靠在椅背上，懒洋洋地说。

"今天这院子，是我们三个的天下。"西门欢说。

"还有它！"庞凤凰用一根纤细的玉指，指了指卧在墙根打盹的我，说，"这条老狗，"她直起腰来说，"我家那条狗，是它的姐姐呢。"

"它还有两个哥哥，"你儿子闷闷地说，"在西门屯，一条在他家，"你儿子指指西门欢，"一条在我姑姑家。"

"可是我们家那条狗已经死了。"庞凤凰说，"她是生小狗累死的，我从小就记得，它不断地生小狗，生了一窝又一窝。"她大大咧咧地说，"这世界多么不公平，公狗弄完了就走，剩下母狗在那儿受罪。"

"所以我们都在歌颂母亲。"你儿子说。

"西门欢，你听到了没有？"庞凤凰笑嘻嘻地说，"这样深刻的话你说不出来，我也说不出来，只有老蓝能说出来。"

"不要讽刺人好不好？"你儿子尴尬地说。

"没讽刺你啊，"她说，"我是真心赞美你呢！"她从乳白色真皮挎包里掏出一包白盒万宝路香烟和一个镶嵌着钻石的纯金打火机，说，"既然老东西们不在，那咱们就轻松轻松。"

她用染了蔻丹的指甲灵巧地弹着烟盒，一支烟冒出。她用丰满的鲜红小嘴叼出了那支烟，撳一下打火机，蓝色的火苗哧哧地喷出来。她将烟盒和打火机扔在桌上，深深地吸一口烟，然后将身体后仰，脖子搁在椅子背上，脸仰着，嘴巴噘起，对着蓝蓝的天，老练得稍嫌做作，仿佛电视剧中那些不会吸烟的女人在表演吸烟。

西门欢抽出一支烟，扔给你儿子。你儿子摇头拒绝。他确实是个好孩子。庞凤凰鼻孔发出哧呼之声，轻蔑地说：

"抽吧，别在我面前装好孩子！而且我告诉你，抽烟越早，身体对尼古丁的适应能力越强。英国首相丘吉尔，八岁就抽他爷爷的旱烟袋，活到了九十多岁，所以，晚抽不如早抽。"

你儿子捡起烟，犹豫了片刻，但最终还是把烟插到了嘴里。西门欢殷勤地帮他点着。你儿子咳嗽不止，脸憋得如同锅底。这是他抽的第一支烟，但很快他就会成为烟鬼。

西门欢把玩着庞凤凰的纯金镶钻打火机，说：

"真他妈的高级！"

"喜欢吗？喜欢就拿去！"庞凤凰不屑一顾地说，"都是那些想当官、想承包工程的王八蛋们送的！"

"那你妈妈……"你儿子欲言又止。

"我妈妈也是王八蛋！"庞凤凰一手夹烟做兰花指状，一手指着西门欢说，"你爸爸更是王八蛋！还有你爸爸，"庞凤凰移指你儿子说，"他也是个王八蛋！"庞凤凰笑着说，"这些王八蛋们都在伪装，都在演戏。他们口口声声教导我们，要我们不要这样，要我们不要那样，可他们呢？他们既这样，又那样！"

"我们偏要这样，偏要那样！"西门欢说。

"对极了，他们要我们做好孩子，不要做坏孩子，"庞凤凰说，"什么是好孩子？什么是坏孩子？我们就是好孩子，我们是最好最好的好孩子！"庞凤凰把手中的烟头用力朝梧桐树冠弹去，力道不够，烟头落在瓦檐上，在那里冒着细细的青烟。

"你可以骂我爸爸是王八蛋，"你儿子说，"但我爸爸不会伪装，也不会演戏，否则，他也不会这样惨……"

"嘿，还护着他呢！"庞凤凰说，"他把你们娘俩儿都扔了，一个人跑去风流——对，我那个怪种小姨也是个小王八蛋！"

"我佩服二叔，"西门欢说，"他很有勇气，副县长不当了，老婆孩子也不要了，带着小情人，潇洒走一回，那真叫酷！"

"你爸爸呀，"庞凤凰说，"用咱们县那个魔头作家莫言的话说，那叫'最英雄好汉最王八蛋、最能喝酒最能爱'！"庞凤凰瞪着眼说，"捂上耳朵，我下边说的话不许你们听！"你儿子和西门欢顺从地捂住耳朵，庞凤凰对着我说，"狗小四，你听说过吗？蓝解放和我小姨每天能做十次爱，每次一个小时呢。"

西门欢味味地笑起来。庞凤凰用脚踢着他的腿,骂道:

"流氓,你还是听到了。"

你儿子满脸靛青,噘着嘴不说话。

"你们什么时候回西门屯?"庞凤凰道,"带上我去看看,听说那里被你爸爸建设成资本主义乐园了。"

"胡说,"西门欢道,"社会主义国土上哪有资本主义乐园?我爸爸是改革家,时代英雄!"

"屁!"庞凤凰道,"他是一个大坏蛋,你二叔和我小姨才是时代英雄呢!"

"你们不要提我爸爸。"你儿子说。

"你爸爸拐跑了我小姨,气死了我姥姥,气病了我姥爷,为什么不能提?"庞凤凰说,"惹火了我就去西安把他们揪回来,让他们游街示众。"

"哎,"西门欢道,"我们真可以去西安拜访一下他们。"

"好主意,"庞凤凰说,"我去,我再提上一桶油漆,一见我小姨,我就说,'小姨,我给你刷漆来了'。"

西门欢哈哈大笑。你儿子低头不语。

庞凤凰踢踢你儿子的腿,说:

"老蓝,潇洒点儿!咱们一起去,怎么样?"

"不,我不去!"你儿子说。

"真没劲!"庞凤凰道,"我走了,不陪你们玩了。"

"别走啊,"西门欢说,"节目还没开始呢!"

"什么节目?"

"神发,我妈妈的神发呀!"西门欢说。

"哎呀!"庞凤凰道,"我怎么把这事忘了呢?你怎么说的来着?你说把一条狗的头砍下来,用你妈妈的头发缝上,那条狗马上就能吃食喝水是不是?"

"没做过这么复杂的实验,"西门欢说,"但要是在皮肤上割上一

513

条口子，用我妈妈的头发烧成灰撒上，十分钟就能愈合，而且不留疤痕。"

"听说你妈妈的头发不能剪，一剪就出血？"

"是的。"

"听说你妈妈心眼儿特好，屯里人有受了伤的，去找她讨要头发，她都会拔给人家？"

"是的。"

"那不拔成秃瓢了吗？"

"不会的，我妈妈的头发越拔越密。"

"哎呀，那你永远饿不死了，"庞凤凰说，"即便你爸爸倒了台，成了不名一文的穷光蛋，你妈妈卖头发也可以养活你啦。"

"不，即便我沿街讨饭，也不会让我妈妈卖头发的！"西门欢坚定地说，"尽管我不是她亲生的。"

"什么？"庞凤凰惊讶地问，"你不是你妈妈亲生的？那谁是你的亲妈妈？"

"听说是一个女中学生。"

"女中学生生私生子，很酷，"庞凤凰若有所思地说，"比我小姨还酷。"

"那你就生一个吧。"西门欢说。

"放屁！"庞凤凰说，"我是一个好孩子。"

"生孩子就不是好孩子了吗？"西门欢问。

"什么好孩子坏孩子的，我们都是好孩子！"庞凤凰说，"开始实验吧，要把狗小四的头砍掉吗？"

我愤怒地吼叫起来。我的意思是说：小杂种们，谁敢动我，我就咬死谁。

"不许伤我的狗。"你儿子说。

"那怎么办？"庞凤凰说，"闹了半天你们还是在骗我。我走了。"

"你等等。"你儿子说，"你不要走。"

你儿子起身去了厨房。

"老蓝,你干什么?"庞凤凰大声问。

你儿子用右手攥着左手的中指走出厨房。血从他的指缝里渗出来。

"老蓝,你疯了!?"庞凤凰道。

"果然是我二叔的种子!"西门欢说,"关键时刻敢动真格的。"

"你这个私生子,别耍嘴皮子了!"庞凤凰喊叫着,"快把你妈妈的神发拿出来吧。"

西门欢跑进屋去,拿出七根又长又粗的头发,放在桌子上烧化成灰。

"老蓝你松开手!"庞凤凰伸手攥住你儿子那只受伤的手的腕子。

你儿子中指受伤一定很重。我看到庞凤凰脸色雪白,张着嘴,皱着眉,好像她也很痛的样子。

西门欢用一张崭新的钞票把桌子上的发灰铲起来,均匀地撒在你儿子的伤指上。

"痛吗?"庞凤凰问。

"不痛。"

"你把他的手腕松开吧。"西门欢说。

"血会把灰冲掉的。"庞凤凰说。

"放心吧。"西门欢说。

"要是止不住血,"庞凤凰恶狠狠地说,"我就把你的狗爪子剁下来!"

"放心。"

庞凤凰缓缓地松开了手。

"怎么样?"西门欢得意地问。

"果然神了!"庞凤凰说。

第五十二章

**解放春苗假戏唱真
泰岳金龙同归于尽**

——蓝解放,你为了爱情,不要前途,不要名誉,不要家庭的行为,虽然为大多数正人君子所不齿,但还是有莫言那类作家为你唱赞歌。但母亲死后,你不回来奔丧,如此忤逆不孝,恐怕连莫言那种善于讲歪理的人,也难为你开脱了。

——我没得到母丧的消息。逃到西安后,我像一个罪恶累累的强盗一样隐姓埋名。我清楚,只要庞抗美不倒,法院就不会判我离婚。我离不了婚又要跟春苗在一起,那就只能远避他乡。在西安街头,有好几次,我见到了熟识的故乡人面孔。我多想上前与他们打招呼,但只能低头掩面躲过。有好多次,在我们栖身的那间小屋里,我和春苗,因为思念故乡,思念亲人而痛哭。我们为了爱而出走,为了爱而不能还乡。我们多少次拿起电话又放下,我们多少次把信投进邮筒又等候着取信员开箱时编造理由索回。我们有关故乡的信息都来自莫言,但他总是报喜不报忧。他是唯恐天下无戏的人,他大概把我们当成了他的小说素材,那么,我们的命运愈悲惨,我们的故事愈曲折,我们的遭际愈有戏剧性,就愈中他的下怀。尽管我未能回去为母亲奔丧,但那些日子里我阴差阳错地扮演了一个孝子的角色。——莫言在作家班时的一个同学执导了一部解放军剿匪的电视剧,剧中有一个外号"蓝脸"、杀人如麻却事母至孝的土匪。为了让我挣点外快,莫言把我推荐给了他那同学。那人留着一部大胡子,头顶光秃如莎士比亚,鼻子弯钩如但丁。一见我的面,他就手拍着大腿说:奶奶的,不用化装!

——我们乘坐着西门金龙派来的卡迪拉克赶回西门屯。那个红脸膛的司机不愿意让我上车。你儿子横眉竖眼地说:

"你以为这是一条狗吗?这是一个圣徒,它比我们家族中所有的人都爱我奶奶!"

我们刚出县城就下起了雪。是那种细盐般的霰粒。车进西门屯时,地上已经一片洁白。我们听到一个前来吊孝的远房亲戚大声哭喊着:

"天地为你戴孝啊,老姑奶奶!您的仁德感天动地啊,老姑奶奶!"

他的哭喊,像合唱队的领唱一样,引发了一片哭号。我听到了西门宝凤嘶哑的哭声,听到了西门金龙雄壮的哭声,听到了吴秋香唱歌一样的哭声。

一下车,互助与合作就掩面号哭起来。你儿子和西门欢搀着他们各自母亲的胳膊。我沉痛地呜呜着,跟随在他们身后。此时狗大哥已死,卧在墙角、已经老态龙钟的狗二哥用低沉的鸣叫向我打了招呼,但我已经没有心思回应它。我感到有四股寒气沿着四肢上升,在五脏六腑内凝成一坨冰。我浑身颤抖,四肢僵硬,反应迟钝。我知道自己也老了。

你母亲已经盛妆入棺,棺盖竖在一旁。她的寿服是紫色缎子缝制,上面有一些暗金色寿字。金龙和宝凤跪在棺材两端。宝凤头发散乱。金龙眼睛红肿,胸前的衣服湿了碗口大的一片。

互助与合作扑跪在棺材前,拍打着棺材的边缘尖声号哭。

"娘啊,娘啊,您怎么不等我们回来就走了呢?娘啊,您走了,我们的靠山就倒了啊,撇下我们孤儿寡母可怎么活啊……"这是你妻子反反复复的哭诉。

"娘啊,娘啊,您受了一辈子苦,怎么才过上好日子就走了呢?……"这是互助的哭诉。

她们泪飞如雨，溅落到你母亲的寿衣上，溅落到盖住你母亲面孔的那张黄表纸上。泪水在纸上洇漶开，仿佛死人的眼泪。

　　你儿子和西门欢跪在他们各自母亲的身后，一个脸色如铁，一个脸色如雪。

　　负责料理丧事的是许学荣夫妇。许大娘惊叫着把互助和合作的身体拉直：

　　"哎呀，孝子孝妇们啊，千万别把眼泪溅到死者的身上啊，她身上带着活人的眼泪难得超生啊……"

　　许大爷环顾四周问：

　　"至亲之人都到齐了吧？"

　　没人回答他。

　　"至亲之人都到齐了吧？"

　　室内那些远亲们面面相觑，依然没人回答他。

　　一个远亲抬手指指西厢房，悄悄地说：

　　"问问老掌柜的去吧。"

　　我跟随着许大爷来到西厢房。你的爹坐在墙角，正在用高粱秸秆和细麻绳缝制锅盖。墙壁上挂着一盏油灯，昏黄的灯光恰好照亮那个墙角。你爹的脸一团模糊，只有他的眼睛，放射出两点亮光。他坐着一个方凳，用双膝夹着已经基本成形的锅盖，麻绳穿过高粱秸秆发出"哧啦哧啦"的响声。

　　"老掌柜的，"许大爷说，"解放那边捎信去了吗？如果他一时半会赶不回来，我看……"

　　"盖棺吧！"你的爹说，"养儿还不如养条狗啊！"

　　——听说我要拍电视，春苗也要参加。我们去求莫言，莫言又去求导演。导演见到春苗后，说：那就演"蓝脸"的妹妹吧。这是一部系列剧，一共三十集，讲了十个可以独立成章的剿匪故事。每个故事拍三集。导演把剧情大概给我们讲了讲。说的是这个外号"蓝脸"的土匪，杆子被打散后一个人逃进了深山。解放军知道他是孝子，便做通了他妹妹和他母亲的工作,让他母亲诈死,让他妹妹进山报信。"蓝脸"闻讯下山,披麻戴孝扑进母亲的灵堂,混杂在前来帮忙的乡亲们群中的解放军一拥而上,将"蓝脸"按倒在地,这时,他的母亲从棺材里坐起来,说:儿子啊,解放军优待俘虏,你投降吧!——明白了吗?导演问我们。明白了,我们说。导演说,眼下大雪封山,没法拍外景,你就把自己想象成一个土匪,潜逃外地多日,突闻母亲死讯,然后不顾一切回来奔丧。能不能找到感觉?让我试试看。给他换上孝服。几个女人从一堆散发着霉味的旧服装中翻一件白袍子披在我的身上,又找了一顶孝帽子扣在我的头上,腰间又给我捆上了一道麻绳。春苗问:导演,我的戏怎么演?导演说,你就把他想成你亲哥就行了。我问导演:是不是还需要一支枪?导演道:你不说我还忘了,这"蓝脸"是个双枪将呢。道具道具,弄两支枪给他插到腰里。还是那几个帮我穿孝服的女人,弄来两支木头手枪插到我的腰里。春苗问:我要不要穿孝服?导演说:给她也换上孝服。这样的枪怎么能打响?我问导演。导演说:你打响它干什么?等你娘从棺材里坐起来要你投降时,你把枪摸出来扔到地上就行了。懂了吗?懂啦。那就开拍。摄像准备!母亲的灵堂布置在我们居住的"河南村"西头一排破房子里。我和春苗曾想租下这房子制作山东大馒头,因房主要价太高而作罢。我们对这个环境很熟悉。导演要我们酝酿一下情绪,免得灵前无泪而干号。我看着被肥大孝服包裹住的春苗和她那张因营养不良而瘦削发黄的小脸,无限的怜爱涌上心头,眼泪不禁夺眶而出。春苗啊,我的好妹妹,你本来可以过上锦衣玉食的生活,却不幸上了我的贼船,来到这异乡僻地,受这样的苦难。春苗扑到我怀里,哭得浑身打战,仿佛一个千里寻兄的小女孩。导演大喊:停停停!戏太过了!

——盖棺之前,许大娘揭开那张覆盖在你母亲脸上的黄表纸,说:

"孝子孝妇们,看最后一眼吧,都忍着点,千万别把眼泪滴到她的脸上啊!"

你母亲的脸似乎有些肿胀,色泽发黄,好像涂了一层淡淡的金粉。她的眼睛没有完全闭上，两绺冷冷的光，从眼缝里射出来，仿佛在谴责所有看到她的遗容的人。

"娘啊，您一走，我就成了孤儿了啊……"西门金龙哭号着。上来两个远亲把他扶到一边去。

"娘啊，我的娘，你把女儿也带走吧……"宝凤用脑袋碰撞棺材边沿，发出"嘭嘭"的响声。几个人冲上来，架着她的胳膊，把她拖到一边去。年纪轻轻就花白了头发的马改革抱住母亲，不让她往棺材前扑。

你妻子手把着棺材边沿，张大嘴巴干号一声，然后双眼翻白，往后便倒。众人慌忙把她拖到一边，又是揉虎口，又是掐人中，折腾了半天，才缓上气来。

许大叔招呼一声，在院子里等候的木匠们，提着工具箱子走进屋里。他们小心翼翼地将棺盖抬上，遮住了这个死不瞑目的女人。在噼噼啪啪的盖棺声中，孝子孝妇的哭声又一次掀起了高潮。

接下来的两天里，金龙、宝凤、互助、合作身穿重孝，坐在棺材两端的草席上，日夜守灵。蓝开放和西门欢，则对面坐在棺材前面的两个小方凳上，就着一个瓦盆，烧化纸钱。棺材后边的方桌上，供着你娘的灵位，点着两支粗大的白烛。纸灰飘扬，烛光摇曳，一派肃穆景象。

前来吊孝的人络绎不绝。许大爷戴着老花镜，坐在杏树下的一张方桌上，一笔不苟地登记着赙金和奠礼。亲朋乡邻赙赠的烧纸，在杏树下摞成了一个小垛。天气奇冷，许大爷不时地往冻僵的笔尖上哈气，他的胡须上结着白色的霜花。杏树上的枝条，结满了雾凇，宛若雪树银花。

——我们在导演的批评下，尽量地节制情绪。我默念着：我不是蓝解放，我是杀人不眨眼的土匪"蓝脸"，我曾经在锅灶里埋了一颗手榴弹炸死了晨起做饭的妻子，我曾经用刀子割去一个当面叫我外号的男孩的舌头。慈母去世，我心悲痛，但我的哭是极其节制的，我要把悲痛埋藏在心底。我的眼泪，是极其宝贵的，不应该像自来水一样随便流淌。但只要我一看到春苗身穿孝服、满面污垢的模样，个人的经历便压倒了角色的经历，个人的情感便替代了角色的情感。又试了几次，导演还是不满。那天莫言也在现场，导演对他嘀嘀咕咕。我听到莫言对导演说：赫秃子，你别那么认真，你一定要帮这个忙，否则我跟你断交。莫言把我们拉到一边，对我们说：你们怎么啦？泪腺太发达了。春苗可以往死里哭，但你老兄哭出三五滴眼泪就可以了。这不是你的娘死了，这是土匪的娘死了。三集戏，你每集三千，春苗两千，三三见九，三二得六，九六一万五，有了这笔钱，你们就基本小康了。我教你一招，莫言又说，待会儿拍棺哭灵时，你不要把棺材里那人想象成你娘，你娘在西门屯穿绸穿缎，吃香喝辣，享福呢！你就想，棺材里有一万五千元人民币！

——尽管道路积雪，车行危险，但出殡那天，还是有四十多辆轿车开到了西门屯。街上的雪被汽车尾气污染，化成了污浊的雪水，接着又冻成了灰色的冰碴。车子都停在西门家大院对面的广场上，臂上套着一个红袖标的孙家老三在那里指挥调度。因为怕天冷发动困难，汽车都没熄火。司机们待在车内取暖。四十多辆汽车后部的尾气上升，汇集成一片白雾。

前来参加葬礼的都是有头有脸的人物。多半是县里的官员，少数是外县来的西门金龙的好友。屯子里的人们，都不避寒冷，抄着手，聚集在西门家大院前的街道上，看着眼前的热闹景象，并等待着出棺时的大热闹。几天来西门家的人们差不多把我忘了。我夜晚与狗二哥挤在一起，白天就在院子内外走动。你儿子喂过我两次，一次是扔给我一个馒头，一次扔给我一包结着冰碴的鸡翅。馒头我吃了。鸡翅我没吃。因为这些天里，沉淀在记忆深处的与西门闹有关的往事不时翻腾上来，令我心中戚戚。我有时会忘记自己已经四次转世，依然是这西门大院的主人，在经历着丧妻之恸，有时又明白过来，知道阴阳异路，世事如烟，一切都与我这条狗没有关系了。

街上的人群里,有一些上了年纪的,向年轻人描述着当年西门闹为他母亲出大殡的事:那四寸厚的柏木棺材啊,要二十四个壮汉才能抬起。道路两旁的帐子连绵不断,隔五十步就扎着一个席棚,席棚里摆设路祭,整猪整羊,西瓜大的馒头……我赶紧避开,不愿意陷入回忆的泥潭。现在我只是一条狗,一条步入老境、所剩岁月不多的狗。我看到,那些前来参加葬礼的官员,几乎都穿着清一色的黑色大衣,围着黑色的围巾。少数人头上戴着黑色的貂皮帽,这必定是些头发稀疏或者秃顶的人,那些没戴帽子的,都是一头浓密的黑发。他们头顶上的雪花与他们胸前的白色纸花相映成趣。

正午时分,一辆"红旗"牌警车在前边开道,一辆"奥迪"牌黑色轿车后边跟随,缓缓停在了西门家大院门前。身穿重孝的西门金龙从院中匆匆走出。司机拉开车门,身穿黑色羊绒大衣的庞抗美钻出车门。她的脸也许是因为身穿黑色大衣而显得格外白皙。几年不见,她的嘴角和眼角都有了深刻的皱纹。一个秘书模样的人把一朵白花别在她的胸前。她的神色凝重,眼睛里有一种常人难以觉察的深深的忧悒。她伸出一只戴着黑色皮手套的手,与西门金龙的手握了握,我听到她充满暗示地说:

"节哀、镇定、不要乱了阵脚!"

西门金龙凝重地点了点头。

跟随着庞抗美钻出轿车的还有好孩子庞凤凰。她的身高已经超过妈妈。这真是一个既美丽又新潮的女孩。她上穿一件白色的羽绒服,下穿一条深蓝色牛仔裤,脚蹬一双白色羊皮休闲鞋,头上戴着一顶白色毛线编织的套头帽。脸上不施粉黛,看上去无比的清纯。

"这是你西门叔叔。"庞抗美对女儿说。

"叔叔好!"庞凤凰似乎并不情愿地说。

"待会儿在奶奶灵前磕个头吧,"庞抗美深情地对女儿说,"她对你有养育之恩。"

——我努力想象着棺材里那一万五千元人民币。它们不应该是成捆成束的，而应该是散乱其中，一揭开棺材盖子它们就会飞扬起来。这一招果然有效，这时候我看春苗，就感到她像装模作样的小鬼一样滑稽。她那孝袍子拖在地上，不时因为踩着袍子的边缘而趔趄。孝袍的袖子垂挂下来，犹如戏曲演员的水袖。她咧着嘴，龇着不甚整齐的门牙号哭着。她不时地用那长袖子擦眼泪，脸灰一道，黑一道，犹如一颗刚从坛子里捞出来的松花蛋。在这样的心境下，我不但没有泪水滂沱，反而憋不住想笑。但我知道，只要我一笑，那一万五千元就会像鸟群一样飞走。为了不笑，我紧咬住牙关，不看春苗，眼睛往前看，大踏步地进入院子。我一手扯着春苗的胳膊，感觉到她踢踢踏踏地跟在我身后，像一个与父母斗气的孩童。院子里曾经非法生产过黑心棉，尽管有雪覆盖着，但那霉变的垃圾气味还是挥发出来。我冲进屋子，迎面看到一具刷成酱紫色的棺材，棺材盖子竖在一侧，尚未盖棺，显然是等我到来。棺材周围立着十几个人，有穿着孝服的，有穿着便装的，我知道这些人多半是伪装的解放军，待会儿他们就会把我按倒在地。屋子的墙壁上沾着一层黑乎乎的东西，那是弹制黑心棉时飞扬的纤维和灰尘。我看到土匪"蓝脸"的母亲平躺在棺材里，脸上蒙着一张黄表纸，身上穿着紫色缎子寿衣，寿衣上绘着暗金色的寿字。我扑跪在棺材前，大声哭喊着：

"娘啊……不孝的儿子来晚了……"

——你母亲的棺材，在孝子贤孙们的悲号声中，在邻县一支著名的农民管乐队的演奏声中，终于出了大门。等待已久的看客们立即兴奋起来。送葬队伍的最前边是两个手持长竿开道的人。长竿上缠着白色的布条，仿佛是吓唬麻雀的器具。在长竿手的身后，是十几个举旗掌幡的儿童。他们的工作会得到丰厚的报酬，因此他们脸上都有掩饰不住的喜气。在儿童仪仗队的背后，是两个抛撒纸钱的人，他们动作纯熟，技巧很高，纸钱被抛掷到十几米高的空中，然后纷纷扬扬地飘落下来。跟随着抛撒纸钱者，是一乘四人抬着的紫色小罩，罩里是你娘的神主。神主上用隶体大字写着：西门公闹原配夫人白氏迎春行

523

凡神主。看过这神主的人,都知道西门金龙已经把他的母亲从蓝脸手里夺回来归还了他生父,而且还改变了他母亲妾的身份。这本是不合规矩之事,像迎春这种再嫁女人,是没有资格进入祖坟的,但西门金龙打破了陈规旧俗。再往后,便是你娘的紫色巨棺。执绋者每侧四位,都是身穿黑大衣、胸佩白花的体面人士。抬棺的是十六个精壮汉子,他们的个头一般高,都剃着光头,穿着印有"松鹤"二字的黄色号衣。这是临县一家婚丧服务公司的专业队伍。他们步履稳健,腰肢挺直,神色严肃,毫无沉重吃力之感。跟在棺后的,便是手持柳木哀杖的孝子贤孙们。你儿子与西门欢、马改革只在寻常衣服上套了一件白布褂子,头上缠着一缕白布。他们三个,各自搀扶着身披斩缞重孝的母亲,都是无声地流泪。金龙拖着哀杖,不时地跪地号哭不起,眼睛流出了红色的泪珠。宝凤的喉咙已经嘶哑失音,只见她目光呆滞,嘴巴大张,没有眼泪,没有声音。你妻子的身体重量,几乎全部压在了你儿子瘦弱的身体上,几位远亲上前,帮助你儿子扶持着她。与其说她走到了墓地,还不如说她被人拖到了墓地。互助披散的长发吸引了所有人的目光。平时,她的头发盘成辫子,装在脑后的一个黑色网兜里,远看就如背着一个黑色的包裹,现在,她遵礼穿斩缞之服,头发披散开来,犹如一道黑色瀑布,从头顶直泻至地面。拖在地上的发梢,沾上了许多泥污。一位远亲女客,非常有眼力见儿,她上前几步,弯腰抄起互助的头发,搭在自己的臂弯里。我听到路边的看客交头接耳地议论着互助的神奇头发。有人说:西门金龙身边美女如云,但他怎么不离婚呢?因为他过的就是他老婆的日子,他老婆的头发主着他大富大贵呢!

　　庞抗美携着庞凤凰的手,与那些官员和大款模样的人,跟随在孝子贤孙们身后。此时距离她被"双规"仅有三个月时间,她任期早满,迟迟不得升迁,大概已让她有了祸将临头的预感。那么,在这种时刻,她参加这场大事张扬、后来被媒体曝光的葬礼,到底是出于何种心理呢?我作为一条狗,尽管历经沧桑,也难以理解如此复杂的问题。但是，我想，她的行为可以与任何事情无关，但必与庞凤凰有关，因为，这个俊俏叛逆的女孩，毕竟是你母亲嫡亲的孙女。

——娘啊，您不孝的儿子，来晚了啊……我吼过这一声之后，莫言对我的教导便不翼而飞，扮演"蓝脸"演电视剧的事也抛之脑后。我产生了幻觉，不，不是幻觉，我真真切切地感觉到，躺在棺材里、身穿寿衣、用黄表纸蒙盖着面孔的人，就是我的亲娘。六年前与母亲见最后一面的情景，清晰地出现在我的眼前。我的半边脸肿胀发烧，我的耳朵里嗡嗡作响，那是被我爹用鞋底子抽的，我的眼前，出现了母亲的满头白发，出现了母亲流淌着浑浊泪水的眼睛，出现了母亲因牙齿脱落而瘪进去的嘴巴，出现了母亲那只动作不便、生满褐色斑痕、静脉曲张的手，出现了那根躺在地上的花椒木拐杖，出现了母亲为护卫我发出的痛苦吼叫……当时的一切情景，都出现了，我的眼泪喷洒而出，娘啊，儿子来晚了。娘啊，你这些年是怎么熬过来的，儿子不孝，做出了被人唾骂之事，但儿子对您的孝心不改，娘啊，不孝的儿子带着春苗来看您了，娘，您认下这个儿媳吧……

——你母亲的坟墓，筑在蓝脸那块著名的土地南头。西门金龙终究还有所顾忌，他没有打开西门闹与白氏的合葬墓把自己的母亲硬塞进去，这样，也算是为他的养父和他的岳母留了一些面子。他在西门闹与白氏的合葬墓左侧，为母亲新建了一座豪华的坟墓。坟墓的石门大开着，像一个深不可测的暗道入口。坟墓周围，已经围成了一圈密集的人墙。我看着那些兴奋的看客之脸，看着那驴坟、牛坟、猪坟和狗坟，看着这块已经被人脚踏得坚硬如石的土地，心中浮想联翩。我嗅到了几年前"滋滋"在西门闹与白氏的墓碑上那泡尿的气味，一阵末日即将来临的悲怆之感涌上我的心头。我慢慢地走到猪坟旁边那块空地，"滋滋"了几下，我卧在那里，泪眼蒙眬地想着：西门家或与西门家有过密切关系的后人们，但愿你们能理解我的意图，把我这一轮回的狗遗体，埋葬在我亲自选定的地方。

抬棺的人们，杠子都下了肩。他们紧贴着棺材，像一群合伙抬动一只巨大甲虫的黄蚂蚁。他们手把着系在棺底的粗麻辫子,在手挥白色小旗的班头指挥下,沿着漫长的甬道,正在移棺入墓。孝子贤孙们都跪在墓前,磕头号啕。那支农民管乐队,在坟墓后边,排成整齐的队伍,在一个头戴缨盔、手持红缨枪尖棒的人指挥下,演奏起一首旋律极快的进行曲,让那些抬棺入墓的人脚步凌乱。但没有人去指责乐队,大多数人也没有感受到乐曲的不和谐。只有极少数懂行的人往那里顾盼,金黄色的长号、短号和圆号,在阴霾的天气里闪闪发光,为这阴郁的葬礼,增添了几分亮色。

——我几乎哭晕过去,我听到背后有人在喊叫,但我听不清他们喊的是什么。娘啊,让我再看您一眼吧……我伸手解开了蒙在母亲脸上的那张黄表纸。一个与我母亲的面容毫无相似之处的老太太忽地坐了起来,用特别严肃的腔调说:儿啊,解放军优待俘虏,你缴枪投降吧!——我一屁股坐在地上,脑子里一片空白。那些围在棺材周围的人一拥而上,把我按在地上。有两只冰凉的手,从我的腰里,拽出了一支枪,又拽出一支枪。

——就在你母亲的棺材即将完全进入墓道的那一刻,一个身披着肥大棉袄的人,从看热闹的人群里冲出来。他步履踉跄,身上散发着浓浓的酒气。他一边跌跌撞撞地奔跑,一边把外面那件肥大的棉袄脱下来往后扔去。棉袄落地,犹如一只死羊。他手脚并用地爬上了你母亲的墓顶,身体摇晃着,似乎要滑下去,但没有滑下去,他站稳了。洪泰岳!洪泰岳!他稳稳地站在你母亲的墓上,努着劲儿挺直腰板。他穿着一身破旧的、土黄色的军装,腰里扎着一圈粗大的红色雷管。他高高地举起一只手臂,大声吼叫着:

"同志们,无产阶级的兄弟们,弗拉基米尔·伊里奇·列宁和毛泽东的战士们,我们向地主阶级的孝子贤孙、全世界无产者共同的敌人、地球的破坏者西门金龙展开斗争的时刻到了!"

所有的人都惊呆了。片刻之后,有的人掉头逃窜,有的人俯卧在地,有的人手足无措。庞抗美本能地把女儿拖到身后,她似乎很惊慌，但她立即镇定下来。她往前走了几步，声色俱厉地说：

"洪泰岳，我是中共高密县委书记庞抗美，我命令你，立即停止你的愚蠢行为！"

"庞抗美，别给我摆你的臭架子！你算什么中共县委书记？！你和西门金龙勾搭连环，狼狈为奸，在高密东北乡复辟了资本主义，使红色的高密东北乡，变成了黑色的高密东北乡，你们是无产阶级的叛徒，是人民的敌人！"

西门金龙站起来，把孝帽子推到脑后——孝帽子掉在地上——他伸出一只手，仿佛在安抚一头暴怒的公牛。他慢慢地向坟墓接近。

"别靠近我！"洪泰岳把右手伸向腰间的导火索，大声地喊叫着。

"大叔，好大叔啊……"西门金龙和颜悦色地说，"我是您一手培养起来的啊，您的教导我字字句句都记在心头。大叔啊，社会发展了，时代变化了，我金龙所做的一切，都是与时俱进啊！大叔啊，您凭良心说，这十几年来，乡亲们的生活，是不是越过越好啊……"

"你少给我花言巧语！"

"大叔，您下来，"金龙说，"您以为我干得不好，我马上辞职让贤，要不，西门屯的大印，还由您老来执掌。"

在西门金龙与洪泰岳对话的时候，那几个开着警车为庞抗美开道的警察，匍匐着向坟墓前进。就在警察跃起的当儿，洪泰岳跳下坟墓，与西门金龙紧紧搂抱在一起。

一声沉闷的爆炸声响起，空气中弥漫开硝烟和血腥的气味。

过了好像许久许久，惊魂未定的人们才乱哄哄地围拢上去。他们把这两个血肉模糊的人分拆开，金龙已经断气，洪泰岳还在呼呼地喘息，人们一时不知道如何处置这个垂死的老人，都呆呆地看着他。他的脸色蜡黄，极其微弱的声音和着鲜血从他嘴巴里断断续续地吐出来：

这是……最后的斗争……团结起来到明天……英特纳雄

耐尔……一定要……

一口血哇地喷出，有尺把高，溅到了周围的土地上。他的两只眼睛突然明亮起来，像燃烧鸡毛时放出的光，闪烁一下，又闪烁一下，便暗淡下去，永远地熄灭了。

第五十三章

**人将死恩仇并泯
狗虽亡难脱轮回**

——我扛着一台乔迁新居的报社同事送的落地式旧风扇,春苗搬着一台也是那同事赠送的旧微波炉,汗流浃背地从公共汽车上挤了下来。不花一文钱得到两件电器,虽然又热又累,但心里还是异常欢喜。车站距离我们栖息的小屋还有三里路,不通公车,我们舍不得钱雇人力车,只好边歇边走。

六月的西安尘土飞扬,热昏了的市民在路边的小摊上光着膀子喝啤酒。我看到有一个名叫庄蝴蝶的风流作家坐在一具遮阳伞下,用筷子敲着碗沿,在那儿有板有眼地大吼秦腔:

"吆喝一声绑帐外,不由得豪杰笑开怀……"

他那两个亲如姐妹的情妇分坐两边为他扇风送凉。此人鹰鼻鹞眼,掀唇龅牙,其貌着实不扬,但驾驭女人有方。他那些情人一个个都是婀娜多姿,风流多情。莫言与庄蝴蝶是酒肉朋友,经常在自家小报上为之鼓吹呐喊。我示意春苗看庄蝴蝶和他的情人。春苗不快地说:早看到了。我说西安的女人真傻。春苗说,天下的女人都傻。我苦笑一声,无话。

到达我们那间狗窝般的小屋时,暮色已经很浓。那位肥胖的女房东,正为了房客用自来水泼地降温而破口大骂。而那两个与我们比邻而居的年轻人,嬉皮笑脸地与胖老太对骂。我看到在我们居处的门口，站着一个又瘦又高的身影。他的半边蓝脸在暮色中宛若青铜。我猛地把电风扇放在地下，一阵寒意袭遍全身。

"怎么啦？"春苗问我。

"开放来了。"我说，"要不，你先回避一下？"

"回避什么，"春苗说，"事情也该有个结局了。"

我们略微整理了一下衣衫，用看上去轻松一点的姿势搬着旧电器，来到儿子的面前。

他瘦，个头已经比我高了，背略有点驼。这么热的天，他竟然穿着一件长袖的黑色夹克衫，一条黑色的裤子，一双难以辨清本色的旅游鞋。他身上散发着馊臭味儿，衣服上一圈圈白色的汗渍。他没有行李，手里提着一只白色的塑料袋。看着儿子与他的年龄大不相符的体态与面相，我的鼻子一酸，眼泪夺眶而出。我扔下那破风扇，冲动地扑上去，想把儿子搂到怀里，但他形同路人的冷漠态度使我的胳膊僵在空中，然后沉重地垂下来。

"开放……"我说。

他冷冷地看着我，似乎对我的泪流满面极为厌恶。他皱皱像他妈妈一样几乎连成一线的眉毛，冷笑着说：

"你们可真行，跑到这样一个地方。"

我张口结舌，无言以对。

春苗开了门，把那两件旧电器搬进屋，拉开了那盏25瓦的灯，说：

"开放，既然来了，就进屋吧，有什么话，进屋慢慢说。"

"我没话对你说，"儿子往我们的小屋里瞅了一眼，说，"我也不会进你们的屋。"

"开放，不管怎么说，我总是你的爸爸，"我说，"你这么远跑来，我和你春苗阿姨请你出去吃顿饭。"

"你们爷俩儿去吃，我不去，"春苗说，"弄点好的给他吃。"

"我不吃你们的饭，"儿子晃晃手里的塑料袋，说，"我自己有饭。"

"开放……"我的眼泪又涌出来,"你给爸爸一点面子吧……"

"行了行了,"儿子厌烦地说,"你们不要以为我恨你们,其实我一点也不恨你们。我也不想来找你们,是我妈妈让我来的。"

"她……她还好吗?"我犹豫地问。

"她得了癌症,"儿子低沉地说。停顿了一下他又接着说,"她没有多少日子了,希望能见你们一面,说是有许多话要对你们说。"

"她怎么会得癌症呢?"春苗泪流满面地说。

我儿子看了一眼春苗,不置可否地摇摇头,然后对我说:

"行了,我把信送到了,回不回去,你们自己决定吧。"

我儿子说完了话,转身就走。

"开放……"我抓住了儿子的胳膊,说,"我们跟你一起走,明天就走。"

儿子把胳膊挣出来,说:

"我不跟你们一起走,我已经买好了今晚上的票。"

"我们跟你一起走。"

"我说了,我不跟你们一起走!"

"那我们送你到车站。"春苗说。

"不,"我儿子坚定地说,"不用!"

——你妻子得知自己得了癌症之后,便坚定地回到了西门屯。你儿子高中尚未毕业就执意退学,自作主张报考了警察。你那位曾在驴店镇当过党委书记的哥们儿杜鲁文此时是县公安局的政委。可能是杜鲁文顾念旧情,也可能是你儿子素质优良,他被录取了,安排在刑警大队工作。

你娘死后,你爹又搬回西厢房南头他那间小屋里,恢复了他单干时期那种孤独怪僻的生活。西门家大院里,白天根本看不到他的身影。他独自起伙,但他的烟囱里白天很少冒烟。互助、宝凤送给他的食物,他从不食用,任它们在锅台上或是在方桌上发霉变馊。只有到了夜深人静时,他才从土炕上慢慢地爬起来,犹如僵尸复活。他按着自己多年养成的老习惯，往锅里添上一瓢水，投上一把粮食，熬一碗半生不熟的粥喝下去，或者，干脆就生嚼一把粮食，喝几口凉水，然后回到炕上躺着。

你妻子搬回来后，住在厢房北头你母亲住过的那间房子里，由她的姐姐互助照料她的生活。生了如此的重病，我从没听到过她的呻吟。她只是静静地躺着，有时闭目沉睡，有时大睁着双眼看着房顶。互助和宝凤搜罗了许多偏方，譬如用癞蛤蟆煮粥，用猪肺炖鱼腥草，用蛇皮炒鸡蛋，用壁虎泡酒，但她紧咬着牙关，拒绝食用这些东西。她住的房间，与你爹的房间只隔着一堵薄薄的用高粱秆与泥巴糊成的墙壁，两个人的咳嗽与喘息都清晰可闻，但他们从不说话。

你爹的房子里，有一缸小麦、一缸绿豆，房梁上还吊着两串玉米。狗二哥死后，我孤独无聊，心灰意冷，如果不是卧在窝里睡觉，便在这大院中的房子里转悠。西门金龙死后，西门欢在县城鬼混，偶尔回来一次也是跟互助要钱。庞抗美被捕后，西门金龙的公司被县里有关部门接管，西门屯村的支部书记，也由县里派干部接任。他的公司早就是空架子了，数千万的银行贷款都被他挥霍一空，他没给互助和西门欢留下任何财产。所以当西门欢把互助那点个人积蓄掏空后，大院里再也没有见到他的身影。

现在，互助住着西门家大院的正房，我每次进入她的房子，总是看到她坐在那张八仙桌旁剪纸。她的手很巧，剪出来的花草虫鱼飞禽走兽都栩栩如生。她把这些剪纸用白纸板夹起来，凑够一百幅，就拿到街上卖给那些出售旅游纪念品的小店，借以维持简单的生活。偶尔，我也会见到她梳头。她站在凳子上，长发拖垂到地面。她侧颈梳头的样子让我心中酸楚，眼睛发涩。

你岳父家也是我每天必去的地方。黄瞳已经肝腹水，看样子也没有多久的熬头了。你岳母吴秋香身体还算健康，但也是满头白发、眼睛浑浊，当年的风流模样早已荡然无存。

我去的最多的地方，还是你爹的房间。我卧在炕前，与炕上的老人对眼相望，千言万语都用目光传达。我有时认为他已经知道了我的来历，因为他有时会梦呓般地唠叨起来：

"老掌柜的，你确实是冤死的啊！可这个世界上，这几十年来，冤死的人何止你一个啊……"

我用低沉的呜咽回应着他，但他马上又说：

"老狗啊，你呜呜什么？难道我说得不对吗？"

在他头顶悬挂的玉米上，有几只老鼠在那儿肆无忌惮地啃食。这是留种的玉米，对农民来说，爱护种子就像爱护生命一样，但你爹一反常态，对此无动于衷，他说：

"吃吧，吃吧，缸里有小麦、绿豆，口袋里还有荞麦，帮我吃完了，我好走路……"

在月光明亮之夜，你爹就会扛着一张铁锨走出大院。月夜下地劳动，这是他多年的习惯，不但西门屯人知道，连高密东北乡人都知道。

每逢你爹外出，我总是不顾疲劳跟随着他。他从不到别的地方去。他只到他那一亩六分地里去。这块坚持了五十年没有动摇的土地，几乎成了专用墓地。西门闹和白氏葬在这里，你娘葬在这里，驴葬在这里，牛葬在这里，猪葬在这里，我的狗娘葬在这里，西门金龙葬在这里。没有坟墓的地方，长满了野草。这块地，第一次荒芜了。我凭着退化严重的记忆，找到了我自己选定的地方，卧在那儿，低沉地悲鸣着。你爹说：

"老狗啊，不用哭了，我明白你的意思，你死在我前头呢，我会亲自动手把你埋在这里。你死在我后头呢，我临死前会对他们说，让他们把你埋在这里。"

你爹在你娘的坟墓后边，铲起了一堆土，对我说：

"这是合作的地方。"

月亮忧愁悒郁，月光晶莹凉爽。我跟随着你爹在他的地里转悠。有两只双宿的鹧鸪被惊动，扑棱着翅膀飞到别人家的地里。它们在月光中冲出两道缝隙，但顷刻又被月光弥合了。在西门家死者坟墓的北边，隔着几十米的距离，你爹站定了，四周环顾，看了一会儿，跺跺脚下的土地，说：

"这是我的地方。"

他接着便挖了起来。他挖了一个长约两米、宽约一米的坑，掘下去约有半米深便停住了。他躺在这个浅坑里，眼望着月亮，歇了约有半点钟，便从坑里爬了上来，对我说：

"老狗，你作证，月亮也作证，这地方，我躺过了，占住了，谁也夺不去了。"

你爹又在我趴卧的地方，比量着我的身长掘了一个坑。我顺从着他的意思，跳下坑去，卧了片刻，然后上来。你爹说：

"老狗，这地方归你了，我和月亮为你作证。"

我们在忧愁月亮的陪伴下，沿着大河堤坝上的道路回到西门家大院时，已经是鸡鸣头遭的后半夜了。屯子里那几十条狗，受城里狗的影响，正在大院前边的广场上举行月光晚会。我看到它们围坐成一个圆圈儿，圆圈中有一条脖子扎着红绸巾的母狗在那儿对着月亮歌唱。当然，它的歌唱被人类听去那就是疯狂的狗叫，但其实它的歌喉清脆婉转，旋律美妙动听，歌词富有诗意。它的歌词大意是：月亮啊月亮，你让我忧伤……姑娘啊姑娘，我为你疯狂……

这天夜里，你爹与你妻子隔着间壁墙第一次对话。你爹敲敲间壁墙，说：

"开放他娘。"

"我听到了，爹，您说吧。"

"你的地方我给你选好了，就在你娘的坟后面十步远。"

"爹，我放心了。我生是蓝家人，死是蓝家的鬼。"

——尽管知道她不会吃我们买的东西，但还是尽我们所有买了一大堆"营养品"。开放穿着一身肥大的警服，开着一辆挎斗警用摩托把我们送回西门屯。春苗坐在挎斗里，身边塞着、怀里抱着那些花花绿绿的盒子和袋子。我坐在儿子身后，双手紧紧抓住那个铁把手。开放神色严峻,目光冰冷,虽然警服不甚合体,但也显得威严。他的蓝脸与深蓝色的警服很是般配。儿子啊,你选对了职业,我们这蓝脸,正是执法者铁面无私的面孔啊。

路边的银杏树都长得有碗口粗了,道路中间隔离带上那些乳白的或者深红的紫薇,繁花压弯了枝条。几年未回,西门屯的确大变了模样。所以我想,说西门金龙和庞抗美没干一点好事,显然也不是客观的态度。

儿子把摩托停在西门家大院门前,带我们来到院子当中,冷冷地问:

"是先看爷爷呢还是先看我妈?"

我犹豫了片刻,说:

"按着老规矩,还是先看你爷爷吧。"

爹的门紧闭着。开放上前,敲响了门板。屋子里没有任何回应。开放又移步至那小窗前,敲着窗棂说:

"爷爷,我是开放,你儿子回来了。"

屋子里沉默着,终于传出一声悲凉的长叹。

"爹,您不孝的儿子回来啦,"我跪在爹的窗前——春苗也跟着我下了跪——我涕泪交流地说,"爹,您开门吧,让我看您一眼……"

"我没有脸见你了,"爹说,"我只交待你几件事,你在听吗?"

"我在听,爹……"

"开放他娘的坟,在你娘的坟南边十步远的地方,我已经堆起一堆土做了记号。那条老狗的坟,在猪坟的西侧,我已经给它挖了一个圹子。我的坟,在你娘的坟往北三十步处,圹子我已经大概挖好了。我死之后,不用棺木,也不用吹鼓手,亲戚朋友也不用去报丧,你找张苇席,把我卷了去悄没声地埋了就行。我缸里的粮食,你全部倒进墓穴里,让粮食盖住我的身体盖住我的脸。这是我的土地里产的粮食,还应该回到我的土地里去。我死了谁也不许哭,没什么好哭的。至于开放他娘,你想怎么发送就怎么发送,我不管。如果你还有一点孝心,就照我说的去做!"

"爹,我记住了,我一定按您说的去做,爹,您开开门,让儿子看您一眼吧……"

"看你媳妇去吧,她没有几天了,"爹说,"我自己估计着还能活个一年半载的,眼下还死不了。"

我和春苗站在了合作炕前。开放叫了一声妈,便抽身到院子里去了。合作听到我们回来,显然早作了准备。她穿着一件深蓝色的偏襟褂子——那是我娘的遗物——头发梳得顺顺溜溜,脸洗得干干净净,坐在炕上。但她已经瘦脱了形,脸上似乎只有一层黄皮,遮掩着轮廓毕现的骨头。春苗含着眼泪,叫了一声大姐,便把那些盒子、袋子的放到炕边。

"净爱枉花这些钱,"合作说,"待会儿走时带回去退了。"

"合作……"我泪流满面地说,"是我把你害了……"

"都到了这地步了,还说这些干什么?"她说,"你们两个,这些年也受了苦了,"她看看春苗,说,"你也见老了,"又看看我说,"你的头发也没有几根黑的了……"她说着就咳起来,脸憋得赤红,一阵血腥味过后,又变成金黄。

"大姐,您还是躺下吧……"春苗说。

"大姐,我不走了,我留在这里侍候您……"春苗趴在炕沿上哭着说。

"我担当不起啊……"合作摆摆手,"我让开放去把你们找来,就是想对你们说,我没有几天熬头了,你们也不用东躲西藏了……也是我糊涂,当初为什么不成全了你们呢……"

"大姐……"春苗哭道,"都是我的错……"

"谁也没有错……"合作道,"这是老天爷早就安排好的,命该如此啊,怎么能躲得过呢……"

"合作,"我说,"你别灰心,我们去大医院,找好医生……"

她惨然一笑,道:

"解放，咱俩也算是夫妻一场，我死之后，你好好对她……她也真是个好样的，跟了你的女人，都没得福享……求你们好好照顾开放，这孩子也跟着我们吃尽了苦头……"

这时，我听到儿子在院子里响亮地擤着鼻子。

三天之后，合作死了。

葬礼过后，我儿子搂着那条老狗的脖子，坐在她母亲的坟前，不哭，也不动，从中午一直坐到黄昏。

黄瞳夫妇像我爹一样，闭门不见我。我跪在他们家门口，为他们磕了三个响头。

两个月后，黄瞳死了。

当天夜里，吴秋香吊死在大院当中那棵杏树上的那根往东南方向倾斜的枯枝上。

办理完了岳父、岳母的丧事，我和春苗便在西门家大院住了下来。我们住在母亲和合作住过的那两间厢房里，与爹隔着一道障壁。爹白天从不出门，晚上，我们透过窗户，偶尔能见到他弯曲的背影。那条老狗与他形影不离。

遵照秋香的遗言，我们把她安葬在西门闹与白氏合葬的右侧，西门闹和他的女人们，终于在地下团圆了。黄瞳呢？我们把他葬在了屯子里的公墓里，他的墓与洪泰岳的墓相隔不足两米。

——一九九八年十月五日，是农历戊寅年八月十五日，中秋节。这天晚上，西门家大院的人们终于聚集在了一起。开放骑着摩托从县城里赶了回来，摩托车的挎斗里，载着两盒月饼、一个西瓜。宝凤和马改革也来了。改革到一家私人开的棉籽脱绒厂打工，左臂被锯齿脱绒机切夫，一条衣袖空空荡荡地低垂着。你似乎要对这个外甥的不幸遭遇表示点什么，但你的嘴巴动了动，终究什么也没说。这天，也是你蓝解放和庞春苗领取了结婚证的日子，历经煎熬，有情人终成眷属，连我这条老狗也为你们高兴。你们跪在你爹的窗前，苦苦地哀求着：

"爹……我们结婚了，我们是合法夫妻了，我们再也不会给您老人家丢脸了……爹……您开门，受儿子儿媳拜见吧……"

你爹那扇腐朽的门终于打开了。你们膝行至门口，把手中的大红结婚证书高高地举起来。

"爹……"你说。

"爹……"春苗说。

你爹手扶着门框，蓝色的脸抽搐不止，蓝色的胡子哆嗦不停，蓝色的泪水流出蓝色的眼眶。中秋的月亮已经放出蓝色光辉。你爹哆嗦着说：

"起来吧……你们终于修成正果了……我也没有心事了……"

中秋家宴摆在杏树下，八仙桌上，摆放着月饼、西瓜和许多佳肴。你爹坐在北面，我蹲在你爹身旁。东面是你与春苗，西边是宝凤与改革，南面是开放与互助。又大又圆的中秋之月，照耀着西门家大院里的一切。那棵大杏树已经枯死数年，但进了八月之后，中间的一些枝条上，又长出了嫩绿的新叶。

你爹端着一杯酒，对着月亮泼上去。月亮颤抖了一下，月光突然暗淡了，仿佛有一层雾遮住了它的脸，片刻之后，月光重新明亮，更加温婉，更加凄清，院子里的一切，房屋、树木、人、狗，都宛若浸泡在澄澈的浅蓝墨水里。

你爹把第二杯酒，浇在地上。

你爹把第三杯酒，倒在我的嘴里。这是莫言的朋友们雇请德国酿酒师酿造的密水干红葡萄酒，色泽深红，香气浓郁，口味略苦涩，一杯入喉，无尽沧桑涌上心头。

——这是我与春苗成为合法夫妻的第一夜。我们心中感慨万端，迟迟难以入睡。月光水从一切缝隙里涌进房间，把我们浸泡起来。我和春苗在我母亲和合作睡过的炕上，赤裸裸地跪着，互相端详着对方的脸和身体，好像第一次相识。我默默地祝福着：娘、合作，我知道你们看着我们，你们牺牲了自己，把幸福赐给了我们。我悄声地对春苗说：

"苗苗，咱们做爱吧，让娘和合作看看，她们知道我们幸福和谐，就可以放心走了……"

我们搂抱在一起，像两条交尾的鱼在月光水里翻滚，我们流着感恩的泪水做着，身体漂浮起来，从窗户漂出去，漂到与月亮齐平的高度，身下是万家灯火和紫色的大地。我们看到：母亲、合作、黄瞳、秋香、春苗的母亲、西门金龙、洪泰岳、白氏……他们都骑跨着白色的大鸟，飞升到我们的目光看不到的虚空中去了……跟随着他们飞行的，还有马改革丢失的那条胳膊，它的颜色黝黑，仿佛一条在水中游泳的乌鳢……

——后半夜，你爹带着我走出了西门家大院。你爹现在是确凿地知道了我的前生今世。他与我站在大院门口，无限眷恋地，又似乎是毫不眷恋地看着院中的一切。我们向那块土地走去，月亮已经低低地悬在那里等待着我们。

等我们终于抵达了那一亩六分、犹如黄金铸成的土地时，月亮已经改变了颜色。它先是变成茄花般的浅紫色，又慢慢地变成了蔚蓝。此时，在我们上下左右，月光如同蔚蓝的海水与浩瀚的天空连成一体，而我们，则是这海底的小小生物。

你爹躺进他的墓圹里，轻轻地对我说：

"掌柜的，你也去吧。"

我走到自己的墓圹前，跳下去，沉下去，一直沉到那座灯光辉煌的蓝色宫殿中。殿上的鬼卒们都在交头接耳。大堂上的阎王，是一个陌生的面孔。没待我开口他就说：

"西门闹，你的一切情况，我都知道了，你心中，现在还有仇恨吗？"

我犹豫了一下，摇了摇头。

"这个世界上，怀有仇恨的人太多太多了，"阎王悲凉地说，"我们不愿意让怀有仇恨的灵魂，再转生为人，但总有那些怀有仇恨的灵魂漏网。"

"我已经没有仇恨了,大王!"

"不,我从你的眼睛里,看得出还有一些仇恨的残渣在闪烁,"阎王说,"我将让你在畜生道里再轮回一次,但这次是灵长类,离人类已经很近了,坦白地说,是一只猴子,时间很短,只有两年。希望你在这两年里,把所有的仇恨发泄干净,然后,便是你重新做人的时辰。"

——遵照爹的遗嘱,我们将缸里的麦子、绿豆和口袋里的谷子、荞麦以及梁上吊着的玉米,抛撒到爹的墓穴里。让这些珍贵的粮食,遮掩住爹的身体和面孔。我们也在狗的墓穴里抛撒了一些粮食,尽管爹的遗嘱里没有这一条。我们斟酌再三,还是违背了爹的遗愿,在他的墓前立了一块墓碑,碑文由莫言撰写,由驴时代里那个技艺高超的老石匠韩山勒石:

一切来自土地的都将回归土地。

第五部　结局与开端

> 死去的人难再活,
> 活着的人还要活下去。
> 哭着是活,笑着也是活。

一

太阳颜色

亲爱的读者诸君,小说写到此处,本该见好就收,但书中的许多人物,尚无最终结局,而希望看到最终结局,又是大多数读者的愿望。那么,就让我们的叙事主人公——蓝解放和大头儿——休息休息,由我——他们的朋友莫言,接着他们的话茬儿,在这个堪称漫长的故事上,再续上一个尾巴。

蓝解放和庞春苗埋葬父亲与老狗之后,本想在西门屯耕种着父亲的土地,度过他们的余生,但不幸的是,西门家大院里来了一位尊贵的客人。他就是蓝解放当年在省委党校的同学,如今的高密县委书记沙武净。他对蓝解放的人生遭际和昔日煊赫无比、如今凄清落寞的西门大院表示了一番感慨后,颇为厚道地对蓝解放说:

"老兄,副县长职务绝对不能恢复了,党籍吗,要想恢复也难,但恢复公职、给你安排个养老吃饭的地方还是可能的。"

"谢谢领导的好意,但没有这个必要了。"蓝解放说,"我原本就是西门屯的一个农民儿子,就让我在这里终了此生吧。"

"你还记得老书记金边吗?"沙武净说,"这也是他的意思,他与你的岳父庞虎是老朋友,你们回到县城,也对你岳父有个照顾。常委会已经通过了,安排你到文展馆担任副馆长,至于春苗同志,她如果愿意回新华书店,当然可以回去,如果不愿意回去,我们另作安排。"

读者诸君,蓝解放和庞春苗的确不该回去,但恢复公职,回归县城，又能奉养老父，分明是大好之事。我这两位朋友是凡人，没有预卜未来的特异功能，所以，他们很快就回去了。这也是命运使然，无法违抗。

他们暂且住在庞虎家中，这位当初发誓不认春苗为女儿的英雄，究竟还是一位慈父，更兼已近风烛残年，眼泪多了，心肠软了，见到女儿与蓝解放历经磨难，终成名正言顺的合法夫妻，也就不计前嫌，敞开大门，接纳了他们。

蓝解放每天骑车去文展馆上班。在这样冷清寒酸的单位，所谓副馆长，不过是个名分而已，没有任何事情需要他管。他每天的事情，就是坐在一张开裂的三屉桌前，喝着淡茶，抽着劣烟，翻来覆去地看那几张报纸。

春苗呢，还是选择回书店工作，还是在少儿专柜，与又一茬新长起来的孩子打交道。当初那几位与她同事的女人，都已退休回家，顶替她们位置的，都是二十岁上下的姑娘。她也是每天骑车上下班。下班时，她总是要从戏院斜街拐一下，或是买半斤鸡胗，或是买一斤羊头肉，拿回家去，让老父、老公喝几两小酒，解放与庞虎酒量都不大，三杯落肚，就微醺了。他们有一搭无一搭地说着闲话，仿佛一对关系融洽的老兄弟。

转过年来，春苗怀了孕，这喜讯让年过半百的蓝解放欣喜异常。更让年近八旬的庞虎老泪纵横。三代同堂，其乐融融的幸福生活似乎就在眼前，但一场飞来横祸使之化为泡影。

那天下午，春苗从戏院斜街熟食摊上买了一斤酱驴肉，哼着小曲，拐上醴泉大道，一辆逆向行驶的红旗牌轿车把她撞飞。自行车成了一堆废铁，驴肉散落一地，她的后脑勺碰在马路牙子上。当我的朋友蓝解放匆匆赶到时，春苗已经停止了呼吸。

那辆车是原驴店镇党委书记、现任县人大副主任杜鲁文的专车，司机是西门金龙当年的小兄弟孙彪的儿子。

我不知道该如何描写蓝解放在那一时刻的心情，因为许多伟大的小说家，在处理此种情节时，已经为我们树立了无法逾越的高标。譬如被无数大学文学教授和作家们所称道的苏联作家肖洛霍夫的小说《静静的顿河》中，阿克西妮娅中流弹死后，他的情人葛利高里的心情和感觉的描写："有一种莫名其妙的力量朝着他的胸膛推了一下，他往后退着，脸朝下跌倒了。""他好像从一场噩梦中醒了过来，抬起脑袋，看见自己头顶上是一片黑色的天空和一轮耀眼的黑色太阳。"

肖洛霍夫让葛利高里不知不觉中跌倒在地，我怎么办？我难道也让蓝解放跌倒在地吗？肖洛霍夫让葛利高里内心一片空白，我怎么办？我难道也让蓝解放内心一片空白吗？肖洛霍夫让葛利高里抬头看到一轮耀眼的黑色太阳，我怎么办？我难道也让蓝解放看到一轮耀眼的黑色太阳吗？即便我不让蓝解放跌倒在地，而是让他大头朝下，倒立在地上；即便我不让蓝解放内心一片空白，而是让他思绪万端、千感交集、一分钟内想遍了天下事；即便我不让蓝解放看到一轮耀眼的黑色太阳，而是让他看到一轮耀眼或是不耀眼的、白色的灰色的红色的蓝色的太阳；那就算是我的独创吗？不，那依然是对经典的笨拙的模仿。

蓝解放将春苗的骨灰埋葬在他父亲那块著名的土地上。春苗的坟墓紧挨着合作的坟墓，他们的坟墓前都没有竖立墓碑。起初，这两个坟墓还有所区别，但当春苗的墓上也长满野草后，就与合作的坟墓一模一样了。埋葬了春苗之后不久，老英雄庞虎也死了。蓝解放把老岳母王乐云的骨灰与岳父的骨灰合在一处，背回西门屯，埋葬在父亲蓝脸的坟墓旁边。

又过了些日子，正在服刑的庞抗美可能是一时糊涂，竟用一支磨尖的牙刷柄戳心而死。常大红取回骨灰，找到蓝解放，说："其实，她是你们家的人。"蓝解放很好地领会了他的意图，接过骨灰，背回西门屯，埋葬在庞虎夫妇合葬墓的后边。

二

做爱姿势

蓝开放用摩托车把我的朋友蓝解放载回天花胡同一号他的旧居。摩托车的挎斗里，放着一些他日常所用的东西。他坐在儿子身后。这次，他没有用手抓住摩托车后座上的铁把手，而是用双臂，紧紧地搂住儿子的腰。儿子还是很瘦，但腰杆子笔直坚硬，宛如一根不可摇撼的支柱。在从庞家至天花胡同一号的途中，我的朋友一直在流泪。他的泪水，湿了他儿子的警服后背好大的一片。

重返旧居，蓝解放的心情自然难以平静。从那次在春苗的扶持下冒雨出走，这是他第一次踏入家门。院子里那四棵梧桐，树干已经粗大得贴近墙壁，枝杈也伸展到瓦顶与墙头上。正应了一句老话：树犹如此，人何以堪！但我的朋友没有太多的时间去感物伤怀，因为他一进院就看到，在正房最东边那间曾经是他书房的房间里，在敞开的窗户前，透过朦胧的窗纱，坐着一个既亲切又熟悉的身影。那是黄互助，她坐在那里，聚精会神地剪纸。

这显然是蓝开放的精心安排。我的朋友能有这样一个胸怀宽广、善解人意的好儿子，真是他的福气。蓝开放不仅把自己的大姨和自己的父亲撮合在了一起，还把那落魄颓唐的常天红用摩托车载到了西门屯，与守寡多年的姑姑宝凤见了面。常天红曾是宝凤的梦中恋人。常天红对宝凤的感情也不是无动于衷。宝凤的儿子马改革胸无大志，是一个善良、正直、勤劳的农民，他赞成母亲与常天红的婚事，使这两个人,过上了幸福美满的生活。

我的朋友蓝解放最初恋上的就是黄互助——准确地说是恋上了黄互助的头发——度尽劫波之后,这两个人终于走在了一起。儿子蓝开放在单位有宿舍,平时很少回家,因为工作的性质周末也难得回来。这个大院落里,就只剩下他们两个人。他们各自住着自己的房间,只是吃饭时在一起。互助原本就是一个寡言的人,现在话更少。解放有话问她,能用惨然一笑代替的,她就不用语言。这样相处了半年之后,事情终于发生了变化。

那是一个细雨霏霏的春天的黄昏,吃过晚饭后,收拾饭桌时,两人的手,无意中碰在了一起。他们的心情都感觉有些异样,目光便顺理成章地碰撞在一起。互助叹息了一声,我的朋友跟着叹息了一声。互助幽幽地说:

"……那么,你就帮我梳梳头吧……"

我的朋友跟随着互助进入她的房间,接过她递过来的桃木梳子,小心翼翼地解开了她背后那个沉甸甸的发囊,那些神奇的美妙的头发如同波浪翻滚而下,直垂到地上。这是我的朋友第一次触摸到他从少年时期就爱慕着的头发,那股犹如柠檬油般的清香扑进了他的鼻腔,渗入他的灵魂。

为了使这长达数米的头发能够完全伸展,互助往前移动了几步,膝盖抵着床沿。我的朋友用臂弯揽住那些头发,极小心极温柔地把梳子插进去,一段一段地、一绺一绺地往后梳着。实际上她的头发根本无需梳理,它们根根粗壮、沉重、油滑,从不分叉,与其说是梳理它们,不如说他是在抚摸它们,亲近它们,感悟它们。我的朋友的泪水落在她的头发上,就像水珠溅到鸳鸯的羽毛上,扑簌簌滚动着,然后便弹落在地。

黄互助叹息一声,便把身上的衣服一件件脱下来。我的朋友托着她的头发,站在距她两米开外的地方,犹如替步入教堂的新娘托着长长裙裾的儿童,痴呆呆地看着前方的风景。

"那么，我们就遂了你儿子的心愿吧……"互助轻声嘟囔着。

我的朋友哭泣着，分拨开那些鬈发，仿佛一个在垂柳下行走的人，走啊，走啊，终于走到了终点。互助跪在床上，迎接着他的到来。

这样做了几十次后，我的朋友希望能够与互助面对面做爱，她却冷冷地说：

"不，狗都不是用这样的姿势！"

三

广场猴戏

二〇〇〇年元旦过后不久，高密火车站广场上出现了两个耍猴的人和一只猴子。读者诸君一定猜到了，那只猴子，是由西门闹—驴—牛—猪—狗—猴，一路轮回转世而来。这只猴子自然是雄性。它不是我们习常所见的那种乖巧的小猴，而是一只身材巨大的马猴。它毛呈灰绿色，缺少光泽，犹如半枯的青苔。两眼间距很近，眼窝深陷，目露凶光。双耳紧贴脑袋，犹如两朵灵芝。鼻孔朝天，大嘴开裂，几乎没有上唇，动不动就龇出牙齿，相貌十分凶恶。它身上还穿着一件红色的小坎肩，看上去十分滑稽。其实，我们没有理由说它凶恶，也没有理由说它滑稽，穿上衣服的猴子，不都是这样吗？

猴子的脖子上拴着一条细细的铁链。铁链的一端，连接着一个年轻姑娘的手腕。不需我说，读者诸君也已猜到，此女就是失踪数年的庞凤凰。与她在一起的那位男青年，就是同样失踪数年的西门欢。他们俩，上身都穿着鼓鼓囊囊、脏得已经辨不清本来面目的羽绒服，下身都穿着破烂不堪的牛仔裤，鞋子虽脏，但都是假冒名牌。庞凤凰染了一头金发，双眉拔得细长如线，右侧的鼻翼上，穿着一只银环。西门欢的头发染成红色，右侧的眉棱上，穿着一只金环。

高密近年来发展很快，但与大城市相比，毕竟还是小地方。俗话说"林子大了，什么样的鸟都有"，林子小了，许多鸟就没有。这两只"怪鸟"和一只悍猴的出现，自然引起了众人的注意，马上就有好事者，跑去车站派出所报告。

众人在不知不觉中就围成了一个圈子,这正合了西门欢和庞凤凰的心意。但见那西门欢从背囊中摸出了一面铜锣,"当当"地敲了起来。锣声一响,围观的人更多,场子很快密不透风。有个别眼尖的人,认出了庞凤凰和西门欢。但更多的人,眼睛直愣愣地盯着猴子,并不去看耍猴人的模样。

西门欢把铜锣敲打得节奏分明,庞凤凰把缠在手腕上的铁链全部放开,给了猴子更大的活动余地。然后,她又从背囊里掏出些诸如草帽、小扁担、小箩筐、旱烟袋之类的道具,放在自己身边。

在"当当"的锣声中,庞凤凰顿喉高唱,她嗓音嘶哑,但颇有韵味。以她为轴心,猴子人立,绕场行走。它双腿弯曲,步履蹒跚,尾巴拖地,目光左右顾盼。

> 铜锣一敲当当当
> 叫一声我的猴儿听端详
> 咱家在峨眉山上得了道
> 返回了老家要称大王
> 咱给各位老乡耍把戏
> 老乡们把咱来犒赏
> ....

"闪开!闪开!"新近调到车站派出所担任副所长的蓝开放拨拉着围观的群众,用力往圈子里挤。他是一个天生的警察,在刑警大队干了两年便立了两次大功,年龄刚满二十,就被破格提拔为车站派出所副所长。车站一带,向来是治安的重灾区,派他来担任副所长,足可见出局里对他的器重。

> 你玩一个老头戴帽叼烟袋
> 倒背着双手逛市场

550

庞凤凰唱着，把一顶小草帽准确地抛到猴子面前，猴子眼精手快，伸手捉住了草帽，随即扣在了头上。庞凤凰又把旱烟袋扔过去，猴子灵巧地往上一跳，抓住了烟袋，随即叼在嘴里。然后，它把双臂弯到臀后，弓着腰，罗圈着腿，脑袋歪来歪去，眼珠子滴溜乱转，真如一个闲逛的老汉。猴子的表现，引起一阵笑声，一片掌声。

"闪开！闪开！"蓝开放往里挤着。其实，一听到群众报告，他的心就"咯噔"了一下。尽管县城里早就谣传说西门欢和庞凤凰被蛇头卖往东南亚某国，一个当了劳工，一个当了妓女，也有说他们都在南方某市因吸毒过量而死的，但蓝开放内心深处一直能感觉到这两个人的存在，尤其是庞凤凰的存在。读者诸君当然不会忘记他切破手指让西门欢试验黄互助神发之事，那一刀，已经把他的内心表露无遗。所以，群众一报警，他就知道是这两个人回来了。他放下手边的工作就往车站广场奔跑。他奔跑时眼前浮动着的几乎全是庞凤凰的影子。他见她最后一次是在祖母的葬礼上。那天她穿着一件洁白的羽绒服，戴着一顶毛线套头帽，小脸蛋儿冻得通红，像一个童话中的冰清玉洁的公主。听到她嘶哑的歌唱声，对待犯罪分子冷酷如铁的蓝开放，眼睛已经模糊了。

你玩一个二郎担山追明月
再玩一个凤凰展翅赶太阳

庞凤凰把那根两端拴着小箩筐的小扁担用脚挑起来，猛地往上一踢，表现出很高的技巧性，扁担从空中稳稳地下落，几乎不偏不倚地落在猴子的肩头上。猴子先是将扁担搁在右肩上，小箩筐一前一后，这就是"二郎担山追明月"了。继而又将扁担横在脑后，两个小箩筐一左一右，这就是"凤凰展翅追太阳"了。

咱把那各种花样玩了一遍
请各位乡亲给犒赏

猴子扔下扁担，接过了庞凤凰抛过去的一个红色塑料盘，双手捧着，向围观的群众讨赏钱。

　　各位大叔和大婶
　　各位大爷和大娘
　　各位兄弟姐妹众乡党
　　给俺一毛不嫌少
　　给俺一百呢，你就是观音菩萨下道场

在庞凤凰的歌唱声中，人们纷纷将钱投到那猴子高举过头顶的圆盘里。有壹分、贰分、伍分、壹角、伍角乃至壹元的硬币，它们落在盘中发出叮叮当当的响声。有壹角、贰角、伍角、壹元、伍元、拾元的纸币，它们落到盘里几乎没有声音。

当那猴子转到蓝开放眼前时，他把装着一月份工资和假日值班补助费的那个厚厚的信袋放在圆盘里。猴子尖叫一声，四肢着地，口叼着圆盘，蹿回到庞凤凰身边。

"当当当——"西门欢敲了三下铜锣，像马戏团小丑一样，向着蓝开放深深地鞠了一躬，直起腰来说：

"谢谢警察叔叔！"

庞凤凰则把那信袋里的钱抽出来，右手捏着，往左手掌上有节奏地抽打着，对围观者炫耀着，同时模仿着流行歌手唱红了的那首《东北人都是活雷锋》的旋律大声地、恶作剧地唱着：

　　俺们俺们高密人——个个都是活雷锋——送俺一沓人民币——做了好事不留名——

蓝开放把帽檐猛地往下一拉，急转身，分拨开众人，一言未发就走了。

四

切肤之痛

亲爱的读者，蓝开放本可以运用职权，以正大光明的理由把西门欢、庞凤凰和他们的猴子逐出车站广场，但他没有这样做。

我与蓝解放称兄道弟，蓝开放应该是我侄子辈的，但我与这个孩子仅仅是认识而已，连几句完整的话都没说过。我猜想这孩子也许对我抱有极深的成见，因为我把庞春苗领进了他父亲的办公室，才引出了后边一系列的悲惨故事。其实，开放贤侄啊，即便没有庞春苗，也会有别的女人出现在你父亲的生活中。这些话，我一直想找个机会对你说，但永远没有这种机会了。

因为跟蓝开放没有交流，我对他的所有心理活动都是猜想。

我猜想，他拉下帽檐，冲出人圈那一刻，心中一定是纷乱如麻。曾几何时，庞凤凰是高密县的第一公主，西门欢是高密县的第一公子。一个母亲是县里最高领导，一个父亲是县里最阔大佬。他们人物潇洒，行为风流，挥金如土，广交朋友，一对金童玉女，招了多少艳羡和嫉妒的目光啊。但转眼之间，高官大款俱成故人，荣华富贵皆化粪土。昔日的金童玉女，竟流落街头耍猴卖艺，这样的鲜明对比，怎一个感慨了得！

我猜想，蓝开放还是深爱着庞凤凰，尽管昔日的公主已落魄为街头艺人，与前途无量的派出所副所长处境悬殊，但他内心的自卑无法克服。尽管他将一月工资与补助扔进猴顶之盘有居高临下的施舍之

553

意，但庞凤凰和西门欢的冷嘲热讽说明他们依然保持着往昔的优越感，根本没把他这个丑脸的小警察放在眼里。这也彻底地打消了他把庞凤凰从西门欢手中抢过来，或者是把她从困境中解救出来的自信和勇气。所以他只能警帽遮颜，突围而逃了。

庞抗美的女儿和西门金龙的儿子在车站广场耍猴卖艺的消息迅速传遍了县城，并且扩散到乡村。人们抱着难以说清但又昭然若揭的心理从四面八方汇集到车站广场。庞凤凰和西门欢这两个宝贝，丝毫没有羞愧之感，他们好像与自己的过去彻底斩断了联系。车站广场，似乎是一个异国他乡的陌生之地，面对着的，也全都是些素不相识之人。他们卖力地演出，热切地要钱。那些围观猴戏的人，有的直呼他们的名字，有的痛骂他们的父母，但他们对此都充耳不闻，脸上始终挂着灿烂的笑容。但只要是有人胆敢对庞凤凰口出不逊之言或是有什么猥亵行为，那只雄伟的公猴，便会以闪电般的动作扑上去撕咬。

当年的"四小恶棍"之一，东关的王铁头，手里拿着两张百元的大票，对庞凤凰招摇着说："妞，你鼻子上扎着环儿，下边呢？下边是不是也扎着环儿？脱下裤子让哥哥看看，这两张票子就归你了。"王铁头的小兄弟们也齐声起哄："对啊，脱下裤子让哥们儿看看啊！"——任他们淫言秽语，庞凤凰全然不顾，只是一手牵着链子，一手挥舞着细长的鞭子，驱赶着猴子转圈讨钱——各位父老听俺讲——有钱没钱都一样——有钱多少给一点——没钱喝彩是帮忙——当——当——当——西门欢也是面带笑容，手中铜锣敲得有板有眼，一丝不乱。"西门欢，你个杂种，当初你的威风哪里去了？你害死了于干巴大哥，这账还没跟你算呢。快，让你的女人把裤子脱下来让哥们儿看看，要不——"王铁头身后的小兄弟们大呼小叫着。那猴子托着盘子，蹒跚行走至王铁头面前——有人说看到庞凤凰顿了一下链条，也有人说根本没这回事——将手中托盘往脑后一抛，猛地跳起，骑在王铁头肩上，一阵乱抓乱咬——猴子的尖厉叫声与王铁头的惨叫声混杂在一起——观众四散奔逃。逃得最快的是王铁头的那拨小兄弟们。庞凤凰

微笑着把猴子拖下来,继续唱着:

　　富贵不是天注定——凡人都有落魄时——

　　王铁头的头脸血肉模糊,在地上打滚号叫。几个警察赶到,要将西门欢和庞凤凰带走,猴子对着他们龇牙尖叫,一个警察摸出了手枪。庞凤凰把猴子紧紧地搂在怀里,像一个母亲,保护着自己的儿子。许多群众重新围拢上来,替庞凤凰、西门欢与他们的猴子打抱不平。人们指着在地上打滚号叫的王铁头,说:"应该带走的是他!"——亲爱的读者,群众的心理是多么奇怪啊!庞抗美与西门金龙得势之时,人们对庞凤凰和西门欢恨之入骨,盼望着他们倒大霉,但一旦他们倒了大霉,成了弱者,同情心便转到了他们身上。警察们自然也知道这两个人物的背景,更清楚他们的副所长与这两个人物的特殊关系,面对着愤愤不平的群众,他们摆摆手,没说什么。一位警察拎着王铁头的脖颈子把他提起来,愤怒地说:"走,别他妈的装孙子!"

　　此事惊动了县委。为人厚道的县委书记沙武净派办公室主任带着一位干事在车站旅馆地下室找到了庞凤凰和西门欢。那猴子也对着他们龇牙。主任向庞凤凰和西门欢转达了县委书记的话,希望他们把猴子送到县城西郊新建的凤凰公园喂养,然后给他们俩安排合适的工作。这在我们常人看来,本是极好的事情,但庞凤凰紧搂着猴子,瞪着眼睛说:"谁敢动我的猴子,我跟谁拼命!"西门欢嬉皮笑脸地说:"谢谢领导关心,我们很好,你们还是先去安排那些下岗工人吧!"

　　接下来的故事,又开始进入悲惨境地,亲爱的读者,这不是我的故意,而是人物的命运使然。

　　话说一个傍晚,庞凤凰、西门欢和他们的猴子,正坐在车站广场南侧路边小摊上吃饭,脑袋上缠满纱布的王铁头悄悄地靠近他们,猴子尖叫着朝王铁头扑去,但拴在桌子腿上的铁链拖得它翻了一个跟头。西门欢急忙立起，转过身去，面对着王铁头的狰狞的面孔，未及言语，一把钢刀便戳进了他的胸膛。王铁头也许想顺便杀死庞凤凰，但疯狂号叫、连连翻滚的猴子吓得他连插在西门欢胸膛上的钢刀都没及拔出就抱头鼠窜了。庞凤凰伏在西门欢身上放声大哭，猴子坐在一旁，目光灼灼，仇恨地盯着试图靠近之人。闻讯赶来的蓝开放和几个警察试图靠前，但那猴子的疯狂叫嚣令他们望之却步。一个警察掏出枪瞄住猴子，但手腕被蓝开放一把抓住。

"凤凰，拢住你的猴子，我们把他送到医院抢救。"蓝开放对庞凤凰说，转头又命令那持枪的警察，"快叫救护车！"

庞凤凰抱着猴子，捂住它的眼睛。猴子乖乖地伏在她的怀里。庞凤凰和猴子像一对相依为命的母子。

蓝开放拔出西门欢胸前的钢刀，用手堵住滋血的伤口，大声喊叫着："欢欢！欢欢！"西门欢慢慢地睁开眼睛，嘴里冒着血沫子说："开放……你是我哥……我自己……终于做到头了……""欢欢，你坚持，救护车马上就到了！"开放揽着他的脖子，大声喊叫着，血从他的指缝里，强劲地往外滋着。

"凤凰……凤凰……"西门欢含混不清地说，"……凤凰……"

救护车鸣着响笛飞驰而来，医生提着救护包、拖着担架匆匆下车，但西门欢已经在蓝开放怀里闭上了眼睛。

二十分钟后，蓝开放沾着西门欢鲜血的手指，铁钳般地锁住了王铁头的咽喉。

读者诸君，西门欢之死，让我内心甚感悲痛，但他的死，客观上为我们的蓝开放追求庞凤凰扫清了障碍，但又一个更大的悲剧，就此拉开了序幕。

这个世界上，存在着许多神秘现象，但随着科学的发展，终会找到答案，只有爱情，是永远无法理喻的。我国的作家阿城，曾经撰文说爱情是一种化学反应，此论标新立异，听来颇感新鲜，但如果爱情能用化学方式制造并能用化学方式控制，小说家就没有用武之地了。

因此,即便他说的是真理,我也要反对。

闲话少说,还是讲我们的蓝开放。他亲自料理了西门欢的后事,在征得了父亲和大姨同意后,他把西门欢的骨灰埋葬在西门金龙的坟墓后边。黄互助和蓝解放心中的感伤不必再提,单说那蓝开放,从此后便每天晚上都要出现在车站旅馆地下室庞凤凰租住的房间里。白天只要有空,他也会到广场去找庞凤凰。庞凤凰在广场上牵着猴子,他一言不发地跟在后边,仿佛是她和它的保镖。对他的行为,所里的部分警察有不满反映,老所长找他谈话:

"开放老弟,县城里有多少好姑娘啊,为一个耍猴的女人……你看看她那模样,像个什么……"

"所长,你撤了我的职吧,如果我连当警察的资格也没有了,那我就辞职。"

开放把话说到这份儿上,别人也就不好掺言,日子一长,那些对开放不满的警察也转变了立场。是的,庞凤凰抽烟喝酒,染了金毛,扎着鼻环,整日在广场悠晃,的确不像个好女人,但她,又能坏到哪里去呢?于是这些小警察们,反而与庞凤凰亲近起来。如果在广场上巡逻时相遇,还会开开她的玩笑:

"金毛儿,别老抻着我们副所长了,他都快瘦成麻秆了!"

"就是,该松口时就松口吧!"

对他们的调笑,庞凤凰总是充耳不闻,只有那猴子,对着他们龇牙。

起初,蓝开放曾力劝庞凤凰搬到天花胡同一号或者西门家大院居住,但遭到了庞凤凰的坚决拒绝。过了一段时间,连他自己也觉得,如果庞凤凰夜晚不住在车站旅馆地下室,白天不在车站广场转悠,那他也将无心在车站派出所工作下去。渐渐地,县城里的地痞流氓也知道了这个美貌的"金毛穿鼻猴女郎"是车站派出所那位蓝脸铁腕小警察的相好,那些原先还想伸爪揩油的,也赶紧打消了念头,谁敢从老虎嘴里夺鸡腿啊!

让我们凭借着想象描述一下蓝开放每天晚上去车站旅馆地下室探望庞凤凰的情景吧。这家旅店原是集体所有，改制之后归了个人。这样的旅馆，如果按照公安条例严格管理，那非关门大吉不可。因此，每当看到蓝开放这张脸，老板娘那胖脸上就要笑出香油，那张猩红大嘴里就要喷出蜂蜜。

起初的几个晚上，任蓝开放敲破门板庞凤凰也不开门。我们的开放就站在门外，沉默地站着，如同一根木桩。他听到庞凤凰在屋里抽泣，有时候也疯笑。他听到那猴子在吱叫，有时也挠门。他有时嗅到烟味，有时嗅到酒气。但是他从未嗅到与毒品相关的气息，这是他暗自庆幸的。如果沾了那玩意儿，这个人就彻底完蛋了。他想，如果她真的沾上了那玩意儿，我还会这样痴迷地爱她吗？是的，无论她怎么样，哪怕她五脏六腑都已腐烂，我也会爱她。

他每次去看她，总是抱着一束鲜花，或是提着一兜水果，她不开门，他就站在外边，一直站到必须走才走。鲜花和水果，就留在门外。旅馆的老板娘开始时不识相，对他说：

"好兄弟啊，姐姐手里有一大把漂亮女孩呢，我叫来她们，任兄弟挑，看中哪个是哪个……"

他的冷酷的目光和攥得骨节啪啪响的拳头把老板娘吓得屁滚尿流，再也不敢胡言乱语。

常言道："功夫不负苦心人。"庞凤凰为我们的开放开了门。房间阴暗潮湿，墙壁上的涂料像热水烫起的燎泡一样。屋顶上吊着一盏昏黄的灯泡，房子里霉味冲鼻。有两张窄床，两个很像从垃圾场里捡来的破沙发。开放一坐上去，就感到屁股接触到了水泥地面。就是在这一阶段，他提出让她搬迁。她睡一张床。另一张床上，还摆着几件西门欢的旧衣服。现在是猴子睡在这张床上。还有两把暖水瓶。还有一个十四英寸的黑白电视机，显然也是从垃圾场捡来的。就是在这样一个寒酸龌龊的环境里，我们的开放终于把憋在心中十几年的"爱"字吐出了口。

"我爱你……"我们的开放说,"我从见你第一面时就爱上你了。"

"谎言!"庞凤凰冷笑道,"你见我第一面时是在西门屯你奶奶的炕上,那时你还不会爬呢!"

"不会爬时我就爱你!"我们的开放说。

"算了算了,"庞凤凰抽着烟说,"你跟我这样的女人谈爱,不是把珍珠扔到厕所里去了吗?"

"你别糟蹋自己,"我们的开放说,"我了解你!"

"你了解我个屁!"庞凤凰冷笑着说,"我当过婊子,跟几千个男人睡过!我还跟猴子睡过!你跟我谈爱?滚吧,蓝开放,找好女人去吧,别让我把霉气沾到你身上!"

"你胡说!"我们的蓝开放掩面痛哭起来,"你骗我,你告诉我,你没干过这些事!"

"我干过怎么样?没干过又怎么样?与你有屁的关系?"庞凤凰冷酷地说,"我是你的老婆吗?是你的情人吗?我爹我娘都不敢管我,你竟敢管我!"

"因为我爱你!"我们的开放怒吼着。

"不许用这个字眼恶心我!滚吧,可怜的小蓝脸!"她对着猴子招招手,亲昵地说,"乖乖猴,来来来,咱们睡觉觉!"

那只猴子纵身一跳,落在了她的床上。

我们的开放掏出了手枪,瞄准了猴子。

庞凤凰把猴子紧紧地抱在怀里,愤怒地说:

"蓝开放,你先把我打死吧!"

我们的开放精神受了巨大刺激。早就有风言风语说庞凤凰当过妓女,他的潜意识里也对此半信半疑。但当庞凤凰亲口说出她跟几千个男人干过,甚至跟猴子干过这样凶狠的话语时,还是犹如万箭齐发,射中了他的心脏。

我们的开放捂着胸口,跌跌撞撞地跑上楼梯,跑出旅馆,跑上广场,心里转动着毁灭一切的念头。在一家霓虹灯闪烁的酒吧门前,他被两个浓妆艳抹的女郎拉了进去。他坐在一张高高的凳子上，连灌了三杯白兰地。然后便痛苦地将头抵到吧台上。一个头发金黄、眼圈乌蓝、嘴唇血红、袒胸露背的女人凑上来——我们的开放去探望庞凤凰时总是穿着便服——伸手摸摸他的那半边蓝脸——这是一个刚从外地飞来的夜蝴蝶，还不知蓝脸警察的名头——我们的开放出于职业习惯，没容她的手触到自己的脸皮就捏住了她的手腕。那女人尖声叫起来。开放松手，歉意地笑笑。女人蹭着他，娇滴滴地说："哥呀，手劲好大啊！"

我们的开放挥手让那女人走开，但她却把热烘烘的胸脯贴上来，混合着烟酒味的热气，哈到他的脸上：

"哥啊，这么痛苦啊，被小妖精给甩了吧？女人都是一样的，让妹妹安慰安慰你吧……"

我们的开放痛恨地想：婊子，我要报复你！

他几乎是从高凳上栽下来的。在那个女人的引领下，穿过幽暗的走廊，进入一个鬼火闪烁的房间。那女人二话不说，动手把自己剥了个精光，仰躺在床上。这是一个还算好看的女体：乳房膨大，腹部扁平，双腿修长。这也是我们的开放第一次面对女人的裸体，他有些冲动，但更多的是紧张。他犹豫着。那女人有些不耐烦，时间就是金钱的规律对她们同样适用。她折起身来说：

"来啊，还愣着干什么？装什么雏啊！"

就在她折身坐起那瞬间，头上的金色假发脱落，显出一个扁长的、头发稀疏的头颅。我们的开放脑子里一阵轰鸣，眼前浮现出庞凤凰的满头金发和金发下俏丽的面容。他从兜里掏出一张百元票子，扔在那女人身上，抽身便走。那女人猛地跃起，像一条章鱼缠在了他身上。女人恼怒地骂着：

"烂崽，你这是拿着老娘开刷呢，一百元就想打发我！"

那女人一边骂着，一边把手伸进开放的身上摸着，她自然是想摸钱，但她的手却摸到了硬邦邦的、冰冷的手枪。开放没容她把手抽回去,又一次攥住了她的手腕。女人吐出半声惨叫,把另外半声咽了下去。开放把她往外一推,她倒退几步,坐在了床上。

我们的开放来到广场,头脑被凉风一激,酒奔涌而上,冲出咽喉,喷吐在地。吐酒后,他感到脑子清醒了许多,但心中的痛苦依然无法排解。他时而切齿咒骂,时而柔情万种,恨的是凤凰,爱的也是凤凰。恨着时爱就翻腾上来淹没了恨,爱着时恨又翻腾上来淹没了爱。在此后的两天两夜里,我们的开放就在这爱与恨交织成的浑浊波涛里挣扎着。有好几次他掏出手枪抵在自己心脏上——好孩子,千万别做蠢事啊!——理智总算战胜了冲动。他低声地对自己发誓:

"即便她是个婊子,我也要娶她!"

我们的开放下定决心,又一次敲开了庞凤凰的门。

"你怎么又来了?!"她厌烦地说,但她立即就发现了他这两天来的变化:他的脸更蓝更瘦,两道连接成一体的浓眉像一条巨大的毛虫横在两眼之上,那眼睛,黑得发亮,亮得灼人,不但灼人,连那只猴子,也似乎被他的目光灼伤,尖叫一声,躲在墙角瑟瑟发抖。她将口气缓和一些,说:"既然来了,那就坐下吧。只要你不对我谈什么爱,我们可以做朋友。"

"我不但要跟你谈爱,我还要娶你!"我们的开放恶狠狠地说,"哪怕你跟一万个人睡过,哪怕你跟狮子、跟老虎、跟鳄鱼睡过,我也要娶你!"

沉默了片刻,庞凤凰笑着说:

"小蓝脸,别冲动了。爱不是可以随便说的,娶更不是可以随便说的。"

"我不是随便说的,"我们的开放说,"我想了两天两夜,把一切都想明白了。我什么都不要了,所长不当了,警察不干了,我给你敲锣,跟着你流浪!"

"好了,别发疯了。为我这样一个女人,不值得毁了自己的前程,"庞凤凰也许是想冲淡一下压抑的气氛,便用玩笑的口吻说,"要想我嫁给你,除非你的蓝脸变白。"

正所谓"言者无意,听者有心",对那种爱到入魔程度的男人,可不敢乱开玩笑。读者诸君一定记得《聊斋志异·阿宝》中那个名叫孙子楚的书生,只为了阿宝小姐一句戏言,便毅然剁去自己的骈指。后又身化鹦鹉,飞到阿宝的床头。几经生死后,终与阿宝结为夫妇。

阿宝故事以美好的结局告终,亲爱的读者,我的故事,却没有这么美好。还是那句老话:这不是我的情愿,这是他们的命运使然。

我们的蓝开放告了病假,不管领导批否,便去了青岛,倾其所有,做了一个残酷的换皮手术。当他脸上蒙着纱布出现在车站旅馆那间地下室里时,庞凤凰惊呆了。猴子也惊呆了。猴子可能还是因为王铁头的印象,对头蒙纱布的人怀有仇恨,它龇牙咧嘴地扑上来,我们的开放一拳便把它打晕了。他几近痴魔地对庞凤凰说:

"我已经换皮了。"

庞凤凰怔怔地看着蓝开放,泪珠儿在眼眶里打转。我们的开放跪在她的面前,双手搂着她的腿,把脸贴在她的小腹上。庞凤凰摸着他的头发,呢喃着:

"你真傻……你为什么这样傻……"

接下来他们便拥抱了。因为开放的脸部疼痛,她轻轻地吻了他的那半边好脸。他把她抱上床。他们做了爱。

流丹满床。

"你是处女?!"我们的开放惊喜地叫唤着,但泪水随即涌流,把纱布都浸湿了,"你是处女啊,我的凤凰,我的亲人,你为什么要瞎说啊……"

"什么处女,"庞凤凰赌气似的说,"花八百元就能修复处女膜!"

"你这个小婊子,你又骗我了,我的凤凰……"我们的开放不顾伤痛,亲吻着这个高密县——在开放心目中也是全世界——最美丽的女人的身体。

庞凤凰摸着这个像用树条子捆成、坚硬又有弹性的男人,几乎是绝望地说：

"老天爷啊，我到底没能躲过你……"

读者诸君，接下来的故事我不忍心讲下去，但既然开了头，就要有结尾，那就让我，充当残酷的叙事人吧。

我们的开放带着一脸纱布回到天花胡同一号，让蓝解放和黄互助大吃一惊。他们的确经不起折腾了。开放根本不回答他们关于脸上纱布的询问，而是兴冲冲地、用无比幸福的腔调对他们说：

"爸爸，大姨，我要和凤凰结婚了！"

如果他们手中端着玻璃器皿，应该让他们松手，把玻璃器皿跌得粉碎。

我的朋友蓝解放痛苦地皱着眉头，用不容置疑的口吻说：

"不行，坚决不行！"

"为什么？"

"不行就是不行！"

"爸爸，难道你们也听信了那些谣言？"开放说，"我对你发誓，凤凰是个无比纯洁的女孩子……她是个处女……"

"天哪！"我的朋友哀鸣着，"不行啊，儿子……"

"爸爸，"开放恼怒地说，"在爱情婚姻问题上，难道您还有资格阻拦我吗？"

"儿子……爸爸是没有资格……但是……让你大姨对你说吧……"我的朋友跑回他的房间，关上了门。

"开放……可怜的孩子……"黄互助泪流满面地说，"凤凰是你大伯的亲生女儿，你与她同一个祖母……"

我们的蓝开放猛地把脸上的纱布撕开，纱布揪掉了新植的皮肤，使他的半边脸，成为一个血肉模糊的巨大伤口。他冲出家门，骑上摩托车，因为加速太猛，车轮撞在了迎面的美发厅门上。屋里的人大惊失色。他一提前轮，猛拐弯，摩托车如发疯的马一样向车站广场冲去。他听不到那位与他家结邻多年的理发小姐的话：

"这一家人，都是疯子！"

我们的蓝开放跟跟跄跄地冲到地下室，一膀子撞开了虚掩的门，他的凤凰，正在床上等他。猴子疯了一样扑上来，这一次他忘了警察的纪律，他忘了一切，他一枪击毙了猴子，使这个在畜生道里轮回了半个世纪的冤魂终于得到了超脱。

庞凤凰被这突发的事件吓昏了。我们的开放对着她举起了枪——孩子啊，千万别做傻事——他看着庞凤凰仿佛玉雕一般的美丽面庞——这个全世界最美丽的面庞——枪口无力地垂下了。他提着枪，冲出门去，在上升的台阶上——犹如从地狱攀升到天堂的台阶上——我们的开放双腿一软跪倒了。他把枪抵在其实已经被破坏了的心脏上——孩子啊，别做蠢事啊——扣动了扳机。沉闷的枪声响过，我们的开放趴在台阶上死了。

五

世纪婴儿

　　蓝解放和黄互助把开放的骨灰,背回那块已经坟墓连绵的土地,葬在了黄合作的坟墓旁边。在他们烧化、埋葬儿子的过程中,庞凤凰抱着猴子的尸体始终相随。她哀哀地哭着,花容憔悴,的确人见人怜。大家都是明白人,既然开放已死,也就不再说什么。那猴子的尸体已经发臭,在人们劝说下,她松了手,并提出了将猴尸埋在这块土地里的要求。我的朋友毫不犹豫地就答应了她。于是,在驴、牛、猪、狗的坟墓旁边,又多了一个猴墓。在如何安顿庞凤凰的问题上,我的朋友颇感为难,于是便聚集了两家人一起商量。常天红一言不发,黄互助也有口难言。还是宝凤说:

　　"改革,你去把她找来,听听她自己有什么打算吧。毕竟是从咱家土炕上走出去的孩子,她需要什么,咱都会帮她,砸锅卖铁也要帮她。"

　　改革回来说,她已经走了。

　　时间如水,往前流淌,转眼就到了二〇〇〇年底。在这新千年即将开端之际,高密县城一片喜庆景象。家家张灯,户户结彩,车站广场和天花广场上,都竖起了高大的电子倒计时屏幕,广场的边上,还站着高价雇请来的焰火手,准备在那新旧交替的时刻,让灿烂的礼花照亮夜空。

　　傍晚时分,下起雪来。雪花在五彩的灯光里飞舞,使夜景更加美好。全城的人几乎都走出了家门,有的奔天花广场,有的奔车站广场,有的在同样灯火辉煌的人民大道上徜徉。

我的朋友和黄互助没有出门,容我插叙一句:他们始终没去办理结婚登记手续,对这样两个人,确实也没有这个必要了。他们包了饺子,在大门口挂上了两盏红灯笼,玻璃窗上贴满了黄互助亲手剪的窗花。死去的人难再活,活着的人还要活下去。哭着是活,笑着也是活。这是我的朋友经常对他的老伴儿说的话。他们吃了饺子,看了一会儿电视,便按照惯例,用做爱来悼念死者。先梳头,后做爱。这个过程,大家都很熟悉,不需重复。我要说的是:在他们悲欣交集的时刻,黄互助猛地翻过身来,搂住了我的朋友,她说:

"从今天开始,我们做人吧……"

他们的泪水,把对方的脸都濡湿了。

就在深夜十一点钟,他们昏昏欲睡的时刻,一个电话惊醒了他们。电话是从车站广场旅馆打来的。一个女人的声音告诉他们,说他们的儿媳妇在地下室101房间里即将分娩,情况危急。他们愣了半天,才明白这即将分娩者,也许就是那失踪日久的庞凤凰。

在这样的时刻他们找不到人帮助,他们也不想找人帮助。他们互相搀扶着向车站广场奔跑。他们喘息不迭,跑跑走走,走走又跑跑。人真多啊,街上人真多。大街小巷里都是人。刚开始时人流向南涌,穿过人民大道后,人流往北涌。他们心急如焚,但他们快不了。雪花飘到他们头上,脸上。雪花在灯光中飞舞着,犹如杏花纷谢时。西门家大院里杏花纷谢,西门屯养猪场里杏花纷谢。那些杏花都飘到县城里来了,全中国的杏花都飘到高密县城里来了啊!

他们像两个找不到爹娘的孩子一样在车站广场上挤着。广场东部那个临时搭建起的高台上,一群年轻人在上边又跳又唱。杏花在舞台上飘着。广场上万头攒动。每个人都穿着新装,都和着高台上的歌声,唱着,跳着,拍掌,跺脚,在杏花的飘落里,在飘落的杏花里。电子屏幕上的数字频频跳换着。激动人心的时刻就要到了。音乐停了,歌声停了,全场安静了。我的朋友和他的女人一步步走下通往地下室的台阶。我的朋友的女人的头发因走时匆忙没有绾好,有一绺垂在身后,仿佛一条长尾巴。

他们推开101房间的门,看到了庞凤凰那张像杏花一样洁白的脸。她的下身浸在血泊里。血泊里有一个胖大的婴儿,此刻正是新世纪的也是新千年的灿烂礼花照亮了高密县城的时候。这是一个自然降生的世纪婴儿。同一时刻,县医院也有两个世纪婴儿诞生,但他们是产科医生剖开产妇的肚皮掏出来的。

我的朋友和他的女人以爷爷奶奶的身份收拾好婴儿。婴儿在奶奶怀里啼哭。爷爷含着眼泪,用一条肮脏的床单遮住了庞凤凰的身体。她的身体和脸都是透明的。她的血全部流光了。

她的骨灰自然也埋在了那块已成墓地的著名土地上,埋在了蓝开放的坟墓旁边。

我的朋友和他的女人精心抚养着这个大头儿。这大头儿生来就有怪病,动辄出血不止。医生说是血友病,百药无效,只能任其死去。我朋友的女人便拔下自己的头发,炙成灰烬,用牛奶调匀喂他,同时也撒在他的出血之处。但不能根治,只能救一时之急。于是这孩子的生命便与我朋友的女人的头发紧密地联系在一起。发在儿活,发亡儿死。天可怜见,我朋友女人的头发愈拔愈多,于是,我们就不必担心此儿夭亡了。

这孩子生来就不同寻常。他身体瘦小,脑袋奇大,有极强的记忆力和天才的语言能力。我的朋友和他的女人虽然隐约感到这孩子来历不凡,斟酌再三,还是决定让他姓蓝,因为是伴随着新千年的钟声而来,就以"千岁"名之。到了蓝千岁五周岁生日那天,他把我的朋友叫到面前,摆开一副朗读长篇小说的架势,对我的朋友说:

"我的故事,从一九五〇年一月一日那天讲起……"

图书在版编目（CIP）数据

生死疲劳 / 莫言著. —— 杭州：浙江文艺出版社，
2022.1（2025.4 重印）

ISBN 978 - 7 - 5339 - 6610 - 2

Ⅰ. ①生… Ⅱ. ①莫… Ⅲ. ①长篇小说 - 中国 - 当代
Ⅳ. ① I247.5

中国版本图书馆 CIP 数据核字 (2021) 第 177045 号

责任编辑　李　灿
特约编辑　李亚茹　　李颖荷
封面设计　刘小梅
插画设计　汪　芳　　黄　实
版式设计　章婉蓓

生死疲劳

莫言 著

出版发行：浙江文艺出版社
地址：杭州市环城北路 177 号
邮编：310005
电话：0571 - 85176953（总编办）
　　　0571 - 85152727（市场部）
印刷：三河市中晟雅豪印务有限公司
开本：889 毫米 × 1270 毫米　1/32
印张：18.25
字数：476 千
版次：2022 年 1 月第 1 版
印次：2025 年 4 月第 25 次印刷
书号：ISBN 978 - 7 - 5339 - 6610 - 2
定价：69.90 元（平装）

版权所有 侵权必究
如有印装质量问题，影响阅读，请与市场部联系调换